當美麗的藍星不復存在，被遺留下的「牠們」該怎麼辦

U0070452

人類
消失了

當地球被破壞殆盡，人類還能期待著方舟的救贖

——但是，那些帶不走的呢？

人類一夜之間從地球上消失，被留下的四隻寵物千里尋親，
卻只有地球的滿目瘡痍提醒他們：人類真的存在過……

謝宏
——
著

目錄

目錄

人物表

◇ 辛巴：雄性黃金獵犬。

◇ 亨利：雄性混血波斯貓。

◇ 露西：雌性大猩猩。

◇ 蘇菲：雌性金剛鸚鵡。

人類消失了，辛巴踏上了冒險之旅。

—— 題記

第一部
暴走奇異國

第1章

這天早上起來，黃金獵犬辛巴發現 —— 人類消失了！

此時。家裡無人。天色陰鬱。對面沒狗的聲息，連氣味也沒有。路上沒有行人。鄰居不露面。貓絕了蹤跡。麻雀不響。夏蟬熄聲。街道寂寥而詭異。辛巴驚恐不安起來。

「人類消失了？」

辛巴被這個發現弄呆了，一時失卻思考的能力，在這個被稱作「長白雲之鄉」的「奇異國」裡，他腦裡連一朵白雲都沒有，空空如也。

第2章

三天前的下午，辛巴聽到媽媽的手錶鬧鈴響了，她從沙發上起來，叫醒了安迪，然後換上工作服，收拾工具，準備出門去工作。辛巴跑出門口，在車子周圍轉來轉去，看他們準備工具，吸塵器，拖把，小水桶等等。由於自己竄來竄去，不小心絆了媽媽一腳，就很不好意思地走到一旁，等著媽媽數落自己。

沒想到媽媽說：「你耐心等著啊，等我們回來，就幫你過生日。」辛巴當時高興透了，還興奮地哼了幾句電視裡聽來的旋律，然後很懂事地走回門口的臺階上，看他們把工具都裝進後車廂裡。

媽媽臨進駕駛室前，還特地走到他的身邊，摸了摸他的腦袋：「喲，我們的辛巴又大一歲了。」辛巴很驕傲地望著媽媽和安迪，汪地叫了一聲。

「差點忘記幫你開燈了。」安迪說。他們都知道辛巴怕黑呢。安迪返回家裡，把爸爸臥室和走廊的燈都打開了。辛巴始終站在門旁邊。媽媽又對他說：「等我們回來幫你慶祝生日。」隨後，她把門關上。辛巴聽到門鎖鑰匙轉動的聲音。呀嗒喀嚓。老式的銅質鑰匙，試探著轉了好幾次，最後終於呀嗒一聲，鎖上了，抽走了。

第 2 章

辛巴心裡像是有什麼東西被抽走了，但又像是踏實了一樣，一個儀式完成了。很奇怪的感覺。然後，他走到門邊的鞋櫃邊，先是把地上爸爸的拖鞋叼起，放在臥室的窩裡，想想，又走回來，把媽媽的拖鞋也叼起來，放在窩裡。

他把下巴放在鞋子上。嗅到爸爸媽媽的氣息，他這才感到安全，心裡開心地想像著，媽媽和安迪工作完回來，他就可以大快朵頤了。「是肉腸還是罐頭呢？」想到這裡，他的口水忍不住了，一滴一滴，連成了水線，都流到鞋子上去了。他意識到以後，有點不好意思地笑了一下，用力吸了一口回來。

但是到了晚上，媽媽和安迪都沒有回來！

一整晚，他等啊等啊，每當聽到有汽車的引擎聲，他就從被窩起來，快步小跑到大門口，側耳聽了聽，發現是鄰居克林叔叔的車子。他有點失望地走回狗窩裡，趴下繼續等待。

後來，聽到好像有腳步聲，他又從狗窩裡起來，快步跑到門口，把鼻尖頂住門縫，靜靜地一吸鼻子，認真地分辨了一會，聲響似乎是從隔壁老人公寓傳過來的。

安靜了沒多久，突然地，大街上，各種汽車的引擎聲驟然轟鳴起來。社區的街道，異常喧鬧。有人搬動什麼東西，還大喊大叫的。辛巴很生氣，也很警惕，他仰首朝外面汪汪地怒吼了一陣，但沒有人呵斥他。他又繼續吼了一陣，還是沒有人理他。

突然，屋外雷電交加，驚天動地。辛巴嚇得逃回狗窩，待了幾秒，又從狗窩裡跳起來，鑽入床底趴著，他最怕就是打雷下雨了。隨後，屋外又突然安靜下來，似乎剛才不過是辛巴做了一場噩夢而已。他小心翼翼，探頭探腦觀察了一會，然後從床底爬出來，抖了抖身體上的塵灰。

辛巴跑到客廳，坐在黑暗中發呆，他聽到掛鐘滴答滴答的走動聲。過了一會，他走到自己的水盆邊，吧嗒吧嗒喝了幾口水。旁邊的大玻璃碗

裡，還盛著他沒吃完的餅乾，但他沒動一口。

辛巴記得，媽媽說過的，和安迪回來後，會給他一頓豐盛的生日大餐。想到這裡，他的煩躁和耐心，像是兩隻小獸，在心裡搏鬥起來，把辛巴的心，抓撓得七上八下的。

平日裡，爸爸，媽媽和安迪，都很寵辛巴，總買好吃的給他。有一天早餐，爸爸用微波爐烤好了紅蘿蔔給他，放涼後，切開四瓣給他。但是辛巴吃了一口，就吐掉了。他的眼睛一直盯住媽媽吃的蛋。

爸爸批評他說：「以前不是很喜歡吃紅蘿蔔的嗎？」他有點不好意思，但假裝沒有聽到，視線一直沒有離開媽媽的手。

以前，媽媽和安迪晚上工作回來，一進門，他會跳歡迎舞，前腿猛力跺地，把地板跺得咚咚作響，然後跑到客廳，吧噠吧噠吃幾口餅乾，以此向他們表示，自己有多乖呢。等媽媽和安迪吃完飯，就會給他餵肉罐頭或肉腸的。辛巴很高興，吃的吧嗒吧嗒響，把肉吃完了，才象徵性地吃一點餅乾，以示自己不挑食。

但爸爸批評他說：「辛巴太挑食了，這個習慣很不好，對健康成長很不利。」

看到辛巴臉上掛不住了，垂著腦袋，媽媽就幫腔說：「先挑好吃的，是樂觀的人；先吃不好的，是悲觀的人嘛。」媽媽說辛巴是個樂觀的孩子。辛巴聽了，高興得猛地用鼻尖去頂媽媽的手，表示同意這個說法。

媽媽大樂，說：「看看，我沒說錯吧。」爸爸就搖頭說：「我還是喜歡先苦後甜的方式，不吃過苦頭，遇見麻煩就不知道怎麼應付了。」媽媽鼓勵他說：「辛巴那麼聰明，遇水搭橋，逢山開路就是啦。」

可此時，辛巴走回狗窩裡趴著，想像著媽媽和安迪回來的情形。不知不覺中，等他突然意識到什麼的時候，四周已經陷入到了一陣死寂之中。不知道怎麼回事，四周出奇地安靜，好像人們都深陷到睡眠中去了。

辛巴爬起來，輕手輕腳走到大門邊，鼻尖抵住門縫，細心地分辨外面

的聲響，但沒有動靜，似乎連昆蟲都睡死了。只有風的聲音，似有似無的。辛巴感到似乎被什麼東西摸了一把，但又覺得是自己的幻覺。

他遲疑地走回狗窩，趴了一會，又起來，走到客廳，坐在黑暗中，朝窗外望去，他可以看見星星閃耀，夜空璀璨，但四周悄無聲息。

只有掛鐘指針滴答滴答的走動聲。

第 3 章

接下來的時間，在期待、絕望、困惑等諸多情緒的交替煎熬中，辛巴在屋裡各個房間踱步走了無數次了。他去每個房間，爸爸的，媽媽的，安迪的，依次睡了好多回覺。

後來，他也去門口仔細監聽了好多次，然後趴在大門邊，把下巴貼在地板上，細心地聽外面的動靜。屋外完全沒有了以往的聲息，四周靜悄悄的，顯得十分蹊蹺。

每次辛巴踱步到客廳，眼睛掃過食盆裡的餅乾，他就會咽口水，但他忍住了，沒有吃。他還是堅信媽媽和安迪很快就會回來的。他只是低頭若有所思地喝了幾口水，然後抬頭望了眼牆上的掛鐘。其實他不會看時間的，他只是回憶媽媽爸爸的動作。他體內的時鐘告訴他，媽媽和安迪該回來的時間，早就過去了。

他在昏昏沉沉中，睡睡又醒醒，感覺時間緩慢地過去。漸漸地，他感到沮喪和不安起來。他感到自己想小便和大便了。可他又感到為難。因為每天早晚，都是媽媽爸爸，或者安迪給他開門，然後去花園解手的。現在他無法出去了。

他走到通往花園的那扇門，原先的那個狗洞，被一塊有機玻璃封住了，以前，他能從這裡出去的，但後來媽媽老給肉吃，餅乾少吃了，他越長越胖了，就沒用過這個通道了。

爸爸批評媽媽過於嬌寵他了，說這樣對身體不好。媽媽反駁說，天天吃餅乾，也不夠營養的。現在他意識到了，貪嘴，有好處，也有壞處。

辛巴站在狗洞前，觀察了好幾次，最後放棄了。他走回洗手間查看環境。以往，每當爸爸去洗手間解決問題，辛巴也愛跟進來，趴在地板上，眼盯住爸爸完成那些步驟。爸爸要麼眼盯前方的門，遐想什麼，要麼呢，就和辛巴嘮叨什麼。

「你也太黏人了吧？羞不羞啊，連那裡也要跟進去？」媽媽是這麼笑他的，辛巴雖然被說得有點難堪，但他還是喜歡黏住爸爸，在爸爸做事的時候，他就待在旁邊，安靜地看著他，他心裡想啊，我要像爸爸一樣，他懂得做那麼多事情，我要學習他，做一個男子漢。

現在，家裡只剩下辛巴了，他腦子裡，突然回憶起爸爸的「言傳身教」來，他出不去了，又不能拉在家裡地板上，爸爸老說，要愛乾淨，還說，辛巴呢，也是家庭的一分子。

現在怎麼辦呢？他走進洗手間，仔細觀察起來，腦裡努力回憶爸爸「做事」的步驟來。他走近馬桶，先站在旁邊，一邊擺動身體，一邊在心裡默念爸爸的動作。

然後，辛巴退回到門口處，尾巴朝外，頭朝內，如往常一樣，趴在地板上，從這個方位來默想爸爸過去做的步驟。「辛巴多聰明啊，什麼都是一學就會的。」他腦子裡想起媽媽鼓勵的話。

他想，反正現在爸爸也不會像他從前那樣，趴在門口查看他現在搞笑的動作，也沒有人來嘲笑自己，自己多嘗試幾次，一定可以的：「媽媽都說我可以的。」他不想讓媽媽失望。

他站回馬桶邊後，又模仿爸爸如廁的動作，用爪子拉下馬桶坐墊，沒想到蓋板扣了下來，發出砰的一聲，把他嚇了一跳。他嘗試了幾次，用鼻尖把蓋板頂回原位，然後把馬桶坐墊拉下來。

他反覆實驗了無數次後，發現爸爸的方式很不適合自己，他又按自己

的方式，交替實驗了好多回，才找到了勉強解決的方式，站著把大小便問題解決了。說老實話，辛巴感到很不舒服。

他退了幾步，望著馬桶，悵悵地出了一口氣，坐著解決舒服嗎？「人類有些行為真的不可理喻呢。」隨後他發現，自己無法沖水。因為馬桶沖水箱是老式拉繩式的，他無法像大人那樣用手拉繩子沖水。他抬頭看了很久，也嘗試了幾次，都無法完成那個步驟，最後只得放棄。

辛巴心裡盤算，爸爸呢，肯定會批評他的，他對人要求太嚴格了，平常看他看到有尿漬，也會拿紙巾去擦地板和馬桶坐墊的。當然啦，媽媽一定會給自己幫腔的。要是奶奶在，也會幫腔的。但安迪就沒時間說他了，他腦子裡只有電腦，他本來說，明年就去讀跟電腦有關的科系的。不過，辛巴想好了對付爸爸的說辭：「沒弄好可不是故意的，是沒有辦法才這樣做的。」

困在家裡的三天時間裡，辛巴沒有吃飯，他沒有心思吃飯了，水盆裡的水，倒是喝了不少。他感到焦慮的時候，就去喝幾口。然後他就趴在狗窩裡昏睡起來。

他做了無數奇怪的夢，夢見爸爸也和媽媽和安迪一起回來了。爸爸離開好幾個月了，說是回中國探親，還說他寫辛巴的書要出版了，他要回去宣傳，參加一些活動。

「我爸爸媽媽是細心的人，我和他們相處的點滴，他們都記得。爸爸很愛我，為我寫了書，媽媽還幫他修改，書名也好，叫《不離不棄》。就是寫我的故事。爸爸還說，要把我的故事和對我的愛，寫成了這本書，與喜歡黃金獵犬的朋友分享。」辛巴一直在心裡默默地叨唸著。

第 4 章

連續好幾天沒吃東西，這天早上，辛巴是被餓醒的。他從狗窩裡爬起來，感覺到腳軟了一下，差點沒站穩，這把他嚇了一跳，他從前可是精力充沛的。他搖晃著身體走到大門口，靜靜地分辨一下外面的聲響，一切依

舊，他有點失望，然後走向客廳。

　　他抬頭朝窗外望了望，只看到電線桿，和被風吹動的電線。他想了想，爬上沙發去，趴在窗臺前，這才看到了外面的情形。四周沒有人影，偶爾有幾聲鳥叫。他望了望馬路對面人家的屋頂，也沒有一絲的炊煙。

　　他雖然不甘心，但還是趕快下來。平日裡，爸爸不容許他爬上沙發去，只有媽媽嬌寵他，允許他上去，特別是打雷閃電，或者下大雨，他害怕的時候，會到處找地方躲藏，他最喜歡的，就是鑽進床底去，後來身體胖了，就只能爬上沙發躲了。

　　媽媽有天晚上，看他嚇成那樣，乾脆把有帽子的衣服替他穿上了，這樣他就看不見閃電了，心安了些。

　　現在雖然沒有打雷下雨，也沒有閃電，但辛巴感到更害怕，更不安。他從沙發下來後，又走近客廳連著花園的門口，用鼻尖撩開門簾，朝外張望。花園裡的玫瑰，還是舊模樣，有盛開的，有開敗的，草地上，落滿了繽紛的玫瑰花瓣，草有點長了。

　　他想了想，在屋子裡來回踱步，猶豫了很長時間，他才用鼻尖試著頂了頂蓋住狗洞的那塊有機玻璃。「有點彈性」。辛巴又用爪子刨起來，然後他用足力氣，用鼻尖猛地頂過去，只聽到「叭」的一聲，那塊薄薄的有機玻璃，碎成了好幾塊，有兩塊還掛在洞口邊緣。辛巴呆了一呆，用爪子一刨，玻璃塊全掉地上了。

　　他長長地吐出一口氣，遲疑地檢視了狗洞好一會，然後他實驗著鑽洞動作，反覆來回嘗試了一會，他終於從洞口費力地鑽了出去。他心想自己肯定瘦了好多了，以前他鑽過，胸口處被卡住了。爸爸看他鑽不過去了，乾脆用有機玻璃封掉了。

　　辛巴猛地吸了幾口新鮮的空氣，跑到花園圍欄靠馬路的那個門，把腦袋低下來，想看清楚對面的動靜。但是什麼動靜也沒有。他看了一會，抬起頭來，在花園巡視，從兩邊的籬笆牆望過去，也沒有人影。辛巴有點困惑。

「人呢？人都到哪裡去了？」

辛巴腦子裡一片空白。他記得對面馬路人家，有一隻黑色拉布拉多犬的。他又返回到花園那扇靠馬路的門，遲疑地叫了一聲，等了幾秒，又叫了兩聲：「汪汪」，停頓了一會，他突然不管不顧，猛力地吠叫起來：「汪汪，汪汪，汪汪」，然後收住聲音，聆聽反應。

平常早上起來，爸爸媽媽會打開客廳門讓他去花園小解。他呢，有時也會搗蛋一下，看見對面的拉布拉多，他會突然叫起來，引別人注意他的存在。這時候，爸爸媽媽會批評並制止他。他們說：「Shut up！你吵到別人了！」爸爸媽媽總是要考慮別人的感受。

此刻，辛巴猶豫了一下，又猛力吠叫起來，而且聲音一陣高過一陣，然後就是怒吼起來了。這時，他不是怕被人聽見了要被訓斥，他這時是渴望有人出現，並狠狠訓斥他。可他吼了一陣後，感到累了，但沒人出現，四周一片死寂，讓他感到更害怕。

他呆呆地站在花園裡，又費力吠了一通，還是沒有得到任何的回應。他感到更加飢餓和疲累，就煞住了自己的聲音。呆望一陣，垂頭喪氣地，艱難地又從狗洞鑽回了屋裡。他看到食盆裡的餅乾，趕快就吃了幾口，喝點水，然後癱在地板上喘氣。

辛巴昏睡到中午才起來，又馬上鑽出狗洞，去花園裡巡查，希望能找出自己要的答案。他走到屋後籬笆牆的時候，聽見柱子頂上有響動，抬頭一看，一隻很胖很胖的貓，噢，原來是鄰居家的老貓亨利，正蹲在柱頂上，弓著腰，瞪大眼珠，如臨大敵地注視著他。

第 5 章

辛巴從深圳移居紐西蘭後，就與亨利做了鄰居，但他們兩個是死敵。辛巴剛來，就聽爸爸媽媽發牢騷了，亨利老是跑過來搗亂，在花園裡隨處大小便不說，還把花槽刨得亂七八糟，在花叢中睡覺，把爸爸種下的花草

搞得七零八落的。

爸爸氣得不行，但又沒辦法，因為亨利一看見爸爸出來，就飛竄到籬笆牆上，躍下，然後再跳到自己家的屋頂，挑釁地望著爸爸。

辛巴來了後，喜歡到自家花園巡閱檢視，在花園四處撒尿，標記自己保衛的地盤，還對來花園搗亂的那些貓說：「都不許來搗亂！」剛開始，亨利沒把辛巴當一回事，居然旁若無人地把爸爸種下的菊花太陽花，都當成了睡覺的床，把花兒都壓得扁扁的。看見辛巴出來的時候，還朝他藐視地瞥一眼，然後一動也不動地舒服地趴著。

這下辛巴發怒了，飛撲過去，四隻飛奔的腳，踢得碎石飛濺，把亨利驚得彈起來，咕嚕著落荒而逃，唰地逃過了籬笆牆，飛竄上屋頂，喘著氣回望辛巴。當然，等他的氣喘順了，他也頑皮地趴在屋簷邊，把腦袋和前腿垂吊下來晃蕩，挑釁地望向辛巴。

辛巴後腿立起來，前腿趴在鐵籬笆上，憤怒地朝亨利吼叫。亨利意識到自己已經安全後，也懶得搭理辛巴了，身體一滾，仰躺在屋頂上，舉起四肢，晒著太陽，偶爾會轉身，朝辛巴望一眼。辛巴那個憤怒只能用吼叫來發洩。爸爸擔心他吵著了人，會出來制止他繼續吼叫。

辛巴回屋的路上，還不斷發出吼叫，不過聲音都壓抑在喉嚨裡了。此後，辛巴一聽見亨利的叫聲，即使他身在屋裡，也都會發出警告的低吼。

有時，亨利看見辛巴，會害怕地逃走，但還是會向他挑釁，逃出花園後，會跑到人行道停下來，回轉身得意地望著辛巴。

亨利知道，辛巴是無法走出花園的，有籬笆牆圍著嘛。有時候，他十分淡定地躺下來，故意把雪白的肚皮亮出來，讓陽光反射出耀眼的光芒，然後用舌頭去舔洗毛髮，不急不慢，一下一下的，舔得十分仔細，舔得意猶未盡。

辛巴氣得沒辦法說，但也只能衝上卵石堆砌的花槽，隔了籬笆牆，朝亨利吼叫表達憤怒，卻無法做出對亨利的懲罰。爸爸聽到他吼叫的聲音出

來，辛巴看到救兵到了，就求助地邊吠叫邊看著爸爸。爸爸表揚他的守職，但也制止了他的吼叫。

「辛巴是個好守衛呢！」

經過辛巴多次的追捕後，亨利慢慢也怕了，擔心某次會落到辛巴的手中，於是慢慢也就不敢常來花園搗亂了。辛巴的「惡名」在貓群中傳開了，於是貓們也不敢隨便來花園搗亂了。爸爸和媽媽，甚至連鄰居克林叔叔都說，辛巴來以後，來花園搗亂的貓貓漸漸少了。

爸爸和媽媽坐在搖椅上欣賞花園的時候，總要把辛巴叫上來一起坐，摸了他的腦袋說：「這有辛巴的一份功勞！」辛巴聽了，總是很高興地仰頭笑了，還汪汪叫幾聲回應爸爸媽媽的稱讚。

此刻呢，辛巴又看見亨利了，他本能地想發作，又本能地煞住了。他和亨利對視了一會，互相揣摩了對方的意圖，都沒有立刻開口。辛巴低頭走回花園中央，四下看了看，發現視線裡，沒有活動的東西。

他猶豫了一下，返回屋後的籬笆牆，卻發現亨利不在了。他聽到鄰居的屋頂有響動，望過去，看見亨利正站在那裡，也朝他望下來。

「他們 —— 都沒有回來！」辛巴遲疑了一會，說出了這麼一句話。

亨利想了想，也說了句：「全都不見了 —— 他們！」

雙方聽到對方的話，都吃了一驚，頓時嚇傻了，傻傻地站在那裡，好一會都沒有動。過了一陣，辛巴一慌張，猛地轉身，奔回了屋裡，發瘋似地在各個房間跑動，拚命地刨房間裡的物件，把被子，枕頭，衣服，鞋子，帽子等等，全都翻了個遍，想找出點什麼來，卻不知道這樣做有什麼意義。

要是平常，他知道這樣做，給爸爸知道了，是要懲罰他的。以前在中國的時候，要打屁股的，但因為紐西蘭有動物保護法，所以爸爸雖然不會打他了，但會採取不理他的方法懲罰他，這個比打他還難受，因為爸爸打他，也是裝模作樣的，可要是不搭理他，這個他可真受不了。現在辛巴全然不管不顧了，就希望爸爸把他打一頓。

辛巴在屋子裡發瘋地搗亂過後，突然呆住了，站在客廳，邊喘氣邊看著滿地翻亂的東西，然後又猛地從狗洞費力地鑽出去，站在花園中央，抬起頭，對著天空的雲朵，發出震天動地的吼叫。四周都響起了他的吼叫迴響。

突然，他看見亨利躍上籬笆牆木柱頂，一聲不吭地望著他。

第 6 章

辛巴停止了吼叫，沮喪地低頭喘著氣。要是以往，他才不願意讓亨利看見他這副丟人的樣子，但現在他沒心思顧及這個了。他呆站了好一會，又突然趴下，把下巴抵在草地上。他看見草尖上的露珠在閃閃發亮。

「喂，他們，沒給你留話嗎？」亨利不知道什麼時候，從籬笆牆的柱子頂下來了，走到了他的對面，但隔了四五公尺的距離，小心翼翼地問道。辛巴嚇了一跳，繃緊了一下身體，這個動作把亨利嚇了一跳，也閃到一邊去了。

等辛巴回過神來，才稍稍放鬆身體：「沒有。我翻遍了房間的東西，也沒發現。」他說話的聲音顯得有氣無力的，完全失去了以往英武之氣，像個被人遺棄了的孩子一樣，顯得六神無主，驚惶不已。

亨利是一隻混血波斯貓，年紀也大了，經歷過許多，所以比辛巴淡定一些。他走前幾步，喃喃地說：「他們帶皮特去野營，就一去不回了，我回來發現家裡門窗都鎖上了，進不去了。」

皮特是亨利家的新成員，一隻從動物救助中心領養的小狗。辛巴老聽到他爸爸在隔壁花園訓練他：「坐下，起來，臥倒，走，停！」辛巴雖然看不見皮特，但能聽到他奶聲奶氣的叫聲，他期望某天他們能成為朋友。

「你幹嘛不一起去呢？」辛巴問亨利。他認為亨利要是一起去的話，不就和他爸爸媽媽一起了嗎？不過，他又想到，如果亨利跟去了，現在他就沒有認識的鄰居了，甚至沒有對話者了。「我喜歡待在家裡。」亨利說他年紀大了，不愛動了。

辛巴說：「我就喜歡出去玩，坐在爸爸媽媽的車上多拉風啊，還可以

玩追蹤遊戲，我收集了很多情報，也能找到好多好玩有趣的玩伴。」辛巴說起出去玩的趣事，稍稍沖淡了當下的惶恐，他想努力化解累積在心裡的不安和恐懼。

亨利嘆息說：「可惜這次你沒跟了去。」他也認為要是辛巴跟著去了，現在也一定和爸爸媽媽一起了。「他們當時是去工作。」辛巴解釋說，他們一般週末才去遠點的地方玩，平常爸爸媽媽帶他去社區附近的公園或湖畔的狗公園散步。辛巴說，他很喜歡這種大玩小玩交替的玩法。

「現在呢，你怎麼辦？」亨利很實際地問了一句，這打斷了辛巴的回憶，回到了現實中。辛巴傻眼了：「我，我，不知道。」他實話實說，垂下了眼簾，他和亨利不同，他喜歡和爸爸媽媽以及安迪待在一起，他們中的其中一個，總會時刻和他在一起的，他愛他們，他們也愛他，他覺得自己和他們一輩子都不會分離，現在出現了這種情況，他真不知道該怎麼辦。

亨利說，他這幾天，在社區看過一圈了，都沒有人影了。他強調說，一個都沒有了。「一個都沒有了？」辛巴驚恐得張大嘴巴。原先他以為只是他和亨利的家人，還有鄰居克林叔叔他們消失了，沒想到整個社區都沒人了。這可是他未曾料想的。辛巴本來想站起來，此刻腿突然發軟，只得順勢趴下去，沒讓亨利發現他的脆弱失態。

「你真的都找過了？」辛巴費力地重新站起來，搖晃了一下身體，追問亨利。「我爬上無數人家的屋頂，偷偷進去無數人家的花園，還爬上了社區最高的樹頂瞭望，都沒有人煙了。」亨利說出了他驚人的發現。

「你能到我家看看嗎？」辛巴呆站了一會，突然發出了邀請，這把亨利嚇了一跳，以為自己聽錯了，就遲疑地問了辛巴，讓辛巴確認。辛巴也被自己的邀請嚇了一跳，本能地覺得不可思議，可又覺得合情合理，因為此時，能和自己商量的，就只有亨利了，所以他點頭確認了自己的邀請。

亨利很快地想了一下，就同意了，尾隨辛巴鑽過狗洞，進入屋裡。看著滿地被扒亂丟棄的物件，辛巴有點不好意思。亨利說：「他們，這個，

平常的話？」辛巴只好說：「平常的話，爸爸要懲罰我的。」他說爸爸對他要求很嚴格，他只是偶爾頑皮一下而已。

亨利很詭祕地笑了一下，沒做評價。他隨辛巴逐個房間巡視，翻找可能有用的資訊，但很遺憾，毫無收穫。辛巴說，媽媽和安迪臨走前，毫無異常的跡象。亨利說，皮特他們走的時候，也是一切如常的。

巡視到廁所的時候，裡面的氣味有點難聞。辛巴不好意思地說，他不會沖馬桶。亨利進去後，跳上抽水馬桶上，一躍而起，用前爪用力一拉繩子，嘩啦一聲，水就沖了出來。亨利等了一會，等水箱裡儲滿水，又拉了一下，水再沖一次，他這才滿意地跳下來。

「謝謝！」辛巴紅了臉道謝。

亨利一撸鬍子說：「小意思！」

等他們出來，在客廳沙發上坐好後，聽著牆上掛鐘的滴答聲，亨利和辛巴互相望了望對方，突然不由自主地朝對方發問：「現在，怎麼辦呢？」

兩個曾經的對手，此時，彼此依賴起對方來了。

第7章

辛巴側著頭思考了很久，問亨利：「社區真的沒人了嗎？」亨利聽了才意識到什麼，回答說：「嗯，我看過四周好幾條街道了。」辛巴遲疑地問亨利：「那更遠的街區呢？」亨利說：「這個，嗯，我還沒去那麼遠呢。」

辛巴想了好一會，建議一起去社區公園周邊再確認一下。亨利說：「你不相信我嗎？」辛巴從沙發下來，在客廳來回踱步，然後站住，抬頭望著窗外的白雲和藍天，喃喃地說：「我不相信爸爸媽媽會丟下我走了！」

「好吧，一起去看看。」亨利也跳下沙發，從狗洞出去了。辛巴走到洞口，猶豫了一下，返回臥室，把一個枕頭叼了過來放在洞口旁邊，等自己鑽出狗洞，回身叼了枕頭把狗洞堵上。亨利站在旁邊看了，說：「你還真細心的。」辛巴聽了，很高興地回答說：「我爸爸教我的呢，出門要關好門

窗，預防小偷進屋。」

　　亨利三步兩步出到花園，唰地跳上籬笆牆頂，翻了下去，站在馬路邊，突然有點擔心辛巴怎麼出來，因為花園的門鎖上了。辛巴出來花園，猶豫了一會，找了籬笆牆有點破的地方，用爪子刨了一會，把脆了的木條拉斷，然後從破洞爬出去。

　　他知道要被爸爸責怪的，但現在顧不上這些了。他和亨利，或一前一後，或一左一右，快步朝社區公園走去，過路口的時候，亨利沒有停步就走了過去。

　　「爸爸說，橫過馬路要先停後看，兩邊都沒有車才可以過的。」辛巴提醒亨利。

　　亨利不好意思的「嗯」了一聲。

　　路過的街道，還是熟悉的街道，爸爸媽媽帶他去公園的情景，一切都還歷歷在目。沿路，他都會遇見那些貓貓們，看見他的，都會閃開。那些狗伴們，要麼從花園的柵欄湊過來，和他行嗅吻禮，要是氣場不對，也會互相吠叫挑釁的。

　　但是現在，一切都消失了。

　　辛巴還是照老規矩，沿路撒尿作標記。亨利說，這樣很麻煩啊。辛巴說：「我要記住回家的路。」他又問亨利，怎麼找到回家的路。亨利猶豫地說：「我四處為家的。」辛巴頓了一頓，說：「難怪奶奶後來不喜歡貓了。」亨利沒明白，追問他原因。辛巴心裡有事，也無心解釋，含糊應付過去了。

　　辛巴來到社區公園入口，跑進去站在開闊地一望，眼前是有點枯黃的草地，風吹過來，身邊高大的樹，搖動著樹葉，發出嘩啦啦的聲響。樹枝上的麻雀，在嘰嘰喳喳地討論人類怎麼會消失了，有的說看見他們亂哄哄坐船走了，有的說，他們是乘飛船離開的，還有的說，是從海底潛走的。

　　辛巴和亨利停下來，聽了一會，然後朝小溪那邊的籬笆跑過去，再聽棲息在上面的翠鳥們議論各種傳聞。他們仔細地進行了比較，但也沒獲得

令自己信服的結論。辛巴跑到鐵籬笆前，亨利在身後緊跟。他們朝小溪張望，流水潺潺，但奇怪，原先岸邊的野鴨子也不見了蹤影。

辛巴有點悵然，他穿過籬笆的破洞，下到河邊，低頭狂喝了一頓，才返回溪邊的草坪。因為喝水太急，他喘著粗氣，扭頭發現亨利站在身後看著他，便問道：「你不渴嗎？」亨利說：「可以嗎？」辛巴說：「當然沒有家裡的好喝。」亨利小心翼翼地下到小溪邊，低頭吧嗒吧嗒喝起來。

等他們都返回公園的草坪，卻不知道接下來該怎麼辦了。白雲移過來的時候，陽光的陰影在草地上移動，過後陽光才又出現了。辛巴感到身上冷了一陣之後，又再被暖意覆蓋。他感到心裡也有什麼過來了，又過去了，一陣一陣的思緒。

公園四周的房子，也是悄無聲息的。小溪對岸那戶老人，也不見了身影。以前爸爸老說，那老人家門前的紫藤古樸典雅。住在公園邊的拉莉爸爸，總愛丟一個網球讓拉莉銜回來玩，她是一隻漂亮的邊境牧羊犬。現在她家的籬笆牆門，緊緊地關閉了。辛巴跑過去，鼻尖頂住門縫，嗅了一會，然後大聲吠了一陣，裡面毫無反應。

辛巴失望了，他提議：「要不然再去湖濱找找看？」亨利有點猶豫：「很遠嗎？」他幾乎沒有出過遠門呢。辛巴說：「對我來說，不遠的，但是……也許吧，對你來說。」他有點為難，沒有確切的把握。亨利偏了腦袋，躲避陽光的直射，思考一會說：「好，我陪你去。」

辛巴很高興地說：「我認識路的，爸爸常開車帶我去繞湖邊走，好漂亮的。」亨利有點擔心：「不是走路過去的？」辛巴說：「我每次都站在座位上看兩邊路的。」亨利說：「你不是用尿尿作標記的嗎？」辛巴說：「試一試嘛。」

於是他們兩個一起返回家，然後，辛巴回憶爸爸開車帶他出去的路線，一邊走一邊做標記，還往返作測試，試探著往湖邊的方向走去。

第 8 章

　　去湖邊的路雖然不遠，但辛巴還是費了些心力的。經過十字路口時，辛巴站在交通燈柱邊，用前爪按了一下按鈕，等在那裡。亨利掃了一眼，四下無人無車。只有交通燈在轉換顏色。綠燈亮時，辛巴聽到嘀嘀嘀的聲響，就喊：「走！」然後橫過了馬路。

　　「爸爸說，遵守交通規則才是好孩子。」

　　最後，他們來到漢米爾頓湖畔，這裡也是悄無人息。辛巴跑到湖邊，原先這裡有許多的野鴨子，天鵝，還有鴛鴦和麻雀，人們喜歡拿麵包屑來餵他們，而這些貪嘴的傢伙都會成群結隊圍著餵食者搶吃的。現在似乎都走光了。

　　辛巴對亨利說：「爸爸帶我來的時候，好多鴨子天鵝來搶吃的呢。」

　　「都去哪去了呢？」亨利困惑地皺眉，轉動腦袋尋找。

　　辛巴帶了亨利，跑到狗公園的盡頭，把腦袋卡在一家花園的鐵欄裡，朝裡面張望：「以前『多多』常和我在這裡玩接吻禮的。」辛巴很幸福地回憶往事。他朝裡汪汪地喊了幾聲，等了一會，裡面靜悄悄，沒有回應。

　　辛巴很失望，他對亨利說，我們再去聽聽麻雀們怎麼說的。他示意亨利隨他去足球場邊的樹林。夏天的太陽有點熱，辛巴和亨利氣喘吁吁地走到樹林裡，身體一下涼爽起來。他在幾棵大樹下轉來轉去，細心地聽樹枝上鳥兒的討論聲。

　　辛巴趴在草地想心事，才發現草地上的草，好久沒剪過了。他稍稍轉動鼻尖，躲避扎向他鼻孔的草尖。他還很大聲地打了個噴嚏，然後用前爪揉了揉鼻子和嘴巴。他抬起頭，朝湖邊方向張望，往常那裡都是運動或散步的人，當然還有各種狗狗。

　　亨利抬頭望了望樹頂，然後走過去，爬了上去，樹上立刻響起一陣翅膀搧動的噗噗聲，一陣麻雀的嘰嘰喳喳地叫聲，然後飛去了另一棵樹上。辛巴

抬頭看到亨利在樹枝間跳躍走動，生怕他掉下來，就喊了聲：「小心！」

「你們也在找他們嗎？」

辛巴突然聽到有人說話。他的心猛烈地彈跳起來。他譴地站起來，警惕地四周張望，可並沒有發現人影。他小心翼翼地望了望樹頂上的亨利：「聽見有人說話嗎？」亨利正爬下樹來，站定後也盯著辛巴：「你也聽見啦？」

等辛巴明確後，亨利也興奮起來，和辛巴一樣，背上的毛都豎了起來，尾巴也豎了起來。辛巴的尾巴在風中，如一面迎風招展的旗幟。亨利和辛巴，都靠在一起，轉動身體，四下尋找說話者，他們聽見有人在說話。

「是我說話。」

隨著樹枝間一陣噗楞楞的翅膀搧動，辛巴和亨利都看清楚了，是一隻鸚鵡，衣服豔麗，十分亮眼。辛巴和亨利都同時發出一聲疑問：「妳？」那隻鸚鵡飛到距離他們頭頂不高的樹枝，停在上面說：「我會說人的語言，還會好多種語言呢！」她說得有點驕傲。

「我飛了很多地方，也飛得很高，卻都沒有發現他們的蹤影。」

鸚鵡哀傷地說，她從南島的基督城飛過來的，一路上都沒有看見有人類的蹤影。她仔細描述了沿途看見的境況，說她看見過當年地震的慘況：「到處都是人呀，」她說地震重建後，本來整座城市人聲鼎沸的，但是現在都突然消失了。

「真的？」

辛巴和亨利同時發出驚叫，互相看到了對方眼中的驚恐。他們沒想到，南島也沒人了。辛巴記得，爸爸和媽媽都去過南島旅行，說那裡風景如畫，他們還給他看那厚厚的影集，他也很喜歡，因為媽媽說，那裡冬天下雪，辛巴很希望能和爸爸媽媽打雪仗。

「那妳怎麼……？」

辛巴想問她怎麼會跑到這裡來的。鸚鵡搧著翅膀，飛落草地，在辛巴和亨利三公尺外的地方站住。這時候，辛巴和亨利才注意到，鸚鵡的衣服雖然

豔麗，但被雨水淋溼了，還沾了泥巴，顯得髒兮兮的，有點狼狽的樣子。

鸚鵡接著嘆息說：「我是來找媽媽的，她失蹤了！」鸚鵡說她媽媽是個語言學專家，會很多種語言，人類的語言，動物的語言，也研究神祕的外太空語言。「我跟她學了不少種語言。」

鸚鵡很驕傲地說，媽媽說她是個學語言的天才：「媽媽還把對我的研究寫成了報告，在科學大會上宣讀呢。」鸚鵡說起媽媽來有點興奮，可忽然聲音又低了下去。「我媽咪很愛我。可是我找不到她了。」

「我爸爸也給我寫了書。」

辛巴聽到這裡，似乎找到了知音，很高興地跨前一步，沒想到把鸚鵡嚇得搧起了翅膀，倒退了幾步。辛巴趕快聲明，自己並沒有惡意：「也許我們的爸爸媽媽正一起在開會呢？」他想，會不會他們也正在一起研討什麼問題呢。

三個夥伴站著呱啦呱啦說了一會，距離感就拉近了，還互相自我介紹。辛巴和亨利有了新朋友，金剛鸚鵡蘇菲。辛巴說：「要不然，先去我家暫住，商量一下我們該怎麼辦吧？」蘇菲說：「這樣也好，我得好好梳洗一番了。」她說以後她可以飛高些，負責俯瞰尋找的任務。

第 9 章

回去的路上，辛巴嗅著他留下的標記，在前面帶路。蘇菲和亨利緊隨其後。他們一路走，一路聊，交換了很多情報和心得。進了花園後，辛巴像爸爸媽媽那樣，習慣性用鼻尖頂開信箱後蓋，看了眼，信箱只有兩份郵件。

他知道，媽媽和安迪幾天沒取郵件了。他蹬蹬跑到隔壁看了好幾個鄰居，發現信箱都是空或者也只有一兩封信件。

他帶蘇菲和亨利來到房前，把那個塞在狗洞裡的枕頭頂了進去，帶領他們進了屋裡。蘇菲四下打量了一下，說：「總算進屋了。」她說自己好多天是餐風露宿，都棲息在樹林裡，白天還好，夜晚就有點冷，下雨更糟糕。

辛巴問她：「要喝水吧？」蘇菲很高興地說：「好久沒有喝自來水了。」她說這些日子都是隨便喝點什麼的。辛巴帶她到他的專用水盆前面，看到盆裡的水已經見底了。

蘇菲來到廚房，辛巴想過來幫忙，卻發現洗碗池太高了，他站起來，前爪也碰不著水龍頭。他轉身求助地看著亨利，他覺得亨利年紀大，經驗豐富，一定有辦法的。

亨利慢悠悠地走過來，唰地跳上洗碗臺，用前爪抓到洗碗池的塞子，按在下水口，然後站上去，踩了幾下，把塞子壓實了，再站在水池邊，用前爪手背，往上一挑水龍頭的把手，水就嘩啦流了出來。水快儲滿的時候，他又用手掌一壓，水龍頭就關上了。

「亨利真能幹！」蘇菲誇了一句。

亨利在臺上轉了身，很輕巧地跳下來。蘇菲很高興，搧動翅膀飛上去，開心地喝了起來：「真是熟悉的水的味道呢。」她邊喝邊讚嘆，讓辛巴也喝點。辛巴站起來，前腿搭在水池邊，吧嗒吧嗒也喝了起來。

喝完水，三個就到客廳坐下來，繼續聊。辛巴說，以前爸爸媽媽，每天都把水盛好在水盆裡的。蘇菲也說，媽媽會把水盛好在木架上的小盆裡。亨利有點失望，說大概他老了，爸爸媽媽剛領回一隻小拉布拉多。辛巴說，難怪我聽到小狗狗受訓的聲音呢。

他們正說著話，突然，辛巴豎起了耳朵。亨利問他幹嘛。「好像聽到有聲響。」他不肯定地轉動腦袋確認聲源。蘇菲也停止了說話，聽了一會，說，我沒有聽到什麼呀。辛巴又隨他們說了一會話，但他神經總醒著。沒多久，他起身站起來，肯定地說：「應該是克林叔叔家的方向。」

辛巴快步鑽出屋，穿過自家花園，朝克林叔叔家跑去。他注意到，克林叔叔家的信箱也只有一封郵件。他在大門口徘徊了一陣，耳朵豎起。突然，他看見屋裡好像有個人影晃過窗戶，他一驚，又馬上狂喜起來：「克林叔叔回來啦！」他大聲汪地叫了幾聲，吸引亨利和蘇菲的注意，他們倆

一個跑著，另一個飛著過來了。

「誰？」

辛巴衝進克林叔叔家的花園，看見後門開著，就衝了進去，眼前的情景讓他詫異不已，大夏天的：「克林叔叔」穿著件帶頭套的黑色毛大衣，彎著腰，在冰箱裡尋找到什麼。平日裡，克林叔叔就是個「怪叔叔」，著裝奇特，還老扮小丑來逗人開心。

「克林叔叔？」辛巴很高興地在後背喊了聲。

「克林叔叔」聽見身後的聲響，顯然受到了驚嚇，彈跳起身，閃到洗手盆前，隨即拔出一把刀子，轉過身來面對辛巴。辛巴頓時嚇傻了，這個不是克林叔叔，是隻大猩猩！辛巴和大猩猩對視著，都緊抿了雙唇，一觸即發地盯住對方的行動。

蘇菲和亨利趕到後，也被這情形嚇傻了，都站在門外，張大嘴巴卻沒有聲音。時間似乎很緩慢地流過去。「妳是誰？」最後辛巴先開口了，因為他認為自己是克林叔叔的鄰居，更有權利詢問對方。「這是你們家？」大猩猩也瞪大的眼睛問道。

辛巴腦子一轉說：「我是克林叔叔的鄰居，幫他看房子的。」他身子還是保持原先半蹲著，隨時發動進攻和躲避的姿勢，眼睛警惕地觀察對方的反應。那隻大猩猩「哦」了聲，把手裡的刀子放下來，說：「我，我來找，我的爸爸，我餓了，十天了。」

聽到這話，蘇菲和亨利都「哦」了聲，辛巴身體也稍稍放鬆了一些，四個似乎都明白了這句話包含的資訊。辛巴收起了警惕的姿勢：「我們，也在尋找，他們呢。」他隨即把自己的夥伴介紹給了對方。「你們好，我叫露西。」大猩猩自我介紹說。

辛巴說：「露西，還是到我家去吧，私闖民宅是犯法的。」露西嘀咕了一聲：「我倒希望員警會來呢。」蘇菲也附和說：「我一路過來，都沒看見員警的蹤影。」亨利回憶說：「我們家遭小頭報警，他們也是第二天才慢悠悠

過來的，還說要追回損失，大概沒辦法，讓我們自己找保險公司賠償。」

站在辛巴家花園外，大家正猶豫露西這麼大身形怎麼能進去的時候，只見露西把手伸到花園籬笆門的縫隙，反手把裡面的門栓拉開，大家都可以從籬笆門進到花園了。可屋子的門都關著，露西又怎麼進屋呢。「總不能把門玻璃砸了吧？」亨利進屋後，仔細地從裡面觀察了一下前門和後門。

亨利發現前門是鎖上的，沒有鑰匙就別想打開大門，而通向花園的後門呢，只是從裡面拴上的，可以從內部拉開門栓。他看明白後，叫辛巴去拖了一把椅子過來，然後他站上去，用前爪一拔，就弄開了。

「哦，我也可打開的。」蘇菲看明白了，說了一句話。

四個進屋後，露西的眼睛四處掃，最後停在了冰箱。辛巴明白過來，說：「你自己看看有什麼吃的吧。」露西顧不上臉紅了，立刻奔過去，拉開冰箱門，找出裡面的紅蘿蔔，狂吃了起來，好不容易把飢餓感趕跑以後，才擦了嘴巴說：「你們呢？」

蘇菲只吃了點麵包屑。亨利說他還沒有餓。辛巴說沒有胃口。

第 10 章

夜晚降臨的時候，辛巴作為主人，要安排他們睡覺的地方。蘇菲就睡在在吊燈的鐵架上。露西問辛巴，她可不可以躺在床上。辛巴明確地拒絕了：「爸爸媽媽的床，連我都不准上去睡的。」他把露西安排睡沙發上：「妳和亨利一起睡吧。」亨利朝露西招手，自己挪到沙發角落，讓露西躺下。

辛巴把沙發邊的大坐墊拉了拉，又用腳壓了壓，把坐墊的邊沿壓扁了，這樣他就可以躺下，一半身體在地毯上，上半身靠在坐墊上。他想了想，又跑到他的狗窩裡，把放在那裡的拖鞋叼來，一隻媽媽的，一隻爸爸的，然後都放在坐墊裡。

這下辛巴滿意了，他把頭放在兩隻拖鞋之間的空檔，又挪動身體，找出最適當的姿勢，很舒服地長長嘆息一聲，躺下了。忙了一天，他真的感

覺到累了，現在身邊有了夥伴，他感到比前些日子安全些了。

他嗅著爸爸媽媽的氣息，感覺到更踏實些了，於是很快進入了夢鄉，並發出很響的鼾聲，但沒把其他幾個吵醒，因為大家極度疲累了。

第二天起來，辛巴照例出去花園巡視，做警告標記，然後喊大家出來活動身體。亨利懶洋洋地踱出來，跳上搖椅，蹲下，然後梳理他的毛髮。蘇菲飛上搖椅的遮陽蓋頂站好，朝四周張望。露西呢，正用手指揉了眼睛，扶著門框看著他們。

辛巴走到花園門口，朝馬路對面人家張望了一會，才回頭對走過來的露西說：「妳能幫助我拿掉信箱裡的郵件嗎？」他說媽媽說的，要及時取走裡面的郵件，否則壞人知道沒人在家裡住。

露西咧嘴一笑：「辛巴是個聰明的孩子。」她伸手拉開信箱的門，把郵件都掏了出來，然後拿回屋，分類放在角落裡的紙箱裡。

「可以也幫克林叔叔家取出來嗎？」

露西聽辛巴這麼說，很高興地答應說，當然好呢。她和辛巴再去克林叔叔家，也把郵件取了出來，放回克林叔叔家裡。辛巴說：「謝謝露西。」露西說：「辛巴最懂事了。」她和辛巴返回花園的時候，蘇菲和亨利很舒服地晒著太陽。

「早上的太陽真好呢。」蘇菲梳理著她豔麗的羽毛，這時辛巴才注意到，她頭肩部位的羽毛，是鮮紅色的，背羽的後半部是藍色的，而兩種顏色的結合處的羽毛，卻是黃色的，在太陽下閃閃發亮。

「真美！」

辛巴忍不住讚美她，好漂亮啊。蘇菲有點不好意思，說：「我都很多天沒有梳洗了呢。」亨利笑了說：「沒媽的孩子不如草呢。」沒想到，這句玩笑話攪亂了大家早上的好心情。大家沉默了一會。辛巴說：「也好，多自由啊！」這才把大家的情緒恢復。

露西就說：「辛巴現在都像個大人了。」辛巴被說得不好意思起來，

說以前都是爸爸媽媽照顧他的，他學習了不少經驗呢。亨利聽了，哈哈大笑，說起以前辛巴追趕他的糗事。

辛巴說：「誰叫你把爸爸種的花草都搞壞了。」亨利有點慚愧地說：「當時我嫉妒你爸爸把花園弄得那麼漂亮嘛。」辛巴自豪地說：「爸爸從前沒布置過花園的，他很愛學新東西嘛。」

蘇菲說：「要聽我唱歌嗎？」她現在心情特別好。

露西拍手說，好呀好呀，然後在搖椅前的草地坐下來。亨利一撈鬍子，也跳下來，坐在露西身邊，說：「我很多天沒有聽見音樂了。」辛巴也跑過去趴下，很高興地仰著頭，等蘇菲開口。蘇菲清了清喉嚨，說她就唱一首〈紅河谷〉。

辛巴聽得入迷，也覺得不可思議。因為蘇菲平常講話，粗厲又吵雜，聽起來十分刺耳，一點沒有鳥兒說話那種委婉動聽，此刻聽她唱歌，卻是深情婉轉。露西小聲對辛巴說：「金剛鸚鵡的模仿能力是最出色的。」

一曲唱畢，蘇菲優雅地彎腰致謝。亨利摸了鬍子說：「真好聽！」露西拍手說：「以後籌辦一個個人演唱會吧。」辛巴說：「蘇菲臉上的條紋，像中國京劇的花臉臉譜，真好看，也有趣。」

蘇菲聽了，很高興地說：「是真的嗎？」她說以前媽媽總哼唱一些歌曲，所以她很熟悉，也很喜歡，她經常和媽媽二重唱。她越說越興奮，臉紅起來了。辛巴沒想到金剛鸚鵡的臉，一激動就會紅起來的。

大家在花園裡，唱唱跳跳，辛巴還讓露西把屋裡的皮球也抱出來，一起玩滾球和搶球遊戲。亨利和蘇菲就當啦啦隊員，為他們兩個的表現鼓掌喝彩。

累了的時候，他們把屋裡的零食拿到花園裡，邊吃邊聊，嘰嘰喳喳的，把屋頂的麻雀也吸引了下來，分吃他們的麵包屑。辛巴感覺，這天真的很開心，大家都暫時忘記了爸爸媽媽不在的煩憂。

第 **11** 章

一段日子裡，他們的日子過得不錯。晚上，他們開「臥談會」，天南地北，紐西蘭的北島和南島，中國的深圳和香港，天上的星星月亮，地下的江河湖海，都是他們的話題。「以前都是爸爸媽媽在說，我在他們身邊靜靜地聽。」辛巴默默地思念著往昔的日子。

白天呢，他們四處閒逛，以家為圓心，往四周發散去尋找，看看能否發現有人的蹤影。不過很遺憾，他們總是失望而歸。這天，路過市中心的超市，大家的鼻尖都頂住玻璃窗，發現裡面沒有人，所有貨品卻擺放整齊呢。

辛巴墊起腳尖，用鼻尖去嗅一根骨頭，被大家哄堂大笑起來，原來那是貼在牆上一幅廣告畫上的一根骨頭。蘇菲笑他：「餓花眼了吧？」辛巴很不好意思，他舔了舔嘴角：「媽媽給我煮的牛骨頭真香呐。」他描述了一番他的幸福時光。

露西說：「我昨晚發現冰箱空了呢。」

「那怎麼辦呢？」

辛巴有點焦慮，在玻璃窗前踱步。蘇菲拍打翅膀，飛上屋頂，又飛上樹頂，觀察了一番，下來報告說：「沒人！」亨利撚了鬍子說：「要不然，去拿一點？」辛巴聽了就喊道：「那不是偷嗎？」他氣鼓鼓地掉頭離開了。

一路上，大家沒有說話，直奔家裡。

回到家裡，辛巴領了露西，來到後院的工具房，說：「媽媽留了些南瓜種子。」露西把放在小碗裡的種子拿在手掌，看了看：「爸爸種過，我吃過，好香甜的。」辛巴說：「那妳去種了吧？」露西拿了種子，也拖了把鏟子，返回花園裡。

露西在花槽中挖好洞，把種子放下，蓋上土，找來小塑膠桶提水，澆水，完成後，他拍拍手，對辛巴說：「再過兩個月就可以收穫了。」辛巴一

聽，頓時傻眼了，他心想等到那個時候，大家都餓死了。但他又想不出好辦法，很焦躁地在花園走來走去，又突然趴在草地上，一動也不動，眼睛盯住草尖。

蘇菲看他這樣，就安慰他說：「我唱歌給大家聽吧？」然後，她就哼唱起一首老歌〈昨日重現〉。過了一會，辛巴突然跳起來，大聲吼叫：「別唱了，煩死了！」蘇菲嚇得趕快閉上嘴。亨利盯住他沒出聲，因為他發現辛巴眼淚汪汪了。

露西走回屋裡，默默地收拾房間，把被子疊好，把沙發整理好，把辛巴的那兩隻拖鞋，也放整齊，一切看起來，都有模有樣的。辛巴進來後，有些驚訝。他突然有點感動，媽媽當初就這樣收拾房間的，看起來整齊漂亮。

辛巴走到露西身邊，用腦袋摩擦她的腳。露西摸摸辛巴的腦袋，說：「現在只能靠我們自己了。」她說，發火並不能解決問題的：「爸爸媽媽不在，我們就是大人了。」她鼓勵地看著辛巴的眼睛，讓辛巴感覺到，露西就像個大姐姐那樣讓人溫暖。

以前，安迪貪玩又不想受到管束，爸爸就批評他說，你想完全自由，就只能靠自己，自己過自己的日子。現在，辛巴細想起這話來，才有點明白這個道理，現在是自由了，沒有爸爸媽媽照顧自己了，要獨立了。

辛巴喃喃地說了句：「只能靠自己了。」露西聽了：「這樣想就對了。」蘇菲進來後，說：「我們要樂觀點。」辛巴對自己剛才的言行感到內疚：「對不起。」蘇菲笑了笑：「我都忘記你說了什麼啦。」亨利跳上沙發，蹲坐著想了一會，說：「要麼，我們去借？」

露西眼睛一亮，說：「好辦法！我們可以打借條。」辛巴也覺得很好：「我們不是偷，是暫借，因為情況緊急嘛。」他說爸爸老是批評媽媽思想刻板，不善於變通，兩人有時會因這個問題吵架，但最後爸爸總是用事實來佐證自己的正確。不過，媽媽從來都不買帳。辛巴心想，這個時候，他要學習爸爸的方法。

　　商量好後，他們又一起返回超市。露西去找了一塊磚頭，把入口處的玻璃門敲了個洞，突然警報聲大響，把他們嚇呆了，站在原地不敢動彈，露西最搞笑，還舉起了雙手。警報聲嗚嗚地響啊響啊，卻沒有員警到來。

　　他們回過神來後，才開玩笑說：「要是來員警就好了。」那他們就可以看見人類了。很可惜，警報一直在嗚嗚嗚地響，但沒有人來的跡象。他們原地等待了好一陣，露西擦擦手，把手從破洞裡伸進去，把門打開，讓大家都進去了。

　　露西說：「爸爸做實驗的時候，帶我進過超市買東西的。」她熟門熟路走到蔬菜貨架，挑選了紅蘿蔔，白蘿蔔，包菜，馬鈴薯，蘋果，鳳梨等；辛巴跑去拖了一輛購物車過來，亨利跳上去，坐在最上面的小籃子裡，讓辛巴推著，嘩啦嘩啦就隨車過去了。

　　「我要肉腸，媽媽老說要少吃肉。我爸爸跟媽媽提起一本叫《憤怒的葡萄》的書，說裡面有一句話印象最深刻，男主角說，男人要吃肉，才有力氣工作，我也是呢，要吃肉才有力氣走路的。」辛巴舔著嘴角說出的這句貪嘴的話，把大家都逗笑了。

　　「我吃素呢，但是力氣比誰都大。」露西笑出了聲。

　　亨利指了貓罐頭，說他要這個。而蘇菲呢，則鍾愛花生等果仁。幾個夥伴一邊爭吵，一邊把挑選好的果菜，往車裡放東西。亨利站在那裡點算數量：「1，2，3……。」蘇菲在超市貨架上飛來飛去，不斷報告有哪些貨品在什麼地方。他們分工做起來，做事的效率還挺高的。露西一邊聽他們說，一邊說好好好，並把他們要的食物都搬上了手推車。等堆滿了一車後，才依依不捨地離開貨架。

　　最後，他們「買」齊了所需要的物品，露西把購物車推到了收銀檯前。她找出記事本，寫下了他們拿走的貨物名稱，數量，日期，他們的名字。辛巴突然想起什麼，說：「那洞口怎麼辦？」露西說不用擔心，她返回貨架，找到透明膠，又撕下一個紙箱的紙板，把打爛的玻璃破洞補上了，

然後推了購物車出了超市。

　　辛巴說：「以後等他們都來上班了，我來兼職，做巡邏的工作。不過，也許爸爸和媽媽會替我還錢的。」露西說：「我來幫超市搬貨吧。」亨利說：「我來幫他們抓老鼠。」蘇菲則說：「我來幫他們唱廣告歌。」

　　在回家的路上，露西說：「幸虧爸爸教會我讀書寫字，要不然沒辦法寫借條呢。」

　　「妳能也教我們嗎？」

　　辛巴，蘇菲，亨利異口同聲問她。

第 12 章

　　自從找到了口糧，他們的日子過得舒適起來。不過，也不是沒有擔憂的。露西經常查看南瓜苗。雖然長勢不錯，但沒有想像中的好。辛巴又把媽媽放在工具房裡的辣椒和蒜頭種子，以及番薯種子也指給露西看。露西把種子都種下了。

　　露西常走到儲物間，查看堆放的糧食，還檢查冰箱是否有電。她說：「幸虧水力發電站的電腦還自動運作，否則就沒有電了。」她說，要是人類沒有發明電腦，那他們的生活習慣都要改變了。「我爸爸媽媽都喜歡電腦，安迪玩起來更深通宵達旦。」辛巴發牢騷說道。

　　辛巴想起，爸爸也用電腦寫書，他太嚴肅了，只要一看他敲電腦，他就只好乖乖地躺在他腳邊睡覺，不敢打擾他；媽媽呢，也喜歡盯住電腦看，不過她沒脾氣，他過去搗蛋想玩的時候，媽媽就會說：「沒看見我做事嗎？」

　　那一刻，辛巴就很調皮，要麼把下巴放在媽媽的大腿上，裝可憐，要麼就湊近，用前腳壓住媽媽手中的鍵盤，不讓她玩電腦，還瞪大眼睛，骨碌碌地看住媽媽的眼睛。

　　媽媽呢，剛開始表情嚴肅，很嚴厲地盯住他。辛巴這時有點害怕媽媽罵他，但他堅持住了，當然，眼睛偶爾躲開一下。媽媽假裝嚴肅了一會，

突然爆發出大笑。

爸爸在房間聽到了，就會跑出來：「幹嘛，出什麼事了？」媽媽會把辛巴的搗蛋樣子告訴爸爸，惹了他也哈哈大笑。更有趣的是，媽媽有時會把他的萌態用相機拍下來。這當中搞得辛巴很難堪，因為媽媽把他這些丟人的神態都用影像保存下來了。

爸爸和媽媽經常把這些照片發到網路上去，把許多人都逗笑了。不過，辛巴喜歡和媽媽玩耍，只要達到這個目標，他才不管這些呢。他很清楚，在媽媽面前，可以很淘氣，他永遠是媽媽疼愛的孩子。而在爸爸面前呢，他就得裝成大人樣子，因為爸爸老是嚴肅地說：「嗯嗯，說說，你都幾歲啦？」

辛巴心想，我不就才八歲嗎？爸爸就會給他換算成人類的年紀，說：「按我們的演算法，你現在該 48 歲了，和我年紀相仿了。」這話說得辛巴臉都紅了。

媽媽聽了大笑，幫腔說：「別聽爸爸胡說八道了，狗狗的年齡，怎麼能套用人類的演算法呢？你爸爸讀書的時候，數學總不及格的，我們辛巴就是個八歲的孩子嘛。」

媽媽的話，把爸爸惹得哈哈大笑，他笑得臉上的皺紋都像湖上的漣漪，一圈圈蕩開了，辛巴以前在湖邊追野鴨子的時候，爸爸往湖裡扔石頭，他就看見過這樣的情景。

現在，他聽到爸爸和媽媽大笑，就知道爸爸的嚴肅是假裝出來的，他立刻去把小枕頭叼過來，要爸爸陪他玩，爸爸也會和他玩得很起勁，兩個玩拔河比賽，累了後，爸爸讓他把梳子叼過來，給他梳毛，辛巴就舒服地享受起來。

回想起這些，辛巴心情有點黯然。露西雖然不知道他想什麼，但注意到他情緒的變化，就對蘇菲說：「今天不是說好，要來個花園演唱會嗎？」亨利說：「蘇菲一起床就準備到現在呢。」露西摸著辛巴的腦袋說：「我們

觀眾也該進場了。」她想讓他的注意力轉移過來。

蘇菲今天顯得光鮮漂亮。辛巴稱讚道：「好像公主呢！」蘇菲臉紅了，驕傲地說：「媽媽就叫我小公主的！」亨利摸一把鬍子，笑道：「喲，可別稱讚她了，要不然她要飛上天了呢。」露西聽了，捂了嘴巴笑。

露西讓蘇菲等等，然後她進屋把客廳的大坐墊抱出來。辛巴一看不願意了，說那是爸爸的專座呢。露西笑了說：「借用一下。」她身材龐大，所以需要大的座位。辛巴偏了腦袋想想，說：「好吧。」

露西坐在坐墊上，把辛巴和亨利也拉過來，靠在她身邊。辛巴感到了她身體的體溫，他一下感動了，說：「等等。」他又跑回屋裡，把自己的小枕頭叼出來，然後依偎在露西身邊，把下巴放在小枕頭上，專心地聽蘇菲演唱。

蘇菲把花園搖椅上的遮陽頂棚當作了舞臺，模仿主持人報幕，然後演唱，中間還穿插模仿秀，模仿以前和媽媽在一起生活時的逗笑片段，甚至還模仿辛巴打鼾的聲音：「呼嚕 —— 呼呼 —— 咕嗚啦 ——」一聲高一聲低的，怪聲怪氣，這把臺下的觀眾樂翻天了，他們的笑聲和掌聲，把麻雀也吸引過來了，一起陶醉在這場演出，歡呼雀躍。

閉幕後，在大家的祝賀聲中，蘇菲顯得容光煥發，又有點黯然，說：「要是媽媽也在就好了。」露西假裝沒聽到，只讚美蘇菲演出太棒了。而辛巴呢，說了句：「他們知道了，一定很高興的。」亨利摸了鬍子，像個預言家安慰她說：「會有機會的。」

第 13 章

晚上開「臥談會」時，辛巴很好奇，蘇菲怎麼能模仿他的鼾聲呢。大家都笑了，說：「我們都聽到了。」原來這樣啊，辛巴有點尷尬了。爸爸把他接來之前，也沒說過他有打鼾這回事的，到了紐西蘭後，一天早上起來，爸爸告訴媽媽：「辛巴晚上會打鼾！」

媽媽感到好奇：「像你一樣打鼾？」爸爸點了辛巴的腦袋：「像爺爺一

樣打鼾！」以前在深圳的時候，辛巴是和奶奶爺爺住的，奶奶不打鼾，小琪肯定也不會，惟有爺爺的鼾聲驚天動地的。

「大概潛移默化了。」

媽媽笑嘻嘻說：「以後你們可以二重唱了。」辛巴聽了，趕快把腦袋偏開，沒面子看爸爸。「哎，看看，學壞多快啊。」爸爸憐愛地摸摸他的腦袋。後來，爸爸還把他的逸事告訴在中國的奶奶，把她和小琪都逗樂了，說：「一起住了這些年，我們怎麼沒發現呢？」

辛巴想了很長時間，也沒搞懂自己怎麼就會打鼾了呢。不過，辛巴半夜醒來，只要聽見爸爸的鼾聲，他就睡得安心。現在他突然懷念起爸爸的鼾聲來了。他問露西：「你會打鼾嗎？」露西笑了回答說：「我不知道呀。」

辛巴想想也對，他自己也不知道自己會打鼾呢。以前媽媽說爸爸打鼾，他也不肯承認的，媽媽哼了一聲說：「我有錄音證據的，還想賴啊？」

蘇菲笑了說：「我會打起精神留意露西的。」

「要是蘇菲睡著了，我叫醒她。」亨利捂住嘴巴，打了個哈欠說道。

蘇菲笑著，又模仿亨利睡覺的嘰咕嘰咕聲，惹得大家又笑成了一片。

後來，大家的話題談到了各自的家人。辛巴說：「爸爸媽媽都是作家，來紐西蘭後，媽媽忙於工作，只有爸爸還在堅持寫作，他也出版了很多書，很多讀者都在看他的書呢。」

「他還給我寫了一本書，書名叫《不離不棄》，就是寫了我的故事，我爸爸說，他要讓大家分享我們的故事。」

露西說：「辛巴好幸福啊，希望我們以後能看到這本書。」

露西說自己來自遙遠的非洲，她也是聽前輩說的，先住在漢米爾頓動物園，後來搬來和爸爸住，他是個動物學家，也研究動物社會行為，他們相處得很開心。爸爸常常教她讀書寫字，還帶她出去玩耍，爸爸喜歡航海，還喜歡賽車，常帶參加帆船和賽車比賽，他也很開心能成為爸爸的助手，學了不少知識，幫助爸爸做了不少很有影響的實驗。

辛巴聽了，很高興地說：「哎呀，爸爸上次讓我看一個影片，紐西蘭的動物救助機構SPCA為了宣傳愛護動物，教會了流浪狗開小汽車呢。」辛巴說，爸爸本來也興致勃勃想教他的，可媽媽擔心安全問題，把爸爸罵了一頓，他才沒有學成。

「爸爸說我最聰明，心裡都明白，只是不會用人類語言表達罷了，只要肯學習，努力，這都不是難事。」

亨利說：「蘇菲和露西就是榜樣。」

蘇菲謙虛地說：「媽媽也常這樣對學生說的。」她說她也是從動物園搬去和媽媽住的，因為要做很多的實驗，所以朝夕相處久了，也學習了很多知識。聽媽媽說，我的祖先來自南美熱帶地區的金剛鸚鵡，是體形最大的鸚鵡之一，色彩是最漂亮的。我跟媽媽學習了很多種語言，包括外星人的語言。

「聽說我來自波斯，可爸爸把我從動物救助站領養的時候，說是混血的，不是純種的，不過，我還保持波斯貓毛髮濃密的特點，爸爸媽媽平常喜歡看電視，讓我待在他們的懷裡打呼嚕，她們談話的時候，我就安靜地聽，也學習了好多人類的知識。」

「據說維多利亞女王有過兩隻藍色的波斯貓。」蘇菲插話說道。

亨利說：「爸爸媽媽都說我舉止很優雅，還叫我王子呢。」亨利得意地說道：「不過，後來他們又領養了皮特，不知道是否擔憂我年紀大了的緣故。其實我還很強壯的。」

辛巴笑嘻嘻地開玩笑：「是啊，精力充沛的，還總來花園搗蛋呢。」亨利聽了，很不好意思地笑開了。辛巴走到他身邊，用前爪摸了摸亨利的毛，又用舌頭舔了舔，說：「真柔軟。」他說亨利像縮小版的老虎。

露西望了眼牆上的掛鐘，說：「大家都談了不少，以後大家都記住對方的優點，互相幫助。現在大家有點睏了，那就睡覺吧，我們動物，本該是早睡早起的習慣。」辛巴聽了，趕快去找枕頭。他回來的時候，露西已把大坐墊給他平整好了，還把他爸爸和媽媽的拖鞋給擺好了。

辛巴把下巴放在露西的大腿上，很感激地看了眼露西：「妳像媽媽一樣細心呢。」露西摸他的腦袋說：「辛巴可愛，難怪爸爸媽媽和安迪那麼疼你。」她安撫好辛巴後，又去把熱水器的開關關了：「我們不用熱水，要節約環保。」

露西拉滅電燈後，大家就漸漸的沉睡過去了。午夜時分，辛巴突然跳起來，衝著外面汪汪大叫，把一屋子都吵醒了。蘇菲在吊燈上撲著翅膀；亨利則受到驚嚇，竄上了櫃頂；露西從沙發坐起來，緊張地四處張望。

這一切都發生在黑暗中，於是屋裡響起了一陣驚慌和東西摔地下的聲音。辛巴吠叫了一陣，聲音也轉為語焉不清哼叫聲。露西把燈拉亮，發現辛巴站在屋中央，呼呼地喘氣。以前他半夜聽到外面的貓叫，也會這樣發作的。

「怎麼啦？」

大家驚魂未定地問道。

辛巴回過神來，不好意思地說：「剛才做噩夢了。」

「啊！」

露西安慰了一下辛巴，拉滅了電燈，大家又重新入睡。過了不久，露西聽見辛巴哭泣起來，她小聲地喊了一聲：「辛巴，沒事吧，辛巴？」可辛巴沒有回應，還在嗚嗚地哭泣。露西一個顫抖，翻身起來，用手去摸辛巴的額頭：「辛巴？」

辛巴身子挺了一下，醒過來。待露西再問起，他解釋說：「又做噩夢了。」辛巴夢見爸爸媽媽和安迪坐著的車跑在前面，他用盡全力跑卻總是追不上，車子轉過街角後，他就被拋離得越來越遠了。

辛巴望著窗外夜空裡的星星，神情有點黯然，他低頭小聲說了一句：「我想媽媽他們了。」露西沒再說話，只用手摸摸辛巴的額頭，輕輕地嘆息一聲。

第 14 章

辛巴晚上做噩夢的習慣，是他在香港等待隔離和轉運期間落下的。六個月啊！他從深圳離開，就要在香港隔離六個月。最終還要通過體檢。因為紐西蘭只認可香港發出的檢疫證。

知道辛巴要在香港待那麼長的時間，爸爸問託運公司，沒有家人陪伴，辛巴到底能否平安度過這漫長的隔離期。託運公司說，沒問題，他們有專門的人員照顧他的。雖然擔心他，但爸爸為了能在紐西蘭天天陪伴辛巴，還是咬牙把他交給了託運公司。

託運的車子來接辛巴的時候，爸爸領他去交接，他還傻乎乎地以為又要出去玩了，興奮地一下就跳進車廂的大籠子裡。奶奶則千叮囑萬叮囑，要託運員好好待辛巴，還把他的小玩具交給了他們。玩具裡縫製的是留有爸爸和奶奶氣息的衣服和襪子。「辛巴嗅到了，就能安心睡覺。」爸爸說，這樣辛巴就能時刻感受到和家人在一起了。

辛巴去香港以後，爸爸，小琪，甚至奶奶，都去看過辛巴好幾回。辛巴天天做夢，天天盼望家人來接他。每當看見家人，就狂喜狂吠，興奮地站起來，撲在窗口抓狂。見面和分離都這樣。這讓大家心疼不已，安慰他耐心等待，就能去紐西蘭和爸爸媽媽一起了。

六個月後，辛巴飛越千山萬水，來到紐西蘭和爸爸媽媽以及安迪團聚了。當時就是狂喜啊，他興奮得差點把身體都扭斷了呢。爸爸抱著辛巴安慰他；媽媽呢，好陌生啊，她在紐西蘭好多年了呢，熟悉得有一個過程的嘛。

辛巴到家後，爸爸媽媽好高興，給他準備了新的寢具，漂亮的食盆和水盆，還有可愛的小枕頭，上面都繡了隻紅鼻子的狗狗呢。連廁所的布藝紙巾筒都是手工畫的辛巴頭像。辛巴還有一個可以到處蹦跳的大花園，他可以和爸爸媽媽玩拋球遊戲，也可以玩追蹤遊戲，偵察小動物的行蹤，天天都過得很開心。

　　不過，有一天夜晚睡下不久，他就哭起來。當然，開始他沒有醒來，也不知道，直到爸爸喊他的名字，他才突然驚醒過來。爸爸拉亮電燈，下床摸了他的額頭問：「怎麼啦？」辛巴長長嘆息一聲，又沉沉睡過去了。

　　後來，他聽爸爸老和媽媽討論，說他經常做噩夢。他們摸了他的腦袋，安慰他說：「辛巴別怕，我們都在你身邊了呢。」辛巴也經常表示，他不怕夜晚的黑。其實，他有時白天在客廳小睡的時候，也會做夢哭泣的。媽媽一喊他的名字才醒來。

　　不過，慢慢地，辛巴也愛上了紐西蘭，漸漸地把香港那段孤獨沒有親人陪伴的日子淡忘了，也慢慢不做噩夢了。當然，偶爾還是會的。辛巴這才感到心安些，因為爸爸老是擔心他做噩夢，總是在半夜醒覺著，希望隨時打斷他的噩夢。

　　「你爸爸媽媽真好！」

　　露西聽了辛巴的故事很感動：「現在他們雖然不在，但有我們幾個呢。」她安慰他。蘇菲也附和說：「對呀，我們都在呢。」亨利走過來，用頭頂了頂辛巴的腳，調皮地說：「你是在夢中沒追上我才哭的吧？」辛巴被他的俏皮話逗笑了，不好意思地說：「抱歉了。」

　　他還坦白，剛來紐西蘭，因為進家門時，安迪去睡覺了，沒有出來迎接他，等他醒來後見面，辛巴卻以為他是外人，突然出現在自家的屋裡，於是總對他懷有敵意，還咬傷過安迪摸他腦袋的手指，這讓爸爸很憤怒，還教訓了他。

　　可辛巴脾氣就是倔強，雖然不敢當爸爸的面對安迪吼叫，但他的敵意並沒有消退，起初還搞得兩人勢如水火，這讓爸爸媽媽頭痛不已，還諮詢了不少專家，後來卻還是爸爸自己找出了解決方法。

　　每天媽媽和安迪工作回來之前，爸爸會把辛巴領出去散步，兩個一大一小在燈光昏暗的街道走啊走呀的，或者在黑暗中的花園待到他們進了家門，爸爸才領了辛巴進家門。

這樣經過一段時間，辛巴每次進門，總發現安迪早在家裡了，慢慢地，他才接受安迪也是家人的事實，因為人家比他早到嘛。後來，爸爸媽媽說起這段往事，總拍了他的腦袋，嘆息說：「哎，傻瓜。」媽媽則幫腔說：「辛巴不傻，是看門狗呢。」

提起這些溫馨往事，辛巴不勝感慨。蘇菲和亨利，當然還有露西，也七嘴八舌說起來各自的家事，分享了彼此的感動和快樂。蘇菲說：「雖然我的老家在南美洲，但我從來沒去過那裡。我不知道自己是第幾代在紐西蘭出生的，媽媽沒有談起過，我只知道我已經不適應野生環境了。這次從基督城飛來漢米爾頓，我是咬牙冒險的。幸虧遇見了你們，否則真不知道會出什麼事呢。」

亨利說：「我不知道我的身世，也不關心。」他一副坦然的樣子。辛巴嘀咕了一聲，說：「你只關心吃和玩。你爸爸一定這麼說你的吧。」亨利就笑了，說：「哈哈，你也被說了？」

露西摸了辛巴的腦袋說：「真會批評和自我批評的嘛。」說得辛巴嘿嘿地笑起來，還問露西：「你回老家探親過嗎？」露西說，她從來也沒有回去過，她是在動物園出生的，偶爾聽飼養員提起。後來，爸爸領了她一起住，也只聽他說過，那邊的家人都越來越少了。

他們說說笑笑，又出去花園玩耍，然後一起去四周遊蕩。見著其他的動物，他們都會問起有關人類的消息，但只有謠言或傳聞，沒有確切的結果，這讓他們很失望。

第 15 章

露西注意到，辛巴自打做了噩夢，似乎變得有點心事重重。她看見他把頭低下，從花園門下的空檔，朝馬路對面張望，就問道：「有動靜嗎？」辛巴抬起頭說：「沒有，草長好高了。」他說完，回頭看看自家的花園，草也很高了。

　　露西問他：「有剪草機嗎？」辛巴高興地回了聲：「有的。」他覺得露西真細心，能洞察他的心事。這草是有點高了，他們趴在草地玩耍的時候，草尖都刺得他鼻子發癢呢。他帶露西去房間抽屜裡拿了遙控器，去把車庫門打開，把剪草機推出來。

　　露西把剪草機引擎啟動，突突地在花園裡來回走動剪草。辛巴很高興，跟在她後面走，好像自己也在幫忙一樣。亨利和蘇菲聽到機器聲，也從屋裡出來，一個棲在搖椅頂棚看，一個趴在搖椅的靠背張望。

　　「露西真能幹！」

　　大家都這麼喊，讓露西工作得更歡。「這是跟爸爸學的，他常教我做家事呢。」她還回過頭來問辛巴：「好玩吧？」辛巴說：「爸爸吸塵的時候，我也想學，但他說，哎呀呀，你待一邊去，別礙手礙腳的，所以我只在爸爸澆花的時候，給他銜拉過水管。」

　　露西安慰他說：「你不是知道工具放哪裡了嗎？說明你平日很細心觀察呢。」辛巴聽了這個表揚，十分高興。蘇菲咯咯地笑了說：「露西人真好。」亨利糾正說：「露西可不是人呢。」辛巴就說：「是就更好了。」

　　「喲，還咬文嚼字的呢。」露西被他們逗笑了，在似工作似玩耍中結束了剪草工作。露西把機器推回了車庫後，返回屋內，坐在沙發上休息。辛巴很懂事，去叼了根紅蘿蔔給她。

　　露西一邊吃一邊誇他聰明。蘇菲呢，讓露西躺下，為她頭上抓蝨子。亨利慢悠悠走過來，他舔露西的手指，說：「好有力的手呢。」

　　露西摸了他們的腦袋說：「全都是懂事的孩子，難怪都讓人疼愛呢。」

　　「大家注意到沒有，我們種下的南瓜和菜椒，都長出了葉苗了！」大家聽露西這麼一說，都有點不好意思，光顧了玩耍，還真的沒有關注過露西的菜園呢。他們起身，七嘴八舌，邊議論，邊往屋外走。

　　露西站在花槽邊，讓他們看那些長出了一個手指長的菜苗。蘇菲說：「還要等多長時間才有瓜果？」露西說：「教科書上說的，還要一個多月

呢。」辛巴說：「哎，還要這麼久啊。」亨利歪了腦袋問露西：「下點肥料會快些嗎？」辛巴聽到這句話，就笑了：「亨利最愛這樣搗蛋的。」這話讓大家都哈哈笑了起來。

「我是好心嘛，我又不吃的。」亨利趕快解釋道。

露西去提了水桶，給南瓜和菜椒苗澆水，然後拍拍手說：「南瓜很好吃的。」辛巴說：「媽媽最愛吃，說對身體健康有益。但不給我吃。爸爸說，太甜了，狗狗不能吃甜的。」辛巴問露西，這到底是不是真的。「爸爸還說，狗狗也不能吃鹹的。」

露西說：「不能吃鹹的，這個我知道，因為你皮膚沒有汗腺，不能排汗，把多餘的鹽分排出體外。至於甜的不能吃，這個我還得去查查才知道。」她摸了辛巴的腦袋，說：「嘴饞了吧？」

辛巴小聲說：「媽媽做的菜都很香的。」他邊說邊咽口水。

「他啃骨頭的聲音，隔了三條街都能聽到。」亨利捂了嘴巴笑他。

亨利的話，把辛巴的食慾又勾了起來。他臉發燙起來，但伴隨著傷感。哎，要是媽媽爸爸在的話，他生日那天，肯定又有大骨頭啃了。媽媽肯定會在下班的路上買回來，煮好了為他慶祝生日的。

平日，媽媽做菜的時候，他喜歡躺在廚房的地板，嗅那股香味。爸爸經常笑他，還因他躺在媽媽身後而數落他：「哎呀，你嘴饞成這樣啊，你躺人家背後，不小心就踩到你了。」媽媽還總是護著他：「人家就是喜歡吃嘛。」

說起這些趣事，大家的快樂和憂傷都交織在一起。

第 16 章

天快亮的時候，辛巴聽到了一陣異響，屋頂上響起了叮叮噹噹咚咚咚的聲音，好像什麼砸在上面了。辛巴身子一緊，趕快起身查看。這時露西，蘇菲，亨利都醒了過來，緊張地互相在黑暗中探詢發生了什麼事。露西把他們都拉到身邊，四個夥伴緊緊依偎在一起。

　　過了一會，他們又能聽見牆上的掛鐘指針走動的聲音了。大家鬆了一口氣。不過，大家也睡不安穩了。辛巴看著窗外的天色漸漸亮了起來。他起身小心地走到客廳的玻璃門，朝外面看了眼，似乎沒什麼動靜。

　　天亮後，太陽的光線射進來。辛巴伸了一下懶腰，從狗洞鑽了出去。他看見花園草地白花花的，好多小球堆在一起，腳踩下去發出唰唰聲。隨後出來的露西喊了聲：「下冰雹了！」亨利和蘇菲聽見喊聲，也跟出來看個究竟。

　　「像我吃的餅乾呢。」辛巴用前爪扒了扒，又用舌頭舔舔：「冰冰的。」蘇菲用嘴啄了一顆小珍珠，吞了下去：「有點像霜淇淋，但沒有味道。」亨利小心翼翼地走在草地上，似乎像繞開地下的什麼，他走了幾步，又用前爪撥弄那些晶瑩的小球玩，一下一下地跳躍起來。

　　辛巴像往常一樣去花槽尿尿作標記，沒想到他大叫一聲：「全打爛了！」露西聽到喊聲，跑過來，發現她種下的南瓜和菜椒苗，全讓冰雹砸趴在泥土裡了。她心疼得把胸口搥得咚咚響：「這可怎麼辦呢！」

　　辛巴安慰她：「我們再種吧。」他在想，哪還有媽媽存下的種子呢。「也可以去花店先賒一些。」不過呢，他也不知道花店在哪裡。他沒跟爸爸媽媽去過。蘇菲說：「我可以去找找的。」亨利慢悠悠說：「我看鄰居有沒有種的吧。」

　　辛巴去工具房仔細找了，沒有發現媽媽存放的其他種子，他又去克林叔叔家的工具房也看了，也沒有，他還遊蕩了附近幾條街道，沒有發現有人種下的菜結籽的，由於沒有人澆水，不是枯黃了，剛才也被冰雹打得七零八落的，再加上長時間沒有人剪草了，花園和街道一片荒草萋萋的，整個社區一幅荒蕪的景象。

　　辛巴走進一戶人家的後院，站起來，趴在窗戶前，把鼻尖湊近想看看裡面的情況，沒想到，驚擾了一群在窗沿上築巢的野蜂，追了辛巴叮咬，把他嚇得拔腿就逃啊逃啊，逃回了自己的家裡。

　　辛巴收穫了滿滿的驚慌回來。進屋後，他氣喘吁吁，驚魂未定，鼻尖

被叮得紅腫成一個大包了，疼得他嗚嗚地哀鳴不已。沒過多久，蘇菲也回來了；亨利呢，也回來了，除了說出和辛巴相似的感受，其他的一無所獲。露西也因此顯得憂心忡忡的：「超市里的東西總有吃完的一天的。」

辛巴衝出屋外，站在花園裡，朝天空汪汪地狂吠起來，驚得四周的麻雀也嘰嘰喳喳地回應，還跑過來問發生了什麼事情。「以後我們吃什麼？」辛巴朝他們發問。「對，以後吃什麼？」大家都在互相詢問，但都沒有好答案。

辛巴衝回家裡，去儲物間找到他皮膚生病上藥時，用來防止他舔患處用的頸套。他把套筒拖出花園，又把腦袋伸套進去，把套筒套在脖子上，當成了喊話用的大喇叭。大家都對他的舉動感到奇怪，不知他想幹嘛。

辛巴跳上花園裡那棵被鋸掉的大樹的樹根上，朝四周張望了一會，清了清喉嚨，朝四周喊道：「我要去奧克蘭找爸爸媽媽，誰願意跟我一起去？」他滿懷熱切的期望看著大家，把腦袋轉來轉去，希望得到熱烈的回應。

但四下回答他的，是一片沉默。

辛巴又喊了幾次，還是沒有得到回應。「難道就在這坐以待斃？」他悲切的聲音在荒涼的街道滾來滾去，最後消失在巷尾街尾處。他又朝天空汪汪地狂吠了一陣，然後跳下樹樁，想回到屋裡。

可辛巴脖上的頸套把他卡在了半掩蓋的門外，他無法進去，卻又無法取出來，急得心急如焚，在花園裡跳腳。亨利捂了嘴笑。辛巴瞪了他一眼。露西走過去，把客廳的門推開，讓辛巴進去了，還幫他把頸套取下來。

「你剛才說什麼了？」

辛巴氣鼓鼓地說：「我要去找爸爸和媽媽！」他說再不走，等超市的食物吃完了，我們都得挨餓的，現在得趁還有餘糧的時候，帶上去找他們：「再說，我也擔心他們現在過得怎麼樣。」他憂心忡忡地嘀咕。

「你們誰願意一起去的？」沉默了一會，露西轉頭詢問。蘇菲和亨利

沒馬上表態。辛巴轉著脖子說：「你們都不去，我自己去好了。」露西安慰他說：「別急，讓大家好好想想。」她撫摸著辛巴的腦袋說道。

「誰說不去啦？」蘇菲開口說道。

亨利慢悠悠補充說：「那也要做準備的嘛。」

露西笑了說：「我們一起和你去。」

辛巴這下高興了，他又衝出花園，朝四周汪汪地狂吠了一陣，沒有搭理那些好奇和不解的目光，然後又徑直跑回家裡，前腿一伸，前半身一低，腦袋也趴下，像他每天對爸爸媽媽那樣，對他們說：「我太愛你們啦！」

第 17 章

露西冷靜下來後，問辛巴：「你怎麼知道媽媽爸爸會在奧克蘭？」辛巴被這問得愣住了，說實話，他還真不知道呢。「憑直覺，」他說：「爸爸老說想回奧克蘭住。」辛巴解釋說，爸爸媽媽原先在奧克蘭貸款買了房子，但因為媽媽工作的原因，他們才搬家來漢米爾頓住的。

爸爸老是說，他在漢米爾頓沒朋友，感到鬱悶；媽媽呢，不喜歡奧克蘭路上老塞車，當然，還有房貸的壓力。爸爸是個作家，很少出門，所以對塞車感受不深刻，再說：「他老一點了，性子不急了。」

蘇菲插話說：「往那打電話一問就知道了。」

「能打通？」亨利很疑惑地問道。

辛巴聽了，趕快帶露西進了爸爸的臥室，朝一面粗麻布覆蓋的牆壁示意，那上面釘著好些紙片，露西找到了爸爸媽媽的日常用的電話號碼。露西拿了電話撥號，只聽到一陣嘟嘟的聲音。「不通。」她又按紙條上的號碼逐個撥打，要麼沒有信號，要麼只有嘟嘟嘟的聲音。

露西搖搖頭，大家都失望地收起期盼的眼光，陷入了茫然。「爸爸媽媽曾為是否回去奧克蘭爭論過，也吵架過。他說好多人都喜歡那裡，特別是移民，能獲得很多資訊。」辛巴看大家都不說話了，又把應該去那裡找

人的理由強調了一遍。

「嗯，好好想想，」露西摸摸辛巴的腦袋，安慰他說：「這個急不得。」

辛巴在家裡各處來回巡視，還讓露西把車庫門打開進去查看。「妳看，有車呢，妳不是會開嗎？」他熱切地望著露西。她笑了笑：「辛巴是個急性子呢。」辛巴來來回回忙了好久，最後他叼了自己的枕頭，放在坐墊旁，然後把下巴放在枕頭上，半瞇眼睛入定了。大家看他之前走來走去的，也不敢驚擾他，看他終於安定了，才鬆了一口氣。

半夜的時候，辛巴趁大家都熟睡了，又起身在各個房間裡走動，嗒嗒的走路聲，在深夜裡顯得很詭異。蘇菲被驚醒後，低頭看了眼，辛巴的身影在下面晃過去了。她嘆息了一聲，又把眼睛閉上。

後來，大家被他鬧得無法安睡了，就全部起來。「真抱歉。」辛巴感到十分內疚，但不走動，他又無法假裝安然無事。「既然都睡不著了，不如一起說說話吧。」露西坐了起來，拉亮電燈。亨利一邊用爪子一把一把地洗臉，一邊不停地打哈欠：「呀，走了一夜啊。」蘇菲也降落在了沙發的扶手上。

露西說：「辛巴肯定憋了滿肚子的話。」

辛巴被她說中了心事，不禁有點高興，於是迫不及待地把他想了很久的話都倒出來。他解釋說，他留意過，超市里的存貨，大概下個月就吃完了，種菜只能靠天吃飯，也不保險，要趕在存糧吃完前離開這裡，找到爸爸媽媽，只有他們才能完全解決問題。他說已看過家裡的儲備，也列出了要帶備的東西。

辛巴說，他早把奧克蘭房子的地址牢記於心了，因為爸爸媽媽老是說，還寫在了本子上，雖然他不會看地圖，但車上有導航定位儀，再說，他也去過奧克蘭的海邊玩，憑記憶還能慢慢摸索找到房子的。因為房子離海邊很近的。

「說不定，爸爸媽媽會在門口迎接我們呢，」辛巴急切地說：「但是，安迪就不一定了，他可能在房間玩電腦，或者睡死了呢。」他呱呱呱地大

說了一通，沒讓大家插嘴，當然大家也插不上嘴，讓他說了個痛快。

「辛巴真帥氣，脖子周圍的毛，好長很漂亮呢，好像電影《獅子王》裡面的辛巴，以前媽媽老是給我放這個電影。」蘇菲等辛巴停頓下來，突然說出自己的新發現，讓大家一下子都笑了起來。「嗯，有那個樣子。」露西嘻嘻地笑起來。

「他發威的時候更像。」

辛巴聽了亨利這句不知道是讚美還是調侃的話，不好意思地笑起來。他也覺得自己說的太多了：「你們也說說嘛。」但他又很怕大家否定他的建議，所以給大家加油說：「其實發揮各自的特長，很容易辦到的。」

「分頭想想，也好好準備。」露西似乎拍板定音了。這把辛巴高興得呀，叼起他的小枕頭，四處亂拋，還抱著枕頭，後半身一躬一躬地耍「流氓」。讓蘇菲看了，趕快用翅膀捂住了眼睛，說：「討厭！」又一躍搧起翅膀，飛上了吊燈架上。

亨利哈哈大笑：「得意忘形了。」

「人家辛巴是男子漢，都想正事去吧。」露西也忍不住笑起來。

辛巴搗亂了一會，才意識到什麼，停下身子，有點難堪地把腦袋埋在坐墊裡。以前，爸爸不讓他吃太多的肉，怕他過度肥胖，所以媽媽一給他吃肉，他就高興，就有力氣，然後就像爸爸嘲笑他的：「吃飽了就耍流氓。」現在想起這些，辛巴更想他們了。

第 18 章

整裝待發前，辛巴忙前忙後。他口述了一份清單，列明需要帶備的物件，由露西筆錄，然後一件一件，照單宣讀，核對，搬上車裡的行李箱。包括兩箱餅乾，一箱肉腸，亨利吃的貓罐頭，一箱的紅蘿蔔，馬鈴薯，番薯等，當然，還有大桶的瓶裝水。

露西稱讚辛巴能幹、細心。辛巴說這是他家，他熟悉而已：「爸爸記

憶力好，他從來不用列清單的，媽媽就愛說，好記憶不如爛筆頭，爸爸老
說她沒記性。」他邊說起媽媽爸爸有關記憶方面的趣事。

　　蘇菲問道：「那辛巴屬於前者還是後者？」辛巴想了想，調皮地回答
說：「我是混合體。」亨利就笑他：「狡猾的回答。」露西說：「靈活配搭最
好。」她要大家想想，還有什麼遺漏的。

　　辛巴還懇求露西幫他一個小忙，他要了爸爸和媽媽各一隻拖鞋，放進
一個塑膠袋裡。還有那個他常抱著的布藝小圓柱枕頭，兩頭都繡了卡通金
毛狗頭的，他要一併帶走。「那是媽媽給我的禮物。」辛巴很珍惜這個禮
物。露西明白他的心思，他想帶上爸爸和媽媽的氣息上路。露西細心地幫
辛巴將兩隻拖鞋用袋子裝好，放進媽媽給他做的背囊裡。

　　辛巴感激地朝她笑笑，幫露西整理物品。清單裡所列的睡袋，放在了
車庫的橫梁架上。露西碰不到，於是蘇菲飛上去，把捆綁的繩子用嘴巴解
開，由亨利幫忙，用力從橫梁上推下來，再由露西搬上車。「嘿，各展所
長呢。」辛巴對此很有體會。

　　臨走，大家站在花園裡，都有些不捨。畢竟在這裡住了一段時間了。
辛巴就更不用說了。他從中國來到紐西蘭這個家，已經有兩年了呢。「你
真的能開車？」亨利看露西在車上東摸摸，西看看的，有點擔憂地問道。
露西坦白地說：「我學過，但爸爸沒怎麼讓我開。」

　　蘇菲開始擔心起來：「這樣啊……」辛巴說：「不怕，爸爸說的，汽車
這東西，摸摸就會的，以前媽媽不讓他開車，他就偷偷開，說不開快車，
戴好安全帶，即使撞到了，人也沒事的。」亨利摸了鬍子說：「你爸爸這麼
說的？」

　　露西打著方向盤，倒出車庫，沿著車道倒出街的時候，車後屁股碰了
花園籬笆柱子一下，嚇得露西趕快把車子煞住。蘇菲摀住胸口喘氣。亨利
就沒事一樣，晃蕩了一下，還坐在後座上。辛巴由於靠在副駕駛座上觀察
倒車，腦袋被車窗框磕了一下。

「露西再熟悉一下，應該就沒事的。」辛巴安慰大家，然後跳下車，在車後指揮露西再次調整方向和糾正偏差。等車子倒出到馬路口，辛巴讓露西等等，他又跑回車道，查看了一下被碰歪的柱子，還沿屋四周巡查了一遍，確認門窗都關緊鎖上了，狗洞也堵塞好了，才依依不捨地上了車。

車子走走停停，晃晃悠悠，在路上行駛著。「社區街道是 40 公里的限速，出馬路是 50 公里。再說，也沒有車子，我們可以慢慢開，熟悉之後再開快些。」辛巴嘮嘮叨叨的，怕大家著急。

「媽媽就愛開快車，爸爸老說她，這樣多浪費眼前的美景啊。」

露西小心地把著方向盤，聽他這麼說，也不禁笑起來，說辛巴長大了好多呢。蘇菲接著說：「小王子也有長大的一天嘛。」這話說得辛巴羞澀地把臉偏向窗外，好像從前爸爸對他說愛他的時候，他也常常不好意思看爸爸的眼睛，總把臉偏開的。

大家一路上說說笑笑，很開心。露西只偶爾插話，因為她要看路。辛巴蹲坐在副駕駛座上，看那沿途的風景。他發現城市荒蕪了，街道兩旁的草地，由於沒有人剪草，長高了的草，慢慢與花園裡長高的草接龍了，有的雜草，甚至爬上了門窗屋簷。

大家一路看，又一路嘆息，懷念往昔的好時光。露西慢悠悠開了好長一段路後，她找到了駕駛的感覺和樂趣了，開得順手了。她把收音機打開，可只有沙沙的電流聲，她又按了一下 CD 開關，車廂裡立刻響起了一陣非洲打擊樂聲。

大家的情緒一下起來了，露西的身體很自然地跟了搖擺起來；蘇菲呢，就模仿人聲哼唱起來；亨利喵一聲，辛巴也汪一聲，默契地和聲。車子費了好些時間，才駛出城區，行走在郊野的高速公路上。在駛過一片原野的時候，他們看見一群群的牛羊，在牧場遊蕩，悠閒地吃草。

辛巴回憶起，爸爸和媽媽帶他去奧克蘭玩，路上曾看過一列火車，從與公路平行的鐵道駛過的情景。當時火車在鳴笛，嗚嗚嗚嗚，哐當哐當，

而他也汪汪地大叫著呼應。媽媽說要開快點，和火車比賽。爸爸扭頭對辛巴說，你坐好哈。但是辛巴太興奮了，在後座來回走動，把頭湊到兩邊的車窗大叫，口水塗滿了車窗玻璃。

「可惜沒有火車經過。」辛巴此刻嘟囔了一聲。

蘇菲聽了，就模仿起火車的鳴笛聲來。

從前車來車往的公路上，現在只有這輛車在行駛。要不然是音樂響起，辛巴都找不到興奮的感覺呢。不過，往前走，就是一點一點接近奧克蘭了，能再次見到爸爸和媽媽了。很奇怪，這個想法一直就根深蒂固在他心裡，絲毫沒有改變過。

在香港等待檢疫轉運的半年裡，辛巴也焦慮過，擔憂過，是不是要被家人拋棄了。但他又鼓勵自己相信爸爸，既然他願意將存下來的六萬多人民幣，全部交給了託運公司，肯定就不會丟棄他不管的。後來事實也證明了，爸爸不但把他接回了家，還為他寫了書呢。

辛巴想到這些，更加堅信自己的決定，他和了打擊樂鼓聲，吠叫得更賣力了。

第 19 章

也不知道行駛了多久，車子突然慢了下來。「糟糕！怎麼辦呢？」露西嘀咕一聲，邊把 CD 播放機關掉，邊扭頭查看儀錶板。辛巴把頭從窗外轉回來：「出什麼事了？」他憂心忡忡地問道。

蘇菲也急切地飛過來，雙爪抓牢坐椅後背，伸頭過來看。只有亨利，顯得很淡定，嘴巴還在哼著剛才的調子。

露西有點擔心：「我怕油不多了，剛才沒注意。」她把車子慢慢靠邊線行駛：「附近不知道有沒有加油站呢？」蘇菲聽了，立刻說：「我出去看看。」她撲哧著翅膀，飛了出去，在天空中盤旋了一會，回來顯得有點失望：「前面只有一座農場。」

亨利說：「去農場看看，或許有辦法。」

露西把車子往前開了一段路，在一戶農家房子前停了下來。他們聽到附近還有咩咩哞哞的牛羊叫聲。辛巴跳下車，四周張望。此時，雖已是近傍晚，但由於是夏令時，天色還很亮，遠處夕陽正西下，金黃的餘輝把原野塗抹成了黃金世界。

露西領頭往房子走去，辛巴幾個跟了過去。露西伸手敲門，一遍，兩遍，沒人應答，敲第三遍，還是沒有人。辛巴急了，衝著門大叫。「這樣不禮貌。」露西趕快制止他，又敲了幾次門，把鼻尖湊近玻璃門窗查看，屋裡靜悄悄的。

「這裡也沒人了？」蘇菲問了句。

亨利說：「一路上都沒見到人呢。」

辛巴退了幾步，圍繞房子奔跑，查看了一遍，回來報告說：「沒人！」蘇菲飛上屋頂，也查看了一遍，確認四下也沒有人。亨利慢悠悠走過來，從貓狗洞裡鑽進去，出來報告說：「真的沒人。」

辛巴退到房前空地，汪汪地大叫了一番，沒有得到回應，他又跑向幾百公尺外的排房和倉庫。蘇菲拍翅跟了過去。那裡住的是乳牛和羊群。一頭額頭有朵白梅花的乳牛從地上站起來，問了一句。

「他是問，『剛才是你在叫嗎？』」蘇菲趕快替他們翻譯。

辛巴嚇了一跳，結巴著回答：「我，我們，在找人呢。」

「都走了。」

乳牛的回答讓辛巴絕望，但由於這是首次聽到比較接近真相的，他很急切地問道：「他們怎麼走的？」梅花乳牛說：「急匆匆的，沒收拾就走了。」辛巴追問：「沒給你們留話嗎？」梅花乳牛抬頭想了一下：「女主人跑來牛舍，讓我暫時照顧好牧場裡的牛羊，就匆忙走了。」辛巴繼續追問：「還有呢？」梅花乳牛想了又想，回答說：「還有？沒有了。」

「沒說去哪裡，什麼時候回來嗎？」

「沒有。」

「真的沒有了？」

「嗯。」

「記清楚了？」

「嗯。」

「就這麼多？」

「嗯。」

「那怎麼辦呢？」辛巴喃喃低語。梅花乳牛嘟噥著說：「我們現在奶水脹得難受。」他說主人不在，沒人擠奶了，乳牛們都十分難受。辛巴說：「我們想想辦法。」他跑回去，把露西等領到這裡來了。

大家七嘴八舌地討論解決的辦法，露西說可以幫乳牛們開擠奶機。「但我們也不可能長期留在這啊。」亨利撓著鬍鬚提出了一個關鍵問題。是呀，這可怎麼辦呢？辛巴沉默著，用力想啊想啊。「有啦！」突然，他跳起來，大叫一聲。

「什麼辦法？」大家齊聲問道。

辛巴有點不好意思：「這個，嗯，這個嘛，有點那個呢……」他的聲音低了下去，眼睛裡顯出羞澀來。「你快說嘛。」蘇菲說她急了呢。只有亨利，在四周慢悠悠踱步，四下查看環境。露西鼓勵辛巴：「你說說看。」

辛巴抬起頭，說：「你們可不准笑我。」乳牛們很急切，鬧哄哄地說：「快說啊！」露西看辛巴還不說，就拉了他一把：「要不然你跟我悄悄說？」辛巴猶豫了一會，湊近露西的耳朵，嘀咕了一會。大家看到露西的臉，一點一點不好意思起來，都覺得有點奇怪。

露西站直身子後，清了清喉嚨說：「辛巴說的，是好辦法，不知道乳牛和羊羊是否願意互相幫助呢？」她說話的時候，竟然變得有點結巴了。大家都有點好奇怎麼回事了，聽她這麼說，都回答說：「互相幫助，誰不願意呢？」

露西於是把辛巴想到的方法說出來，其實很簡單，就是綿羊們，定時

幫乳牛們吸奶，這樣一來，解決了綿羊們的營養問題，也把乳牛們身體不適的問題解決了。大家聽了，一時沒了話，但心底都覺得辛巴這個傢伙太聰明了。

這時，一頭黑白斑老乳牛想起來問辛巴：「天色晚了，你們怎麼辦呢？」露西和辛巴商量了一下，認為還是住一晚為好，他們把目前的困境告訴了老乳牛。老乳牛搖了幾下尾巴，低頭想了想，說：「車庫應該還有汽油的，你們找找看吧。」

露西和辛巴聽了很興奮，趕快跑去車庫，果真有備用油箱放在角落裡。「農場主大多會備一些油的，他們總有不時之需。」露西提了提油箱，沉甸甸的。辛巴鬆了一口氣說：「明天我們又能上路了。」

晚上他們就住在穀倉裡。大家躺在鬆鬆的乾草垛上，大家在黑暗中聊天。蘇菲想起辛巴的怪點子，就不禁在黑暗中笑起來：「辛巴什麼腦子啊！」亨利就只管笑，讓辛巴感到難堪。

「你們有好辦法又不說！」

露西說：「你們別笑辛巴了，這個還真是好辦法。」

大家止住了笑聲後，露西問辛巴：「你不去牧場跑跑？」她聽辛巴說過，每天都喜歡去公園跑跑，身體才感到舒服的。但是現在辛巴說提不起幹勁來，以前爸爸和媽媽知道他愛玩，每天惦記著帶他出去公園走走，即使他們出去玩之前，也會在早上出發之前，帶他去公園散步一圈。

當然，他也很懂事，不貪玩，沿路走到公園後，再樹叢腳下或籬笆邊解完大便，就匆匆從公園的另一處出口站著，示意讓爸爸帶他回家。他不想耽誤爸爸和媽媽出發的時間，所以爸爸和媽媽都稱讚他懂事乖巧。

過了一會，梅花乳牛和老乳牛領著和幾隻牛羊進來，感謝辛巴的幫助。「你們主人走前，都沒跟你們說些什麼嗎？」辛巴有點不甘心，又追問老乳牛。老乳牛想了想，說：「他們好像大吵過，好像聽見男主人說，只容許帶走家裡的寵物。」

「大概他們也有難處吧。」老乳牛補充了一句。

辛巴嘆息了一聲：「你真會體諒人。」

等他們離開後，穀倉裡再次陷入沉默。後來，蘇菲打破了寂靜，說，基督城大地震過後，她聽媽媽好像說過，地球越來越不安全了，說不定哪天就毀滅了，要是地球人再不珍惜環境的話。「媽媽還教我外星人語言，說她正在研究外星人的語言與地球人類語言的關聯，還說不定哪天我們就用上了。」

露西說爸爸教她那麼多知識，就是為了某一天的不時之需：「他總是那麼擔憂，說地球環境不斷變壞，大氣被汙染，江海湖泊也汙染，還有什麼溫室效應，南北極冰層融化，物種不斷在滅絕，恐龍那麼厲害的物種，也沒能延續到今天，鯨魚，大象等等，數量都不斷減少，他還開玩笑說，不定哪天人類就移居別的星球去了呢。」

「是不是真的移居走了呢？」亨利插話道。

辛巴聽了這話，有點傷感，但他又不願意相信。「我爸爸和媽媽也討論過類似的問題，但他們總是在結尾的時候，拍了我的腦袋說，『要走，也會把辛巴帶上的！』我覺得他們不會遺棄我的。」

蘇菲說：「我覺得辛巴哥哥的話有道理。」她說媽媽也這麼跟她開玩笑說過類似的話。辛巴聽了，很高興：「你們看，不是我才這樣想的。」他熱切地瞪大眼睛四周看，希望看見大家的回應。他看見亨利的瞳仁在黑暗中閃著光。

這一夜，辛巴睡得很踏實，打起了很響的鼾聲，還做了個好夢，和爸爸媽媽相逢了，爸爸把他抱起來，讓他在媽媽和安迪面前十分不好意思，趕快掙扎著下來。落地的一瞬間，他就醒了過來。

這時天色亮起來了。

蘇菲打了個哈欠，說辛巴晚上鼾聲雷動。亨利正用爪子洗臉，調侃說：「把樓頂橫梁上的灰塵都震得掉了下來呢。」沒等他的笑聲停下來，

蘇菲說：「亨利嘰裡咕嚕的聲音，把橫梁上行走的老鼠都嚇得掉了下來。」這下輪到辛巴哈哈大笑了。

他們打鬧的時候，露西把一段澆水的水管切出一段，拿到車庫裡，寫好借條壓在車庫安全的地方，又把那桶汽油提起來，準備往停車的地方走。這時，那些乳牛們和綿羊們都圍過來告別，四周響起一陣一陣咩咩哞哞的叫聲。

蘇菲飛到屋主家前的花園，盤旋了一會，落在園中給鳥洗澡的石盆上，舉動翅膀，還用嘴巴往身上澆水，愉快地洗澡，梳洗，把盆裡的水弄得四濺。亨利慢悠悠踱步過來，蹲在旁邊，懶洋洋地望著蘇菲，不時用手掌沾了口水，也在洗臉。

露西到車庫把剪草機推出來，打著火，突突地剪草。亨利說：「這不多此一舉嗎？」露西說：「也許他們很快就回來了呢。」這話辛巴愛聽，他高興地說：「我也這樣想的呢。」一會後，露西把房前屋後的草地都剪好了，她很高興：「看起來清爽多了。」

露西放好剪草機後，她著手啟程的準備，她想用虹吸的方法，把油桶裡的汽油放進汽車裡。老乳牛說：「我們主人的車子，放著也會成為廢鐵的，不如你們開走算了。」露西謝謝他們的好意：「省得我要再熟悉新車子。」其實他不想再借用人家的車子了。

「媽媽說過，不能老占別人的便宜。」辛巴補充了一句，當然，他心裡還有一種他沒說明的原因，那就是，他喜歡這車子，因為留有了爸爸和媽媽以及安迪的氣息。他坐在裡面，能呼吸到他熟悉和安全的氣息。

露西摸摸他的腦袋說：「辛巴真懂事。」

露西無法把油桶放在高於車子油箱的位置上，所以虹吸方法也不行。辛巴歪了腦袋想了想，如此這般地把他想到的方法，一一告訴了大家。於是蘇菲叼了一根粗繩子，飛上車頂，亨利也爬上去幫忙，把繩子穿過車頂的行李架，讓繩子一頭滑下來，把油桶的提手綁緊，辛巴和乳牛們合力在

車子另一頭，一起拉緊繩子，把油桶吊到適合的高度和位置。

露西吸了一口汽油，然後用手指堵住，把管口插進汽車油箱入油口，用這個方法，一會就把油桶裡的汽油倒進了汽車油箱裡了。大家為這個創意發出歡呼聲。辛巴謙虛地說：「大家互相幫忙的結果嘛。」

露西發動車子後，和牛羊們依依不捨地分手了。牛羊目送他們很遠。

第 20 章

重新上路，辛巴的心情又起伏起來。他感覺露西開得有點慢，他心裡嘀咕：「這可是高速公路啊。」當然，他沒有說出來，但他心裡有點著急的。他把頭伸出車窗，朝前後張望，高速公路上，就他們一輛車子孤零零地蝸行。

「能開快些嗎？」辛巴小聲問道。

沒想到，露西發火了，猛地踩了煞車：「咯吱」一聲，車子停在了路中間。大家沒提防，身體慣性衝上前去，又被彈了回來。「你來試試？」露西轉頭朝他吼了聲：「難道我不想快嗎？」她顯得十分生氣，因為她就只有這個程度，無法同時兼顧安全和車速。

辛巴有點窘，沒有出聲。亨利現在說話了：「嗯，安全和車速，兩者選其一，露西做得對的。」蘇菲說：「露西姐姐也想快的。」辛巴聽他們這麼說，很不好意思，沉默了一會，檢討自己說：「露西姐姐，對不起。」

看辛巴這樣，反倒讓露西翻過來安慰他了：「等我開到奧克蘭，說不定就成為賽車手了。」她這話把大家逗樂後，她重新發動汽車，又突突的朝前駛去。蘇菲想活躍一起氣氛，就讓辛巴唱唱那首中國民歌〈茉莉花〉。辛巴哼了哼調子，但唱得有點那個。

「我起雞皮疙瘩了。」亨利嘀咕了一聲。

辛巴立刻打住了：「我就這喉嚨嘛。」他提議蘇菲唱唱。蘇菲很高興，說媽媽教她唱過的，她咳嗽了幾聲。「好難聽的嗓音呢。」辛巴心裡嘀咕

了幾下。可奇怪，當蘇菲清好喉嚨後，一開腔唱起來，又是另一副完美的
模仿極妙的美聲唱法了。

> 好一朵美麗的茉莉花，
> 芬芳美麗滿枝椏，
> 又香又白人人誇，
> 讓我來將你摘下，
> 送給別人家，
> 茉莉花呀茉莉花，
> 好一朵茉莉花；
> 好一朵茉莉花，
> 滿園花香香也香不過它，
> 我有心採一朵戴，
> 又怕旁人笑話。
> 我有心採一朵戴；
> 又怕來年不發芽。

辛巴沉浸在蘇菲的歌聲裡，自己的思緒也隨歌聲飄走了。從前，他經
常聽媽媽在客廳，帶了耳機在唱這首歌；而爸爸呢，在書房一邊寫書，一
邊和唱。也許是走調了，安迪出來喝水的時候，說他「起雞皮疙瘩了。」
他還問辛巴：「好聽嗎？」辛巴瞪大眼睛說：「我喜歡。」

現在，辛巴把蘇菲的歌聲，聽成了媽媽的歌聲了。他忍不住哼唱起
來，就像爸爸給媽媽當和聲一樣，當然，他不敢大聲，只小聲嘀咕著唱。
蘇菲一曲完畢，露西歡呼，大家鼓掌。「辛巴見過茉莉花嗎？」露西手把
方向盤，目不轉睛地注視前方，問了一句辛巴。

辛巴說，在中國，奶奶在花園種了很多，夜深人靜的時候，我睡在陽
臺上，整夜整夜嗅著那花香。「嗯，對了，就是爺爺的鼾聲有點那個。」
辛巴的話把大家都逗樂了，亨利嘻嘻笑了說：「難怪辛巴的鼾聲也 —— 那

麼有傳承。」蘇菲用翅膀拍了一下亨利：「總不忘找機會打擊辛巴。」

車子又開出一段路，露西提議，是否吃點午飯再走。大家都說好啊，還真的肚子餓了。露西把車子停在一個小鎮。車一看，很荒涼景象。露西打開車門，讓大家取午餐食物。辛巴拿了喜歡吃的肉腸；露西幫亨利拿了罐頭，一併把她喜歡吃的蘿蔔番薯放進背包裡；蘇菲叼了自己的餅乾。然後大家找野餐的地方。

辛巴往前走了一百公尺，突然轉身大喊：「這是媽媽工作的幼稚園！」他顯得激動無比，飛身奔進了校園裡。「這就是媽媽和安迪最後工作的地方。」露西和蘇菲進來後，認真讀了門口的牌子：「劍橋鎮幼稚園。」

「你怎麼知道你媽媽在這裡工作過？亨利有點疑惑。

辛巴說，去年夏天放暑假期間，爸爸來過這裡，想幫忙媽媽，但是媽媽沒讓他插手，說：「你帶辛巴去玩得了。」於是爸爸帶他在小鎮步行，後來還開車帶他四處遊蕩，等他和爸爸回來的時候，媽媽也工作完了。「難怪我看著四周很眼熟呢。」他很興奮，希望能在這裡發現與媽媽他們有關的痕跡。

校園的課室是鎖上的。辛巴用鼻子頂了頂門。露西彎腰撿了塊磚頭，把玻璃門敲破了，伸手把門打開進去。警鐘大作。他們站在門口張望了一會，心裡有種盼望，希望有人奔過來。但很遺憾，除了警鈴，就是警鈴。

辛巴愣了幾秒，立刻衝進去，奔向各個角落，低頭四處嗅，查看地下的痕跡，他很希望能找到媽媽和安迪留下的蛛絲馬跡。大家都聽見他不斷吸鼻子的聲音，還發出像馬一樣的響鼻。「大家分頭幫找找。」露西讓大家也幫忙。

辛巴忙亂了一圈，以希望開始，以失望告終。「看看這個！」露西把蘇菲叫了過來，原來他們在辦公室的桌上，發現了一本記事本，上面寫了好多字。兩個仔細看了：「哦，原來是留言本呢。」露西解釋，這是清潔人員和後勤人員交換資訊的留言本。

辛巴說：「對啊對呀，我聽媽媽問過爸爸，『老師這句寫的什麼意思』，

他們常討論某個單字的真實含義。」辛巴很急迫地詢問，媽媽最後寫了什麼內容。「耶誕節過後，有什麼需要增加特別護理的？」露西和蘇菲研讀了一下，確認了其中的內容。「原來你媽媽也叫蘇菲呢！」蘇菲很興奮地喊了起來。

雖然沒有重大發現，但辛巴還是感到很激動的，因為他看到媽媽留言了：「媽媽提到耶誕節後了。」他轉身看看課室裡布置好了的聖誕樹，樹枝上掛滿了小朋友的許願卡，還有金色的小鈴鐺，小彩燈。

辛巴心裡有了新盼望。他奔到樹下，閉眼很誠心地許願。露西看了，也走了過來，大家都在聖誕樹下，在那個穿紅衣服紅帽子的聖誕老人前許願。

坐下來吃午餐的時候，辛巴望著窗外：「爸爸說，紐西蘭的耶誕節是夏天，沒有雪。很遺憾在中國的時候，他沒帶我去北方過一個有雪的耶誕節。」他熱切地問大家：「你們有興趣去嗎？」

露西笑了，說：「辛巴志向大，但要先把眼前的小事做好。」辛巴說：「嗯，我先想想，不知道現在爸爸是在中國，還是回到奧克蘭了。不過，我想他大概在奧克蘭的機會大一些，因為他要去過有雪的耶誕節，還得來接我呀。」

大家哈哈大笑起來了，說：「辛巴很有想法呢。」辛巴說：「我爸爸的想像力才厲害，他是詩人，和媽媽工作的空隙，有了靈感又怕忘記，就把它寫在黃色小卡片上，黏在胸口，還朝媽媽炫耀，說他是工作寫作兩不誤呢。」

「你媽媽一定罵他了。」蘇菲很肯定地說了句。

辛巴很驚訝：「你怎麼知道的？」

「矯情。」亨利哼了一聲。

辛巴說：「媽媽數落爸爸整天就知道胡思亂想，總做些虛的事情。不過，爸爸反駁媽媽說，世界上許多美好的事情，都是先有虛的構想，後來才有實的結果的。不過，我還是很喜歡爸爸腦袋，裝了那麼多奇思妙想，

太好玩了。」

第 21 章

從幼稚園出來，大家繼續上路。露西開了一段路後，注意到辛巴又開始發呆，他正默默地望著前方。露西就問他：「你上過幼稚園嗎？」辛巴緩過神來，說：「嗯，也算吧。」

他不肯定，他說在中國沒有，來紐西蘭後，因為咬傷了安迪的手指，被爸爸罵了，找專業人士諮詢過後，辛巴去狗狗訓練學校受訓了兩個星期，他不知道那算不算幼稚園，因為此時他的年紀也不小了。

「那算留級了。」亨利淘氣地調侃道。

蘇菲看不慣他得意的樣子，說：「那你呢？」

露西看亨利難堪，就說：「你們都別鬥嘴了，能進學校學一些知識，總是好的嘛。」她說以前住動物園的時候，飼養員只給他很簡單的訓練，她只懂得簡單的指令，後來隨爸爸長住了，一邊配合爸爸做研究，一邊跟他學習，漸漸就有了大進步。

辛巴說他滿懷念狗狗訓練營的，那個馴狗師很嚴肅的，雖然臉帶笑容，但笑容裡透露著威嚴，讓他心裡發寒呢。但有爸爸在旁邊陪伴，還給鼓勵的眼神，所以他感到很有信心。他做對每一個動作，爸爸都給他鼓掌。馴狗師還給他餅乾做獎勵，那個餅乾真好吃。

「我畢業的時候，媽媽給我一根大肉腸慶祝呢！」他一邊回憶，一邊流口水，開始他沒有注意，後來聽到亨利跳過來，把頭趴在他的椅背，嘴巴湊近他耳朵，嘻嘻笑：「都流口水了呢！」他才驚覺過來，趕快合緊了嘴巴，心裡偷偷喊：「丟死人了。」他怕蘇菲看見，趕快把臉偏向窗外。

蘇菲說：「這樣看來，我可算是科班出身啦。我在動物園的時候，是表演班的呢，訓練員教會了我很多表演技巧，後來跟隨媽媽做研究，那就

更上一層樓了，嗯，我想，算不算是博士呢？」她歪著腦袋想這個問題。

這時候只有亨利不出聲了。

辛巴看出亨利的窘態，就說：「爸爸和媽媽也常對安迪說，讀死書還不如不讀書呢。爸爸老說，要有想像力，創造力。他說，你只是『知道』沒有用，要能動手『使用』出來才算本領；媽媽也老強調運用的能力，她來紐西蘭以前，英文還沒爸爸好，現在口語比爸爸好多了呢。」

亨利聽了這話，心裡舒服了一些，覺得辛巴很夠朋友。

又開了一段路後，露西不小心按了一下喇叭：「叭——叭」，把大家都嚇了一跳。露西慌張了幾秒，才移鬆開手，說：「我怎麼感覺很累的？我平日那麼大的力氣，都到哪裡去了？」她說感覺有點不妥，想休息一下。

露西把車停在路邊，讓大家下車休息。辛巴跑到一道堤壩上，發現河水的水位下降了很多。上次和爸爸去奧克蘭的時候，河面水位幾乎與對面的河岸持平的。「是不是導航出故障了？」露西攤開地圖查看起來。

辛巴聽了，回頭說：「嗯，你這一說，我也覺得有點那個，上次爸爸帶我去奧克蘭，好像沒有經過劍橋鎮的。」蘇菲說：「機器也有不靠譜的時候。」亨利說，是呀，上次爸爸和媽媽出去野營，回來就吵架了，媽媽怪罪爸爸懶惰，出門前不查地圖，說有車用導航，結果車子被導航到海裡去了。

辛巴聽了哈哈大笑，說：「哎呀，還以為是傳說呢，爸爸和媽媽出門，也常為這個問題吵架呢。」他湊近去看地圖，可惜他看不懂，不奇怪嘛，他平常都只靠鼻子認路的。露西和蘇菲在地上攤開地圖，仔細研究起來。

現在，亨利慢悠悠地走到旁邊的樹林裡去了。

辛巴圍了她們身邊轉圈，並參與她們的討論。

「我爸爸說過，導航出事故的幾率極少的，而且有好幾種可以選擇去目的地的路線，有最經濟省油的，或最快捷的，還有最常用的路線。剛才不知道是按哪種路徑走了。」

露西和蘇菲討論了一會，認為還是按導航指示走比較保險，畢竟地圖只了解個大概。

辛巴也同意：「我們也沒白去劍橋鎮，至少我知道，媽媽和安迪最後是在那裡工作的。」

露西發現亨利不見了：「嗯，亨利呢？她回頭去找他。

過了一會，亨利不知道從什麼地方冒了出來，幽幽地說：「在這呢。」

露西招呼大家上車，這時發現蘇菲也不見了。露西嘀咕說：「怎麼搞的，剛回來一個，又不見了另一個。」辛巴說他去找找。他拔腿跑開了，登上堤壩高處一看，蘇菲正在河邊抖動翅膀，脖子一伸一縮地梳洗呢。「她在梳洗打扮呢。」他朝蘇菲汪汪地大叫：「要走啦！」

聽到辛巴的報告，亨利就哎地嘆息一聲：「我的上帝，現在還惦記著化妝呢。」露西打趣說：「愛美之心，人皆有之嘛。」辛巴說：「我最喜歡去洗狗房洗澡，暖暖的，舒服得讓人想睡覺呢，媽媽說，我每次去那洗澡，陶醉的樣子很可愛。」

亨利聽了就哈哈大笑，告訴大家一個祕密，說辛巴在自家後院洗冷水澡的時候，他躲在籬笆牆後偷看，辛巴的表情可沒有他說洗熱水澡時候的陶醉，完全是十二分的不願意，十分不爽地拉長著臉。而他爸爸媽媽邊替他洗澡，邊笑他。據說還把辛巴洗澡的照片上傳到網路，冷熱水澡兩幅完全不同的表情，讓狗迷們都笑瘋了。

辛巴聽著，立刻感覺到臉上火燒火燒的發燙，嘟囔著說：「他們說很有趣嘛。」

蘇菲批評亨利說：「偷看別人是很不禮貌的。」

「我無意中看見的嘛。」亨利小聲辯解。

露西說：「以後注意點就是了。」

第 **22** 章

車子繼續往奧克蘭方向駛去。

天空突然暗了下來，大朵大朵的雲團，在堆積，白色的減少了，暗灰色的在增多，並且慢慢把天空擠滿了，隨後，雨滴嘩啦啦落下來，之後又消失了。一會，雨滴又是嘩啦啦過來了，隨後更大的驟雨乒乒乓乓地打在了車子上。

「嘎吱」的煞車聲，突然爆發。大家身體一仰，衝前，又後退，重重地砸在椅背上。露西煞住車後，手忙腳亂地在方向盤附近摸索。大家都不敢作聲。露西忙亂過後，終於找到了雨刷的開關，也打亮了車頭燈，隨後把車窗關上。

露西出了一口長氣，用手抹了抹額頭。但她沒有立刻開車。大家聽到雨刷一左一右地擺動，把擋風玻璃上的水劃撥到兩邊去。辛巴看見眼前的景色一會清晰，一會又被雨水模糊。「喔，這麼大的雨，這麼突然！」辛巴嘆息一聲。

露西說：「還好，來得快，會去得也快的。」辛巴說：「冬天更討厭。」他不喜歡紐西蘭這種天氣，特別是冬天，有時很想出去玩，爸爸都穿好衣服，戴上帽子，把狗繩拿上了，可走到窗前看天氣，有時會突然飄起雨來，爸爸就不帶他出外玩了。這有多鬱悶呀。

蘇菲說：「雨天的時候，我喜歡和媽媽坐在一起，邊閒聊邊吃零食，那是我們的幸福時光呢。」她說她就喜歡宅在家裡，要麼聽媽媽講課，要麼呢，就是她扮男聲，與媽媽搞二重唱，很好玩的。再就是，她和媽媽玩朗誦遊戲，她變了喉嚨，用不同的聲音朗讀同一段文字。

「好無聊呢。」亨利蜷縮在後座上，幽幽地吐出一句。

蘇菲瞪了他一樣：「那你有什麼有趣的玩法？」

亨利說：「我喜歡晒太陽。」

「他常把我家的花草作床墊。」

大家都笑了起來。辛巴說：「雨好像停了。」他把頭伸出去，感受了一下溼潤的空氣。露西也開了窗，把手伸出去試探：「嗯，毛毛雨了。」她看了眼儀錶板上的時鐘，有點驚訝：「下了一個小時呢。」她暗暗有點擔憂，因為汽油燒了不少。

「汽油剩不多了，得趕快找地方加油。」

露西叮囑大家，注意觀察前方和路兩邊，看看是否有小鎮和加油站。辛巴有點緊張，不斷挪動身子，觀察有用的目標，生怕錯過了什麼。

他的擔心是有理由，因為一次和爸爸去公園散步，他貪玩落在了後面，想起來找爸爸的時候，發現爸爸不見了！他跑前跑後，心都急得快要跳出身體了，才發現，其實爸爸就站在距離他不到二十公尺的地方！

爸爸回家後，和媽媽說：「是不是辛巴老了？他的視力不好呢。」爸爸說他先是躲在大樹後面，等辛巴走過去後，他再站出來，走到草地上，只是一動也不動罷了。「他把你當成另一棵樹啦。」媽媽笑著為辛巴解圍。

但現在辛巴看得很仔細，不停地轉動腦袋，搜尋前方的物體。時間過得似乎很緩慢，辛巴的心懸著，他擔心車子突然就拋錨了，他們會落在鳥不生蛋的地方。他看呀找呀，很遺憾，都沒有發現有價值的目標。

突然，蘇菲喊了聲：「停！」大家心裡一顫，隨即激動起來，以為她看到了小鎮或加油站了。沒想到蘇菲說，她飛出去做空中偵察。大家都說這個想法不錯。蘇菲拍翅膀飛出去後，在空中盤旋俯瞰，幾起幾落後，她飛回來說，前面五公里處，有個加油站。

大家都興奮起來，催促露西快開。辛巴還加了一句：「下過雨路滑，小心。」露西也不敢開快，因為她技術還沒那麼好嘛。她還是開得慢悠悠的，要是人類看起來，就是小孩子玩碰碰車呢。辛巴很焦慮，他眼看前方，希望快點到加油站，他不斷在心裡喊：「油啊油啊，一定要足夠開到加油站。」

等車子終於開進了加油站，辛巴感覺到身體似乎都快麻木了，他知道

是心裡緊張的原因。露西把車停好後，辛巴沒有立刻下車，他的肌肉有那麼一會失去了控制力，身體動彈不得，但他沒有叫起來。

他記得，爸爸有次和媽媽說起，爸爸年輕的時候，也犯過這毛病，一天說好去山裡砍柴，朋友來喊他的時候，他答應了人家，卻無法從床上起來。奶奶過來催他起床，說別讓朋友們等他了。

爸爸告訴奶奶他當時的感覺，可奶奶還不相信呢，說：「你真會說笑啊。」是的，當時爸爸對那情況，是感到好笑，卻無能為力。

露西也沒有立刻下車，她是在駕駛座上閉目養神了一會，才挪下車來的。她想起什麼，轉頭喊了聲：「辛巴？」辛巴朝她笑了笑，說：「就好就好。」他也閉目養神了一會，用意念鼓勵自己：「好了好了可以了！」然後他在心裡想著自己起身下車的動作，沒想到，還真的管用，他起身離開座位，小心跳到地面。

他們圍著加油泵研究了半天，才發現了一個問題，這是自助加油站，要用信用卡插卡才能加油的。辛巴記起了，有次出去玩，途中也遇見此類加油站，媽媽不會用，爸爸更不會，因為他很少開車，最後媽媽細心，等有人進站加油的時候，過去請教人家才學會的。

辛巴返身回去車上，摸了摸車上的背囊，沒發現有信用卡呢。他們根本就不會想到錢和卡的事。辛巴走回油泵前，十分失望地告訴露西這個消息。大家都嚇傻了，不知道下一步該怎麼辦了。

第 23 章

大家商量來討論去，總找不到解決的辦法。這時，天色又暗了下來，烏雲滾滾，大顆的雨珠砸在地面，開出朵朵的雨花，打在油站頂棚上的啪啪聲，更是嚇人。辛巴幾個驚得身體矮了幾分，互相緊緊地靠攏在一起，身體簌簌發抖。

雷雨過後，天空放晴了。此時已是傍晚時分。露西弓著身子，活動了

一下腰：「在這裡過夜？」她徵詢地看著大家。辛巴有點急：「不走了？」
亨利想了想：「怕汽油不夠，半路拋錨。」蘇菲望著遠處的山巒，小聲說：
「也是。」

　　大家確定好了就地過夜。露西打開後備箱，辛巴幫忙把睡袋拖下來。
蘇菲和亨利幫不上忙，就在旁邊留意著，提醒露西和辛巴注意安全。辛巴
把一條睡袋拉平整，露西也把另一條睡袋搬下來，在地下鋪好。

　　他們又把車上吃的也搬下來，露西把罐頭打開，還把礦泉水瓶蓋轉
開，讓大家喝。辛巴說，還是拔蓋奶嘴式的瓶子方便，不用轉蓋子，牙齒
一咬一拔就能喝到水了。露西說，不同的設計有不同的功能嘛。

　　他們邊吃邊喝，邊一起閒聊。

　　「冬天的時候，媽媽怕我冷，就把她的睡袋給我做窩了。爸爸老批評
她，說不能嬌慣我。媽媽說，睡眠好，才有精力工作。她還說，睡袋不黏
毛，還防潮保暖呢。」辛巴用腳踩住睡袋，用牙齒拉開拉鍊。

　　亨利聽了辛巴的話，有點傷感，說：「你媽媽真好。自從爸爸領養了
皮特以後，就有點冷落我了。」他說皮特一來，爸爸和他玩的時候就少
了。蘇菲笑他吃皮特的醋了。辛巴說：「可能是你多心了，媽媽說，父母
愛孩子，不分大小的。」

　　他說，當初人家聽說爸爸要把他帶到紐西蘭去，都很驚訝，因為費用
很高，都說那些錢夠養好幾條黃金獵犬了，不如就地在紐西蘭買一隻養得
了。可爸爸和媽媽說我是家庭的一員，不想和我分開，再說，奶奶也年紀
大了，照顧我有點困難，所以堅持要把我帶過來。

　　「好讓人羨慕。」

　　此時，露西邊把另一條睡袋的拉鍊拉開了邊嘆息說道。「我和亨利，
還有蘇菲睡一起，」辛巴對露西說：「妳自己睡那條睡袋吧。」他指揮蘇菲
和亨利到另一邊，把睡袋拉過去，和露西的那條拼接在一起。

　　「你們三個一起，怎麼睡？」露西有點急了。

辛巴說：「我們三個靠在一起，還可以取暖，妳身體大，睡袋也只能睡一個，再說，妳要睡眠好，對我們大家都好。」辛巴講了他的道理。他說，平常出外，都是媽媽開車，爸爸坐在副駕駛座上，隨時注意媽媽是否太累了，還為她遞水遞餅乾，辣薑塊，讓媽媽不打瞌睡。

「爸爸總開玩笑說，媽媽手握三條命，要照顧好她。」

亨利和蘇菲聽完，也說辛巴的話有道理，都讓露西別推辭了。露西走過來，把他們三個都擁抱了一下，摸摸三個的腦袋，又把臉緊緊地貼在一起：「都睡個好覺吧。」她有點費力地轉動身體，躺好，把睡袋的拉鍊拉好。

辛巴又把小枕頭放好，然後讓蘇菲和亨利靠過來，互相依偎，身體也感覺到暖和些了。剛來紐西蘭的時候，辛巴還不適應，夏天就睡在地板上，沒想到半夜被冷得醒過來，才跑回媽媽給他準備的窩裡。這裡，即使夏天，早晚時也是冷的。

「那中國呢？」蘇菲問道。

辛巴用手搧了搧：「熱死了，夏天能到 40 度呢。白天我都躲在家裡。」

亨利說：「這麼熱啊，怎麼過呀？」

「洗冷水澡啊，可惜我不喜歡洗冷水澡。」他說一聽見奶奶或爸爸說：「洗澡去」，心裡就不情願。爸爸老說我：「一臉的木然」，其實我不是怕洗澡，我不喜歡水的。爸爸笑我，說我不像純種的金毛那麼喜水，可我就是不喜歡嘛。不過也奇怪，我是來到紐西蘭後，才喜歡上水的。

「我媽媽說，也許這是島國，四處都是水，又也許，這裡很乾淨吧。」

他們說話的過程中，露西很少插話，偶爾「嗯」或「哦」一聲，很快就沉沉地睡過去了。不久，辛巴也感到頭沉沉起來，也被困意捆住了，動彈不得，也被拖入的夢鄉。半夜他被遠處隱隱的滾雷驚醒過來，不由自主地和蘇菲以及亨利緊緊地擠作一團，在感覺到彼此的體溫中繼續睡過去。

早上醒來的時候，辛巴感到鼻子塞了，發乾。他用力地打了個很響的噴嚏，他意識到自己感冒了，但他沒有說話。他扭頭看露西好像沒動靜。

他沒有起來，怕驚醒了她，於是他繼續躺了一會，感覺頭痛發熱。

太陽照射過來的時候，辛巴才起身。蘇菲起來，去廁所找水梳洗。亨利伸出前爪，又踢踢後腿，伸個懶腰後，才用前爪沾了口水，一把一把地洗臉。辛巴腦袋沉沉，他望了眼露西的睡袋，沒有動靜。

他等蘇菲回來後，走過去用鼻子嗅了嗅露西露在睡袋外的頭髮，用鼻尖頂了頂她。露西驚醒過來，一用力，掙扎起來，像一個被捆住了的人一樣打滾，後來看是辛巴，才安靜下來：「我睡過頭了？」

辛巴說：「我們還是去小鎮找找吧，看有沒有人留下了信用卡。」

露西頭脹發昏，扶了腦袋想了想：「這也是個辦法。」她想起來，但感到渾身沒有力氣，她又跌了下去。辛巴用舌頭舔舔她的額頭，說：「發燒了吧？」露西堅持著起來，她找了地圖出來，見蘇菲出來了，便喊她過來一起看。

露西和蘇菲看了一會地圖，又按了按導航，居然發現有一項地圖功能，於是他們找到最近的小鎮，三公里遠。辛巴決定去那碰碰運氣。蘇菲說，她也飛去，這樣有事的話，她可做通訊員；亨利也說去，也許能幫上忙。

辛巴說：「露西就好好休息，等我們回來。」

「你好像也感冒了呢。」

辛巴說：「沒關係，爸爸說了，我是男子漢呢。」

露西想爭辯，無奈身體軟綿綿的，只好作罷。

第 24 章

辛巴臨走前，露西提醒他們，要記得留下借條。他們答應一聲，就跑遠了。露西長喘一口氣，又躺下，迷迷糊糊睡了過去。這時，太陽慢慢爬上高空，光線慢慢斜步移開了，原先打在她額頭上的光斑，也掉落地面了。

蘇菲飛上天空，俯瞰四周的曠野。由於山巒樹木的遮擋，辛巴和亨利

看不清楚前方有什麼，有了蘇菲在空中偵察，辛巴和亨利知道小鎮的方向在哪裡，知道哪條道路的距離最近。蘇菲在天上指引，辛巴和亨利在地面跑啊跑啊，朝小鎮跑去。

其實，他們車上的車用導航，是太陽能的，拆卸下來可帶在身上用的。但此時，辛巴他們都還沒有掌握這些技巧，換句話說，他們還沒有了解有這些功能，需要經過一些時日後，他們才可能逐漸掌握這些祕密。但這些都是後話了。

他們進了小鎮，發現和他們沿途經過的村鎮一樣，靜悄悄的，草木繁茂，荒無人煙，沒有遭受破壞，還算整潔整齊，還沒有破敗不堪。辛巴他們挨家挨戶地查看，門窗緊閉的，暫時就不進去。

突然，亨利在前方招手，辛巴和蘇菲跟了上去。亨利攀上一扇尚未關上的窗戶。蘇菲飛了進去，用嘴從裡面把窗栓的環扣挑開。亨利鑽進去再扒開門栓，讓辛巴趕快跑進來。「爸爸老說，要注意關窗，防止小偷。」他嘟囔了一句。

「還以為蘇菲是嬌嬌公主，沒想到力氣那麼大。」

蘇菲很驕傲地說：「你不知道吧，我們金剛鸚鵡是大力士呢。在亞馬遜森林裡，那些棕櫚樹結著的果實，果殼堅硬到人拿錘子都難輕易砸開，我們卻能輕巧地用啄把果皮弄開，吃到裡面的果實呢。」蘇菲說，拉窗栓這類小事，根本就是小菜一碟。

「人家都叫我們小老虎呢。」亨利也不甘示弱。

辛巴說：「你們都很厲害！」

大家一起細心地在衣櫃和抽屜等處，翻找屋主可能存放的信用卡。忙碌了一陣，終於在浴室的牛仔褲口袋裡，翻出了一個錢包。蘇菲用嘴把叫「大衛斯」的身分證，駕駛證，通訊錄和一張信用卡拉了出來。亨利看了，鬆一口氣說，好啦。

「可是，密碼呢？」

「對呀。」

辛巴在房間裡轉來轉去，想了好一會，說：「只好碰運氣了。」他建議把錢包也帶走，然後從駕駛證，身分證等上有數字的資料上猜找密碼。亨利有點為難：「我沒有數字概念呢。」蘇菲安慰他說：「有露西呢。」

他們把錢包裝進辛巴的背囊，剛走出門，辛巴記起露西的話，說：「沒留借條呢。」亨利說：「我們不會寫字呢。」蘇菲想了想，說回去讓露西寫好，她再送回來。

辛巴一聽，認為是不錯的方法，回程的路上經過小鎮的主街，辛巴打了個噴嚏，想起露西還在發燒，於是他提議去找找藥品帶回去。

辛巴領著亨利邊走邊看，蘇菲也快速地飛了幾條街，終於找到了藥房。還是亨利想辦法進去把門弄開，然後讓大家進去，在警鈴的鳴叫中在店內找感冒藥。辛巴心想，紐西蘭的木板和玻璃門窗真容易打開。

站在藥品的貨架前面，他們可傻眼了，架子上的藥品，琳琅滿目。爸爸媽媽帶他去看過病，但辛巴從來就不關心醫生怎麼給他配藥的，當然也看不懂，連媽媽爸爸都不懂嘛，一切都聽醫生的。

「你們記得藥名嗎？」

蘇菲和亨利都搖頭。辛巴自言自語了幾句：「怎麼辦呢？」不過，他很快就冷靜下來，想到了爸爸頭痛發燒或身體哪疼了，就會問媽媽：「還有『Panadol』嗎？」媽媽老是取笑紐西蘭人：「不管什麼病痛，都只會叫『盤那多盤那多』，好像一藥包治百病。」辛巴記得那個藥盒子。

隨後，大家兒又跑到一家寵物診所，進去也傻眼了，更不知道取什麼藥了。他們只得又返回到原先的藥房。猶豫了半天，商量了半天，大家決定就拿那種「包治百病」的藥。辛巴讓蘇菲細心地讀了讀服用說明書，讓她把藥裝進他的背囊裡。

「得冒點險，這是人吃的。」亨利嘟囔一句。

辛巴說沒有別的辦法了，只好小心嘗試一下。他們飛奔回到加油站，

看見露西還在昏睡。辛巴推醒她，露西有點驚訝：「我睡了很久嗎？」辛巴簡單地向她匯報了小鎮的情況。露西嘆息了一聲：「都相似呢。」她有點艱難地拉開睡袋的拉鍊，昏昏沉沉地站起來。

辛巴安慰她說：「找到信用卡了。」他先讓她服藥喝水，又讓露西寫了借條，交給蘇菲帶回去留條。蘇菲叼上借據，飛回小鎮人家，把借據放在書桌上，還叼了咖啡杯墊壓住，再把窗門拉緊。藥房的借據，她插在了櫃檯電腦的鍵盤上。

蘇菲飛了回來。「全辦好啦。」露西笑了，說：「都這麼能幹呢。」辛巴讓她多喝水：「我爸爸感冒發燒的時候，媽媽總叫他多喝水。」

休息了一會，露西說她感覺好多了。「你也吃點藥？」露西看辛巴老打噴嚏，就建議他也嘗試一下。剛才有事跑來跑去，辛巴暫時忘記了不適，現在安定下來，他才意識到自己也是有點感冒了。

「那就吃一顆吧。」

露西站在加油泵前，仔細閱讀使用說明，還讓蘇菲過來幫忙。蘇菲飛過去，站在露西的肩膀上，一起研究說明文字。他們還根據錢包裡有關數字的資料，如出生年月日等，來回組合密碼數字，反覆實驗。而辛巴就在旁邊，回憶媽媽使用加油槍的過程，提示露西操作著機器。

忙碌了一陣，露西終於把汽油加進了汽車油箱裡。亨利在一旁跳躍叫好。

「幸虧紐西蘭沒有毒蛇猛獸，要不然還真不好露營呢。」

大家突然想到一個問題來，都有點感嘆。

第 25 章

經過一番忙碌後，大家都感覺餓了，趕快吃些乾糧充飢。等收拾好行裝，再次上路，已經是午後了。臨上車，辛巴關切地問露西：「好點了嗎？」露西說：「那藥還真管用呢。」她說頭不疼了。辛巴有點不信，就把

鼻子湊上去。露西彎腰，讓他的鼻子頂了她的額頭。

「你的鼻子倒是乾的呢！」

露西有點擔心，因為他知道，辛巴的鼻子該溼潤才對的。

辛巴說，沒關係的，有點尾巴而已，反正他不開車，在車上瞌睡一下就好了。露西打著車子，又晃晃悠悠上路了，往前開啊開啊。辛巴在搖晃中睡睡醒醒，夢見媽媽也開了車跑在前面，他看見車屁股後面那車牌了。

他揮手喊：「爸爸！爸爸！」沒有回應。他又汪汪地叫：「媽媽！媽媽！」也沒見那車子車速放緩。他最後哭了，喊：「安迪！安迪！」車子卻在轉彎後消失了，留下氣喘吁吁的辛巴在後面追趕。

辛巴突然聽到一陣喊叫，他感覺車子好像要側翻了，一下子被驚醒過來，睜眼一看，原來車子轉彎，路前方的天空突然出現了彩虹，橫跨兩邊的山巒。而他們的車子，就像要從那七彩的拱門穿越過去。置身在如此美麗壯觀的景色中，大家都驚呼起來。

辛巴見露西伸手，偷偷地抹了把額頭。他把頭伸出窗外一看，這個彎道還是挺急的，大概剛才轉彎也把露西嚇了一跳。「別把頭伸出去吹風了。」露西擔心他的感冒沒有好，就叮囑他趕快把窗關上。

「景色真美，」蘇菲讚嘆道：「我喜歡紐西蘭，到處都是綠草地和樹林，聽媽媽說，我的老家巴西的熱帶森林，遭到了很嚴重的破壞，我的親戚幾乎滅絕了。」蘇菲說，她真的很幸運，能生活在這裡。

露西說：「我老家非洲情況也不好，爸爸告訴我，我的家族棲息地也越來越小了。」她憂心忡忡地盯住前方的又一個彎道說：「哎，不知道是否人類也因為棲息地越來越糟糕了才離開的。」

辛巴說：「爸爸把我帶過來，說的就是看上了這裡有很好的動物保護法。」他說，爸爸寫有關他的書，不僅僅是因為愛他，爸爸對媽媽說過，他希望這本書能喚起人們對動物的關心和愛護。「他呼籲中國也能為動物保護立法。」辛巴補充了一句。

「紐西蘭環境還不錯啊，那人們為什麼也離開呢？」

「也許是防患未然吧，不會等環境壞到不可收拾的地步才走？」

「也許有先急後緩的計畫？」

「希望我們能找到答案。」

在大家熱烈討論的過程中，只有亨利不出聲。他雖然聽爸爸說過自己的身世，老家在波斯，具體在哪裡，他也沒詳細問，似乎是今天伊朗那一塊地區，好像一提起這裡，總要提到石油什麼的。再說，他是混血的，似乎有關係，又或是疏離，他都不感興趣。

在一個岔路口，露西煞住了車，雖有導航指路，但她不知道怎麼搞的，突然下意識地踩住了煞車。「該走左邊，還是往右？」她問自己，也像是問其他人。蘇菲湊上前，看了眼導航，又抓過地圖對比，說：「是右邊。」

露西有點猶豫：「我怎麼感覺是左邊呢？」她把地圖拿過來，攤開在方向盤上，看了好一會，拿開後，又認真查看了導航的地圖：「怎麼感覺好像兩個方向都對？」辛巴寬慰她說：「就按導航指示走吧。」

亨利說：「按一個方向走吧，不行再返回來，走另一個方向。」他提示大家，好好記住這個岔路口，如果走錯了，返回這裡再出發，也只是多費點時間罷了。大家也同意他的建議。露西重新打方向盤時，她發現車子熄火了，她想重新發動，卻不行了。

露西嘗試了很多次，身上都冒汗了，都沒有成功。大家十分沮喪，跳下車子，站在路邊想辦法。辛巴四周來回跑了幾遍，說，下面是下坡路，要不然推推車子？滑行一段路後，應該就能啟動的。

露西聽了他的話，站在不同的角度觀察了一遍，還攀上車頂看了，最後也認為，辛巴的提議不妨實驗一下。她說：「亨利和蘇菲在前面和側面指示方向，辛巴幫忙扶正方向盤，我來推車。」

辛巴聽了，說：「我不行的啊，我沒學過駕駛啊。」

露西說：「你以前不是總留心媽媽開車嗎，我們來的路上，你也學習了不少呀，再說，現在只有你有這個能力呢。」她朝亨利和蘇菲看了眼。「露西說的對。」他倆也朝辛巴點頭鼓勵。

雖然辛巴心裡直打鼓，但又有點躍躍欲試，因為以前爸爸老是想教他開車，但媽媽總以安全為由制止了，今天正好有機會嘗試一下。再說關鍵是，除了露西有能力推車外，沒有夥伴有這個能力了。

一時間，他腦子飛速轉動，回憶媽媽和爸爸開車的技巧，那個影片裡紐西蘭流浪狗學習開車的情景，也開始在他頭腦裡播放起來，他心裡默念著，在想像中操作起來車子來。

「等等，我幫辛巴踩煞車。」亨利急忙喊道，也跳進了車內。

辛巴跳上車子，這是他第一次正兒八經坐在駕駛座上，把住方向盤。他猛地吸了一口氣，努力讓自己平靜下來，回憶那些開車技巧，然後喊了聲：「開始吧！」之後他聽見露西在車後也回應道：「開始了！」然後她邊喊邊用力。

「一二三！一二三！」

露西用肩膀頂住車後的保險槓，臉貼在車廂，用手扶緊車側面，弓著腰，腳斜著撐住地面，一點一點的把身體內的力量用力使出來。蘇菲看見她臉部的肌肉，繃得緊緊的，恍如有好多根看不見的繩子，勒進肌肉裡去了。

辛巴坐在車上，緊張地等待著，他起先感覺到車子朝前動了一下，又往後倒了一下，靜默後，開始一點一點朝前蟻行前進。「加油！加油！」辛巴和露西都聽到了蘇菲的喊聲。辛巴感到極度緊張，生怕速度快了把握不住方向盤，他記得狗狗開車那個影片，都是在平路上進行的。

車子開始慢慢滑行，然後越來越快，忽然就突突地發動起來了。辛巴喊了聲：「露西，快上來。」蘇菲也在後面喊：「亨利，煞車，快踩煞車！」亨利用力把全身壓上煞車閘。他肥胖的體重起了作用，車子朝前行駛了一小段，就慢了下來。

露西跑上來拉開車門，把辛巴換下來，重新把住了方向盤，把車穩穩地煞住了。等大家都上車，辛巴說：「好驚險啊！」蘇菲說：「還真是的呢，要是露西沒上到車，這可麻煩了。」

「但我們成功了！」

他們興奮地大聲喊叫，大聲歌唱，露西還特地按了按喇叭，朝前繼續行駛。

第 26 章

一路忙碌，一路擔憂，走啊走啊，車子終於進了奧克蘭市。一看到路標上寫的「歡迎來到奧克蘭」幾個字，露西和蘇菲就喊了起來：「終於到達了！」辛巴就更別提有多興奮了，他希望自己夢想成真，在奧克蘭和爸爸媽媽團聚。

露西把 CD 播放機打開，揚聲器裡送出的打擊樂聲，在車裡一陣一陣地撞擊他們的耳膜。辛巴和了拍子，汪汪汪地應和；亨利就「妙妙妙」地跟了辛巴的節拍，與蘇菲模仿的人聲交織在一起。

露西好像車子也開順手了，此時手扶方向盤的手指，居然也在跳舞，他們好像是吹奏著凱旋曲進城的隊伍呢。

車子慢慢進了市區，露西行駛得更加小心了，不是因為交通阻塞，路上一輛車也沒有，而是路線複雜交錯，雖然有導航指路，但露西還是不放心，她擔心由於市政建設造成道路更改，而導航沒有及時更新導航資料。

「反正已經到了，我們有的是時間。」

進到了市區，大家的心情不一樣，覺得已經接近家門口了，隨便邁幾步就到家了，所以心情很好，也很有耐心。亨利沒來過奧克蘭，也希望沿途好好觀賞市容。而蘇菲聽媽媽說過，這裡是紐西蘭最繁華的城市，能買好多化妝品。露西在奧克蘭動物園待過一段短暫的時光，但對市區也很陌生。只有辛巴來此，卻總是匆匆忙忙。

　　爸爸和媽媽帶辛巴來看過自家的房子，當時因為房子出租了，他們來的時候，租客不在，他們也沒有進去，只在外面看了看，然後爸爸媽媽就帶他去下面的綠地公園奔跑玩耍，還說以後搬回來住，辛巴在屋旁就有遊樂園了。

　　「我最喜歡房子下面的大草地，媽媽說，當初買房子就是看中了這塊公共綠地永遠不會更改用途，不會被開發成住宅區而消失掉了。」

　　辛巴來紐西蘭前，爸爸就帶話給他了：「媽媽說了，你過來後，就可以在那撒野了。」雖然媽媽後來因為工作關係，搬家去了漢米爾頓市，但辛巴永遠記得媽媽說過的話。他此時心想，今天終於可以進進這個家門了，所以他有點激動。

　　奧克蘭不像漢米爾頓市的路那麼平坦，不是上坡就是下坡的，所以露西放鬆的心，又不時給提了上來。她關了音響，專心開車。而辛巴等就把頭扭過來轉過去的，觀看兩邊的風景。

　　「比漢米爾頓市高樓多呢。」

　　「我們基督城更有特色些。」

　　蘇菲和亨利在後排嘀咕著，辛巴不時查看導航，他想知道車子在什麼地方，距離自家的房子有多遠。他的眼睛和腦袋轉個不停。讓他驚訝的是，道路上的交通燈，竟然還亮著，閃爍著不同的顏色，讓他感覺到有點詭異。

　　「死城？」

　　「鬼城？」

　　辛巴心裡嘀咕著，他想起，爸爸喜歡看一些刺激的影片，常把在客廳玩電腦的媽媽嚇得驚叫逃走。爸爸就哈哈大笑：「這是電影啊！」可媽媽還是跑出了客廳，責備爸爸：「嚇死人了！」爸爸就說：「人家辛巴都不怕呢。」

　　辛巴想起這些片段，真的好激動，他喜歡賴在爸爸的腳邊，嗅著爸爸的氣息，安心地打瞌睡，迷糊中，能感受到爸爸一邊看電視，一邊用手撫摸他的長毛毛，感覺太舒服啦。

過了一會，媽媽返回客廳，會把他叫過去躺下，替他全身做按摩，說：「爸爸，討厭。」啊啊啊，他舒服得瞇了眼睛享受，那真是最幸福的時光了。

辛巴的回憶綿綿不絕，伴隨著車子的晃動而蔓延，讓他心生好些感慨。車子一公尺一公尺地朝辛巴的目標推近，導航也不斷播報距離目的地的距離，他的心也被一毫米一毫米地提起來。等導航報告說，目的地已經到了，辛巴砰地推開車門，彈了出去，奔到房門前。

但，大門緊鎖！

辛巴衝到大門前，汪汪汪地叫喊。露西上前，用力打門，但沒有回應。亨利也瞄瞄地高叫了幾聲，也毫無應答。此時，大家把希望集中在了蘇菲身上，都轉過頭來看著她。蘇菲明白大家的想法，就清了清喉嚨，模仿人類的聲音喊：「對不起，有人嗎？」連叫了幾分鐘，但屋內毫無反應。

辛巴不服氣，跑前跑後，圍了房子轉，但也毫無收穫。房前屋後，草地荒草蓁蓁，雜草叢生，大概很久也沒有人剪草整理了，門前斜坡卵石碓生長的玉蓮，長勢凶猛，那棵金錢樹，大概由於缺少雨水，長相尷尬；隔了籬笆牆縫隙，看見後院的樹枝和葡萄藤糾纏在一起，霸概也很久沒有人去修剪整理了，顯出些破落的跡象。

亨利發揮了飛簷走壁的功夫，攀上屋子高處查看，報告說窗戶都關嚴了。蘇菲俯瞰得到的情況也大致相似。辛巴突然感覺到腳一軟，咕咚地把自己摔在門前的地板上。

蘇菲安慰他，說還沒搞清楚情況呢。

亨利說：「這趟看來是白跑了，但至少也弄清楚了，他們都不在這裡。」他安慰自己說，來這裡也有收穫，對他來說也算出了趟遠門呢。

「先別急，」露西說：「安定下來再想辦法。」

辛巴突然從地上躍起，奔到門口的信箱前，示意露西過去。露西愣了一下，走過去幫他把信箱的門拉開，發現有一封信。露西拿過來一看，信封上收件人居然寫著「Sir Simba」。她感到身體一陣發抖。而當辛巴聽露西

讀給他聽的時候，也嚇傻了，一時說不出話來。

蘇菲和亨利在門口處，望著他們，大聲問道。

「出什麼事了？」

第 27 章

就在露西拆開信給辛巴看的時候，亨利和蘇菲也擠了過來。

信封裡，有一張照片。辛巴指了坐在右邊，頭髮有點稀疏的的中年男人：「我爸爸。左邊穿了紅色夾克的是小琪！她是爸爸的外甥女。中間坐著的，穿了黑色棉襖的老人家是我奶奶！」辛巴興奮地指點著照片說。

「信上寫了什麼？」

辛巴看完照片，扭頭問露西。露西翻看信封，說沒有了。辛巴不相信「沒口信？」露西把信封口張開，再倒過來。大家睜大眼睛，也沒看見有什麼紙屑飄落出來。辛巴急了問：「真的什麼字跡都沒有嗎？」

露西把照片反轉過來，白色的相紙上有一行字：「深圳。家。12 月 20 日。」辛巴聽露西唸了幾遍，還在問：「就這些？」得到露西幾次肯定之後，他一屁股坐在地上，嗚嗚地哭了起來。這讓露西他們不知道該怎麼辦，只能在旁邊傻站著，讓他哭個夠。

「這是誰寄給你的呢？」亨利和蘇菲小心地問。

辛巴哭著說：「是我爸爸。是他寄給我的。我嗅到他的氣息了！」

等辛巴哭夠了，明白哭也沒有用的時候，他停止了哭泣，變得一聲不吭。他默默站房門前。等露西他們過來，他讓露西按開大門密碼鎖的密碼。「1111。」露西十分驚訝，但也沒說什麼，就把門打開進去了。

屋裡空空蕩蕩的。似乎租客已經搬走，有一把靠背壞了的椅子，放在廚房邊的吧臺旁。辛巴在房間裡來回查看，房間裡，似乎還沒有來得及打掃，也許門窗關閉了一段時間，空氣不流通，讓他們感到悶悶的。露西幫

忙把窗戶開後，新鮮的空氣立刻進屋了。

　　樓下只有一個臥室。辛巴走到樓梯下，往上張望了一會，然後小心翼翼地上樓梯，他有點怕怕的，有懼高症呢。但他深呼吸一口氣，然後屏住呼吸，一級一級樓梯挪步上去。樓上的木地板鋪了白色地毯，衛浴旁邊各有一個房間。

　　辛巴站在樓上的窗前，抬頭望了望外面的天空，再趴在窗沿，看著前面那片公共綠地。大草坪顯得荒草萋萋了，似乎有些帳篷散落其中。

　　露西幾個跟了上來，在兩個房間巡視一番，然後默默地陪辛巴在窗前看外面的風景，想著各自的心事。看了好一會大家才下樓。辛巴跟在後面，小心翼翼地挪步下來，長長地舒了一口氣，然後趴在地板上，陷入發呆的狀態。

　　「接下來，怎麼辦呢？」

　　大家心裡都在問這個問題。但誰也沒開口。

　　靜默不知過了到多久，辛巴站起身，說要出去走走。露西說，好。那就一起去吧。大家走出客廳，跟著辛巴來到了那片公共綠地，竟然發現這裡被布置成了一處遊樂園。露西和蘇菲看了看旁邊豎立的布告牌，原來是為慶祝耶誕節活動準備的。看情形，所有布置接近完成，還沒有開幕呢。

　　露西招呼大家一起去看看。哇，好大規模呢。辛巴跳上旋轉臺，和那些狗啊馬呀羊的擦身而過。露西也攀上來，蘇菲和亨利也跟隨其後。「我們玩一會吧。」露西提議。露西按了一下開關，旋轉臺旋轉起來了，還響起了聖誕歌曲，一時間，把他們的情緒也感染了。

　　辛巴坐在一匹紅色馬鞍的木馬上，旋轉啊旋轉呀，他感覺到眩暈起來，恍惚是趴在爸爸的後背上，他甚至能感覺到爸爸的體溫，那些和家人相聚的情景，一幕一幕在他的腦海裡旋轉播放。「你在馬上好帥。」蘇菲緊緊的抓牢鹿角笑道。「我爸爸屬馬。」辛巴大聲地說。

　　他們很興奮地轉呀旋啊，玩到太陽快下山才返回家，連音樂也沒關：

「就讓它開著吧，夜晚能聽到。」路過一家酒類專賣店，門竟然是虛掩的。亨利首先溜了進去，查看一番，大叫他們進來。

露西看到，一箱一箱的酒，就堆放在屋角落裡。亨利說：「要不然帶幾瓶回去？」大家猶豫了一下，說：「也好。」露西把借條留在了收銀檯上，然後和大家一起，把酒帶回了家裡。

返回家裡後，大家又把車裡的食物和睡袋都搬了下來，坐在客廳地板上，吃喝起來。「難聞呢！」辛巴嗅了嗅露西遞給他的啤酒，就皺眉頭了。「人類為什麼喜歡喝呢？」蘇菲也皺起眉頭問道。亨利說：「喝習慣了吧？」他也不敢肯定，他總看見爸爸媽媽喜歡喝這東西。

「要不然我先嘗試一下？」蘇菲說道。

「今晚我們也放開一下，要不然，怎麼知道人類幹嘛喜歡喝呢？」

看大家很疑惑，蘇菲就說：「放心，我是百毒不侵的。我先來試試。」她說完，就讓露西把酒倒在手掌上，她低頭喝起來。她開始眉頭是緊皺的，但漸漸地，大家看見她的眼睛開始迷濛起來，還擔心她昏迷了。

「怎麼樣？」

蘇菲說沒事，她的感覺越來越好了，大家注意到她的眼睛，慢慢變得迷醉起來。「爸爸喝多了，也這樣的。」亨利在旁評價說道。「但我爸爸和媽媽很少沾酒的。」辛巴對此不敢肯定地說，爸爸和媽媽只偶爾才喝點酒，所以他不好判斷。

「感覺好極了！」蘇菲陶醉地說。

露西也說，算了，就好好嘗試一下，要是死了也一了百了。露西心裡也有點煩，所以這麼一想，抓過酒瓶，就咕嘟咕嘟地灌了一通。漸漸地她的眼睛也開始迷離起來：「哎呀，很好的感覺呢！」她喊了聲。

「什麼樣的感覺？」

「你們，你，自己試才知道。」

「真的？」

　　辛巴和亨利互相看了眼，皺著眉頭，也開始品嘗起來。起初是不好喝的，味道怪怪的。但他們忍住了，拚命回想露西和蘇菲他們說的好感覺。喝了一會，開始感到腦袋和身體飄了起來。辛巴好像覺得，他一不小心，就把爸爸碰倒了，或者和媽媽撞上了，要不然呢，就是和安迪碰著了。

　　不過，最讓他小心的，就是生怕碰著了奶奶，因為小琪老在旁邊扶著奶奶，生怕她被碰倒了。辛巴好高興啊，外面的聖誕歌曲飄進屋，他呢，一路飄啊飄呀，還汪汪地叫喊，和著蘇菲，露西，亨利的歡叫聲，在家人中間來回穿梭，快樂無比。

　　露西突然想起一件事，問：「辛巴，你是怎麼知道密碼的？」辛巴從夢境裡飄了回來。他從地板上抬起下巴：「我也不知道，猜的。」他傻乎乎地朝露西笑著。「猜的？」蘇菲很驚訝他猜得這麼準確。

　　「爸爸常說，在紐西蘭，有事就找『111』嘛。」露西說：「但剛才輸入的是『1111』呀。」辛巴又嘻嘻地傻笑起來：「因為爸爸老說我是 No.1，所以我又加上一個『1』。」

　　大家嘻嘻哈哈哄笑一通。辛巴又翻看著照片。「他們坐的沙發，是爺爺的專坐。」辛巴說，雖然爺爺不喜歡他，但他很尊敬爺爺的。「爺爺每天從臥室出來，我就會馬上從沙發挪開，讓他坐到專座上。」

　　辛巴笑嘻嘻地說：「爸爸老說，爺爺不是不喜歡我，是吃我的醋了，認為大家喜歡我比喜歡他更多一些。」辛巴嘮嘮叨叨地說著在中國的生活趣事。

　　「爸爸說，雖然他與爺爺關係也緊張，但還是應該做個孝順的孩子。」

　　聊著，吃著。喝著。慢慢地，睏意上來，拿住了他們。大家迷迷糊糊地拉開睡袋，當然，辛巴記得自己的小枕頭，搬來放好，然後和大家一起，沉沉地睡了過去，作了好些稀奇古怪的夢，他們和這些夢，旋轉，碰撞，一圈又一圈的，他跌進去，又被拋了出來。

第 28 章

　　辛巴早晨醒來。太陽光從窗外照射進來，打在了他的臉上，暖洋洋的好舒服。他翻了個身，生怕壓著了蘇菲和亨利，就小心地把前腳挪開。他的腦袋還有點暈，心想大概是昨天晚上喝了那個叫「酒」的東西。

　　辛巴遲鈍地發了好一陣呆，意識到露西也朝他這邊看，才對她笑了一下。蘇菲和亨利也醒了後，半瞇著眼，臉對臉打了個哈欠：「好臭的口氣呢。」他倆互相評價了一番，然後搖晃著站起來，伸懶腰。

　　看著一地狼藉，大家有點驚訝：「昨晚過聖誕了？」他們互相對望探詢。公共草地那裡的聖誕樂聲，還在叮叮噹當地傳過來。「真的呢。」他們釋然了，他們自己慶祝聖誕了。

　　露西拉開通往後院的大門，走了出去，站在地臺上發呆。

　　「今天要做甚麼呢？」露西看見辛巴跟了出來，就下意識問了句。辛巴一時語塞，兩眼茫然地望著斜對面的房頂。是呀，幹什麼呢？他收回目光的時候，蘇菲和亨利正站在他的身邊，望著他等待答案呢。

　　辛巴嘆息了一聲：「聽說奧克蘭很繁華。可惜現在靜悄悄。」

　　露西默契地說：「難得來了，就好好逛逛。」

　　蘇菲和亨利喊了聲：「耶！」他們以前都沒機會到奧克蘭這個最大的城市，這下好了，可以想去哪裡就去哪裡了。但辛巴心裡還有另一種心思，他覺得正好再找找看，人們會不會到市中心去了呢？他記得，奧克蘭其他街道也很安靜，市中心的人卻總是很多很多。

　　辛巴雖然意識到自己的這個想法，可能有點傻，但他心想，有想法總比沒想法強。「那趕快吃點東西出發。」他返身回屋去做準備。「周圍再走走吧？」亨利嘟嚷著。他沒來過奧克蘭，連漢米爾頓市中心，也沒有去過，往常就待在家裡，或著只在附近的幾條街道上散步，從不走遠的。

　　露西說：「車上帶點，出去看看吧。」大家收拾好，就開車出門了。由

於奧克蘭的路上下陡坡太多了，露西雖然開車漸漸熟練了，但還是不敢大意，慢悠悠行駛了很久才到達市中心。

「難怪媽媽不喜歡奧克蘭，進入中心要那麼久，要是塞車就更可怕。」辛巴下車的時候嘟囔道。在漢米爾頓，爸爸和媽媽帶他去洗狗房洗澡，沒幾分鐘就到市中心了。

露西把車子停在天空城（SkyCity）的大門口。辛巴仰頭望上去：「頭暈！」他看到塔尖插入了雲端，於是趕快低頭。他老聽媽媽說，奧克蘭停車不方便，但來這賭城玩玩，就有積分停車吃飯，也很方便的。現在好了。沒車。車子可以就停在大門口了。

辛巴跟露西進了大門，露西和蘇菲把那些說明指示都研究好了，帶大家一起進了電梯，門一關，露西按了電梯的最高層按鈕，大家的心就好像被線提起來了，懸空的感覺，上升啊，上升啊，電梯停住後，門打開了。

辛巴想出去，被蘇菲拉住了：「我先去看看。」蘇菲拍翅飛出去，觀察了一番，返回來叫大家：「安全呢。」他們便衝了出去，朝有聖誕音樂聲的方向去，有了大發現。

哇，好漂亮啊，他們進了觀光餐廳，發現桌上擺滿了食品，鮮花，聖誕禮物，高大的聖誕樹上，掛滿了許願卡，紅的，銀的，藍色的彩球，七彩變幻的小彩燈纏滿了聖誕樹，閃爍呀閃爍，太富麗堂皇了。

中間桌子上的托盤，還盛了一隻大火雞！

辛巴的喉嚨咕嘟咕嘟響起來，嘴巴裡也不聽使喚地地冒口水，好像泉水一樣，他拚命吞嚥，卻源源不斷，讓他既幸福又尷尬，忍受著這番折騰。露西看見了，笑著說：「我們也參加這個派對吧！」她話一出口，就得到大家心照不宣的熱烈回應。

「幸虧沒吃早飯。」亨利邊吃邊嘟囔道。

辛巴正趴在亨利對面，一邊啃著雞肉，一邊說：「就知道你嘴饞！」亨利不停嘴地嚼著，話從牙縫裡擠出來：「你不想吃啊？」辛巴可沒空搭話，吃

得吭哧吭哧的，牙齒咬碎骨頭的聲音，在溫馨的聖誕音樂中顯得有點粗暴。

露西安靜地坐在椅子上，拿著一根紅蘿蔔吃著，開心地看著辛巴和亨利吃得驚天動地的樣子。而蘇菲則站在果盤上，仔細地把開心果的殼剝開，吃得津津有味。

「哎，看看你們，好像餓了一百年了。」

「不過，亨利比辛巴吃相稍稍斯文些。」

露西和蘇菲，邊吃邊聊，小聲交談。她們不像辛巴和亨利，只顧低頭猛吃，她們還不時走到窗戶前，觀看外面的風光。「我們在雲端了。」她們分別為吃下的食物打分，還互相分享一下。

狂吃了一頓後，辛巴和亨利都吃不動了，趴在地上呼哧呼哧地喘氣。休息了半天，辛巴和亨利才能挪動身體，四處參觀了一番。「暈！」辛巴看蘇菲站在靠窗前的桌子上眺望，他心裡有點害怕。亨利說：「爸爸說天空塔是南半球最高的建築。」他邊說邊輕巧地跳了上窗臺，和蘇菲肩並肩。

露西說：「再去其他地方看看？」她提議去動物園看看，是否能遇見她的老朋友。蘇菲聽了，很高興說：「好呀好呀，不定我也能遇見我的老朋友。」大家於是一層一層按了電梯下去，各個樓層走了一通。

「好漂亮好舒服的床啊。」

「太好吃了。」

「好大的賭桌啊。」

「打老虎機好像安迪打遊戲機呢。」

去動物園的路上，大家唧唧喳喳地回味。露西和蘇菲一邊說，心裡倒是滿焦急的，她們希望還能見著他們的那些老朋友，雖然說過去很多年了，心裡都很想念的。她們一邊說話一邊想事情，終於到達了動物園。

可進到動物園，四周依舊靜悄悄，空空蕩蕩，動物們都不知道到哪裡去了。

第 29 章

接下來的幾天，他們在市中心逛來逛去，看見寵物店，也取了些衣服什麼的，當然，吃的也拿了，也去了很多餐館，把好吃的都吃了個遍。挺著肚子走出大門後，心裡也有點不安，雖然留下了借條，但覺得心不安呢。

這天，他們去 Mission Bay 的沙灘，路經停泊遊艇的碼頭，看見遊艇桅桿林立，潔白的船體，在陽光下十分耀眼。露西十分興奮，以前爸爸就帶她駕駛過遊艇，去海上研究考察，沒事的時候，爸爸還和同事一起出海釣魚，樂趣無窮。

露西邊說邊扭頭去看那些遊艇，差點把車子開到海裡去了，把辛巴他們嚇得不輕。「導航出問題了吧。」辛巴打趣說道。大家哈哈笑起來。露西說：「這些遊艇讓我想起我爸爸了。」辛巴不出聲，默默地望著窗外閃過的建築和景物。

露西把車子停在沙灘停車場，大家一起把食物和飲料搬到了海邊的樹林裡，坐著看海，邊吃邊聊。辛巴說他來過這個海灘的：「爸爸喜歡坐在這裡發呆，說看見海心胸寬廣。其實媽媽也知道，爸爸的朋友都在奧克蘭，還有，這裡的海讓他想起深圳的海，能緩解他的思鄉之情。」

「沒想到奧克蘭有這麼多的高樓！」

亨利說這些天，他一路走，一路看，脖子扭來扭去，看了很多的高樓。

「你去中國的話，會看得脖子痠的。」

「哦？」

「高樓很多，很密，人更多呢。」

「是嗎？」亨利不相信地看住辛巴的眼睛。

「我以前住的深圳市的人口，就是紐西蘭總人口的三倍。」

「很多嗎？」亨利對數字沒有概念，他求助地望著露西和蘇菲。

「恐怖！」

「這個——」

「也有好多好吃的東西!」

他們說啊吃呀聊著,看見一群麻雀過來了,蘇菲分給他們一些餅乾;海鷗落下來,露西掰點紅蘿蔔給他們。海鷗啄了啄,又丟開了。

蘇菲問啄食的麻雀和海鷗,看沒看見人類都到哪裡去了?那些麻雀和海鷗,邊吃邊說起多種版本,有說乘船走的,有人坐飛機離開的,都說得活靈活現的。聽到越來越多的說法,亨利和辛巴睏了,漸漸地失去了意識,墮入到夢鄉裡。

「辛巴流口水了。」

「嗯,貪吃的傢伙,嘴巴在動呢。」

就在蘇菲和露西也快要被睏乏抓住,墜入夢鄉的時候,卻被辛巴沉重的呼吸聲驚著了。她們看到辛巴的身體抽搐起來,一下一下的,嘴巴喊了聲「噢」,然後又是「啊」一聲,之後就一聲長一聲短地「嗚嗚,嗚嗚」地哭出聲來,把露西和蘇菲嚇住了。

「辛巴!」

亨利也被驚醒了,他叫了辛巴一聲,沒有反應。露西又叫了一聲,稍稍加大了聲音:「辛巴!」然後大家看見辛巴突然睜開眼睛,定定地看著某個地方發呆。「沒事吧?」蘇菲關切地問他。辛巴愣了幾秒,緩過神來,說:「什麼?哦,做夢了。」說完,他就望著大海的方向發呆。

大家的睡意全沒了,看著陽光的光斑在林地裡移動,海鷗在沙灘飛翔又降落。「露西,妳想過做船長嗎?」辛巴突然開口說話了。

露西沒跟上他的想法:「船長?沒想過呢。」不過,露西說,以前她爸爸曾計畫駕船橫渡太平洋,他是航海世家,熱愛航海,還參加過很多世界級的帆船比賽。「紐西蘭人嘛。都愛出海。」露西補充說。

大家聊著聊著。天氣卻突然轉壞了,下起了驟雨。他們趕快抓起東西,奔去停車場,鑽進車後,才心安起來。雷聲在很遠處響起來,似乎在

某處來回滾動，閃電毫不掩飾地揮舞刀劍，肆意地在雲端砍殺，大顆的雨點，把車頂敲打得轟轟作響。

辛巴想做個勇者的榜樣，可是電閃雷鳴，他本能地被嚇得竄到了後座，和亨利和蘇菲擠在一起，身子不停地發抖，毫無辦法掩飾他對雷電和大雨的恐懼。他不時焦躁地轉動身子，似乎想將恐懼從身上掀掉，但是毫無作用。他只得反覆做著同樣的動作，最後把腦袋埋進了後座的角落裡，眼睛看不見外面了，才覺得安全。

蘇菲和亨利緊緊地和辛巴擠在一起。而露西呢，坐在駕駛座上，她也害怕，但她不可能也爬到後座去，和大家一起擠，她的身軀太龐大了。她只能坐著，驚恐地看著窗外雷雨交加的世界。

他們坐在車內，等呀等啊。大雨一直在下，似乎沒有停下來的意思。露西看看天色，也越來越暗了，她心裡很擔心。「怎麼在夜晚開車呢？雨小一點就走吧？」她徵求大家的意見。大家看了看窗外的情形，心想這雨也不知道下到什麼時候。

「慢一點開吧。」

露西慢慢駛離停車場。沿途看見水淹沒了路面。露西的心懸著，大家的心也懸著，生怕車子被淹熄火了。露西扶著方向盤，全神貫注地盯住前面的路面。辛巴幾個也在心裡給她加油。

「爸爸說意念很重要，你覺得可以就可以。」

辛巴這時雖然害怕，但已經從後座挪到了副駕，幫露西觀察，幫助她提前發現險情。沿路許多道路和街區，都成了汪洋一片。他們的車子，搖晃著經過一個又一個街區和一條一條的道路，停停走走，慢慢地往家的方向開去。

「露西真的了不起！」

車子停在家門口的時候，大家提起來的心，終於放下了，都大讚露西的車技了得，讓露西很有點不好意思。「我心裡也沒把握的。」辛巴說：「露

西總是那麼謙虛。」大家邊說邊冒雨下車衝進屋裡。

接下來的幾天，大雨一直在下，大家坐在客廳裡，望著窗外發呆。這個季節，本不該有這樣的天氣的，太反常了。他們除了待在房間裡吃喝，也討論辛巴提出的一個建議：「去中國找爸爸媽媽。」

大家先被他這個主意嚇壞了：「這差不多要橫渡太平洋呢！」亨利在觀看露西給大家展示的世界地圖後，他認為辛巴是不是發瘋了，這海上多危險啊。他在電視裡，看過大海裡的狂風大浪，太嚇人了。

辛巴正要說話，突然，樓頂上響起了咚咚的打砸聲，他嚇得下意識地往露西方向靠過去。敲打聲停止後，露西大開門查看外面，發現原來是下冰雹了。門前屋後的草地上，鋪了一層乒乓球大小的冰雹。

「也許這裡即將有災難，所以人們才搬離這裡的。」辛巴喃喃地說。

亨利覺得辛巴這個說法不夠說服力：「那你怎麼知道人們搬到了中國？為什麼不是去南美洲，或者非洲，或者我那個老家波斯呢？」他扭頭希望求得蘇菲和露西的贊同。露西和蘇菲沒有說話，把目光都轉過來，集中在辛巴的身上，想聽聽他選擇去中國尋人的理由。

「到目前為止，只有我爸爸給我來信。而且，只有我在老家生活過七年，我熟悉老家。蘇菲沒去過南美洲的老家吧？露西也一樣啊。她們對老家一無所知嘛。亨利你的情況，也和露西和蘇菲她們一樣。」

辛巴認真地說：「我認識路，可以帶路，但需要大家的幫忙。」他說得熱切，說得也有道理。亨利想想，他也不可能帶領大家去波斯找家人，因為他和那裡也說不上有什麼關係了。

「這裡有吃的有用的，幹嘛還去冒險呢？」亨利提出自己的理由，他覺得在奧克蘭長期住下去好了，天氣好的時候，去海邊晒晒太陽，吹吹海風，天氣不好的時候，就在家裡小睡，不時就去酒吧狂歡濫飲，把市區裡的餐館都吃遍，這是何等愜意的生活呢。

「這裡終有一天會坐吃山空的。還有個原因就是，我想找爸爸媽媽問

個清楚，他們幹嘛一聲不吭就走掉了。最重要的是，我，我想和爸爸媽媽他們在一起！」

辛巴氣喘吁吁地說完這句話，就嗚嗚地大哭起來。

大家都不知道拿什麼來勸慰他了。是啊，他們同樣想搞清楚，自己的爸爸媽媽，為什麼一聲不吭就丟下自己離開了。他們需要一個答案，需要一個理由的。當然，和辛巴一樣，他們也希望和自己的爸爸媽媽永遠在一起的，他們無法繞開這個揪心的問題。

第二部
駕風騎浪記

第 30 章

這一段日子以來，辛巴和夥伴們被大雨困在家裡。雖說來奧克蘭尋親無果，有些沮喪，但辛巴心有不甘。在困守家中之餘，辛巴又突發奇想，鼓動夥伴們再啟尋親之旅，渡海重返他的出生地，去那裡尋找家人。大家為此激辯不已。

當滂沱大雨收斂勢力後，辛巴早就等得不耐煩了，他不時跑到通往後院的門口查看雨勢，要麼趴在窗臺，眺望屋外風雲態勢。漸漸地，天空放晴，雲團奔逃，之後，無影無蹤。大家恍惚經歷過一個世紀那麼漫長的等待，終於感到可以舒一口氣了。

困在家裡的這些天，他們對是否「去中國找家人」這個想法，爭論了無數次，每當參加討論的成員，似乎都要達成一致意見的時候，總又有夥伴想出新的理由來反對，於是只得重新開始一輪辯論，然後再作投票決定。

辛巴變得越來越能說了。此時，他發揮演說家的本領，把大家的發言好好歸納，充分尊重了各方的意見，又提出了分析到位，理據充分的理由。幾番激烈辯論之後，最後大家保留了各自的意見，但一致認為辛巴說的「我想親自問問他們，幹嘛一聲不吭就走了，因為我想和家人永遠在一起」這個理由最打動大家，最有說服力，也最能讓大家團結起來。

「去碼頭吧？」

「這麼急不可耐？」

「浪費了很多時間了。」

「要是一個人說了算，大家三心兩意的，最後什麼都做不好。」

「嗯，也是的。」

辛巴顯得很著急，催促大家快出發，自己還搶到門口。露西笑他：「你堵在門口，我怎麼開門呀？」亨利也笑他，指指旁邊的狗洞：「那，專用通

道呢。」蘇菲站在辛巴的背上，緊緊地抓牢他背上的背囊，說：「你們別調侃人家了。」露西一拉開門，辛巴就竄出去，奔向車子。

露西開車往遊艇碼頭駛去，沿途被暴雨積水淹沒的道路和街區，此時那些房屋外牆和電線桿等，都露出了黃色的水線。一些停車場裡的車子還浸泡在泥漿水裡，不過水線退到了輪胎中部位置了。

「現在的天氣總變幻莫測的。」

「乾旱或水災。」

由於天放晴了，積水的路段少了，露西開起車來得心應手，很快就到了遊艇碼頭。各式各樣的遊艇，大小不一，高低錯落，停滿了泊位，讓露西激動得不行。辛巴呢，就在浮橋棧道上跑來跑去，尋找自己喜歡的遊艇，登上去查看內部的設施。

他們看了好多艘大遊艇，估計是大富豪丟棄的。他們登上去一看，內裡富麗堂皇的，亮瞎眼了。「太美了，太美了！」蘇菲模仿人聲大叫，還展翅在闊大的空間裡飛來飛去。亨利顯得很篤定，慢慢地邁步，有種閒庭信步的淡定。

露西徑直往駕駛室去，查看各種儀器。辛巴緊隨其後，他站起來，墊起腳尖，趴在大玻璃窗前，瞭望外面的風景。「嗯，美！」辛巴小聲嘀咕了一句，又尾隨露西走這走那巡視一番。露西在駕駛椅上坐了一會，十分不捨地開口說道。

「走 —— 吧！」

大家聽到露西這麼說，都有點不解：「這艘多好啊！」他們覺得挺好的，簡直就像一座巨大的房子，比自己坐的車子要大好多好多倍，也比住過的房子要大好多好多倍呢。住在這裡，即使雷電交加，也是安全的啊。

當大家正狐疑的時候，露西已經走到門口了。「難駕駛？」辛巴追了上去問道。露西摸了摸他的腦袋：「嗯，還是辛巴聰明。」她說船大是好事也是壞事，要求駕駛的人多，也要水準更高。「再說這麼大，我們不定都

迷失在裡面了。」露西補充了一句。

亨利在軟軟的白色皮沙發上賴了好一會，才十分不情願下來離開。

接下來，他們又登上好幾艘巨型的遊艇，只是參觀而已。「過過眼癮也好的。」他們一個跟一個，生怕迷路走散了。大家說以後不知道是否還有機會參觀了。露西說：「事前的準備功夫是不會白費的。」她比大家都看得仔細，看到說明書上不明白的地方，還會請教蘇菲商量半天。

辛巴不認識字，但他站在旁邊，聽得一字不漏，他記性特別好。以前每天臨睡前，他都會跑到媽媽跟前，蹲坐著，也不說話，只看著打電腦的媽媽。有時媽媽忘記了，有時是故意逗逗他，裝作不明白他想幹嘛：「辛巴還不去睡覺呀？」

辛巴會把頭湊過去，衝了媽媽笑，看她一副嚴肅的表情，就會停住笑容，用下巴壓住媽媽大腿上的鍵盤。媽媽就會爆發出一陣大笑：「你這麼好記性啊，每天都記得要吃完餅乾才去睡！」

媽媽從餅乾罐裡取出餅乾，放在掌心壓碎，餵他吃了，之後拍拍他的腦袋：「該去睡覺了吧？」他這才心滿意足地邁著小步回房睡覺。

辛巴的思緒猛地飄飛到遠方去了──哎……

第 31 章

他們花了好幾天的時間，最後選定了一艘叫「Kiwi」號的中型動力風帆遊艇，船身潔白，吃水線是紅色的，十分醒目，至於船的長度，大家沒有概念，只覺得好像一座大大寬敞的房子，柴油動力，油箱已加滿，風帆備用，太陽能電池供電，全電腦控制，自動駕駛，衛星導航，據說可在六級風浪中航行。

露西認為這艘船比較適合她駕駛。「我從船頭跑到船尾也不用花多少時間。」她說有突發事件，她可以緊急處理，畢竟四個夥伴中，就她懂遊

艇。露西對自動駕駛特別感興趣，認真研究了抽屜裡翻出來的說明書。

這個導航，功能很多，也好用，包括用於採集、處理和監控船舶行駛方向的主機，以及用於向主機發出操舵指令和顯示船舶行駛狀態的面板控制介面。主機包括中央處理器、記憶體、GPS 信號、羅盤訊號處理、左右舵監測、修正和控制和報警電路等。有了這個儀器，就可以讓船舶自動行駛，無須手動操舵。

選定了出航的船，他們並沒有馬上起航。露西花了不少的時間，和大家一起熟悉船上的設施，討論航線，沿途的補給計畫。最後，他們初步商定了航線，圈定了幾大補給站，從紐西蘭的奧克蘭港出發，途經澳洲的雪梨→凱恩斯→達爾文港→東帝汶的帝利港→印尼的雅加達港→新加坡→汶萊→菲律賓的馬尼拉，最後到達香港，然後進入深圳。

當然，他們還研究船上設備和儀器：「因為它和我從前駕駛過的有些差別。」露西不但自己研究，還替夥伴們講解，讓他們也熟悉一下，以備不時之需的支援。不過，亨利顯得懶洋洋的。

蘇菲問：「我能幫上忙嗎？」

「當然可以的，比如，妳可以幫我做觀察的工作。」

蘇菲本以為自己上船後就沒有作用了，有點焦急，現在聽露西這麼說，她十分高興。辛巴的好奇心很大，不但認真聽講解，還留心看露西動手操作。「這個方向盤和汽車很相像呢。」他用前爪刨了幾下輪舵說道。

「相似而已。」

露西邊說邊示範操作船上的設備，辛巴從旁認真觀看。亨利嘀咕說：「我就不用學了吧？」蘇菲用翅膀拍拍他的腦袋說：「你就知道睡覺。」亨利也不生氣，只是「喵」了聲，說道：「我沒有上過船嘛。」

「你現在不是在船上了嘛？」

好幾天，他們都這麼過的，吃住在船上，還在港口不遠處的海域，進行試航。剛開始，除了露西外，辛巴等都有暈船的毛病，吐得一塌糊塗。

但隨著時間的推移，這些毛病漸漸就減少至沒有了，這讓露西大大的鬆了一口氣，說這個很重要呢。

辛巴雖然有點焦急，但他知道露西說的有道理，要準備充分，才能應付意外事件。他默默地忍受這種慢節奏的折磨，默記露西說到的和操作過的動作要領，並在心裡一遍一遍地模擬默念。

「爸爸說過，天才不但有想法，還要有模擬能力，能把想法實現。」辛巴默唸爸爸的話，也默記眼前的實習，雖然只是在心裡模擬而已，但他也不敢馬馬虎虎應付，而是認真地在虛構的空間裡實踐起來。

除在船上練習，露西還開車帶大家去超市採購食物和工具。當然，他們只能留下賒帳的借據了。「還能吃好長時間啊。」亨利掃了眼貨架上的貓罐頭，小舌頭舔了嘴角說道。「可總有吃完的時候呀。」辛巴這句話打斷了他美好的想像。

「辛巴想得長遠呢。」

他們把東西搬上船的時候，辛巴多了個心眼，把食物分類擺放好，說這樣能提高找到的效率。他們做準備的這幾天，也都在船上過夜。露西說，這樣好讓大家提前感受一下船上的生活環境和狀態，對將來的海上生活有個模糊大概的感受。

「跑的地方太小了。」

「我倒覺得挺大的。」

「我可以飛出去到處走走的。」

「就是站不穩。」

「爸爸帶我坐在搖椅上搖啊搖的，慢慢就習慣了。」

他們的「臥談會」總是開著開著，七嘴八舌說著，然後就在波浪的搖晃中睡著了。有一天晚上，大家正在安睡，突然刮起大風，風浪有點大，船晃得比以往厲害，他們感覺船好像翻滾起來了，驚醒過來後，嚇得趕快抓牢身邊可抓的固定物。

　　出航前的那一夜，大家吃過晚飯，坐在甲板上閒聊。晚風習習，夏天晴朗的夜空，一覽無遺，星星滿眼，流動成銀河。辛巴喜歡這種涼爽，這讓他神智清爽，精神抖擻。他望了深邃的夜空，說道：「爸爸常說，不久的將來，人們可以去太空旅行了。」

　　亨利說：「說不定，他們現在就在那裡了呢。」

　　「亨利找理由偷懶。」蘇菲笑嘻嘻的說道。

　　「爸爸說的是未來的事。」

　　露西笑了笑說，爸爸也跟她開玩笑說，以後帶她去太空旅行。也不奇怪的，這些年爸爸帶她上山下海的，開車開船的，就差太空沒有上去過了，這還有什麼事是不可能的呢？

　　臨睡覺前，蘇菲小聲問辛巴。

　　「你怕不怕？」

　　「怕！」

　　「怕？那你還堅持要去？」

　　「怕是本能，去是要靠信念支撐的。」

　　「哦。」

　　「你呢？」

　　「我也很害怕，但是和大家一起，我又覺得不那麼害怕了。」

　　「嗯，你很誠實。」

　　「你也很誠實。」

　　蘇菲和辛巴小聲說了一會，漸漸地感到睏了，也慢慢沉入了搖晃的夢鄉裡。辛巴半夜醒來，抱了媽媽給的那個小圓柱枕頭，睜開眼睛望著窗外的夜空。

第 **32** 章

啟航前的一刻，辛巴突然喊停，大家感到詫異，但露西還是停船了。辛巴說忘記取導航了。露西隨他奔下船，跑上岸邊，把車用導航卸了下來。「這個太陽能導太空好用了。」辛巴說，以後也許能用得上。

露西稱讚辛巴心細，然後重新啟動船，徐徐駛出碼頭泊位。海鷗在船邊飛來飛去，還問蘇菲：「你們真的去找他們嗎？」蘇菲站在桅杆上瞭望海面，回答說：「是啊，你們去嗎？」海鷗說：「太遠了！」它們盤旋在船的四周，說會想念他們的。蘇菲說：「我也會想念這裡的。」

說實話，她看著平靜的海面，望著未知的遠方，心裡有點害怕。不過，她用辛巴那晚說的話鼓勵自己：「因為害怕，才需要克服。」她這幾天反覆玩味辛巴的這句話，看似有一種哲學意味呢。

露西聚精會神，眼觀四方，掌舵駕駛。辛巴圍了她轉來轉去，認真地看她操作，不厭其煩地詢問一些感興趣的問題，不時還墊起腳，趴在駕駛窗前查看航道。亨利有點緊張，但又努力做出懶洋洋的樣子，他看露西不坐駕駛椅，就跳上去，端坐著，直視前方，眼睛瞪得圓滾滾的。

遊艇剛駛出港口，一群海豚就游了過來，躍出水面問他們：「好久沒見有船出海了呢。」他們有點興奮，躍起又潛下，與辛巴他們閒聊。翻譯員當然還是蘇菲了。她站在桅杆或船舷邊，把露西等人的話翻譯給海豚，也把海豚的話回饋給辛巴他們聽。

「你們看見過他們離開嗎？」

「說有的坐潛艇走的，有的是輪船，反正挺安靜又有次序的。」

「哦，也聽說過，他們乘飛機走的。」

「那個我們就不知道了。」

駛出了港口後，遊艇慢慢駛向了外海，兩邊的小島嶼，漸漸地越來越少了。海豚對他們這次的遠航有點擔心：「那麼遠的航程，你們的航油夠

用嗎？」其實續航問題，也是露西擔心的，她當初選擇帶有風帆的船，就是想省油，增加續航能力。

「我們會想辦法的。」

「可以找鯨魚叔叔幫忙。」

「鯨魚？」

「他們最有辦法了。」

「他們願意嗎？」

「我們幫你們說說看。」

辛巴對露西說：「難怪爸爸媽媽老說，海豚是人類的朋友呢。」他後面還補充了一句話，說：「當然也是我們的朋友了。」他雖然心裡有點害怕，但剛啟航，就有朋友願意提供幫助，讓他對未來的困難多了一份戰勝的信心。

這時正好起風了，而且是順風。露西很高興，讓蘇菲下來後，她啟動電腦操作設備把風帆掛了上去，然後停掉發動機，讓風帆把遊艇引向既定的航向。蘇菲進了駕駛室，對亨利說：「在杆頂看風景太美了！」

辛巴走出駕駛室，仰頭望了眼桅杆頂，說：「只有蘇菲才有這個福氣了。」亨利聽了很不服氣，說：「我也可以攀上去的。」他跳下駕駛椅，落地伸了個懶腰，慢慢走出去。

露西使用了自動駕駛後，也出到甲板上。「真美。」她說以前爸爸帶她出海，在遊艇上野餐，喝點紅酒，還看風景，真是很讓人回味的日子。這話說得亨利的舌頭不自覺的舔了舔嘴角。

「亨利嘴饞了！」

蘇菲眼尖，瞥見了亨利的小動作，就笑他。亨利有點不好意思，想轉移目標，就對他們誇耀他可以幾秒鐘就攀上桅頂。他走到桅杆底部，噌噌幾下，奇怪，他沒能像平常那樣輕巧地爬上樹去。

他心裡一驚，低頭細看，原來桅杆表面很光滑，他的利爪無法抓牢。

他有點氣惱，實驗了幾次，都無功而返，放棄又不甘心，他抬頭看了眼風帆，然後慢慢走過去，猛然一跳撲過去，抓牢風帆，一點一點爬了上去。

大家被他嚇到了，又想叫，又怕叫了嚇到他，會掉下來，只好瞪大眼睛，心提到喉嚨，等他到了杆頂歡呼的時候，也不敢大聲應和。他小心翼翼下來後，大家才長長地出了一口憋在胸裡的氣。

「你不知道這樣很危險的嗎？」

露西見亨利安全下來，等他站穩了，就罵他太不注意安全了。亨利得意地說：「貓有九條命呢！」辛巴也不願去調侃他了，嚴肅地說：「你掉到甲板，可能有十條命，你掉到海裡，就一條都沒有了！」

亨利聽了這句話，大概明白後果的嚴重性，才感到害怕，被嚇住了，一時沒了話。蘇菲見他這樣，不想讓他難堪，自己檢討說：「我不該誘導亨利的。」她有點後悔剛才沒有注意到別人的情緒，差點引發了一樁嚴重事件。

「海上比陸地更危險。」

露西提醒大家盡量靠甲板中部坐，小心別掉海裡了。前幾天，露西讓大家提前體驗水上生活，看來還是有效果的，大家雖然有點點眩暈感，但還算輕微，對自身活動的影響不大。

「咦，海豚呢？」

「不是說去找鯨魚了嗎？」

「人家願意幫助我們嗎？」

「也許願意。」

他們在甲板上閒聊，邊看遠處煙波浩淼。亨利覺得，海上沒什麼好玩的，茫茫然一片，水天連在一起，讓人眼花，什麼都分不清楚呢。他懶洋洋地躺著，半閉眼睛，不時睜開一條縫，瞄一眼遠處。

露西則不時轉頭尋找什麼。辛巴從她的眼裡看出一絲的焦急，她大概在等那群鯨魚的出現。其實，辛巴也有這個心思，只是不顯露出來，不希

望別人跟著他焦急，於是他半躺著，瞇了眼，不時瞄一眼四周海面。

蘇菲大概也猜到了他們的心思，不時飛上桅杆頂，四處瞭望。

第 33 章

正當辛巴陷入沉思的時候，他好像聽到遠處傳來一聲沉悶的爆裂聲，然後體內的某根神經彈簧似的突然彈了一下，身體似乎被震了一下，他感覺到某處有某種不尋常的事發生了。就在他尋找某種不安來源的時候，蘇菲在桅杆上大喊了一聲。

「快看！大家快看！」

大家應聲尋找，看見蘇菲搧動翅膀，指著遠方。露西默想了一秒鐘，說：「是奧克蘭。」她話剛出口，大家看見一股濃煙直衝雲霄，然後形成蘑菇雲，再向下包卷生長覆蓋。那原先晴朗的天空，慢慢被生長擴大的煙雲所覆蓋。大家一時看呆了。

「火山爆發！」

蘇菲落在甲板後，喊了一聲。露西說，這不奇怪，爸爸說紐西蘭處於地震和火山活躍板塊上，只不過許多地震發生在海底深處，對人們的日常生活一般不構成大的危害，而且紐西蘭的防震工作做得不錯，這些年也就基督城地震的損失嚴重些。

「幸虧走得早。」亨利小聲地嘀咕了一聲。

「也許熄火山睡醒了。」

大家一邊說一邊觀看。露西離開甲板，走進駕駛室，開動馬達，加快航行的速度，希望盡快離開這片水域，她不確認這裡是否安全。船借助風帆和馬達的動力，船速達到了 35 節，辛巴感覺吹來的海風明顯強勁起來了。

辛巴遙望著那朵煙雲，突然感慨萬分。因距離太遠，他無法看清楚那火山在何處，也不知道爆發的強度有多大，但他敏感的神經，總被隱藏在

某處的危險驚擾。他來紐西蘭後，聽爸媽說，這幾年天災漸漸多起來，乾旱水災，打雷強風，火山地震，這類新聞常常成為媒體的頭條新聞。

「中國汙染嚴重，災害頻繁，近年的霧霾，讓人都感覺到末日似的，還以為來到紐西蘭這塊最後的淨土，就可以安穩一輩子了，沒想到，壞東西總像傳染似的，這裡也讓人感覺到不安了。」

媽媽和爸爸看新聞報導時，會對所報導的災害事件評價或感慨一番。當然，除了發感慨，他們也捐錢救災。但地球上的災害似乎沒有停止的跡象，人類也沒有停止糟蹋地球的腳步，到處毀林開荒種地，到處汙染破壞環境。

「看來說不定哪天，只有移居到別的星球去了。」

辛巴常在旁邊聽他們討論問題，當被詢問到「辛巴，你跟我們走嗎」這個問題，他沒有想法，因為他心裡只有一種選擇：「我要永遠和家人在一起。」媽媽看他發呆的樣子，就會摸了他的腦袋說：「辛巴什麼都明白，只是不會說話表達而已。」

「他和我一樣聰明。」

辛巴最喜歡聽爸爸這句表揚的話了。當然，他更喜歡媽媽用實際行動來稱讚他，比如，一塊沒加鹽的餅乾：「吃完就去睡了。」媽媽常用這句話來結束對他的表揚。辛巴也很自覺，一吃完，立刻就進房間睡覺去。

「有時你的直覺挺準的。」亨利打斷了他的沉思。

辛巴「哦」了一聲，從另一個世界翻過身來，看見亨利走近他，在身邊坐下來。「大家都有直覺的，只是不用罷了。」辛巴說：「媽媽和爸爸總說，動物都有超能力，他們的敏感度，要比人類強千百倍。而人類自身的超能力，也因過度依賴儀器而荒廢掉了。」

「這說法很精闢。」

這時蘇菲降落在身旁，加入了他們的閒聊。只有露西還在駕駛室內，她不敢有半點的鬆懈疏忽。蘇菲說：「媽媽也說了，動物園裡的動物，由於長期圈養，都漸漸失去了野外生存能力了。」她說和媽媽住在一起，對

外面好多事，都不太適應了。

「不一定的。」

辛巴說，狗狗與人類共同生活了那麼多年，還是保留了原先的基因的，一旦放歸大自然，我們也能生存的，不要低估我們的能力。「你說是吧？」辛巴問亨利的時候，他正在一邊聽一邊洗臉。

「我們貓都能獨立生存。」

「看看我們現在！」

「對啊，要有自信。」

突然，辛巴似乎被遠處的什麼吸引了，朝右邊吠了幾聲。蘇菲應聲起飛，過去探尋。沒多久，她回來興奮地說：「海豚來了。」露西聽說了，也把發動機關了，打開自動駕駛，來到了甲板看個究竟。

「喂！」

「嗨！」

海豚躍起來朝船這邊喊，辛巴也朝海豚喊話，海風把他脖子一圈長毛吹起來，他把大尾巴搖動得像是一面迎風招展的旗幟，好像信號旗呢。他們都顯得很興奮。「還以為你們失蹤了呢。」亨利對靠近船舷邊的海豚說道。

海豚說：「我們花了些時間去找呀。」

「哦。」

「他們住得遠呆了。」

「他們呢？」

「等等就到，他們身體龐大，游速慢些。」

露西聽了，手搭涼棚，遮住刺眼的陽光，朝奧克蘭方向眺望了一會，感覺目前的海域，他們應該是安全的了，考慮了幾秒，乾脆把風帆也降下了，讓船停下來。

大家和海豚一家子閒聊，等待鯨魚到來集合。這時，辛巴不知道從哪

裡淘出了一幅墨鏡，叼來交給露西，說戴上對她開船有好處。這舉動把露西感動得抱了他，連連親吻起他的額頭來。

第 **34** 章

大家說得熱烈，卻還不見鯨魚出現。蘇菲喊聲：「我再看看。」她又展翅飛上天空查看，不久折回來喊：「快看左前方！」大家循她說的方向望去，只見很遠的地方，有水柱噴上來，海面好像多了噴泉。辛巴覺得好像爸爸澆花的水龍頭噴出的水花。

「噴水遊戲？」亨利迷眼看了很久。

海豚聽了就笑，更正說：「是呼吸。」他們詳細解釋說，鯨魚一呼吸就要上浮到水面，利用頭頂上的噴水孔呼吸，呼氣時，空氣中的溼氣會凝結，形成看得見的噴泉狀，遠看就像他們在玩噴水遊戲。

「不同種類的鯨魚，噴水的角度，寬度，和角度都不同的。」

「好奇妙啊。」

那群鯨魚漸游漸近，附近的海面開出很多水花。辛巴感到遊艇搖晃的幅度大起來。那些體型龐大的傢伙浮在眼前，好像比遊艇還大，皮膚如橡皮，他們在海面翻滾，躍起，用寬大的尾巴，拍擊海面，嘩啦啦激打起巨大的浪花。

蘇菲棲在桅杆頂上觀看。辛巴和亨利蹲低身子，而露西則抓牢船舷的欄杆。鯨魚們圍在遊艇四周游弋玩耍了一會，有頭老鯨魚游過來，氣鼓鼓地說：「聽說你們要去找人類？」他頭頂上的噴氣孔噴出了一股水汽。

「是啊。」蘇菲能聽懂鯨魚的話，做起了翻譯。

「找他們幹嘛，沒有他們更好！」

辛巴對這話一時反應不過來。「沒有他們更好？」他腦子裡從沒有過這個想法，爸爸和媽媽他們多好啊：「我可時刻都是想著他們的呢。」他心

裡嘀咕著這句話，但他沒說出來，他希望搞明白，鯨魚為什麼會這樣說。

「你看看人類，把海洋汙染了！把海洋當垃圾場，核武器實驗場，更氣人的，就是到處捕殺我們，還美其名說是科學研究，把我們生活的海洋搞得亂七八糟的！現在他們離開了，應該慶賀才是，幹嘛還要去找他們呢？我們可不喜歡他們回來作孽！」

鯨魚爸爸哇啦哇啦說道，氣憤地痛斥人類的惡行。其他鯨魚也都圍上來，七嘴八舌地補充，歷數人類的種種惡行。此刻，最辛苦的就是蘇菲了，她來回替夥伴和鯨魚作翻譯。

「他們滾得越遠越好！」

「人類把地球糟蹋完就逃了。」

「人類對自己的行為感到羞愧，偷偷跑掉了？」

「人類肯定有壞人的。但我爸爸媽媽肯定是好人。」

看到鯨魚媽媽和孩子都過來替鯨魚爸爸幫腔，辛巴也很堅定地堅持自己的觀點。當然，這個觀點也得到了蘇菲，亨利和露西的認同。

「是啊，我們的爸爸媽媽都是好人。」

蘇菲，亨利和露西，都擺事實講道理，逐一舉例佐證自己的說法。一時間，船上和水面的對話，你來我往的，這讓做翻譯的蘇菲忙得手忙腳亂的。兩邊爭吵起來，讓本來想介紹雙方做朋友的海豚，看在眼裡，急在心裡。

「都有道理，都別爭了。」

兩邊聽了海豚的話，停住了爭吵，海面上一時稍稍平靜了一些，一些鯨魚離開遊艇邊，到稍遠的海面呼吸噴水玩耍，留下大鯨魚和辛巴閒聊。辛巴看大鯨魚沉思半天，說有爭論也是好的，有助於找到解決問題的最適合的方法。

「你看，你們家人在一起，多快樂呀。」

辛巴看鯨魚一家玩得十分開心，有點觸景生情，他說，聽鯨魚叔叔提

到的這些問題，以前自己了解不多，今天聽了，以後找到爸爸媽媽，一定會把鯨魚叔叔的抱怨和願望告訴他們的，讓他呼籲人類也要愛護環境愛護其他動物。

「你們說的也有道理，人類也有好人。有一次，我的孩子被拖網困住了，是海岸救援隊把網繩割斷幫助他脫困的。」

鯨魚爸爸望著快樂玩耍的家人，心裡很矛盾，說實話，沒有人類在地球上搗亂了，他們可以生活得更快樂，無憂無慮，再也不用擔心人類這個天敵的危害了，可他也理解辛巴他們的心情，他們還在到處流浪找家人呢，將心比心嘛。

「我爸爸是科學家，他最愛動物了，我就是爸爸的寶貝。」

露西眼望海面玩耍的鯨魚，有點動情地說，爸爸以前除了帶她出海休閒，還研究海洋生物的生活環境，他很喜歡乾淨安全的海洋，他說希望我以後的寶寶也能看見美麗的海洋呢。露西說到這裡，有點不好意思了。

「你們說的也有道理。」

鯨魚媽媽游過來，聽了他們的對話，這麼對鯨魚爸爸說了一句。她覺得，雖然人類中有壞人，好人還是更多的，要不然，海洋早就被破壞掉了。「綠色和平組織老在紐西蘭海域抗議石油公司的鑽探活動，就是擔心會發生漏油汙染事件，汙染海洋而危及海洋生物，他們都是好人。」

「嗯，是的。」

鯨魚爸爸沉思了一會，也認同了鯨魚媽媽的話。這些年來，綠色和平組織不斷在海上舉行抗議活動，抗議日本捕鯨，還攀上石油勘探船進行抗議，為保護海洋環境進行不懈的抗爭。鯨魚們都或近或遠地看過這些抗議活動，並深受感動的。

「在紐西蘭海域還生活得不錯的。」

鯨魚其他家庭成員游過來，七嘴八舌又討論起來。最後，鯨魚爸爸說：「我們願意幫助你們，希望你們找到家人後，把我們的資訊傳達給人

類，希望他們愛護我們的家園。」

辛巴太高興了，他跳躍起來，不小心跌倒甲板上，因為鯨魚散開後，重新排列陣勢，掀起了一陣的波浪，把遊艇又搖晃起來。露西也很高興，大家爭論了一番，終於有個大團圓的結局。

鯨魚爸爸把露西拋下的纜繩掛在背鰭上，拖上遊艇就出發了。鯨魚媽媽帶領家庭成員跟隨護航，一路上噴水、玩耍、潛浮，浩浩蕩蕩地，好像組成一隻龐大的艦隊，既嚴肅又緊張地航行，氣勢壯觀，引得海鷗和其他魚類，一路緊跟了圍觀。

第 35 章

太陽西沉後，蘇菲飛上天空偵察，發現航向前方，好像有一座城市，模糊的視線裡，她看見了建築物的尖頂，她有點激動，哇啦哇啦地叫喊起來，下面的同伴都仰望天空，問她發現了什麼。

蘇菲把她的發現告訴大家後，個個都激動起來，一路遠航，好久沒有見到陸地了，他們心中對陸地或人造的物體總有種情結。一路過來，即使蘇菲飛上天空俯瞰，也早不見奧克蘭的身影了，那座美麗的海濱城市早消失在了浩渺大海的另一邊。

現在說又見到了建築物，大家當然激動。等船駛近看清楚，原來那是好幾座鑽油平臺，巨大的鋼鐵架子，巍然豎立在海裡，很有鋼鐵巨人風範。鯨魚爸爸愣了一會，放慢了拖船的速度，他想了想，讓鯨魚媽媽和海豚過去探路，看是否有漏油。

「綠色和平組織的人，爬上過那塔頂，還拉開抗議的布條。」

「嗯，好人。」

鯨魚媽媽喊停了遊戲的孩子們，讓他們和爸爸待一會，她和海豚嘩啦嘩啦地游了過去。她繞著鑽油平臺轉了一個圈，返回來說：「沒發現有滲

漏。」海豚告訴辛巴，這海域發生過鑽油平臺漏油事件，把周圍幾十公里的海域都給汙染了。紐西蘭政府花費了鉅額的金錢和人力來清理，還是留下了很壞的影響，所以他們一般都不來這一帶活動。

辛巴把頭伸出船舷，發現海水是湛藍湛藍的，絲毫看不出汙染過的痕跡。人類總以為海洋面積巨大，汙染一下也沒什麼大不了的，可日積月累，破壞的程度還是無法衡量的，等到後悔的時候，一切都無可挽回了。

露西把船慢慢地靠近那鑽油平臺。這時大家才感覺到它的巨大，仰頭看去好像是一座小城市，比他們的遊艇大好多好多倍呢。辛巴有點興奮，因為在茫茫大海上航行，他感到有點茫然，有點孤獨，突然看見人類的建築，似乎心裡踏實了一些。

「休息一下吧？」

「好的。」

鯨魚爸爸把纜繩脫開之後，很舒服地翻了個身，用巨大的尾巴拍打海面，把海浪搖晃起來了。鯨魚媽媽和孩子也謔謔地噴水，躍起來，沉下去，也掀動了海面。一時間，遊艇激烈搖晃起來。

辛巴趕快把身體趴低，貼向甲板。亨利呢，也伸出利爪，把甲板抓得嘎吱嘎吱響。蘇菲一搖身體，收縮，然後彈出去，在天空中自由翱翔。露西在駕駛室抓緊駕駛椅的靠背，把自己穩住。

海豚湊過來想和辛巴說話，看他們被搖成東倒西歪的，就大喊：「哎呀，別搖啦，人家站不穩了。」鯨魚媽媽聽見了，趕快把翻滾的鯨魚們叫住。鯨魚爸爸有點不好意思，說：「大意了。」他穩住身體，把舉在半空中的尾巴，緩緩放進水裡。

「喂，喂，你們動作輕些。」

小鯨魚撅了撅嘴，潛入海裡，游去遠些的地方玩耍。「在鑽臺邊玩。」鯨魚媽媽大聲叮囑孩子們不要游遠了。她擔心他們會走失的。茫茫大海，到處都充滿了未知的危險。

　　太陽沉落海面後，天色暗下來，鑽油平臺上的燈光，璀璨起來，宛如海上城市夜景。天空升起一輪巨大的圓月。辛巴說：「天還沒黑就上來了？」他想起和爸爸待在花園等待媽媽和安迪工作歸來的日子。當時，也看了好多好多次的星星和月亮，不過，那都是在夜裡。

　　辛巴想起這些，嘴角不禁動了動，笑了笑。想想真是的，花了很多時間才消除掉自己對安迪的敵意。奇怪，按照爸爸那個急躁脾氣，竟然沒有打他的屁股，居然還那麼有耐心，哈哈。

　　夜晚降臨後，露西把遊艇的燈打開，和鑽塔上亮著的燈，一上一下呼應。然後把食物搬到甲板，分給大家吃。「那你們呢？」辛巴突然感到有點為難，海豚和鯨魚，他們的晚飯怎麼辦？

　　「我們還不餓呢。」

　　鯨魚和海豚都說沒問題，他們自己解決。「要是吃你們的，一次都不夠吃呢。」鯨魚爸爸笑哈哈地說道。辛巴想也是的，他們把遊艇吃下去估計也不頂飽的。此時他們浮在海面上，好像浮動的黑色山丘。

　　露西啃了一口胡蘿蔔，說：「哎，這星空真好看，我和爸爸在船上待過好些夜晚，躺在甲板上，仰望天空，數星星，我數左邊的，爸爸數右邊的。他還問過我，想不想也上太空。」她說這話的時候，心裡充滿了甜蜜。

　　「好浪漫呢。」

　　「爸爸是跨學科科學家，會與我們溝通。」

　　「我們一邊噴水，一邊仰頭看，好像水花托住了一天的星星。」

　　「沒有了人類，多好，可以無憂無慮，不用擔驚受怕。」

　　「如果不是去尋找人類，我們也不可能作朋友啊。」

　　「我們貓的泳技不行，我害怕的，掉到水裡，我就死定了。」

　　大家圍在一起，嘰嘰喳喳地說個不停。後來，大家有點累了，各自睡覺去了。辛巴頭枕了媽媽給的小圓柱枕頭，也枕了一片波濤，搖搖晃晃地

沉入了夢鄉，醉酒似的跌跌撞撞追隨一個模糊的目標去了。等他被摔倒的疼痛弄醒的時候，才發現，下大雨了。

露西也醒來了，她趕快把船開到了平臺下方，大雨被擋在了外面，外面是嘩啦嘩啦的暴雨聲，他們的上方沒有雨水，只有漆黑的一片天，就是鑽臺的底部。也不知道過了多久，遊艇搖晃的幅度增加了，大家有點站不穩了。

此時，鯨魚和海豚都趕來，要露西把纜繩拋給他們，說要把船拖出平臺底。「下大雨呢！」露西大聲喊道。鯨魚爸爸急了，大聲喊：「起大風了，不離開平臺，船可能撞上平臺支柱！」海豚也大聲說：「趕快離開！」

露西把纜繩拋給鯨魚爸爸，開動馬力，把船移出了平臺底。遊艇暴露在雷雨交加的海面，激烈搖晃著，顛簸著，躲避撲打過來的大浪。辛巴和亨利都躲進駕駛室，緊緊地把肚皮貼緊地板，身體隨波浪浮升，又突然下降，受盡了一陣一陣的驚嚇。

露西背靠駕駛椅，握緊輪舵，眼睛瞪得大大的，眼觀四方，努力把船穩住。而鯨魚和海豚在四周幫忙。不知道搏鬥多長時間，雷雨止住了，天色也放晴了，大家緊繃的神經，也開始放鬆了。光明多重要啊，辛巴此時有了確切的感受。看清楚了，心裡就有數多了。

「嚇死我了！」

「突然就雷雨交加了？」

「大海變幻無窮。」

「哎，你們在海上，天天都要擔驚受怕的。」

「習慣了，小意思。」

「與爸爸的水床有點相似。」

第36章

雖然搏鬥了半個夜晚，辛巴等都有點累了，但心情還是興奮的，這一

場突如其來的驚險，算是第一次海上遇險吧，在大家的合力合作下，平安度過之後，大家心裡有了很大的安慰，更特別的是與可靠的朋友，有了經得起考驗的友誼。

「起航嗎？」

「累嗎？」

「沒事啦。」

「那走啊。」

大家看天色亮了，視野遼闊起來，思動的心又起，於是拔錨起航。辛巴望著退向船尾的巨大平臺，內心有種不捨之情，不知道又要過多長的時間，才能看見與人類有關的建築物，讓他再睹物思人了。

露西繼續掌舵，鯨魚爸爸在前面牽引。遊艇似一張白色的犁，在藍色的大海上翻出一片片的浪花。露西此時關掉了動力，但升起了風帆，她希望鯨魚爸爸少用些力氣。「沒關係的，我減肥。」鯨魚爸爸笑哈哈的說道。

「他呀，這點事沒關係的。」

「爸爸是大海裡最強壯的大力士。」

鯨魚媽媽和孩子齊聲讚美鯨魚爸爸。他們一歡呼擺動，又掀起巨大的波浪和水花，看見辛巴和亨利趴下身體，又意識到動作太大了，太興奮了，趕快又控制住興奮的心情，讓動作緩下來，或游得稍遠些。

他們一路玩耍一路閒聊，學會了很多對方的語言，各自好高興。蘇菲在天空盤旋，突然大叫起來，讓大家朝前方稍右邊望去。大家好像看見有白光在遠方閃耀，似乎是反射了陽光。

蘇菲飛過去查看，返回來報告說：「磨砂玻璃，好像磨砂玻璃。」她比劃著，好大好大。具體有多大，辛巴也沒聽出來，因為蘇菲伸出翅膀，使足力氣，朝外用力地劃了一個圈。海豚們聽說了，喊了聲：「我們去看看，」就潛入海裡朝遠處游過去。

等他們返回來，也很激動：「好大！好大！」鯨魚媽媽說：「到底是什麼

啊？」海豚們七嘴八舌比劃著，說好像是島嶼。「好像沒有底座的。」他們熱烈地討論著剛才的見聞，從他們自己所見，從各個角度來描述所見的「島」。

鯨魚媽媽說她去看看，就朝前方加速游過去，她的孩子也想跟過去，但被鯨魚爸爸制止了，讓他們跟在自己的兩側。辛巴很心急，站在船頭的甲板上，不停走動，眺望，希望早點知道那是什麼東西。露西眼睛睜得更大了，因為她沒有太多海上經驗。

沒多久，返回的鯨魚媽媽和前行的鯨魚爸爸相遇了。「是冰山。」鯨魚媽媽報導她所見的島嶼，是一座巨大的飄浮冰山。「這個海域怎麼會有冰山的？」鯨魚爸爸對海上的情況很熟悉，但還是感覺到困惑。

露西聽他們這麼一說，突然想起來了，爸爸以前抱怨過，說現在溫室效應增強了，地球表面的溫度不斷上升，南極冰川融化的速度加快了。「說不定以後南極冰川就會消失，地球的某些陸地就會被海水淹沒。」他甚至還開玩笑說，說不定啊，紐西蘭就會被淹沒的，海拔這麼低，又這麼靠近南極。

「不會吧。」

「報紙頭條新聞報導過，奧克蘭海域發現從南極漂浮過來的冰山。」

「那以後我們搬去哪住呢？」

露西想起那個和爸爸閒聊的夜晚，她至今還記得爸爸額頭上因憂慮而起皺的眉頭。她曾經開玩笑地說，做科學家多累啊，有那麼多憂愁。爸爸點了她的額頭說：「為了使人類有更好的未來啊。」

「一定是南極漂過來的冰山。」

露西對大家喊道。鯨魚爸爸聽了，說：「露西知道得很多呢。」海豚並不常去南極玩耍，看見冰山還是很激動的。那座冰山慢慢浮現在眼前，越來越巨大，越來越耀眼。辛巴不禁半瞇眼睛。亨利也是，眼皮把眼珠蓋上了一半。

蘇菲盤旋了一會，降落在冰山上，在上面雀躍起來。露西戴了墨鏡，

能很清楚地看到，那座冰山猶如一塊巨大的玻璃在反射陽光，隨著船的移動，那光線反射的角度也在不斷的變化呢。

「想去上面玩嗎？」

鯨魚爸爸停下來，大聲地問辛巴。說老實話，辛巴是動了這心思的，因為他怕熱，聽說是冰山，發燙的身體感覺到體溫稍稍下降了，甚至微微打了個小寒顫。他回頭看了亨利一眼。「可怎麼過去呢？」亨利有點猶豫。

「我們渡你過去。」

海豚們很不當一回事。「沒那麼麻煩，我們把船推過去，你們跳過去，冰面與甲板高度相差不大。」鯨魚爸爸和媽媽說完，和孩子們一起，合力把船小心翼翼地推過去，靠在了冰山一邊。他們身軀龐大，但心細無比，他們在船外側，用嘴巴，用側鰭，用尾巴，一起合力定住船，讓船與冰山貼在一起。

辛巴沒等船停穩，就猛跳過去，他對能上岸急不可耐。然後是露西，最後是亨利。亨利腳步有點軟，猶豫片刻，看大家都看著他，等著他，他暗暗咬牙，弓身下蹲，猛力一跳，輕巧地落到了冰山上。

「其實，不用那麼大力，也能跳過去的。」

辛巴拔腿奔跑起來。他在船上憋了好幾天，已感到十分鬱悶了。平日裡，爸爸或媽媽，每天帶他出去跑一次，這已經成為習慣了，哪天不出去走走，他會感到難受，何況都好幾天了呢。

辛巴跑啊奔啊，突然煞住腳步，讓身體在慣性的作用下，刺溜一聲，朝前滑行很長一段距離。他發現這樣玩好爽啊，他在冰面上打滾，還用前爪洗臉，他好多天沒有洗臉了，此時感到一陣陣的冰涼爽快。

他朝亨利喊：「好玩呢！」亨利邁著腳步，扭著脖子，慢悠悠地觀察四周環境。過了一會，他在冰面上打了個滾，把肚皮朝上，躺下了，瞇了眼睛，懶洋洋地伸出舌頭，用前爪抹了口水，一把一把地洗臉。

辛巴看了他這個樣子，又氣又好笑，想起以前亨利朝他挑釁的調皮樣。

亨利躺了一會，又用後腿側身推了自己滑行。蘇菲飛起來，從不同的角度觀察冰山，希望發現些什麼。只有露西懷有心事，站在冰山上，搭手眺望。

「以前我一洗臉，爸媽就想幫我拍照，說很有趣，但我一看見相機，立刻就不洗了，他們氣得點了我的腦袋，批評我不配合，哈哈，看他們急的樣子，也真好玩呢。」辛巴回憶爸爸媽媽想給他拍洗臉照片的趣事。

「要是爸爸在，說不定哪天也可以去南極考察呢。」

「我可以拉雪橇啊。」

辛巴聽到露西自言自語，就這麼答了她一句。露西朝他笑了笑，但沒回應他。辛巴玩累了，就趴在冰面上。這時，他才認真地觀察眼前所見。冰涼冰涼的。硬邦邦的。滑溜溜的。他鼻尖湊到冰面，嗅了嗅，只有涼涼的感覺。不過，好像有什麼別的味道：「汽油的味道？」但又說不清楚。

辛巴站起來，彎下身體，揮動前爪，拚命在冰面上刨起來，希望能挖出什麼來。但冰面堅硬無比，晶瑩光滑的表面，辛巴一陣瘋狂的刨挖，似乎沒有留下過多的痕跡。辛巴有點憤怒，又拚命刨挖了一陣，還是徒勞無功。

「人類去過那裡。」

鯨魚聽到辛巴大聲詢問，就在水裡抬頭回應了一聲。亨利半瞇眼睛晒了一會太陽，翻身起來：「躺著有點冷啊。」他抖抖身體，似乎想把身上黏的東西抖下來。辛巴也騰地跳起身，努力抖了抖，突然感覺到，自己很多天沒有梳理毛髮了，以前媽媽或爸爸天天給他梳毛的，那個舒服啊。

「哎。」

他們從冰山下來的時候，辛巴有點不捨得的。不知道要再過多少天，才能再這樣玩耍了。辛巴猛力一跳，就從另一個世界，跳回到了現實世界裡。

第37章

辛巴一行從冰山下來後,駕船繼續航程。辛巴依依不捨,頻頻回頭,從船頭跑到船尾眺望。亨利趴在駕駛室的屋簷下,對跑來跑去的辛巴說:「前面還會有的。」辛巴說:「那距離南極越來越遠了。」

「那上澳洲啊。」

蘇菲站在桅杆頂上,安慰辛巴別再記掛了。露西也扭頭對走過駕駛室門口的辛巴喊:「等到了澳洲,那地夠你跑的。」她看過世界地圖了,也調好了自動駕駛,航向直指澳洲。

「別擔心,我們認識水路的。」

海豚和鯨魚也在安慰辛巴。小鯨魚更是歡樂,嘻嘻哈哈地在稍遠處擺動,擊打起轟嘩轟嘩的巨響和高高的浪花。鯨魚媽媽一邊注視這些淘氣的傢伙,不時呵斥他們不要掉隊,一邊還不時游到前面,幫鯨魚爸爸校對航向。

海上航行的日子,面對茫茫大海,辛巴感覺到茫然,單調和鬱悶。他轉頭去看別的夥伴,只見亨利很舒服地咕嚕著。蘇菲呢,不時飛上天空,和那些海鷗比翼一番,降落下來,和他說些聽來的八卦逸事,可他對這些都沒興趣,他試過小睡,但毫無睡意。

辛巴扭著脖子去舔身上能碰著的部位,他先是洗臉,洗腳,洗身子,以前他特別討厭身上的蟲子,害得他渾身翻找,可現在他還巴不得有一隻呢,讓他感覺到真有必要消滅它,對手真的存在,他就有戰鬥的熱情。

但現在,他用牙齒咬啊啃呀,卻沒發現敵情,他模仿,但覺得沒意思,戰鬥了一會,就洩氣了,放棄了,趴在甲板上無聊地嘆息,不知道該做什麼了,瞪大兩眼,茫然地看著某個方向。

鯨魚爸爸拖著船繼續前進,也認識水路,但露西不敢有絲毫鬆懈,因為在海上一旦船隻受損,幾乎毫無挽回的餘地,現在人類消失了,救援就

更沒辦法了。她不能不提防出現類似的意外事件，那可是致命的啊。

「這是爸爸千叮嚀萬告誡過的。」

漫長的航程讓在船上夥伴面對的，都是浩渺的大海，眺望四周，似乎全是相似的景色。當然，只有等到日出或日落，又或者雷電交加，風雲突變，海上的景色才有變化，但那也隱藏了無限的凶險。

鯨魚和海豚倒是快樂的。這是他們的天地，玩耍的樂園。他們在自己的家園自由暢泳，放肆地歌唱。辛巴看在眼裡，羨慕在心裡。每當他看見遙遠處，有某個異常的景色，又或者僅是眼花看見什麼，他就猛地站起來，衝了那個方向狂吠，等大家說沒發現什麼，才又安靜下來。

「幫我看看。」

露西看辛巴無聊難受，就喊他過來幫忙。辛巴猛地起身，衝進駕駛室：「什麼事？什麼事？」他恨不得有什麼事發生，他能幫忙解決。以前在家裡的時候，他幫爸爸看家，一聽見外面有異常，或發現對面馬路有陌生人走過，他都會大聲吠叫，很有成就感。但媽媽就笑他。

「像中國的管理員阿姨愛管閒事，花園外的事不歸你管的。」

「要預防嘛。」

爸爸總強調防患未然。媽媽總愛事後諸葛。辛巴看爸爸媽媽鬥嘴，覺得好笑又好玩。不過，他通常還是會叫的，被媽媽批評的時候，他就引用爸爸的話安慰自己：「員警叔叔老提醒大家要提防小偷踩點嘛。」要是被爸爸批評了，他就引用媽媽的話來自我辯解：「下次我多多反省吧。」

辛巴邊想邊衝進駕駛室，看見露西正背靠駕駛椅，手扶了輪舵，注視著前方。「怎麼了？怎麼了？」辛巴急迫地問道。「陪我聊天。」露西朝他笑了下，墨鏡下面的嘴巴，露出潔白的牙齒。大概她爸爸也教會她刷牙了。辛巴心裡這麼嘀咕著走到鏡子前，站起來，對了鏡子呲牙咧嘴，還好啊。

以前，他的牙齒是雪白的，後來奶奶老是給他吃肉湯拌飯，把牙齒都搞黃了，來到紐西蘭後，爸爸不給他吃流質食物了，還給他買了牙刷，給

他刷牙，不過努力嘗試了幾天，終於放棄了。

辛巴心裡好高興啊，多費力又不舒服的。後來媽媽給他買了磨牙棒，還去超市給他買了牛骨頭，煮熟了給他啃咬，慢慢地牙齒就又開始變白了，他沒想到吃也有潔齒的功效呢。

辛巴想到骨頭，嗯，骨頭，香噴噴的肉骨頭，他的口水不禁流了下來。「你餓了？」露西喊他的時候，他才驚覺過來，趕快一收口，把口水悄悄地吸了吸。哎，真丟人呢。辛巴慶幸他隱瞞過去了。

「和我說說話。」

露西這麼說道。辛巴立刻明白她的意思。爸爸常和開車的媽媽說話，給遞吃的，就是怕媽媽打瞌睡嘛。他轉身和露西閒聊起來：「妳戴墨鏡好看！」他覺得露西戴上墨鏡真的很酷呢。

「抽屜裡應該還有。」

辛巴奔過去，站起來，用牙齒咬住把手，拉開抽屜，發現還有幾副墨鏡。他叼一副出來，把抽屜推回去合上。但他自己戴不上去。露西笑了，拿過墨鏡，給辛巴戴上。辛巴很高興，跑到鏡前自照，臭美了一番。

在紐西蘭、澳洲或海上，紫外線強烈，不戴墨鏡的話，眼睛很痛苦的。這是媽媽爸爸說的。辛巴似乎並不在乎有沒有墨鏡，只要能出外玩，什麼都可以不管，但人類似乎就脆弱多了，有人因紫外線的過度照射而受傷得病的。

也不知道航行了多久，突然，鯨魚們雀躍歡呼，拍打海面，發出巨響。露西和辛巴睜大眼睛搜尋，發現右前方風帆一角空檔裡，出現了一些巨大的風扇，讓他們一驚後瞬間轉為喜悅。他們又遇見與鑽油平臺那樣的人造建築物了。

辛巴心裡一陣狂喜，激動得猛抖身體，一時間毛髮蓬飛，他仿佛要把鬱悶和無聊抖掉，他不時跑前，站立起來，趴在駕駛窗前觀看。露西呢，可沒因激動而放鬆自己，她還是穩穩地把住輪舵，保持航向。

蘇菲在一陣驚呼中飛上天空，留下亨利困惑地仰望她飛去的方向。

第38章

辛巴他們看見的，是一片鋼鐵林子，是一架架聳立在大海上的風力發電機，緩慢地轉動著巨大的風葉，如人懶洋洋地轉動肩膀。當船駛近的時候，辛巴聽見葉片攪動風的沉悶巨響，謔，謔，謔，有種懾人的力度。

辛巴朝巨型建築物狂吠了一陣，以表達自己的激動之情。鯨魚爸爸叮囑鯨魚媽媽多留意水道和風向。露西把穩船舵，小心地把風帆提前收下來，讓船在鯨魚爸爸的拖力下，放慢速度航行。

「前面就是雪梨了！」

蘇菲偵察回來報告，讓露西有點激動，他們終於按計畫順利到達了雪梨。這是此次航行的第一個補給站。他們計畫沿澳洲的東海岸北上，這樣既安全又容易補給。這趟航程船上的油料沒大消耗，但食物飲水等該補充一下，以備不時之需。

辛巴心想除了補充給養，還可以上岸奔跑，讓快麻木的身體活動一下。他走出駕駛室，跑到船頭甲板眺望，興奮地吠起來。「至於嘛？」亨利蹲在駕駛室外的屋簷下，朝辛巴嘟囔道。

「辛巴很酷啊！」

蘇菲很欣賞他戴墨鏡的模樣。她不時起飛，或站在桅杆頂，從不同的角度和高度，向露西報告觀察所得。鯨魚媽媽也忽左忽右地給鯨魚爸爸提供支援。他們的孩子很好奇地浮出水面，仰頭觀看那些巨大的發電機。

從發電機站之間的空檔穿過的時候，辛巴的心怦怦跳，不斷轉動脖子，仰望那些高大的鐵塔，那麼高啊，好像奧克蘭的天空塔那麼高大，他耳朵裡灌滿了沉悶有力的聲音，風還把他的毛吹得一霍一霍的豎起來。他對這些巨型建築物既感到震驚，又感到人類巨大的創造力，他不禁又感到

困惑。

「人類那麼有能耐，但一遇困難，為什麼就跑了呢？」

「爸爸說人類無法與大自然抗衡的。」

辛巴帶著他的疑惑，緩緩地隨船進入雪梨港。哇，他看見了那座著名的大橋和歌劇院，從前爸爸讓他看過的，當然，那是在明信片上或電視上。媽媽也指了這兩個著名建築物說過：「哪天去那裡旅行吧。」

爸爸和媽媽有這個計畫，可沒有實施過，具體原因辛巴不知道，要麼是沒有時間，要麼是沒存夠錢？爸爸說，他有個大學同學住在雪梨市。媽媽也有朋友在黃金海岸那，她提議屆時一併逛這幾個著名的景點。

當船緩緩穿過雪梨大橋，經過雪梨歌劇院的時候，大家很激動。鯨魚們從前也很少來這裡的海域玩耍覓食，只聽某些前輩或冒失鬼說偶然來過，看見過這裡的變遷。海豚一家子呢，以前是來過的，此時算是舊地重遊。

船靠岸後，露西把船纜系牢，臨上岸前，她告誡大家，不要單獨行動，不要走散了，盡快把物資補充好，不要耽誤時間了。鯨魚爸爸說：「你們去辦岸上的事，我帶家人四周遊蕩一下，就在港口集合。」

大家一陣歡呼，就忙各自的去了。

辛巴拔腿往岸上跑，腳步把棧橋踏得咚咚響。「別跑遠了！」露西在後頭大喊。辛巴放慢腳步，回頭朝他們喊：「快點嘛！」他扭頭又小跑起來。露西只得搖頭：「這麼興奮啊。」

「憋瘋了吧！」

他們一行上了岸，可對超市等具體地點一無所知，一時為難，站在路邊發呆。「嘿，笨啊，有地圖的。」辛巴對露西說，他背囊裡有導航啊。大家笑起來，說：「對啊！」露西趕快把導航掏出來，打開，研究好路徑，帶領大家朝目的地趕去。

「辛巴把它掛在背上，有太陽就可以充電。」

　　大家邊走邊看四周街道，感慨得連連嘆息道：「可惜了，可惜了！」原來沿街的綠化帶由於沒人剪草修枝，荒草萋萋了，那潔淨的街道，有被日漸濃密的荒草和橫長的樹枝淹沒掉的趨勢。

　　他們一路嘰嘰喳喳地吵著鬧著朝前趕路，走啊走呀，終於找到一家大超市。大家站在門口發呆，不知道該怎麼辦。入口大門關閉了。「照老辦法辦？」辛巴提醒大家。

　　露西轉到停車場，找了塊磚頭回來，把玻璃門砸了，一時警鈴大作，大家先是一驚，嚇愣了，大家的心情還和從前一樣，既害怕又希望有人出現。但這樣的情景還是沒有出現。大家舒了一口氣，失望地進去了。

　　大家按照分工，由蘇菲快速地飛過貨架，把所需貨物報告給他們，由露西取貨，辛巴幫忙推車。亨利幫不上忙，便在商場四處遊蕩。露西拿齊了貨物，在收銀檯留借據的時，才發現亨利不見了。

　　露西急了：「都叫不要單獨行動，不要走散的。」辛巴狂喊亨利的名字，蘇菲再次飛起來，從第一排貨架，一直往最後找去。最後，亨利慢悠悠地出現了：「一個老傢伙，還能走失嗎？」他搖搖頭，走了過來。

　　「真是的！」

　　大家推了購物車出來，又用老方法，把玻璃門的洞口堵上，然後高高興興地往碼頭方向去。「你們慢走。」辛巴突然喊了一聲，拔腿跑到前面去了。「剛才還說亨利呢！」辛巴猛跑了一百公尺遠，煞住了，又往回猛跑過來。

　　「我就想跑跑而已。」

　　大家鬆了一口氣，就那麼看他往前跑百公尺，然後又往後跑回來，來回折返跑，幾個回合下來，辛巴感覺到渾身的不適都消失了，他氣喘吁吁地站在前面等，舌頭低垂得挺長的：「澳洲比紐西蘭熱多了，難怪媽媽不喜歡。」

　　「每年這裡都有森林大火，十分恐怖。」

「爸爸一看電視，就喊，又起火了。」

「夏天四十多度，誰受得了啊。」

「以後會更高的，溫室效應嘛。」

大家說說笑笑回到碼頭，把購物車上的貨物卸下，搬上船去，才感覺到輕鬆起來。「就在這裡過夜吧？」辛巴有點捨不得陸地了。「不跑就腳癢吧？」亨利笑他。「哪像你，整天懶洋洋的。」蘇菲替辛巴回答他。

露西讓蘇菲去找找鯨魚和海豚，說在這裡休整一下。蘇菲答應一聲，飛上天空，去找鯨魚和海豚了。露西看著西沉的太陽，說：「又一天過去了。」辛巴說：「要多久才能到目的地啊？」

露西安慰他說：「只要一直航行，總會到達的。」辛巴嘆息說，可惜啊，露西不會駕駛飛機，要不然就快了，想當年，他乘飛機來紐西蘭，只花了半天時間就到了。

露西笑笑說：「那要多少人幫忙啊。」

「唉，那也是的。」

辛巴嘆息一聲，趴在甲板上，躺了一會，他翻了個身，突然，他看見了天上堆積了紅色和黛色的雲，雲團交替鑲嵌在一起，整個天都是紅色的。而那些遊艇，在被彩色雲團染色了的海面上，輕輕搖晃著白色或紅白相間的船體，那高聳的桅杆頂，棲滿了海鳥。

最讓人驚嘆的，是雪梨歌劇院白色的巨型貝殼屋頂，在夕陽下熠熠生輝，像黃金打造的一樣，與雪梨大橋的雄姿一起交相輝映，景色十分壯觀。

「在那辦一場演唱會？」

一幅景象在辛巴腦海浮現，讓他激動起來。蘇菲在他家花園搞演唱會的時候，大家就起哄過，說什麼時候，讓蘇菲搞個演唱會的，眼前的不就是很特別的場地嗎？當他把這個主意說出來的時候，大家都歡呼起來。

「太有創意了！」

蘇菲飛回來後，聽到這個想法，卻被驚住了：「不行不行！」她連連搖頭，說這是什麼地方啊，我哪有資格呢。「我們說你有資格就有資格！人類有資格，我們也有。爸爸媽媽總說，寵物也是家庭成員呢。」辛巴鼓動蘇菲要自信，說沒有什麼事情是不可能的。

「不在歌劇院裡面辦，太複雜了，我們在劇院外面。」

猶豫了半刻，蘇菲被說動了，但臉還是紅紅的。大家讓蘇菲去通知鯨魚和海豚來觀看晚會。蘇菲高興地一抖羽毛，展翅飛上天空，邊飛邊哼唱起來，沿途發布演唱會的消息。

晚會就在雪梨歌劇院朝海的一面舉辦，舞臺就是臨海的欄杆上。蘇菲站在上面，一展歌喉，演唱的曲目，有些是媽媽教的，有些是在動物園表演過的，還有些是她從電視上和收音機裡自學來的。

辛巴他們坐在甲板上，鯨魚和海豚伏在水波上，與其他魚蝦一起，專心聽歌，而海鷗等鳥類，就散布在四周的欄杆，地上，還有的站在雪梨大橋上遠觀。

此時，雪梨歌劇院外的射燈，是電腦控制定時打開的，這些光柱變幻著顏色，貝殼屋頂不斷跟著變色，藍色，紅色，白色，與夜空上的星月互相輝映，與大海蕩漾的波光相輝映。

晚會結束，觀眾歡呼跳躍。辛巴狂吠，亨利也虎虎生威地大叫。露西也顧不上矜持，拍掌大叫。海豚和海裡的魚兒騰躍，鯨魚則噴出朵朵水花，還用尾巴用力拍打海面，掀起巨大的水花。

「好奇妙的夜晚啊，以後向媽媽講講。」

蘇菲站在欄杆上，激動不已，心潮澎湃，朝觀眾鞠躬，致謝。

第39章

接下來休整的那幾天，辛巴或在船上發呆，或上岸去走走，到樹林裡

小睡，吃吃喝喝，快樂無比。鯨魚和海豚在雪梨海港外游弋，也去稍遠的地方覓食，然後轉回來和辛巴他們交換情報，大家都其樂融融的。

有一天，辛巴正在樹林裡小睡，做著夢，突然，他狂叫一聲，猛然醒過來，又茫然四顧。「又作噩夢了？」亨利慢吞吞地吐出一句話。「嗯，一個大浪把船打翻了。」辛巴嘟囔回答道。

亨利說：「那就留在這裡算了。」

「整天懶洋洋的。」辛巴白了他一眼。

他又吸了吸鼻子，皺眉頭，又猛力吸了幾下。「感冒了？」露西有點不放心地問道。辛巴皺眉說：「好熟悉，」他嘟囔道：「與那裡的味道相似。」亨利聽他這麼說，也吸了吸鼻子，猛地打了個噴嚏 —— 哈哧，他皺了鼻子說：「從來沒有嗅過這種味道。」

他們正說話當中，天色暗了暗，好像一層烏雲蓋過來，讓他們感覺到胸悶，氣促，呼吸困難。他們皺眉抬頭望著那變灰的天空。過了好長時間，那些雲才漸漸變得稀薄起來，過來一陣大風，才被撕散掉了。

「從中國過來的沙塵暴？」

辛巴心突然被什麼扯了一下，思緒漂走了，去了遙遠的國土。爸爸有咽喉炎和哮喘，一到季節轉換，就快要把心肺都咳出來。到紐西蘭後，這些毛病好了，卻得了花粉過敏症，據說是紐西蘭太乾淨了，一時適應不過來，適應好幾年，才漸漸緩和了。

「呀，回去病倒好了。」

辛巴想起爸爸和媽媽打趣的話。這次爸爸回去探親，媽媽就把他在訊息的話轉述給辛巴聽：「你爸這個大傻子，得了便宜還乖，被人聽了，要惹人罵的。」媽媽一邊說一邊搖頭，她總責怪爸爸說話直爽，不夠謹慎：「真話雖好，但也要顧及別人的心情嘛。」

「人家是人家，我是我！」

爸爸很強的，媽媽比喻說他是一頭牛都拉不回來。「一萬頭也沒用！」

125

爸爸這話讓媽媽徹底絕望了:「好好,隨便你,別人可不像我這麼寵著你!」爸爸一看媽媽不高興了,忙陪不是,說:「好啦好啦,我注意就是啦。」

「哎,口頭說好,轉身就忘記了。」

媽媽點了辛巴的腦袋說:「你也這樣,搗蛋惹事。」辛巴聽了,很不好意思,把腦袋衝了媽媽,下巴壓在她的大腿或鍵盤上撒嬌。「是不是,又來了?」媽媽得意地笑了,好像她剛說的話應驗了。

「什麼時候起航呢?」

辛巴想了很多,舒適的眼前生活,擔驚受怕的海上日子,爸爸和媽媽等等。那麼多心事舊事,一下都湧到腦袋裡,這些都糾結到「走或留」這問題上,這些使他下意識地扭頭問露西。

「不耐煩了?」

「這挺舒服的!」

辛巴嘆息了一聲,其實他何嘗不知道這裡挺舒服自在呢,可他有心事,不能安心享受這種舒服,總有種力量驅使他要立刻行動,他告誡自己不能鬆懈下來,他怕一鬆懈下來就不想走了,就如過去他做的那個夢,他永遠追不上爸爸媽媽的車子。

他就怕這樣的事發生在現實的日子裡。當初爸爸為了和他永遠在一起,付出了那麼多努力,花費了那麼多錢,才讓他順利地從中國來到紐西蘭。「我要好好努力,讓辛巴永遠和我們在一起。」好些年,爸爸一見他都摸了他的腦袋許諾。

爸爸和媽媽給他許諾後,就很努力很辛苦地工作賺錢,後來願望終於實現了:「一旦許諾,就要行動,朝目標努力,不能貪圖舒適,停頓鬆懈」,這是爸爸告誡他的句話,他一直不敢忘記,牢牢記在心裡呢。

「這裡只是中途站啊。」

辛巴說不能老待下去,現在容易生出惰性,現在天氣好,航行起來更

安全些。露西笑笑：「辛巴是急性子。」她說也好的，有熱情才能把事辦成。蘇菲看了眼亨利，他正懶塌塌地仰天躺著，四肢朝上舉著，半瞇眼。

「嗯，看看，做白日夢，也能把事辦成的。」

蘇菲朝露西示意，咯咯地笑道。她說這就去和鯨魚和海豚商量啟程的日期。她說完一抖翅膀，把身上的沙粒抖乾淨，拍翅朝鯨魚和海豚玩耍的海面飛去。鯨魚正擺動尾巴，在海面上懶洋洋的拍打水面，還不時噴水或跳躍取樂。

「我們也覺得該走了。」

鯨魚一家在這裡也玩厭了，也思動了，一聽蘇菲轉達的意思，都顯得很雀躍鼓舞，有噴水的，有躍起的，有用尾巴拍打水面的，還有側身翻滾的，好不開心呢。

蘇菲把口信帶回來後，辛巴鬆了一口氣。亨利懶洋洋的，還撅著嘴巴。蘇菲打趣說：「亨利留下來享福吧。」亨利白了她一眼：「沒心沒肺。」他慢慢起身，伸懶腰，把尾巴擺了擺，仿佛把最後一點懶氣甩掉。

「抓緊時間，看還有什麼要補充的。」

露西讓大家回船查看一下，有遺漏的話，抓緊時間補辦。淡水，狗餅乾，貓罐頭，肉腸，狗罐頭，果仁，堅果，胡蘿蔔，馬鈴薯等等，他們能想到的，都在腦袋裡想過了一遍。

露西還不放心，讓辛巴把貨品清單唱一遍，她用筆在紙上寫一遍，然後亨利核對。亨利對此顯得並不熱心，但蘇菲強迫他也做了一遍，她自己當然也過了一遍。

「一離岸就不方便了。」

亨利聽了，有點悻悻地說：「有你們操心，一定沒事的嘛。」露西笑笑說：「準備充分，萬事順利。」蘇菲對亨利說：「把說怪話的時間用來辦事，什麼事情都辦好了。」亨利這才一本正經起來。

就這樣，大家吵吵鬧鬧，也把事情一五一十地辦完了。露西大大地舒

了一口氣，這些東西，足夠他們到達下一個補給點之前使用，甚至是綽綽有餘。有吃有喝的，這才是關鍵所在。

露西拿起筆，在地圖上把「凱恩斯」畫圈，這是下一個補給站。他們沿澳洲東邊的海岸航行，再往西航行，在澳洲的最後一個補養站，他們選定「達爾文市」，之後就西進東南亞，那沿途都有適合的補給站。

露西收拾好記錄本，放進抽屜裡。辛巴跟過來說：「若還有漏掉的，下午去辦完吧。」露西摸了摸他的腦袋，安慰他說：「都齊了。」她把墨鏡戴上，走出船艙，眺望遠處的雪梨歌劇院和雪梨大橋。

其實，她也有種不捨的。

第 40 章

第二天起航的時候，有許多海鳥來送行，對蘇菲更是依依不捨。「畢生難忘畢生難忘啊！」他們一邊飛翔，一邊和蘇菲等話別，說此生怕再難有如此美妙的夜晚了，還說她們會永遠記得永遠懷念的，希望蘇菲以後還會回來做演出。

蘇菲當然很激動，恍如明星被大家追捧，有種雲裡霧裡的幸福感。她一邊話別，一邊安慰大家，說：「我會再來的，」她心裡盤算以後要和媽媽組個二重唱，媽媽是教堂唱詩班的嘛，合唱太專業了。

鯨魚爸爸一邊拖了遊艇走，一邊驕傲地對大家宣布：「我們沿途辦演唱會。」鯨魚媽媽和孩子說：「我們幫蘇菲伴唱打鼓。」他們嘻嘻哈哈打趣，浩蕩地離開了雪梨港，朝外海而去。

雪梨歌劇院的貝殼屋頂，漸漸遠去了，雄偉的雪梨大橋。也慢慢縮小了，留戀都市生活的海鳥，也告別了蘇菲他們，返回去了。航程漸遠，陪伴的海鳥越來越少，一隻一隻和蘇菲話別，祝他們一路順風，安全到達目的地。

辛巴對他們不跟著一起遠航，感到有點遺憾，但也理解，人各有志嘛。

「還有這麼多風景，他們都看不見了。」

「危險多，見識廣。」

露西和辛巴站在駕駛室，看著鯨魚爸爸忽浮忽沉游弋，鯨魚媽媽不時游前上去，和鯨魚爸爸搭話，然後又游去對孩子交代幾聲，讓他們別太貪玩掉隊了。海豚一家子也這樣，爸爸領航，媽媽斷後，孩子們緊跟隊伍。

「妳看他們多幸福。」辛巴對露西羨慕地說道。

「我們也能找到家人的。」

露西安慰他：「一定能成功的。」雖然才完成了短短一段航程，但有那麼多朋友幫忙，一定能克服前面即將遇上的困難，還能看見很多不同的風光，一定會讓大家覺得不虛此行的。他們內心都有這樣的信念。

「辛巴，謝謝你。」

「謝我？為什麼？」

「要不然是你堅持，也沒有這次遠航。」

「我只是說出了大家猶豫不定的想法而已。」

辛巴很謙遜，靠他也沒可能完成這次遠行的，別說在海上，即使在陸地上，也困難重重，但有朋友們一起協力合作，才做成了那麼多平日裡連想都不敢想更別說去做的事了。這讓他感到了團結合作的巨大力量。

此時，最不捨的，就是蘇菲了，剛告別了一次輝煌，難忘昨夜星辰，她頻頻回首，不願告別那動人的一幕。亨利在甲板躺著，肚皮朝上，仰望著在上空飛翔，或棲息在桅杆頂的蘇菲。

「哎，昨日難忘啊。」

隨著航程的繼續，日子又恢復了單調寂寞。還是茫茫然的感覺。亨利提議，蘇菲為大家來段表演吧。蘇菲呢，提不起幹勁似的，環顧左右而言他。亨利湊近她的耳朵邊，說：「是不是覺得觀眾不多？」他一臉的壞笑地

朝大家做鬼臉。

「去去，你太閒啊？」

「是閒嘛。」

「那來幫忙瞭望。」

「不擔心我抓爛風帆嘛。」

「藉口。」

亨利轉移了話題，說：「沒想到雪梨比奧克蘭還漂亮還大。」辛巴接話說：「等到了中國，你才知道什麼叫摩天大廈！」亨利嘴巴撇起來：「真的嗎？」他覺得辛巴老拿這個鼓動大家，他心裡有個疑問，中國有摩天大廈嗎？

辛巴覺得好笑，以前媽媽剛來紐西蘭不久，和 Kiwi 朋友說起，深圳有沃爾瑪超市，很大很大的，亞洲最大，但她的 Kiwi 同事不相信，反問她說：「有 Countdown 大嗎？」媽媽回來和爸爸發牢騷：「奇異國的人總認為，SkyCity 是最高的，超市 Countdown 是最大的。哎，Kiwi 國，真的是奇異國呢，不出遠門，哪知道外面的世界呢。」

「要讀書萬卷，還要行萬里路。」

爸爸聽了大笑，說沒什麼奇怪的，要多走多看，才知道世界的真實模樣。他還拍了辛巴的腦袋說：「辛巴不來到紐西蘭，哪會知道這裡是動物的天堂呢？」還問辛巴是不是這樣的感受。辛巴咧嘴呵呵地笑。

海豚媽媽這時插話說：「要是不一起航行，你們連鬥嘴的機會都沒有呢。」大家聽了都莞爾一笑。這沿路壯美的風光，也不是隨便關在家裡可看見的，即使和爸爸媽媽一起，恐怕也不一定有機會欣賞到呢。

小鯨魚聽了，游過來，快樂地打滾說，他們也沒有機會這樣玩法呢。他們掀起的浪花，攪得遊艇大角度顛簸起來。這時鯨魚媽媽就喊了：「又搗蛋了！」她的話讓鯨魚爸爸游動的速度減慢了，回頭看了一眼。

「一刻不搗蛋都不行。」

「得意忘形。」

　　他們就這麼說呀，笑呀，打鬧著前進。航行到距離凱恩斯還有一半航程，露西建議大家休息一下再走。鯨魚爸爸也同意了，航行了那麼長的路，他也需要休息一下了，和他的家人一起放假，好好玩耍。

　　海豚也很高興，這次出遊，他們沒有參與拖船工作，但也參與了觀察和護航任務，最開心的，是能和這麼多不同的夥伴一起參與海上冒險，這是第一次，興奮是自然的事情了。

　　辛巴坐在甲板上，和大家閒聊，吃東西，看著茫茫大海，遠近飛翔的海鷗和其他海鳥。辛巴突然有一種茫茫然的困頓感，變得有點沮喪而感嘆，這要去的真的是迢迢萬里路呢。

　　「我現在明白了爸爸說的那個比喻。」

　　「說的是什麼？」

　　「一葉輕舟。」

　　「什麼意思？」

　　「就是說，船飄在水面上，好像一片小樹葉。」

　　「哦。」

　　夜幕降臨的時候，他們坐在甲板看星星。露西想，最好風平浪靜，雖然衛星還正常運作，儀器也能預報天氣情況，但總怕有意外事發生，她作為船長，自然比其他船員多了一份心思和擔憂。

　　「中國的星星有這麼大嗎？」

　　「我走的時候，肉眼難見，很模糊，或看不見。現在不知道了。」

　　「等到了，就可以對比了。」

　　蘇菲對辛巴的描述充滿了好奇，希望屆時一看究竟。「你最崇拜的是誰？」她突然看著辛巴問道。辛巴順口說：「我爸爸！」亨利對這個答案很不滿意，說：「不說人類。」辛巴想了想，說是紐西蘭電視上那隻樂透廣告上的狗狗。

　　他這麼一說，大家都「哦」了一聲，因為大家都知道那隻著名的狗狗。

　　那隻狗狗，主人是一個漁民或是航海家，他熱衷購買樂透，期望能中個大獎。他經常買樂透，他家的狗狗，也對彩券很了解。一天，主人帶了小狗上船出航，小狗能和主人一起出海，十分開心。

　　樂透彩券開獎時間，主人打開收音機，收聽中獎號碼，然後拿彩券對獎，驚喜地發現自己中了超級大獎，他拿了彩券哈哈大笑。突然風起浪湧，狂風暴雨襲擊了船隻。主人在翻滾中丟失了彩券，彩券被浪裹進大浪裡，流向大海裡。

　　他的小狗猛撲進大海，撲向那張漂走的彩券。最後，他叼住了那張彩券，並隨洋流漂泊到了非洲、印度，走過鄉村土路，越過了漫漫沙漠，受到沿途孩子們的戲弄欺凌，經歷過重重困難和險境，最後在一個港口，小狗偷偷登上了一艘遠洋巨輪，歷盡艱險，終於返回紐西蘭。

　　他在尋找主人家的途中，在公園裡遇見了一個流浪漢，他把手中的麵包，與小狗分享，小狗謝過流浪漢之後，繼續往自己家奔跑，奔向家，奔向爸爸。很遺憾，當他精疲力竭到達家後，趴在窗戶上，看見屋內的情景，爸爸正半躺在沙發上，摟住一隻波斯貓，正在看電視呢。

　　「爸爸有了新伴侶！」

　　小狗很傷心地離開了，回到了流浪漢身邊，把口中叼著的彩券，給了流浪漢。流浪漢看了彩券，開心地哈哈大笑，並抱上小狗走了，一起去領取鉅額彩券獎金，並和小狗一起過上了幸福的生活。

　　「我最崇拜的就是那隻小狗了。」

　　「為什麼？」

　　「勇敢忠誠，會感恩。」

　　「你爸爸也買彩券嗎？」

　　「他都讓媽媽去買，我也希望他們能中大獎，就能把房子的貸款還掉，搬回奧克蘭住，他們老是為這個爭吵不休。媽媽老說，沒有還掉貸款之前，就不回去住了，那裡生活成本太高了。」

「你爸爸也會那樣對待你嗎？」亨利向辛巴提問。

辛巴想都不想就回答他：「爸爸不會像那個主人，要不然，我也不能來到紐西蘭。」他說出這話的時候，大家看得出，他的神情很驕傲和自信。露西點頭說，她相信辛巴的家人是真的對他好。

「我也相信媽媽對我好的。」

蘇菲也點頭同意這個說法。她聽完這個故事，眼睛有點溼潤了，但她忍住了。她抬頭望著深邃的夜空，好像聽到自己的心跳，傳到了很遠很遠的地方。她希望媽媽也能聽到自己的心跳聲。

「要是有我們幫忙，小狗早就和爸爸團聚了。」

小海豚和小鯨魚小聲議論。他們的爸爸媽媽聽了，都慈愛地看著他們的孩子，只笑不作聲。

第 41 章

到達凱恩斯港時，他們把船泊好後上岸，列出補給清單，按單補充給養品。此時，不知道哪處山林起了森林大火，空氣中飄散著濃烈的煙燻味，讓辛巴和亨利不停地打噴嚏，咳嗽。

辛巴記得，以往每年夏天，老爸看電視新聞，會指著電視螢幕對媽媽說：「森林大火的新聞，澳洲總上頭條，燒毀了多少山林房子喲，唉，風高物燥的地方。」這次他是實地體驗了一番逼人的熱浪。

他們驚奇地發現，那些在樹上棲息的，飛行中的蝙蝠，有些居然被高溫「烤熟」了！屍體落在地上，腐臭難聞。他們受不了這樣的高溫，補充完畢，稍作休息就起航，他們不想耽擱太久，鬆懈幹勁，而是希望到達爾文市後，再作稍長的休整。

從凱恩斯到達爾文，比起從雪梨到凱恩斯的航程，那真的不算什麼了，他們很快就到了達爾文港，這是他們離開澳洲前的最後一個補給站，

從此出發後，就不再是他們熟悉的環境了。

　　他們進城後，被眼前所見的城市景象嚇了一跳。城市一片狼藉。估計是經歷過了龍捲風之類的災難洗劫。他們走在街道上，不時得越過路上的障礙物，一些倒塌的電線桿，被倒下的大樹壓癟的汽車，或者是掉下來的看板等等。

　　「怎麼會這樣的？」

　　面對大家的驚愕，露西解釋說，她聽爸爸說過，達爾文市是熱帶氣候，經常受到雷暴和龍捲風的侵襲，1974 年的「崔西」颱風，幾乎把整個城市毀滅掉了，後來該市經過重建才回復了生氣的。現在這幅景象，大約又是一場超級龍捲風光顧過此地了。

　　他們花費一些時間，才找到超市進行補給。這次不用他們敲碎玻璃門進去，商場的牆體已被撕開了不少破口，他們可以暢通無阻進去，按清單取貨，留下借據後離開。

　　一路上，他們都感嘆不已，說一場風暴，就能把一座城市毀滅了，難道人類因這個離開的？他們一路走一路議論紛紛。

　　夜晚在船上吃飯的時候，星空無比璀璨，讓他們體會到，大自然變幻無窮，美麗又凶險。露西說，離開這裡後，她對前方要去的地方，就不是很了解了。「爸爸談得比較少，我了解得相對也少。」她話語裡充滿了憂慮。

　　「辛巴只熟悉中國。」

　　「我只在深圳和香港待過。」

　　「亨利也有亞洲血統嘛。」

　　亨利毫不在乎地說：「我血統裡有幾分之一吧。」他根本不關心這個，許多代繁衍下來，他早就無法分辨出血統裡有幾分之幾的亞洲血統了。「不過，奧克蘭到處遇見亞洲面孔。」亨利說這是聽爸爸說的，可惜他沒有看見那番景象。

「這麼說來，我們都是移民呢。」

蘇菲好像有了突然發現，驚喜地叫起來：「聽說人類喜歡移民，沒想到我們動物也是呢。」露西說：「動物叫遷徙吧，都是世界公民。」辛巴笑嘻嘻說：「有人問爸爸是哪裡人，他總說是宇宙公民。」

辛巴在甲板上趴成鱷魚的模樣，一動也不動的，眼睛直視前方。蘇菲覺得很好玩，就問他幹嘛滿腹心事的樣子。辛巴說難受呢。露西笑了說，還有一大半的路程呢，可不能總是難受啊。

辛巴說：「別說這些吧，蘇菲，給我們來個表演吧？」他轉過頭來，熱切地望著蘇菲。她可能是被岸上所見景象搞壞了心情，回答說：「還是給大家講故事吧。」亨利附和說好呀。

蘇菲望著又大又亮的星星，想了好一會，才說：「這個故事媽媽給我講過好多遍，很有意思。」她話還沒講完，大家自動圍攏過來。當然，鯨魚也圍在船邊，連呼吸也盡量輕些，噴出的水花變小了。海豚呢，也靠在鯨魚的身邊，安靜地聽講。

「希臘神話裡，叫賽蓮的怪物，長得人頭鳥身，當然，這是貶義的說法，其實，她是河神阿刻羅俄斯和斯忒洛珀的女兒。她體態優雅，容貌更不用說了，花容月貌，沉魚落雁，既像迷人的少婦，又像天真無邪的少女，用這些詞來形容她，一點都不過分的。」

「她經常飛落在海中礁石，或過往船隻上，唱出天籟般的歌聲，海上過往的水手聽見後，會迷醉失神，讓船隻觸礁沉沒。因此，她們所住的那座島嶼上，遍地是白骨，大概很多水手葬身大海後，屍骨被沖上島上。她們出沒的海域，成了死亡之地。不過，也有兩個希臘神話英雄，能夠安全地經過賽蓮控制的海域。」

「一個是阿爾戈英雄中的奧菲斯，他能文能武，是個豎琴彈奏高手，他的船經過該海域時，他坐在船上，彈奏出一首一首美妙的曲子，反倒讓賽蓮為之神魂顛倒，忘記了唱歌誘惑他了。」

「另一個是特洛伊戰爭中的英雄奧德修斯，他沒有那般出神入化的奏樂技藝，但他聰慧過人，殺敵無數，令敵人膽寒。他早聽人說過賽蓮的厲害，但他又想聽聽她迷人的歌聲。」

「他不敢大意，事前命令水手用白蠟封耳，專心划槳，又令手下將士把自己綁在桅杆上。這樣，他既可聆聽賽蓮美妙的歌聲，又能使船隻安全航行通過她的海域。」

「據說，最後賽蓮因為沒能用令人迷醉的歌聲，把奧德修斯和他的水手引誘上當，羞愧和懊惱讓她投海自盡了，化身為海邊的懸崖峭壁。當然，也有人說，她投海自盡後，屍體被人撈起了，人們在拿坡里灣，為她修建了一座紀念碑。」

蘇菲一會站在甲板上，一會又飛上桅杆頂，一會模仿賽蓮唱歌，一會又學英雄奧菲斯彈奏豎琴，之後學奧德修斯的話，命令水手快快把耳朵堵上，快快把自己綁在桅杆上。蘇菲跳起來又坐下，繪聲繪影的，把故事講得無比動聽。

大家聽得一會心跳，一會屏住呼吸，不敢出一口大氣。等蘇菲瞪大眼睛，看住大家的時候，大家也瞪大眼睛，望住蘇菲，以為她即將把最後的懸念揭曉，憋住心中的一口氣緊張地等待。

「講完了！」

沒想到，蘇菲最後一句是這樣的話。

大家長長地出了一口氣：「啊！」然後把身體一鬆。辛巴感到遺憾：「她幹嘛不跟英雄走呢，一個彈琴，一個唱歌，美人與英雄相伴，這是多美好的事情呀。」露西被辛巴天真爛漫的想法感動了，說：「辛巴把後面的故事接著講完吧。」

辛巴不好意思嘿嘿笑了說，他感覺奇怪嘛。亨利說：「他總有怪想法。」辛巴說：「爸爸才是個有無數奇思妙想的人。」蘇菲見亨利還想說什麼，就打斷他的話，安慰辛巴說：「辛巴以後想好了再講也不遲的。」

　　小鯨魚和小海豚爭先恐後問爸爸媽媽：「哪天我們也去聽聽賽蓮的歌聲吧？」鯨魚和海豚媽媽爸爸聽了孩子們的話，互相對視一眼，癟了癟嘴巴，展眉一笑，說：「好啊。」然後催促孩子們快去睡覺，說故事講完了，該睡覺了，明天還要游很遠的水路呢。

　　辛巴聽爸爸提過一部電視連續劇，劇中主角在大海自由生活，說當年他們看得如痴如醉的。辛巴想，要能像故事裡的主角過兩棲生活，那會是一件多麼的愜意事啊。

　　大家散去，準備睡覺。辛巴早有睡意，又無法入睡。以前他也這樣，躺在窩裡陪爸爸工作，半夢半醒地等待著媽媽工作回家的開門聲。媽媽吃飯的時候，他就在旁邊等待著，要是她和安迪邊吃邊聊，他一會躺下一會坐起來：「唉」，他嘆息幾聲，用手去撓媽媽，用鼻尖頂她的手，提醒他們快點吃完。

　　「你們快點吃，人家辛巴等不及了。」

　　「喲，都打瞌睡了，眼睛都快抬不起來了呢。」

　　他們一邊說笑一邊把碗裡的飯扒光，把肉切碎，讓安迪給他。辛巴大口吃完後，看爸爸在洗碗，他把頭湊過去，舌頭吧嗒吧嗒地舔嘴角，看是否還有意外的收穫。

　　爸爸偶爾會把一些紅蘿蔔或湯鍋的碎肉給他。他吃完，看爸爸舉起空了的雙手，才心滿意足地回窩去睡覺了。

　　而現在呢，辛巴心事重重的，他問蘇菲，就要離開澳洲了，心裡想什麼呢？蘇菲瞪大眼珠，望著辛巴，想了想，才幽幽地說道。

　　「想盡快見到媽媽，把發生的一切告訴她。」

　　「我也是。」

第 42 章

船駛出達爾文港時，露西眼裡充滿了憂慮。就要離開澳洲了，她對澳洲有種不捨，因為澳洲和紐西蘭是鄰國，她熟悉紐西蘭，似乎也熟悉了澳洲，兩國似乎那麼相像。辛巴也有類似的感覺的。

「但澳洲太熱啦。」

辛巴有了親身體驗，才明白媽媽為什麼那麼喜歡紐西蘭。他也不喜歡太熱的，那讓人懶洋洋的少了活動的興趣。他喘息著，把舌頭放在嘴巴外，用呵呵的呼吸聲來加強他說話的語氣。

「我們也覺得熱呢。」

鯨魚和海豚也同意這個說法。他們去過許多海域，當然有更多的發言權。「不過，多點別的體驗也是好事。」他們喜歡四處遊蕩，處處為家，除了人類他們幾乎沒有天敵，現在就更逍遙快樂了，更想多去一些地方玩耍。

一出港口，小海豚和小鯨魚就快樂地翻騰，他們游弋的天地更廣闊了，他們舒展開各式泳姿，背泳，側泳，自由泳，跳躍，翻騰，直跳，直立，他們各式各樣的花樣泳姿，讓辛巴等人看呆了。

「可以辦花樣游泳比賽！」

「以後再說吧，現在有正事要辦呢。」

鯨魚和海豚爸爸媽媽都這樣說，讓孩子們別太興奮了，省得出意外和掉隊。他們一邊喊孩子們：「跟上！跟上！」一邊心情愉悅地分享著孩子們的快樂，幸福的暖流就如海水一樣浸漫他們的全身。

辛巴看在眼裡，羨慕在心裡，他沒出聲，但那種神情，早就暴露在眼睛裡了。蘇菲走過來，用翅膀捅捅他。辛巴扭頭看看她，會意地一笑。回頭的時候，看見亨利坐在甲板上，也發呆的看著歡樂的海面。

「昨夜你又做噩夢了？」

蘇菲小聲問辛巴，她看見他睡到半夜時，四肢不斷顫動，呲牙咧嘴，

嘴唇不斷抖動，間或發出嗚嗚之聲，像隨時想跳起來奔跑，撲向什麼似的。「你蹬了腿好像要把我踢飛。」蘇菲笑嘻嘻地描述那幅情景。

辛巴不好意思地說，夢見自己半夜睡不著，爬起來在甲板上發呆，突然發現一隻大海怪想爬上船來，他想奔過去驅趕，沒想到，腳步卻邁不動，他想吠叫提醒大家，可就是發不出聲來，自己好像變成了啞巴。

「海怪？不是賽蓮吧？」

蘇菲有點緊張，又有點期待，她自己很少做夢，對做夢有種好奇。她在想，講完那個賽蓮的故事後，一些傳說會變成真的。媽媽說過，傳說往往基於事實。以前不是有傳說人類不定就會移民去別的星球，現在也許是真的呢。

「要是賽蓮真顯身，辛巴早就跳海了。」

亨利笑嘻嘻的，一臉的壞笑地看著辛巴。辛巴好像被說中了心事，沒反駁他此番言論，只是很神祕地笑一下，很甜蜜地回味了一番，假裝真的遇見賽蓮了。要是真的遇見了賽蓮，他會怎麼做呢？

這是一個問題，這是他想過的，但沒有做過的事。

露西穩住船舵，不時和飛進來的海鷗閒聊，聽她們講八卦，當然，也會向她們打聽人類的消息。「好像突然就歸航了，匆匆都走了。」海鷗沒有確切的消息，都是些拼湊的資訊。

辛巴覺得越來越熱了，卻不肯把身上的背囊卸下來，他怕有意外發生時，來不及再穿上，會遺失掉爸媽的拖鞋。他感覺與家人同行，他就信心百倍，不畏困難。

亨利勸說過他的，說這樣多不舒服呀。但辛巴不覺得有什麼不便。對辛巴的這個行為，露西和蘇菲表示理解。在途中停泊休息的夜晚，面對浩渺的夜空和茫茫大海，蘇菲又為大家講故事解悶。

「古希臘神話裡，有個叫安泰的巨人英雄，他是海神波賽頓和地神蓋婭的兒子。他的一切力量源泉，皆來自大地母親，觸地則吸取大地力量，

變得力大無窮，永不疲勞，離地卻力量衰亡，失去生存的能力。」

「安泰喜歡吃幼獅子，還殺戮人畜取樂，取人頭骨裝飾其父的神廟。後來眾神交給大英雄海克力士一個任務，讓他消滅海邊和沿途殘害人畜的怪物，當然也包括巨人安泰了。當兩位大力士較量的時候，雙方都驚訝於對方的強大。」

「海克力士雖能不斷把安泰擊打倒在地，卻讓其在母親蓋婭的幫助下重新恢復力量，無法將其殺死。經過數番較量後，海克力士終於發現了安泰能不斷獲得力量的祕密 —— 安泰一接觸到大地，就是接觸到母親，吸取母親給予的巨大力量。於是他尋找到機會，把安泰抓住，讓他雙腳離地，緊緊把他困在懷裡，最終把安泰給勒死了。」

蘇菲邊說邊模仿，一會是凶神惡煞的安泰，一會是智慧超群的海克力士，忽而變作是蠻勇有力的安泰，忽而換成神勇兼備的海克力士，過後是眾神們嘮嘮叨叨的叮囑，她一會飛上桅杆頂，一會降落在甲板上，她的精彩故事講述，把大家都帶到遠古去了。

辛巴聽完這個故事，心裡十分激動，感覺這個故事與他的行為，有著奇妙的關聯和契合，但他沒有聲張，只朝蘇菲投去感激的一眼。露西啪啦啪啦地首先鼓掌，然後大家才醒過來一般齊聲讚嘆起來。

「講得真好！」

「蘇菲是偉大的藝術家！」

蘇菲聽到大家的讚美，臉紅起來，說：「我也是聽媽媽講的。」她說媽媽很喜歡讀書，也喜歡講故事給她聽。媽媽說，多看書，上知天文，下知地理。看來媽媽說的是有道理的。

辛巴突然喊道：「快看！」大家轉頭看遠處的海域，那裡的海面好像亮燈了一樣。鯨魚和海豚喊起來：「一定是烏賊在舉行晚會。」他們建議過去看看，得到了大家的回應，於是拔錨航行過去。

大家過去後，發現萬千的烏賊在舉辦晚會。他們在吃零食，也在閒

聊。看見鯨魚和海豚過來，嚇得四散逃命。「喂，別走呀！」蘇菲趕快說明了來意，烏賊們又重新歸攏過來。後來，辛巴提議，蘇菲來一場燈光演唱晚會。

這個提議獲得大家的熱烈響應，還提出了由誰來伴唱。晚會一開場就讓大家驚嘆。蘇菲站在桅杆頂，放聲歌唱。辛巴，亨利，還有露西就拍掌和音。海豚和鯨魚，除了發出和聲外，還用尾巴拍打海面，如打鼓一般。

當然，烏賊們，小的很小，大的巨大，有十幾公尺長，他們游動，用發光的身體，排列出不同的圖案，那移動的光帶與浩渺明亮的星空相呼應，形成了一幅美妙無比的立體圖。

蘇菲邊唱邊從上往下看，那種感覺啊，沒有語言能形容出來，她激動得渾身微微顫慄，她只能用美妙絕倫的歌聲來表達這種奇妙的感覺。

第 **43** 章

他們經過一段航程後，終於靠近了東帝汶的首都帝利。辛巴感覺到一股溼熱朝他襲來，不由自主地抖動了身體，似乎想把這種不舒服的感覺甩掉。這裡不像紐西蘭和澳洲的港口有種繁華景象，相反，這裡有種荒蕪的感覺。

辛巴以為是錯覺，他回頭望向蘇菲和露西，似乎她們也一臉的不知所措，一種困惑浮顯在臉上。亨利目無表情，趴在甲板上，望著陸地發呆，似乎眼前的一切，與自己無關。

突然，蘇菲喊道：「龍捲風！」大家轉頭去看，左邊遠處一股巨大的水柱，旋轉著，呼嘯著，從海面升騰起來，直上雲霄。而雲層裡，隱約的閃電，一譫一譫地發光，悶悶炸響的雷鳴，隆隆地滾過海天。

海豚爸爸喊：「快避開！」鯨魚爸爸加快了速度，他預測龍捲風正朝碼頭方向快速移動，他加快游動的速度，把船拖得飛快。露西還不放心，開

動馬達，全速往外海駛去。

　　露西全神貫注掌穩舵，海豚和鯨魚媽媽在水面觀察，而蘇菲站在桅杆頂上，時刻報告龍捲風移動的路徑。龍捲風一會走左邊，又突然改成右邊走，好像壯漢在跳滑步舞，流暢而炫技。

　　辛巴嗓門最大，蘇菲一喊，他跟了大喊，好像高音喇叭在接力廣播，這樣露西就能很清楚四周的狀況，及時地對航向做出必要的調整，避開危險。他們猶如熟練的船工一樣合作，完成看似不可思議的操作。

　　船與龍捲風，好像小孩與壯漢瘋子，在玩危險的捉迷藏遊戲，驚險無比。有時，眼看船就要落到壯漢的掌心了，可它又奇蹟般地從指縫溜掉，有時瘋子搧出的巨大的掌風，就要刮倒風帆了，但它只被扯了一下，顫抖了一下，好像腰身彎了一下，又從他的手邊滑了出去。

　　辛巴伏低身子，一邊發出咆哮警示，一邊把提到喉嚨的心壓住，他的腎上腺素急劇升高，感到無比刺激，又無比的害怕，好幾種情感交織在一起，讓他無暇分辨清楚。蘇菲在頂上，有時被搖晃得身體倒掛在橫桿上，但她用力一盪，又把身體盪回了站立的姿勢。

　　「你進駕駛室來！」

　　露西看亨利被顛得東倒西歪的，在外面也幫不上忙，就喊他躲進來，這樣安全些。亨利原先打算就趴在甲板看熱鬧的，後來船搖晃得太厲害了，聽到露西喊他，就跳起來，跌跌撞撞地往駕駛室跑，進門的剎那，腳一歪，打滑了，腦袋磕在門框上，他也顧不上了，連滾帶爬，抱住了駕駛椅的椅腳。

　　也不知道搏鬥了多久，喝醉的壯漢好像清醒些了，或許累了，覺得這個遊戲沒意思了，拔腿就跑了，往岸上奔去了。海面平靜下來，許多的魚和雜物，紛紛從天而降，劈啪劈啪，砸在船上和海面上。

　　大家抱了腦袋，驚呼起來，又吐得稀裡嘩啦，然後就四處就安靜了。遠處出現了巨大的彩虹，橫貫海面和岸邊的世界。大家手軟腳軟地趴在甲

142

板上，看得目瞪口呆的。突然，大家聽到後面有咯吱咯吱的撕咬聲，回頭一看，亨利正叼了一條掉在甲板上的魚，吃得津津有味的。

「這個亨利呀！」

大家驚魂已定，等待觀察了許久，才開船駛向碼頭。漸漸接近港口碼頭時，鯨魚和海豚也放慢了泳速，有點猶豫不前，他們對這不熟悉的港口，有點害怕，不知道是否會擱淺。

辛巴和露西商量，乾脆開著馬達自航，讓鯨魚和海豚在外海等，以備不時之需，自己則駕船進港查看究竟。

當船慢慢駛入港口，他們看見殘破不堪的碼頭，海面漂浮著散落的雜物和爛船板。露西不敢相信，以為入錯了港，趕快查看地圖和相關資料，確認無誤。「也許又有龍捲風了。」她小心地校正方向，把船泊靠後，舒了一口氣，說上岸看看，就知道怎麼回事了。

露西看辛巴難受，想幫他把背夾克取下，但辛巴不願意。她招呼大家準備補給的事宜，照例是列清單，然後是唱單子，交叉核對，確認。然後，他們上岸找商場了。

在這裡，他們發現導航根本就沒有用處，沒有辦法給他們指示目的地，因為都是葡文或印尼語的路標，且大多已毀壞，殘缺不全了。「沿路找找看。」這時辛巴和亨利發揮鼻子靈的作用，沿碼頭的主道往裡走，邊探尋可能有的超市。

「他們走得很慌亂呢！」

「氣息紛亂。」

辛巴和亨利邊走邊嗅，還不忘一邊評價，並報告給蘇菲和露西。他們走啊走啊，辛巴走一段路，就停下來喘氣，呼哧呼哧的，他討厭這高溫溼熱的氣候，他的舌頭低垂出嘴巴外。

蘇菲沒太大的感覺，也許她的祖先生活在南美熱帶叢林裡，體內的基因還在發揮作用。露西似乎感覺到了一種久違的熟悉了，她說不出來，但

隱約是如此的體驗。但現在她也不喜歡這種溼熱的氣候了。

「辛巴都想吃人了？」

亨利調侃辛巴因為熱而變長變大的舌頭。「取笑別人不對的。」露西說這沒什麼好笑的，辛巴沒有汗腺排汗，只能靠舌頭散熱嘛。大家半真半假地說笑著，繼續朝市中心走。

他們好像來到了另一個世界，沿途景象，觸目驚心，沿途荒草亂長，地面散落的死魚爛蝦，有的新鮮，有的是腐爛的，發出難聞的氣味，看來應該是來過不只是一場颶風。

許多房子被撕扯得只剩下地基了，連框架都被扯成好幾瓣，散落在另一座地基上。這裡看板沒大的，都很小，也被丟棄得沿途都是。許多能抗風的棕櫚樹，也被攔腰折斷了。露西猜想，大概是被刮起的巨物砸中了。

「聽爸爸說過，這裡很貧窮，但沒想到是這樣的貧窮。」露西邊走邊嘟囔。這裡所見，簡直比爸爸所描述的還要破敗貧窮。她一時不知道如何去評價眼前的一切。

「非親眼所見，一切皆非事實。」

辛巴想起爸爸常叨唸的一句話。以前在深圳的時候，也感覺到夏天太熱，但不是這樣的溼熱，這真的熱得讓人難受極了。如果不是來到這裡，他也不知道還有比紐西蘭深圳反差巨大的地方。

他們找啊找呀，耗費了很多時間，終於找到了一家超市，好像是華人開的，規模不大，店招牌和看板，用好幾種文字寫的。辛巴只對那些方塊字熟悉，雖然不認識字，但熟悉那模樣。其他的，蘇菲認出是英文。當然，還有葡文，和印尼文。

他們邊挑選貨物，邊嘆息地談論，留下借據離開。

回到船上，他們都有點累了，在甲板上，躺了好一會，才起來吃晚餐。飯後閒聊打發時間。露西招呼辛巴坐近些，讓他把夾克脫下。但辛巴不肯。「我幫你梳毛。」辛巴聽了，心裡一動，讓她把夾克解開。

露西用手指一遍一遍給辛巴梳毛，說：「都打結了呢。」辛巴說，媽媽離開後就沒有人幫他梳毛了，以前家人每天替他梳毛，十分舒服。媽媽梳毛的時候，爸爸會在旁開玩笑說：「喲，陶醉得眼睛都快瞇上眼了呢。」

此刻，他身體有種說不清的感覺，他真的想哭了，他嗚嗚地哼出聲。「不舒服嗎？」露西問道。辛巴說：「是太舒服了！」他低頭，貼近甲板，眼睛裡，有淚花在打轉。

第 **44** 章

他們在帝利沒有停留太久，補充完畢淡水、物資，稍作休整，就繼續往西航行，駛往下一個目的地，印尼的首都雅加達。途中他們得穿過這個千島之國的許多島嶼。雖有導航，但露西還是有點擔憂，會不會迷失在其中呢。

白天，辛巴為了避免受到陽光的曝晒，躲進了駕駛室，但更是悶熱難受。亨利看辛巴呼哧呼哧地喘氣，就提議是否開著空調降溫。但辛巴立刻制止了：「要多省油，以防不測。」露西對辛巴這個態度是很欣賞的，在大海航行，謹慎為上，能不用就堅決不用。

「在海上出事等於沒救。」

爸爸說：「欺山莫欺水。」他常說水是神祕莫測的，比火還讓人害怕。他搖頭晃腦說：「仁者愛山，智者樂水。」他說小時候常爬山砍柴，一點不喜歡山，只喜歡水。每次媽媽問他，週末去哪過？他總是說，就去海邊吧。他可以在海邊坐一整天的。

辛巴跟他們去海邊，可是一刻也不停的，跑前跑後，戲水弄人，不亦樂乎。媽媽不時板起臉，故作嚴肅：「不是怕水的嗎？不是不喜歡洗澡的嗎？」訓斥他一頓後，讓他乖些，注意安全。

辛巴消停片刻，又故態復萌。「人家長大了，就不許人家進步嗎？」爸爸給他解圍，懶得管他，任他撒野，自己懶洋洋地在海灘上散步，或者

坐在折椅上望海發呆，甚至打瞌睡。

辛巴想起這些，身上又熱了些。他走出駕駛室，到外面讓海風涼快一下，再返回來，趴在地板上喘氣，把地板弄溼了一塊。過一會，他起來跑去水盆喝水降溫。蘇菲沒太大的不適。亨利不時會嘀咕，真熱真熱，怎麼會那麼熱的呢？

露西一絲不苟操作輪舵，看鯨魚爸爸在前面浮沉，噴水，甩尾，把船拖得嘩啦嘩啦往前行駛。也許由於熱浪，鯨魚媽媽和孩子們，話也沒有以往多了。海豚一家不時游過來，和蘇菲交換對四周的觀感。蘇菲希望知道海洋的深度，而海豚則想了解遠處有沒有陸地，他們想校對超聲波的精確度。

突然，蘇菲喊起來：「島！」她說前面出現一座島嶼。亨利跑到船頭甲板張望，說：「在哪呢？」他轉動腦袋看了許久，卻毫無頭緒。辛巴也奔過來，興奮地張望，他也困惑，沒看見呢。

「那！」

過了一會，他才興奮地喊起來，他比亨利身體高些，比他先看到了冒出海面的島嶼，便也興奮地給大家指示方向，還問是否上去走走。在海裡航行了那麼多天，都快悶死了。

露西擔心地說，不知道那片海域的水深。海豚聽了，喊一聲：「我去探探！」就箭一般射出去了。

沒多久，海豚回來向大家報告，說海灘有點淺，對小傢伙沒問題，但船不能靠岸，只能涉水上去。當然，他對鯨魚一家說：「你們只能在遠處看看了。」鯨魚爸爸說，那沒關係，我們在此看著船。

他們商量怎麼上島去。海豚爸爸，海豚媽媽，把亨利，辛巴，還有露西背過一段水路，到了淺水區，他們可以涉水上岸。這麼說定後，就把船泊在靠近海島一定距離的海面，由露西替亨利和辛巴穿救生衣。

「不用了吧？」

辛巴對紅色的救生衣有點抗拒，說太熱了。露西堅持說不穿是不行的，她上過船，對救生衣的作用很了解，法律也規定上船一定得穿救生衣。辛巴抗爭了半天都未能得逞，只得由露西給他穿上。亨利沒什麼意見，他讓露西給他穿上小號的救生衣。

「累贅。」

露西拍拍他的身子，說，好酷呢。辛巴半信半疑，轉頭問蘇菲：「真的？」蘇菲搗住嘴巴笑。辛巴又轉頭去看露西。「都很酷！」蘇菲這才止住笑，認真地回答了辛巴的疑問。她飛起來，朝海豚喊：「都準備妥當了。」

他們攀下船後，騎在海豚的背上，朝海島游去。辛巴浸在水裡的腳很涼快很舒服，他湊近海豚媽媽的耳朵說：「我想自己游過去。」海豚媽媽聽了，猶豫著說：「你行嗎？」辛巴說肯定沒有問題的。

沒等海豚媽媽答應，這傢伙就跳下去，他看見距離沙灘不遠了。他跳下水後，海水淹沒了他大半個身體，只露出腦袋：「好涼快啊！」他驚呼一聲，把大家嚇了一跳，以為他出事了，沒想到，看見他朝大家做鬼臉。

他游啊游啊，就快到淺水區，突然，在上空盤旋的蘇菲尖叫起來：「鯊！」她的叫聲，被辛巴誤認為是「沙」，還以為她心急了，提醒大家到沙灘了。辛巴轉頭朝她喊道：「就快到了。」他加快游速朝前游去。

「是鯊魚！」

蘇菲又補了一句，朝大家示警，聲音之大，連在遠處的鯨魚一家也聽到了，緊張地朝這邊張望，但是愛莫能助了，只能大聲地呼叫起來。蘇菲在上面，很清楚地看見一隻鯊魚，正朝辛巴潛游過來，她拚命的大叫起來。

海豚爸爸加快游速，他揹著的是露西，她個頭大，重量重，所以他還真無能為力，只能靠海豚媽媽幫忙了。辛巴聽到蘇菲和大家的高聲警告，驚嚇得毛都豎起來了，又被水貼緊在了皮膚上，他在水裡拚命划動。

鯊魚游過來，直接對準辛巴的肚子頂去，把他頂出水面，這是鯊魚獵

食的一種方式，先把獵物弄暈，失去反抗能力，再施以最後一擊，徹底了結掉獵物。

辛巴被頂到了半空中，其他夥伴看到了，都驚呼起來。辛巴落在水面的時候，腦袋是發昏的，但一觸到水面，立刻本能地划動四蹄，朝淺水區游去。

此時，海豚媽媽游過來，和鯊魚搏鬥起來，小海豚們也趕過來參加戰鬥，幫媽媽一起與鯊魚纏鬥，水面不斷翻騰起波浪，幸虧這條鯊魚不大，不能在以一敵眾的搏鬥中占上風，趕快逃走了。

辛巴成為落水狗上岸後，驚恐萬分地站在沙灘上，氣喘吁吁地回頭張望，他汪汪地大叫起來，可是敵人早就遠遁而去了。亨利，蘇菲，露西上岸後，過來安撫他，說鯊魚被海豚打跑了。辛巴突然哈哈大笑起來。

夥伴們愣了一下，不禁也放聲大笑。海豚和鯨魚不知道出了什麼事，還在遠處朝岸上張望呢。蘇菲趕快飛過去，告訴他們沒事了，都安全了，剛才是脫險後的大笑。鯨魚和海豚才放心下來，在四周游弋等待。

辛巴鎮定下來後，才開始往岸邊深入，沒走多遠，發現了一個淡水湖，不大，但清澈見底。辛巴站在湖邊，看自己水裡的倒影。他知道自己剛才的樣子有多狼狽。嗯，大概就是人們常說的落水狗的模樣了。他邊想邊暗自發笑，然後拔腿繞湖狂奔起來，他好幾天沒這麼活動了。

「別跑掉了！」

辛巴沒聽從露西和蘇菲的叫喊，已經跑到一百公尺開外去了。突然，他停了下腳步，仰頭朝四周望了望，又用鼻子吸，好像嗅到什麼氣味。與此同時，亨利也吸鼻子，也好像嗅到了什麼。露西似乎變得心神不定起來。蘇菲也警覺起來。但四周一片寂靜。

風吹過來，在樹陰下，辛巴感受舒適的同時，又有種不安，但他說不清楚是什麼，總覺得危險就潛伏在某處，卻無法探知。他只好說：「好像有股難聞的味道。」他朝前走到樹林裡，朝那股氣味嗅過去。

他嗅到那股氣味濃烈起來，等大家走進樹林，發現地上有片沙土是鬆動的，他用爪子一扒，好像有什麼埋在下面。他扒了一會，亨利和露西也過來幫忙，最後扒出來的，是半隻猴子的屍體，腐爛了，發出陣陣腐臭味。

他們趕快跳開，站在一旁發呆。突然，他們聽到背後，好像有嘶嘶的響聲，都驚覺回頭看，這把大家嚇呆了，原來不遠處，一隻身軀龐大的巨蜥，正朝他們虎視眈眈，噴出那條又長又令人畏懼的舌頭。

辛巴第一反應就是狂吠；亨利也弓了身子，發出呼呼的警告；露西掃了眼地下，彎腰把一塊石頭摸到手上；蘇菲則跳上樹枝上，發出警告的叫聲。可那巨蜥一點不買帳，嘶嘶地吐著舌頭，朝他們一步一搖身子走過來。

這隻巨蜥，長得醜陋可怕，皮膚粗糙，隆起一身的疙瘩，沒有鱗片，黑褐色，張開大口，巨大的牙齒，鋒利異常，他四肢還有鋒利的爪子，他噴出的口氣，充滿了腐臭味。辛巴嗅到了，幾乎要作嘔。

辛巴不知道對方如何作戰的，他只本能地弓低腰身，發出狂吠，眼盯對方的反應。那隻巨蜥雖然身軀龐大，但奔跑速度異常快，他奔跑過來，稍稍轉身，用尾巴橫掃過來。

辛巴猛地一躲閃，感覺到那條尾巴如一股狂風掃過一般，過處飛沙走石的，把一旁的亨利裹挾而去，滾倒去了好幾丈遠。

亨利起身後立刻欲欲躍試反擊，他步伐靈活，躲閃猶如閃電，他竄過去，揮爪掃了巨蜥的眼睛。巨蜥雖躲閃過了，但他的眼皮上被抓開一道傷口。巨蜥怒不可遏，追過去，身子一轉，尾巴呼地掃過去。

亨利一跳就上了樹。巨蜥哪肯甘休，一轉身再來一下，把那棵樹喀擦掃斷了。亨利呼地跳落下面，又忽地爬上另一棵樹去。

辛巴狂吠應戰。蘇菲在上方擾亂巨蜥的視線。露西眼盯巨蜥，靈活地繞開他的正面進攻，尋找可能的近身搏鬥的機會。巨蜥很狡猾，不斷移動身體，用尾巴作有力的武器，橫掃四周，據此在他身體的四周，形成了一

149

個殺傷對手的火力圈。

雙方你來我退，你上我下，大戰起來。纏鬥了好一會，雙方都有點累了。辛巴有點不耐煩了，剛才在水中遭鯊魚襲擊，他是毫無還手之力，覺得十分丟人，上了陸地，他想贏回自己的面子，所以奮力一戰。

辛巴看準巨蜥回頭去進攻露西時機，猛撲上去，咬住巨蜥的尾巴。巨蜥受傷吃痛，一抽尾巴，把辛巴甩了起來。但辛巴堅決不鬆口。

巨蜥惱怒了，回頭張口長滿了利齒的大嘴，咬向辛巴的脖子。就在這一剎那，蘇菲飛上去，猛啄巨蜥的眼珠。而露西則奔上去，揮起手中的石頭，狠狠地朝巨蜥的鼻子上砸去。

巨蜥疼得失去了章法，一擺尾巴，把辛巴甩出幾丈遠，然後負疼奔逃而去，遁入樹林的深處。辛巴打了幾個滾後，站起來尋找巨蜥，可已經毫無蹤影了。露西捏了石頭，站在原地氣喘吁吁的，亨利這時腳步軟軟地走過來。

「都沒事吧？」

大家互相問了一句，說，還是趕快回船去吧。蘇菲飛上天空，發資訊讓海豚把大家接回船去。大家驚魂初定後，談論剛才的險情。鯨魚和海豚都說，沒想到岸上比海裡的危險還多呢。

露西說，那是一條科莫多巨蜥，也叫科莫多龍，爸爸介紹過的，分布在印尼科莫多等島嶼，專吃島上的野豬、鹿和猴子等為生，此次我們算是逃過了一劫了。

她說完，長長地舒了一口氣。「太凶猛恐怖了！」大家都同意這個說法，因為剛剛親身體驗過了。

第 45 章

經歷了兩次驚魂事件，辛巴返回船上後，老實了一段時間，要是天氣好點，太陽不太猛，他會蹓到船頭甲板，扒在船舷上，呆呆地欣賞鯨魚爸

爸乘風破浪的泳姿。鯨魚媽媽游過來，問道：「辛巴想下來嗎？」

辛巴毫無反應。海豚媽媽游過來，又問他：「辛巴，鯨魚媽媽問你呢！」辛巴這才像被驚醒了一樣：「什麼，問什麼？」等他弄明白，緩過神來後，他有點尷尬，心想不能讓別人看低了自己。

「等等。」

他正說話的時候，右邊天空出現一道巨大的彩虹，紅黃藍，十分鮮亮，耀眼而燦爛。「哇！」辛巴心裡感嘆了一句，想像自己要能跨上那道彩橋，那會是怎麼的情形呢？

「壯麗！」

辛巴說他想起一個故事來：「說的是很久很久以前，在中國有個村子叫牛家莊，有個孤兒叫牛郎，跟著哥哥和嫂子家一起生活，但嫂子經常欺負他。某天給他九頭牛出去放牧，但要他領十頭牛回來，否則就不讓他進家門。」

「牛郎沮喪之時，在伏牛山發現一老黃牛，他正在生病，幸得牛郎照料得當而痊癒。他告知牛郎，自己是天上的金牛星，被天帝貶下凡間勞役。牛郎於是將其領回家，善待這隻老黃牛。」

「老黃牛知恩圖報，指點牛郎去到仙女們下凡間時洗澡的地方，拿走了仙女『織女』的衣服，之後，兩人共墜愛河，生下可愛的男女寶貝。王母娘娘發現後，將織女帶回了仙界，造成牛郎與織女天各一方。」

「老黃牛告訴牛郎，待其死後，把他的牛皮做成鞋子，穿上就能騰雲駕霧，與愛人相會。老黃牛死後，牛郎依照老黃牛的遺言做，果然飛上了仙界，要與織女相會。但王母娘娘拔出頭髮上的銀簪，丟出去變成了銀河，把牛郎的去路擋住了。」

「後來，人間的喜鵲，被牛郎和織女的愛情故事感動了，織就『鵲橋』讓兩人行走相聚。此情此景，讓王母娘娘動容淚下，並容許他們兩人，每年的農曆七月七日，兩個人可在鵲橋相會。」

「真希望有這鵲橋，那我們就能和爸爸媽媽團聚。」

辛巴說完故事，深深地感嘆道。此時，大家被這個故事打動，悵悵地跟了辛巴嘆息。連鯨魚爸爸拖船的速度都慢了下來。露西看見了這情形，就朝鯨魚爸爸喊道：「要不然就休息一下吧？」

「沒想到辛巴的故事講得這麼好！」

蘇菲由衷地對辛巴稱讚。她仰頭望向天空，想像那道彩虹橋，也能像「鵲橋」一樣渡她去天邊的另一頭和媽媽團聚。她和辛巴一樣陷入了對媽媽的深深的思念中。

船下錨泊穩後，大家吃東西填肚子。他們受到驚嚇之時，飢餓也被嚇到一邊去了。此時，情緒穩定了，飢餓又回來了。大家吃飯的時候，許多海鷗飛到了上空盤旋。

蘇菲招呼海鳥也下來吃點，那些海鳥很驚喜，自從人類消失後，他們好久沒能吃到這麼好吃的食物了。他們嘰嘰喳喳，說著感謝的話，一邊猛地吞咽著食物。蘇菲問他們，這裡的人類是怎麼走的？

那些海鳥把所見所聞嘰嘰喳喳地說了一遍，這和從前聽來的消息，也沒有很大的差別，只有一條消息有點獨特，說的是他們走之前，來過幾次海嘯，把岸上的建築物都摧毀了，人們走得驚慌失措。

「怎麼走的？」

「夜裡走的，不太清楚。」

辛巴聽了大大的失望，這等於沒說嘛。不過，他也百思不得其解，為什麼要夜裡走呢？他記得那天夜裡，也是人聲慌亂地響了一陣，然後就完全寂靜下來，之後他發現人都不見了。

「天黑？不是行動不便嗎？」

「也許為了保密？」

大家爭論起來，卻無法有統一的答案。要是坐船走，那麼海豚和鯨魚應該會看見這過程的吧？要是坐飛機走的，也該有鳥兒看見過他們的行蹤啊，為什麼總是些傳說呢？

辛巴站起來，扒著船舷朝遠處張望。鯨魚和海豚正在百公尺遠的水面，玩著跳躍的遊戲，鯨魚沉下去，海豚就飛起來，躍過鯨魚的脊背，然後海豚沉下去，鯨魚躍起來。

辛巴覺得十分好玩，他在狗狗學校，也玩過這類跨欄跳躍遊戲，十分帶勁。他看得有點痴迷了，連思緒都隨了波浪的搖晃而眩暈起來。

突然，蘇菲尖叫起來：「巨浪！」大家警覺起來。海鳥也被叫聲炸飛，四散開去。鯨魚和海豚停止了遊戲，飛速地游過來。鯨魚爸爸把拖纜又掛上了背鰭，發力拖起遊艇就跑。

露西奔回駕駛室，把馬達開動起來，沒有升起風帆，她穩住舵，看見右前方遠遠的海面升高起來，向船這邊移動過來。露西趕快轉舵調整航向，將船頭正對準移過來的巨浪開去，鯨魚爸爸也衝在了前面。

那些巨浪平靜地移動過來，當到達的時候，突然把船頭抬起來。辛巴身體一斜，朝船尾滑過去，他伸出爪子，想抓住甲板，但爪子只發出嘎吱嘎吱的尖銳聲，卻無法抓牢任何東西。

幸虧他滑到船尾被船舷擋住的時候，船身已經上到巨浪的頂端，船頭又衝浪谷低下去，他的身體又朝船頭方向滑過去，他乘機跳進船艙裡，用嘴巴咬住扶手，緊緊地不放鬆。身上的毛因為驚恐都豎了起來。

亨利身體輕，加上他爪子鋒利，在滑動的過程中，一伸出爪子，鉤住了繩子，阻止了身體的繼續滑動，把身體穩住了。等船一擺正，他立刻竄進船艙，用利爪牢牢抓住沙發的布套不放。

蘇菲在天上盤旋，心驚膽戰地看著夥伴們在與巨浪搏鬥。巨浪一陣一陣的過來，寂靜無聲，海面變得層層疊疊的，高高低低，升高，下沉。露西開足馬力，心臟怦怦跳，把穩船舵，讓船一直保持船頭對準巨浪湧過來的方向。

這樣，船就是顛簸幅度大而已，但不會被巨浪打翻。鯨魚爸爸把船一直往大海的深處拖去。一葉輕舟，就那麼朝上下沉浮的巨浪切過去，猶如

犁頭把大海的皮膚劃開了一道口子，但瞬間又癒合掉了。

大海再次平靜下來後，大家感覺到精疲力盡，癱在甲板上，好久不願動彈。他們在甲板上仰天看的時候，突然看見遠處的島嶼，噴發出一股衝天的濃煙，猶如一把巨大的黑傘撐開了，漸漸地把天空都遮蓋起來。

「大概火山噴發引發地震，繼而引起海嘯。」

露西嚇傻了，說還是趕快往西北航行。希望盡快逃出這把巨傘的陰影。很快天空變得模糊，太陽光只在雲層裡透出光暈，漸漸地，四周變得視野模糊，能見度十分差。辛巴此時明白了爸爸所說的「遮天蔽日」的詞義了。

第 46 章

經歷了不少煎熬後，船到達了雅加達港。辛巴太激動了，因為那些小島嶼，他不敢上岸去散步了。而到達這個補給站，距離又太遙遠了。在海上航行的途中，辛巴常跑到船頭張望，總嘀咕著距離目的地還有多遠。

鯨魚和海豚沒他這樣的感覺，他們是在家園裡游弋，毫無日子長短之感，總是邊游邊玩耍，快樂無比。海豚探明四周海域的深度後，把情況報告給鯨魚，他們在一個適合的海域等待。

露西把船緩緩駛入雅加達港，這裡不見遊艇帆檣林立，卻泊滿了巨輪，但顯得靜悄悄的，死寂無聲。辛巴上了碼頭，在港區奔一圈後，站在中間地帶，仰了脖子，朝天狂吠，停下，靜靜地側耳聆聽，只有迴響的狂吠聲互相追逐。

他又重複了幾次，四周的反應依舊。「別白費力氣了。」亨利勸他別做無用之功。此時，蘇菲盤旋一圈回來了，落地後，也朝大家搖頭。露西說：「走吧。」她招手讓辛巴過來，取了導航，帶大家一起朝市中心走去。

辛巴邊走邊嗅，他告訴大家，也是雜亂無章的氣息。「是慌亂的氣息。」亨利糾正他的話。辛巴笑了說，是的，他用詞不當。兩個不時鬥

嘴,也是一種樂趣。

「這個城市好大好多高樓呢。」

辛巴此時玩興又起來,問是否可以多休整幾天。露西說太長也不好,容易懈怠的。她想了想,說帶大家去一個地方,很快就把這個國家遊玩一遍。大家聽了歡呼起來,跟隨露西加快了腳步。

沿途綠樹成蔭,這點與紐西蘭、澳洲相似,多是常綠的樹種,可惜了那些草地,大概很久沒人修剪了,芳草萋萋亂作一團。兩旁的高樓,引得蘇菲,亨利和露西不停地仰頭觀望。只有辛巴心不在焉,總想快點到達目的地。

「辛巴,這些高樓好看嗎?」

「我從前看夠了。」

他們從高樓下經過,又從清真寺路過,看見很多風格不同的建築,有荷蘭式的官邸,有葡萄牙風格,還有日式建築,另外,還有一些佛教的宗教遺跡。他們邊走邊看,熱烈談論,還與紐西蘭和澳洲的比較。

他們走啊走啊,來到了一處地方,露西說:「在這裡可一次就把這個國家玩遍。」看大家有點不解,露西就把大家領到公園門口,和蘇菲一起解讀布告欄上的介紹說明。

這裡叫「美麗的印尼縮影」,又叫迷你公園,這個公園把印尼全國的島嶼,山川,都市和港口,名勝古蹟,風土人情等縮小呈現。

露西笑說這次我們是貴賓待遇了。大家高呼起來,跑進公園登高鳥瞰,把「千島之國」的風貌盡收眼底。島嶼,陸地,由東而西,如翡翠,鑲嵌在海洋和河畔。而各式建築,熱帶風光,寺廟白色的院牆,小佛塔等等,也蜿蜒而去。

辛巴看見河中的獨木小舟,就問:「不知道能不能划呢?」他還對那些用茅草搭成的草棚感興趣,叫大家看椰林中的宮殿,說:「金碧輝煌呢!」他一路大呼小叫的,把大家逗笑了。

「留下做園主吧。」

「像導遊呢。」

大家一路打鬧，一路欣賞各處景點。那些縮小物，是按實物尺寸比例建造的，姿態各異，宛如再生，讓大家猶如真的置身於這裡的日常生活場景之中。最後，他們來到環形電影院。

「這座影院好像金色的海螺呢。」

他們走進放映室，發現這裡有後備電源，讓他們有點驚喜了。辛巴和亨利坐在椅子上，裝模作樣地蹲著，像平日爸爸坐在座墊上看電影。露西把放映機打開後，和蘇菲跑回觀眾席觀看。

銀幕上出現了影像，他們坐在座椅上，好像坐在飛機上，穿越大峽谷，又俯瞰噴發的火山，那些灰燼和紅色的熔岩，讓觀眾膽戰心驚，也嘆為觀止。

東爪哇卡瓦夷真火山坑內的硫磺礦，白天，硫磺熔融狀態，火焰是紅色的，而夜間，則成了藍光，焰高五英尺，溫度達到了攝氏 115 度以上，詭異而瑰麗。月夜中，銀色的月光和硫磺藍色的火焰交融，壯觀得猶如宇宙中的星雲。

鏡頭轉換，出現了人類狂歡和峇里人葬禮的場景，轉而是爪哇人結婚的傳統盛典，還有他們日常吃的香噴噴的竹筒飯。這裡人們日常生活場景，一幕一幕地轉換，呈現到大家的眼前。

觀影結束後：「一次就把全國都遊遍了，」辛巴說：「露西真聰明呢。」大家心滿意足了。「接下來該準備補給的事宜。」大家齊聲喊好，一起行動起來，鬧哄哄地出了公園，趕去辦理補給的事宜。

返回的路上，他們找了就近的超市，把糧食淡水補充足，才返回船上歇息。辛巴談起他的觀感：「岸上高樓林立，但夾雜矮破的瓦房，柏油路和青石小巷交錯，村莊的旁邊，是金碧輝煌的大酒店和科技園，像雜亂的叢林，沒安全感。」

露西把船開出碼頭,與鯨魚和海豚會合後,報告了岸上的情況。鯨魚和海豚有點羨慕和遺憾。鯨魚爸爸感慨說:「老頭子我空有一身力氣,卻無力上岸一睹。」這話把大家逗笑起來。

「海上很多美景我們也沒辦法看全呢。」

辛巴安慰老鯨魚,還問起在此地游弋的體驗。海豚說,好像髒了一點。「不是一點,是很髒!」鯨魚很肯定地糾正海豚的說法。可能他過往在深海裡游弋,那的海域受到的汙染更少些,所以才有如此的體驗。

大家交換過情報後,對陸海情況了解多了。大家又圍在一起,把下一步的航線商定好了,新加坡將是下一個停靠站。

「該吃飯了吧?」辛巴等這些說完後,就急迫地問道。「你就知道吃。」亨利調侃辛巴。

辛巴接了他的話說:「嗯,爸爸總這麼說我的,到時間就要吃的。」大家哄堂大笑起來。辛巴渾然不覺,繼續說道:「其實爸爸也是到時間就要吃的,他有低血糖的老毛病。媽媽說了,我的任務就是吃呀喝啊的。」

大家更是笑得讓辛巴發愣,他卻不覺得有什麼好笑的。

第 **47** 章

他們從雅加達起航後,一路順風順水的,沒遇到稍大的危險。船在黎明時分到達新加坡。當這座亞洲名城的輪廓出現在視野裡,大家都感到欣慰,但又有些不願相信這是真的。

「上帝保佑!」

露西一邊喃喃自語,一邊把船駛向新加坡河。蘇菲有點心急,一縮身子,展翅射向天空,去打前站了。亨利跳上駕駛室頂部,瞭望岸上的風景。辛巴看見水的顏色,從碧綠逐漸變成淡黃色。

船由海駛入河道。「快看快看!」蘇菲的喊聲從高空傳下來。一座巨

大而高聳入雲的摩天輪出現在眼前。「比天空塔還高嗎？」辛巴汪汪地大叫，表示興奮之情，又仰頭去看那巨大的轉輪，一會脖子就痠了。

「上去坐坐？」

「看情況。」

「上岸走走吧？」

「猴急了。」

露西把船停在克拉碼頭，讓大家上岸觀光。船一靠岸，辛巴把體內累積了好些日子的爆發力，都用在了四肢上，騰空跳起，落到岸上。隨後，亨利和露西也跟上來，在導航的指引下，朝前走去。

「好漂亮啊！」

「可惜草地沒人剪了。」

「還算整潔。」

「快看，獅子！」

辛巴聽了蘇菲的喊聲，循聲看去，是一頭獅子雕塑，可往下看，卻是魚尾為身。「魚尾獅。」辛巴繞了這尊雕塑，饒有趣味的觀看。「是新加坡的城市標誌呢。」露西讓辛巴站過去與獅子合照。她手拿在雅加達的縮影公園撿來的相機。」蘇菲高興得拍起了翅膀。

辛巴戴上墨鏡，走到魚尾獅跟前，朝蘇菲咧嘴笑。露西喊了聲「茄子」後喀擦一聲，為辛巴給拍了下來：「兩隻怪模怪樣的獅子神奇地在這裡相遇了。」蘇菲幫照片定好了標題，逗得大家都笑了。

「我也要拍照。」

大家各自與魚尾獅合照，還想四個夥伴也有合照，卻有點難。辛巴想了想，讓蘇菲請海鳥們幫忙。蘇菲一想便飛走了，沒多久就帶了一隻海鷗回來幫忙。

露西把相機放在地上，找好東西墊好，對好焦，四個夥伴在魚尾獅雕像跟前站好，海鷗剛要按快門，被辛巴喊停了，因為他覺得這站姿不夠

酷，大家商量了一下，重新擺姿勢，蘇菲站在露西的肩膀上，亨利騎在辛巴的背上，然後大家喊「茄子」，海鷗用爪子抓牢相機，用嘴一按，喀擦一聲，把他們的萌樣留在相機裡。

他們拍照完，繼續遊覽，看見好多漂亮高大的建築。亨利，露西連連驚呼。「看見了吧，不出門，哪能見到這麼多好東西呢。」辛巴洋洋得意的在前面帶路。他們來到一級方程式賽車夜間賽道後，辛巴突然來了興致，提議大家來趟比賽。

大家嘻嘻哈哈地比賽，發現大家的奔跑速度都不低，還各有特點，蘇菲是耐力好；亨利是閃避煞車的功力深厚；而露西是撞擊力驚人；辛巴則是起步快，爆發力強。

後來，他們來到「環球影城」景區。辛巴說，這次要好好玩一次，在雅加達縮小公園，只能看不能玩，這次該玩好了。「就知道玩。」亨利調侃他一句。辛巴沒聽出來，邊跑邊回答說：「媽媽說，會玩才會有好心情把工作做好。」

亨利說：「嘴硬的榜樣。」大家哄堂大笑。辛巴堅持說：「工作娛樂都重要。」他奔到影城門口，轉身汪汪的叫，示意他們走快幾步，他真有點急了，讓夥伴們快點加入他的遊戲裡。

玩不是問題，玩什麼才是關鍵。面對那麼多項目，辛巴一時傻眼了。露西說：「看看哪些是能動的。」她這一提示得到大家的贊同。「露西太聰明了。」他們齊聲喊露西作決定。

露西和蘇菲站在操控臺上，研究使用說明。還好都是電腦化控制，操作類似傻瓜式，只要敲敲鍵盤，機器就能運轉起來。

辛巴摩拳擦掌，心想這下可以大玩特玩了。他們對好萊塢，古埃及，紐約這類景點沒興趣，溜一眼就過去，來到「失落世界」和「馬達加斯加」主題公園，才興致大增。

他們跳上一個木箱，跟隨電影《馬達加斯加》的四個主角一起踏上了

冒險之旅，他們逃離了紐約中央公園，漂流到了馬達加斯加這陌生而神祕的地方。

河流兩岸，天空，水底，透過由燈光幻影，擬音，特效所製造的效果，讓辛巴他們恍如置身奇幻世界，深入到密不透風的原始森林，體驗種種的驚嚇和驚奇冒險。

冒險的路途上，辛巴不斷尖叫，驚呼過癮，一邊又朝狐猴首領朱利安國王求援，在隨時噴發的火山口，他們協力打敗了狐猴的敵人 —— 窩靈貓。當他們取得最後的勝利，受邀參加了朱利安國王的舞會，坐上旋轉木馬，共用天倫之樂。

離開朱利安的王國後，他們進入侏羅紀河流探險，一會猶如時空逆轉，閃身進入恐龍時代，窺探恐龍世界，又被恐龍追殺。他們驚恐萬分，在茂密的原始熱帶雨林逃竄，被凶猛獵食的鱷魚嚇得魂飛魄散，逃命來到未來的水世界，與各種各樣的海怪搏鬥，驚險萬分。但最後都順利通過，大家的心從天上落到地下。

來到「科幻城市」後，時空轉換，從遠古時代，迷失世界，來到未來世界。這座建在巨大的地下發電廠的城市，揉合了各種各樣的奇思妙想和尖端科技，這所需的電力皆由風能，光能，水力等自然能量轉換而來，給這座特殊的城市提供動力能源，眼前的這一切，向辛巴展示了未來世界的一個側面。

最後，他們坐上世界上最高的雙軌雲霄飛車「太空堡壘」，置身於環境與未來科技完美結合的世界，參與了人類與機械人的大戰。辛巴抓緊安全帶，狂呼亂叫聲，響徹了雲霄。亨利給了長呼短叫的呼應，引得眾多飛鳥過來旁觀。

雲霄飛車停穩後，他們久久不能動彈，在座椅上呆坐了很久，才慢慢挪動腳步下來。「這次玩夠了吧？」露西領他們往回走的時候，這樣問辛巴。辛巴漸漸恢復過來了，說「真過癮呢！」

　　在濱海灣區休整時，辛巴指著巨型「飛行者摩天輪」問道：「臨走前能上去玩嗎？」相關資料介紹，那有四十二層樓高，總高度達到一百六十五公尺呢。

　　辛巴說，難得來這麼好的城市，希望能好好玩玩嘛。「留這當市長得了。」亨利調侃他說道。「那不行，玩是玩，正事也要辦。」辛巴這麼回答道。

　　露西說這也好的，先把補給品辦完，再好好玩，這樣辦事和娛樂兩不誤。大家贊同這個決定，於是列出清單搞補給，這一切事在這座城市辦起來很便利，因為一切顯得那麼有序，路標，建築物名稱，一找就能找到所需。

　　忙完這些瑣事，辛巴突然想聽歌了，就提議蘇菲來個演唱晚會。於是大家又在魚尾獅雕像前舉辦了一個精彩開心的晚會，讓蘇菲又大顯身手。露西替蘇菲拍了不少的照片做紀念。

　　臨行前一天，他們去坐了世界最高的摩天輪。大家的視野，隨著巨輪的轉動，慢慢地開闊，放大。在座艙裡，他們眺望四下的景色，印尼的巴淡島、民丹島，以及馬來西亞的柔佛州。濱海灣迷人的風光，高聳入雲的摩天大廈，金沙酒店，熱帶常綠樹木，日出的壯闊輝煌，都在一日的輪迴中，緩慢地收入眼底。

　　辛巴現在都不叫了，安靜地坐著。壯麗的大自然景色，牽動他的脖子轉動。他想，以後告訴媽媽和爸爸，讓他們也來此一遊，那才不枉此生呢。他默思默想地坐著發呆，那飄飛的思緒早就到了天外。

　　遠處海面上，不時有水花升起，那是鯨魚和海豚在嬉戲玩耍。座艙從最高處往下降的時候，辛巴朝遠處吠了一聲，但沒有得到回應，四周全是他的回音。

　　突然，空氣中有股濃烈的煙塵味。大家不停地打噴嚏，咳嗽。天空也慢慢變成灰色。所有的景色，漸漸地隱遮起來。「大概是哪的森林起火了。」露西望著遠處自言自語。

第 48 章

　　船從克拉碼頭起航，和鯨魚及海豚會合後，繼續朝東北方向航行，往汶萊駛去。在此地雖然停留的時間短暫，但辛巴已經喜歡上這個城市了，他不停地跑到船尾，回望漸漸退遠的港口。

　　「看不見啦！」

　　蘇菲在他後面大喊一聲，辛巴不好意思笑笑，跑回駕駛室，叫露西把照片放在電腦上觀看。「滿酷的嘛。」他一邊看一邊暗自得意。現在他心裡想的，是快點到達下一個目的地，希望有好吃好玩的。

　　大家因為在新加坡玩得很開心，開始感覺時間過得真快，後來覺得時間漸漸地慢了下來。辛巴對前方的目的地有了期盼，心裡自然就希望快些到達，可越這麼想，就感覺時間越來越慢了。

　　辛巴常跑到船頭張望。亨利笑他，這又什麼用呢，汶萊，不會因為你多跑幾趟到船頭，就提前出現在你眼前的。辛巴朝他「呵呵」地吐舌頭，做了個鬼臉。蘇菲從桅杆頂看見了，偷偷地笑。

　　「熱死了！熱死了！」

　　辛巴喊叫幾聲，又跑回駕駛室去躲猛烈的陽光。「切，在新加坡不見他喊熱。」亨利嘟囔幾聲，用力地伸展一下四肢，然後小睡起來。露西也感覺到有點睏了，但不敢鬆懈，雖然她可以使用自動駕駛航行。

　　辛巴看她睏了，就對她說：「我幫妳看一會，妳小睡一下嗎？」露西用手揉了揉眼睛說：「你？你眼睛也不好。」辛巴說這好辦，讓蘇菲幫忙看即可。露西想想，也好的，這幾天雖說是玩，也滿累的，因為她要考慮的事太多了。

　　辛巴跑出駕駛室，朝蘇菲喊：「我們幫個忙，讓露西睡一下。」蘇菲說好的，又飛去和鯨魚和海豚打招呼，再返回來值班。辛巴心想，噢，蘇菲真的很細心呢，這個他要學習，凡事都要考慮周全妥當。

　　他們就這樣一路抵抗著無聊和漫漫長路的折磨。途中，辛巴看見一個小島，吵著要上島跑一跑。開始大家怕耽誤了行程，但抵不住與辛巴一樣的念想，經他一鼓動，也就順水推舟地同意了。

　　辛巴騎在海豚背上，看見清澈的海水，喊起來，要自己游，大家嚴厲地批評他別胡鬧：「好了傷疤忘記疼！」被大家戳中了痛處後，辛巴立刻乖乖地讓海豚把他渡到安全的水域才下來走。

　　海豚和鯨魚也渴望玩耍嬉戲，把辛巴等同伴渡上岸後，也在附近遊玩起來。辛巴不敢走遠，只在沙灘附近到處走走。辛巴在椰樹下的細沙打滾，還用腳拚命地刨挖，把鼻子埋到沙裡，鼻子嗅呀吸啊，希望嗅到某種氣息。

　　辛巴看亨利走過來，趕快調轉屁股，衝著亨利，用腿猛拋沙砸向亨利。亨利躲開後，也朝他反擊，但沒有辛巴刨出的沙多，敗下陣來。兩個傢伙就這麼你來我往地玩得不亦樂乎。

　　露西躺在椰樹下小睡。蘇菲飛上樹頂，查看四周，細看之後，飛下來，在露西身邊小睡。辛巴玩累了，也吐了舌頭，呼哧呼哧地地與亨利慢悠悠走過來，倒在她們身邊喘氣。

　　過了一會，辛巴又在沙堆上打滾，還撅了屁股，低下前半身，在沙地上摩來擦去的，似乎身上癢得難受。露西見了，招手讓他過去，幫他抓撓，他才感覺到舒服些。以前媽媽也這樣，看他在地上擦來擦去，會拿梳子幫他撓癢。

　　他們玩夠了，重新上船，繼續航程。經過漫長的翹首盼望後，他們終於抵達了汶萊的首都斯里巴卡旺市。辛巴遠遠望見，很興奮，汪汪地大叫起來，他看見很多色彩鮮豔的房子散布在海面上，甚是壯觀。

　　鯨魚留在外海歇息；海豚呢，跟著游近岸邊，與辛巴一起欣賞這水上村落。「他們叫水村。」博學的露西解釋道。這些村落建在一根根的木樁上，還有街巷之分，房子刷上彩漆，看起來奪目耀眼。

　　有一座方形圓頂的水上清真寺，一半建在陸地，另一半建在海上，大

概是由於海水上漲的原因,這座清真寺和那些水村的房子一樣,海水都淹到了門口。「冰川融化,海水上漲。」露西憂心忡忡地說道。

他們把船停好,迫不及待地上岸。辛巴拔腿就跑,左邊右邊,從這邊跑過來,又跑過去,氣喘吁吁停下後,才感到身上的能量消耗掉一些。露西取出導航,領大家朝前走去。

沿路所見,很整潔漂亮。進入市中心,一座清真寺,金頂白牆,富麗堂皇,又雍容華貴。蘇菲查看門口的碑文,知道這叫奧瑪‧阿里‧賽義夫丁蘇丹清真寺。清真寺的圓形金頂十分巨大,金光刺眼,白色尖塔,鏤空舒展通透。

這座清真寺的旁邊,還有一艘仿古舫,似游弋在湖中。當他們來到王宮的時候,立刻被眼前的金碧輝煌嚇傻了。那兩個巨大圓拱屋頂,都是鍍金的,在陽光下讓人不能直視。

「那麼多清真寺啊?」

「人家的國教嘛。」

「奇怪,怎麼有點熟悉的的感覺。」

「大概你的波斯基因有反應了。」

雖然是辛巴調侃的玩笑話,但讓亨利很興奮,他說難怪呢,怎麼就感覺好像在夢中見過呢。大家笑起來:「亨利還真當真了呢。」亨利很嚴肅地說,不是當真,我本來就有那基因嘛,要不然怎麼解釋呢,我又沒有出過遠門。

「嗯。」

到了由蘇丹自費修建的博爾基亞清真寺,他們被嚇傻了。這座清真寺分主體建築和四個尖頂圓塔,建築物頂部,皆鍍上 24K 純金。寺內有兩個祈禱大廳,分別可容納六千人祈禱。男祈禱廳上懸掛鍍金吊燈,鍍金鏤空的外牆,是馬來傳統風格,使得該寺氣氛莊嚴肅穆。

他們行至水晶公園,看見一顆巨型水晶,鑲嵌在戒指造型的大支架上,在陽光的照射下,熠熠生輝,眼睛都看花了。說明牌銘上記載,這

顆人造超級巨型水晶石，重達 4,500 公斤，是蘇丹王妃送給蘇丹的生日禮物。

不過，辛巴最喜歡的，是傑米清真寺，從外面看，淡藍色的柱子，高入雲端，金色的圓頂，寺外長圍牆上，小圓頂用純金打造，在日光下熠熠生輝。裡面的設施全部電子化。

寺內的自動感應水龍頭，居然還能用，水龍頭裝在大理石上，把洗手和洗腳都分開。辛巴走上前，洗腳，然後洗嘴巴，喝水，太舒服了。他忍不住站了好一會，把身體都淋溼，來了個透心涼。

「太有錢了！」

當然，辛巴沒有進去這些清真寺，蘇菲說，伊斯蘭教不容許狗狗進入屋內的。辛巴一聽就不高興了，說為什麼就偏偏我不行呢？露西安慰他說：「聽說的，不知道真假，你就尊重一下人家的習慣，好吧？」

亨利得意地說：「我們回來描述給你聽吧。」辛巴只得尊重大家的意見，在外面等他們。他獨自在外面等候的時候，感到時間過得真慢，太慢了，以至於他有一種衝動，想奔進去，不是沒有人類了嗎？

大家出來後，又一路走，一邊看，一邊感嘆。走累了，辛巴發現沙灘上，有些椰樹上，掛了睡覺的網床，他高喊著跑過去，一躍跳上去，沒想到失去了平衡，從另一邊掉了下去，惹得大家哈哈大笑。

後來，他們找到了平衡的方法，上去舒服地躺下。露西撿了一些掉在地上的椰子，去岸邊的店鋪找了砍刀，破開椰殼，讓大家喝椰汁。他們吹著椰風，喝著椰汁，一邊輕輕搖盪，有一句沒一句地閒聊，眺望那斑斕色彩的水村，好不寫意。

夜晚，辛巴突然汪汪地大叫，讓大家看遠處的海灘，那的大片的海水，是藍色發光的。那奇異的景色，遠觀恍如藍螢螢的銀河墜落凡間。露西看了一會，解釋說，這是微生物鞭毛藻受外界騷擾釋放的光亮。

「太迷人了！」

辛巴把身體趴直了，下巴枕著前腿，望著那片海灘入神。

第 **49** 章

經過幾天的休整後，大家心情大好，可也變得懶洋洋起來。有一個晚上，辛巴做了一個怪夢，他夢見爸爸媽媽也來這裡遊玩，導遊當然就是辛巴了，他興奮地在前面領路，介紹東邊的風景，指點西邊的景點。

「你說什麼呀？」

「辛巴，你說人話啊，聽不明白。」

爸媽聽不懂他的話，辛巴就嗚嗚的解釋，可是徒勞無功，急得大叫起來，把露西吵醒了。「好可怕！」蘇菲說辛巴四肢亂踢，嘴巴嗚嗚地叫，呲牙咧嘴的，好奇怪。「估計是他爸爸要把他從這裡拖走，他死活不肯地賴著不走吧。」亨利大笑說道。

辛巴發呆過後，說：「還是離開吧？」大家就笑他：「不是想多休整幾天嗎？」辛巴不好意思，說擔心休整成習慣了。「前面也許有更好玩的呢，」他這話一出，大家都笑他強詞奪理。

不過玩笑歸玩笑，正事大家還是很嚴肅的，討論了一夜，決定盡快起航，省得日久生變，畢竟參與者眾多，擔心會有什麼變故。「為什麼有那麼多擔憂呢？就不能隨心所欲嗎？」亨利很不開心地提出一個問題。

「也許和人類共處時間長了吧？」

「互相影響。」

「這個要和爸爸探討一下。」

「劃分自治區域就好了，人類管他們的，我們決定我們的。」

「好主意！」

「見到他們後，好好談論。」

他們在「臥談會」上，熱烈地爭論了一晚上，都沒有結果。「因為人類

缺席了。」辛巴下了結論:「還得找到他們理論才行。」露西說:「目前最重要的。」她說這裡,停住了。大家都一臉期待地望住她。

「就是——睡覺去!」

大家嚴肅的臉瞬間化開了,大笑起來,起身鋪床睡覺。辛巴小心翼翼地擺好他的小枕頭,抱住睡覺。「辛巴好萌啊。」蘇菲笑他,辛巴並沒有不好意思,只是長嘆一口氣,爬起來問露西:「還有多遠路呢?」

「大概還剩十分之二的航程了。」

辛巴躺下,望著艙頂,思考一下,說:「這麼快啊?」他自言自語:「現在他們在幹嘛?」亨利笑了說:「進夢裡問問吧。」大家又笑起來,說快點進去聽爸爸媽媽怎麼說的。

拔錨起航後,辛巴望著那些斑斕的水村房子,在陽光下閃耀金光的清真寺的穹頂,感嘆這個小國家與紐西蘭的恬靜安詳,是多麼的相似。如果人類還在的話,是否又會是一番什麼景象呢?

辛巴心想剩下那麼短的航程了,該很快就到達目的地,所以他心情總處於激動當中,不時就心急起來跑進駕駛室去問露西:「還有多遠啊?」他對這個距離沒有概念,只能請教露西了。

「幾千海里吧。」

「啊!」

「又想上岸玩了?」

「不是這個意思。」

露西沒有認真答覆他,不想打擊他急迫的情緒。她開玩笑說:「慢點也沒什麼,就當多看看海上風景,這可是變化萬千的。」還安慰他,反正一直朝既定航向開去,遲早都會到達的。

亨利不時搗蛋一下,他攀上駕駛艙頂部,看辛巴打瞌睡,就大聲喊道:「到了到啦!」一聽到叫聲,辛巴會猛地睜開眼睛,跑到船頭張望:「在哪?」當一個小島從前方出現的時候,露西說:「別聽他搗亂,還早呢,只

是航線上的小島嶼。」

　　海豚爸爸說：「辛巴想上岸了。」他提議他們上島鬆鬆身子骨，然後返回繼續航程。本來辛巴怕耽誤行程的，但敵不過想活動活動的欲念，於是毫無抵抗力地同意了，和大家一起登陸。

　　辛巴跑了一段，朝身後喊：「有條河呢。」大家跑過去，發現一條清澈見底的小河連入大海。辛巴溯流而上，走了一段路，找了塊平地，用腳試探了一下河水，說好清涼的河水呢。

　　大家跟上來，低頭喝水，都說水太甘美了。辛巴把四肢泡在淺水，不停地走來走去。蘇菲想鳥瞰看這條河，拍翅膀飛上天空，一番巡視之後，突然驚恐萬分地大叫：「鱷魚！鱷魚！」

　　辛巴聽到了，一驚，立刻跳上岸；露西上岸後，就聽到嘩啦一聲，身後響起了巨型肉塊摔倒在泥水裡的巨響。他們跑出一段距離，扭頭看見一條巨型鱷魚，長得真醜陋，皮膚粗糙得不好形容，正把巨大的嘴巴合上，擱在岸邊喘氣。他慢了半步，沒能偷襲成功。

　　露西十分生氣，去尋了塊石頭，走回水邊，狠狠地砸向鱷魚。那鱷魚沒料到有這個後續故事，負痛猛地跳起來，扭轉身子，逃進水裡。露西哇啦哇啦的朝那個醜陋的傢伙叫喊了一陣，辛巴也大叫呼應起來。

　　大家的好心情被破壞掉了，趕快撤回船上，說幸虧蘇菲發現那傢伙埋伏在水底。蘇菲很謙虛地說：「各展所長嘛。」她想開玩笑提振大家的士氣，說：「至少也喝了那麼清甜的河水嘛。」

　　亨利說：「我顧著洗臉了呢。」

　　「我等於還回去了。」露西調侃說道。

　　「還回去了？」

　　看大家不解，露西大笑，說：「驚嚇出了一身大汗呀！」大家一聽，全都大笑，剛才驚恐的情緒一掃而光。鯨魚爸爸聽了他們的遭遇，開玩笑說：「要是他膽敢下海來，我一口吞了他。」鯨魚媽媽說：「哎，別吹牛了，

別看你巨大，吃的全是浮游小生物而已。」鯨魚爸爸聽了，頓時不好意思起來。

「主要是愛護牙齒，不吃堅硬的食物。」

海豚媽媽用半是玩笑半是真的話，給鯨魚爸爸解了窘境。「哎，看看你們，把生死之事當成了玩笑事了。」鯨魚媽媽搖頭評論道。「要有自嘲的勇氣嘛。」辛巴笑嘻嘻地解釋道。

他們說笑著繼續往東北方向航行。一天又一天的日落日出，朝霞夕陽，氣象萬千的海上，風雲變幻，漫長無聊，卻無處可發洩鬱悶，這剩下的航程時而讓他們興奮，時而使他們心情沮喪。

有時辛巴忍無可忍了，就在甲板上，從船頭奔向船尾，再從船尾跑到船頭，以消耗掉體內累積的負能量，以免自己熬不到目的地就跳海而去。亨利則懶洋洋的趴在駕駛艙頂部，看著辛巴跑步，懶洋洋地做啦啦隊員：「一二一，一二三！」他眼皮都不抬一下，只是機械地喊話。

蘇菲站在桅杆頂，低垂著眼皮，偶爾才睜開，眺望一下前方。只有露西是最警覺的，拚命抵抗睡意。由於溼熱，蘇菲站不了很久，就會飛下來，和露西閒聊一會。突然，海豚媽媽靠到船舷邊，喊道：「像有風暴呢。」

她這一喊，把大家的瞌睡蟲都趕跑了。在海上，最可怕的就是風暴。露西趕快打開航海圖，查看船的方位，又問海豚和鯨魚，風暴可能過來的方向，擬定好了防範計畫。亨利也躲進了船艙裡。

蘇菲飛上桅杆頂觀察情況。辛巴跑進駕駛室或奔到船頭，和露西、鯨魚和海豚交換資訊。他們雖很擔憂，但經歷了那麼多事後，辛巴感覺自己好像長大了很多。他知道躲進船艙解決不了問題，要是船沉沒了，船裡沒有一處角落是安全的。

海豚爸爸媽媽把孩子交給了鯨魚媽媽看管，出發去找躲避風暴的港灣。也不知道過了多久，他們終於回來了，日落時分，他們把船帶到了一個不知名的「凹」形小島。

　　露西大喜，讚揚海豚聰明，並把船停泊好。她走到甲板，把降下來的風帆，都細心地捆紮好。辛巴還不放心，又仔細檢查了一遍才放心，但心情是緊張的，在等待之中。

　　他們等呀等呀，風暴卻沒有來。露西說：「是不是錯了？」海豚堅持一定不會錯的，他們身體感應到了。他們又等待了一天，還是沒有等到風暴來。大家都焦慮起來，不知道是該走還是留。

　　鯨魚和海豚都堅持風暴即將過來。辛巴說，都過了幾天了，還是風平浪靜。陸海兩撥夥伴，固執己見，爭吵不休。亨利慫恿露西拔錨起航。鯨魚爸爸就笑了，開玩笑說：「我們可不容許呢。」

　　第二天，蘇菲看大家不耐煩，也有點不耐煩了，飛起來想散心。她飛出了島嶼的範圍，朝東邊飛去。飛了一會，她看見有些海鷗朝她迎頭飛過來，她還「嘿」地和他們打招呼，可並沒有得到即時的回應。

　　繼續飛了一會，遇見一隻驚慌失措的海鷗過來。蘇菲又「嘿」的招呼道。「你還不趕快躲？」那隻海鷗在與她擦肩而過時拋出這麼一句話。她沒明白，返身折回來，追上去問個究竟。

　　「風暴過來啦！」

　　那隻海鷗加快了飛速。蘇菲卻看見身後，一隻展翅超過兩公尺的信天翁超越了她，歡叫著朝海鷗相反的方向飛去。如果風暴將來，信天翁還飛過去？她追上去詢問。信天翁回答她：「我們喜歡風暴，去迎接風暴！」

　　蘇菲一聽，羽毛豎起來。她看見天色夜暗下來，於是加速折返，一降落在船上，就氣喘吁吁地廣播這個消息。露西讓大家檢查一遍，確保沒有遺漏什麼，才一起躲進船艙去了。

　　風暴在一個小時後到達。他們待在船艙裡，看不見外面的全景，但透過船的玻璃窗口，看到雨水連成了一條條的水繩，角度幾乎與船體平衡，綿綿不絕，不停狂怒地抽打船體。風力之大，猶如一個巨人，用無形的手掌，一下一下的掀動著船體，搖晃著，並發出烏啦烏啦的呼喝聲，與驚濤

駭浪拍擊岸石的聲音呼應。

　　辛巴內心驚恐，身子微微發抖，但保持鎮定，他不想自己的情緒影響到別人。從前他一聽到煙花那麼小的聲響，都驚恐萬分，要鑽進床底躲藏，爸爸媽媽怎麼安慰他都沒效果。現在他們都不在身邊了，他提醒自己要做個好榜樣。

　　其實，亨利，蘇菲，露西他們，也是驚恐萬分。這大自然的力量，連人類都對此毫無辦法，何況他們呢？他們默默地在心裡祈禱，風暴盡快過去，他們能盡快航行到達目的地，登陸上岸，這樣就會安全了。

　　風暴停歇後，辛巴把腦袋湊近窗戶，看見巨大的彩虹豎起，連通海面，直上雲霄，正在放電的閃電如纏繞了彩虹攀援而上，如一根纏繞在彩虹樹上的聖誕彩燈，正放出千萬伏電壓，壯觀，驚心動魄。

第 50 章

　　待風暴平息過後，他們拔錨起航。露西向鯨魚和海豚致意，他們都很謙虛，說只是做好份內事而已。一行夥伴又興高采烈地上路了。風暴過後的大海，又溫馴起來，雲層洞穿，陽光漏洩，傾倒在茫茫大海上。

　　辛巴久久地站在船頭，眺望遠方的景色。此時，海風吹過來，是涼爽的，溼熱消散了。大家出來享受這難得的清涼。沒過多久，天氣又變得溼熱起來。辛巴感覺到吸入鼻腔的空氣，溼潤中帶有海鹽的味道。

　　又是漫長無聊又摻雜驚險的航程之後，辛巴的瞌睡被亨利用爪子拍醒，他跟隨亨利跑到甲板上，聽蘇菲在桅杆頂上報告前方的距離和所見景物：「馬尼拉！」聽到這地名，辛巴的瞌睡被猛地抖掉了。

　　船靠岸後，大家的興奮度不如之前，也許眼前所見，與之前所見相差不多，加之疲勞的原因，上岸後，辛巴沒像以前那樣，船一靠岸，就猛地跳上岸，奔跑起來。此刻，他有點懶洋洋的與亨利尾隨露西上岸。

　　露西說，在這裡要好好休整一下，這是達到中國前最後一個補給站了，到了這裡不用太急，反正最後一段航程後，這段海上旅程就結束了。「就快要到辛巴老家了！」她說這話的時候，笑吟吟望著辛巴。

　　辛巴很感激，低頭，前半身一低，朝大家鞠躬。亨利說：「辛巴的大禮，不敢不敢。」大家笑了起來。大家跟了導航的指引朝前走。馬尼拉與雅加達有相似的地方，這裡到處都是現代高樓大廈，也有古老的街道和教堂。不過，他們發現兩地的風格不同。

　　大家七嘴八舌議論，歸納為這裡有東方傳統，又混雜西班牙歐式風格和美國式的文明，最奇妙的是這種多元文化竟然融合得那麼完美。「雅加達是葡萄牙風格的。這裡和奧克蘭相似，但奧克蘭是城鄉混雜味。」辛巴說出自己的感受。

　　辛巴看見路邊一輛奇特的汽車，相貌很酷，像是被塗鴉過，色彩斑斕，即現代又古董味。蘇菲說，這款叫「吉普尼」的公車是這裡的一大特色，這裡找不到兩輛相同的吉普尼呢。

　　辛巴跳上駕駛座，裝模作樣地扭過身子，朝亨利喊：「十元一位！」亨利也高興地跳上去：「去總統府。」他坐在副駕駛座上，故作一本正經地喊道。在紐西蘭的時候，辛巴隨爸爸媽媽去看過老爺車展，很喜歡那些有韻味的老車。他對露西說，開這種車子，好像時光倒流呢。

　　露西開車，先帶大家前往椰子宮參觀，整座宮殿是用椰子樹做的；他們還去了馬拉坎南宮，聖地牙哥城堡，馬尼拉大教堂等參觀。最讓他們感覺能縮短遊覽行程的是在「菲律賓文化村」。

　　這個文化村與雅加達迷你公園相似，也著力展現菲律賓各省的風土民情和山區原住民的建築，一個庭院展現一個地區的鄉土風光和典型建築。這些建築模型形象地反映了菲律賓各地的獨特傳統和民情民俗特點。

　　不過辛巴對此興趣不大，他心不在焉，但來到這裡，不走走看看，似乎覺得又枉來此地一趟。來到馬尼拉海濱區的文化中心，他才重新興奮起

來，起哄要蘇菲來一場演唱會。「你看多漂亮，像鑲嵌了彩貝。」辛巴指著那個盒型建築物大喊。

那個巨大的人工湖的噴泉，正噴出二十四公尺高的水柱。有點疲累的蘇菲一看到表演場地，表演欲又起來了。她一答應，辛巴就朝天猛吠，把鳥兒都嚇了一跳，知道有演出看又圍攏過來。

對於褒獎，對於上臺，蘇菲早輕車熟就，她可即興式表演。雖然她的喉嚨因疲累有點沙啞，但更顯出另一種韻味來。露西充當臨時攝影師，跑前跑後，替蘇菲拍攝照片。辛巴和亨利，則發揮他們一高一低，一硬朗一陰柔的特色，為蘇菲伴唱充當和聲，效果十分奇特。

演唱會結束後，許多的海鳥飛過來，邀請蘇菲授課，他們也想學唱歌。這讓蘇菲興奮得忘記了疲勞，現場為海鳥們講解，糾正他們的發聲等問題。「不過這不是一兩天就能學成的。」她告誡他們得勤學苦練才有希望成功。

離開文化中心的時候，海鳥們追隨而去，直到蘇菲告訴他們，他們停船的位置，讓他們稍後過來請教，他們才得以脫身。「大明星呢！」之後，辛巴等不停地開蘇菲的玩笑。

返回船上後，他們很舒服地睡了覺才起來整理船務。這時，還真的有海鳥找了過來，向蘇菲討教唱歌的技巧。這讓蘇菲有點驚訝，本來她以為海鳥是一分鐘熱度，說說就算了。「在風暴中滑翔的時候，唱歌會不會走音？」信天翁這麼問蘇菲。

這下她也認真起來，站在甲板上，一邊示範，一邊指點別人，好有明星樣子。辛巴看了，朝亨利和露西做鬼臉。露西悄悄拿起相機，給蘇菲「喀擦」了很多相片。

接下來的幾天，他們除了忙著辦理補給事宜，就是詳細檢查船上的設施。鯨魚爸爸和露西商量過了，餘下的那段航程，他們只走一半，剩下的另一半，要靠露西他們自己了。

鯨魚爸爸說，他們沒有到過那裡，對那情況不了解，另外，他們擔心頻繁的地震，會讓他們的導航系統受到損害，再說，海水不乾淨，他們隱約感到了日本海方向有核洩漏。

「再說，」他大聲說：「雖然不知道日本還有沒有人，但知道日本的捕鯨船捕殺過不少我們的夥伴，還是謹慎為上。」

辛巴聽了，雖傷感不已，但也理解，一路相助同遊，他們的友情已是生死之交了。鯨魚媽媽叮嚀他們，一定要做好最充分的準備，最後的航程不能出一絲差錯，以免前功盡棄。

辛巴牢記鯨魚媽媽的叮嚀，特別留心檢查核對的細節。露西整理船務的時候，他就跟在後面認真查看，提醒有什麼遺漏了，要做的後備方案。蘇菲也飛起飛落，從不同角度高度查看船體是否完好無損。

亨利身體小巧靈活，小角落的問題，都給他來完成。他們分工合作，把船從頭到尾，又反過來，從船尾到船首，一寸一寸地檢查，不放過任何一處地方。別看亨利平日懶洋洋的，似乎什麼都不關心，但他明白鯨魚媽媽最後的那句話。

他們忙了幾天，在緊張和興奮中，休整作業。辛巴心情複雜，但也說不出個究竟來，有種無法言表的情緒，在蔓延流動，心癢難受。他沒說出來，因為其他夥伴也難以理解。

第 51 章

他們沒按計畫第二天起航，原因是突然來了颱風，他們離船上岸躲了一天一夜，屋外的狂風暴雨，肆虐了整整一天。這下辛巴知道了颱風的可怕，以前在電視看過叫「海燕」的颱風，把菲律賓一個地區摧毀掉了。

整夜，他們聽到看板倒塌，或者大樹折斷，電線桿砸在屋頂的聲音，咣當 —— 轟咚 —— 嘩啦 —— 咚 —— 咣 ——，不同的聲音，從遠近

傳來，從不同的高度和角度撞擊而來。他們擠在一起，身體隨各種聲響微抖。

颱風過後，蘇菲出去探查，返回來報告說，颱風已走。大家這才走到室外。颱風留下來過的痕跡，就是那四處散落的雜物，砸壞了的汽車，垃圾袋，橫七豎八倒下的電線桿，懸在半空搖晃的看板等等。

他們小心翼翼避開各處的危險回到了碼頭。上船檢查後，發現並無損壞，心才安穩踏實下來，又重新整理了一遍船務，核對檢查補給品，確保沒有遺漏後，這才升帆起航，駛出港口，朝最終的目的地香港駛去。

剩下的這段航程，似乎與從前大同小異，剛出港口航行，大家覺得新鮮喜悅，時間一久，就覺得乏味無聊，沉悶開始在心裡鬱積。船行駛到距離香港還有一半航程的時候，鯨魚爸爸脫開纜繩，說是到了告別的時候了。

辛巴有無限的傷感，彼此都有不捨，但互相理解。鯨魚媽媽安慰他說：「不定哪天我們還可再見面的。」辛巴說：「會嗎？」鯨魚爸爸安慰他說：「要是去中國能找到爸爸媽媽就最好，如果沒有的話，你們就返回紐西蘭，那我們又可以在一起玩了。」

「你別烏鴉嘴。」

「我說如果嘛。」

「夏天我們都去奧克蘭海面游弋。」

「我們做通訊員。」

海豚也安慰辛巴，說約定了，不管是誰，每年的夏天都在那等待會合，這樣就可以見面了。辛巴被說得淚眼都流了下來。他嗚嗚地哭了一會，在船頭甲板站了好久，看著鯨魚一家噴出的水花漸漸變小了。

他還跑到駕駛艙頂部，眺望了好久，等他們的身影，隱沒在茫茫大海深處了，才回到甲板上嘆息，一時好像傻掉了，不知道下一步該怎麼辦。他們沉寂了好久，直到海豚爸爸靠近船舷，催促他們開船，他們才緩過神了。

　　露西沒開動馬達，只是升起風帆，她希望把油料盡量留著，以備不時之需。接下來的航程顯得寂靜無聲。他們都想著心事，偶爾聽到一兩聲海鳥的鳴叫聲。

　　海豚想把氣氛重新活絡起來，但努力了幾次都沒成功，原因是他們也滿懷傷感的，他們和鯨魚的交情更悠久些，兩家打小就認識，一起巡遊玩耍過不少時光。此刻，他們默默地游弋在船的兩側護航。

　　船隻繼續往前航行，距目的地的距離也在一點一點地縮短。終於有一天，蘇菲在空中看見了陸地的輪廓。露西查看航海圖，發現香港就在前方了，她立刻告訴大家，目的地快要到了！她這才開動了船上的動力，開足馬力朝前方駛去。辛巴激動起來，卻沒見雀躍，只是站在船頭眺望。

　　大家心裡都很激動，又都沒有表露出來，或者說感覺很複雜奇特，不好表達。也許激動已被漫長的等待磨蝕掉了，剩下的是一腔的平靜了，或者說他們突然成熟長大了，經歷過大洋的磨礪之後，不會因此大喜大悲了。

　　海豚跳躍起來，這是他們喜歡的泳姿，他們總是快樂的，大概是他們常常結伴同遊，時刻能感覺到夥伴的心跳，具有安全感吧。辛巴看著海豚跳躍前進，心情也起伏了，和爸爸媽媽一起的時光，他也是這麼跳躍快樂的。

　　前方的景物漸漸清晰起來，但又籠罩在霧霾裡，摩天大廈，一座連著一座，聳立在視野裡，猶如海市蜃樓一般。「我沒騙你們吧？」辛巴的情緒開始舒緩過來，思緒落到了視野裡的景物。他朝那些高樓大聲狂吠，希望能驚動某人出現。

　　但這和他們之前經過的所有城市一樣，除了鳥叫聲和海浪的拍岸聲，一片死寂。辛巴的心一沉，他感到興奮，又感到失望，還沒有真正到家，還不知道爸爸媽媽是否真的在家，但此情此景，讓他有種無措感。

　　「我們就此別過吧？」

　　海豚看他們安全到達目的地了，都圍過來告別，說他們也要回家了，他們有點想家了，這裡的海水品質，沒家鄉的好。聽到這話，辛巴心底裡

湧起一股傷感來。不過，他也知道：「送君千里，終須一別。」他聽爸爸吟詠過這句詩，問他何解，爸爸總說，以後你會慢慢懂得的。今天，他終於算是懂得了，他嗚嗚地哭起來。

「辛巴長大了呢。」

海豚媽媽哄他，說很高興，辛巴長大了。「獅子王嘛。」蘇菲調侃了他一句，惹得辛巴很不好意思再哭了，他伏下身子，把頭探出船舷，把手伸出去。海豚一家，紛紛跳起來，親吻辛巴的臉頰和小腳掌。

露西也作出了同樣的動作，和海豚一家逐一親吻告別。海豚們跳躍著游出海港，碼頭四周，悄然無聲，讓辛巴感覺到恐懼，香港是距深圳最近的城市，如果這裡都沒有人類，難道深圳會有人嗎？爸爸媽媽，奶奶和嘉琪她們，會都在嗎？

辛巴不敢繼續往下想了！雖然很想立刻就奔回深圳看個究竟，但他覺得就這麼跑回家去，有點太自私了，對不起這群夥伴了，於是他說：「先在這裡玩一玩吧，反正都快到家了。」大家覺得辛巴真的體貼入微。

辛巴說了兩個景點，一個是海洋公園，一個是迪士尼樂園。露西打開導航，把目的地鎖定，先去海洋公園。「這空氣好臭！」亨利邊走邊打噴嚏，他眉頭皺了起來，一臉的不高興。

露西找了停在路邊的車子發動，連試了幾輛，終於發動了其中的一輛車。露西剛開始有點不習慣，把車開得東倒西歪的，熟悉一段路後，順手起來了。「這路有點窄。」辛巴說：「幸好沒有別的車子。」

由於沒有人，沒有車子，車子行駛在路上，有種詭異感。「很多高樓吧？」辛巴似乎為先前的話找到了證明，鬆了一口氣似的，不停朝窗外指點給大家看。露西把車開得很慢，她這回不心急了。

大家驚呼陣陣，這裡的高樓實在太多了，看板太多了，商店太多了，什麼都多。「人也多！」辛巴很遺憾地說：「可惜來的不是時候。」他描述說從前人太多了，爸爸很少帶他上街逛，只到四海公園走走，但也到處都

是人，跳舞唱歌的人，把道路都占去了。

「你說的是深圳吧？」

「我來這裡住過半年呢。」

他們進了海洋公園，發現有海豚表演場館。蘇菲很興奮：「在奧克蘭動物園，我也在類似的場館表演過。」看介紹說明，這裡還有鯨魚表演節目：「可惜海豚他們沒辦法進來，要不然多好玩啊。」

看到劇場，蘇菲的表演欲望又上來了，她即興表演起來，看熱鬧的雀鳥，都過來圍觀，議論紛紛說：「好久沒表演了。」他們告訴蘇菲，她模仿的人聲表演，在很久以前看過。

「人呢？」

「一早起來，全不見了！」

大家聽了，一時沒話說。後來辛巴說：「去迪士尼公園吧！」他不想大家陷入一種驚恐不能自拔的境地，想法把大家的情緒轉移開去。「剛才拍照了吧？」聽辛巴這樣問道，露西舉了手中的相機，說，這個當然不能忘記：「以後給蘇菲做一個相簿。」

當他們的車停在迪士尼公園的門口，辛巴走下車，有種很奇異的感覺，好像來到了一個沒有門衛看守的宮殿。他探頭探腦地走過去，依在門框朝裡看了一會。亨利就笑他：「還以為有人啊？」

辛巴就是期待有人出現啊。如果有人出來阻攔他們入內，那就是此行最大的收穫了。可裡面和四周都靜悄悄的，讓他忐忑不安。露西帶大家入得園去，驚訝地發現，他們進入了一個童話王國。

「好美！」

他們驚呼起來，先是小聲，看看四周沒聲響，試著稍大聲喊起來，還是沒有什麼反應。辛巴索性伸長脖子，盡力地大聲汪汪地叫起來。一時間，他的叫聲，亨利的，蘇菲的，露西的大叫聲，在公園裡滾來滾去。

他們叫累了，才開始逛公園。

「我要做公主！」

「我就是獅子王辛巴！」

「我是老虎！」

「我，我，我是金剛泰山！」

他們一路玩，一邊狂喊。走累了，就坐在旋轉木馬上休息。這些木馬裝飾得金碧輝煌。一時間，辛巴突然又感覺，從長大的世界回到了小時候，回到了那個幸福的樂園。辛巴在旋轉中，恍惚見到爸爸也和他一起旋轉。

他們還去探險世界探險，去反斗奇兵大本營打仗，去未來世界，去遨遊太空，感受失重的飄浮感，並大喊過癮。蘇菲還來了一場表演，還把露西辛巴都拉上舞臺，演出了一幕「海上風暴」即興表演，大家表演得很投入。

夜晚住在迪士尼酒店。亨利一進房間，就跳上寬大舒適的大床，四肢攤開，長嘆息一聲，問天花板：「可以長住嗎？」大家笑他，他卻問辛巴：「你家有這麼大嗎？」辛巴笑了說，沒有呢。

他們很興奮，說個不停，以至於喉嚨都沙啞了。辛巴一直半睡半醒中。他想就要見到爸爸媽媽他們了，唉，也許還是見不到，但至少會知道個究竟，就像謎底最後要揭曉了。他想了很多，最後抱著爸爸媽媽的拖鞋入睡了。

「辛巴又做夢了？」

「是嗎？」

「哭得好厲害呢！」

「那幹嘛不叫我醒我？」

「怕你是喜極而泣嘛。」

「這個……..」

第二天起來，他們嘻嘻哈哈提及辛巴做夢的事。辛巴的回答有點含糊

其辭，大家也沒深究，或說心照不宣，讓事情就這麼過去了。後來，大家發現喉嚨有點疼。吃過早餐，他們去醫務室找了找藥，寫了借條，把一些急救藥也帶走了。

他們返回船上，清點需要帶走的物品。辛巴把小枕頭也帶上了，這個可是他的寶貝啊，千萬不能弄丟了。跳上岸後，他們對這艘與他們相處了好些日子的遊艇有種深深的不捨。

「幹嘛不繼續乘船走呢？」

「水上比陸地危險多。」

「陸路便利多了。」

「哦。」

「把那張明信片給我。」

辛巴把爸爸的明信片找出來。露西把上面寫的位址輸入定位導航後，駕駛車子，朝深圳方向駛去。車子駛過青馬跨海大橋，朝深圳的西部口岸入境處駛去。兩旁的風景朝後閃去，猶如許多往日時光。

此刻此時，辛巴心裡激動，忐忑不安。不久之後，他的願望是否就要實現，還是夢想就要破滅？真相就要被揭露，是個殘酷的，還是會──？無數的念頭，在他腦袋糾纏，碰撞，交替浮現，他忍不住想大喊大叫，但他沒有，耐心地等待結果揭曉。

第三部
出生地之旅

第 52 章

駕風騎浪踏平萬里驚濤後，辛巴終於與夥伴們成功登陸香港，重返他的出生地中國。對辛巴來說，一切恍如隔世，心情嘛，自是說不清，道不明，複雜呀。露西也不好問他。當車子離開香港海關，從深圳西部口岸入境時，露西特地按了一下喇叭，提醒辛巴，他們到深圳蛇口了。

辛巴坐直身子，不時轉動身體，環顧四周。沒有人。他不斷轉頭尋找，但仍徒勞無功。一個人影也沒有。他走過了一個個陌生的城市和國家，返回自己熟悉又陌生了的出生地，他都沒有發現還有人的蹤跡。

大家不出聲，因為不知道說什麼為妥。新而高的摩天大廈，好像沉默的巨人，肅立道路兩旁。道路兩邊停放的汽車，幾乎把路擠成了一條縫。而交叉的樹枝，由於沒有人修剪，幾乎把天空遮蔽了，使下面的道路幽暗起來。

幸好這裡大片的草地不多，幾乎都是水泥路，所以草雖長勢嚇人，但不顯得恐怖。只是榕樹的根，把路牙都擠裂歪了，根須懸掛在人行道上。突然，當車子轉入愛榕路後，遮天蔽日的榕樹上，千百隻知了突然炸響，把他們嚇得不輕。

「哦，夏天了。」

露西驚覺此時已是夏天了。他們當初從紐西蘭出發，也是夏天，按季節推算，她知道當時中國正是寒冷的冬天，沒想到現在他們進入的時候，夏季隨他們轉過來了。當初在海上航行，對於日期大家心照不宣，從不提及，因為有心結，不知道能否安全順利地到達，所以從來就不去計算日子。

現在又夏天了，可這裡並沒有耶誕節。四處是蓊郁的常綠樹種，人行道兩旁更多的是榕樹，大葉榕，小葉榕，這是相比於深圳市中心區蛇口固有的特色。市中心區的人行道邊更多的是芒果樹。當然，辛巴想起芒果樹，就想起了一件事。

「奶奶家的花園也有芒果樹。」

車子跟隨導航的指引，終於達到了芒果花園社區。大門口的崗亭沒人值班，欄杆也打了起來。露西費了點力氣，才把車子停進泊滿了車的停車場。辛巴沒有立刻跳下車去，反而坐在座位上發呆。

他身體微微發抖，預感到真相就要被揭示了。他希望延遲一點知曉的時間。「下車啊！」露西把車鑰匙拔出來，朝他喊了一聲。辛巴這時才猛然醒來似的，立刻跳下車，朝記憶裡的家門口奔去。

他跑到單位門口激動地按下門鈴，但屋內毫無回應。他急得跳腳，汪汪汪地叫起來，可這並不能幫助他解決問題。露西上前，也按了幾下門鈴，還是沒有回應。辛巴心急了，走到廚房窗口下，邊跳邊大叫，可沒有人來答應他。他跳得不夠高，看不到屋裡的情況。

蘇菲飛起來，朝廚房的窗口看了，說：「沒人呢。」露西也攀上其他窗戶看了，下來朝辛巴攤攤手。辛巴急了，想起什麼來，跑到房子後面的花園那邊去。花園的鐵門沒有鎖上，露西伸手拿開掛著的鎖，讓大家進去了。

辛巴上到陽臺門口，朝裡面大叫，沒有人回應他。他站起來，趴在鐵門朝裡看，他一跳一跳的，前腿把鐵門撞得咚咚響，但也打不開鐵門。亨利這時走上前，從門下的方洞鑽進去，查看一會，把蘇菲叫進去，從裡面拔開門栓，讓大家進屋去了。

當初辛巴離開中國後，奶奶因為思念他，又領養了一隻小貴賓犬小黑，留了這個洞，方便他出入花園用的。爸爸給他說過這個故事，還說奶奶送辛巴上車去香港的時候，偷偷掉過眼淚呢。

辛巴撲進家裡，所見情景讓他相當絕望。屋內還算整潔，飯桌上擺滿一桌菜，但都乾透發霉了。長方形碟子裡，有吃了一半的魚；圓形碟裡，有白豆腐；另一個圓碟子，裝的是梅乾扣肉；三個吃了一半的飯碗，米飯也都乾透了，發硬。看來是奶奶他們正在吃飯，接到突然撤離的命令，來不及收拾就撤離了？

辛巴發瘋地四處奔跑，嗅聞，希望能發現一些線索。他來到爺爺的臥室，猶豫了一下，還是跑進去了。此刻，他倒希望聽到爺爺呵斥他，儘管從前他知道爺爺不喜歡他，爸爸也不容許他進這間臥室。

露西他們站在那，目光跟著辛巴移動。眼前的情景，讓他們也傻眼了，不知道這下怎麼辦了。安慰他，還是埋怨他，似乎都不妥。跑了那麼遠的路，經歷了生死考驗，到達目的地後，卻發現是這樣的結果，讓他們心生困惑和疑問，那就是起先所做的一切，是否值得，是否應該來此地？但此刻，他們都無言。

辛巴尋遍屋內各處角落，都沒有發現有價值的線索，他感到自己不能承受了，走到客廳裡，看到露西他們默默地看著自己。他突然感到血湧上腦袋，就大吠一聲，又在屋子裡瘋狂地奔跑，把桌子都給掀翻了，地上是一片狼藉。

最後，他累得站在客廳中央，咕咚一聲，倒在地板上，呼呼地喘氣，一會又嗚嗚的大哭起來。屋裡剩下辛巴的哭泣聲。花園那棵芒果樹上，知了在不斷地唱道：「知了！知了！」這讓辛巴的哭聲顯得十分詭異。

過了一會，辛巴停止了哭泣，擦乾眼淚，跳上沙發上，軟綿綿無力地躺著發呆，兩眼空洞地望著某個方向。

第 53 章

晚上。大家都有點恍惚了，不知道這一整天是怎麼過來的，只記得很疲累，都沒有了說話的欲望。當然，還有另一個原因，就是大家的喉嚨不是癢得難受了，而是疼了起來，一說話就疼，好像提醒大家要少說話。

「這空氣太臭了！」

亨利臨睡之前，很不滿地發牢騷。波斯貓過度平坦的臉部，影響到他的呼吸道，可能太短了，這讓他對空氣的潔淨度異常敏感。當然，也不是

說辛巴就不敏感，只不過他曾在深圳生活過好些年，抵抗力稍強而已。此刻，他也感到喉嚨發癢難受，只是還沒有疼到不能說話，但也不知道該說什麼好。

「好好休息就會好的。」

作為當地人和東道主，辛巴終於想到了一句適合的話。他也想不到這空氣比他離開前更臭了。當然，他剛登陸香港時就有感覺，但他認為，到達深圳就會好的，但沒想到更糟糕了。當時他坐在車裡，開了空調沒感覺，一出車外就有對比了，他感到呼吸快窒息了，他拚命控制住，免得丟臉。

這是一個沒有「臥談會」的晚上，大家各懷心事，各自反側難眠。辛巴抱著他的小圓枕頭，一邊想心事，一邊流眼淚。他不明白，爸爸媽媽怎麼能這樣呢，沒有任何交代，就消失了，拋棄了自己？

辛巴在睡睡醒醒中翻側難眠，他很想進入夢鄉，質問爸爸和媽媽，為什麼這樣對待他。可他失眠了，無法打開夢鄉的大門，好像他們剛回來，拚命想敲開家門，但卻無人應門。其實，他更害怕的是，進入了夢鄉，連爸爸媽媽也找不著了。

第二天黎明，辛巴看見射進陽臺的光線。他先趴著，洗手洗臉，一會才起身，走到陽臺上，站起來，好像從前那樣，用前腿趴在陽臺欄杆上，朝外面看。從前這個時候，他會看見社區的居民起來去買菜。這個時候，通常奶奶也會起來梳洗，然後上街去買菜。

可現在四周靜悄悄的。偶爾，花園的芒果樹上，有一兩聲鳥叫，給這社區添了些許的生氣。辛巴站了一會，腿有點痠了，就下來了。此時，他才發現昨夜陽臺的門沒有關上呢。哎，其實有什麼關係，還怕誰進來呢？

要是有人進來，那可是天大的喜事了！

辛巴正想著，露西先起來了。她擦擦眼睛，環視四周，好像不敢相信自己置身於此地。她走到陽臺來，問辛巴：「早啊！」然後就猛烈地咳嗽起來，把蘇菲和亨利都吵醒了。她難受得用手捂住脖子。

「睡不著。」

辛巴覺得沒必要對露西撒謊，他說連夢都做不成，真奇怪。露西又咳嗽了好幾聲，沙啞著喉嚨安慰他，說過幾天就會好的。她轉過身來，環視客廳，走過去收拾昨天辛巴弄出的那片狼藉，把掉在地板上的碗碟揀起來，又把那些飯菜掃起來，丟到垃圾桶裡。

辛巴有點慚愧，看看亨利看看蘇菲，發現他們都無精打采的，就問他們感覺怎麼樣。亨利咳嗽一聲後，就不想說話了。蘇菲忍受接連不斷的咳嗽，說喉嚨疼得厲害。昨晚心情不好，大家都忘記吃藥了。

辛巴把藥箱拖出來，讓露西分給大家吃了。這時，他才想起自己是主人，該有主人的樣子。他走到廚房，把垃圾桶的垃圾袋叼上，出門丟進了社區裡的大垃圾桶後，又去陽臺的角落，把奶奶給小黑買的狗糧拖出來。

他弄開冰箱，發現還有一些紅蘿蔔和水果，就讓蘇菲和露西也吃些。他說吃新鮮的蔬菜水果，能清熱消炎，是爸爸說的。他發現急凍箱裡還有魚，就把魚叼給了亨利。亨利把魚叼到陽臺去，一邊舔著清涼的冰塊，一邊吞咽口水。

辛巴默默地吃著狗糧，很不舒服，他咳嗽了幾聲。他想，要是爸爸在的話，又會數落他了：「看看，又嗆到了吧，像奶奶一樣，總是吃得那麼心急。」可此刻，沒有人來說他了。露西去廚房端了一盆水出來，讓大家喝，這讓辛巴感到慚愧，他作為主人都沒有想到呢，水才是大家更需要的。

這時，太陽已經升起來了，大家感受到了它的熱力，幸好這是一樓底層，又有芒果樹遮擋陽光，沒感覺到夏天的那種酷熱。辛巴走到花園，站在中央，抬頭仰望芒果樹，居然發現芒果掛滿了樹枝呢。

他興奮地把大家喊出來看。蘇菲飛上去，用嘴把芒果一顆一顆給摘下來，丟在花園的地上。這讓露西歡喜不已，一一揀起來，撕掉皮吃起來，連喊好甜呢。蘇菲還摘了門口那棵楊桃樹的楊桃，把露西酸得呲牙咧嘴的。

　　雖然剛回來，還有種種的不適，但辛巴開始努力適應。他不知道接下來可做什麼，但現在他有了一種回到家的感覺。他希望待一段時間後，能找出下一步該做的事來，這樣才能對幫助自己的夥伴有一個交代。

　　接下來的幾天，辛巴帶大家去寵物醫院取藥，從前爸爸帶他去那看過病，他模糊中還有點印象，加上有導航的幫助，他們輕而易舉就找到了。「護士把我的毛都剃光了，搞得我不好意思出門呢。」辛巴說起從前治療皮膚病的趣事。

　　臨走，辛巴見藥架上有口罩，就讓大家也戴上。出門後，亨利說，嘿，感覺舒服些了。大家似乎也有同感。「最好來一場颱風雨。」亨利嘟囔了一句。是啊，連最不喜歡風雨天的辛巴，此刻也盼望能來一場颱風，把此地的空氣徹底更換一次。

　　至於其他，辛巴不敢想那麼多，他想等大家康復後再說吧。一連幾天，他們窩在家裡休息，盡量少說話。偶爾，辛巴突然想到什麼事，就走到花園中央，示範從前奶奶抱孫子與自己合照的情景。大家都想笑，但又不敢笑，因為喉嚨還在隱隱作痛。

第 **54** 章

　　在家裡安頓下來後，辛巴對家裡慢慢熟悉起來。

　　一天，他看到電視櫃上，有一盒一次性口罩，這下他明白了，原來爸爸他們也戴這口罩的。當年他離開中國的時候，雖然也感覺空氣不好，但那時還沒看見大家戴口罩呢。他走到電視櫃前，叼起那些口罩看起來。

　　他一時興起，讓大家戴上口罩和墨鏡到花園去，還叫露西搬來凳子，設好高度對焦，又讓大家擺出很酷的姿勢，喀擦來了一張合照。露西不禁為這淘氣的傢伙嘆氣：「沒心沒肺，樂觀好動。」

　　等大家喉嚨恢復後，卻又拉起了肚子，半夜裡爭搶廁所。亨利剛去，

才關門，露西就來敲門了：「行了嗎？」亨利急得喊：「就好就好。」這時辛巴也跟了過來：「你們都好了吧？」整個屋子都是他們互相催促的聲音。

後來，辛巴才意識到，家裡有兩個衛浴室的，只是爺爺臥室裡的那個浴室，只作廁所用途，沒開通淋浴功能而已。於是，辛巴趕快把廁所作了雌雄之分，辛巴和亨利，去公共衛浴間解決問題；而露西和蘇菲，她們在爺爺臥室的浴室方便。

露西笑辛巴這有點主人的風範了。辛巴得意地搖搖尾巴，說當初他半夜拉過肚子，但沒有拉在屋子裡。「我在奶奶的臥室門外叫，也不敢大聲，叫了好久，好難受啊，才把奶奶吵醒，把我放出花園去解決，事後她逢人就稱讚我呢。」

辛巴恢復得比較快，他讓大家吃了藥，幾天後，大家漸漸好轉起來，但渾身沒有力氣，在家裡昏睡了好幾天，才逐漸恢復了體力。「是水土不服吧？」露西是這樣解釋的，但辛巴知道，也可能是吃的東西有問題。

「以後我來試吃。」

蘇菲解釋說，金剛鸚鵡因為吃泥土，也吃果實和花朵，這些食物裡含有多種毒素，久經考驗後，他們練成了百毒不侵的真功夫，以後大家吃的食物喝的水，她都先試吃一次，然後大家再吃。

大家哦了一聲，說沒想到蘇菲還有這麼了得的功夫，還以為她只是嬌氣的公主呢。蘇菲聽了稱讚，這幾天因為拉肚子而顯得消瘦的臉紅了起來。辛巴說，等大家都恢復過來後，他領大家去玩玩。

「還有心思玩啊？」

亨利小聲嘀咕道。辛巴聽了，說：「悲觀也解決不了問題，先開心起來再說吧。」他的話得到了露西和蘇菲的認同。要不然，還能怎樣呢？再回去？暫時也不現實，再看看情況有什麼樣的轉變吧。

這天，他們開車去了歡樂穀，玩了碰碰車，也坐了雲霄飛車，還蕩了海盜船。辛巴緊張得尿漏出來了，幸好大家在尖叫，沒注意他的反常舉

動，這讓辛巴躲過了尷尬的一刻。下來的時候，被問到最刺激的體驗時，辛巴就支支吾吾的。

大家又一鼓作氣去「錦繡中華」和「世界之窗」玩了個遍，他們沿蜿蜒的長城北去，又隨山轉水移南來北往，中華風物，世界明珠，瞬間飽覽。他們還登上了市區的第一高樓雲霄大廈，在旋轉餐廳裡，他們趴在窗臺上，看四遭的風景輪轉。他們拍了好多照片，可惜是迷霧繚繞，樓房街道，只顯山露水，讓看風景的唏噓不已。

「生活在這裡，肺部功能需要多強大啊！」

「爸爸說，深圳的空氣品質，算大城市裡最好的了。」

「啊？」

「嚇人！」

回家的路上，辛巴高興地說，以後告訴爸爸媽媽，我們走遍了中華大地，玩遍了世界著名景點風光。大家聽他這麼說，都沒有出聲。起先辛巴沒察覺有何不妥，看大家都沉默了，他才意識到自己的自言自語。他沒了說話的欲望了，坐在車上與大家一起陷入了沉默，眼睛默默地看著窗外。

日子就在玩耍的快樂和無聊鬱悶中打發走了。辛巴常在半夜驚醒過來，無聲地望著天花板發呆。他在想，以後漫長的日子，怎麼辦呢？「睡不著？」蘇菲半夜醒來，望見他發呆，就悄聲問他。

「想事。」

「哦？」

「你能教我學講人話嗎？」

「好啊。」

「想找點事做，省得頹廢掉了。」

其實在這些朝夕相處的日子，大家互相學習過多種語言了。當然，辛巴原先就跟爸爸媽媽學習過，模仿的腔調有點古怪，雖然爸爸媽媽表揚過他，給他好吃的，但他自覺不行，自尊心又強，怕人家笑，所以就不敢繼續學說

人話了，只是在沒有人的時候，才哼哼唧唧地自語自語一番，進步不大。

現在辛巴想，就這幾個夥伴聽，他無所謂了。第二天早上醒來，辛巴和大家一說這個想法，大家都說好，反正沒別的事。大家認真地聽蘇菲講課，一字一句地模仿練習，效果居然不錯。、

「我們以『說』代『練』吧。」

「嗯嗯，效果更明顯。」

他們剛開始時，說得結結巴巴，古怪好笑，不但樹上的鳥兒聽了大笑，他們自己聽了，也哈哈哈哈狂笑一番，然後再慢慢檢討。練啊練呀，經過日積月累的努力，終於說得越來越像樣了。「太好玩了。」辛巴笑嘻嘻地喊道，他現在回味起爸爸調侃他的話，也不禁哈哈地傻笑起來。

亨利問他笑什麼，他就給大家解釋了一遍，把大家也惹笑了。「以後，見到他們，我們給他們合唱一首歌。」辛巴興奮起來，又忘記管住自己的嘴巴了，又把大家置於沉默的境地。他只好走到露西身邊，用鼻尖去頂她的手肘，兩眼可憐巴巴地望著她，求讓她原諒。

露西嘆息了一聲，憐愛地用手摸摸他的腦袋。

第 **55** 章

辛巴常帶大家去附近到處走走，熟悉這一帶的商場超市。他們發現，售賣狗糧貓糧的商店不多，只有幾家大超市。這讓辛巴和亨利有點著急；露西也發現，超市裡自己愛吃的果菜，存貨日少，不見補充。

蘇菲的口糧稍好解決，超市里有那麼多的花生，開心果，大米等可充飢，不過，蟲子也分吃起來，在減少中。以後怎麼辦呢，這是個老問題，讓他們日漸揪心起來。

這些日常問題，慢慢成了他們的心結。剛開始的時候，大家心照不宣不提及，不觸碰，但越來越感到心煩意燥的，都不可避免地朝這個問題滑

去。另一個問題，雖然大家吃每樣食物前，蘇菲充當了試吃專家，但大家體質不同，適應力有差異，所以不時還會鬧肚子，也讓大家更是心煩。

這天辛巴又感到肚子要準備革命了，看亨利占住了公共洗手間，他只得跑去爺爺臥室的廁所方便。他蹲的時間一長，注意到從沒用過的浴缸上面鋪了一塊木板，上面堆滿了紙箱子。他感到好奇，他出來後，叫露西幫忙，打開看看。

露西把紙箱搬到客廳，把裡面的東西取出來。全是一些書籍。蘇菲說：「原來是你爸爸寫的書！」辛巴聽了，心急地擠上前，很自豪地說：「對呀，我爸爸還給我寫過書呢，找找看有沒有？」

露西把那些書一小包一小包拎出來，確實是出版社給辛巴爸爸郵寄來的樣書。在一個塑膠袋裡，她找出了十本書，封面上印了四個大紅字，是書名：「不離不棄。」還有印了辛巴和他爸爸在花園裡的合照。

一幅圖畫映入大家的眼前，花園裡，陽光下，爸爸坐在小折疊椅上，光腳丫穿了玫瑰紅泡沫拖鞋，正很舒服地朝鏡頭伸過來；而辛巴呢，笑容滿臉，笑得臉皮都起皺摺了，坐在旁邊，伸出前腿去，按在爸爸的肚子上。

「辛巴好搞怪啊！」

蘇菲看他這模樣，咯咯地笑起來。亨利吐了吐舌頭，用手捂了嘴巴笑。「是媽媽照的吧？」露西轉過頭來問辛巴。辛巴有點不好意思，但很自豪地說：「對的，媽媽說我好萌！」他說媽媽常拿照相機拍他，他總是不好意思的躲開鏡頭，但這張他沒躲呢。

辛巴迫不及待地把書叼給蘇菲，幫他唸裡面的文字。蘇菲於是一本正經，拿腔拿調地模仿人唸起來。亨利跟在後面，模仿了唸起來。這好像合唱一樣，但不解詞義，十分古怪。「你們認真點，沒看見辛巴很急嗎？」露西責備他們。

辛巴的確急得要命，想知道裡面的內容。蘇菲受了露西的批評，有點

委屈，說：「是亨利搗亂嘛，我是認真的。」亨利自覺不好意思，就喊：「大家都坐好了，聽蘇菲好好唸。」

辛巴趕快跑去沙發坐好，亨利和露西也依次入座。蘇菲把書叼到茶几上，攤開，用爪子翻開書頁，一頁一頁唸給大家聽，唸得聲情並茂的，讓辛巴都流眼淚了。露西握緊辛巴的手在認真地聆聽。

辛巴不時要離開座位，跑到蘇菲旁邊，把頭湊上去，看書裡的插畫。書裡面選配了好多媽媽拍攝的照片，有的是他睡覺的，靠在爸爸的坐墊上，還抱了媽媽給他的小圓枕頭；有的是他在公園奔跑的，身體騰空，四肢離地；有的是向爸爸撒嬌的，爸爸坐在花園，翹起二郎腿，他就把腦袋放在那翹起的腿上，一老一少在瞇著眼賣萌。

「好萌好萌呀！」

蘇菲一邊唸，一邊忍不住地笑，惹得亨利和露西都湊過來，想看看她笑什麼。「怎麼還像個小孩一樣？」亨利有點嫉妒了，調侃辛巴沒大沒小的。辛巴聽了，就說：「媽媽說我人小鬼大。」

「那是調侃你，這都不知道啊？」

「我不覺得。」

「這麼簡單都看不出來？」

「那是你的想法而已。」

「老小孩。」

「在爸爸媽媽面前，我們永遠是孩子。」

兩個傢伙，一邊聽蘇菲唸書，一邊不時鬥嘴。「反正爸爸就是喜歡我，就是愛我，媽媽也是，這是證據，大家看見了吧，我沒說謊，我在紐西蘭就說過，他給我寫了一本書，叫《不離不棄》，就是這本書。」辛巴雖然很想繼續聽蘇菲唸書，真的好聽呢，可他看蘇菲邊唸邊咳嗽，就讓她暫時停下，稍息後再唸。

「那你爸爸幹嘛不帶走你呢？」

亨利和辛巴在爭執中，不願意認輸，拿這個事實反駁辛巴。辛巴一時也被噎住了，的確這是個事實，冷冰冰血淋淋的事實，誰也推翻不了。看辛巴一時無法反擊自己，亨利很得意，用爪子撓著鬍鬚，洋洋得意地看著辛巴。

「他肯定是不得已的。」

辛巴停頓了一下，才反擊亨利說道。他說，你看包裝，雖然小紙箱拆開了，但十本書都沒拆封塑，沒有來得及送人，一定是因了突發事件。我爸爸曾經說過，出版社幫他出書，合約規定會給他十本樣書，他會拿這些書送給朋友的，現在這些書一本都沒少呢，代表他剛收到，就發生了什麼意料不到的大事。

露西攤開雙手，示意雙方靜一靜，都別爭了，說這毫無意義。經外力一介入，對立的雙方立刻意識到，這是多麼傻的爭論啊，誰也說服不了誰，都解決不了問題。於是雙方都朝對方莞爾一笑，都不好意思起來。

對辛巴來說，這是最快樂的一天，他重新發現了生活的意義，似乎證明了，他回來尋找爸爸他們是正確的。這本書就是強而已有力的證據。這個發現，讓他一整天都處於亢奮當中，嘴巴喃喃自語，不時唸唸有詞。

第 56 章

雖然辛巴很想立刻知道爸爸寫給他的書裡都說了些什麼，但他又捨不得一次聽完，又不想明說，似乎處於兩難境地。此時露西看穿了他的心思，就說，一天唸一章，這樣，蘇菲不累，辛巴呢，也可以放長享受的時間。

蘇菲不唸書的時候，辛巴就會去想像，爸爸接下去，還寫了什麼呢？他腦子裡不斷回憶這些年來與家人共處的時光，發生過的趣事。他一邊回憶，一邊重溫昨日的好時光，心裡有無限的感慨。

接下來的日子，辛巴每天都有企盼，就是想知道爸爸又寫了什麼。有

期待，就有新行動。他每天精神變得很飽滿，向蘇菲學習的衝動也更足了，成績突飛猛進，讓他小小得意地自足起來。

當然，隨著日子的推移，蘇菲翻動的未讀書頁，也越來越薄了，辛巴看在眼裡，急在心裡，知道了爸爸寫他的故事越來越多，擔心後面沒有了的焦慮也隨之越來越多。這是個兩難的境地。他是眼睜睜看著卻毫無辦法阻止事情的發展。

當蘇菲唸到結尾處——

我不理他的時候，他就哼哼嗚嗚的，在我的身邊走來晃去，還不斷跑到門口去示意。要是我還不和他玩，他就叼來自己的小枕頭，放在你身邊，將下巴放在枕頭上，眼睛望著某一個方向發呆，滿腹心思的樣子。

有時就更好笑，看我斜躺在沙發看電視，他也擠過來，占著我旁邊的大坐墊，用前腿摟著他的小圓柱枕頭，將頭斜放在上面睡覺。真的太神奇了，這是我最舒服的睡覺姿勢，不知道他怎麼學到的。

此時，他媽媽就笑他，說：「看看，吃飯學你爸嘴巴漏掉飯粒，睡覺也學他，真是有其父，必有其子！」

蘇菲按住了書頁，停住了。辛巴抬頭望著蘇菲，期待她繼續唸下去。「結束了。」蘇菲有點不忍心地對大家說道。辛巴愣了幾秒，就嗚嗚地哭起來。大家也沒有去安慰他，沒有去阻止他，心想就讓他哭個痛快吧，把心裡的情感都放出來。

辛巴哭夠了，也就自然停住了，去抱了他的那個小枕頭發呆去了。大家坐在沙發上，面面相覷，不知道怎麼辦。過了一會，亨利走過去，用前爪摟住辛巴的脖子，辛巴也默默地用手搭住了亨利的肩膀，感激地摟緊他。

一連幾天，辛巴感到失落，但表面上，裝作無事了，似乎心情平復下來了。但大家看得出，他的眼神，偶爾有一絲的憂鬱閃過。大家都假裝沒看見，心照不宣地維持與往日一般的生活。

每天，大家照例睡到自然醒，然後，洗手洗臉，吃早餐，跟蘇菲學人

話，午睡，傍晚天氣涼爽些，出去散步，去超市逛逛。不過，他們焦急

起來，這裡不像在紐西蘭因為養寵物的人多，每個超市里都有相應的寵物糧食出售，而這超市里不但寵物糧食少，而且糧食越來越少了，他們找吃的範圍，也漸漸擴大了。

一天，辛巴不知道是有了靈感，還是因為焦躁，希望找些事情做做，他走進爺爺的臥室四處搜尋，他也說不清楚找什麼。爺爺不喜歡狗呀貓啊等寵物，也不允許辛巴進他的臥室的，所以辛巴並不清楚他臥室裡都放了什麼，爸爸進去取放一些物品的時候，辛巴只能乖乖地趴在門口觀看。

現在，爺爺不在家了，辛巴可以肆意妄為了。他站在臥室中央，環顧四方。最後，他的目光停在了衣櫃頂上放著的木箱，杉木做的，沒上油漆。他記得爸爸老說，這個木箱是他去上高中的時候，爺爺特地請木工做的，現在算是古董了。

辛巴出到客廳，請露西進來幫忙。蘇菲和亨利也圍過來。露西小心地把木箱搬下來，又把它搬到客廳地板上，這裡光線更好些。木箱沒上鎖，露西掀開箱蓋，看見裡面有幾包東西，用塑膠袋包好。

「打開看看。」

得到辛巴的首肯後，露西把塑膠袋逐個打開。有一個袋子裝了一個藍色的硬紙板盒，裡面裝了銀行存摺，身分證，戶口本等等。「我都說了，爸爸媽媽他們肯定是遇見突發事件了，這麼重要的東西都沒有來得及帶上。」辛巴小聲嘀咕道。

露西又打開一個紅色硬紙板盒子，發現裡面有一臺小型錄影機。露西取出來拿在手中端詳了好久。「打開看看！」辛巴催促她打開看看拍攝的是什麼內容。也許有媽媽給他和爸爸拍攝的那些影片。

露西把錄影機在茶几上放好，讓大家在沙發坐下觀看。她按了開關後，也坐回沙發上，盯住小小的螢幕。「爸爸！」辛巴一看銀幕出現的人就叫了起來，他激動地指了銀幕上的人說：「那是我爸爸！」

「嗯，聽聽他說什麼。」

辛巴的爸爸起先面對鏡頭，似乎在調整鏡頭對焦，然後把低垂在額頭的幾根頭髮，攏到了一邊去，哦，爸爸有點禿頭了呢。辛巴很心急，在心底裡嘆息了一聲，屏住呼吸，緊張地盯住螢幕，看爸爸接下去幹什麼，說什麼。

辛巴爸爸清了清喉嚨，然後對了鏡頭說話。

我們常稱讚我家的辛巴聰明，你看到我的話，就是個很好的證明。長話短說。爸爸回來後，把寫你的書出版了，大家都很喜歡這本書，也很喜歡你，後面我錄了一段簽售的場面，很熱鬧，讀者都在問，你會重返中國嗎？但在之前，你看到的，是爸爸給你的重要留言。

本來，爸爸想把書出版後，考慮到近年來，房價高漲，物價通脹厲害，想把深圳的房子賣掉，好把錢帶回紐西蘭，把奧克蘭的房子貸款還了，搬回去住的。但又突發了一件意想不到的大事 —— 那就是爸爸媽媽和家人，都已經和其他地球人移居去了別的星球，因為地球環境的突變等原因。由於計畫龐大複雜，不能做到萬無一失，沒有遺漏，所以造成了你們滯留地球的意外。但經過我們艱難的申訴和示威請願爭取後，E星國王最後同意了我們的請求，派三王子來考察你們，我們都很希望你們能通過考驗，並隨他飛來E星球和家人團聚。

這一切的一切，實在太意外了，太超出想像了，在這裡無法一一詳述，等我們團聚之後，我再詳細告訴你們。

聽完這段話，辛巴等都嚇傻了，頓時不知道說什麼好。但畫面繼續滑動，恍如時光倒流。辛巴看到爸爸簽售新書《不離不棄》的場面，待簽名的隊伍蜿蜒曲折，讀者捧了那本書在等待；而爸爸呢，正低頭簽字，他微微禿頭的腦袋，正對著鏡頭呢。

突然，一個戴了面具的臉出現在螢幕上，把大家嚇了一跳，起初還以為是爸爸或哪個讀者搞怪呢。不料，這個面具人衝鏡頭做了個鬼臉，淘氣地朝他們吐了吐舌頭，然後清了清喉嚨開口說道。

　　嘿，辛巴，蘇菲，亨利和露西，你們好，我是E星人，是地球人的遠親，是來接你們上E星與你們家人團聚的。你們一定受驚了。在你們漫長的尋親過程中，你們所經歷的種種艱難險阻，我都在空中看見了。很佩服你們。當初，當你們的家人為了爭取和你們再次團聚而上書我父王，我們全體議員都不同意的。

　　一直以來，我們懷疑地球人，對同類是否存在真摯的情感，能否相親相愛，是否在災難來臨的時候，能共同對抗，互相救援？但對比你們家人情真意切的上書呈情，與你們勇敢冒險，克服一切困難，爭取與家人團聚的決心和勇氣，我們的國王和人民感動並信服了，決定派我來接你們與家人團聚。

　　寵物都能如此情真意切，更何況人呢？

　　但你們仍然需克服最後的困難，因為接你們走的太空船，停在了中國酒泉衛星發射基地，你們需要克服到達那裡之前的所有困難，才能登船飛向E星與你們的家人團聚。

　　我們E星人，地球人的遠親。其實，四十億年前，我們居住在火星上，那時火星的情況，與現在的地球情況相似，我們有過一段安居樂業的美好時光，但由於過度開發，耗盡了所有的資源，把整個生態環境都破壞掉了，火星自身的地質也在變壞，最後變得不再適宜我們居住了，之後，我們才遷居到了E星。

　　我們發現如今地球的情況，與當年我們居住的火星情況相似，為了避免你們地球人重蹈覆轍的悲劇，我們決定幫助你們，把你們搬離地球，暫居E星，直到尋找到一個更適宜生存的星球生活，也讓地球獲得休耕的時間，並重新煥發出新活力。

　　本來，我們只准許人類帶走家養的寵物，但撤走人類時，計畫過於龐大，難免有疏漏，像你們這樣的，由於突發原因，被家人遺漏了，但我們會盡力彌補造成的錯誤。你們可能感到奇怪，為什麼我不乾脆駕飛船接你們走，那樣更方便？

　　由於我們身體構造特殊，需要在特定的環境裡，進行身體的蛻變和進化，這情況與蛇的蛻皮有點類似，但不一樣。希望你們能理解。剩下的一

段路，我不能陪你們同去，但會隨時給你們提供幫助。

在另一個塑膠袋裡，有四支針劑，你們把它注射到身體裡，針劑裡含有微小的晶片，它不但有你們的身分確認資料，還能把你們的智商提高到原來的無數倍，而且會隨著你們勇敢和冒險指數強度而升高。

最後，祝你們一路順風，平安到達 E 星球，與家人團聚！

銀幕上的人消失了，剩下一片的雪花。辛巴等大氣都不敢出，靜靜地等待了好一會，確認那人不再出現了，才互相看了一眼，後來又觀看了幾遍，才關了電源。辛巴突然在客廳和臥室瘋狂地做著折返跑，從客廳的一頭，奔到另一頭，再折返跑回來。把露西等看得目瞪口呆。

「激動得瘋了？」

「胡說！」

「那他幹嘛這樣呢？」

「表達激動唄。」

「神經！」

最後，辛巴氣喘吁吁地停下來，不停地咳嗽，好像嗆到水了。大家沒出聲，都看定他，看他後面還有什麼舉動。可是，辛巴只是繼續氣喘吁吁。過了一會，等他把氣都喘順暢了，他才開口說話：「看看另一個塑膠袋吧。」辛巴提醒露西。

蘇菲也有點急了，幫露西把塑膠袋的繩子解開。打開一個塑膠盒，看見一個閃著金屬光澤的鋼盒。露西打開一看，有四支針管。露西拿起一支查看。

辛巴說：「給我打吧！」

露西看了眼辛巴，見他點頭，很堅決地示意，就拿起注射器，往辛巴身體注射針管裡的液體。「什麼感覺？」亨利急切地問他。辛巴說，什麼感覺都沒有。大家哦地舒了一口氣，互相看了眼，又猶豫了一會，才逐一把針劑注射完。

第 57 章

那段影像，讓大家又驚又喜，有了無限的想像。辛巴有了前所未有的踏實感，因為事實證明了他之前的預感和猜測。他心裡一直就有堅定的信念，爸爸媽媽是不會丟下自己離開的，除非被不能控制的力量阻擾。現在雖還沒能與家人團聚，但他終於見到了爸爸（當然只是影像），聽到了他的聲音。

大家是很興奮的，這是關於家人的最新消息，是他們苦苦追尋的部分真相。露西說，她看過爸爸訂閱的科學雜誌，正如 E 星人所言，根據地球的科學家和 NASA「好奇號」火星探測器對火星的研究，那個星球幾十億年前的確有宜居的條件。

最新的研究成果顯示：「好奇號」有許多新發現，比如在黃石灣（Yellowstone Bay），有黏土形成物，科學家稱其為「泥石」的證據，這種土壤可能含有幾十億年前構成生命的關鍵成分，由此推測，該地區應該存在過一個湖泊，顯示火星上古老環境或曾為微生物提供了宜居環境。

科學家表示，地球上有種「化能自養菌」（Chemotroph）的細菌，可以在該環境下生存，並能分解岩石和沉積物，即透過氧化岩石上的成分，從而獲取能量。他的研究還有新發現，在耶洛奈夫灣（Yellowknife Bay）的沉積岩中，還發現了氫、氧、碳、氮、硫和磷元素，這些都是生命的關鍵元素。

另外，行星地質學家研究了耶洛奈夫灣附近岩層的物理特性，認為在不到四十億年前火星的環境，與地球上最古老的生命跡象出現時期，十分相似。但火星上的宜居條件只維持了數百萬至數千萬年，隨著時間的推移，河流和湖泊出現又消失了。

那個時期火星的環境，與現在的地球並沒有太大的差別，但後來從溫暖溼潤變成了寒風刺骨和乾燥。更為要命的，是極強的輻射，導致了火星

漸漸不能維持生物的興旺繁殖。相似的原理，影響人類健康的輻射來源，也會影響到微生物的生存及有機化合物的保存。

大家聽完露西對科學研究資料的回憶後，對這方面的知識有了新的了解。「是不是那注射的晶片發揮作用了？」辛巴感覺到渾身開始發熱，血液流速加快，腦子思考的速度快得讓他暗自驚嘆不已。

「Ｅ星人幹嘛要戴面具呢？」

「也許太醜了？」

「不希望別人認出？」

「也許就曾經潛伏在我們四周？」

大家熱烈地討論，腦裡有無數的念頭冒出來。他們不敢肯定，是否體內的晶片在助力，反正感覺一切都不可思議，頭腦裡的東西好像被整理添加了一遍，對許多領域的認識，似乎都有了全新的感受，這讓大家興奮不已。

辛巴讓露西再幫忙，把房間裡每個角落的箱子，櫃子，抽屜逐一打開，翻檢存放的東西，看還有什麼新發現。當然，查看過後，他們又物歸原樣，放回原先的地方。「爸爸媽媽那時候好年輕啊！」辛巴一邊感嘆一邊翻看舊影集。

他指一張照片給大家看，說：「我沒說謊吧？」大家看了後，把肚子都笑疼了，因為奶奶抱了孫子站在花園拍照，表情十分開心；辛巴呢，表情嚴肅，蹲坐在腳邊，呆呆地望著鏡頭。「這是什麼表情啊？」亨利笑得滿地打滾。

「若有所思？」

蘇菲幫他解圍說道。辛巴回憶說，當時他還沒去紐西蘭，一天，他正在客廳玩皮球，聽到小叔父在花園喊奶奶說要照相，他就衝下花園去，急急地蹲坐在奶奶的腳邊，還來不及調整表情，小叔父就喀擦了一張，留下了那一刻的情景。後來，小琪透過電子郵件把照片發給遠在紐西蘭的爸爸媽媽，讓他們開心了好長時間。

接下來的好幾天，他們一直處於興奮當中。當然，熱烈的討論也是免

不了的。什麼時候出發上路，出行的交通工具，帶什麼行李等等事項，大家先是討論，然後是列清單，核對，打勾，覆核，一切都做得有條不紊，輕車熟路，因為類似的行動，此前他們做過太多次了，已經很有經驗了。

當然，採購物品需要費些周折，一來是這裡的超市種類繁多，但不如紐西蘭細分，二來動物吃用的食物，不如紐西蘭精細，三是需要多走幾個地點，才能準備整齊。除此之外，他們還費力搜尋過好幾家寵物醫院，把旅行必備之藥也備齊了。

他們沒有敢馬上動身，又把中國地圖掛在客廳的牆上，仔細認真研究討論，讓大家對出行線路，甚至備用線路，都熟記心中，以備不時之需。辛巴雖然內心躁動，急切之情溢於言表，他想早日出發上路，但此時已被磨練成性格沉穩得多了，不再魯莽行事，經歷過之前的陸海之旅的煎熬，他懂得擇機而行，行而必達的道理。

討論下來的結果，他們決定棄水路北上，是考慮到比陸路凶險。為安全起見，他們擬定好了走陸路北上酒泉的計畫。露西邊和辛巴等邊商量，邊用用紅鉛筆在地圖上做標記，比較不同路線的優劣。露西對中國並不熟悉，而辛巴雖說是當地人，但離開多年了，過往的知識沒有更新過，也只能當作背景參考，只能多做深思熟慮的討論。

他們一邊討論一邊過濾，比較多種想法，用排除法把最佳的路線和行進方式留下。經過好幾天的準備後，他們選出了一條北上酒泉的路線，當然，他們也做好了備用路線，並帶上交通地圖和全中國的地圖以備隨時參考修訂行進的路線。

第 **58** 章

當出行計畫商定妥當後，露西帶大家來到停車場，在那些擁擠的車堆裡，挑了一輛四驅車。大家圍著車子，對此評頭論足，當最後大家都認為它最適合了，露西長舒一口氣。

　　露西取了車子，一起去採購行裝。待在深圳的這段時間，由於辛巴的好學，已經認得了越來越多的字，此時，他坐在副駕駛座上，對照列出的購物清單和商場名稱唱單，並把商場的名稱輸入導航，給露西指引方向。

　　一連跑了好幾處的商場，才把所需物品備齊了。回家的路上，辛巴看著兩邊閃過的高樓大廈，心裡湧起無限的感慨，又想起那年他從深圳啟程，經過香港六個月的滯留後飛往紐西蘭的情景。

　　此刻，他又要離開這裡，經過一番長途跋涉後，就要飛往另一個星球。而這次去的目的地，是宇宙的深淵，一個億萬光年距離之外的星球，一個陌生而神祕的新地，唯一知道而相似的，是那裡有自己的家人，如從前在紐西蘭等候他的到來一樣。

　　當辛巴的思緒紛亂起來，車子已駛回了社區。他們把東西留在車裡，自己進了家門，想到明天就要離開深圳北上了，大家除了激動還有點不捨得呢，畢竟在這裡生活了一段時間，日久生情是情理當中的事。

　　這個夜晚，大家都有「臥談會」的興致，紛紛談論起自己的想法。雖知路途遙遠，行程艱鉅，但大家還是比以往放鬆的，因為已經知道了前去的目的地，也了解此行相關的真相。

　　而此前呢，大家總處於一種朦朧知道該做什麼，但不知道最後會是什麼結果的境地，總處於一種懸空焦慮的狀態中，似乎有目的，但又似乎只知道往前走而已。

　　「太空船是怎麼樣的呢？」

　　「要飛行多長距離呢？」

　　「是多少光年吧？」

　　「E星人沒說呢。」

　　「怕我們擔心吧。」

　　大家不想睡，但夜深了，睏意讓他們瞌睡起來，陷入了半睡半醒的狀態，畢竟動物的生活習性是早睡早起的。雖然辛巴這個淘氣的傢伙，生活

習慣基本與人類相似了，但一旦環境容許，他體內的生物鐘，又會自然而然的恢復運作，千百萬年形成的慣性，不是一朝一夕就能更改過來的。

辛巴頭靠小圓枕頭上，眼望天花板，想著心事，每當陷入瞌睡中去，他就作夢，夢境裡，爸爸坐在坐墊上看電視，他走過去，把手放在爸爸的肚子上，爸爸故意不理他，他又固執地舉起手，按在他的肚子上。

「你想幹嘛？」

辛巴看不能得逞，又跑到媽媽那邊，把手掌按在她的鍵盤上。媽媽現在笑了：「想吃了吧？」辛巴像找到了知音，笑嘻嘻地坐下，端正身體，充滿期待地望著媽媽。媽媽擺好鍵盤，轉身從餅乾罐裡拿出一塊餅乾，掰成四小塊，餵給他吃。

辛巴喀擦喀擦幾口就吃完了，又一本正經端坐著，望著媽媽。「含情脈脈也不能打動我了。」媽媽嚴肅地對他做出了聲明。辛巴這才很不意思，轉戰回爸爸這邊來。「我的意志也很堅定。」爸爸也一臉的嚴肅看定他。

辛巴感覺到沒轍了，就走到爸爸右手邊，咕咚一聲，躺倒下來，蠕動身體，尋找到最適合的位置，把手伸給爸爸，還扭了腦袋望著爸爸。爸爸撲哧一聲笑了：「還滿會撒嬌的啊？你可是男子漢呢。」

可辛巴堅持扭著腦袋看他，手也舉向他跟前。「誰說男子漢不能撒嬌的？」媽媽朝這邊望了一眼，替他說話了。辛巴更是得意了，又眼定定地望著爸爸。「好了好了，拿你沒輒。」他左手握遙控器，右手握住辛巴的手，要不然就給他搔癢撸嘴角，辛巴很愜意地哼哼起來。

突然，辛巴被亨利踢醒了，原來亨利也在作夢呢。辛巴沒叫醒他，辛巴不知道他做夢的內容，但見亨利嘴角蠕動，發出很嗲，夢幻一樣的聲音。辛巴心裡那根弦，又被撩撥了一下。以往夜晚，他一聽到這種聲音，就會驚醒，並發出怒吼。

但此刻，他感到了一種溫馨。他看了一眼蘇菲，她抓住吊燈的支架，

正瞇著眼睛小睡。窗外的月光照進來，她彩色的羽毛，反射出微亮的彩光。辛巴感嘆起來，蘇菲真了不起，一個小公主，竟然跟大家跑了千萬里險路。

當辛巴的視線轉向露西的時候，他不禁暗笑起來，他從沒有見過露西做夢，也沒有注意過她的睡姿的，現在他認真看了，發現露西正仰面睡著了，雙手按放在肚皮上，眼皮低垂著，嘴巴微微張開，似笑非笑的，在流口水呢。這讓辛巴感到新奇，平日裡，他只看到了露西的嚴肅，卻不知道她此刻會是這樣的模樣。

辛巴想起爸爸說的笑話，說他讀高中的宿舍，住了整個班的同學，大約有四十人左右，沒有人敢半夜不睡覺的，原因是不睡覺的人，會看到各種不同的睡姿，聽到不同的夢話，十分恐怖，有誰即使失眠了，也不敢睜開眼。

這下辛巴深有所感。他想著想著就失眠起來。他聽到牆上的掛鐘，滴答滴答地走著，在寂靜的夜晚裡，聲音似乎很大。雖然失眠，但他並不感到難受，相反，他認為能回憶起許多有趣的往事，是十分美好的事情。

床前明月光，
疑是地上霜，
舉頭望明月，
低頭思故鄉。

辛巴心裡默默地吟詠起爸爸拿來調侃失眠的詩句。以前他睡在爸爸的臥室，和爸爸互相比賽誰的鼾聲大，早上爸爸就對媽媽埋怨說：「哎呀，辛巴的鼾聲，如歌似泣，驚天動地的，搞得我整夜失眠，只好去想遠方的故事，以此打發時間了。」

想起這些，辛巴不勝感慨萬千，他抱了他的小枕頭，一下一下地細碎地啃咬著布面，回憶從前啃大骨的往事，他咬呀啃啊，想起過去的往事，媽媽煮的香噴噴的牛骨頭，他心裡就湧起一股熱流，期盼天色快點亮起來。

第 59 章

　　出發的時候，辛巴內心突然湧起奇異的感慨。這是他第二次，從這個家出發，去往遙遠的地方，第一次去了萬里之外的紐西蘭，這次要去的地方，不但有一段過千里的陸地之旅，接著要去得更遠，相距億萬光年的星球，那廣闊的距離和未知感，瞬間彌漫他思想的空間。

　　「捨不得吧？」

　　亨利見他吃早餐時就若有所思，現在更是一副呆呆的樣子，就走過來，用身體摩擦他的前腿和胸口，還舉著露西給他梳理過的毛茸茸的蓬鬆的尾巴，輕輕地掃過辛巴的下巴。辛巴被一種癢得舒服的感覺震了一下，回轉神來，趕快幫助露西把行裝運到車上去。

　　早晨的氣溫還沒升高，夏蟬還沒有扯著嗓門嘶喊，除了早起的鳥兒，在樹上嘰嘰喳喳，一切都顯得安靜。辛巴從花園後門出來的時候，看見陽光正穿透了芒果樹枝葉的縫隙，灑落在花園的大理石地面和陽臺的欄杆上。

　　等一碰上門，一種傷感就襲上了辛巴的心頭。嗯，似乎生命永遠處於流轉遷移的過程中，種種難捨總是伴隨左右。這是無法改變的命運呢，還是自我選擇的結果？辛巴一時也想不出答案來。

　　「就當是一次長途旅行吧。」

　　辛巴收拾起心情，朝坐在駕駛座上的露西一笑。露西熟練地把目的地輸入導航，隨即把車子駛出社區，朝導航箭頭所指引的方向奔去。兩邊的樹啊，高樓呀，公園和綠化帶朝兩邊閃去，正如許多往事一樣，朝後退去。

　　露西不敢把車開得太快，因為霧霾濃重，視野有限，再說，他也理解辛巴的心情，她把車子成步行的速度，在街道穿行而過，讓他有更多的時間流連舊地。車子駛上高速公路的入口時，被一個收費站的欄杆擋住了去路。

　　露西停下車，欄杆擋道，沒放下來。她轉頭看看辛巴，辛巴也搖頭，說：「衝過去吧？」她猶豫了片刻，下車走進收費亭，到處摸了一會，欄杆

還是無法舉起來。她站在那裡有點為難地看了一會，上車開了過去。

　　駛上高速公路後，儘管沒有別的車輛行駛，她也不敢再加速，因為能見度實在太糟糕了。她感覺到陽光的熱力，一團橙黃色的光團，在前面上方的霧霾中發亮。「損壞公物不妥，現在也是沒辦法。」露西明白大家的心思，就這麼說了一番寬慰的話。

　　大家的心情又活躍起來，話題從收費站談起，比較了各地情況。辛巴說：「我爸爸說過，投資公路，坐地收費，是收益最理想的方式。」亨利就笑他：「你爸不是寫書的嗎？怎麼又投資專家了？」辛巴哦了聲，說：「他在銀行待過十幾年呢。」

　　車子行駛了一段路，蘇菲對這霧霾感到不滿，因為前方的風景都看不見了。她說了聲出去看看，就從窗口飛出去，去前方的天空盤旋。不過，她回來後，卻沮喪地抱怨說：「看不清上面，也快看不清車子。」

　　亨利看蘇菲的羽毛，有細小的粉塵，說還真的髒呢。他討好地用舌頭給她清潔羽毛。露西從後照鏡看見了，就稱讚他也細心起來了。「那是妳沒留意人家而已。」亨利有點抱怨地說道。大家笑了起來。

　　到達廣州的時候，露西問大家，想不想進去轉轉？沒想到大家都異口同聲說，不去了。露西笑了說：「都不想玩了？」辛巴替大家回答說，是玩夠了，再說，看這霧霾濃重，看到路上許多連環撞毀的車輛，也就沒了玩興。

　　此時，亨利戴上了口罩，他的呼吸系統實在受不了這股臭味：「簡直成了吸塵機！」他嘟嘟囔囔的發著牢騷：「真不知道你怎麼過來的？」他又不忘調侃辛巴。

　　「強大吧？」

　　「強大！」

　　「不懂了吧！」

　　「久經考驗的成果。」

　　看兩個又在鬥嘴，露西也沒阻止他們，只隔著口罩，悶悶地說，說不

定經過這一段的鍛鍊去到目的地後，我們可以摘掉口罩自由呼吸了。蘇菲笑了說，不了解情況的看了，肯定會說，還是戴口罩墨鏡更酷呢。

辛巴說，現在還是好一點的情況呢。「什麼，好一點？」亨利聽了他這話，跳起來。辛巴解釋說，聽爸爸說的，以前珠江三角洲一帶，工廠眾多，煙囪林立，汙染更嚴重呢，現在人類都消失掉了，這不是好轉了嘛。

亨利聽了，調侃說道：「哎呀，原來我們遇上了最好的時間了。」他說得怪聲怪調的，連辛巴聽了，也忍不住和大家一起笑了起來，還衝著窗外汪汪地大吠幾聲，由於戴了口罩，聲音顯得十分怪異。

露西按導航的指引不停地轉入轉出、併入相關道路，過程中，他們也不停地遭遇收費站，這讓亨利牢騷和怪聲不斷。露西開車衝過欄杆的時候，大家會回應她一連串的口哨和歡呼聲。在說笑聲中，露西駕駛車子直奔湖南方向去。

第 60 章

經過一段時間對道路和車輛的熟悉後，露西開車的自信心提高了不少，雖然因為霧霾的原因，車輛好像一直在晨霧中行駛，但她已敢騰出一隻手來，撩一撩吹入眼中的塵土了，甚至把一隻手，垂吊在車窗外，這讓副駕駛座上的辛巴有點擔心。

露西朝她笑了笑，說，這速度沒問題的啦，紐西蘭的道路，那麼多轉彎，上下坡，還那麼窄，我都可以，這裡這麼寬大，還直，我都快麻木得想打瞌睡了。聽她這麼說，也被車輛微微搖晃得昏昏欲睡的蘇菲和亨利，也很贊同露西的說法。

「我們也快要睡著了呢。」

但辛巴不敢大意，雖然他昨夜一夜無眠，現在眼皮也不時變沉，但他牢記爸爸的話，坐副駕駛座上的，是不能隨便打瞌睡的，要隨時關照道路情況和駕駛。他跟爸媽去旅遊，雖在座位上坐不定身體，把頭伸出車窗體

驗拉風的快意，但也很留意爸爸的舉動的。

　　由於有夥伴開了話題討論，大家有精神了一段時間，但一會過後，又在車輛的搖晃中，頭腦昏沉起來。此時，透過霧靄的陽光，把車輛烤得熱烘烘。辛巴伸手扭了一下空調開關，把溫度降低一些，還是感覺到車廂悶熱難受，但又不敢把車窗打開。

　　「拿掉口罩好點吧？」

　　辛巴實驗了一下，感覺差不多。亨利感覺不行。露西說，她開慢點，這樣空調應該足夠涼爽些。可能是午後了，大家有點睏了，就不想說話了。辛巴提議，到前面的休息站就休息一下。

　　「隨時可停車啊。」

　　亨利說，反正路上沒別的車輛，愛怎麼停就怎麼停，都沒關係的。「老毛病又犯了，以前隨便就把我家的花草都睡塌了。」辛巴聽了他的話，忍不住就數落起他來。亨利不服氣，說：「現在情況不一樣嘛。」

　　「什麼叫嘴硬，你完全示範出來了。」

　　蘇菲被逗笑了，就插了一句話。露西按了按導航的螢幕，說，還好，快到一個休息站了。就在快到休息站的時候，大家感覺到車子震動起來，像是被什麼巨大的力扯了幾下。露西趕快輕點煞車，讓車子慢下來。

　　露西剛把車子在休息站的停車場停好，旁邊的超商轟隆一聲倒塌了，一陣煙塵四散開來。這情景把腳尖剛觸地的他們快嚇出魂來。他們目瞪口呆地站在原地待了幾秒，才意識到什麼，趕快逃開一段距離。

　　露西讓大家遠離建築物，觀察了一陣，只感到腳底的大地在搖晃。辛巴和亨利等緊緊地擠在一起，驚恐地看著地面。地面幸好沒有裂開。辛巴想像著，假如一裂開，他們就掉下去了。此刻，他們連叫都不會了，只靠摩擦彼此的身體感受彼此的體溫來尋找安全感。

　　這些震晃過後，煙塵散去。辛巴心定下來，本能地朝超商跑去。蘇菲想喊住他：「你幹嘛去？」辛巴說，他擔心有人埋在裡面。露西聽了也趕過

去。辛巴在殘牆破壁之間的縫隙出入嗅探。亨利猶豫片刻，也加入進來，他身小靈巧，深入到更深更小窄的角落尋找。

在紐西蘭的電視裡，動物出鏡頻率很高，特別是工作犬，他們擔當了海關緝毒，追尋罪犯，地震救災等工作。他們與人類的互動也是很密集的，所有這些與人類相關的工作，辛巴早已熟記於心了，一有機會就本能反應而行動。

他們探尋了好一會，露西力氣大，還搬開倒塌的橫梁磚塊勘查，沒發現有人傷亡，才小心地出來。「其實人類都消失了呢！」亨利好像突然醒悟過來。

辛巴說：「山野裡也許有像我們一樣滯留的呢？」他望著那堆殘牆瓦礫自言自語道，又轉身望向兩邊的山巒。迷霧繚繞中，他只看到露出來的山尖部分。他對自己的猜想也產生了懷疑，這裡安全嗎？他並沒有這個自信。

「E 星人說了，全撤走了。」

亨利這句話，讓辛巴回神，是啊，自己老想著還有人類留在這裡，大概總是希望有意外的結果吧，或者說，還是希望人類能幫忙解決某些難題？他一時沒有一個清晰的答案。他只能繼續自己尋找了。

想到這裡，辛巴感到有點疲倦，就說，就在這裡休息吧？大家同意這個建議，但有個為難的問題，如果不接近建築物，他們就得曝晒在陽光下，要是靠近呢，又擔心危險。最後經過權衡，他們靠在車子背陽的一側小睡。

「剛才嚇死我了。」

「哦？」

「爸爸沒提過這地方會有地震的。」

「也許是地殼新變化。」

「E 星人說了，地球的環境急劇惡化中，要不然，人類也不會撤離的。」

他們在進入睡眠之前，你一言，我一語，說著說著，就進入了昏睡

中，遠處傳來夏蟬的鳴叫：「知了，知了」，悶熱滯重的風，帶來了一兩聲鳥鳴，這似乎是一絲小小的涼意，落在他們睡夢的縫隙裡。

第 61 章

午睡後的行車，開始並沒有多少新意，但進入層巒疊嶂的群山後，霧靄稍稍減少，山風吹拂，涼意的面積在擴大，觸摸到了他們的臉。露西把車窗打開，關閉空調，讓大家感受一些山地氣息。

汽車在群山中穿梭起伏的高架橋上行駛。辛巴不禁感嘆起來：「My goodness！」媽媽以前一看到什麼驚奇的事，常常脫口而出這麼一句話。此刻，他也情不自禁叫了一聲。「下車看看。」露西好像看穿了大家的心思，把車停在了高架橋的中間。

辛巴跳下車，跑到橋的一邊，站起來，前腳趴在圍欄上，朝外面張望。哇，這高架橋距離地面有上百公尺高呢，巨大的橋基從拔地而起，而巨大的橋面，猶如繚繞山間的巨大白色帶子，鑲嵌在山雲間，氣勢宏偉壯觀。

蘇菲大喊一聲，說她上去看看，就飛上天空。「別走散了！」露西大聲叮囑她道。蘇菲讓大家放心：「只要你們在路中，我就能看見。」辛巴附和說對的，只要她沿路找，那麼醒目的路線，不會走丟的。

辛巴看完一邊的風景，又跑到另一遍去感嘆。他把口罩拿掉了，先是輕輕，小心的吸入一口氣：「還好。」這裡的空氣品質過得去，他又稍稍用力呼吸了一次。「是嗎？」亨利有點不相信。露西也拿下口罩，讓亨利也試一試，說要是不行再戴上就是了。

亨利猶豫了一下，摘下口罩，還是屏住呼吸，等憋得難受了，才不得不小小呼吸了一口，嗯，似乎還行，但有臭味。雖然不滿意，但他還是嘗試適應一下，因為這幾天，總戴著口罩，又是夏天，實在夠他難受的。

「人類要住到山裡，就不用移居到別的星球了。」

「不方便嘛。」

「風景多好。」

「空氣又不能總當飯吃。」

「那麼多人，都住山裡？」

他們站在路橋上爭論起來。蘇菲飛回來，棲在圍欄上，向大家報告別處的風光。蘇菲從不同角度看了這路橋，真的好壯觀，太了不起了。她說去山谷晃了晃，也問過一些鳥兒，打聽關於人類遷居的事。

「他們說沒注意，不過，人類早走早好。」

大家聽了蘇菲轉述貓頭鷹的話，不覺得奇怪和生氣了，他們已經理解了，為什麼動物對人類都有那麼深的恨意，一致強烈譴責他們破壞了共同生活的環境，讓原先和諧的大自然，毀在了人類的貪婪和自私上。

「可惜山禿頭了，要不然風景一定大美。」

「嗯，樹都砍光了。」

「紐西蘭公路兩邊的草都要修剪的。」

「也許他們覺得浪費了。」

「紐西蘭的山都是牧場和樹林相間的。」

「這裡不適合放牧的。」

他們在橋上流連了很久，對四周的風光評點。他們再上車後，大家都很精神，繼續呱呱的爭論著。露西眼睛緊盯前方，手把方向盤。在這樣的路橋上行駛，她心理上有點不適，有種莫名的眩暈感。

過完高架橋後，他們來到平坦的路段，看見公路出口遠處，有一座小鎮。大概是剛才的好心情，使大家有了停靠的欲望。露西查了查交通圖，看到能穿過這個小鎮後從另一個路口轉回高速公路，就把車子駛下出口處，往小鎮開去。

這小鎮被公路一分為二，沿公路兩邊，是擁擠的房屋。辛巴和亨利很

好奇地趴在車窗朝外看。露西盡量把車子開慢點。她發現，這裡的路面，坑坑窪窪，凹凸不平，路面也被壓得爆裂了。

「超重造成的。」

辛巴說常聽爸爸埋怨說，這裡的公路總不停的修補。「要不然人家道路工還不都失業了。」亨利給出了一個理由，他說紐西蘭的公路也總在修的。本來，辛巴想反駁說這是因為品質不好，加上超載等問題造成的，但想到亨利他們都不了解中國的情況，也就算了。他張了張嘴巴，沒說出話來，自己離開多年了，又能了解多少呢？

車子繼續超前駛去，開上一段高架橋。辛巴耳朵很靈，似乎聽見吧噠吧噠的聲音，身體就隨車身搖晃起來，伴隨一聲「轟隆」的巨響，驚得露西緊緊踩住了煞車，但車子還是滑出了一段路。

橋的前面一部分塌下去，朝前方斜下去！

煙塵散去後，大家驚魂初定，這時才發現，橋前方塌了下去，他們的車頭衝下，屁股翹起。露西滿頭大汗，她穩住後，讓大家拴上安全帶，抓牢扶手，她試著換上倒退檔，踩油門，汽車轟鳴著，朝後退了幾下。

「我出去看方向。」

蘇菲出去給露西報告方位。露西穩住方向盤和油門，聽蘇菲的報告，不斷調整方向，慢慢的，一寸一寸地倒退，幾經努力才退到了路面與引橋的交界處。露西一轟油門，車子猛地朝後衝去，跳起來，又落迴路面。「幸虧是越野車。」露西把車子停在安全地方後，長長地吐出一句話。

「怎麼辦？」

亨利驚魂未定，問了一句。辛巴說也沒什麼，我們原路返回高速公路即可。「那不是逆向了嗎？」他有點不放心。辛巴說，現在沒別的車輛，看目前的情況，要靈活一點。

「你們都愛這麼做？」

「靈活變通嘛？」

「哎，別爭了。」

看辛巴和亨利兩個爭論起來，露西制止了他們。她說沒關係：「入境隨俗嘛」，再說行車規則，是人類定給自己執行的，動物是否需要遵守，尚有商榷的餘地。蘇菲撇嘴說：「你們啊，什麼都喜歡吵。」

露西把車開回了高速公路，朝前方繼續開，到了一個休息站，她提議就在這裡過夜算了。亨利問這樣是否不安全。辛巴笑了嚇唬他：「這裡可不像紐西蘭，沒有毒蛇猛獸的。」

「早被你們殺光了！」

亨利哼了一聲，回擊辛巴一句狠話。辛巴聽了，被噎住了，半天沒有找出適合的話來反擊亨利，顯得十分鬱悶，在拿出他的枕頭睡覺的時候，臉還是拉得很長的。「別和他生氣啦。」蘇菲看見他這樣，就勸慰他道。

「剛才亨利和辛巴也該先下車等的。」

露西談到剛才的情況，反思了一番。「我幫露西打氣啊，再說，貓有九條命呢。」亨利毫不在乎地說道。他們又閒聊了一會，然後陸續入睡了。半夜辛巴醒來，就無法睡著了，側了耳朵，細心分辨四周的聲響，又拿出那架錄影機，打開開關，又看了一次爸爸和E星人的錄影。

他的思緒隨之飄向了遠方。

這裡看不見星星，只見到了月暈。哎，要是在紐西蘭，就能看見滿天的星星，大而亮，爸爸說好像燈泡那麼大，月亮就更別說了，不過，按現在環境惡化的速度，估計現在也消失了，也看不見了吧？

「與美好說再見，總是難受的事。」

他想到這裡，悵悵地嘆息了一聲。

第 62 章

白天行車雖有空調，但氣溫計顯示車外溫度六十度了，大家烤得難受。開車窗不現實，在平地上除高溫烘烤，霧霾也讓人呼吸困難。他們只能強忍

著，隔著口罩沉重地一呼一吸。辛巴不時拉下口罩，伸出舌頭來降溫。

「來場大雨就好了。」

這是大家最盼望的。露西現在又重複說了一次。路面蒸騰的熱氣讓她出現了幻覺，好像道路也在晃動，類似海市蜃樓的感覺。「有點似沙漠的感覺。」露西在心裡嘟囔道。

雖說露西來自非洲，但那是很久遠的事了，是祖先的年代，她已習慣紐西蘭的環境了，遭遇高溫，雖然她的基因記憶會被喚醒，但效果並不明顯，她感覺到置身火爐旁。

露西把車停在河邊小憩。辛巴在河邊張望，驚奇地喊起來：「漲潮了？」亨利聽了，很不以為然，說：「河也漲潮？」辛巴連聲說，快看快看，還真的呢。他朝河水大聲吠叫，喊大家過來看。

「還真的是。」

大家一邊看一邊感到困惑，這裡不是入海口啊。「還黃色的。」辛巴補充了一句。河水漲起來，在灣角處，斷樹枝，家具，破床墊，隨水流不斷打轉，又漂走。水位不斷上升，沒多久就淹沒了剛才還看得見的草叢。

辛巴叫了一聲，往身後跳。大家也條件反射跟著倒退了幾步。露西抬頭望望天空，毒辣辣的太陽正掛在天空。「上游下雨了？」她猜測是這麼回事，否則河水為什麼會上漲呢？

「下雨就好了。」

「我上去看看？」

露西說還是繼續趕路吧，她招呼大家上車。在行駛的途中，突然天降暴雨，一路下個不停，行雷閃電，把辛巴的心擊打得一陣陣抽搐，他故作鎮定，還不斷說話，提醒開車的露西注意前方的路況。

再往前，車子走沿河路段時，他們看見河水繼續上漲，沒有河流的地方，看見的是沼澤積水，眼前是白茫茫的雨水織就的世界。「變化太快了吧？」亨利發牢騷說道。「不是想涼快嗎，這下全來了。」辛巴聲音顫抖地

調侃道。

「嗯，朝正面想，是這麼回事。」

蘇菲是個樂觀者，開始她感到涼快，舒服，時間一久，她也感到厭煩，她喜歡飛翔，晴朗的天氣，雖炙熱難受，但至少可以自由飛翔，去一個大的空間舒展翅膀，否則，那還叫翅膀嗎？

隨著大雨的持續，蘇菲變得悶悶不樂。她常從後座躍起，湊上前去看導航箭頭移動的方向和位置。一路上，露西除了停站加油，一直在行駛，她有她的理由：「涼爽的天氣太難得了，反正就坐在車裡嘛。」

由於沒有了電力，加油的時候，露西還想出了一招，自己變成了電工，把丟棄在加油站的車子開過來，發動了當是臨時發電機，替油站供應電力，然後給自己的車子加油。她的這個創意，讓辛巴拍手叫絕。

「太專業了！」

「E 星人的晶片發揮作用了？」

大家互相調侃起來，望著幾公尺外的滂沱大雨，又慢慢陷入沉悶中。有時看這大雨下得那麼大，大家都不想走了，因為在加油站待著，至少所處的空間大，可自由舒展身體，但要等天晴了再走，那是太熱了。

「以前沒這麼嚴重的啊。」

辛巴嘟囔道，他討厭這雨天，這勾起他的回憶。以往別說這大雨天爸爸不會帶他出去散步，連毛毛雨他也只能待家裡。爸爸說，多討厭啊，走到半途就溼漉漉的，掃興。辛巴常在雨天望著窗外發呆。

辛巴想到這裡，不由自主地把身子猛力抖了抖，把黏在毛髮上的水珠抖飛掉。

雨天開車，露西雖有過經驗，但不敢大意，能慢就慢，穩當安全為上。辛巴坐在副駕駛座上幫忙看，也稱讚她成了老練的新手。這話把亨利逗笑了，說辛巴的口才有進步。辛巴得意地說：「媽媽說我了什麼都懂，只是不會說話罷了。」

「現在嘴巴比抹了油還滑呢。」

「那那，又來了。」

大家嘻嘻哈哈，互相打趣。車子駛出一段路，常因為路面積水等原因停滯不前，要等探明了水下狀況，或者等水消退了，車子才能安全駛過去。這樣一來，行程耽誤了不少。不過，露西總把一句話掛在嘴上告誡大家。

「一切唯安全第一！」

第 63 章

當導航顯示，衡陽市就在前方時，大家沒絲毫的興奮，因為遠遠就看見整座城市淹沒在洪水裡，他們坐的車子也行駛在淺水裡了。「進不進城去呢？」大家一直糾結在這個問題上。

其實，也沒什麼好糾結的，他們也需要補給了。之前，他們一直是在高速公路的休息站找補給的，但後來變得沒什麼用了，因為休息站不是被水淹了，就是道路被洪水阻斷了，他們得另想辦法。

大雨初歇，大家喊，找個地方停停，活動一下身體。露西把車子停好，蘇菲就迫不及待躍出車窗，飛上天空巡視。露西和亨利也爬上車頂，朝四周瞭望。辛巴急得跳腳：「怎麼樣？」他圍著車子不停地轉圈，詢問。露西一時沒了主意，撓著腦袋，希望能找到切實可行的做法。

「那邊有機動船呢。」

蘇菲折返回來報告，帶大家來到一處碼頭，發現那拴了很多隻橡皮艇，隨洪水在打轉碰撞。露西說，乾脆坐船進城看看。「路牌都淹沒了，怎麼找路？」亨利很擔心。辛巴說，跟導航走就行了。

露西讓大家返回車上，檢查儲備，開列補給單，有些物品，暫時不缺，但也一併列進去，作為後備。「這樣的天氣也不知道哪處可補給。」天氣的驟變使原先的計畫都得臨時修改。

開列好補給單後，大家朝橡皮艇走去。辛巴走了一半路，提醒要帶導

航。露西折返回車，取出帶上。辛巴跑回去，叼來有拉鍊的塑膠保鮮袋。亨利問這幹嘛用的。辛巴讓她把導航放進去，說這個防水的。

露西笑了，說：「辛巴真細心，這個導航我看是防水的。不過，多一層保護更保險。」她讓大家把救生衣穿上。但發現蘇菲和亨利沒適合的救生衣。這可怎麼辦呢？還是辛巴有主意，他折返回車子，又把兩個密封型保鮮袋叼來。

露西一下明白了他的意思，趕快把保鮮袋吹大，再拉上拉鍊，就成了一個小救生袋了。蘇菲看了，大力稱讚辛巴的創意，不過她說自己不需要，要是船出問題，她就飛起來。「亨利倒需要的。」辛巴把袋子放在了蘇菲跟前，說備用也好，又把另一個保鮮袋給了亨利，嘻嘻地笑起來。

「鬼點子真多。」

「爸爸聰明，我是耳聞目染。」

「我的利爪一抓就破了！」

「那只能小心加小心了。」

「哼，那等於沒用。」

「要真掉水裡，抓住我就行了。」

「哼！」

露西駕駛快艇朝市中心駛去，小心地避開迎面漂來死豬，死牛，死雞等雜物，一路是觸景傷情的境況。船從街巷裡穿行，輾轉，最後到達了市中心。露西把船駛到一座大廈門口，發現洪水已經淹上了三分之二的門框。

「幹嘛不進去？」

亨利看露西把船停在門口，有點心急，他想進去看看。露西解釋說，她在看洪水是漲還是在退，要是漲的話，進去後，一會門被淹沒，那只有蘇菲才能再出來，其餘的要被洪水鎖在大廈裡的。

亨利為自己的冒進感到尷尬。辛巴看了看，很高興地說：「洪水在退呢！」他示意大家看，門框上，一道殘留的淡黃色的水線高出眼前的水

位。露西這才放心地把船駛進了大堂。

電梯丟荒太久，也沒有電力，無法用上，大家走防火梯上樓，上到最高一層，大家透過玻璃窗朝四周看。「My god！」眼下是一座淹沒在汪洋中的水城。他們從高處看見的，是建築物的上部。大家不禁悲從中來，一時沒了話，呆呆地看著一片水景。

突然間，雷暴雨傾盆而下，他們受盡驚嚇，心急如焚，又毫無辦法，只得在房間等候。大雨下啊下啊，閃電，打雷。大家擁擠成一團，互相尋求安慰。等大雨終於稍停，他們下樓到大堂，第一眼看到橡皮艇還在，緊著的心鬆了一下，但一看到大門，心立刻又緊了，洪水真的把大門封住了，計畫沒有變化快呢。

大家一時沒轍了，露西查看完拴橡皮艇的繩子，確認保險後，又領大家返回樓上的房間，一邊休息一邊等待水退。他們或坐或躺在沙發上，站或趴在窗前，看外面閃電雷鳴，狂風暴雨肆虐，心裡沉重無比。

「我們的車子沒事吧？」辛巴懷著心事。

他們等啊等啊，沒想到，這一等竟然等了好幾天，大雨才停歇，洪水才開始消退。大家看門框的水位降低到可以讓船出去了，看天色稍好，趕快駕船出去，找了好幾家超市，把補給品備齊，又急匆匆趕回出發時的碼頭。

大家遠遠看見車子還停那裡，心裡鬆了一口氣。但走近後心又提起來，他們發現車子被水淹過了，車窗的位置有一條黃色的水線，讓他們的心頓時沉沒在水線之下。

露西跳進車裡發動，可車子連咳嗽聲都沒有，靜靜地趴在地上，一聲不吭。她反覆試了無數次，還是毫無動靜。大家頓時就傻掉了，不禁想到一個可怕的問題，沒車的話，想順利到達目的地那將是遙遙無期的事。

四周都是茫茫水世界，附近的車輛，都被水淹了，即使找到車子，結果大概也是一樣的。露西爬上車頂張望，但只是張望而已，視野裡沒有她需要的東西。蘇菲飛上天空，折返後，也蹲在地上不出聲。

218

　　亨利蹲在車下的陰影裡，不停地用爪子撓著鬍鬚，希望能摸出一個可行的方案來。「要是不進城就好了。」他小聲嘟囔道。辛巴想反駁他，但話剛要出口，他想這於事無補，就煞住了，走到一邊，望著浩蕩的洪水發呆。

　　「有了有了！」

　　他突然跳起來喊道，把大家嚇了一跳：「有了？」辛巴提議再駕船返回市區：「我們去那裡找車子。」對他這個提議，大家覺得不可行：「那的車子不也都被水泡了嗎？」辛巴笑起來，很開心地笑起來，讓大家懷疑他是否急瘋了，看著他沒出聲。

　　辛巴看出大家的心思，說自己沒有瘋，他說可以去高層停車場找啊，那裡停放的車子，不但不會被水淹，而且都是馬力強勁的好車，更適合他們跑長途和山路。他很大膽地猜測那的情況。

　　「嗨，怎麼沒有想到呢！」

　　「慣性思維嘛。」

　　「辛巴心思活絡！」

　　大家心情舒暢起來，把車裡需要帶走的東西搬上船。辛巴拿著泡溼的小枕頭，很心疼，讓露西幫他扭乾，也帶上船。經過一番折騰，他們返回了市區，又耗費了不少時間，在一個新式的大廈停車場，找到了所需的車輛。

第 **64** 章

　　待洪水退卻，道路顯形，他們又出發上路。沿途街道上，遍是淤積的泥漿，車輪碾過，偶爾打滑，偶爾泥水四濺。一路上，他們聽到泥水飛濺打在建築物或牆上的劈啪聲。

　　雨過天晴後，太陽更毒辣，烤得車廂如蒸籠，空調似乎毫無作用。在山區路段行駛的時候，他們可把車窗打開透氣，但此時，霧霾重臨，他們不得不戴上口罩，難受的程度可想而知。

「但願在長沙再來一場洪水。」

亨利喘著氣望著窗外嘟囔道。露西說不打算停留了，車上的食品都夠用了。「那下雨也行。」亨利退而求其次地嘟囔了一句，心裡暗地詛咒這天氣，他還真懷念紐西蘭呢，那麼舒服自在，冬天靠在壁爐邊打瞌睡，夏天可以去鄰居家的花園，躺在花叢中涼快，比如辛巴家的花園，想到過往的舊事，他心裡有了些許涼意。

一路上，辛巴提醒大家喝水，說喝水能降低體溫，他不時拉下口罩，咕嘟咕嘟喝一口水。大家被熱浪蒸騰得頭昏腦脹的。鑑於這高溫酷熱難熬，辛巴提出建議，能否改為早晚行車，白天休息，找陰涼的地方睡覺。

他話一出口，大家都點頭贊同，去尋陰涼的大樹，卻發現是件難事。「哎，怕是都被砍光了呢。」亨利又發牢騷道。辛巴沒有出聲，他讓蘇菲出去轉了一圈，找到一處廢棄的路邊小旅館。露西開過去，讓大家歇息。

辛巴叮囑露西好好休息：「夜晚開車，危險增加，你要養足精神。」他躺在露西旁邊瞌睡，隨時看露西有什麼需要。這一套，他是從爸爸媽媽那裡學來的呢，沒想到真的很實用呢。

當然，夜間行車，速度不快，卻是目前最可取的方法。一路上，走走停停，由於避過了高溫酷熱，大家覺得還算可行。辛巴把頭伸出去：「很可惜呢，看不見星星，只見月亮的輪廓。」大家說笑，其樂融融，但也會陷入一時無話可說的境地。此時，辛巴會讓露西放一張 CD 給大家聽。

「明月幾時有，把酒問青天……」

歌聲響起，辛巴聽得心潮起伏，思緒飄蕩，嘆息聲聲。亨利問這歌詞是什麼意思，雖然蘇菲教大家學了人類的語言，但文字學得並不多。蘇菲讓辛巴解釋一下。

辛巴說，媽媽老是聽這首歌曲，爸爸也很喜歡，愛跟調子吟詠，據說是中國古代一個大文學家蘇軾寫的詞，叫〈水調歌頭·明月幾時有〉，後來

被譜上了曲子。辛巴接著把這首詞背誦了一次。

明月幾時有？把酒問青天。不知天上宮闕，今夕是何年？我欲乘風歸去，又恐瓊樓玉宇，高處不勝寒。起舞弄清影，何似在人間？

轉朱閣，低綺戶，照無眠。不應有恨，何事長向別時圓？人有悲歡離合，月有陰晴圓缺，此事古難全。但願人長久，千里共嬋娟。

辛巴說，中國詩詞裡的妙韻寓意，只能意會，不可言傳，這首詞裡大致說的，就是他思念親人，希望一展自己的抱負。「怎麼說呢？就好像與我總想著爸爸媽媽他們，想飛上太空那處星球和他們團聚的情感類似。」他絮絮叨叨地說了大致的意思。

「含糊不清。」

「是朦朧。」

「嗯，有點這意思。」

大家聽了辛巴的解釋，聽著空靈飄渺的音樂，應和著那一聲聲，不緊不慢的吟詠，大家的思緒也飄蕩起來，進入對浩渺宇宙的想像。一時間，大家陷入了沉默的境地。車廂裡，甚至世界裡，充滿了一種飄渺傷感的情緒。

「爸爸最喜歡夜間行車，因為可感受許多白天感受不到的東西。」

「辛巴都快成為詩人了。」

「爸爸真的是詩人。」

車子繞過長沙後，直奔岳陽去。辛巴提議，可到那裡小憩。他想帶大家去看看一座在中國最有名的樓，叫岳陽樓。大家說難得辛巴有雅興呢。辛巴說，正好路過嘛。他們跟隨導航的指引，徑直來到了岳陽樓。

大家讓辛巴當導遊。辛巴說，他對此地不熟悉，也和大家一樣，是第一次來到這裡呢。大家對他的說辭並不接受，堅持說，相比而言，他是東道主。辛巴見推辭不下，只得臨時抱佛腳，快速瀏覽樓前屋後及樓內外所見碑文，給大家做簡明扼要的解說。

「此樓建於西元前 220 年前後，千百年來，文人騷客，都喜登臨此樓，觀景覽勝，眺望八百里洞庭，湖光山色，心潮起伏，抒懷祭文，或詩或畫，佳作無數，誕生於此，讓這座名樓名揚千古，其中以北宋范仲淹的〈岳陽樓記〉中的名句『先天下之憂而憂，後天下之樂而樂』最為著名，流傳千古，影響極大。」

大家邊聽辛巴說，邊跟他上樓參觀。這三層的建築，結構精巧，格調獨特，木結構，飛簷盔頂。直通屋梁的，是四根楠木柱，如意斗拱承托的天花板，陡成翹形，線條流暢，如古代武士的頭盔，金黃色的琉璃筒瓦，綠色的翹首龍鳳，大柱廊簷朱紅，耀眼陽光下，那「躍金浮光」的樓身，顯出與洞庭山水相輝映的氣勢。

「見鬼了！」

「什麼？」

「湖水枯了！」

大家本來以為只是近處的湖水乾枯了，可登上最高層眺望，頓時詩意全失，八百里洞庭山水，只剩下白茫茫龜裂的黃土。從大雨滂沱，洪水肆虐的來時路，一下子陷入到乾旱龜裂的境地，如此巨大的氣候反差和景觀，實在讓他們無法接受，疑心是否走錯了地方。

辛巴以為自己眼花了，奔下樓來，跑向湖邊，發現可以徒步深入湖的中央。他們走啊走啊，竟然發現乾枯龜裂的湖底，有許多死鳥的屍體腐敗發臭，還有半埋在湖泥的魚骨。而龜裂的湖底，裂口很大，他們小心翼翼的，生怕一不小心，會陷進泥溝扭傷了腳踝。

蘇菲飛起來，朝湖中心方向飛過去，查看究竟。

辛巴還不服氣，想繼續往遠處走去，但熱得實在受不了了。而蘇菲折回來後，說不用走了，都乾了。辛巴灰心喪氣，隨大家返回岳陽樓，躲避毒辣辣的陽光。大家坐在地上喘氣，沒有人說話，茫然地望著遼闊乾枯的湖底，熱氣蒸騰中，竟然成就了一幅海市蜃樓的虛景。

夜晚，他們宿在岳陽樓裡。起先大家沒有睡意，吵著讓辛巴講故事。辛巴想了想，就為大家講起了「夸父追日」的故事：「從前有個叫夸父的人，突然有了個奇怪而大膽的想法，他想去追趕太陽，把太陽摘下來，放到族人的心裡，他希望這樣能讓人心如太陽，光明，高高在上，而且溫暖，恆久。」

「夸父追呀追啊，一路追著太陽的影子跑，他剛追趕到太陽落下的地方，太陽又升了起來，他就這麼一路追趕，他越跑越快，越跑越渴，想喝水了，就跑到黃河和渭水喝水，一口氣把黃河和渭水都喝乾了。他又跑到北邊的大湖去喝水。可他實在太累太渴了，在趕往大湖的途中，他渴死在路上。他丟下的手杖，長成了一片桃花源。」

大家聽到這裡，都長噓了一聲，為夸父趕到惋惜。「夸父長得怎麼樣？」亨利問道。這讓辛巴有點為難，他說：「他耳朵穿著兩條黃蛇，手中呢，也握了兩條黃蛇。」他只能這樣說，因為爸爸也是這麼描述的。

「那一定是個巨人了。」蘇菲猜測著說道。

露西摸了一下額頭，問道：「中國人老是喜歡說故事裡包含了寓意，這個傳說也有寓意嗎？」辛巴也撓頭：「我爸爸說有很多呢，看自己怎麼理解了，有說夸父不自量力的，也有說他敢挑戰太陽，有誇讚他氣吞山河，有人說是代表了人類的好奇心，有人說夸父只是帶領族人遷徙去水草肥美的地方居住，而太陽的方位只是他們遷徙的依據，他們只是追逐水源而已等等。」

「辛巴從哪聽來的？」亨利好奇地問道。

辛巴回答說：「我聽爸爸說的，他有時寫書，查閱資料，看一本古代的書《山海經》，裡面有好多傳說故事呢。我爸爸寫好故事後，就會一本正經地唸給我聽，說如果辛巴都能聽出興趣來，人就更不用說了，常常把媽媽惹得大笑不已。」

「哎，我們是不是也在追日呢？」亨利嘆了一聲說道。

露西笑了：「亨利想要成為新傳奇呢。」

這句話說得亨利有點不好意思：「就是嘛，這麼熱，真的好像在追日呢。」他小聲嘟嚷道。蘇菲問道：「你們中國不是喜歡講標準答案嗎，這個有嗎？」辛巴想了好一會，才說：「我也似懂非懂的，爸爸說一般人認為，夸父代表了天行健，君子自強不息的人格。」

蘇菲說：「夸父好像中國版的普羅米修斯呢。」

「蘇菲就是聰明！」辛巴稱讚了一句。

「又哲學起來了，不好玩，不懂。」亨利說道，打了個長長的哈欠，說他想睡覺了。

他這個哈欠，感染大家都打起了哈欠，於是大家開始找最舒服的姿勢準備睡覺了。辛巴雖然打了哈欠，但還沒有一下就進入夢鄉，他對眼前的一切感慨起來。

「多遺憾啊，要是能聽到湖水蕩岸浪聲，要是能看見浩渺的煙波，這該是多美妙的夜晚。」辛巴頭靠在小枕頭上，眼望著上方的雕梁畫棟，看著牆壁上的名人書畫和銘記，突然思緒萬千，心生感慨。

「以後重返，改造地球。」

第 **65** 章

當車子離開岳陽很遠了，在高速公路行駛時，辛巴悶悶不樂的，他的思緒總被扯往。「魂丟了？」亨利半開玩笑半調侃問道。「嗯。」辛巴含糊地應了一句，就沒了下文。

一路上，由於晨霧或是霧霾，道路視野不好，露西把車子開得慢吞吞的，還打趣說，這路比紐西蘭好開多了，都是直直的，該帶一本書來，邊看邊開車。辛巴聽了，嚇一跳，說，露西，妳手握四條命呢。

「人家開玩笑呢！」亨利急忙插嘴說道。蘇菲笑了說：「辛巴總是認真的。」有同伴帶頭說話，車廂裡的氣氛比較活躍了。突然，辛巴猛地扭動

身體，扭頭想去咬背部，無奈碰不到，只得往椅背亂蹭，呲牙咧嘴，牙齒咬牙齒，咯咯作響，嘴巴還哼唭哼哈的。

蘇菲問他怎麼啦。辛巴一邊蹭刮，一邊說背上癢。蘇菲見狀，喊亨利幫幫忙，可亨利嘟著嘴巴不情願。蘇菲不高興了，自己搶過去，讓辛巴伏在擋風玻璃前，給他撓起來。她的爪子刮下去後，辛巴扭動緩了下來。

車裡安靜下來，過了一會，亨利也扭頭想去咬自己的背部，開始是小聲地哼唭，後來是大聲起來。大家沒搭理他，他便在後座打滾。蘇菲不高興了，斥責他想幹嘛。亨利只喊了一句：「癢死了。」

大家以為他調侃辛巴，還是不搭理他。亨利後來難受得在後座亂竄起來，還發出慘叫似的聲音：「喵喵喵，喵喵喵！」大家起初想笑，後來發現亨利的表情不對，才當真起來。

蘇菲趕快幫他抓，他這才回過神來，喊了聲：「我都快要癢死了。」大家哄堂大笑起來，說還以為他吃醋撒嬌呢。亨利說，我至於嗎？我至於這樣嗎？他一肚子的不高興。

「還以為他喊：妙！妙！太妙了呢！」

「亨利的口音 —— 哈哈。」

「你們都是壞蛋！」

「哈哈哈哈哈……」

「有跳蚤吧？」

大家笑夠了，鬧夠了，露西止住笑，隨口問道。這下辛巴警惕起來了。黃金獵犬的皮膚最敏感，這個他最有體會了，夏天去公園玩耍，很容易黏回跳蚤等蟲子，把他咬得亂竄怪叫，有點雞飛狗跳的模樣，稍不注意，被咬的皮膚就潰爛出水，把爸爸媽媽嚇得要帶他去看病。

辛巴擔心呢，現在爸媽不在，自己得照顧自己了。他在停車休息的時候，跑到後備箱裡，找出驅蟲藥水，讓露西依次滴在大家的背上，然後趴下，讓藥水滲入皮膚，通過毛細血管進入身體，這樣跳蚤在吸血的時候，

就會中毒死亡。

　　大家還互相翻檢彼此的毛髮，尋找蟲子或潰瘍的皮膚。蘇菲眼尖，發現辛巴的屁股上面，有一個小傷口，幸虧發現得早，要不然一舔的話，就會感染的。亨利叫蘇菲幫忙，露西說，沒看見人家忙嗎，我給你看看，一把抓過亨利，給他檢查起來。

　　亨利極為不情願，可他動彈不得。露西給他翻查皮毛時，他不停地喊叫：「輕一點！能不能輕一點？太粗魯了！」蘇菲忍不住咯咯大笑起來，她的爪子也把辛巴咯吱得癢癢的，也跟了哈哈大笑。露西呢，聽了，忍不住了，也笑起來。

　　亨利本來想發作的：「笑？有什麼好笑的？」但想想，也不禁笑起來，他沒辦法不笑啊，他是這笑的源頭嘛。一時間，大家一時都停下手中的工作，痛痛快快地笑了個夠。

　　大家忙碌了一番，既開心，也有點想睡了，連飯都沒吃，就打起瞌睡來。突然，亨利捂了肚子哼叫起來。大家起先沒在意，都以為他在做夢呢。當然大家也有點好奇，因為聽過辛巴做夢說夢話，還真的沒聽過亨利做夢呢。

　　亨利哼叫了很久，大家才覺得不對，搖了搖他，問他是不是做夢。亨利蜷曲了身體說：「痛死了！」聲音柔弱無力。露西問他哪裡疼。亨利抱了肚子，繼續哼叫。辛巴很敏感，他馬上想到什麼，就問：「吃過什麼？」

　　亨利說：「就魚啊。」

　　「罐頭魚也有問題？」

　　辛巴腦子一想，覺得不對，繼續追問：「魚？哪的魚？」亨利也顧不上面子了，小聲說：「湖裡的。」露西明白了：「死魚？」亨利的目光游離開去，沒有出聲。辛巴也明白了，說：「哎，真是的，車裡不是有罐頭的嗎？」他趕快把藥箱拖過來。

　　露西找出藥，讓亨利服下，又轉開瓶裝水，給他灌下去。之後亨利哼

叫了一段時間，聲音才漸漸地小下去，把大家嚇了一跳，以為出什麼大事了，詢問後才弄明白，是亨利肚子的疼感慢慢平緩了下去，他是因為這個不叫了。

「辛巴好像很有經驗。」

聽蘇菲這麼說，辛巴的臉紅起來。他解釋說，他以前也愛偷吃一些撿來的東西，吃壞過肚子，被爸爸教訓過，不再敢了。亨利聽了，就說：「看吧，也不是我才這樣的。」蘇菲嗆他說：「不學好的，還有道理講呢？」亨利也就不出聲了。

「以後別亂吃就是了。」

「嗯。」

「以後可疑的東西，我先試吃。」

「這怎麼行呢？」

蘇菲說她百毒不侵的。亨利有點不服氣，說，那是過去吧，現在的環境汙染這麼嚴重了，情況與從前大不一樣了。「反正比你們強多了。」蘇菲翹起嘴巴，得意地回答道。

露西說，大家都別爭，各展所長，沒有什麼困難不能克服的。她這話一出，大家點頭贊同，想想也是，一路走來，迢迢萬里路，都是這麼一步一步走過來的呢。「再睡一會吧，亨利，你也做個好夢。」

大家都哄笑起來。亨利感到心裡一熱，加上這高溫，他身上出汗了呢。

第 66 章

黃昏時分，車子拐上荊岳長江大橋。辛巴喔喔喔喊起來，引得大家把頭伸出窗外看。露西乾脆把車停在橋頭，讓大家圍觀路旁的碑石，看了該橋的簡介，知道這是世界跨徑最大的高低塔斜張橋呢。

　　辛巴有點興奮，讓露西幫大家留影。露西看看四下，說，背景模糊呢。蘇菲說，別太講究了。她飛上石碑，站在那，張開翅膀。辛巴也跑到石碑前蹲下，拉了亨利到右手邊。露西看他們這麼急切，就把車挪了位置，把照相機放在引擎蓋上，用自動快門拍了一張照片。

　　露西查看相機照片，發現身後橋身模糊不清，有穿雲出霧之感，隱約突出它的腰身或頭頂。「有點遺憾，沒顯出雄偉的氣勢。」她嘟囔了一句。亨利笑嘻嘻說：「告訴爸爸媽媽，我們走在天橋上。」

　　他們上車，行駛到橋中段，露西把車子停下讓大家觀景。可四下遠望，是茫茫然一片。巨大高聳的橋塔，斜拉鋼索，在朦朧的夕照中，顯出那對比強烈的白色來，看上去像是白色的風帆呢。

　　「壯觀！」

　　「可惜水是黃色的。」

　　「比懷卡托河大多了。」

　　「但那水是清澈的。」

　　「現在的就難說了。」

　　辛巴皺了皺眉頭，瞇眼仰頭看，感覺有點累。當他的眼睛又落回到白茫茫的江水上，他想起了他們的海上之旅，不知道那些鯨魚和海豚朋友現在過得怎麼樣了，他們回到了紐西蘭了嗎？

　　「但願他們一切都好。」

　　辛巴自言自語了一句。亨利聽到了，就問他說什麼。辛巴嘆息一聲，並沒有回答。他前腿趴在橋欄上，眺望著遠方的迷霧，一兩聲鳥鳴，落入江心處，顯出死一般的寂靜。怎麼聽不到水聲呢？也是是橋太高了吧。

　　辛巴自問自答，思緒迎風翻飛。蘇菲飛上橋塔頂，放眼四望，心境複雜，盤旋一圈，卻沒有發現更多有趣的東西，她不時眨眼眨眼，卻也毫無收穫，不禁懷疑視力是否出現了退化。

　　因為江風猛烈，空氣雖然不好，尚可摘下口罩，自由地呼吸一會，但

很快得重新戴上。露西說，還是安全為上。「我們沒本錢生病呢。」雖然車裡備有藥箱，但各自的體質和適應性不同，還是不能大意。

露西招呼大家上車的時候，辛巴堅持要跑完剩下的橋段，他被困在車裡太久了，再不到空曠的地方跑跑，他怕自己要發瘋了。他讓大家回車上，他自己跑跑。「反正車子還沒我快呢。」他是這麼想的。

蘇菲見此，也下去了，說也鬆鬆筋骨。她飛到辛巴的背上，抓牢他的背心，讓辛巴揹著了她走。辛巴高興地小跑起來。由於背心是鬆動的，蘇菲站在上面，東倒西歪的，但她張開翅膀，努力找到平衡。

露西看這情景，不禁也動情了。蘇菲好像一名身著盛裝的騎手，而辛巴則是一匹精壯的小獅子，太有感覺了。她不禁喊了聲：「太帥了！」讓亨利趕快看看。亨利於是也吵了要下去跑步。

他從車窗跳下去，跟在辛巴後面跑起來：「蘇菲，我也揹著妳跑。」他氣喘吁吁地趕上來，追著蘇菲喊道。蘇菲扭頭看了他一眼，說：「不抓破你的背？」亨利這才想起，他沒有穿背心，再說，他也揹著不動蘇菲呢。

「這個亨利呀！」

露西感到有趣和好笑。這個小淘氣包總與辛巴爭寵，搞出許多意料之外的笑話，讓大家歡樂無比，可他自己卻渾然不覺，還總是一副洋洋得意的樣子。這讓大家更是喜愛他了。

辛巴跑了一段路，看亨利落後了，就停下來等他趕上，對他說：「要不然，我來揹著你跑，讓你也做做騎手？」起初亨利好面子，怕蘇菲笑他。蘇菲倒沒笑他，鼓勵他說：「快上去吧，好玩的呢！」

亨利稍作遲疑，便讓辛巴站好。蘇菲上前，把他的背心的搭扣拉緊些，讓亨利躍上去，抓牢辛巴的背心。開始的時候，辛巴小心走幾步，生怕亨利掉下來。亨利呢，開始也小心翼翼的，找到平衡後，膽子也大起來。

辛巴小跑起來，江風把他身上的毛吹起來，特別是脖子上沒有被背心

遮蓋的地方，蜷曲的長毛，還有前腿上的長毛和那旗幟一樣的大尾巴，都隨風飄揚，猶如一頭雄獅在風中奔跑著。

亨利的姿勢開始是趴著，慢慢變成了微微弓著身子，猶如一個騎手那樣。「好棒呢！」蘇菲飛在上面，為握他們兩個打氣，說真的很有氣勢，她想起了從前在動物園表演馬術的朋友們。

「辛巴好強壯啊！」

「我和爸爸天天都運動的。」

「我也跳高跳低的嘛。」

「那不是運動，是搗蛋。」

「嘻嘻。」

「你整天都懶洋洋的樣子。」

「哈哈哈哈。」

他們跑了一段，還覺得不過癮，但被露西喊回了車上。「跑了三公里。」露西說，他們跑了半個長江大橋，還告訴他們，她為他們拍了好些照片呢。亨利一聽很高興，說以後給爸爸看，他也開始運動了。

辛巴一邊喘息一邊戴上口罩，說，要是空氣可以的話，這樣跑一跑真的很爽，活動開筋骨了。

辛巴腦子裡，又浮現起爸爸每天帶他去跑步的情形。他在想，爸爸現在還去散步嗎？E星是否也有類似的公園與湖泊江河呢？他突然沒有了話，陷入了沉思。大家還以為他跑累了，不想說話呢。

車子在霧霾中穿行，四處的景物在隱現。他們的車子猶如沿了巨大的血管緩行。那巨大的鋼纜，高聳的橋塔，白得耀眼。雄偉的橋氣勢雄偉，蜿蜒而去。

他們的車子猶如一隻小甲蟲，漸漸地退出橋梁的心胸部分。

第 **67** 章

到達橋的對岸後，露西告訴大家，他們已經從湖南來到了湖北了。車子繼續北上，朝天門和隨州方向駛去。剛才辛巴和夥伴鬧騰了一陣，此時有些累了，隨車搖晃，不時瞌睡起來。

辛巴醒過來時，提議休息一下。露西說，不都說好晝伏夜行嗎？辛巴說，我怕你也打瞌睡了呢。露西安慰他說，白天她休息夠了。辛巴還不放心，說自己確實有點睏，老打瞌睡，不看著露西，很不放心。

蘇菲和亨利也附和辛巴的提議。露西只好同意了。她把車子停好，車窗開一半，在車裡將就睡一陣後，醒來後又重新上路。

一路上，車速不快，他們在悶熱高溫的漫漫行程中，找到了一種抵抗無聊的遊戲，那就是走走停停，隨機遊戲取樂。辛巴雖很心急，希望早日趕到目的地，但他也明白，這是一場馬拉松長跑，不是百公尺短跑，不靠爆發力，而是靠耐力和意志才能取勝。

車到天門市的時候，露西說這下可以好好休息了。之前一路上，他們要麼停靠在休息站休息，要麼找個路邊荒棄的民居或旅館雜貨鋪什麼的，隨便睡上一個白天，然後在夜晚爬起來趕路。當然，也會在瞌睡突然來襲的時候，就在車上隨便睡一會再上路。

「有點像南島的坎特伯里平原。」

「紐西蘭？」

「是啊，有點像，南島的。」

「我倒覺得像懷卡托地區的地貌。」

「嗯，有河湖，山崗和低丘。」

他們邊看風景邊閒聊，拿當地與紐西蘭來做比較。車子在霧霾中隱行前進。雖有導航的指引，但露西的眼睛瞪得大大的，特別謹慎小心。進城後，他們把車子停在一家超市的停車場。下車後，他們按清單備齊補給

品，又找到了一家棋牌室休息。

大家進屋裡，沒有立刻休息，而是參觀起來。蘇菲對室內的用具都好奇，不時提出問題，對擺在桌子上的小方塊尤其很感興趣。辛巴很樂意就他所了解的，一一作答。

「這是麻將。」

辛巴說，這是中國很古老的玩具，可怡情可作賭博工具：「我爸說，在中國，麻將是一種文化。」辛巴站立起來，把前腿搭上麻將桌，說：「牌友在這小小四方城裡勾心鬥角揮霍時光。」

露西拿起那些小方塊，又摸又看的：「這小方塊竟然有這魔力？」她的話引得蘇菲和亨利也湊上前來觀看，卻沒發現有什麼獨特的地方。「這個大概與西方的撲克有某種相似的魅力吧？」辛巴不敢肯定，他猜想能流傳不衰，定有其緣由的。

「四個正好開一桌呢。」

「你會？」

「不會，我爸不玩。」

「喝點水吧，辛巴講到口乾了。」

蘇菲提醒了一句。辛巴看到桌上擺放的茶具，突然有了興致，說：「來點茶？」他對露西說，他看過爸爸泡茶，知道簡單的程序，他可複述，讓露西動手。他這麼一說，大家動心了，說入境隨俗也好。

露西取了茶具，茶葉，進廚房去開了煤氣爐，把水燒開。「水燒開後，稍讓溫度降到八十度，這是最適合沏茶的溫度。」辛巴說，還是花茶呢。他轉身對蘇菲說：「記得嗎，妳唱過〈茉莉花〉？」蘇菲說喜歡這首中國的歌曲，這是在西方最流行的中國歌曲了。

「這茶加了茉莉花。」

「真的？」

亨利聽了，喉嚨咕嘟地響了一下。大家回頭看他。亨利不好意思的眨

了一下眼睛，表示他在認真聽辛巴解說。露西按辛巴的指示，用竹調羹取了茶葉，放進紫砂壺中，然後倒入開水，洗杯，倒茶水，揭蓋，再倒入開水，再把四個杯子斟滿。

「太燙了。」

辛巴說，本來喝茶要趁熱的，但我們動物都不喜歡，也怕燙壞了嘴巴喉嚨，只能變通一下了。四個夥伴圍攏在茶几周圍，一邊聽辛巴解說，一邊等茶水晾冷下來。辛巴說，中國人喝茶，與紐西蘭人喝咖啡一樣，是一種文化，幾乎是每天必做的一件事。

「像下午茶？」

「中國人喝茶，一般不吃零食。」

「不餓嗎？」

「習慣吧。」

四個夥伴在茶敘間，天南地北地侃起來。辛巴特地提到，爸爸很喜歡古典名著《三國演義》，裡面有些章節是關於這地區的。三國時，這裡叫竟陵縣，為吳國荊州江夏郡所轄，發生過「劉備大意失荊州」的故事。

辛巴話題轉回茶几上來，他說爸爸喜歡一邊喝茶一邊和他嘮叨。媽媽笑爸爸是「口水多過茶」的人，意思是愛碎碎唸。辛巴從他的絮叨中，聽過很多故事，其中講到一個叫陸羽的唐代人，寫了世界上第一部有關茶學的《茶經》名著，這部流傳開去的專著，對後人的茶葉生產和茶文化的發展有重大貢獻。

「後人稱陸羽是『茶神』呢。」

「他是哪的人？」

「就是天門人啊，那個朝代叫竟陵人。」

「他的著作流傳到世界各地，也被人尊稱為『茶聖』了。」

「沒想到，我們居然在他的家鄉喝茶。」

「是品茶。」

　　大家說笑間，茶水晾冷了。亨利用小舌頭小心地沾了點，說味道古怪呢，有花香，又有點苦味，還有什麼味道，說不清楚。蘇菲也喝了一口，說：「媽媽也喝茶，但她好像要加糖的。」露西喝了一口，說：「滿好滿好的。」

　　「對了，加點枸杞。」

　　「枸杞？」

　　「這裡的特產。」

　　「有什麼作用？」

　　「明目的，我爸眼睛不好，老拿枸杞泡水喝，露西開車，正需要呢。」

　　露西去取了枸杞放入壺裡，加水泡了，再喝。蘇菲說，有點甜了呢。他們喝了一會，問辛巴這裡還有什麼好玩的。辛巴也不清楚，就帶他們去各處的房間找尋。在一處房間裡，他們發現牆壁上有好幾張照片。

　　「是皮影戲呢。」

　　辛巴站立起來，前腿趴在牆上，湊近看那些照片。他認出了，這些照片，和爸爸看的一本介紹皮影戲的書裡的插圖很相似呢。在房間走了一遭，露西把一個箱子打開，發現一整套皮影戲演出的行頭。

　　辛巴說，大概那群戲迷常在這裡茶聚，一起演出觀摩，看牆壁上的介紹，天門皮影戲是很有名的。蘇菲被他一說，動了戲癮，提議一起演出玩玩。辛巴一聽興致大發，馬上與大家一起準備起來。

　　他們看說明介紹，然後實驗練習，慢慢摸索出一套手法，像模像樣地表演了起來，蘇菲做擬音，辛巴，露西、亨利一齊裝扮戲中的人物，玩興大增，演得興高采烈的，把外面的炙熱都忘記了。

　　「見到爸爸媽媽，就給他們看影片。」

第 **68** 章

當導航顯示，車子進入隨州境內，辛巴感到天氣稍涼了。嗯，是稍稍，還不能說是涼爽，但他感到了一絲滿足，在走走停停中，他更活躍了，沿途講述當地的風土人情，雖是轉述爸爸媽媽的口述故事，但他樂此不疲。

平日裡，要是空氣好，視野好，蘇菲會飛上天空盤旋，俯視蒼茫大地，要是霧霾障眼，她會退而求其次，纏著辛巴講故事。亨利雖然懶洋洋的，但除非打瞌睡了，否則也喜歡辛巴講故事解悶。

辛巴指了窗外說，此地叫隨州，別名叫「炎帝神農故里，編鐘古樂之鄉。」爸爸說，此地是中華民族的發祥地之一，古時這的編鐘古樂器十分有名，出土的編鐘，被稱為世界古代八大奇蹟之一，說是改寫了世界音樂的歷史。

「神農？」

「是最早的農民吧。」

「幹嘛的？」

「種糧食的。」

「哦？」

「還和你一樣，嘗過百草呢。」

「幹嘛？」

「試吃看看有沒有毒呀？」

蘇菲聽了很高興，因為那麼古遠以前，就有人做與她一樣的事。露西說，模糊記得，好像爸爸提到編鐘，爸爸有一段時間，臨睡前，總放一盤CD編鐘古樂，不知道是否與之有關。

突然，辛巴指了遠處，讓大家看。一座座的白色鐵塔聳立著，隱身在黃昏的霧霾中。「風力發電機。」亨利趴在窗前喊道。「沒想到這裡也有

呢。」他們在海上見過的巨型發電機，沒想到此地竟然也有呢。

　　蘇菲喊了聲她去看看，就朝那方向飛了過去。「小心！」露西不放心，生怕出意外，但她的喊聲趕不上蘇菲的身影，滯留在了她後面的天空。大家看見天空中一團黑影，快速朝風力發電機移去，很快就消失在霧霾中。

　　露西把車子停在了路邊。辛巴問她幹嘛停車。露西說，怕蘇菲找不到呢。亨利說，不用擔心的，蘇菲說過，只要沿公路找，就一定能找到。露西憂心忡忡地望著天空。

　　辛巴讓露西小睡，趁機休息一下。他自己翻到後座，和亨利閒聊。也不知道過了多久，露西醒來了，揉了眼睛問：「蘇菲呢？」這下辛巴和亨利才驚覺蘇菲還沒有回來，馬上心急起來，站起來趴在窗戶張望。後來，亨利又跳下車，爬上車頂眺望，四周灰濛濛的，不見蘇菲的身影。

　　等了好一會，露西有點著急，上車想開走，但辛巴阻止她說，還是原地等為好。大家一會站路邊等，一會又跳上車頂觀望。時間一點一點過去，夜色濃重起來。蘇菲還是沒有現身。大家心裡七上八下地懸起來。

　　「我本來該阻止她的。」

　　「你喊了，只是沒喊住她。」

　　「哎。」

　　三個夥伴心急如焚，嘰嘰喳喳地討論，之後陷入沉默中，毫無辦法。夜裡，他們不敢開車走，就停在原地。不過，按辛巴的提議，讓露西不時打著車子，扭開車燈，按響喇叭，三個夥伴輪流吼叫，希望蘇菲能聽到喊聲或看見燈光。

　　濃重的霧霾中，黃色的霧燈一閃一閃，車頭燈也一長一短地閃，但無法穿透濃重的夜色。他們不時發出的吼叫，穿透了霧霾，滾向曠野的遠處，在原野上滾蕩迴響，使寂寥的夜晚焦躁不安。

　　他們等過了一個無眠的夜晚。早上，驚醒後，他們坐在車裡，緊張地朝四周張望，希望能發現蘇菲的一絲行蹤。等啊等啊，太陽出來了。霧霾

濃重，漸漸散去，淡去。他們又看見那些白色的塔身在遠處隱現。

露西打著車子，按亮霧燈，心急的按響喇叭，還得關心汽油的存量。就在辛巴脖子都望痠了的時候，他看見遠處的天空上，出現了一個黑點，朝他們這裡飄移過來，越來越大了，他想跳起來喊，但又控制住自己，他生怕會讓大家剛生希望後又陷入失望。

「蘇菲！」

三個夥伴同時喊叫起來，跳了起來。還真的是蘇菲呢！她看起來有點狼狽，有點憔悴。「急死我了。」蘇菲喘息著說。「把我們嚇死了！」大家異口同聲說道，把高懸的心放下了。

蘇菲告訴大家，當時她飛過去，以為很近的，因霧霾判斷不準，實際距離比預想的要遠多了。飛過去後，她突發奇想，想看看沿途有多少座發電機，以為這些發電機是沿路修建的，等發現自己越飛越遠離公路後，趕快折返飛回來。她估計車子是往前開，她朝前飛去，卻沒有發現車子，這時才著急起來。

一急就亂了，以為車子走在了前面，加速追上去，卻沒有見到車子，就不單是急了，是慌亂起來了。飛飛停停，站在路邊的電塔上，什麼也看不見，那個慌亂真的太嚇人了。

後來快天亮了，才讓自己鎮定下來，想想大概你們也怕我走丟了，會在原地等我，才返回沿路找你們的，幸好有燈光，聽到了喇叭聲，還有大家的叫喊聲。

大家長舒了一口氣。露西說，以後要做什麼都一定事先說好，省得胡亂猜測對方的舉動，要記住這個教訓。

辛巴讓蘇菲好好睡一覺。蘇菲也許受到驚嚇過度，又太疲累了，上車不久，她就睡熟了。亨利看見她蜷縮身體，不時身體發抖。他知道她做噩夢了，但不知道該不該叫醒她。

露西把車子開得比平常慢些，也更穩些，生怕搖醒了蘇菲。亨利顯得

很溫柔，用舌頭去清潔蘇菲的羽毛。他發現，蘇菲很漂亮。「公主。」他在心裡暗地裡讚美道。

第69章

車子沿高速公路北上，車到河南時，大家揉揉眼睛，想看清楚這地方的景色，無奈天空灰濛濛的，雖然興致稍受打擊，但他們還是睜大眼搜尋窗外流動的風景。

突然，蘇菲叫起來：「下雪了！」大家聽她這麼說，都扭動身軀，想看個究竟：「還不太冷啊，怎麼下雪了？」蘇菲指了左前方讓大家看，那有一片白色顯現在晨光中。車子漸漸行近了，大家看清是一片田野，被一層白色的東西所覆蓋。

露西放慢車速，仔細看了，才肯定地說：「是棉花田。」大家沒看見過如此的景象，於是趴在窗前觀看。露西把車子停在路邊，招呼大家下來看個究竟。蘇菲飛出去，在田上低空盤旋。

辛巴跑下田，走了一段路，身上掛上了白色的絮狀物。他走回田埂後，露西伸手抓了一把辛巴身上的黏著物，用手指揉了揉，仔細看了，說沒錯，就是棉花，她在爸爸的標本盒裡看見過這標本。

辛巴想起什麼來，跑回車裡，把他的小枕頭叼過來，讓大家看裡面的填充物。露西翻開一處破口子，拉出一團白色的絮狀物，看了看，說：「這是絲綿的。」她說兩者還是有差別。

露西說棉花是植物，而絲綿則是用繭殼表面的浮絲為原料，精煉溶去絲膠把纖維鬆散後所得的絮狀物。不過，這個保暖性更好。露西一手拿棉花，另一隻手捏絲綿，給大家展示，分析似同。

「看媽媽多疼你呀。」

「當然啦。」

「還以為下雪了呢。」

遠看還是像的，蘇菲說，她在基督城，冬天能看見雪，遠近是雪，白茫茫的，充滿聖潔的感覺。「媽媽帶我去滑過雪呢。」蘇菲描述了一番壯觀的雪後世界，讓大家充滿了嚮往。

「摘些『雪』走吧。」

辛巴淘氣地說完，就帶頭衝到棉田。他一路走身上自動黏上白棉花。他把頭仰起來，好像在雪地裡游泳的狗，他一邊走，一邊汪汪地叫，四處滾蕩著歡快的回聲。

大家玩了一會，被露西叫回車趕路。大家彼此一看，就蘇菲身上沒黏上棉花，露西，亨利和辛巴，身上都是棉花。亨利和辛巴的額頭和眉毛上，黏了棉絮，模樣十分搞笑，他們伸出舌頭去舔，還撕扯毛髮上的棉花。

「不好玩了吧？」

露西調侃他們，雖然她身上也沾滿棉花。辛巴嘻嘻笑，說好玩呢，等等休息的時候，互相扯一扯就乾淨了。他用牙齒咬住黏在他前腿長毛上的棉花，一把拉長，想扯掉，但不成功，他便再來一次。

一路上，辛巴和亨利都在扯身上的棉花。露西則專心開車。蘇菲不時幫她清理頭髮和肩膀上的棉絮。中午休息的時候，找了陰涼的地方，互相幫忙，把對方脖子上的棉絮扯掉。

辛巴說，不知道人類摘棉花的時候，會不會覺得好玩呢？露西敲了敲辛巴的腦袋說，那是很辛苦的工作，你以為是像你這樣，當是遊戲來玩啊。辛巴不好意思地笑了笑，說：「我可以幫忙搬運的工作啊。」

「嘴上功夫深。」

亨利一邊說一邊把黏到嘴巴的棉絮吐掉，但黏在嘴角上了，他努力用前爪去撓，最後還是蘇菲用嘴巴啄住，一拉扯了下來。「都用嘴巴呀，功夫當然深了。」辛巴聽了亨利的話，不假思索地回答道，他幾乎所有的活

都是靠嘴完成的嘛。

　　大家不禁跟了笑，為辛巴的天真無邪。

　　沿途有不少的風力發電機，聳立在遠處，偶爾寂靜的時候，能聽到轉動的葉片謔謔謔攪動的聲音。他們還看見油田的機器在運轉，機器臂一起一落的，在霧霾中顯得很詭異。

　　露西駕駛著車子，不急不慢，該走就走，該停就停。她知道急不得，只要持續朝目的地開去就行。當車子行駛到了南陽休息的時候，蘇菲又纏住辛巴講故事。

　　辛巴說，南陽地處大盆地當中，俗稱「南陽盆地」，古代往波斯去的絲綢，這裡是其中一個源頭，商人從這裡買了絲綢等貨物，長途跋涉去波斯等國販賣。這裡出過很多名人，比如張仲景，叫「醫聖」；謀士姜子牙叫「謀聖」；大科學家張衡叫「科聖」；打仗出謀獻策的諸葛亮，就叫「智聖」了。這裡還是光武帝，一個古代的皇帝，叫劉秀的發跡地，也有人稱這裡為「南都」或「帝鄉」。

　　「聽爸爸提過張衡這名字。」

　　辛巴說他喜歡聽爸爸講《三國演義》的「三顧茅廬」。西元 207 年，劉備前往「智多星」諸葛亮隱居的南陽臥龍崗，請他幫助完成霸業。諸葛亮，就是孔明先生，也借此開始了軍事生涯，並獲得了千古流芳的大名。

　　「這麼厲害？」

　　「他雖隱居臥龍崗，但胸懷大志，早知天下事。」

　　「辛巴也胸懷大志啊。」

　　「像露西。」

　　「嘻嘻。」

　　「三顧茅廬？」

　　「就像辛巴，很謙卑地請各位相助，來完成這趟旅程一樣。」

　　「哦。」

「諸葛亮隱居在臥龍崗，也叫臥龍先生。」

「他發明的孔明燈，和熱氣球相似。」

大家除了聽辛巴講故事，還讓露西開車去臥龍崗參觀。在幽靜的武侯祠內，有幾百塊碑碣，諸葛亮前後〈出師表〉都是岳飛手書的。「你會寫這樣的字嗎？」亨利在旁邊問道。

「爸爸寫過，要研墨的，很麻煩。他還把黑手按在我的臉上，讓我扮熊貓。」

「哈哈哈哈。」

「大花臉。」

「淘氣包。」

他們移步到室內，發現古代畫裡，有茶館和茶具。蘇菲滿驚訝的。辛巴解釋說，南陽古代的時候，盛行喝茶，滿街都是茶店，茶館，好像紐西蘭的賣車行，多如米鋪。

辛巴想到一件事來，說，對了，這裡還有件相關的故事，我們頭頂的星空有一顆小行星叫南陽星，是為紀念科學家張衡在科技上為人類做出的貢獻而命名的，其人在天文地理等方面都有造詣。

亨利抬頭望了天空，問道：「哪顆是呀？什麼都看不見呢。」辛巴用前爪拍了一下他的腦袋，說，這樣的霧霾天氣，當然看不見了。不過，也許我們去到目的地，坐上了 E 星人的太空船後，就能在旅行的途中遇見或看見它。

「辛巴有顆詩人的心。」

蘇菲聽了辛巴的講述，幽幽地冒出一句話。辛巴微微嘆息一聲：「爸爸才真的是個詩人，他對這個宇宙，對人類的感情，總是充滿詩意的想像和憐憫。很遺憾這個世界上沒人懂得他。」亨利問了一句：「你懂得他嗎？」

辛巴又嘆息了一聲，說：「我時而懂得，時而不懂得，他總是陷入沉

思，思緒忽遠忽近。」辛巴補充說：「不過，爸爸喜歡和我待在一起，他要用手摸住我，才感到踏實的。」

夜晚，當他們小憩的時候，辛巴頭枕著小枕頭，仰望不透明的天空。雖然他看不見星星，但他相信，在浩渺的宇宙中，爸爸媽媽此刻，應該在 E 星上，枕了枕頭，也仰望星空，想像在億萬光年距離之外的地球上，辛巴的心在怦怦跳動。

辛巴在想像中朝那顆遙遠的星球飛去。

第 70 章

在南陽補給後，車子朝西北方向駛去。辛巴告訴夥伴們，西安是下一個補給和休息地，那是個中國西部的大城市，也是著名的古都。大家聽了，興致高了起來。

「安全第一！」

要是誰提出能否開快點，露西就會回這麼一句話。大家莞爾一笑，心照不宣。一公里一公里接近目的地，大家的心不是越來越放鬆，而是在激動中時而繃緊時而努力放鬆，都暗暗在告誡自己，要小心謹慎，別前功盡棄。

一路上，辛巴會想著辦法讓大家放鬆，他喜歡擔當這樣的角色：「像個說書人，又似嘮叨老人，嘮叨個沒完沒了。」他自我解嘲道。爸爸就這樣，可以滔滔不絕，也可以沉默不語，長時間一言不發。

「可怕不可怕？」

亨利充滿了好奇地問道。辛巴說，爸爸沉默自有沉默的理由，大概沉默是為了以後的絮說吧。露西一聽就笑道，辛巴說話越來越有哲學味道了。「什麼是哲學味？」辛巴不解地問道。

露西笑了說，她也不知道，老聽爸爸提這個詞，當他評論某句話，某

件事的時候。她說自己是大致知道怎麼用它，但不會解釋。「涵義豐富？一字多解？」

蘇菲說，媽媽有時為了解讀某個詞語，某段話的涵義，總是排列出多種含義和解釋，然後反覆對比，再根據具體情況，取最恰當的一個。她就這麼做學問的。

一天，亨利有新發現，說辛巴一直在「講古」呢，說的故事，看的景點，都是古代的。他列舉辛巴講過的故事，以此來證明自己的觀點。蘇菲也笑了，說：「沒想到亨利這麼細心呢。」

亨利得意地望著辛巴，等待他的回答。辛巴還真的沒想過這個問題呢。他想了想，攤開中國地圖，讓大家邊看，他在旁作解釋。「我是按行走的線路來講述的。如果走東部沿海路線或華中線，我講述的話題可能更多是現代都市的。這次有些遺憾，上海北京沒有去，那是中國和世界的大都市。」

「比香港大嗎？」

亨利問道。辛巴拍了一下他的腦袋說：「大得可多了！」他揮動前腿，畫了一個大圈，不小心打到了露西的肚子。露西閃縮了一下。「爸爸去那開過國際會議。」她抬起頭回憶了一下。

蘇菲也在努力回憶，說，媽媽去過北京開會。「她說城市的霧霾十分恐怖，走在街道上，行人都戴口罩，要是深夜獨行，後面跟了戴口罩的，感覺很可怕，讓人很緊張呢。」

「最有意味的，是地鐵上，都是口罩族。」

「恐怖電影？」

「口罩上，剩眼睛。」

「特別是有流行病疫情的時候。」

大家正說得熱烈，亨利轉了話題：「還剩下多遠的路？」他的話把大家拉回到現實中來。露西翻出一張世界地圖，加上中國地圖，她用手比劃，

用紅鉛筆圈出已走過的地方，把這些線路連起來。大家這才發出驚嘆，原來他們跨洋過海，翻山越嶺，已經走過萬里山河了。

「了不起！」

亨利高呼起來。他真沒有想到，自己原先不出門，一旦出門，竟走過了千山萬水，去到世界的另一個角落了。「小傢伙，志氣大！」辛巴笑嘻嘻地誇他。亨利挺起胸，說，是呀是呀，真的沒有想到。

「身小心大！」

蘇菲表揚了他一句。亨利更是高興得不行。他竄出去，飛快地飛攀上車頂，作了個前腿倒立，又一躍，跳下來，再跳上去。看得蘇菲等目瞪口呆，但大家沒有以為他發瘋了。亨利反覆跳躍了一會，才平復下來，慢悠悠走回圈裡，繼續聽辛巴和露西講解。

突然，蘇菲抬頭看了眼天空：「下雨了？」辛巴聽了，倒是開心的，雖然天氣開始涼爽了，他還是希望來場大雨。他讓露西幫忙把他的背心脫了，在不遠處跑起來，任雨淋溼他的身體。以前他不喜歡下雨，因為雨天他就不准出去玩，現在沒有人管他，自己可以瘋一頓。

蘇菲不喜歡雨水，趕快回車裡躲雨。露西收起地圖和亨利返回車內。辛巴在雨裡瘋跑，像個瘋子。露西說，就讓他瘋一次吧，狗狗都喜歡奔跑，在車裡憋久了會發瘋的，讓他釋放一下累積過多的能量吧。

露西放了一張 CD，把音響開大。頓時，貝多芬的第三交響曲《英雄》穿透了雨幕，在天地間奏響。爸爸去做野外科學考察，出發前的日子，都會播放這首曲子。露西跟著聽了無數遍了，此時再聽，卻是另一種感覺了。

辛巴在雨中跟著樂曲奔跑。蘇菲一邊看，一邊陷入某種臆想中。大家看到眼前的，想到經過的，想像未知的，思緒與樂曲一起抑揚頓挫起來。

當辛巴跑累了，停下來，奮力抖動身體，把毛髮上的水甩得四處飛揚，他還把大耳朵甩得劈叭作響，突然站定，在漸漸稀落的毛毛雨中，定

神朝遠處眺望。

上路行駛一段路程後，辛巴感到渾身不適，他不停地扭動身軀，用舌頭去舔身上的某處部位，但好像總是無處著力，好像到處都想舔一下。蘇菲看見了，就移上前去想幫忙，但終不得法。

停車休息時，露西仔細翻開他的長毛檢查，發現他大腿內側的皮膚紅了，布滿紅點。她皺起眉頭說：「又不愛乾淨了吧？」辛巴很委屈，說自己非常注意整潔了，不停地清潔自己呢。

露西皺眉想想，有了答案。「淋的是酸雨。」她說否則沒有那麼快的，她把車子開到有水的地方，看水是清潔的，她放了一塊明礬作潔淨用，然後給辛巴洗澡，抖乾水分。

露西從後備箱找出藥箱，把藥取出來，有針劑，有口服藥，還有藥膏。「你要用哪個？」露西問他。「三樣啊？」辛巴拿不定主意。「打針見效快，但副作用大；藥膏藥性平和些，少副作用，但見效慢；口服藥作用介於兩者之間。」

辛巴說他選口服藥吧。露西讓辛巴服下藥，辛巴皺起眉頭。露西用手拉開他的嘴巴，把藥丸丟進他的喉嚨，用手把他的嘴巴合起來，讓他吞咽下後，又拿藥膏給他抹上，說這樣見效快一點。

看到藥膏把毛髮都黏起來了：「這樣毛不就打結了嗎？」辛巴有點不爽了。「那你要繼續癢，潰瘍，發膿？」露西白了他一眼，讓他任選一條，是要漂亮還是要舒服。辛巴只能老實起來。

當然，偶爾他還是忍不住，偷偷用舌頭想去舔發癢處的皮膚。每當這個時候，蘇菲就叫起來：「哎哎哎！」警告他不許亂來。辛巴無奈只得忍住，有時是一副咬牙切齒的模樣，看起來十分好笑。

亨利在後照鏡看了，捂了嘴巴笑。

上路後，辛巴忍受半天，藥效慢慢發揮作用了，感覺身上的瘙癢漸漸平復下去。「為什麼不選擇打針，不是最快嗎？」在行車過程中，亨利突

然問起。「爸爸說打針效果快，但對身體損害大，能用藥膏就用藥膏，不行才用口服藥，最後才是打針的。」辛巴解釋說，以前生病時，醫生這麼給他用藥的。

「還這麼多學問啊？」

辛巴說，年輕的時候，爸爸什麼都貪快，絲毫不考慮副作用。當他的年紀大了，觀念才逐漸轉變了，後來還吃中藥呢，雖然苦口難吃，但他總拿「良藥苦口」來安慰自己，也漸漸習慣了，不覺得那麼難吃了。

「看來什麼事適應了就不是問題了。」

露西評價說道。她說爸爸也都這樣想，打針的副作用大些，對身體的損害也大。辛巴跟著說，我爸爸說，西藥見效快，但不能根治，中藥效果慢，但能調節固本，說起來好複雜，我聽了一知半解的，但能明白道理。

「就如我們說的食療？」

「對對對，還是蘇菲聰明，原理相似。」

雖然話題是生病和治療，但對辛巴來說，則洋溢著一種溫馨和幸福的回味，因為這能讓他又一次回憶起，他生病時爸媽對他的噓寒問暖。每次他一生病就躲到角落去，不想讓爸爸媽媽擔心。

可他們總能及時發現，說：「辛巴躲起來，要麼不開心，要麼肯定生病了，因為辛巴最懂事，不想讓爸爸媽媽擔心，他只在開心時才找人撒嬌的。」他們不是自配藥水，就是帶他看醫生，還做好吃的給他吃。現在想起來，辛巴心裡甜蜜蜜的。

「你爸爸媽媽真的很了解狗狗的習性呢。」

亨利很羨慕地對辛巴說道。他說他爸爸總是粗心大意的，有時他身上被別的貓抓傷了，或者被壞人打傷了，他都毫無察覺：「我走到他大腿上，喵喵叫，他都毫無反應的，只顧看電視吃爆米花。」亨利說他對爸爸撒嬌毫無作用。

「可是在紐西蘭，動物受傷了不給治療，不是要受檢查或處罰的

246

嗎？」

「嗯，他也知道，可能大意吧，媽媽會給我上藥。」

他們在閒聊的過程中，思緒不斷被扯回紐西蘭，甚至更遠的星球，因為他們和爸爸媽媽有許多可供回味的故事。這些故事，為他們這趟尋親之旅，提供了足夠強大的鼓舞和勇氣。

第 **71** 章

車子穿過南陽盆地，在叢山峻嶺之間穿行。兩邊山嶺，巍峨險峻，互相競秀。再行駛過去，又進入平坦舒展的平原。「過了秦嶺，入渭河平原。」辛巴用一句話，概括了進入西安的行程。

大家的心情興奮起來，讓辛巴介紹。辛巴指了窗外說：「西安的地形最有特色了。」他讓大家細心觀察。蘇菲說要飛出去俯瞰一下。露西要阻止的，但蘇菲說，她就在公路上空。

「是盆地。」

蘇菲返回來後匯報了觀感。「北起黃土高原，南接秦嶺。」辛巴補充了一句說，爸爸提起這個城市，總覺得遺憾，他沒有來過呢，他說這城市很值得一游，歷史文化古蹟星羅棋布。但我們要趕路，就挑選重點的吧。

露西去旅遊資訊中心取了材料，在導航上輸入景點名，一路觀光過去。「這麼多的佛寺，道觀，天主教堂，基督教禮拜堂，還有清真寺！」蘇菲自言自語地一路數過去。亨利不關心這個，他問辛巴，這裡有什麼好吃的。

由於霧霾，建築物吝嗇地顯山露水，不露出全部真容。辛巴安慰自己，就當這也是一道風景。辛巴介紹說，佛教傳自印度，有 1,900 年之久了。佛寺大雁塔最著名。六個宗派的祖庭在這裡。道教是中國本土發端的，也有 1,800 多年歷史了。基督教傳至此，時間 1,300 年。而天主教，是十六世紀傳入的。伊斯蘭教則於 1,300 年前就傳入這裡。

「你怎能懂得這麼多呢？」

聽到亨利這麼問，辛巴笑了一下，說是照資料介紹說的。他一說完，露西和蘇菲大笑起來：「有些資料不需要背誦的。」亨利不服氣地說，辛巴平常肯定不看書的。辛巴說，他不認識字嘛，但他喜歡聽爸爸媽媽講故事，在聽的過程中，學會了很多東西。

「西安古代叫長安，是絲綢之路的起點。」

「還是四大文明古都呢。」

「哪四大？」

「西安、開羅、雅典和羅馬。」

他們邊聊邊看，後來去城東，去了秦始皇兵馬俑博物館。此地南靠驪山，北接渭水，氣勢宏偉，登高遠望，讓辛巴興奮不已。進了大廳：「My god！」蘇菲朝俑坑大聲喊，話一出口，又趕快摀住嘴巴，擔心驚動了什麼人。等她回過神來後，不禁咯咯大笑起來。

辛巴站起來，前腿趴在欄杆上：「天啊！」他朝俑坑大聲吠叫，表達他的開心，吼叫聲在巨大的空間迴盪。露西激動起來，和亨利也大喊起來。一時間，四處都填滿了他們的叫聲，好不熱鬧。

他們一停止叫喊，大廳裡立刻寂靜無聲。他們頓時傻眼了，過了幾秒，才回過神來下去參觀。「別迷路了！」露西見到如真人高大的兵俑，交錯的俑坑，很有些擔心。

他們一個跟一個，下去近距離參觀。「難怪資料說，秦始皇兵馬俑博物館，是中國最大的古代軍事博物館，真名不虛傳的呢。」辛巴一邊走，喃喃自語，一邊仰頭看兵俑神態各異的臉，看拉動戰車飛奔的戰馬，他還偷偷伸出舌頭，舔了舔那馬飛起的蹄子，一股涼絲絲的鐵味。

意猶未盡出來後，見沙塵漫天，天色昏暗。他們一邊咳嗽，一邊撲進車裡。待塵土散盡，出來一看，車子覆蓋了厚厚一層沙土。辛巴說，要不然我們去華清池洗澡吧？蘇菲問幹嘛去那洗澡。辛巴一笑說：「看貴妃沐浴啊。」

大家沒明白他的什麼意思。但露西不說話，只把位址輸入導航，隨車駛去目的地。辛巴興沖沖帶大家往裡走，沒想到一看，華清池，枯的，只有幾個牌子放在池底。大家十分失望。

「像羅托路亞的溫泉嗎？」

「從前大概像的。」

「怎麼？」

「地質變化吧？」

他們很失望，一時不知道該怎麼辦。辛巴趕快轉移話題，給他們「講古」起來。他說華清池，人們叫它「貴妃池」，因為古代皇帝的寵妃楊貴妃在此地沐浴而聞名。「是她嗎？」蘇菲指了指遠處一尊雕塑。

「嗯，是的。」

辛巴說，他聽爸爸講過這個寵妃與唐明皇的愛情故事，很纏綿悱惻的。唐朝有個大詩人白居易，還專門寫了〈長恨歌〉這首長詩，記述這個悲傷浪漫的故事。「他們幸福嗎？為什麼長恨呢？」蘇菲對此很有些不解。

辛巴說自己也解釋不清楚，大概開始幸福，後來是悲劇吧。露西說，辛巴說話有哲理呢。辛巴笑笑，他其實是真的解釋不清楚，他還沒有談過戀愛嘛。他轉身看那豎立起的一塊石碑，上面刻了〈長恨歌〉全文，他輕吟起開首的幾句。

> 漢皇重色思傾國，御宇多年求不得。
> 楊家有女初長成，養在深閨人未識。
> 天生麗質難自棄，一朝選在君王側。

辛巴說，爸爸常吟詠「白居易」的作品，還說了件趣事。當時的大詩人顧況拿他「居易」這名字開玩笑，說「長安米貴，居大不易」，意思是想在都城長安住可不是一件容易的事。「就好像這些年，深圳和奧克蘭的房價都在瘋漲，要想在這些城市裡安居樂業，真的不是一件容易的事呢。」

大家雖然對此行有點失望，但聽辛巴講完這個故事，也覺得值得的，

畢竟也算到此一遊，見識過從前貴妃專用的湯池。「我餓了。」亨利這時叫起來。辛巴說那好吧，我們去吃東西。

露西提議自己做吃的，這樣安全，也能吃點不同的，老吃速食也膩了。大家當然同意，只是亨利補充了一句，說最好快些。大家哈哈笑說，就等露西動手。露西反而沒辦法急，她先看資料介紹，再依法炮製。

她看到做「鍋盔」小吃的資料。她研究一番，從廚房裡取出麵粉，壓稈和麵，做成圓形，直徑一尺，手指厚度，放淺鍋裡，慢火烘烤。亨利感覺時間過得太慢了，肚子不斷咕咕叫。辛巴的肚子也開始叫了，但他忍住了。

也不知道折騰了多久，廚房裡飄滿了香味。等露西把「鍋盔」端出來，大家都急不可耐了，亨利揮動前爪，不斷地抓撓分給他的那塊，可又怕燙。辛巴也急得呲牙咧嘴的，又抓又撓，等稍稍涼下來，他吧嗒吧嗒吃起來。

「是乾饃。」

辛巴吃完，對了牆壁上的介紹，唸了起來：

鍋盔，又叫鍋盔饃、乾饃，是陝西關中傳統風味麵食小吃，外表斑黃，切口砂白，酥活適口，能久放，便攜帶。相傳是古代戰士戰時無意間將麵置於頭盔裡，用火烘烤，發現其味香脆可口，隨即流傳而開。鍋盔形似鍋蓋，邊薄中厚，表面有輪輻狀花紋，硬實筋韌，酥香可口，是饋贈親友的佳品。

「味道還好，可沒有魚罐頭好吃。」

大家聽了亨利的話全都大笑起來，說，現在是艱苦歲月，你就暫時忍受一下吧。他們吃飽喝足，就躺下休息。辛巴又想起了，爸爸每天吃完早餐，就餵他吃早餐，有麵包片，有時還烤過的，要麼是荷包蛋，水煮蛋。他想入神的時候，他的舌頭忍不住吧嗒吧嗒去舔嘴角。

接下來的好幾天他們都在休整中，也遊覽了許多景點古蹟。辛巴說，

反正距離目的地不遠了，我們按慣性走即可。「都不知以後還有沒有機會遊覽了呢。」他在心裡嘟囔道。

他們還去了大雁塔，看了碑林博物館，大明宮和阿房宮遺址。辛巴還在「鴻門宴」遺址上，興致勃勃地講述「鴻門宴」的故事，他一會擬聲，一會輔以動作，講得驚心動魄，殺機四伏，讓大家大氣都不敢出。

不過，讓大家玩得最開心的，是演出「秦腔」戲。此前，看介紹說，這是中國戲曲四大聲腔中，最古老、最豐富，最龐大的聲腔體系，於是他們興致勃勃研究了好幾天，搞來影像資料模仿，露西還縫製戲服，大家一起演了《白蛇傳》，還拍影片了，說以後向爸爸媽媽分享。

「好高的音啊，差點吊不上去。」

「好古怪的聲調。」

「辛巴的喉嚨怎麼啦？」

「喊得喉嚨都快啞了。」

「好悲涼的。」

「你們亂喊，哪是唱呢。」

「哈哈哈哈。」

他們演完後興致勃勃地談起感想來。辛巴說，聽媽媽哼唱過粵劇，軟綿綿的，這秦腔可真硬朗，他說蘇菲太厲害了，能把這古老的腔調，唱得那麼棒。蘇菲說這次太好玩了，雖不太懂唱詞的意思，但有跨越年代的感覺，從今天往古代去。

「要是在古代，我從這裡販絲綢去波斯。」

「亨利的回波斯之旅。」

「我一路唱過去。」

「聽說那的肚皮舞很有名的。」

「哈哈……」

露西開始扭起來，她那笨拙的動作，毛茸茸的肚子，一顛一顛的晃

動，大家看了都快笑得斷氣，捧了肚子在抽搐，眼淚汪汪的。他們在西安的每一天，都過得快樂，遊玩，休整，活動，做小吃。當然，他們還不忘記補充路上所需的用品。

第72章

離開西安的時候，他們心有不捨，還有好多好玩的地方沒去逛，還有那麼多小吃露西還沒來得及做出來。不過，他們緊記，要玩樂，也要記得行程。辛巴用「望梅止渴」方法鼓舞大家。

辛巴借用這個成語，雖覺不文不類的，又覺得有相似的意思。他閱讀沿途的資料，說前方是寶雞市，也很多好玩好吃的。亨利被說得咽喉不停地滾動，不停地咽口水。蘇菲笑他：「一下，又一下！」露西也忍不住笑出聲來。

「先說說嘛？」

亨利在路上，不斷催促辛巴，來點說點什麼過癮。辛巴說，讓你憋一憋，屆時吃喝玩樂起來更爽。亨利白了他一眼，說，不知道就算了，找什麼理由呀。「寶雞是古代炎帝的故鄉，傳說五千多年前，他在姜水岸邊出生，他開啟了中華農耕文明，說起來是爸爸的祖先呢。」辛巴隨口叨了幾句。

「喵喵喵喵……」

「妙妙妙妙？」

亨利一聽蘇菲誤解了他的意思，只得解釋說，他不是說「妙妙妙」的意思，是覺得辛巴好老土啊，總說千萬年前的事情，發發牢騷而已。辛巴哈哈笑了說，我們是溯源而行啊，走的是回故鄉之路。

「不愛聽的關上耳朵。」

「他只記得吃的玩的。」

露西聽他們吵起來，說，要玩也要吃，但不能忘記行程。辛巴說露西有領導者風範了。「你呢？」亨利調侃道。辛巴嘻嘻笑，開玩笑說自己就是辛巴。「獅子王。」蘇菲補充了一句。「此辛巴非彼辛巴也。」辛巴吐吐

舌頭。

「好無聊啊。」

亨利嘆息了一聲嘀咕道，說還是此前的海上之旅夠刺激。辛巴笑哈哈回應說，這是時過境遷的感受，以後和爸爸媽媽團聚了，說起這段無聊之旅，你也會回味無窮的。

「辛巴又成哲學家了。」

亨利借露西的話來調侃辛巴。辛巴淘氣地端坐起來，把兩隻前腿，放在擋風玻璃前的位置，擺出一副「沉思者」的坐姿。「不像沉思，是在亂看。」蘇菲在後座看了他這模樣，笑著告訴他觀感。

「獅子王。」

露西問辛巴，以前你也這麼能言善道嗎？辛巴有點靦腆，說以前他很少說話，聽到搗蛋鬼在花園搗亂時，他才會吼叫，平常只用動作來向爸爸媽媽示意。他說這些話的時候，朝亨利眨了一下眼。

「現在油腔滑調了。」

亨利怪腔怪調地說了一句從蘇菲那學來的中文。辛巴覺得亨利的口語大有進步：「這句說得比我還好呢！」他由衷地稱讚道。這反倒讓亨利不好意思了，他本以為辛巴要會找一大堆詞語來調侃回擊他的，畢竟中文算是辛巴的母語。

時間在閒聊中很容易過去。當導航顯示進入了寶雞市，亨利顯得最興奮。辛巴雖第一次達到此地，但這裡算是他的「大故鄉」，新奇感總不如外來者。

「有什麼好吃的？」

亨利跳下車，立定後，四處張望，看那些樓牌和看板。四個夥伴都有自己想找的東西。蘇菲喜歡唱戲，注意力在藝術方面；露西大概受爸爸的影響，對考古之類有興趣；而辛巴沒什麼特別注意的，把自己當是導遊地陪。

　　露西讓大家想想最喜歡的東西。他們讓辛巴查資料，加上掌握的資訊，選好要去的景點。他們先去了青銅器博物院參觀。一進展覽大廳，露西就發出驚嘆聲：「難怪有『青銅器之鄉』的美譽！」

　　露西急急地走到展櫃前，觀摩散發著綠鏽的器皿藏品，鼻尖頂著玻璃看，再退後，遠觀其氣勢，旁移，側看其造型。辛巴等跟在後面，聽露西講解。

　　「這個西周青銅器，叫何尊：「中國」這名稱，最早出現在這上面。」

　　寂靜的大廳裡，只有露西的說話聲：

　　此器造型紋紋飾都有獨到之處，莊嚴厚重，美觀大方。圓口方體，有四道大扉稜裝飾。器內底有銘文 122 字，殘損 3 字，現存 119 字。

　　她一邊唸著說明文字，一邊反覆看個夠。

　　「這是西周青銅器〈朕匜〉銘文，中國最早的法律判決書。」

　　偶爾是辛巴他們的問話聲，再有就是他們的腳步聲。露西陶醉其中，她說，大概爸爸做科學研究的時候，也是這副狀態的，這種工作的狀態真是太好了，難怪他說做研究有巨大的樂趣呢。

　　「吃了再看吧？」

　　亨利忍不住喊起來。大家都笑了，說最小的最快餓。亨利不服氣說：「蘇菲也小的。」露西讓大家上車，駛去一家餐廳停了，下車，徑直去廚房找工具和食材。看牆壁上對各種特色小吃的介紹，露西有點失望，說還是麵食。

　　最後，露西啃了些蘿蔔乾，沿途挖來的番薯什麼的。亨利嘛，還是吃車上帶的沙丁魚罐頭。「辛巴騙人，還說有好吃的。」他邊吃邊發牢騷。辛巴喀擦喀擦咬著餅乾，說：「宣傳資料寫的嘛。」

　　蘇菲吃了些花生仁，津津有味看著牆上的照片。照片下有一行「西府社火」和「西府臉譜」的說明文字。辛巴湊過去，站立起來，趴了唸起來：「寶雞，習稱西府，社火，臉譜藝術，造型奇特，色彩質樸明快，紋飾講

究，品種多而全，且該門藝術源遠流長，影響深遠。」

接下來的幾天，陰雨連綿，天色晦暗，他們的心情變得鬱悶，沒有著急上路，繼續休整。夜晚略顯無聊難熬。蘇菲鬧起來，說要演戲消遣找樂子。大家找了資料研究，排練，然後迎來熱鬧的夜晚。

露西照資料說明，拿著彩筆劃臉譜，依據各自的容貌特徵，用日月紋、火紋、旋渦紋、蛙紋等飾紋的組合，表現角色的性格，以色彩來辨識角色的忠奸善惡，紅色為忠，白色為奸詐，黑色為正氣，黃色為殘暴，藍色為草莽，綠色為義俠、惡野，金銀為神妖。

露西畫臉譜，辛巴在旁邊講解。

他們先把口罩畫成臉譜，後來直接在臉上畫，彼此還動手給對方添幾筆。「都成大花臉了。」看著各自的大畫臉，各自忍不住哈哈大笑，而笑臉更生動古怪，於是又發生下一輪大笑，歡樂不已。「像紋身呢。」他們不斷做出各種造型，彼此逗樂。露西不斷拍照和錄影。

「花臉貓！」

「紅臉鳥！」

「黑臉猩猩！」

「紅臉狗！」

大戲閉幕後，大家興奮，睡不著，吵著要辛巴「講古」打發時間。辛巴也不推辭，擺好姿勢，繪聲繪色講起來，一個是西漢大將韓信領軍「暗渡陳倉」的經典戰役，他還講了一個「姜太公釣魚 —— 願者上鉤」這個歇後語的來歷。

「此地為什麼叫寶雞呢？」

「寶雞古代叫陳倉。唐朝唐玄宗與楊貴妃的故事，前面是浪漫的，後來變成了悲劇。他們為躲避追殺，一路逃到陳倉，躲進一座山巒，被叛軍圍困後，無路可逃。可突然飛來兩隻山雞，施展法術，天降冰雹，給他們解圍後，化作了兩隻昂首挺立的石雞。此地因皇帝說出『寶地神雞』之言

而得此地名。」

「對了，前面我講過『三國』的故事，那個智多星諸葛亮，最後就病死在寶雞的五丈原上的。」

在寶雞耽擱的這些日子，他們不覺得遺憾，他們演了皮影和木偶戲，又學習了剪紙，玩泥塑等手工藝，整天不亦樂乎的，不抬頭看那灰暗的天空，也就不會覺得日子難熬了。

離開寶雞前，他們突然想起，還沒去過佛教聖地法門寺，據說那裡有世界上唯一一顆釋迦牟尼佛指舍利，於是在離開前，拐過去想參拜，讓佛祖保佑他們旅途順利。

可沒想到，他們去到了法門寺，才發現佛指舍利被人取走了，只留保護罩肅立在恢宏的大堂中央。他們猜想，大概以後去到 E 星後，才有機會看見了那顆釋迦牟尼佛指舍利了。

第 73 章

離開寶雞再次上路，露西說這是重走「絲綢之路」呢。亨利問是什麼意思。露西含笑不語，讓辛巴替她回答：「下一個目的地甘肅的天水，是古絲綢之路的必經之路。」亨利問天水那地方有什麼好。

「有西北『小江南』之美譽。」

「又是西北，又是江南，不矛盾嗎？」

「中文，比喻嘛。」

「那四季分明，氣候宜人，物產豐富。」

「這樣也是理由？」

亨利聽著是雲裡霧裡的感覺，說好抽象呢。辛巴說，亨利成哲學家了。大家就笑，然後你說，他答，她再追問，他再回答。車子載了一車的問答和笑聲，一公里一公里朝前方奔去。

「辛巴『講古』吧？」

　　打鬧說笑過後，大家漸漸話少，車裡顯得寂靜，瞌睡過後，蘇菲覺得無聊，讓辛巴講故事。「有人嫌煩嗎？」辛巴扭頭看了眼亨利，他正哈欠連天，但見他搖頭，便講了起來。

　　「天水也是中國古代文化的重要發祥地。那地久天長，名人輩出，古蹟遺址文物，散布各處。據傳伏羲就誕生於此，排三皇之首，是百王之先，『人王』。嗯，爸爸是這麼說的，他是中國第一位人王，世界華人尋根，都來此地祭拜。」

　　亨利打了個哈欠，問道：「伏羲？什麼？」

　　「就是華夏始祖，男的，對了，他人首蛇身，就是「龍」啊，天水是龍的故鄉。」

　　「龍？男的？」

　　「他的妹妹叫女媧，傳說是人類始祖，有一天，天崩地裂，是她用五色石把蒼天補好了。」

　　「前面不是說過，伏羲是始祖嗎？」

　　「他是人文始祖；女媧是人類始祖。」

　　「你說她補天？」

　　「傳說盤古開天闢地，女媧用黃泥造人。」

　　「造人？」

　　「和上帝造人有點相似。」

　　「亨利別打斷嘛，辛巴接著講。」

　　「女媧造了人，日月星辰，各司其職，四海之內，歌舞昇平。後人爭霸四起，天下大亂，天崩地裂，水火成災，萬民受害。女媧憐民困苦，去五臺山取五色土，取太陽神火，煉成五色神石，把蒼天補好，讓天地回穩，火熄水順，萬民安居。」

　　「我見了媽媽，也要講古給她聽，用中文來講。」

　　「那我寫書講我們的奇幻之旅。」

「亨利口述的書，叫《最好吃的魚》。」

「哈哈哈哈。」

「繼續講呀。」

「這裡還是秦人發祥地，此地土肥草茂，其先人養馬有功，被舜帝賜「嬴」姓，封邑為「秦地」，成為秦國的開端，並逐漸強大起來，吞併了其餘六國，統一了國家。」

「怎麼老是打仗啊？」

「『戰國』嘛。」

「打了好多年？」

「打打停停，朝代更替。」

「還是不打仗好。」

「爸爸小時候看《三國演義》，喜歡打仗的故事，也愛穿軍裝，後來年紀越大越不喜歡打仗。不過，他看過的書和說過的故事，我聽過許多。他說過，天水，兵家必爭之地。三國時期，魏國和蜀國在此交戰，諸葛亮六出祁山，痛失街亭、智收姜維、計殺張郃等這些影響巨大的戰事，都發生在天水這裡。」

「這點紐西蘭好，沒什麼戰爭。」

「從前也打仗的。」

他們說說笑笑，時間過得滿快的。辛巴還把天水得名的經過說了一遍。

「三千多年前，這裡人傑地靈，山林水秀，草木茂盛，後經戰亂，乾旱，民不聊生。一夜，風雲突變，金光閃耀，山崩地裂，水從天而降，聚水成『天水湖』，湖水甘洌清純，人說與天河連通，又名『天水井』。漢武帝聽聞此事，在湖周圍設『天水郡』而得名。」

「辛巴快成老人了。」

「為什麼？」

「老是講古嘛。」

辛巴聞言大笑，說喜歡這個稱呼。在漫長的講述過程中，他獲得了某種慰籍。他拋棄了霧霾，在沒人煙的寂寥中，在海市蜃樓幻境中，他讓那些遠古的人和物，都在講述中復活了。

「爸爸熱愛寫作，就是熱愛講述。」

「要不然，面對空寂，我會不會只能靠吼叫去證明自己的存在呢？」

「又成哲學家了。」

「為什麼那些人都戴白帽子。」

「回族人。」

辛巴在講述，瞌睡，臆想，發呆中打發時間。車子駛入天水市，他沒有絲毫的興奮感，大概是因為他喉嚨都快講乾了，而他在講述中，早已有過一次虛擬的旅行了，以至於現在眼前的實景，看起來顯得不那麼真實了。

他想不起該在這裡休整補給些什麼。亨利發現沒有什麼好吃的，進城沒多久，他就吵著要趕路。「不停留了？」露西問大家，蘇菲笑了說：「要補給嗎？」露西想了想，說不需要。

「那就不停了吧，都『遊覽』過了。」

「嗯？」

「都在辛巴的講述裡早遊覽過了呀。」

「哈哈哈哈哈……」

第 **74** 章

去往定西的路上，途中遭遇了地震，半夜行車，突然大地搖動。露西把住方向盤，煞車不走了。大家待在車裡，感受一陣又一陣的晃動。反應過來後，大喊一聲，推開車門，跳下來，跑到開闊地裡。

他們圍擠成一團，瑟瑟發抖。腳下大地，焦躁不安，好像想咳出淤積在胸口的熱痰而引發身體陣陣的震動。露西驚恐中，望著天空紅色的雲，

爸爸好像提過，地震發生時，會出現奇怪的雲朵。

　　天亮後，他們發現道路被損壞了，值得慶幸的是並不嚴重。露西開車加倍小心了。「也許只能白天行車了。」她自言自語說道。辛巴安慰她，這些天的氣溫在迅速降溫，估計不久白天要涼冷了。

　　「昨夜有點涼呢。」

　　他們說話的時候，露西眼不離路，還叮囑辛巴幫忙看，她擔心看走了眼。「你是不是老是看電腦壞掉了眼睛啊？」亨利說他的小主人亨特，整天上網打遊戲，眼睛近視一千多度了，看什麼都把頭湊過去呢。

　　「我喜歡看紙質書。」

　　「我喜歡巡視打瞌睡。」

　　「還喜歡搗蛋呢！」

　　兩個一邊看風景一邊打嘴仗。露西嘴上說話，眼睛不鬆懈，行車的速度，倒是放慢了。「謹慎安全為上！」這是他們回答詢問車速是否過慢的標準答案。「不過偶爾也要冒冒險！」辛巴在後面補充一句，逗得大家會心一笑。

　　車過定西，他們沒作停留。「這是絲綢之路的重鎮。」辛巴在與之擦肩而過時評價了這座城市，簡明扼要的。亨利也不多問，他聽說這裡的特色小吃，麵食多，沒有魚，所以不感興趣。

　　車子慢慢前行，進入蘭州市。也許是一路都特別留意路況的原因，精神上過度緊張，露西顯出疲勞了，一停車休息，她就想睡了。而蘇菲則拍翅高飛，說要俯視一下這個西部大城市。

　　「別走散了！」

　　辛巴抬頭大喊。蘇菲讓他放心，有過經驗教訓，讓他們車停在路邊不動即可。辛巴看著她淡進了雲層裡，縮小，然後消失了。他嘆息一聲，轉頭問亨利：「你呢？」亨利說：「我什麼呀？」他懶洋洋地看著辛巴。

　　辛巴問他想不想下來走走。亨利望望四周，搖搖頭。他對進城逛街失

去了興趣，也許是有點疲倦了。平常露西精力充沛的，現在倒頭就睡熟了，還發出濃重的鼾聲，讓辛巴和亨利相視而笑。

「你介紹一下這城市吧？」

亨利頭靠在窗口，對辛巴提建議。「你也夠懶的啊。」辛巴笑他。亨利並不介意，只嘆息一聲，說：「就快到目的地了，感覺有點奇怪。」他把腦袋低垂在打開的車窗上，幽幽地望著四周，眼神有點迷茫。

「嗯，捨不得，又希望快些結束。」

「說說吧？」

「這條線路的城鎮都是絲綢之路的重鎮。」

辛巴口中說話，思緒早就飄遠了。五千年前，這裡就有人了，自漢朝到唐宋，此路隨絲綢西去，西域各國來此人數日眾，蘭州漸成重要的交通要道、繁華的商埠重鎮。

辛巴想像當時的繁華盛況，卻又疑惑於眼前的空寂境況。人類經歷了千百萬年進化成高度智慧的生物，卻在進化的過程中，自己創造的一切，又被自身的欲望和貪婪毀掉，自己則在某一天突然消失了。

「哎！」

辛巴在心底嘆息，抬頭望向天空，遠方的雲層出現了一個黑點，漸漸放大，最後，出現了身著彩衣的蘇菲。她收攏翅膀後，向他們匯報俯瞰的效果。「河水穿城而過，」她描繪這帶狀盆地城市的特徵：「市區南北群山環抱。」

「省會城市裡只有蘭州是黃河穿越市中心而過的。」

辛巴補充了一句。此時，露西醒了：「你們都去看過了？」蘇菲回答說她去看了，辛巴和亨利則一直在陪她呢。露西不好意思地笑了一下，說自己剛才睡得夠沉的，什麼都沒有聽到。

「我們聽到了打鼾聲。」

亨利做了一個鬼臉。辛巴一笑，沒說什麼。露西解嘲說，一定很難聽

很難看了。大家哈哈笑起來。「誰能睡覺睡成睡美人呢。」辛巴替她解圍，可亨利不解，後面來了句：「蘇菲就能。」大家更是笑死了。

蘇菲臉紅起來。

露西把地圖攤開給大家看，這是補給線上最大城市了。大家看了行駛的線路，深深地吸了一口氣，這是旅程的最後一段路，各自的心情都有點莫名的複雜，一時說不清道不明。

他們翻開儲備箱，查看儲物，列清單，找超市備貨，一切都做得有條不紊，很有經驗。此刻，他們似乎沒有了好奇之心，是按照慣例而行。他們一連休息了好幾天，但誰也沒有了逛街的興致，這真的好奇怪。

離開的那天，他們沒什麼不捨，車過黃河鐵橋，車輪滾滾，黃水湯湯。辛巴看著車窗外閃過的鐵橋架，突然想起，他們一路跋涉，已經涉過了爸爸和媽媽老提起的兩條河流，長江和黃河。

想到這裡，他喊露西停車，讓大家站在橋上，拍下一張合照，再繼續上路。他湧起一種奇異的感覺，一路走來，途經無數的村鎮都市，都在久遠的年代，繁華過，然後寂滅，之後再繁盛，又再熄滅，人類經歷像一個周而復始的循環。

在踏上這趟旅程之前，他們無數次想像過那萬人接踵的情景，來了卻發現，繁華勝景，都是一場夢而已，現實所見，都是空無一人寂寥不堪的世界，這讓他們產生了一種虛幻，人類到底都做了些什麼，又追尋什麼呢？

辛巴嘆息了一聲，想到爸爸媽媽，這讓他沒有最後絕望。

「嗯，就快團聚了。」

第75章

他們朝張掖駛去。遠處出現祁連山的白雪，山腰上的牧場草地和森林帶。大家說有點涼了。車子繼續行駛了一段路後，慢慢進入綠洲地帶，氣溫又稍稍升起來。辛巴說像紐西蘭，忽冷忽熱的。

車子駛入武威市時，辛巴眼尖，看見一座雕塑立在前方，是一隻飛奔的銅馬。露西噢了一聲：「馬踏飛燕？」她聽爸爸提到過的。辛巴說：「露西厲害！沒錯，爸爸也說過，這個在武威漢墓出土的青銅器，成了中國的旅遊指標『馬超龍雀』。」

「好老土啊。」

聽亨利這麼說，辛巴解釋說，這是取其含義：「天馬行空，無所羈絆，」因為馬是古今旅遊的重要工具。爸爸常說，外國人不懂中國文化裡形神和虛實的關係。亨利問，這有好吃的嗎？辛巴笑了說，這裡有很多文物古蹟。

蘇菲和露西哈哈大笑起來。亨利也沒在意，反正車裡備有他愛吃的沙丁魚罐頭。他趴在車窗朝外張望。露西提議短暫休息一下，找了個路邊休息站停車活動身體。

沒想到突然下起了大雨，他們在天棚下躲雨，感覺身上有點冷了。辛巴問露西是否要準備棉衣。大家這才想到，辛巴和亨利，蘇菲，有身上的毛髮可抵擋寒冷，但露西就不行了。

「這個提議很及時。」

露西說進城去找家裁縫店。辛巴說不用那麼麻煩，去超市找成衣修改即可。雨停後，他們進城找超市挑選露西合穿的棉衣，還找了針線和剪刀，按體型改起來。當然，露西還不放心，也給辛巴等選了衣服改裝。

「預防不時之需。」

他們這一折騰，耗費不少時間，可露西說值得，不是辛巴提醒，她還真沒有想到禦寒衣服這事。雖然車裡有空調，但終歸還得要出車外辦事的。辛巴等坐在超市的縫紉機旁邊，看露西一針一線修改服裝，頓覺溫馨。

天黑了，又下著大雨，他們打算宿一晚再走。「從前走絲綢之路的人，也會在這地方歇宿。」辛巴抬頭自問自答：「他們會做些什麼呢？補衣服怕是少不了的事吧？」他拿過露西改好的衣服，讓她幫忙套在身上

試穿。

　　天亮時候，雨停了，一看出城的路被土石流堵住了。大家煩惱地看著道路上堆積的泥漿和石頭等雜物。蘇菲在慌亂過後，鎮定下來說她上去看看。她飛上去，沿路勘查一遍，返回來告訴大家，被堵上的路大概有幾百公尺長。

　　露西有點為難，下車徒步穿過這段路，怎麼出去呢？徒步？之後怎能確保能找到新車呢？即使能找到，也不知道要走多遠的路。她手按額頭發呆，一時不知道該怎麼辦。

　　辛巴跳下車，圍繞車子轉幾個圈後，大叫他有辦法了。大家圍過來想聽他有什麼主意。辛巴說，找推土機把道路疏通。露西眼前一亮，可又立刻暗下去。這麼大的城市，到哪去找推土機呢？要耗費多少時間呢？

　　「蘇菲能幫上忙！」

　　辛巴說，蘇菲飛上天，看哪有工地，就能找到推土機。大家被他一說，豁然開朗。「真聰明！」露西稱讚道。「E星人偏心，給他的那針功效最大。」亨利轉動眼睛，不服氣地發牢騷。

　　大家哈哈大笑起來。

　　蘇菲飛上天一會，就找到了建築工地，然後引導露西開車找到推土機。露西攀上推土機的駕駛室，東摸西摸的，一會就摸出竅門，自如地操作起來。

　　辛巴幫不上忙，不時叼上一瓶水，讓露西解渴。露西操作推土機，把堆積的泥石雜物一一鏟推到路邊，從中間清出一條通道來。就這麼連續作業了好幾天，才完成清理疏堵工作，把露西累壞了。

　　辛巴看她疲累，心裡很擔心，建議她歇息一下再上路。但露西不同意，擔心再來一趟土石流，堅持把車子開出這段危險的路後，才把車子靠路邊停下，倒頭就睡死過去。

　　辛巴不敢瞌睡，他警惕四周情況。亨利瞌睡起來，揉了眼睛問辛巴，

這裡為什麼叫「威武」。辛巴說，還是因為打仗。爸爸講過故事，漢武帝的時候，他派驃騎大將軍霍去病西征，滅匈奴後，為了表揚他「武功軍威」，把這裡命名為「武威」。

露西醒來後，開車往西北方向行駛。辛巴靜靜地望著兩邊風景，雪域高原，綠洲風光，大漠戈壁。這一路上看到的重鎮，幾乎都與商貿有關，與軍事有關，人類在這些據點，生生不息，興旺，而後寂滅，留下無數的古蹟和傳說。

第 76 章

車到張掖後，亨利說一路看來，這裡的風光奇特呢。蘇菲讓他具體說說。亨利摸了一把鬍子，沉吟一下，說，能看見雪山，也看見了草原，還有湖泊，這些與沙漠相映成趣，他一時說不清自己身處何地。

辛巴說：「爸爸用詩句『不望祁連山頂雪，錯將甘州當江南』講此地景觀。漢武帝曾派張騫出使西域，打通了中國內地與西域的通道，使這條路線成為了中原與西域、中西亞的交通要道，中國的絲綢由此直達地中海沿岸。」

大家一邊聽辛巴講古一邊看遠近景色。「塞上江南。」辛巴又用了一句話來說這地方。連綿不絕的祁連山，有連片的山地草場，有戈壁灘，有冰川，還有奇絕的山峰，這裡的山川湖泊，沙漠，兼具了南國風光和塞上風情。

進入張掖市後，大家既進行最後一次的補給。夜宿的時候，天降大雪。「幸虧露西做了衣服。」大家圍坐在一起，吃著喝著，笑談打鬧。「這的葡萄酒自古有名。」聽辛巴這麼說，露西突然很想喝酒，她從旅館的酒吧櫃上，取了幾瓶當地的紅酒。

「葡萄美酒夜光杯，欲飲琵琶馬上催。」

辛巴吟了一句古詩。亨利問他作何解。辛巴只說，喝酒喝酒，喝完自然會懂得其中的奧妙。露西斟滿四杯紅色的葡萄酒，端起來，一笑，和大

家碰杯，飲下去，一會，臉慢慢紅起來。

　　一開始，辛巴放不開，也許總把自己當主人家，熱情而嚴肅。亨利說辛巴要喝雙倍，主人家嘛，再說，就快到目的地了，也該慶祝一番才對。辛巴說不過他，就喝開了，慢慢地，也進入了酣暢淋漓的境地，與大家載歌載舞起來，最後倒地不省人事。

　　第二天起來，辛巴回想起來有點害怕，幸好沒出意外，但感到欣慰，終於好好地醉了一回。大家整理行李的時候，腳步不穩，心情卻十分愉快。看到外面的大雪，都說景色太美了，這場大雪來得正是時候。

　　辛巴說昨晚他作了一個夢。大家喊也都做了一個夢。大家一說出來分享，都被嚇了一跳，原來，各自的夢都是相同的，都講述了他們到達酒泉衛星發射基地後，怎麼進行太空船的操作。

　　「難道，晶片？」

　　「應該是了。」

　　「那還等什麼？」

　　大家心情激動起來，收拾好行李，跳上車繼續趕路。剩下的路程不遠了，但也走了好些日子。大雪行路難，露西開得小心翼翼，因為沒有雪鏈，只能慢慢悠悠地開。蘇菲不放心，飛出去，去前方探路。

　　他們走走停停，終於到達了酒泉衛星發射基地。此時，雪停了，四周白茫茫的原野，一片死寂。那些粉綠色的發射塔，高達百公尺，矗立在雪地裡，有一副鋼鐵巨人般嚴肅堅毅的神情。

　　他們不坐已裝載好的火箭或飛船，他們要坐的 E 星人的太空船，看起來如飛機那樣，停靠在一處平坦的曠野上，通體白色，在漫天大雪當中，不細心真不能看到。現在是早上八點鐘的光景，太陽光照射在太空船上，反射出銀色的光。

　　「金梭銀梭。」

　　辛巴下意識地說道。「什麼？」亨利問他。辛巴說沒解釋，他想起來

了爸爸說過的一句話。他們抑制住激動的心情，跳下車子，朝太空船奔過去。五架太空船靜靜地停泊在一起。

「怎麼開呢？」

「讓夢想照進現實。」

辛巴說了一句無厘頭的話，但大家卻都一下理解了。大家紛紛返回車子，把要帶走的行李取了出來，整理好，搬上太空船。「單獨開？」亨利很擔心。「說是已設定好自動駕駛的。」蘇菲讓他別擔心。

辛巴整理行李的時候，看見帶來的拖鞋還在，一隻是爸爸的，另一隻是媽媽的。當然，還有媽媽給的小圓枕頭，他也沒丟掉，就是泡水了，有點髒，有點泥水的味道，嗯，帶了地球味道呢。

露西把照相機裝進包裡，還特地把記憶卡取出，放進貼身處保管。還有乾糧，飲水。他都打包，分成四份。夢裡他們不需要準備食物飲料的，太空船裡有儲備。但露西小心謹慎。

最後，他們穿上了太空服，笨手笨腳地爬上了太空船。

當他們都坐上太空船後，駕駛艙裡的感應儀感應到有人落座了，自動資訊核對器立刻啟動了，他們身體裡的晶片資料與儲存器裡的資料核對無誤，自動駕駛「噠」的響了，開始檢測儀器運作情況。

「今天是耶誕節呢！」

他們面前的螢幕「啪」的閃了閃，一片雪花過後，他們看到此時的時間。接著是自己的爸爸媽媽。辛巴不禁汪地大叫一聲，不敢相信是真的，爸爸媽媽就在眼前，雖是螢幕上，但像真的那樣。爸爸和媽媽都戴上了聖誕老人的紅帽子，好有趣的模樣呢。

「Good boy！」

「聖誕快樂！」

爸爸喊了這麼一句，和他平常喊的一樣，但辛巴感覺出，他有種如釋重負的輕鬆，好像看見自己就卸下壓抑心頭已久的大石。辛巴聽了很想

哭，他汪汪地大叫起來，搞得頭盔玻璃上都是唾沫。他想跳起來，可是身體已經被安全帶固定在了太空椅上。

辛巴動彈不得，只好嗚嗚的叫，表達激動之情。爸爸說，終於可以放心了。你們好好睡上一覺，等你們睜開眼睛醒來，我們就能團聚啦。我們這些日子，天天在等待和盼望中度過。

此刻，夥伴們正在和家人通話，都激動萬分。辛巴努力讓自己安靜下來，再朝四周眺望，就要告別這個星球了，他有那麼多的不捨，有那麼多的留念。

「那個 E 星人，他怎麼辦？」

辛巴看見稍遠處，還停了一艘太空船，他猜想大概是留給那個 E 星人的。他嘆息了一聲，不知道他現在情況如何，祈禱上帝保佑他，也能順利返回 E 星球。當太空船悄無聲息飛離地面，向太空飛去的時候，辛巴睜大眼睛，想好好再看看這星球。

太空船單獨飛行一段時間後，慢慢互相靠攏，然後一聲沉悶的碰撞聲過後，四艘太空船互相鎖住了，四艘合併成了一艘，一道圓管互通各艘太空船。衝出大氣層後，辛巴看見一個藍色的星球，浮現在眼前。

「遠觀美如畫。」

辛巴解開太空服，在艙裡飄浮起來。他沉浸夢境中去。他夢見自己飛呀飛呀，經過茫茫宇宙星河，最後到達了 E 星球。當太空船安全降落後，他立刻看見爸爸和媽媽，小琪和奶奶，還有露西他們的家人等，跑過來迎接他們。

辛巴奔過去，跳起來，撲進爸爸的懷裡，把爸爸撲倒在地上，其他人爆發出巨大的笑聲……

第四部
星際漫遊者

第 77 章

當太空船射向太空時，辛巴睜大眼睛，生怕錯過沿途的美景。太空船單獨飛行一段時間後，速度慢下來，互相靠攏，這過程漫長得像是經過一個世紀。辛巴在等待中似乎出現了幻覺。

辛巴沉浸到夢境中去。他夢見自己飛呀飛呀，經過茫茫宇宙銀河，最後在 E 星球上降落了。他腳剛沾地，就看見爸爸和媽媽，還有小琪和奶奶，露西他們的家人，都朝他們跑過來，還舉了雙手在歡呼呢。

辛巴跑呀跑啊，飛奔過去，跳起來，撲進爸爸的懷裡，把他撲倒在地上，其他人頓時一愣，又爆發出一陣的大笑聲……當辛巴聽到一聲沉悶的碰撞聲，他被驚醒過來，從幻覺中緩過神來，原來四艘太空船鎖住了，合併成一艘，飛行器互相之間，有一道圓管作通聯管道。

此時，辛巴身上的安全帶啪的自動鬆脫開，他的身體從床椅上彈離開去，在艙內空間飄浮起來。辛巴耳機裡傳來露西等夥伴的驚呼聲，在短暫的驚慌之後，他們回過神來，開始享受這飄浮的樂趣。

從前辛巴向爸爸撒嬌時，會背蹭地，扭動身體，舉起四肢，亂蹬亂踢，呼哧呼哧地喘氣，自得其樂。爸爸看了就笑，還嗚哇嗚哇地喊了他的名字與他互動，抓住他的亂蹬的腿，或者作狀掐住他的脖子。他呢，也裝死把舌頭低垂在嘴巴外。

現在，他嘗試反轉身體，四肢亂蹬，很好玩呢，不過平衡感比較難掌握。

他身體落下時，努力避開船艙內的儀器，生怕碰壞了。當然，他是謹慎，那些儀器的按鈕都有遮蓋保護著，不會輕易受損。他在船艙裡打滾，齜牙咧嘴，發出嗚哇嗚哇的聲音，在空中模擬匍匐爬行，一邊看著螢幕與其他艙裡的夥伴玩樂。

不過，他感覺腳步空虛，凌空蹈步，華而不實，他玩了一會，就厭倦

了。他扭頭看看螢幕，亨利也玩累了，飄浮在空中小憩。辛巴想了想，朝儀錶板飄過去，然後伸出前爪，按了選擇按鈕後，他突然咕咚就掉到地板上。

辛巴聽到亨利的大笑聲，引得其他夥伴也大笑。辛巴愣愣地站起來，用了幾秒的時間，重新適應引力狀態下的環境。原來，他選擇的轉換速度太急促了。地球人的太空船裡，太空人只能在失重的環境下生活和工作，十分不方便。E 星人的太空技術更高超，可以自由選擇環境狀態，這讓辛巴感到新奇和興奮。

辛巴奮力抖抖身體，一時間毛髮紛飛，又瞬間被淨化系統清除掉。辛巴從空中降落到地面後，被那些閃爍的儀器吸引。他不停地走動，觀察艙內的構造。他在躺椅上一躺下，安全帶自動為他扣上。

辛巴輕輕地喊了聲口令，安全帶又自動解開。辛巴翻身下來，走到太空船的拼介面，伸出前爪，拉起安全遮蓋，按一下按鈕，那圓形的艙門，悄聲滑開兩半，打開通往露西那邊的門。

辛巴猶豫了一下，伸出腳，試了試交界處的地板，確認結實後，他小心翼翼地踏上去，走過去後，身體又懸浮起來。露西還在享受飄浮的懸空感，她頭枕在手臂上，正在遐想著什麼。她扭頭看見辛巴，身體隨了扭動產生的慣性翻滾起來。

「好玩吧？」

辛巴連聲說，好玩呢。他扭頭看一眼螢幕，亨利正在半空中呼嚕呼嚕。蘇菲呢，不用張開翅膀，就仰臥在空中。露西說她好享受這種身體突然失去重量的感覺，不用走路了，她雖沒有翅膀，也可以在空中展臂飛翔，一點都不累了。

「我身輕如燕。」

她笑嘻嘻的說道，還張開雙手，做出飛翔的模樣。辛巴說，過去看看他們？露西側轉身體，飛到互通門前。辛巴按下引力恢復按鈕，但選擇慢速變換狀態。露西慢慢降落下來，找到站立的平衡感，然後和辛巴走過去。

　　亨利正飄浮在正對艙門的上空，看見辛巴和露西進來，便停住了呼嚕聲，優雅地撓了撓鬍子，說：「早啊。」辛巴和露西一進入艙內，也飄浮起來了。

　　此時，蘇菲從她那邊過來了。四個夥伴飛翔追逐打鬧起來，玩累了，就停在半空，找了最舒服的姿勢，橫七豎八，或倒立，或趴的，懸浮著，開起「空談會」，哇啦哇啦地討論起乘搭體驗。

　　辛巴說，失重和有引力兩種環境，各有利弊。亨利說，對呀，失重時睡覺最舒適。蘇菲笑嘻嘻說，她感覺自己白長翅膀了。「一視同仁，自主選擇。」露西說，嘗試使用不同的姿勢也是好的。

　　大家一邊談論，一邊比較，在兩種環境下，不同姿勢對身體健康的利弊。後來話題又轉到了這次旅程上。辛巴湊近窗戶，看燦爛星漢，他連連感嘆。這浩渺銀河，從前只知有「鵲橋相會」傳說，如今真的在其中航行，奇妙，又有隱隱的擔憂。

　　「這要飛行多久呢？」

　　亨利說：「不去想它，反正吃好喝好睡好，該到時自然就會到。」蘇菲說亨利是個樂天派，辛巴是個擔心派。亨利得到了表揚，開心地唱起他的「妙妙歌」來。露西沒出聲，笑咪咪地看著他們。

　　辛巴提議，為了在到達 E 星球時，保持最佳身體狀態，大家要堅持鍛鍊身體。亨利在空中翻了個身，說，哦，那，我就不停地翻滾，踢踢腿，彎彎腰。辛巴說，你得在有重力的情況下鍛鍊呢。亨利有點不願意了，說，那多累啊。

　　「E 星球也有引力嘛。」

　　辛巴說，不信的話，你問問露西。亨利扭頭看露西。「我得在重力環境下鍛鍊一下，要不然我到達 E 星球後，大概會胖得走不了路。」露西邊說邊用手，把肚子拍得嘭嘭響。亨利有點失望，說：「我不算太胖吧？」

　　蘇菲笑了說，不胖不胖，可當皮球踢了。大家哈哈笑起來。辛巴笑

過後，一本正經耍起太極拳來，一招一式，還滿有模樣的。這「太空太極拳」，把大家看呆了，問他幾時學會的。

辛巴驕傲地說，是偷師學來的，看電視，看公園裡的人耍：「加上我自創的招式。」他轉身，朝亨利打出一掌，緩緩地朝前推去，這場面好像他常在電視看到的動漫武俠片裡的慢動作。

亨利的胸口受到這輕輕的一點，順勢朝後飛去。蘇菲拍了翅膀叫好，結果自己也被搧起的風的反彈得朝後飛去了。露西大笑，說：「辛巴好厲害呢，一招『蜻蜓點水』，一掌聯動，威力無窮。」辛巴哈哈大笑起來。

夜晚的時候，辛巴貼在舷窗尋找遙遠的地球，沒找到它的蹤影。他記得從前即使是夜晚，那個星球也布滿了光帶的，那是城市的燈光照明，輝煌悅目之極，現在那顆星球似乎在黑暗中消失了。

辛巴不禁輕輕地嘆息一聲。

第 78 章

時間慢慢過去，大家逐漸熟悉了艙內的設施和環境，該玩的玩夠了，之後辛巴就感嘆，爸爸看完科幻小說後，把太空之旅描畫得很奇妙，讓他對此充滿了嚮往，可沒想到，身臨其境才發現，也不過如此而已嘛。

「好戲才開始，」露西對辛巴說：「你別心急呀，精彩在後面呢。」辛巴想了想說，飄浮狀態雖然輕鬆，但自己再努力，稍遇外力，也無法鼎立不動。有重力呢，雖有點累，但有踏實感。

「別談哲學問題啊。」

亨利覺得這些問題好無聊，他覺得吃好睡好玩好最重要。其實，辛巴原先也過的是飯來張口的華麗日子，凡事有爸爸媽媽關照，可現在怎麼變了呢，辛巴的心思和腦裡想的事多了起來。他猜想，因為人類消失了，讓他心生許多不安全的擔憂。

蘇菲浮在空中，一下一下地梳理羽毛。她努力尋找平衡感，但身體不

時顛倒，翻滾，她順勢頭朝下，繼續梳理。她希望經過練習，能在不同的姿勢下，也能動作得心應手。突然，她說：「嘿，聽到了嗎？」

辛巴趕快問：「什麼？」露西和亨利也停止說話。蘇菲不敢動，用翅膀指了指外面。「哐當」一聲，過後，大家聽到艙內的警報響了，嗚哇，嗚哇，儀錶板上紅燈閃爍。大家的神經剎那繃緊起來。一陣驚慌過後，露西趕快查看儀錶板。

露西發現響起警報的，是辛巴那艘太空船。她操作遙控錄影機偵察後，發現太空船的尾翼受到撞擊。「太空垃圾。」她簡略說了一句，有點憂心：「或者是彗星？」她不知道流動的銀河裡，到底會遇到多少意外的的衝擊。

「嚴重嗎？」

辛巴急迫地追問。露西操控把手，讓那臺錄影機把鏡頭推進，推近，仔細查看後，露西認為問題不大，但這讓大家無憂無慮的心情，一下消失殆盡了。辛巴飄浮過去，把臉貼在舷窗，看見黑暗中，不時有一根根耀眼的光柱，往星河裡墜落，煞是壯觀。

「彗星？」

「是垃圾？」

蘇菲飄浮過去，伸開翅膀，摟住辛巴的脖子，也湊過去看，發出一聲聲的驚呼聲。亨利見了，也滾過去，爭著看起來。三個夥伴頭都擠在一起，感覺到彼此身體的暖意和微微的顫抖。

露西操作遙控錄影機，不停地調節攝像角度和方向。她看見那些大小不等，亮度不一，長度不同的彗星，拖曳著燦爛的尾巴流落遠方。她打開音響系統的瞬間，聽見那些呼嘯聲急促而悠長，把大家嚇了一跳，以為太空船被撞上了。

露西為了安全起見，讓大家回各自船艙內，到躺椅上去，扣好安全帶，以防不測。辛巴發牢騷說，一艘太空船都能把我們載上的，幹嘛分開呢？露西解釋這是為安全起見，分開搭乘，即使發生意外，各自獲救的可

能性更大。

「蛋不要都放在一個籃子裡。」

返回自己的太空船後，辛巴躺在躺椅上，一邊想心事，一邊眼盯螢幕，監察內外的情況。他此時體會到了什麼叫瞬息萬變，剛才還在無憂慮，覺得無聊之極，現在又變得如臨大敵，感覺踏上了生死未卜之旅。

「還認為無聊嗎？」

他腦子又如旋轉的星空，無數的猜想交織播放起來，幾幅圖畫在交集混淆，最後剩下一片狼藉。一段驚慌的時間後，他情緒穩定下來了，他想做些什麼。

他伸出手，找到錄影機遙控器，移動觀察鏡頭，看那彗星呼嘯著穿越黑暗的世界，瞬間耀眼，然後重歸黑暗，遠處的銀河，依舊星漢燦爛。

他一時興起，把自動導航關閉，換上手動導航，把艙內恢復到有重力狀態。他感到懸浮感消失了。他把安全扣解開，跳到了甲板上，穩定身體後，他走到船舷窗戶，趴在那裡貪婪地看啊看啊。突然，他心裡湧起一種衝動，想縱身跳出窗外，落到外面的茫茫太空。

這時，通話器和警報同時響起。露西責問他為什麼把自動導航關掉，以至於太空船飛行不平衡了。辛巴一驚，看見螢幕上露西的表情十分嚴肅，急迫。他很快反應過來，跑到駕駛艙，重啟自動導航。但他保留了重力系統。他還是喜歡腳踏實地的感覺。

露西問他，幹嘛不老實地待在躺椅上，反倒四處走動呢？辛巴辯解說，他也不知道，突然就想下來走動一下。露西告誡他要守紀律。辛巴不服氣地嘟囔道：「我沒太空旅行的經驗嘛。」

亨利批評他說：「老教育我要遵守規矩，自己卻亂來？」蘇菲說：「要行動一致。」辛巴本來想反駁的，聽蘇菲這麼一說，他就沒出聲了。亨利得意地看著辛巴沮喪的樣子，說了句：「露西很有船長的樣子。」

「拍馬屁！」

辛巴哼了一聲，但他服氣，露西就是船長嘛。露西見辛巴不出聲了，就緩了口氣說，主要是在太空裡，我們會遇到比地球更多的未知之事，要時刻防患未然。辛巴心裡嘀咕，她還真的像爸爸說話呢。

「為什麼彗星會發光呢？」

辛巴對此感到困惑，不過他猜想，此刻他們應該是在穿越另一顆比地球巨大得多的星球的「類大氣層」，大概地球只是它「子宮」裡的一個孩子而已，而它自身也被一層更廣袤無際的「大氣層」所包裹，當這些彗星穿越其中的時候，也摩擦起火燃燒，發出耀眼的光芒。

辛巴腦海裡，出現一幅圖畫，銀河系裡，有巨大的恆星和圍繞它們的行星，那些巨大的星球是小星球的母親，母親與她們的孩子，在一路嬉戲玩耍，在銀河系裡，到處都是他們飄浮的蹤跡。

想到這些，辛巴的情緒豁然開朗起來。此時，他看見天色亮了。他看見遙遠處，有一抹金光，慢慢飄散開來。按他的理解，天亮後，一切危險會躲到黑暗中去。他們可暫避開那些未知的危險。

第 79 章

經過漫長的飛行，太空船到達了 E 星人的太空站。當辛巴看到太空船的對接鎖扣與母船的鎖扣牢牢卡扣上，他懸空的心稍稍踏實下來。他聽到廣播通知說平安降落了，乘客準備好登船。此時，安全帶自動鬆開，他猶豫片刻，定定神，翻身跳下來。

辛巴掃一眼螢幕，看見露西也從躺椅上下來，活動身體，準備登船。辛巴打開互通門和夥伴們會合，一起出艙登上母船。他們猶如進入機場的登機通道，一路有語音指示，還有多語種的文字標示前進的路線。

他們循了指示一路往前，接受風吹淋浴乾燥等清洗消毒程序，進入到一個巨大的候機大廳。大廳不同區域有不同的功能區，旅客的所需可以就近解決。露西說這好像是在電視裡看過的購物公園那樣實施齊全。

候機廳用不同顏色的塗料和燈光來劃分不同的功能區域。辛巴心想，在設計真簡潔明瞭，還賞心悅目呢。蘇菲飛到他們的前面去，在大廳上空盤旋一圈，降落下來說，哇，好大啊，就我們，有點嚇人呢。

露西帶領他們，按指示來到一個候機區域坐下來，前面的大螢幕，就開始播放一個紀錄片，圖文並茂，對來此的旅客進行常識教育，將地球人此次遷移的原因和目的，簡明扼要地做了介紹。另外，還播放飛船飛行駕駛等相關的速成課程。

「看來我們要自助遊了。」

「人類的科技產品，幾乎都使用傻瓜程式，何況 E 星人呢？」

辛巴看完後，起身四處走動，嗅來嗅去，卻毫無發現。「沒有人類的氣味呢，難道做了清潔？」他心裡嘀咕起來。亨利也四處到處走走，在椅子下尋覓什麼。「不妙。」他也嘀咕起來，說都打掃乾淨了。

蘇菲問露西接下來做什麼。露西說，耐心點，聽廣播指示。突然，遠處傳來輕微的響聲。他們轉過頭去看。一輛小型餐車向他們駛過來。蘇菲飛起來，搶過去查看。餐車駛過來，停在跟前時，大家很驚奇，餐車上有擺放整齊的餐飲品。

辛巴就最開心，剛想立起去叼，露西制止他，替他拿了肉腸，又替亨利開罐頭。辛巴吃得聲音最響，吧嗒吧嗒，沒怎麼咬，直接一口一口吞了。亨利雖然心急，但吃相看起來還是很斯文的，小口小口。蘇菲呢，一顆一顆吃花生米。露西吃了幾口，說還是新鮮的紅蘿蔔好吃，她不喜歡吃罐頭食品。

辛巴沒幾口就吃完了。他說最喜歡吃罐頭了，真香呢！他邊說邊用舌頭舔嘴角。吃飽後，亨利躺在椅子上，一把一把地洗臉。「管理員呢？」辛巴扭著脖子尋找什麼，但是大廳空空蕩蕩的，除了他們製造的聲息外，四周寂靜無聲。

露西拿紙巾擦擦嘴角，說這邊大概沒管理人員，應該是遙控管理，這

裡全部都採用了自動化管理，管理總部應該在 E 星球上。辛巴說，一座空城，要是燈光滅了，嚇死人嘛。

他跳上椅子上，抬頭大聲吠起來。他的吼叫聲在大廳裡滾動。開始把大家嚇了一跳，然後也加入進來。一時間，大廳裡響起一浪一浪的吼叫聲。然後，他們叫累了，收住聲音。大廳又恢復了死寂，隱隱能聽見他們被放大了的喘息聲。

露西有點疲累了，提議先瞇睡一下，再等開船的通知。辛巴笑了一下，說，其實無所謂等不等了，我們安心吃睡，反正都在船上了。亨利打了個哈欠，說睏了。他瞇起眼睛。

蘇菲有點無聊，就站起來，四處走走，不時飛起來，在上空盤旋，查看那些儀器和大廳的結構。在她看來，地球上的機場是陸空分離的，而 E 星人的飛船是連體的，或說同體的。

後來他們在朦朧中被廣播聲吵醒，他們聽到的資訊是，由於他們前方旅途航道上，布滿從地球上飄浮過來的塵暴以及太空垃圾，為安全起見，需要他們協助清理掉那些垃圾，以保障飛船的安全航行。

辛巴發牢騷說，這些該是飛船管理者的責任嘛，怎麼讓乘客來做呢？再說，他們也沒做過這項工作，該怎麼做呢？露西讓他別急，聽人家說完，她想人家有這樣的安排，肯定早就制定好了計畫的。

此時，大螢幕又打開了，開始播放片子，介紹人類發射的衛星和飛船，探測器，但由於管理不善，技術不完善，製造了不少太空垃圾。另外，那些從地球飄浮上太空的塵暴，也對星際航道，產生了意想不到的巨大影響，把星星的亮光都遮蔽了，那些太空垃圾也四處飄浮，造成不少飛行意外。片子的後半段是一則培訓課程，教乘客如何清理太空垃圾。

露西看得很認真，嘴巴還喃喃自語。見此，辛巴也認真起來。該教學影片簡明扼要，讓觀眾一看就明白要義，一學就會，因為都是機械化操作，全自動的，猶如使用傻瓜相機那般簡單。這讓辛巴鬆了一口氣。

不過，亨利有意見了，說：「哎，要我們做志工呢。」蘇菲說，你就當是鍛鍊身體吧，免得你到 E 星後，胖得你爸媽都不敢認你了。亨利打了個飽嗝，伸了伸脖子，說，我的胃口不如從前了，怎麼會胖呢？他這話把大家惹笑了：「你這還叫沒胃口啊？」

露西猜測說，大概乘客多的時候，母船有專門的駕駛人員管理，當星際旅客少或沒有的時候，母船會換成自助式服務。這樣就不必把人員長期留置在太空裡，這也是節省人力資源的一種做法吧。

「他們缺少勞動力？」

「也許與地球的情況有點類似？」

辛巴和露西一問一答地談論，打發這段等待的時間。

第 80 章

候機廳廣播又響起了，指示他們從 A 通道去碼頭，登上星際垃圾清掃船。露西一坐在駕駛座上，打開螢幕播放相關的操作講解短片。辛巴坐在副駕駛座上，認真地觀摩和聆聽。

看完講解片段，辛巴扭頭問露西：「幹嘛不把清掃系統安裝在母船上，一邊飛行一邊清掃呢？」他認為把這工作分離出來做，似乎多此一舉。露西想了想，說，可能是考慮到母船體積龐大，在飛行中被撞擊損壞的概率更大。而使用清掃船，可提前對意外作出反應。

亨利笑了說，看，辛巴這不懂了吧？蘇菲批評他，說：「人家愛動腦筋，你呢？」亨利有點悻悻的，回答說：「我老了想不動。」辛巴調侃說：「也不老啊，從前我都追不上呢。」大家一聽，都哈哈笑。

亨利有點得意了。

露西清清喉嚨，喊一聲：「啟動。」儀錶板各色指示燈都亮起來。辛巴說，這種聲控的設計好使。露西喊一聲：「出發。」清掃船與母船連接的搭扣自動鬆開，清掃船無聲地飛離了母船，朝導航指示的方向飛去。

辛巴好奇地聳動身體，四周眺望。他沒想到，銀河裡也是有雲的，或者叫星雲，有漩渦狀的，有彩帶飄飛模樣的，有波濤狀的等等，很美，讓他看得有點眩暈。由於偵測儀沒發出警報，大家放心地觀看遠近的景色，發出一陣陣驚嘆。

警報器響起，大家有點緊張，因為沒這方面的經驗。辛巴目光四處搜尋目標。突然他看見一顆衛星朝清掃船飛過來，衛星上的太陽能電池板的反光，把他的眼睛晃了一下，等他想正視的時候，那衛星已在遠處掠過去了。原來，清掃船有自動躲避撞擊系統。

「這些衛星還能用嗎？」

辛巴扭頭看著漸漸遠去的衛星詢問道。露西說，至少在我們離開地球前，還是可以使用的。亨利說，對呀，這也要問嗎，我們不是用過導航嘛。蘇菲笑了說，就你聰明就你能幹。亨利很得意地哼了一聲。

露西睜大眼睛，盯住螢幕，看相關的指示。「開磁力網。」露西喊了一聲，然後辛巴重複命令：「開磁力網。」肉眼是看不見的，但螢幕上顯示出磁力網從船頭中央的洞口射出，朝前方呈拋網狀的方式撒出去。

露西緊盯螢幕，看到顯示網裝滿了，就喊了聲：「收網。」辛巴沒出聲，網沒有收回來。露西扭頭看了他一眼，說：「嘿，確認命令啊！」辛巴這才反應過來，把前方的手把一拉，磁力網就收攏回來。

「怎麼搞的，不用聲控嗎？」亨利看來有點著急呢。辛巴解釋說，他怕喊錯了，想改換成手動操作看看效果。露西略略一想，說，也好的，畢竟我們還不熟悉，謹慎為上。

此時，大家看見螢幕上顯示，那些太空垃圾，小隕石等，被吸進船裡的垃圾儲藏艙裡，接著被粉碎壓榨成結實的方塊存放起來。

辛巴說這好像紐西蘭那邊砍樹呢，工人砍完樹，手臂粗的枝條，丟進拖掛車裡的粉碎機粉碎成木屑，成為園林業使用的原料。兩者原理有些類似呢。露西笑了說，是相似，只不過 E 星人的技術，高出人類幾個層次。

蘇菲接了話說，嗯，他們先進一些。

「磁力網怎麼工作的呢？」

聽辛巴好奇地問起其工作原理，露西解釋說，這些隕石或垃圾都含有各種微量元素，這磁力網有巨大的吸力，可以把這些飄浮的傢伙像魚兒一樣網住，再收集回收，分類處理。大家對此科技嘖嘖稱奇。

「那地球上的霧霾，也可使用這原理來清理囉？」

辛巴好像腦子開竅了，很興奮地提出新想法。露西和蘇菲驚嘆起來，說辛巴真聰明，可以舉一反三地思考。這話說得辛巴有點不好意思起來。亨利說，我也有想法。他舉手示意要發言。大家都扭頭來看他。

他張了張嘴巴，結結巴巴地說：「我覺得，我認為，這個……」辛巴等了一會，咽了一下口水，說：「別急嘛。」蘇菲看出端倪來了，說：「想先賣關子吧？」她還朝他使眼色。亨利很感激，趕快說：「我就先不說了。」

辛巴開玩笑說，亨利留著申請專利呢。大家會心地一笑。

清掃船繼續朝前駛去，露西不時根據偵測的資料，發出「捕撈」垃圾的命令，辛巴則隨後確認命令的有效性。他們合作得越來越順手，還開心地哼起了歌。本來懶洋洋的亨利，此時也來幹勁了，和興奮的蘇菲一起哼唱起來。

「汪汪汪，汪汪汪！」

「妙妙妙，妙妙妙！」

「……」

四個夥伴，一個來一句，另一個回一聲。蘇菲即興張開翅膀，給大家打拍子。一時間，清掃船上，響起快樂的歌聲。亨利說，做做志工也滿好玩的。辛巴哈哈大笑，說亨利終於找到感覺啦。亨利聽了，臉發燙了。

清掃船的垃圾儲藏艙裝滿了，他們開始返航，發現母船正朝他們這方向靠攏過來。原來，母船和清掃船，有互動監測儀，資料互換，當母船得知清掃船清掃出一段足夠安全的航道後，母船會自動尾隨航行。

清掃船在母船的碼頭停靠後，自動傳輸帶開始運作，把壓制好的垃圾磚塊運送到母船的垃圾分類箱。這些太空垃圾因為包含了微量元素，母船收集後分類被送入冶煉爐，提煉出相關的金屬產品。

他們返回到候機廳小憩吃喝，並夜宿膠囊旅館床上，這有點像飛機上的商務艙，只不過是封閉式的，不受外界影響，但可透過彎成天花板的螢幕，了解外面的情況或觀看影片。

辛巴躺在裡面，觀看有關星空旅行的紀錄片。間或，他回憶起當年從深圳飛往紐西蘭的旅行，那時他也住過航空艙，但那個塑膠做的籠艙，真的不舒適，比現在這個差多了呢。

他一邊想一邊打起瞌睡。沒多久，他就進入夢鄉，由於沒關掉電影，他的夢中鑲嵌了畫面和聲響，他在各種稀奇古怪的境況中，來回左右奔突，不停地在某個旅程中出發，永遠在旅途中奔走。

第81章

第二天天亮後，辛巴跳出膠囊旅館，發現露西和蘇菲已經起床了，正在大廳活動身體，扭腰，伸手，拍翅膀。「亨利呢？」辛巴走過去問了一句。露西正要回答，就聽見後面傳來亨利的聲音：「早醒了。」他一邊打哈欠，一邊懶洋洋地走過來。

用過早餐，辛巴走到大廳的觀景臺，把眼睛湊在望遠鏡，觀察飛船外的景色。「好美啊！」他在心裡喊了一聲。浩渺的銀河，置身其中，猶如在雲海飄浮，宛如置身仙境中，心情妙不可言。

辛巴想起地球，把鏡頭鎖定目標，拉近鏡頭，也如仙境之中，雲霧繚繞。辛巴很失望，明白是那些飄浮的汙染物把地球的面目遮蓋掉了。「有新情況？」辛巴聽到露西在身後問他，就把望遠鏡讓給她。

「比我們離開的時候惡化了。」

露西一邊觀測一邊做比較。蘇菲聽她這麼說，也有點急了，拍著翅膀

說也要看。亨利踱著步伐，慢悠悠走過來，說：「反正我們都離開了。」辛巴說：「自私啊，那 E 星王子還在呢！」亨利一時語塞，頓了頓說：「依靠 E 星人的科技他該安全的。」露西說，也許他走在我們前面去了。

「他熟門熟路的。」

他們互相說些安慰的話，無助的擔憂暫時釋然。

突然，警報響起。大家一時慌張起來，不知道如何應對。廣播響起了，說據紅外線湍流探測器報告，前方有股宇宙湍流，提醒乘客到候機廳座椅坐好，扣上安全帶，等待飛船安全穿越。

飛船遮光隔離罩自動關上時，燈光隨即打開。辛巴心想這飛船那麼巨大，有點湍流算什麼呢，應該不會受到氣流影響的，這可不是小飛機，遇上點氣流就亂顛簸，把空姐嚇得蹲下。他慢慢走向座椅，有種閒庭信步的淡定。

露西喊他，他答應了，稍加快步伐。突然，他被彈起，猶如被一股無形的力量拋起，飛向了候機廳的天花板。他一時傻呆住了，沒能叫出聲來。

大家嚇傻了，起先還朝他喊話，要他注意飛去的方向，後來都失聲了，呆呆地看他飛起來，四肢亂蹬，張大嘴巴，作無用的掙扎。

辛巴飛向天花板，途中又被一股無形的力量一轉，轉變了方向，被丟向左邊的柱子，快要撞上，身體又被一種力量推了一下，滑過去了，他尾巴末梢的毛髮，掃向柱子，他能聽見那「啪」的細微聲響。

辛巴的心，猛跳到了喉嚨口。

突然，他飄浮起來，感覺到有股力量在努力穩住自己。他感覺身體下墜，懸浮感減輕，身體降落在甲板上，他的四肢一觸地，立刻發力，奔到距離最近的座椅，只聽喀噠一聲，身體就被扣上了安全帶。

辛巴長長地舒了一口氣。此時，前方的螢幕播出畫面。原來，飛船正穿越一股宇宙湍流，巨大無邊的漩渦，如他在河邊看見的漩渦，旋轉著，

吸入周邊的東西。不過，這是個巨大的漩渦，河裡那個無法相比。

過了一會，大概飛船穿過了漩渦，船外的隔離罩移開，宇宙又呈現在眼前。辛巴看見閃電，在漩渦周邊遊走，很壯觀。不過回想起剛才的情景，還是很害怕的，當時撞上柱子或任何硬物，必死無疑。

廣播響起，報告飛船剛飛越了巨大的宇宙漩渦，飛船沒受到損傷。大家聽到這裡，長呼一口氣。接著，螢幕上播放一則科學教育影片，講述飛船遇到漩流被漩渦裹挾旋轉時，飛船的穩定系統運作的原理。

遇險時，飛船的穩定系統會應急啟動，加上失重平衡系統的輔助，使乘客和飛船內的東西，在兩種反作用力的作用下，降低或減少飛船和乘客的損壞傷亡程度。

「類似大廈的防震抗風穩定技術。」

露西嘗試解釋這個原理。「受傷要怎麼治療啊？」辛巴回想起剛才一幕，心生恐懼。蘇菲說這的確是個問題呢。亨利話裡有話說，不能老是依賴儀器運作，乘客自身也要律己。

辛巴也意識到了問題的嚴重性，深刻反省了一番。他又問露西，為什麼宇宙的漩渦與地球漩渦會相似呢。露西撓了撓頭皮，覺得這個問題，說容易回答也行，說難回答也難回答。

「宇宙的是長大了的漩渦？」

露西不敢確定，這只能想像。真實的情況，得有科學依據。她說以後問問爸爸吧。她這話一出，大家的心都被帶往那顆遙遠的 E 星球去了。

第 82 章

飛船平穩飛行時，露西坐到座位上，認真地記著筆記。辛巴很好奇，湊過去看她寫寫畫畫。辛巴稱讚她好學，說爸爸也說過，好記性不如爛筆頭。露西說，平日爸爸就這樣，做有心人，想到什麼就記下來。亨利說，這方法好，要不然記多了，腦袋會炸掉。

蘇菲舉起翅膀，點了他的腦袋，說：「你記下什麼了？」亨利眨了眨眼：「每個人都有自己的祕密武器嘛。」辛巴聽了說，他怕寫字，但他記性好。亨利說，哎呀呀，什麼怕寫字呀，是不會寫字吧。辛巴臉發燙了，承認說，是的。爸爸年輕時也怕寫字，所以他喜歡寫詩，一行一行，字少，後來年紀大些，才喜歡寫很多字。

「爸爸說，心事跟鬍子一樣，越長越多了，不寫出來，要爆炸的。」

露西低頭在本子上記錄，偶爾抬頭插一兩句話。此時，辛巴感到百無聊賴，起身四處走動，沿一排排的座椅嗅起來。亨利也好奇地走過去，跟在他後面嗅。蘇菲看見了，就笑他們，說在幹嘛？

「找人類的氣味。」

「早被清洗乾淨了。」

辛巴可不管，他得找點事做，要不然閒得發慌。他嗅啊嗅呀，走遠了，來到了商店的一個櫃檯前，他站立起來，看見櫃架上擺放著各式各樣的滑板。他大喊蘇菲和露西過來看看。露西朝這邊望了，又記下幾筆，才起身過去。

蘇菲用嘴啄出封套裡的使用手冊，和露西閱讀後，告訴辛巴，這是光能磁懸浮滑板，站在上面，套上腳套，能懸浮飛翔。「能飛？」辛巴對這個好興奮，熱切地望著露西，聽她解釋操作原理。

露西邊看說明書邊解釋使用方法。辛巴迫不及待了，讓露西給他拿了一副滑板，四肢踩上去，套上腳套，把腦波控制儀戴好，心裡想到一個「飛」字，立刻感覺到腳下有股力量把他托起來。他慌了神，一晃，但滑板自動找到平衡，他沒有摔下來，晃晃悠悠地朝他臆想的方向和速度滑去。

大家看著他動作，心都懸起來。辛巴折騰了一會，很快找到平衡感。原來滑板可自動調節平衡，讓身體始終處於正常姿勢，所有的動作，都按「心想事成」的模式設定，依據使用者的想法隨心所欲地操縱運行。

這下辛巴可找到樂子了，駕駛滑板在候機廳遊蕩，忽然空中飛翔，穿

梁而過，忽而下沉，繞柱而行，又在座椅之間穿行。他一邊滑一邊激動地汪汪大叫，惹得亨利也吵著要玩。露西給他拿了一副小的，也讓他玩上。

看著亨利和辛巴互相追逐打鬧，蘇菲慫恿露西也加入嬉戲。露西有點猶豫，自己身軀龐大，這東西經得起折騰嗎？她沒信心，但願意一試。她挑選了一副較大的，套上腳套，戴好儀器，居然也輕鬆自如地飛翔起來，這讓她笑得嘴巴都合不攏。

蘇菲會飛，所以沒玩滑板，自己飛上去，替他們打氣，還辦起一場滑板比賽。她研究一會，選定候機廳上空的橫梁和柱子作定點障礙物，然後模仿發令槍的響聲，發出開始的口令。

三個夥伴飛滑起來，在空中和地面上，飛速地穿梭前進。看起來體重不是取勝的關鍵，因為滑板自動調節承托力，想獲勝，還要靠身體的靈活度和敢拚的程度。

最後結果出來了，蘇菲判定冠軍是辛巴，亞軍是亨利，露西殿後。露西下來後，氣喘吁吁地說，哇，真的好刺激，比人類使用的兩輪平衡車好玩多了。辛巴說，平衡車只能在地面行駛，但兩者的平衡的原理是類似的。

辛巴看過《蜘蛛人》電影，裡面的邪惡壞蛋，駕駛的也是類似的滑板。露西說，E星人說人類與他們是遠親，看來是有一定關聯，你看他們發明的科技，兩者都有一定的關聯和淵源。

辛巴說，這滑板發明家太了不起，四腳的，兩隻腳的，都能使用。「我還可空出手來做別的事。」辛巴得意地站在滑板上，舉起兩隻前腿：「汪汪」地唱起來。亨利見了，覺得好玩，也學辛巴站起來，也「妙妙」叫起來。

露西呢，身軀龐大，坐在滑板上，兩隻腿垂下來，晃蕩晃蕩的。蘇菲偷偷地飛到後面，伸出翅膀，往一端用力按壓，滑板雖然受力一晃，往一頭沉了一下，瞬間又浮起來，保持平衡狀態。

「太了不起了！」

辛巴踩上滑板，說去別處遊逛一下。大家也說好，一起去飛船的其他

角落探訪，他們希望在寂寞的星際旅行中，發現有趣的事物，以便打發漫漫旅途中的無聊時間。

第 83 章

飛船朝 E 星球飛去。一路上，辛巴好像在閱讀一本宇宙之書，或者說觀看一部銀河啟示錄。雖然被困在飛船裡，讓他感覺到寂寞無聊，他不斷嘗試尋找新事物，來激勵自己的情緒，並打開自己廣袤無邊的想像空間。

有了磁懸浮滑板後，夥伴們不時會舉辦小型運動會，在寬敞的候機廳衝浪。但歇息下來的空檔，辛巴會坐在臨窗的座椅上，獨自望了空茫的太空遐想。而露西呢，因為發現了一個小型實驗室，就常沉浸在研究探索的興奮裡。

亨利不玩的時候，會躺在座椅上小睡。蘇菲時而飛到空中的橫梁上，引頸歌唱，讓歌聲充滿整個候機廳。辛巴說，要不然，在這裡來一場演唱會吧？辛巴的提議當然激起了蘇菲的興趣。

於是一連幾天，辛巴和蘇菲在候機廳的商店、工具房和儲物間等處尋找彩帶、燈光等設備。他們沒打擾露西，讓她繼續研究工作。等這些籌備工作都準備得差不多了，辛巴卻有點猶豫了，說，要不然延後一些時間吧？

亨利問他因為什麼原因要延期。辛巴說，他想過了，是否那樣會更好，在快到 E 星球的時候辦，讓 E 星的指揮中心直播演唱會，讓地球人和 E 星人一起分享這奇特的演唱會，那一定很有意思的。

蘇菲大叫太好了。雖然她此刻很想一展歌喉，也願意因此延後些日子。她太想媽媽也能分享她的快樂了。接下來的日子，巡視這些籌辦工作，成了蘇菲的一項日常事務。亨利和她閒聊時，看見她眼睛老是往小舞臺張望，就安慰她，說籌備的時間越長，準備得就越充分，效果自然會更好的。

「亨利很細心呢。」

辛巴笑嘻嘻地表揚亨利。「你從前沒注意罷了。」亨利哼了一聲，白

他一眼。蘇菲趕快說：「你們都細心的。」露西從實驗室踱步出來，邊走邊做伸展運動，把手舉起來，又放下，划到身後。

「幹嘛不踩滑板啊，一滑就到了。」

亨利看見露西走過來，隨口就問她。他覺得走路多費力啊，特別是露西這副身形。露西笑嘻嘻說，他可不想變成胖子呢。亨利說，踩上這滑板，再胖點也沒關係。辛巴笑了說，人家露西可不願意有一天朝下看的時候，看不到自己雙腳呢。大家哈哈大笑起來。

辛巴說，那滑板真好使，全自動，太陽能的，太棒了。爸爸的手錶，也是太陽能的。露西說，這些天，她做了些研究，發現地球人與 E 星人的科技都有關聯性，但 E 星人的比地球人的先進多很多。

「也許因為是遠親吧？」

他們正爭論，警報又響起，廣播提示，飛船的遮光掩蔽系統發生故障，需要手動修理故障。「遮光掩蔽系統？」辛巴問這是怎麼回事。露西解釋說，這是防宇宙有害射線的保護罩。

大家在座椅坐好，戴上 3D 眼鏡，觀看空中成像的教學影片，講述「遮光掩蔽系統」工作原理，以及故障修理操作程式。

辛巴像參加一次星空維修工速成班訓練課程，他躍躍欲試，想立刻進行修理工作。亨利瞥了他一眼，說：「你手腳夠靈活能夠操作嗎？」這話頓時讓辛巴失望和洩氣。他提議做露西的助手。露西摸了摸辛巴的腦袋，說：「我是需要一個助手的。」

亨利說，他也要去。露西說，你太小隻了，有適合的機會再參與，好嗎？蘇菲說，她和亨利在飛船內做後備，有什麼需要協助的，屆時給予支援。

辛巴得到露西首肯，趕快跳下座椅，做準備去了。「怎麼在外面工作呢？」露西突然想到這個問題。剛才的教學影片對工作的要領作了闡述，但他們對需要的動力一時想不出好辦法。

　　辛巴和露西，在蘇菲和亨利的幫助下，穿上太空服，背上工具袋，腰間拴上纜繩，打開艙門，飄出飛船外，查找故障機件。雖在失重狀態下，移動身體不難，卻發現身體移動起來並不能隨身所欲，一番忙碌後，兩個都氣喘吁吁的。

　　辛巴想想這也不是辦法，便說有事與露西商量，喊她返回了飛船內。辛巴建議踩滑板出去，這樣可以自主操作滑板，到達任何想去的目的地。露西被這大膽的建議嚇了一跳，說人家 E 星人都不敢這樣呢。

　　辛巴說，他們沒嘗試，不等於不行嘛。我們實驗一下，不行再作罷。蘇菲認為這想法不妨一試。亨利說：「要是出事呢？」露西擔心的也是這個問題。辛巴想了一下，說：「我們腰間拴了安全纜繩，不行的話，我們返回即可。」

　　大家坐下來，詳細討論這個方案，界定危險和安全的邊界線後，辛巴和露西重新出艙。剛踏出太空，辛巴有點慌，腳下晃了晃，好像踩到香蕉皮，滑了一跤，但滑板的自動平衡儀把他的身體穩住了，反覆幾下後，他們找到平衡感了，可以隨心所欲地操縱滑板了。

　　辛巴和露西踩著滑板，在飛船表面來回滑行，用了不多的時間，就找到了發生故障的遮光掩蔽，並動手修理起來。露西用起子把損壞的螺栓和螺母起出來，朝辛巴示意。

　　辛巴滑過去，讓露西打開背囊上的工具袋，按了開關，把起出的螺栓和螺母吸入，自動按編號歸入儲存格裡。辛巴嘴巴咬著露西遞給他的螺絲刀，配合她的操作。

　　蘇菲和亨利在飛船內的螢幕裡，凝神屏氣觀看他們修理的情況，隨時提供需要的支援。露西從工具袋取出新螺栓和螺母，接過辛巴嘴咬的螺絲刀，把螺栓和螺母轉緊，習慣性地用手擦擦額頭的汗，擦到了太空服的頭盔上了，嚇了一跳。

　　這情形讓蘇菲和亨利對視一笑。露西看一眼手腕上的監視螢幕，飛船

控制室經過自動檢測後，報告故障完全修復了。露西舉手，朝辛巴打出OK 的手勢，示意可以返回飛船裡了。辛巴用腦袋示意，讓露西看飛船的起降平臺。

　　他們乘坐的太空船，就停靠在飛船的起降架。辛巴說，要不然，也把那塊損壞了的尾翼修理好？露西猶豫片刻，因為飛船的控制中心沒要求他們這麼做。辛巴笑笑，說：「我們做志工吧。」

　　露西略一想，與他一起踩了滑板，飛過去。蘇菲和亨利本以為他們要返回飛船了，剛要鬆出的一口氣，又被他們滑出去的動作堵在口中，只得繼續配合他們施放纜繩。

　　也許剛才的成功，讓辛巴和露西有了經驗和自信。他們把螺栓和螺母起出，把撞瘻的面板拿出，在失重的環境下，那塊合金板被輕而易舉地運回飛船內，用電腦控制的精密氣壓鼓風機，把瘻凹的面板平整好，再運回去裝嵌，上緊螺栓和螺母，就完成了修理工序。

　　辛巴興奮得難以抑制，踩了滑板，呼地滑出飛船，沿著飛船巨大的罩殼表面，從上到下，從右到左，如在滑板公園裡玩起花樣滑板表演。剛開始把大家都嚇傻了，驚呼一聲後，張大嘴巴地盯住他，等他玩了一會，才大喊他立刻返回飛船。

　　辛巴返回後，止不住興奮，上下兩排牙齒在打顫，由於緊張和激動，咯咯咬響，他汪汪地大吠了一陣才安定下來，連連喊：「好、好、好過、好過癮呢。」亨利狐疑地問道：「那你牙齒怎麼打顫呢？」

　　辛巴結結巴巴回答說：「我、我我是太、太激動了。」他說，沒想到自己會那麼衝動，剎那間就做出了驚人之舉。他說似乎自己一下子就成了這飛船的衛星。

第 84 章

　　辛巴的意外之舉，讓他獲得一種新體驗，也賦予了滑板新的實用功能，對此大家都很高興。辛巴又有了新想法，在亨利聽來，甚至是瘋狂的。辛巴想實驗一下，能否在距離飛船更遠外的空間滑行。這是他在飛船表面衝浪時，突然冒出來的一個念頭。

　　「這怎麼可能呢？」

　　大家覺得這很冒險，也不可能，畢竟飛船表面有可作磁懸浮的「應力面」，而到了飛船以外的空間，根本不存在這樣的「應力面」，滑板怎麼能「彈浮」起來呢？

　　辛巴解釋說，他把滑板產生的磁懸浮力和太空清掃垃圾兩件事連繫起來。他想到，太空也不是潔淨的，浮塵垃圾猶如大海上的島嶼，滑板產生的磁懸浮力應該也能在此之上找到「應力點」，只是微小而已，按照這個原理，滑板應該也可在太空中滑翔。

　　「那滑板的磁懸浮力就要足夠強大。」

　　辛巴說這是關鍵。他建議先實驗一下，如果磁懸浮力不夠強，無法滑動，用安全纜繩把他拉回來，再研究改進。如果可以的話，那又為開發出滑板新的實用功能。

　　露西聽完，點頭說：「辛巴的想法可以驗證一下。」接下來的幾天，他們都在做準備，研討可行方案。辛巴開玩笑說：「我可不想飄出去就回不來了。」亨利調侃說：「如果真飄出去了，我們開清掃船把你找回來。」這說話不但沒讓辛巴生氣，他還很高興地對露西說，亨利這個想法可能有用呢。

　　他們還和 E 星指揮控制中心聯絡，向他們通報實驗計畫，獲得了他們的同意和配合。E 星人發明這套滑板投入使用後，對其實用功能的後續開發研究，也還是很有興趣的。

　　計畫實施的關鍵，是由誰做實驗者。露西決定自己披掛上陣。但辛巴

怎麼都不肯相讓，堅持要自己身體力行。兩個夥伴爭執不下，辛巴給出的理由比較充分，這是他提出來的計畫，他該負責進行。

蘇菲支持辛巴，她是考慮到，這個想法出自辛巴之口，那麼他一定對這個計畫的執行，有著比其他夥伴更多的了解和心理準備，由他執行，肯定有比別人做更事半功倍的結果。

結束爭執後，大家開始分工，按各自的角色練習了好些日子。一切準備妥當了，實驗的那天，辛巴還是很緊張的，其他夥伴也知道危險，也很緊張，這可不是鬧著玩的。

露西幫辛巴穿太空服的時候，小聲叮嚀他不要急躁，按此前練習過的步驟做就好。辛巴連連答應。辛巴也覺得奇怪，準備充足後，怎麼比起那天在飛船表面衝浪的時候，還要緊張呢？

他沒有出聲，默默地把相關的儀器穿戴好，打開艙門滑出去，朝飛船以外的空間滑去，腳步有點搖搖晃晃的，他努力穩定自己的重心後，心裡默想滑行的動作、方向和角度。

辛巴踩著滑板，隨心操縱，時而上浮，時而下墜，左右漂浮。他鎮定自己，尋找各種克服的技巧。漸漸地，他與飛船的距離，越來越遠了，十公尺，二十公尺，二十五公尺，大家的心懸浮起來。辛巴滑了出去，一百公尺，兩百公尺。大家看著他搖晃的身體，心跟隨他的動作沉浮。

突然，辛巴一個搖晃，差點翻倒身體。大家啊地叫了一聲。露西及時地發命令，收攏安全纜繩，把辛巴拉入了飛船內。一落地，辛巴激動得渾身發抖。過了一會，他結結巴巴地對大家說：「可以的，可以的！」

大家知道他說的意思，激動地抱在一起。辛巴把情況向指揮控制中心回報後，那邊發來了祝賀，說辛巴收集的資料，已傳入中心的電腦儲存起來了，他們會讓發明人參考並作出修改。

辛巴提議自己也動手做研究改進，當作樂趣和打發時間。露西說，也好的，反正飛船內有實驗室和工作間，我們可以進行些研究改進的。大家

覺得這天過得十分有意義，是值得慶祝的。

在吃慶功餐的時候，辛巴詳細講述自己的體驗。他說，磁懸浮力是足夠大的，但因太空中的浮塵和垃圾顆粒大小不均，其微量金屬的含量，物體的受力面積各不相同，產生的磁懸浮力量也各異，如果能使滑板產生的磁懸浮力據此自動消長，那麼滑板就能自動找尋到平衡，讓使用者操作自如。

大家留心地聽取辛巴的分享，然後分頭想可改進的可行性。一時間，他們熱情高漲，緊張有序地工作，往返於實驗室裡和操作間，對那滑板不斷研究和把玩，尋找開發更多功能的可能性。

手中有事做，時間顯得不那麼無聊。以往，辛巴要麼有爸媽可陪同玩耍，要麼給家裡看守花園，對家裡的事情，他很有工作熱忱，也感到很充實。從上飛船後，他有點擔心，在這空間裡，他能有何可作為呢？

可現在，辛巴有事可忙了，所以格外高興，他在另一個新空間裡，找到了自己的存在感，這是消解焦慮的好方法，他的日子變得踏實起來了。辛巴想，等開發出更多的功能來，滑板就可派上更多的用場。

「比如呢？」

亨利問過辛巴這個問題。辛巴說：「除了當日常的運動器具，還可當救災的工具，去到危險的地方，進行救援行動。」亨利對這個想法十分讚賞，不過，他也有疑問：「會讓人發胖嗎，因為缺少運動啊。」

辛巴說：「喜歡滑板就是喜歡運動嘛。」

第 85 章

這段日子，辛巴過得很充實，很投入，也愛探究，有許多想法與露西交流。露西手巧，能把辛巴的構想付諸實現。而亨利時刻提供支援。蘇菲則從旁給意見。他們緊密合作，完善了磁力懸浮滑板的功能，開發出新用途，這讓大家十分興奮。

休息時，辛巴趴在望遠鏡前，觀測浩渺的星空。突然，他叫起來，大

家以為出了大事，都朝他跑去。辛巴讓大家看一幅奇特壯觀之景。露西伏下身子，眼睛湊近看。

「像一道火海。」

露西腦袋閃過一幅圖畫，她在科學雜誌看過 NASA 發放的太陽「火谷」照片，那長達幾十萬英里的磁絲，會引發奇觀景象。太陽物質磁絲爆發時，會穿越太陽大氣層，其路過之處，像劈開了一道火的峽谷，構成了一幅耀眼壯麗的圖畫。

蘇菲湊上去，看了一會，又調整鏡頭方向和角度，之後看見另一幅圖畫，一個與地球相距約 2,200 萬光年之遠的中型螺旋星系，由於發生過多次的超新星爆炸，形成幾條螺旋狀藍白混交的星雲，還點綴了白亮的星星，煞是好看。

「像旋轉的風車葉輪。」

「是煙火星系！」

露西觀看後，說了個命名。她解釋說，這個也在雜誌看過這照片，該星系發生過八次超新星爆炸，之後又發生過多次爆炸了。露西記得當時看那照片很激動，說天上比地上更奇妙。

「爸爸打趣說，坐上飛船，可以近距離觀看，更震撼。」

「沒想到夢想成真吧？」

大家輪流觀看，分享感受。露西還把新發現記錄下來，說可作為資料供日後研究之用。辛巴感嘆道，小小思考火花可燎原，你看先有「孔明燈」，後有了飛艇熱氣球，還有這小滑板，地球人只作玩具，但 E 星人已做成高科技產品。

「我們到達 E 星後，該有幾項發明專利了。」

聽到辛巴這麼打趣，大家開心地笑了。辛巴認真地規劃起來，說如果 E 星國有專利制度的話，那他們把專利權轉讓出租，收入應該足夠買個大房子呢。「你怎麼考慮買房子啊？俗氣！」亨利不屑地說道。辛巴解釋說：

「我見爸爸媽媽老為房子操心嘛。」

露西寬慰辛巴說，別擔心，他們統一撤離，該有萬全之策的。蘇菲說，要是他們有房子住，我們就買個房子當實驗室，繼續做些發明創新，比如，我就希望發明隱形新塗料，塗上羽毛後，透氣透汗，又具有防護功能。

「防風防雨透氣透汗。」

「還隔熱。」

「像穿了隱身衣。」

「人和動物都適用。」

辛巴聽了十分高興，他說，要有這塗料，雨天爸爸也能帶他出去玩，不再怕雨淋了。大家笑他一說起玩和吃就神采飛揚。辛巴說，你們別只注意我的缺點，也要記得我的優點嘛。

「工作和娛樂兩不誤。」

大家接了他的話，補充了一句話，樂得辛巴大笑，說，這就對了，就這麼回事嘛。露西不也這樣嗎，既欣賞太空奇觀，也收集資料進行研究。蘇菲說，哈，辛巴好細心。

「爸爸就這樣的。」

「言傳身教，耳聞目染。」

大家在笑說中想念起家人。夜晚睡覺時，辛巴躺在膠囊旅館的床上，把螢幕的頻道，調到「觀星」檔，看那漫天的星星，在頭頂的螢幕上，如靜靜的河水一般流過。

他把心安頓下來，試著把呼吸停頓，嘗試能否聽到的細微的聲響。沒有聲響，這宇宙該多寂寞啊。E星上，有這麼安靜嗎？人類到了E星後，還會像在地球上那麼喧鬧嗎？E星人和地球人住在一起嗎？

他想了好多問題，當然他還想到了，此時，爸爸在打鼾嗎？

「辛巴，你昨夜打鼾嚇死人了。」

第二天起床後，亨利打著哈欠發牢騷。辛巴有點驚訝，說，我睡得很

沉的。蘇菲笑了，說，睡沉了才會打鼾啊。辛巴還是不解，說他把臥艙門都關緊了。露西說，但是你把通話系統打開了呢。

大家大笑起來。

第 **86** 章

這天，露西從實驗室出來，來到候機廳。這空空蕩蕩的，寂靜無聲。辛巴正坐在靠幕牆邊的座位上，望著飛船外發呆。她沒驚擾他，獨自踱步，慢慢走到候機廳中央。

她遲疑地站著，不知道該做什麼好。做完一期磁懸浮滑板功能的開發工作，他們暫且休息一段時間，卻發現心裡一下空了，總想找些什麼來填補。露西選擇看書，圖書館裡有許多關於銀河關於新空間技術的書。

蘇菲會棲在橫梁上放聲歌唱，讓大家為她鼓掌。亨利無聊時常跳上椅背上，施展他的輕功，跳起「椅子舞」來，自娛自樂，他的動作輕巧曼舞，如走鋼絲般讓觀眾心跳加速。

辛巴無精打采的。蘇菲詢問過，辛巴說，沒事可做就提不起幹勁。所以此時露西不想打擾他，獨自站在候機大廳發呆。突然，一根彩色羽毛飄落下來，碰了一下她的鼻尖，落到了地下。

露西彎下腰，撿起來一看，緩慢地仰頭，見蘇菲在上面打瞌睡。露西有個念頭一閃，躡手躡腳走到一根柱子，伸展手腳攀援而上，慢慢接近蘇菲。她看見蘇菲瞇著眼睛，用一隻腳爪抓牢橫梁，站著一動也不動。

露西伸出長臂，懸吊起來，盪過去。細微的響聲驚動了蘇菲，她睜開眼睛，見露西盪過來，有點驚訝，本想嚇她一下，又擔心她會掉下去，所以不敢聲張。露西很久沒有施展過攀援功夫了。此刻，她不清楚露西怎麼突然來了興致。

蘇菲把收起來的腳伸出來，雙腳抓牢橫梁，伸出翅膀，搧了搧。露西一笑說，還想嚇你一跳的，沒想到嚇了我一跳。蘇菲問她怎麼突然有此雅

興。露西哎地嘆息一聲，說，想活動一下身體。

「沒想到露西也會無聊呢。」

露西引述爸爸的話說：「做事是抵抗無聊的最有力武器。」蘇菲接著說：「歌聲是生活的必要插曲。」亨利正呼嚕呼嚕地睡得四腳朝天，被頭頂的說話聲吵醒了。他睜眼一看，嚇了一跳，朦朧中看見露西一邊說話，一邊懸掛在橫梁上，蕩來蕩去。

「你們幹嘛呀？」

「懸談會。」

蘇菲笑嘻嘻，開起玩笑說，從前開「臥談會」，現在這個更厲害。亨利又問：「辛巴呢？」露西用手指一指幕牆那邊，說，在那發呆呢。亨利皺眉頭說，昨天還很興奮的呀。

「想心事吧。」

露西說完，在橫梁上耍起來，手臂垂吊，攀援，伸手敏捷，把龐大的身體不斷地拋起，準確地落向她想去的地方。亨利和蘇菲很驚訝，沒想到露西成了身手敏捷的雜耍表演家。

「以前沒發現妳有這本事呢。」

聽蘇菲這麼說，露西謙虛地說，這是我吃飯的看家本領，不過，自從到了爸爸家，他對我照顧得很好，雖然在花園裡安裝了仿叢林設施，但與真實環境還有差距的，再說，找吃的也不用費心，這本領漸漸就用不上，慢慢就有點生疏了。

「此刻沉睡的基因甦醒了。」

辛巴不知道什麼時候走過來，對露西的表演嘖嘖稱奇，他甚至想到，在蘇菲的演唱會上，露西可以在舞臺上露幾手。他這主意一出來，讓蘇菲聽了連連叫好，露西也面露喜悅。

露西和蘇菲下來後，辛巴提議去咖啡館坐坐。亨利笑他文青起來了。辛巴有點靦腆，說哪啊，以前爸爸媽媽老是去湖邊的咖啡館，他們邊吃邊

聊，我就在旁邊等待，今天我突然想起這些罷了。

「他們總為我點一份水煮蛋。」

辛巴邊說邊咂嘴巴，一邊回憶用舌頭舔蛋黃的味道，一邊催大家趕快走。蘇菲看見辛巴那個樣子，也有點餓的感覺。亨利哈哈大笑起來，說，沒想到你們比我還貪吃呢。

露西在前面帶路，邊走邊伸展手臂。她嘟囔道，我們人才濟濟，天上地下都有呢。大家的情緒又激昂起來。蘇菲飛上前，落在露西的肩膀。露西微縮小縮肩膀。亨利來勁了，呼地跳上辛巴的背上，抓住他的背心，身體晃了晃，站穩了。辛巴被嚇了一跳，明白過來後，高興地小跑起來。

大家到餐廳一坐下來，餐車就駛過來。他們在點餐器上點了喜歡的食物和飲料，又哇啦哇啦地說個不停。等餐車送來東西後，大家胃口大開，一掃幾天來鬱悶的情緒，開始大吃起來。

蘇菲用爪子把堅果抓住，用嘴剝開外殼，用爪子抓起來，放進嘴裡，有滋有味地吃起來。辛巴不講究吃相，吃得吧嗒吧嗒的。大家聽見了，也大口大口吃起來，形成了一種和聲。

吃了一會，意識到什麼，他們停下來，四目相對，又甩開脖子，卡擦吧嗒一氣吃起來，然後放聲大笑，被嗆了，被噎了，又是一陣亂咳嗽。他們一邊吃一邊胡鬧起來。

第 87 章

這段日子，運動成了重要的日常事項，他們要麼進行滑板比賽，要麼進行速度賽跑，還有耐力比賽，就是繞了候機大廳圓周跑馬拉松。為了避免枯燥，幾種運動交替進行，讓大家的情緒有變換，不至於倦怠。

辛巴站在洗手間的鏡子前，站起來，轉著身子，看是否變得強壯了。亨利看見了，調侃他說：「喲，變帥了。」辛巴嘿嘿地笑：「愛美之心，人皆有之嘛。」亨利跳上洗手臺，也轉了身子照鏡子。

「瘦點了。」

「你收緊了毛髮呢。」

「真的瘦了。」

兩個夥伴爭論起來，互相不服氣，一起走出洗手間，找蘇菲和露西裁判。出來看見露西坐在座椅上休息，蘇菲則棲在椅背上梳理羽毛。她們做完早操，在交流心得。

「你們爭論什麼呀？」

蘇菲是這麼問他們的。亨利說：「討論健身的效果，我說我瘦了，但是辛巴說沒有。」辛巴想爭辯，突然覺得好無聊，他笑了一下，轉身走開了。「去幹嘛？」亨利想叫住他。

辛巴說去咖啡館，把剩下的早餐吃掉。他邊說邊走。大家沒有在意，繼續閒聊。突然看到辛巴一路小跑回來，問是誰把他的早餐吃掉了。大家一臉愕然，都搖頭：「你記錯了吧？」他們誰也沒有去吃他的早餐。

辛巴認真想想，說沒記錯，他早上起床後，先做早操，看你們都沒起來，自己的肚子又有點餓，就先去咖啡館點餐了。他吃完餅乾，正準備吃那個肉腸，因為肚子脹，就跑去洗手間了，剛才回去發現肉腸不在了。

「你肯定記錯了。」

「我記性好得很呢。」

「對吃的都記性好。」

「你……」

「哈哈哈哈……」

「別笑了，我很嚴肅。」

辛巴說他肯定沒記錯。以前他有吃的，肯定先吃好的，然後再吃其它的，這是他吃東西的順序和習慣。今天早上，他突然想起了媽媽的話：「先吃好的，是樂觀的狗狗；把好吃的留到最後吃的，是悲觀的狗狗。」他想實驗一下，做一次「悲觀的狗狗」，先吃餅乾，後吃肉腸，看看會有什麼

特別的感受。

大家互相看了一眼，說：「反正我沒有吃你的。」辛巴聽他們這麼說，就嘀咕起來：「真是見鬼了。」他覺得好奇怪，飛船內食物充足，即使吃了也沒必要撒謊啊。他嘴上不說，但心裡有謎團。

晚飯的時候，他故意又多點了半根肉腸。這頓飯他吃得拖拖拉拉的，他是最後離開的，把那半根肉腸留在飯桌上。然後他走進洗手間，在裡面磨蹭了好久才踱出來，裝作遺忘了什麼，返回咖啡館。

他嚇了一跳，放在碟子上的肉腸不見了！他四處到處走走，卻沒有發現。辛巴從咖啡館出來後，沒有出聲，見亨利和蘇菲、露西在閒聊，就走過去。他走到亨利的旁邊，湊過去，努力吸了鼻子，猛地一嗅，也沒那肉腸的味道。

「你幹嘛？」

「鼻子發癢。」

辛巴又湊過去吸了吸鼻子，被亨利脫下的毛髮刺激得打了個噴嚏。亨利這才反應過來，生氣地說：「我可沒那麼壞，不會偷吃你的肉腸。」露西也批評辛巴，說：「別疑神疑鬼了，這裡食物充足，沒人會偷吃。」

辛巴被說尷尬了，解釋說，他只想弄明白，否則心裡難受。蘇菲這時開口了，批評他說：「不該毫無根據就懷疑別人。」辛巴被說得臉發燙起來，低垂著腦袋，不出聲了。

這一夜，辛巴沒睡好，他躺在床上，輾轉難眠，對發生的事，理不出一個頭緒來，這太難解釋了。是呀，想吃就吃啊，幹嘛要偷吃呢，只要點餐，就會自動供應，保證吃飽，根本就沒偷吃的必要。

接下來的一段日子裡，辛巴雖想努力說服自己，別去挖掘真相了，但是心有不甘啊，不查出來，心裡像堵了石頭一樣，十分不爽。他像犯了強迫症一般，一次又一次地重複著偵查遊戲。

有天半夜，辛巴睡不好，有點餓了，悄悄地起床，小跑到咖啡館。奇

怪，自動感應燈沒亮，辛巴心裡一驚，又鎮定下來，心想明天找露西修理一下。幸好外面照射進來的亮光，讓裡面不至於太黑暗。

辛巴小心地走進去，點餐車送餐來，他吃了餅乾，留下肉腸，裝作去洗手間。剛進去沒幾秒，他又躡手躡腳地閃出來，快速奔回咖啡館。剛進門口，他看到一幕他模擬了無數次的情景。

「亨利，你好啊！」

突然那毛茸茸的傢伙，猛地轉過身來，瞪大驚恐的眼珠，側身對了他，呲牙咧嘴地吱吱叫著，朝他發出威脅和警告。辛巴驚恐得毛髮聳起來。原來，這不是亨利，是與亨利大小相仿的老鼠！

辛巴緩過神後，發出汪汪的怒吼。那傢伙露齒警告，邊閃躲邊找路逃。辛巴步步緊逼。那傢伙猛地裂開嘴巴，露出長獠牙，往前一衝，把辛巴反逼得倒退幾步，然後抓住機會，扭轉身從空檔處一竄，逃走了。

聽見辛巴的吼叫，三個夥伴急急地趕來。看見辛巴拔腿奔來，就攔住他問個究竟。辛巴煞住腳步，滑出一段距離後，停住，氣喘吁吁地向大家講述剛才發生的事。亨利這時說：「這下我可解除嫌疑了。」

辛巴尷尬地笑笑，說那傢伙跟你大小相仿呢。亨利很不高興地哼了一聲，說，那是你日久臆想出來的幻像。露西說，怎麼會有老鼠呢，還那麼大身形？她想起了，前段時間，她在做實驗室時，電路老是出問題，大概是這傢伙搗蛋。

「不會是地球上的老鼠吧？」

「應該是宇宙射線照射後的基因變異。」

「怎麼進來的呢？」

「肯定是藏在行李上來的。」

「不是要清洗消毒嗎？」

「百密一疏啊。」

露西說就擔心那傢伙把電線什麼的咬破了。辛巴說，我們打一場殲滅

戰吧。他一想到這個就熱血沸騰，激動不已。他容不得那個傢伙來破壞他們的平靜生活。

從前鄰居小孩在人行道上玩滑板，吹口哨喧鬧，辛巴就不高興，會衝到花園門口，朝他們汪汪地大聲吠叫抗議，表達不滿。那些小孩發牢騷說：「That dog don't let us to do everything！」（那隻狗不讓我們做任何事）

爸爸聽了大笑，摸了辛巴的腦袋說：「你呀你呀，愛管閒事！」

辛巴就這個脾氣嘛，再說，他擔心這些老鼠會繼續長大，把飛船內的儀器都啃壞了。他想盡快殲滅牠們，防微杜漸，讓日子重新回歸正常。他越想越焦慮，開始考慮起各種作戰計畫。

第 88 章

亨利和辛巴首先行動起來，在蘇菲和露西的配合下，對老鼠可能出沒的地方，進行過數次設伏、誘捕和搜尋，發現這是個無法完成的任務，因飛船巨大，可供老鼠藏匿的空間數不勝數，要把這些地方搜尋一遍，這是不可能做到的事。

辛巴沮喪起來，一連幾天，坐立不安，抓耳撓腮，絞盡腦汁，希望想出實用有效的方法來。蘇菲建議，堅壁清野，把糧食看守起來，這樣就能把老鼠餓死。

大家都說好，但是行不通，這傢伙被斷糧了，還不得發瘋起來，把飛船上的儀器和電線都啃了？他們只得放棄這計畫，還得故意給那傢伙留食物。一想到那傢伙在某處享用美食，辛巴恨得牙癢癢的，但沒萬全之策之前，大家也只得含恨讓那傢伙逍遙了。

與 E 星飛船控制指揮中心溝通過後，中心建議用次聲波發射器對艙內進行清洗式掃射。次聲波具有強大的穿透力，其干擾力對生物神經有巨大摧毀力，飛船內的生物會遭到毀滅性的殺滅，這需要想出兩全之策，既保證辛巴等的安全，又能保證滅鼠成功。

辛巴在候機廳，走來走去，漫無目的。他走到距離露西很遠的地方，突然高聲叫喊起來，巨大的回聲在候機廳迴盪，把蘇菲嚇了一跳，以為辛巴示警老鼠又出現了。

辛巴奔過來，說：「有了有了」，他有辦法了。大家圍攏過來，急切詢問方法。辛巴朝四處張望後，壓低聲音，對湊過來的夥伴說他的新方法。亨利有些地方沒聽清楚，讓他大聲點。可辛巴還是小聲地重複，說擔心老鼠也能聽懂。

「牠們只會鼠語。」

「要偷學了我們的語言呢？」

「小心謹慎是必須的。」

四個夥伴圍成圈，小聲商量半天後，進入實驗室，打開電腦，用文字與控制中心溝通，獲取指示，調動偵測儀，調試次聲波的頻率，輻射半徑設定為飛船內壁。設定好相關的資料後，他們來到飛船的出口處，穿戴好太空服，拴上安全纜繩，踩上磁懸浮滑板，滑到飛船外。

飛船巨形遮光罩一扇一扇移動關閉後，他們聽到耳機裡傳來了一陣老鼠尖銳瘋狂叫聲，淒厲而絕望，毛骨悚然。辛巴的血一熱，頭皮一緊，毛髮豎起了，頂住太空服的裡層。

突然，蘇菲的纜繩在艙口處斷脫了，她飄飛開去，嚇得慌了神叫喊起來。耳機裡也傳來控制中心人員的驚呼聲。辛巴慌張過後，一踩滑板飛過去，讓蘇菲可以一起使用他的安全纜繩。

蘇菲剛定下神來，亨利身上的纜繩也在艙口處斷開了。露西立刻朝他示意，讓他飛過來，讓她抓牢他。正當他們喘氣的時候，露西的纜繩也斷脫開了，就在飛船艙口處。

露西的心一下提到喉嚨，但她穩住了，沒喊出聲來，她一蕩身體，滑過去，一把抓住辛巴身上的纜繩，大口的喘氣。「鎮定！別慌，我們可以飛的。」辛巴在慌亂過後，想起這滑板可在太空滑翔的，而且，他們練習

過，技巧也高，一時緊張慌亂，竟然忘記了。

他正鼓勵大家的時候，他身上拴著的纜繩，也在飛船艙口處斷開了。他的身體一晃動，瞬間失衡，瞬間復原，他慌了幾秒，鎮定下來，作了個示範，雖然安全纜繩斷開了，但他操控滑板在飛船之外的空間滑來滑去，並沒有危險。

大家漸漸鎮定下來，各自控制滑板，在距離飛船表面五十公尺之外的空間飄浮遊蕩。控制中心連連詢問發生什麼事故。辛巴把他們的處境向中心匯報了，讓中心指揮人員鬆了一口氣。

控制中心通知他們，一個小時後就可返回飛船內。辛巴聽了，大鬆一口氣，踩了滑板繞飛船滑行。他在巨大的球體表面懸浮滑行。由於關閉了遮光罩，他看不見裡面的情形。

辛巴為活躍氣氛，建議來個小比賽。亨利擔心飄散了。辛巴說這個好辦，他讓露西把各自的安全繩拴在一起。「我們永遠都在一起。」他笑哈哈地打趣說，儘管聲音有些發抖。

辛巴說，他們只繞飛船活動，作它的衛星，它那麼巨大，他們不會飄散的。控制中心極力反對他們這太空遊戲，但又無法阻攔他們。當然，還有另一層原因，他們也希望獲得相關的技術資料。他們讓辛巴保持聯絡，以便能及時提供支援。

辛巴小心謹慎，帶領夥伴玩起來。他們根據此前的練習，一會像空中特技飛行表演一樣，一會又如跳傘運動員搞花式表演。辛巴踩了滑板，從他們之間繞過去，還注意不讓纜繩糾纏在一起。

一個小時後，指揮控制中心通知他們返回飛船。他們一個跟一個飛向飛船的入口處。當艙門打開的時候，身形巨大如辛巴的老鼠，翻身掉進太空的深淵裡，身影越來越小，最後消失了。辛巴嚇了一跳，那隻發瘋的老鼠，不但長大了，剛才還把他們的纜繩咬斷了。

返回飛船後，他們脫下太空服，身體微微發抖，說話的聲音也顯得生

硬，費了好些時間，他們才鎮定下來，連聲說，真是驚險無比。此時，遮光罩打開了，光照進來，大家的心漸漸明亮起來。

辛巴仰著脖子看了很久。露西問他找什麼。辛巴說，不知道那老鼠飄到哪去了。亨利說：「沒想到他長那麼巨大了！」辛巴轉頭看他，突然說：「再長大些能把我們吃了！」露西說：「幸虧沒繁殖起來，否則後果不堪設想！」

大家心裡咯噔一下，頓時沒話，陷入到一陣死寂中。

第89章

滅鼠成功後，飛船內的生活重歸正軌。辛巴除了玩滑板，小型賽跑，還迷上了觀星。沒事的時候，他喜歡陪露西做觀測研究，希望對銀河系多些了解。露西邊觀測邊記錄，辛巴就聽她解說。

這天，露西觀測到新情況，連連驚嘆起來。辛巴跳過去，眼睛湊近望遠鏡，看見 W5 恆星形成區裡，有新恆星誕生，中心地帶，如火，如紅霞，老恆星蛻變成藍色的圓點，而新星成了老恆星所在地的黑洞，處於中央地區，而黑洞周邊，是白色的區域。

露西解釋說，白色區域就是新生恆星的誕生地。她翻出電腦裡儲存的照片，是美國太空望遠鏡史匹哲（Spitzer）拍下的該區的照片，讓辛巴對比著看，發現不斷有新變化。

「最周邊的區域是青綠色的。」

辛巴形容他見到的景象。他移動望遠鏡的觀測方位，發現一處背景顏色為玫瑰紫的星系。星系的上下方，漸變成深紫色。星系中心地帶的顏色淡而亮。有條西北與東南朝向的黑色溝壑。看起來，中心區域的星星大而亮，而四周的星星則細小而色淡。

露西邊觀測，邊拍攝照片，從電腦中調出一張太空望遠鏡從前拍下的照片。她做對比後，確認這是大麥哲倫星系，這貌似地球夜景的衛星星系，距地球大約 16.3 萬光年。

「當然，地球不會是這顏色的背景。」

「又拿地球作為參照物。」

「情結嘛。」

辛巴開玩笑說，到達 E 星後，從飛船出來的，肯定是一位新誕生的太空科學家。露西說，宇宙是一體的，爸爸說過，太陽黑子活動頻繁，地球的災害也頻繁，研究地球的環境變化，也應該研究太陽系或者比之更廣袤無邊的宇宙，才能得出更全面準確的資料。

辛巴羨慕露西的知識這麼豐富。露西說，你也懂得不少呢。辛巴不好意思，說，我只懂吃喝玩樂的。露西笑了，說，那是其中的一方面，現在你不也學了好多新知識嘛。

辛巴從地球到太空，他和大家一樣，不管是被迫的，還是自覺的學習，的確讓他獲益良多。就說蘇菲吧，老跑實驗室研究塗料，費時不少，終於發明了一種塗料，無色無味，塗上薄薄一層，就能防風防雨防腐。

從觀測室出來，辛巴去實驗室探視蘇菲。蘇菲正忙著做塗料改良的實驗，她不滿足現有的功效，希望還能防輻射等。旁觀者亨利可能睏了，正在打瞌睡，聽到腳步聲，他睜開惺忪的雙眼。

蘇菲見辛巴進來，很高興地向他報告新進展。辛巴談了看法和建議，一起觀測新的實驗。亨利打了哈欠，湊上來談觀感。「一塗多用！」蘇菲笑嘻嘻地說她想好了塗料的名稱。

露西進來幫蘇菲把新配方調配好。等待結果時，辛巴跑出實驗室，沿著層層疊疊的通道參觀飛船的結構。此前，大家已經參觀過部分區域，但飛船實在太巨大了，無法每處都去走動，參觀只是蜻蜓點水式的。

辛巴到了飛船的中部，站立起來，前腿趴在走道的欄杆，仰頭望上去，又低頭看下面。這飛船像巨大的中空球，各種功能區域環繞球體層疊構建，巨大的圓柱體電梯井，可供多部電梯同時升降，到達不同的樓層，當然也可以使用環形步行道，進入各功能區。

　　辛巴汪地大叫一聲，整個空間迴盪他的叫聲，從左到右，從右反彈回左邊，再從天上掉落底下，來回翻滾。突然，露西頭探出來，大喊：「出什麼事了？」亨利也站在欄杆上，扭頭看上來。蘇菲拍翅飛來查看情況。

　　辛巴說沒事，感慨而已。露西說，嚇了一跳，以為發生大事了。辛巴說：「上來看看吧。」接著，樓梯上響起露西沉重的腳步聲。一會時間，他們三個出現在辛巴跟前。

　　露西腰部還繫了一套電工工具袋。辛巴覺得奇怪，就笑問道：「全副武裝呢。」露西說配電房的無線保險絲斷了，要去換一下。辛巴說：「讓機器人做不就好了？」

　　飛船內的故障，是可由機器人修復，但有些必須人工修理。露西說：「嗯，可由它們做的，但我想體驗一下，多累積點經驗。」辛巴臉有點發燙了，心想露西多好學啊。露西招呼一聲，帶他們往中央配電房走去。

　　他們站在門口掃描身分資訊，打開門。辛巴感嘆一聲，說，要不然是注射了晶片，還無法進去呢。露西說，連飛船都無法進來。亨利不解，說，當初那麼多地球人不也上來了嗎？露西解釋說，他們應該也注射過晶片的。

　　「怕被外敵入侵？」

　　辛巴感慨說：「地球上沒有桃花源，宇宙也不存在。」露西笑了說：「就是因為沒有，人們才希望找尋或者建造啊。」亨利皺眉頭說，你們的話好玄。辛巴皺眉頭，一想，倒笑起來。

　　「還真的呢，我們這趟經歷，太玄了！」

　　大家想想還真這麼回事呢，都誇亨利，說：「亨利成哲學家了。」亨利聽了一愣，咕咕地憨笑起來，說，不敢當，不敢當啊。大家看到他站起來，前腿一搖一搖的，像模樣古怪的老教師，便哈哈地大笑起來。

　　露西拿出故障偵測儀，偵測出故障處，更換掉老化的無線保險絲連接器。「電流強弱差異，產生的信號也不同。」露西收拾工具，放入工具袋裡，還向大家解釋它的工作原理。

第 90 章

這天夜晚，辛巴上床早，把圓柱枕頭墊好，下巴放在上面，閉上眼睛，想快快進入夢鄉，好夢見爸爸媽媽。但他怎麼努力，也找不到進入夢鄉的門。他在床上輾轉難眠。最後，他試著打開通話系統，輕輕地「喂」了一聲。

「什麼事？」

辛巴聽到露西問他。看來，大家的相思病，每隔一段時間，就會爆發一次。既然睡不著，辛巴提議來個「臥談會」，得到大家的溫暖，他們確實好久沒談心了。

蘇菲說想聽辛巴講故事。辛巴眼睛眨呀眨，想想天上的，又想地球上的，爸爸講過的，那些故事，在他腦海裡播放，講哪個好呢？他選擇艱難。突然，他的心被天幕縫隙漏下的光亮打著了。

辛巴跳下床，把大家喊到望遠鏡前，讓露西找到月球，讓大家輪流看。亨利問他要幹嘛。「看見了什麼？」大家說荒蕪一片。辛巴神祕地一笑，欲言又止。大家不耐煩，催促他有話快快講。

「那裡有人住的！」

「有人住？」

大家震驚而好奇起來，太空人早登陸過月球，說那荒蕪人煙，照片也顯示，的確荒蕪人煙。辛巴嘿嘿地笑，說：「他們隱瞞了實情！」大家不信，讓辛巴拿出證據來。辛巴說，那你們想想這個問題，為什麼此後登月活動反而少了？人類的太空技術可是突飛猛進的啊。

辛巴這麼一說，大家也覺得是個謎。對呀，怎麼就沒再次登月了呢。辛巴感到腦袋一沉，打哈欠，嘟囔說：「怎麼突然就睏了呢？」他有點不解，說想去睡覺了。大家拉住他，非要他說完這個故事。

辛巴只得迷迷糊糊地講述起來。

「太空人登月後，發現了驚人的祕密，人類的一支，可說是遠征隊，不但早就登陸月球，且以此為家已久。由於月球表面的溫度不高，生物難以繁殖生長，所以月球人一直穴居地下，外人難以發現他們的蹤跡。

月球人熱情款待過那些太空人，帶他們進入巨大的地下王國參觀，國王還告訴客人，他們喜歡過古代的生活，也喜歡現代的科技，但不喜歡戰爭或爭霸，所以隱居在這個荒涼的星球，希望被人類和外星人忽略，而不引人注目。

這些返回地球的太空人，一方面感動於月球人的真誠，不想打擾他們的安靜的生活，另一方面，這些太空人離開月球之前，都被注射了『遺忘劑』，他們返回地球後，忘記所見所聞。太空人複述的登月故事，只不過是按月球人重構的記憶講述的。」

「你編造的吧？」

亨利反駁說，這樣的說法，你有根據嗎？露西也說，科學要講實證和證據的，不可憑空想像的。辛巴說暫時拿不出實證，但他腦子裡，好像總有個聲音告訴自己，月球的故事該有另一個版本。

「在中國，很久之前，就有『嫦娥奔月』傳說，說的是遠古時，天上有十個太陽同時出現，地球上民不聊生。一個叫后羿的勇士，登上崑崙山頂，引弓射落九個太陽，嚴令最後一個太陽，固定行蹤，造福人類，他因此受到萬民愛戴。」

「平日，后羿向人傳授狩獵技藝，與妻子嫦娥恩愛度日。一天，他出外尋仙求道，巧遇王母娘娘，得一包長生不老之仙藥，吃了可成仙升天。可他捨不得離開美麗善良的嫦娥，就把仙藥交給嫦娥，並藏在百寶匣裡。」

「此舉被他的徒弟逢蒙偷看了，還假裝生病，待后羿率徒弟出外狩獵，逢蒙就威逼嫦娥交出長生藥。嫦娥無力抵抗，又不想仙藥落入壞人之手，情急之下，把仙藥吞入口中，頓成仙人，升入天空。嫦娥捨不得丈夫，便飛落在距離地球最近的月球。」

「后羿狩獵回家，侍女向他稟告事發經過，他驚怒之下，把胸口捶得震天響，但也無濟於事了。突見夜空有輪明月，皎潔異常，且有妻子身影，便捨命去追，無奈他進月也進，他退月亦退，始終遙遙在望。」

亨利打斷辛巴的話，問這個故事與太空人的故事有什麼關聯。辛巴說，當然有關聯，你想啊，傳說是從哪來的？是從上輩上輩的人傳下來的，沒有的事，怎麼能傳下來呢？因為我們怕遺忘了，才口口相傳這些故事，雖有添減，但故事的核心是不變的。

「把傳說與太空人的故事連繫起來，就知道兩者有互證關係。」

辛巴說得很肯定，大家將信將疑，但又沒發現什麼問題。辛巴見大家這副神情，說他再把這個故事補充一點，就結束了。大家又眼巴巴地看著辛巴，緊張地聽他講下去。

「相傳月球上，有座廣寒宮，嫦娥住在裡面。宮前有棵桂花樹，高約五百丈。有個名叫吳剛的樵夫，醉心仙道，又不肯專心。天帝大怒，把他貶落月球，終日揮斧伐桂樹，說，『伐倒桂樹之日，亦是你得仙術之時。』該樹有神奇的自癒功能，斧頭一旦離開，被砍伐的刀口會自動合攏，日復一日，桂花樹常青，砍樵人也不會老去。」

「月宮裡，還有一隻潔白如玉的兔子，叫玉兔，終日拿著一根美玉做成的玉杵，跪在地上搗藥，製成仙丸，據說服下此藥丸，也可以長生不老成仙。」

蘇菲咦了一聲，說媽媽講過一個希臘神話，與吳剛的這段相似。亨利追問是哪個神話。蘇菲說是「薛西弗斯滾石上山」的故事。辛巴聽爸爸提到過，但印象模糊了。亨利說，別打斷，蘇菲快講。

「從前國王薛西弗斯膽大妄為，綁架了死神，讓世間沒了死亡，觸犯了眾神，受罰要把巨石推上山頂，可每次快到山頂，沉重的巨石，又順山勢翻滾而下。他不斷重複無效的工作，永無止盡，直至其生命在無效無望的勞作中，消耗殆盡。」

「嚇人！」

大家聽完這個故事，說這和辛巴說的故事，有相似的寓意。辛巴此時睡眼朦朧了。他掙扎著起身，朝膠囊旅館床走過去，他費力一跳上去，頭一落枕，立刻呼呼大睡起來。

睡夢中，他從黑洞直掉進夢鄉裡。他夢見自己跌跌撞撞駕駛太空船，一頭撞進了月球人穴居的偽裝中，發現了一個巨大的祕密，這個地下世界與他在地球上看見的城市十分相似，只是居民的打扮猶如古代人。

辛巴到處遊蕩，吃好玩好，晉見國王，參加晚宴，做過按摩後，又被人領回修好的太空船，飛回了母船，然後一下子翻身上床，呼呼大睡起來，沉沉地掉進了一個黑洞的深淵。

他醒來的時候，天色還沒亮，他聽到大家的呼嚕聲此起彼伏，猶如蹩腳的催眠曲。他沒了睡意，對昨晚的故事和夢，他也不再記得了，仿如被人抹去了最後一絲的痕跡。

第 91 章

辛巴起床後，踱步去飛船的植物園，一路上，四周一片寂靜，他聽見自己的爪子敲擊地板的聲音，有時是喀噠，喀噠，有時是篤篤，篤篤，好像敲著好聽的鼓點。他想起從前家裡沒人的時候，他也這般四處走動，打發獨自在家寂寞的時間。

「我在洗手間都聽見你走路的聲音了。」

辛巴想起，因為他老是纏著爸爸玩，他走到哪裡，辛巴就跟到哪裡，甚至爸爸去蹲廁所，把他關在門外的時候，他就在門口走來走去。爸爸出來後，和媽媽調侃他，說他走路吧噠吧噠很有節奏感，像打擊樂的聲音，這說得辛巴有點不好意思起來。

現在，辛巴邊回憶邊走進了植物園，坐在長靠背椅上，望著那些稀奇古怪的植物，想著自己的心事。玻璃罩頂的蓮蓬，噴出雨霧，一陣一陣飄

過來。辛巴吸入幾口溼潤的空氣，又很大聲地打噴嚏。

從前的雨天，嗯，細雨天，爸爸看看天色，似晴似陰，拿不定主意是否帶他出去。辛巴不叫，只是坐立不安，爸爸走到哪，他就跟到哪，眼神幽怨而急迫。爸爸嘆息一聲，彎腰為他拴狗鏈。

辛巴激動得跺腳轉圈。

爸爸不喜歡雨天，出去走得很快，可走到半路，細雨就下起來。爸爸怕雨打溼辛巴的身子，會找樹下躲。紐西蘭的人不躲雨的，但爸爸躲雨。辛巴看見斜對過的小牧場，有兩匹白馬在吃草，見一小女孩走來，就趕快走到圍欄前，把頭伸過去，祈求那女孩撫摸她們。

那個女孩停下腳步，伸出手，撫摸那馬兒的臉頰，那馬兒低下頭，顯得心滿意足。辛巴轉頭時，看見爸爸正凝神望著。辛巴靠近爸爸，用身體蹭蹭爸爸的小腿。

爸爸領會他的意圖，彎腰用手撫摸他的脖子，拉了拉狗鏈，把他引向靠樹和圍牆的一面，不讓斜飛的細雨打溼他的身子。辛巴為爸爸的體貼感動，又把身體更緊地貼著爸爸的腿。

「連動物都怕孤獨，何況人呢？」爸爸嘆息一聲，自言自語地嘟囔道。

現在辛巴想著那些遙遠而溫馨的舊事。有時爸爸在工作，辛巴纏著他要玩。爸爸會開玩笑，說：「你可要知足哦，你與我肌膚相親的時間，比誰都多呢。」辛巴聽了，把腦袋低下，埋到爸爸大腿之間。

爸爸哈哈大笑地撫摸他的脖子和脊背。辛巴感到幸福蔓延到全身。爸爸說得對的，人怕孤獨，我們狗狗就更怕了。爸爸還有好多朋友，但自己日常生活裡，就只有爸爸媽媽了。

爸爸經常說，哎呀，幸虧有了辛巴，要不然怎麼打發這寂寞的日子呀。但是爸爸除了他，還有喜歡的寫作。辛巴想啊，要是沒了爸爸媽媽，這日子要怎麼過呢？他可不好在蘇菲露西跟前撒嬌。他不怕爸爸媽媽笑自己，但不希望亨利和露西笑他呢。

「好孤獨啊！」

辛巴嘆息了一聲，學爸爸的樣子，嘟囔了一句。「誰在傷感嘆息呀？」蘇菲的聲音在他後面響起。他一扭頭，蘇菲停在椅背上，收攏翅膀，嘻嘻地笑。辛巴不好意思說，想起一些舊事而已。

「他們呢？」

蘇菲說，剛吃完早餐，正要過來吧。沒多久，露西和亨利就過來了，問辛巴幹嘛不吃早餐。辛巴說，起先不覺得餓。亨利一臉壞笑，說，來這發呆抒情吧？露西摸摸亨利的腦袋，說，人家狗狗還真的是最富感情的。

「狗狗愛人類勝過愛自己。」

辛巴幽幽地吐出這麼一句話。露西說，哇，誰說的話呀？辛巴自豪地說，媽媽說的，她還說，動物比人類真誠善良，世界上很多動物對人類沒有惡意，但人類看別的動物，會自作主張，認為一些動物是有害的，另一些是無害的，還殘殺動物。

辛巴突然想起一件事來，說，我們好久沒照相了呢。露西用手按了腦袋，說，哎呀，是好久了呢。她讓大家等一會，她返回去取了相機，一起在植物園合照了幾張。

「太空漫步呢？」

辛巴提出照幾張漫步太空的照片。露西為難的說，這得請示控制中心。她去聯絡控制中心，獲得批准後，大家穿好太空服，扣上安全纜繩，踩上滑板出艙，衝浪，拼出花樣圖案。

回艙後，露西把照片整理，編號，寫名字，歸檔儲存。另外，還把照片沖洗出來，讓大家出創意，製作相簿。「回去就能給爸爸媽媽看了。」辛巴興奮地翻閱手中的相簿。

「連尾巴都翹起來了！」

亨利指了辛巴的一張照片說道。「不行嗎不行嗎？」辛巴笑嘻嘻回擊亨利。「趾高氣揚！」亨利說，這形象欠妥，沒有紳士風範。「紳士風

313

度？」辛巴不解，接著問道。亨利翻開他的相簿，指了一張自己的照片說：「要像這樣的。」

「這不和我一樣尾巴翹起來？」

「我這是自信啊。」

看辛巴不服氣，亨利拉了蘇菲和露西評理。蘇菲和露西看後，笑得嘴巴都合不攏了，連聲說：「兩個都很自信，都很有紳士風範。」亨利一聽，就問，都一樣嗎？露西笑了說，大同小異吧。

亨利得意地說，露西說的意思，還是有差別的。辛巴皺了眉頭說，不和你爭了，我保留意見。亨利癟了嘴巴問蘇菲：「我走路是不是比辛巴有風度？媽媽就這麼稱讚過我的。」

「勝似、閒庭、信步？」

亨利這結巴的詩句，讓蘇菲和露西又是大笑。

第 92 章

他們正爭論著，警報突然響了。大家一驚，奔向駕駛艙。雷達顯示，一可疑物體，正朝飛船後方飄移過來。大家屏氣凝神，盯緊螢幕觀察，一會飄浮物漸漸近了，看清楚竟然是一架飛機。

大家嚇傻了，飛機？怎麼可能呢？可從望遠鏡觀測，的確是一架飛機。飛船放慢飛行的速度，那飄浮物慢慢接近了。辛巴站立起來，趴在舷窗觀看，毫無疑問是一架飛機，民用飛機，白色的機身上，噴塗有紅色的「America」字樣。

「這怎麼可能呢？」

大家百思不得其解。連露西也想不出原因來。打開紅外線偵測儀掃描，也沒發現機艙內有生命活動的跡象。辛巴提議實地勘查，可能就知道原因了。「這要請示一下。」露西拿不定主意，請示控制中心獲得同意後，他們在興奮和不安中進行登機準備。

飛船繼續放慢飛行速度，讓飄浮過來的飛機靠攏。辛巴踩了滑板，滑過去，和露西合作，用纜繩把飛機的機翼綁上，與飛船連在一起。大家鬆了一口氣。露西飄浮著滑過去，用力推推機艙的門，不動，再用力，打開了飛機的艙門。

他們順利地進入飛機內部。辛巴吸了一口氣，由於戴著頭盔，他無法偵測到艙內空氣的味道。亨利跟過去，從機頭走向機尾處，沒發現任何人，只看見行李艙上方跌落的呼吸面罩，隨他們帶起的風搖晃起來。

露西和蘇菲來到駕駛室外，看到門是關閉的，推一下，門開了，把她們嚇了一跳。裡面也空無一人。死寂。飛行手冊掉落在副駕駛座位下。一本黃金獵犬的桌曆本落在機長座位下。

辛巴隨後進來，看見桌曆上的那隻狗，他眼睛發熱了。他心想，爸爸媽媽會不會也隨身帶著他的照片呢？從前爸爸把他的照片存在手機，有他瞇眼側臉頭放在爸爸翹起的腿上賣萌的；也有他在花園裡，他笑嘻嘻把前腿按在爸爸肚子的。

很多人喜歡他的這張笑臉，都驚訝說：「笑成人臉了！」爸爸媽媽很得意說：「他就是人嘛。」爸爸手機上還有一個影片，是他在公園與爸爸玩搶狗繩遊戲的。爸爸說，放在手機裡，隨時可看見他。

現在，爸爸還隨身帶手機嗎？辛巴一邊胡思亂想，一邊習慣性低頭，四下嗅，但頭盔讓他行動笨拙，滑稽可笑，可他渾然不覺。亨利進來後，也四處勘查，同樣沒有發現。

他們返回機艙後，打開行李艙查看，行李都完好無損。辛巴說，這情景與爸爸看過的電影好相似呢：「機上什麼都在，就是人不在了。」蘇菲沒出聲，她滑向飛機中部和尾部的洗手間勘查，也沒新發現。

大家站在機艙中部的過道上，一時不知道怎麼辦了。辛巴聽爸爸講過科幻故事，他看過這類科幻電影，據他所知，那些故事裡，從來就沒有民用飛機進入太空的。

315

「被劫持了？」

「太空強盜？」

能劫持飛機到太空，可不是一般的強盜，難道是從 E 星球來的？又或是從另外一個星球來的？他們擁有比 E 星人更先進的太空技術？大家有好多的設想想像，但都沒有肯定的結論。

露西頭盔上的錄影機，將機艙的情形拍攝下來，傳送回去控制中心。離開機艙時，辛巴竟傷感起來，因為在這裡，他又看見了人類日常使用的東西。他對爸爸媽媽的思念一下子強烈起來。

辛巴喊露西幫忙，把狗狗桌曆也取走，他想留下作紀念，以解相思之苦。露西剛走到門口，又返回去，把那本飛行手冊也拿上，她希望以後能從中有所發現。

露西把拴住飛機的纜繩解開，和夥伴們返回飛船內。飛船漸漸加速，那架飛機慢慢飄遠了，先是機身上的紅字漸漸模糊，看不見了，然後是白色的機身，沒入了茫茫太空中。

民用飛機能飛出大氣層嗎？不會與大氣摩擦而燃燒掉嗎？大家有無數個假想，卻找不到可靠的答案。辛巴說：「除非飛機裝在飛船裡才可能是現在我們看見的這模樣。」

露西想了想，說，這大概是最接近真相的答案。她會把大家討論的意見，綜合親眼所見的，寫成報告，附加影像資料，傳送給控制指揮中心，讓他們也幫助解惑。

接下來幾天，辛巴變得心事重重，要麼對著浩渺的太空發呆，要麼直直地趴成鱷魚睡覺的姿勢，把下巴貼在地板上，要麼下巴放在他的小枕頭上，鼻尖前，放著那本狗狗桌曆，他眼睛不時看一眼，低頭沉思。

「可惜沒寫字。」

辛巴想，要是桌曆上寫有字，或許可追查出一些有用的資訊來。

在一個陌生的空間裡，突然又看見人類生活的痕跡和物品，這讓辛巴

又驚又喜，心生波瀾，起伏不定。他的日常生活，由此又多了許多新幻想，他總期待和想像未知的前方，會有更多不可思議的事情。

第 93 章

這天夜晚，露西觀星有新發現，讓辛巴分享。辛巴湊近望遠鏡，看見水星出現了，富有質感的表面，顏色豐富，有金黃，褐色，紫色，白色，猶如斑斕的大理石圓球。

從前爸爸為爺爺買過健身球，大理石打磨成的，色彩斑斕，十分漂亮。爸爸希望這對爺爺中風後的康復有所幫助。可爺爺把玩後說太重，玩不動，放棄了。

爸爸很失望，拿來自己玩，還當作滾球滾出去，喊辛巴去銜回來。辛巴很高興地撲過去，哎喲，好沉啊，他叼回來，一來一回，氣喘吁吁的。那石球與望遠鏡裡的水星像極了。

「這比喻恰當嗎？」

亨利看過後，提出疑問。辛巴說，大小不一，但遠觀相似。「這水星像璀璨奪目的明珠。」辛巴補充了一句。蘇菲飛過來觀看後，說：「像媽媽的琥珀球呢。媽媽的收藏的那顆琥珀球裡有一隻酣睡了億萬年的小蝴蝶。」

「睡美人。」

露西笑了說，你們的想像力很好。她讓大家觀測螺旋星系，並告訴大家，這螺旋星系 4921 距地球大約 3.2 億光年之遙，造星率較低，表面亮度較暗，太空科學家稱其為「蒼白星系」。

辛巴跟隨露西觀星有一段時間了，懂得了很多相關的知識，此時，他發現其正中間有明亮的星系核，而圍繞它周圍，是眾多藍色的新生星團。「還有核，周圍部分像在旋轉。」他小聲嘀咕道。亨利搶過去看，說：「好像牡蠣呢。」大家就笑了：「亨利想吃魚了。」

「是像牡蠣嘛。」

　　亨利喜歡魚腥味，但是沒吃過牡蠣，爸爸喜歡吃，他看過而已，媽媽不喜歡那味道，每次爸爸吃，都讓媽媽嘗一口，媽媽搖頭說，那味道讓她想吐。爸爸說，那不一樣的，聞和吃，是兩回事，吃一次會喜歡上的。可媽媽堅決不肯嘗吃。

　　「臺灣有個特色小吃，叫臭豆腐，聞起來難受，吃起來嘴饞。」

　　「你吃過嗎？」

　　辛巴說沒吃過，爸爸也沒吃過，但他許多朋友都愛吃，也都這麼遊說他嘗試的，他都堅決拒絕了。就好像安迪，吃過一次牡蠣，就永遠不吃了，說那味道永世難忘，太噁心了。

　　「可能他不愛吃生的食物吧？」

　　辛巴說不是的，安迪只吃鮭魚刺身，生的，不吃煮熟的鮭魚。爸爸和安迪吃鮭魚刺身，媽媽只吃熟的鮭魚，她不吃生的。「太奇怪了，爸爸生熟都吃。」辛巴把這句話重複了三次。

　　「亨利流口水了。」

　　蘇菲用翅膀捂了嘴咯咯地笑。亨利一邊吞口水，一邊拚命否認，說：「我才沒辛巴嘴饞呢，他聽見肉腸就流口水。」他吞了一下口水。在寂靜的觀測室裡，他的話在迴響，大家爆笑起來。

　　此時，警報聲又響了，提示航道需要清理。「哎，你們的想像力太厲害了，從太空想到海洋，最後想到口福，還流口水了，太偉大了。」露西一邊笑道，一邊起身做準備。

　　大家起身，尾隨露西上清掃船，出艙作業。辛巴緊盯雷達螢幕，一接近飄浮物，他就打開燈光，作目測分辨，發現碎片居然是飛機殘骸。「難道那架飛機飄浮到前面去了？」他一時心有疑惑。

　　那些飛機殘骸，飛機艙門，機翼，座椅，打開或半開行李箱，救生衣等等，飄浮在空間，蔚為壯觀。辛巴想起水面的漂浮物。露西駕駛清掃船，放慢速度，近距離觀察那些飄浮物。

他們看清楚了，機身殘體上標注的的文字，他們不認識，他們確認這是另一架飛機的殘骸，應該是發生過爆炸造成的。

辛巴提議，收集這些垃圾的時候，不啟動即時粉碎程式，把垃圾收集回去，作研究分析之用。露西認為這建議很好，把飛機殘骸收集後，沒有啟動粉碎壓制程式就返航了。

大家對飛機的事議論紛紛，也沒留意船外的情況。清掃船在母船碼頭靠岸前，雷達掃描顯示後面有物體隨後。難道還有殘骸沒收集到？辛巴正疑惑，清掃船的卡鎖哐當撞在母船泊位的卡口。一艘小飛船也如磁鐵一般，哸嗒一聲與清掃船黏在一起了。

「誰？」

大家下意識地在心裡喊了一聲。

第 94 章

一個蒙面人從小飛船跳出，奔過來。難道是 E 星王子？辛巴心裡一喜，大叫一聲，奔過去迎接。露西看見面具人，大喜過望，也朝對方迎了上去。

那個戴了笑臉面具的人，反而被嚇了一跳，煞住腳步，手上拿東西對準他們。辛巴奔過去看清楚了，對方拿的是手槍。辛巴立刻收住腳步，瞪大眼睛，疑惑地望住對方。

那面具人倒退一步，舉起手中的手槍，對準辛巴扣動扳機，只見手槍發出嗤啦嗤啦的聲響。辛巴被一股強大的電流擊倒在地，蜷曲身體，失去了反抗能力。露西嚇傻了，明白過來，剛想反抗，也被擊倒在地上。

蘇菲和亨利嚇得渾身發抖。

面具人揮動手槍，用蹩腳的英文喊，乖乖聽話，別做無謂抵抗，並強調，他不針對動物，只要人類。大家糊塗了，這個面具人，到底是人類，還是 E 星王子，又或者是外星人呢？

為什麼只要人類？

辛巴和露西清醒過來，恢復意識後，面具人就讓他們帶路，利用他們身上的晶片資料，通過身分識別系統的掃描，來到了候機廳，占領了駕駛室，逼迫露西關閉了通訊系統。

他揪了辛巴的耳朵，把他拖到跟前，甕聲甕氣地逼問：「把人類藏到哪去了？」辛巴嗚咽地叫著，渾身無力，咧嘴哼叫，露出尖利的獠牙，把面具人嚇了一跳，立刻晃動手槍，警告辛巴別亂來。

辛巴領教過那手槍的厲害，剛才中招過一回了，當然不敢亂動，他低沉地哼了一聲，把對方嚇得倒退幾步。「這裡沒有人類，我們也在找呢！」辛巴沒好氣說這句話的時候，語氣複雜，他有點高興，面具人也來找人類，可能是同道之人，可用手槍對付他們，強行闖入，又不像好人，堪比強盜。

「你們也在找人類？」

露西點點頭，說，他們正在去往 E 星球的路上，據說人類都移居去那了。「撒謊！」面具人打斷她的話。亨利想表現得勇敢一些，他把發抖的腿向前挪動一步，說：「你說我們撒謊，那還問我們幹嘛？」

面具人用手槍槍管撓撓頭皮，想想說：「說得也對。」他充滿懷疑地說：「在地球住得好好的，幹嘛移民呢，吃飽了撐的嗎？」他說地球人吃得肥頭大耳，走路都困難，總希望躺在沙灘椅上晒太陽。

「你知道那麼多，幹嘛還問呢？」

蘇菲小聲地嘀咕了一聲。面具人朝她揮了揮手槍，不耐煩地說：「我問的是後來的情況。」看辛巴茫然地望著他，面具人不耐煩了，說他餓了，給他拿點吃的。

餐車過來後，面具人急不可耐，搶上前一看，什麼都沒有，就怒了，拿槍抵住露西的腦袋說：「我要吃的！」辛巴十分生氣，嘴巴一鼓，牙齒咬著上嘴唇。那個傢伙趕快調轉槍口，對準辛巴。

　　辛巴下意識地躲閃一下，瞇了瞇眼，說：「你不點餐，誰知道你想吃什麼？」那傢伙一想也對，用槍口點點餐牌。電腦毫無反應。「你耍我嗎？」他轉頭看定露西。辛巴沒好氣地說：「你沒手嗎？」

　　那傢伙換了另一隻手，按了電腦螢幕，還是毫無反應，就怒氣衝衝地衝上前，用手槍抵住辛巴的腦袋，揪住他的耳朵，說：「你敢耍我？」露西趕快說她明白原因了。

　　露西在電腦點餐牌上，點了幾樣食物。餐車立刻就有反應，朝廚房開去。那傢伙一臉狐疑地看看露西，又看看辛巴。「怎麼回事？」那傢伙上前，用槍抵住逼問露西。

　　辛巴搶先說：「有手就要用手，要不然長來幹嘛呢？」那個傢伙踢了辛巴一腳：「誰要你廢話！」辛巴哀鳴一聲，忍住沒再叫喊，不像從前撒嬌那樣朝爸爸不停地叫喚。他狠狠地盯住那傢伙，還笑了一下。

　　蘇菲插話說：「機器只聽好人的話。」那個傢伙又哇哇地叫起來，揮手作狀要打蘇菲。露西趕快制止說：「這功能又不是我們設定的。」那傢伙略略想了一下，揮手作罷。

　　餐車返回咖啡館後，那傢伙又想發作，因為餐車送來的，要麼是果仁，要麼是魚罐頭，要麼就是肉腸餅乾。那傢伙大發雷霆，說都是寵物食品。辛巴笑起來。那傢伙走過來，又要踢他。

　　辛巴閃過，說：「不知道你是人還是動物，怎麼點餐呢？」露西聽了，暗暗稱讚辛巴聰明，就問：「你想吃什麼呢？」她把餐車叫過來。那傢伙猶豫好久，點了水果罐頭。可餐車毫無反應。

　　露西看出端倪來了，這傢伙沒身分識別資料，餐車拒絕接受指令。她沒有挑明，伸手過去，幫忙點上。那傢伙有點疑惑，以為電腦反應慢，就沒再深究，讓露西幫他都點好。

　　這個傢伙看來真餓了，餐車送來食物後，他就飽餐起來，狼吞虎嚥，吃相十分難看。亨利忍不住小聲嘟囔說：「這吃相只有辛巴能比。」他一臉

壞笑地看了一眼辛巴。辛巴沒說話，朝他呲牙哼了一聲。

「不准打暗號。」

那傢伙大概看見了，警告亨利，轉身在餐車上點酒，可電腦沒反應。露西走過去，為他點好，餐車才離開去取酒。那傢伙滿意地朝露西揮了揮手。沒多久，酒送來了，這傢伙就喝起來。

酒後，這傢伙話多起來，呱呱地說個沒完沒了，像有一萬年時間沒有逮到說話傾訴對象了。他說本來以為這一票幹下來，就有大把的錢揮霍一段時間了。沒想到連個人影都沒見著。沒有想到跟蹤了這麼久，等到有機會進來，卻沒有人，真見鬼了。那傢伙一邊灌酒，一邊哇哇地用手比來比去。

「我可是好心人，帶他們去健身。」

「人類該感謝我，沒我，他們可能肥胖衰弱致死啊。」

「哈哈哈……」

這個傢伙，嗚嗚哇哇，天南地北，侃個沒完。聽了好些時間，辛巴終於明白了，這是一個強盜，多年遊蕩在太空裡，不但去地球虜掠人口販賣到外星球去做奴隸，還尋機打劫往來的太空船。

露西希望他喝多些，可趁他酒醉之機，把他抓住，但這個闖蕩星際的強盜也不是吃素的，他在糊塗之前，就把他們趕進實驗室關起來，然後倒頭呼呼大睡起來。

第 95 章

夜晚，大家無法入眠，開起了「臥談會」。辛巴安慰大家，既然被關實驗室，那就地做研究好了。蘇菲說，也好的，她的新型塗料，要能開發出防輻射和防電擊功能，就不怕那傢伙的手槍了。亨利噓了一聲，說小心那傢伙聽見。

露西說，那傢伙不會亂來，他還需要我們，否則他會餓死在飛船裡的。辛巴說：「他明白這點才行。」露西說，他會明白的。他們又商討了一

些相關的應急方案。

「第一眼看見還以為是 E 星國三王子。」

「沒想到挨了一槍!」

亨利笑嘻嘻地調侃道。辛巴裝作生氣,用前爪去拍亨利的腦袋。亨利躲開了。辛巴解嘲說:「看來我人老眼花了。」蘇菲咯咯地笑,說:「辛巴開始裝嫩了。」辛巴有點傷感,說,這麼旅途遙遠,到達時回是幾歲了呢?

露西安慰他說,感覺速度慢,其實很快很快的,你沒見爸爸媽媽他們都沒老嘛。「喔,好久沒看錄影機呢。」辛巴努力地回憶從前爸爸的模樣,感覺他變化不算太大。

天亮時分,他們睡意漸濃,蜷曲身體睡過去。中午時分,實驗室的大門被踹得咚咚響。被踢門聲驚醒後,大家睡眼朦朧,睜開眼一看,大門被打開了,面具人出現在門口。

「起來!起來!」

他用手槍哐哐地敲門,又用手槍指住他們:「你,你,你,還有你,都起來!」那傢伙大聲叫喊起來。辛巴磨蹭著起來:「起來幹嘛?」他瞪大眼睛瞪住那傢伙。面具人走過來,踢了辛巴一腳:「我餓了,給我找吃的。」

去餐廳的路上,聽面具人的嘟囔話,辛巴才得知,這傢伙餓醒後,自己跑到餐廳找吃的,可餐車不聽指令,他只得折回來找他們。辛巴笑了一下,被那傢伙瞥見了,上來就是一腳。辛巴靈活地躲開了,那傢伙一個踉蹌撞到牆上。

大家笑了,又忍住了,繼續朝餐廳走去。

「沒把我伺候好你們就準備好吃苦頭!」

那傢伙邊走邊罵道,把他們趕到餐廳。他坐下後,指令辛巴點餐。辛巴本來不情願的,突然,他轉換心態,變得熱情主動,給那傢伙點好餐

點，朝露西使眼色，為他端到飯桌上。

那傢伙餓壞了，一頓狼吞虎嚥。「昨天批評地球人狂吃濫飲，你這樣吃不怕發胖嗎？」亨利瞪眼看他很久，突然朝他發問道。「你懂什麼，發胖？我哪有機會能這樣大吃大喝呀？」那傢伙哼了一聲，對他的問題很不屑，覺得亨利太無知了。

「從前生意不錯，一次就能搞到一架飛機的乘客，送過去就能得一筆大錢。不知道吧，這銀河系裡，有無數待開發的星球，需要無數人力資源。這可是億萬計的生意！可惡的 E 星人，把我這盤好生意給毀了！」

面具人吃著喝著，說起他過往的故事，一會高興，偶爾興奮，一會陷入哀傷，他的情緒，在情節跌宕的故事裡起伏。辛巴邊聽邊感慨，原來太空生活的情節，是這麼奇異，這麼波瀾壯闊的。

「他要不然是強盜那多好啊。」

辛巴心想，要他是個好人，憑這身本領，可以做出多少的英雄偉業呢？「夠驚天動地吧？」那傢伙突然停下故事的講述，目光輪流在大家的臉上掃過，很認真地問道。

大家被問住了，認真聽講入迷的表情，變成有點尷尬的神情。辛巴用左前腳踩了一下右前腳，哎，自己差點善惡不分，竟被這傢伙的罪惡故事迷住了呢。他提醒自己：「聽他的故事是為了阻止日後再發生同類事件。」

「你把人類都賣到哪去了？」

辛巴突然問那面具人。那傢伙拿起酒杯，咕嘟，灌一口酒，說：「你們肯定沒像人類那樣學過這方面的歷史，人類在很久以前，也販賣奴隸的，只不過是地球的生意，其實這行生意，在別的星球上也盛行的，億萬年前就有，而且存續至今。我只是小仲介而已。」

那傢伙說完，哈哈大笑，認真地問辛巴：「厲害吧？」辛巴作狀認真地想了想，說：「你把人類到賣到哪去呢？」面具人眨眨眼，剛想回答辛巴的話，轉念一想，轉而笑咪咪地看住辛巴，突然爆發出大笑：「這是我的大

祕密呢。」

「那架飛機的殘骸，也是你的傑作嗎？」

「不告訴你。」

辛巴沒能套出他的話，又問他：「你是獨行俠？」他話一出口，又覺得用詞不當，他可不是俠客，是強盜啊。他頓時有點窘。那面具人一笑，剛想回答辛巴的問題，眼珠轉了轉，又大笑道：「哈哈，不告訴你們。」他得意地讓露西把酒杯斟滿。

「有新計畫？」

那面具人聽亨利這麼問他，作狀摸摸面具下的鬍子，說：「這個嘛，嗯，不可告人，哈哈，不可告人！」蘇菲提醒他說：「這沒人呢。」那傢伙哈哈大笑，轉動眼珠說：「沒人？我現在覺得，你們就是人嘛。」

那傢伙自言自語道：「沒有人，我就把你們當人來使喚。」他說完又哈哈大笑。「你獨來獨往嗎？」他聽辛巴追問他，就狡猾地回答說：「這個，這個嘛，人多有人多的好，也有壞處。還是不告訴你，這是我的祕訣。」他得意洋洋地端起酒杯，灌下一口酒。

日子似乎就這麼過起來了，那傢伙似乎也明白，沒有露西他們的幫助，他無法獲得食物，所以不至於太為難他們，再說，他也需要傾訴，也享受有個耀武揚威的場合。他心想，找不到人類，那就暫且過過這樣神仙般的日子，權當是休整一下。

不過，他無意中流露出，他擔心 E 星人已經在尋找這艘失去聯絡的飛船了，擔心這樣的好日子也過不多久了，目前他的想法，就是今朝有酒今朝醉，好好享受一番。

每天，面具人酒足飯飽之後，躺在植物園的躺椅上小睡。之前，他會把辛巴等關在實驗室，防止他們趁他睡著之際，發動突然襲擊將他擒住。這些年來他一直過著危機四伏的生活，這對他來說已經是習慣了。

第96章

面具人到底是人類，還是 E 星人，又或是其他外星人？蘇菲想試探出他的底細，常出其不意地換了語種說話，觀察那傢伙的反應。但面具人的口風很緊，絲毫沒露出破綻。

「你們別枉費心思了，我闖蕩銀河系多年了！」

有一天，吃早餐的時候，他聽見辛巴用中文試探他，他沒反應，看辛巴失望，突然停下舉到嘴邊的刀叉，慢悠悠地用彆腳的英文說了這句話。看到辛巴疑惑不解，就大笑起來。

「英文是通用語言。」

「我是宇宙公民。」

面具人得意地說道，還吹起口哨，刺耳難聽。蘇菲皺了皺眉。亨利就瞇起眼睛。露西朝辛巴搖搖頭，示意他別問了，省得他心生警惕。她走上前，把咖啡端上去。

「這就對了，少說話，多做事。」

他看一眼辛巴，望著蘇菲的方向說話，端起咖啡，用嘴巴叼起吸管，吹了吹泡沫花紋：「我都快忘了喝咖啡的標準姿勢。」他慢吞吞說話，眼睛游離起來。辛巴猜想他大概又陷入對過往的回憶之中。突然，面具人啊地大叫一聲，拔出手槍，跳到一旁，眼露凶光。

「想幹嘛？」

露西搶過來，擋在面前，卻見那面具人，緊張的臉色鬆下來，凶殘的目光一閃而逝，奇怪地回復正常。辛巴突然意識到，這傢伙做噩夢了。大概他有睜眼睡眠的本領。

「做噩夢了吧？」

辛巴提醒他。那面具人又坐下，沒有承認也沒有否認，眼神稍鎮定，但警惕性沒有鬆懈。他朝辛巴示意，讓他坐近些，問他：「你也做噩夢？」

他想找到知音同道。

辛巴說，當然會做噩夢，怕爸爸媽媽不要他了，怕追不上他們的車子。他說自己老被這些夢糾纏。「爸爸說可能是我在香港住的時候落下這病根的，」他又問那面具人：「那你呢？」

「我？這個嘛？」

面具人欲言又止，端起咖啡，吸了一口。「顛沛流離，朝不保夕。」辛巴自言自語地替他回答道。「放屁！」那面具人聽到了，朝辛巴呵斥了一聲。露西擔心他發作為難辛巴。

可奇怪，這傢伙怒氣衝衝地說完這句話，沒再說話，坐在那悶頭吸著咖啡，滿臉憂戚地想著心事。辛巴沒再出聲，悄悄地退到一旁。「你別亂動！」沒想到那傢伙又大喝一聲。

「草木皆兵！」

辛巴忍不住小聲嘀咕道。不知道那面具人是否聽到了，但看不出他有反感之舉。「難道我想這樣啊？」面具人小聲地嘀咕道。辛巴聽了，用中文小聲說：「毫無生之樂趣！」露西等聽懂了，會心一笑，觀察面具人的反應，幸好，他沒再動怒。

「你以為我想這樣嗎？」

他突然吐出這麼一句讓辛巴他們大感意外的話。「幹嘛這麼說呢？」辛巴追問他。「我想洗手不幹，但也不行了，」他對辛巴說：「你是不會明白的。」

「不懂？」

「全宇宙在通緝我。」

「怕了？」

「我可不怕死，那是瞬間的事，我不想坐牢。」

「此話怎麼講？」

「E 星國沒死刑。」

「你死都不怕，還怕坐牢？」

那面具人連連搖頭，說，你不懂的。辛巴不肯放棄，追問說，就當在裡面反思嘛，然後脫胎換骨做人，不就成了？「你可把自己的惡行寫成材料，供有關人員研究，警示後來者，也算對宇宙有所貢獻。」

面具人一笑，說：「E 星人聘請你做獄警會不錯。」辛巴被噎了一下。蘇菲湊上去說：「你出來後，也能辦個星際旅遊公司，你對這銀河系那麼熟悉，生意一定很好的。」

面具人哈哈大笑，說：「一群小屁孩！自以為是！」他解釋說，有些人，天生就有犯罪基因，不是他不想做好人，是他無法控制自己。他只能一輩子做壞人。

面具人說完這些，感到悲哀和無奈。他指了指對面，讓辛巴坐過去，別再說了：「心煩！」他嘟囔道，低頭吸了一口咖啡。辛巴看到笑臉面具下的嘴巴，突然想撲上去啃一口，但他抑制住自己了。

吃喝完，面具人又把他們關進實驗室。辛巴小聲說：「他對 E 星比較熟悉，難道他是 E 星人？」露西搖搖頭，說：「不一定，他被全宇宙通緝，他是流竄作案的。」大家討論半天，也沒有答案。

夜晚睡覺的時候，辛巴沒有媽媽的枕頭，他有點失眠了。午夜時分，他聽見面具人發出可怕的呻吟聲，斷斷續續的，他猜想那傢伙又作噩夢了。他仔細聽到露西偶爾翻身的聲音。

實在睡不著了，辛巴起來，繼續沒完的實驗。他聽到腳步聲，回頭一看，大家都睡不著，來加班了，想盡快找到破解面具人手槍的祕訣。天色亮起來後，他們才感到睡意襲來。

他們聽到外面某處，傳來壓抑的哭泣聲，斷斷續續，淒厲恐怖，在飛船內翻滾擴散，滲透進每個角落裡，讓聽者不寒而慄，讓辛巴也噩夢連連，時醒時睡的。

第 97 章

面具人很會享受生活，一覺睡到自然醒，再把辛巴他們放出來，伺候他午餐，端茶遞水，陪他閒聊，酒足飯飽，又把他們關起來，自己散步去到植物園，在長躺椅上睡午覺。

他們則利用被關的時間進行研究，商討脫險的方案。這天，在實驗室裡，蘇菲小心翼翼取出配料調製。此前千百次的實驗都失敗了。她在實驗臺上擺放配料時，口中唸唸有詞。

「你說什麼？」

亨利好奇地問道。蘇菲神情嚴肅，回答說：「上帝保佑！」辛巴聽了就笑，說，還不如讓露西保佑呢。蘇菲說：「這句話可別讓上帝聽到了。」辛巴捂了嘴巴，不說了。露西說：「少說話，多做事。」

蘇菲實驗新配方，亨利按分工，躡手躡腳走到門口，貼在門縫裡把風。露西和蘇菲在實驗臺前操作實驗，並筆錄過程和結果。辛巴站在旁邊，湊近認真觀看，細心記下細節，還翕動鼻子，記住相關的氣味。

突然，飛船劇烈顛簸搖晃，忽高忽低前後衝撞，實驗臺上的瓶罐摔得劈啪哐當響，一些溶液都混合一起了。事發突然，他們沒扣上安全帶，被拋向空中。穩定系統啟動後，他們在實驗室內飄浮起來。

飛船重新穩定後，重力系統恢復，大家又落到地面。看著滿地的狼藉，蘇菲幾乎絕望。露西收集起那些溶液，取了辛巴脫下的毛髮，刷上去看效果。那些塗料快速乾透，與從前有點不同。露西有一種驚喜。辛巴想到什麼，讓露西測驗塗料的新功能。

露西把塗料小心地刷到辛巴的尾巴上。辛巴扭頭看看牆角的電源插座，跑過去拔出來交給露西，說要實驗塗料的防電擊性能。「你找死啊？」蘇菲反對他這麼做，說這沒有把握的。

「沒把握才要實驗呀。」

辛巴笑嘻嘻地說道。蘇菲堅決阻止他衝動行事。辛巴看沒辦法說服她，跑到牆邊，把尾巴伸到插座口，一瞬間，他心跳加速，眼睛瞇上。蘇菲飛過去，把他拉回來。「沒事！」辛巴被拉得猛晃，站穩後，心裡一亮，但還不敢肯定。

辛巴說：「好像有效呢。」露西問他：「你確定？」辛巴說，再來一次看看。他心裡也不敢確定，剛才他剛把尾巴插進去，就被蘇菲拉開了，他想再次確認。他走到牆角，把尾巴對準插座孔，瞇了眼，猛地插進去。

「沒事！」

辛巴的心狂跳起來。他跳起來舞蹈轉圈。露西和蘇菲很緊張地問他：「真的？」辛巴想再確認無誤，讓露西把塗料塗在他背上的毛髮，叼起電源插頭，丟給露西，說：「按上去！」但是換露西猶豫不決。

辛巴鼓勵她說：「先輕按一下，再加大力度，即使電擊一下，我也死不掉的。」露西轉頭看看蘇菲，又望望門口的亨利，拿起插座，通上電流，朝辛巴背上按去又瞬即拿開。

沒事！又按一次。還是沒事！反覆實驗後，露西確認塗料有效。當她豎起大拇指示意時，大家狂喜起來，跳起來抱作一團。大家低聲歡呼雀躍一會後，露西意識到什麼，示意亨利快返回門口把風。

由於那些配料混在一起，他們無法知道新塗料的配方，露西和蘇菲根據實驗記錄，加上辛巴的回憶，對氣味的精確辨認，對實驗進行驗證，一種一種的配方實驗，一種一種材料搭配，反覆實驗改進。

經過不懈的努力，他們掌握了新塗料的配方祕密，還不斷完善塗料的功能，使其具有強大的防電擊保護作用，並製造出了足夠他們使用的數量，然後等待起事時機。

這天，面具人如往常那樣，打開實驗室大門，放辛巴他們出來，伺候他午膳和閒聊作樂。辛巴走在他前面，興奮又緊張。到餐廳後，面具人坐下來，讓露西為沃他點餐。餐車把膳食送上來後，露西沒端上來。

面具人有點詫異，詫異地看一眼露西，說：「咖啡。」露西聽見了，但身沒動，朝他看了一眼。面具人一拍桌子：「想反抗？」辛巴說：「你不是也有手嗎？」面具人發作起來：「找死啊？」

他把槍口對準辛巴。辛巴的心提到喉嚨裡，眯了眯眼睛，嘴巴吐出一句話：「那又怎麼樣？」那面具人扣動扳機。辛巴下意識地躲閃一下，他沒感到疼痛，馬上釋然了，那塗料真的有防護作用！

面具人呆了一下，又扣了幾下扳機，電流射出了，但沒發揮作用。他一慌張，見露西上前，調轉槍口，朝她扣動扳機，同樣的情形，沒任何效果。他看見露西笑了走上前來，他傻掉了。

露西揮起拳頭，給面具人一拳，打掉他的手槍，又一拳，把他打倒在地。面具人倒地後，滾到一邊去，飛快地爬起來，跌跌撞撞逃出餐廳，朝清掃船停泊的起降架跑去。辛巴知道他想逃到那去，駕駛賊船逃跑。他們拚命追趕，把他在到達之前截住。

露西揮出幾記重拳，把他打倒在地。辛巴汪地大吼一聲，撲上去咬住他的腿，撕扯著。蘇菲猛啄他的眼睛。亨利跳起來，竄上他的肩膀，揮起另一隻爪子，朝他的面具抓去，發現沒用，轉而抓他的腦勺。

那面具人無法抵抗這樣迅猛的進攻，疼得狂呼亂叫，趴地上求饒，束手就擒。辛巴跳上來，前腿按住他的肩膀，氣喘吁吁地警告他不要動，否則咬他的脖子。面具人用手抱住腦袋，大叫：「我沒動！我不動！」

把面具人關進牢房後，大家心頭的那塊大石，終於卸掉了。辛巴返回到餐廳，激動敲了點餐螢幕，要了酒水，開懷痛飲。露西還打開通訊系統，與 E 星飛船控制中心恢復了聯絡，通報了失聯後飛船所遭遇的情況。

控制中心歡呼雀躍，他們沒想到，那個宇宙強盜，流竄作案多年，被通緝多年後，最後竟落到四隻動物的手中，不禁讓人嘖嘖稱奇。

第 98 章

露西對繳獲的手槍很好奇，拿在手上仔細查看。那手槍結構精巧，光能充電，可調節電擊強度和射擊距離。當然，辛巴也來了興趣，讓她調小電流強度和距離，對準他的腳趾扣動扳機，電流通過全身，但他沒不舒服的感覺。

辛巴來了靈感，和露西做實驗，發現不同的電流，會讓身體有不同的感覺。他想探究這種手槍，是否可當醫療器具使用，要不然面具人在茫茫太空中，倘若有損傷或病痛，他是如何治療的呢？或許就用這手槍的功能。

辛巴把發現和疑問告訴露西。對辛巴的發現，大家也很興奮，聚攏在實驗室，在電腦模型的說明下，把實驗成果向可能的方向一步一步推進，鞏固，取得了一連串意外的成果，讓大家莫名地激動。他們還有更驚人的發現，即可採用電擊的方法，把大腦內的記憶刪除。

他們發現，大腦提取記憶的過程，可用外力進行干擾，這個干擾就是正確的電擊時機，還有精確的電擊強度，使用綜合的相關的技術，即可對大腦內的記憶進行操控。

具體做法，就是用輕微的電擊，刺激大腦，把腦部記憶有效地破壞掉，阻斷「記憶再鞏固的過程」，達到一個類似把記憶從大腦的「儲藏室」取出，最後透過大腦神經迴路再次浮現的過程。

「簡單來說，用電擊可刪除大腦內的指定記憶。」

露西在實驗記錄本上，寫完這結論性的句子後，長長地舒了一口氣，說這可是重大發現啊。「辛巴真有心。」蘇菲笑咪咪地讚揚辛巴。「那是否可把辛巴老做噩夢的記憶刪除掉呢？」亨利問道。

「當然可以的。」

露西很肯定地說，之前所做的實驗，在辛巴身上有相應反應。當時沒

有刪除，只是移動。「辛巴願意刪除掉嗎？」她問辛巴道。辛巴笑笑說：「當然願意啦，我可不想把別人嚇到了。」

露西讓辛巴趴在實驗床上，在他身體相關部位，接上儀器導線，然後對辛巴大腦的記憶，做了「定點清除」的實驗，結果相當成功。此後連續好些日子，大家沒再聽到辛巴做噩夢哭泣了。

「開家『好夢』公司，給人清除噩夢記憶，製造美夢記憶。」

大家大笑，說辛巴的奇思妙想太好了，不開這個店，還真可惜呢。他們正說笑著，突然聽到囚室那邊，傳來面具人淒厲而壓抑的哭泣聲，估計他又做噩夢了。露西哎呀一聲，說，忘記了一件事。

「面具人的真面目。」

這還真奇怪呢，大家擒獲他後，沒想起拿掉他的面具，看看他的真面目。可能當時大家有點慌亂吧。聽露西提起，大家都奔去囚室，讓面具人把頭抬起來，揭出自己的身分。

面具人一聲不吭，以沉默對抗審問。大家心想，這面具底下，到底是一副怎麼樣的面孔呢？「抬起頭來！」露西看那笑嘻嘻的笑臉，覺得好笑，她猜想，面具那底下的，應該是一張哭喪的臉。

露西走上前，伸手一拉那面具。「哎喲喲！」面具人大聲呻吟起來，大喊：「痛死我了！」辛巴一臉的驚奇。露西愣了一下，手縮回來。停了幾秒，她又伸手去揭那面具，又聽到面具人喊：「疼呀！痛啊！」

露西按住他，仔細檢查，發現那面具居然和他的臉長在了一起，沒辦法拿掉面具了！露西十分震驚，把發現告訴大家，誰都不相信，全上前查看，之後倒吸一口冷氣：「奇人奇事，自作自受。」

「看來沒辦法知道他的長相了。」

辛巴嘆息一聲，說：「長期把自己當成什麼人，自然慢慢就會成為你想成為的人。」亨利聽了，笑嘻嘻地說：「辛巴又成為哲學家了。」大家哈哈笑後，又把面具人關回囚室。

晚飯時分，辛巴問露西，可否把面具人的壞記憶清除掉，給他一個重新做個「好人」的機會。露西說，待法院審理裁決後，再考慮嘗試。辛巴望著窗外深邃的銀河，說：「要是能他變成『好人』，對其所犯罪行贖罪，或許可給宇宙探險作出貢獻的。」

蘇菲說：「辛巴的心腸真好。」亨利有點不高興：「這不是好壞不分嘛，他差點要了我們的命，把我們當奴隸來使喚。辛巴不是還講過『農夫與蛇』的故事嗎？」露西抱起亨利，摸摸他的腦袋，笑了說道。

「辛巴有顆善良的心嘛。」

夜晚入睡前，他們在膠囊旅館床上，打開通話系統，開「臥談會」。之後，其他夥伴睏了，漸漸入睡了。辛巴趴在小枕頭上，眼睛骨碌碌地轉，想著心事。

「要是爸爸媽媽知道了，一定會很驚訝，辛巴經歷了那麼多稀奇古怪的事，怎麼不做噩夢了呢？」

辛巴喜滋滋地想像和家人團聚後的情節。「剛開始的時候，爸爸會失眠，以便隨時在他做噩夢的時候叫醒他。那他要不然要告訴爸爸實情呢？要是不告訴他，則要害他失眠，這個可不好吧？可一見面就告訴他，就不好玩了，就沒驚喜啦，真的好為難呢。」

「要給他驚喜嗎？」

辛巴想像各種做法和由此會產生的結果，想像爸爸媽媽不同的反應。哪個更好呢？他一時拿不定主意。他看著頭頂彎曲螢幕上顯示的星空。他的心事也如繁星一般浩渺，密密麻麻地排列著，閃爍啊閃爍。

辛巴跳下床，輕手輕腳，取出錄影機，觀看爸爸和 E 星人的錄影。他猜想爸爸禿頭的面積，現在又增加了多少呢？他一邊想一邊暗笑。他記得，有一次，爸爸懶得去剪頭髮店，說太麻煩了，讓媽媽幫他剪頭髮。

媽媽怕擔責任，說我可不會剪。爸爸說，家裡有電推剪，直接推平頭就行了。媽媽還是不肯，說怕自己被講推得不好看。爸爸笑了說，不好看

也沒關係，整天只有你看嘛。媽媽被逗笑了。

爸爸沒再說什麼，找好電推剪，調好剪髮的長度，本想留稍長點的，別人說他長髮顯得酷些嘛，但轉念一想，為了讓媽媽方便，他選了最短的一檔，然後套上圍布，在椅子坐好。

「動手吧。」

辛巴聽見爸爸喊媽媽動手。在深圳的時候，辛巴得了皮膚病，醫院的護士也用這樣的電推剪剃毛的。來紐西蘭後，他也得過皮膚病，好難受，醫院護士也幫他剃過幾次毛，所以他認得那推剪。

辛巴安靜地坐在旁邊，看媽媽給爸爸剪頭髮。爸爸指揮媽媽轉換推剪行進的角度，還一邊逗辛巴說：「給你也來一下，把你剃光光？」辛巴聽了，閃了閃眼睛，搖了搖尾巴，表示他聽見了。

「胡來！」

媽媽為辛巴解圍說道：「嫉妒人家辛巴英俊，爸爸想使壞呢。」媽媽一邊說，用力按住爸爸的腦袋。辛巴看了心裡偷笑，嗯，爸爸這個人，只有媽媽能治得了他。他打了個哈欠，咕咚一聲，臥倒在地上，仰視加斜視，看著媽媽慢慢把爸爸推成了禿子。

辛巴第一次被人剃光毛髮，他好幾天不敢出去玩了。此時，爸爸好像很享受呢，摸摸光腦袋，說：「和光頭差不多。」媽媽聽了，就說：「這可是你設定的長度。」爸爸說：「為了妳方便嘛。」

「辛巴說說，老爸很酷吧？」

爸爸拉他起來，擺正他的腦袋，要辛巴回答。辛巴不好意思，能說什麼呢？他把腦袋偏開，不敢直視爸爸的眼睛，只呵呵地張開嘴巴，笑吟吟的，不出聲。「你就別逼人家說你的好話了。」媽媽一邊收拾剪頭髮工具，一邊幫辛巴解圍。

「要胖要圓剃光頭才好看。」

當時，爸爸一邊笑，摸了腦袋說道。現在媽媽還幫爸爸剪頭髮嗎？也

許來不及把剪頭髮工具帶上。辛巴猜想著，要不然，不剪頭髮了，嗯，他的頭髮和媽媽一樣長了，男人也可以留長髮的嘛，你看，安迪的頭髮，不就比媽媽的還長嗎？

想到這裡，辛巴暗笑起來，當然，也有傷感襲上心頭，之後，他漸漸沉入夢鄉里。「當年要是有經驗，把辛巴養胖點，剃光毛，身子也圓滾滾的，一定很好看。」辛巴腦海裡，還迴盪著爸爸當時嬉笑的話。

第 99 章

第二天起床後，亨利說，昨晚辛巴好搞怪呢。難道又做噩夢了？辛巴趕快聲明，他可睡得好好的，還做了無數的美夢。蘇菲笑了起來，說，我都聽見他的笑聲了，一夜沒停過。辛巴明白了，昨晚他又沒關聊天系統。

辛巴說，那個記憶刪除手術還真管用，我不做噩夢了，還做了團聚的夢。他把夢境複述給大家分享。露西忍不住笑起來，她想起了第一次與辛巴見面的情景，辛巴當時把她誤認為克林叔叔呢。

「要是我把毛毛剃光了，辛巴會把我錯認成誰呢？」

大家轟地大笑起來。昨日之事，好像就在眼前，歷歷在目。辛巴笑過後，有點鬱鬱寡歡，此刻，他的心被分成兩瓣，一半在 E 星，一半在地球。E 星怎麼樣的，他不知道，靠想像，地球他生活過，他挺懷念的。

露西留意到辛巴的神情，就轉移話題說，要朝前看，朝未來看。她招呼大家到望遠鏡前，觀看太空新圖景。辛巴眼睛一湊近，就看見一幅「女巫頭」星雲，紫色星空背景上，一團青黃色的星雲，形狀像尖叫著衝向空中的女巫。

露西解釋說，早前太空科學家確認，這是星雲孕育新星的景象。她又讓大家去看另一幅星雲圖。黑暗星空四周，點綴白色星星，中心是一團由紫色，玫瑰紅，紅色等顏色組成的星雲，猶如蟹狀，煞是壯觀。

「這是超新星爆發遺跡，」露西對辛巴說：「中國的天文學家早在 960

年前就發現了。」

觀測地球的北極光時，也有讓辛巴驚嘆的發現。藍色的北極光，看起來被風吹而擺動，又像是畫家拿刷子，從上朝下刷下去，上端是藍色的，而收尾處變成褐紅色。此時，地球上沒燈光，只有燃燒的森林大火，遠看起來，是一幅奇景。

「從太空看到的北極光是這樣的！」

大家熱烈討論，警報卻響起。飛船指揮控制中心發來通報，據觀測所得，太陽近期的活動越來越活躍，其產生的太陽風暴，可能會影響飛船的飛行，提醒乘客留意。

大家當然擔心起來，在太空出事，想躲都沒處躲。上次地球上受到太陽風暴影響的事件，可追溯到 1989 年，有一萬多個變壓器被燒毀，加拿大魁北克省還因此停電 9 個小時呢。

「太陽風暴對電力和通訊的影響滿嚴重的。」

「誰說的？」

「爸爸說的。」

「你爸爸不是作家嗎，又成了科學家？」

亨利皺眉頭問道。辛巴說，網路時代，科普盛行，認真好學的人，都是半個科學家。亨利轉頭向露西討意見。露西點點頭，說，許多知識，稍勤奮就能學習到。

「人類太依賴高科技，受的影響就越來越大。」

「為什麼？」

辛巴解釋說：「人類被科技產品包圍，電力，通訊等等，太陽風暴一來，都會受影響。就說這艘飛船吧，哪不是高科技的結晶？」他邊說邊轉動腦袋，環顧四周。

「電子時代，對空間環境的依賴更大，問題也更大。」

露西說，太陽風肯定會對飛船設施產生影響，只是不知道有多嚴重罷

了。辛巴說，把設施都關閉，待風暴過後，再開啟，這是否可行？露西對這個建議並沒把握。

「與控制中心討論一下吧。」

他們討論了兩套方案，一是如常飛行，二是在太陽風暴發生前，關閉所有設施，經歷一段「黑暗原始」的時間。露西整理出他們討論的意見，向 E 星球的指揮控制中心提出，商討對策。

此後的日子，他們每天進行相關的模擬演習，模擬在黑暗的環境中走位，熟悉各種設施所在的位置，以達到在漆黑中仍可準確地到達目的地，操作儀器設施，完成相關的操作任務，也能向同伴報告自己的方位。

根據觀測資料，太陽風暴爆發的日期越來越近。辛巴的心情也越來越焦慮。他在分配管理的區域走來走去的。看他這樣緊張，蘇菲就安慰他：「放心吧，這飛船飛了這麼多年，從來沒有發生過事故的。」

「我是活動身體。」

辛巴故作鎮定。雖然指揮中心說，可預測太陽風暴爆發的時間，有一個時間差讓乘客提前作出反應，但他還是焦慮不安。這可是受到爸爸的影響的，他要是有什麼事，一天不解決，就不會把心放下。

早上醒來，辛巴感覺到餓了，就喊大家去餐廳吃飯，剛點餐，警報就響了。大家跳起來，衝向飛船的駕駛室。E 星指揮中心傳來觀測資料，太陽風暴預計在一個小時後到達。

大家忙亂起來，一刻過去後，又變得很有次序，看來訓練演習還是很有效果。露西沒忘記面具人的存在，把那傢伙在特製的囚椅上捆好。面具人一邊掙扎，一邊問道：「你們想幹嘛？」可誰也不理他。

露西返回駕駛室，叮囑大家繫好安全帶，安靜地等待。大家看見飛船巨大的遮光隔離罩緩緩關上，所有的設備一一關機，燈光照明依次關閉，四周陷入死寂般的黑暗裡。

等啊等啊，正當大家不耐煩的時候，飛船突然被拋起來，又掉下去，

接著又像被人踢出去，恍如射向黑洞的足球。辛巴感到身體以顛倒，橫飛，倒立等等不同的姿勢與飛船同行。

他不知道結果會怎麼樣，只希望快快結束。從前，一打雷下雨颱風，他就害怕，這太陽風暴屬害多了，可看不見，只感覺身體內的血液循環紊亂起來。他想狂叫一下來減緩壓力，卻無法喊出聲來。

飛船在深淵漂浮。

辛巴感覺身在茫茫黑暗中，不知道這黑暗還要持續多久，這顛簸驚恐還要持續多長時間。辛巴想咽一下口水，發現口都是乾的。突然，飛船不再翻滾跌撞了。世界仿佛停止了，一片死寂。沒有光亮。讓人窒息。

辛巴再也忍不住了，把安全帶解開，跳下安全椅：「過去了吧？」辛巴摸黑走到露西跟前問道。露西有些眩暈，過了好一會，才緩神來回答他：「你下地了？」得到辛巴的確認後，她也嘗試解開安全帶。

他們摸黑來到電源設備前，啟動電力系統，燈光一亮，辛巴和露西的眼睛，瞎了幾秒鐘。大家不了解飛船外的情況，但似乎都鬆了一口氣。「辛巴這麼心急，太冒險了！」亨利喊道。

辛巴笑嘻嘻說，我不搞蛋，你們還在睡覺呢。大家也笑，聲音有點發抖。露西把通訊系統恢復，與 E 星球的指揮中心聯絡上，得知太陽風暴過去了。大家於是馬上檢測飛船的設施，看是否完好無損。

辛巴鬆了一口氣，把身子一抖，頓時毛髮蓬飛。露西把遮光隔離罩打開，看見了明亮的世界，大家一片歡呼。不久，電腦接收到 E 星球拍攝到的太陽風暴照片，蔚為壯觀，讓大家又是一陣驚嘆。

第 100 章

飛船經漫長的飛行，接近了 E 星球。辛巴在望遠鏡裡看見那顆星球，越來越大，越來越清晰了。他發現這星球與地球相似。「難怪 E 星人說是地球人的遠親呢。」他在心裡嘀咕道。

「到 E 星球後有什麼打算？」

這天吃早餐的時候，蘇菲問辛巴。辛巴興致勃勃說：「想吃媽媽做的肉餅，配料多，雞肉、牛肉末，還加米飯、蘋果、西芹和紅蘿蔔。營養搭配合理，味道好吃極了。」

辛巴邊說邊嚥口水，說比超市買的好吃，也更有營養。亨利就笑他：「邊看邊流口水吧？」辛巴聽了調侃，也沒有否認。的確，每次媽媽給他做吃的，他待在廚房裡，坐立不安，她腳步走到哪裡，他就跟到哪裡。

「那你呢？」

辛巴想轉移話題，也問蘇菲的打算。蘇菲說，暫時沒新的，不過，媽媽也許學會了 E 星人的語言，她想向媽媽學這種語言，屆時用它來唱歌。露西喝一口咖啡，說：「一個新歌星就要誕生了。」

辛巴笑過後，說：「演唱會也該辦了。」這段時間，忙亂得差點忘記這重要的事。吃完早餐，大家著手忙起來，給蘇菲的演唱會做準備。一時間，飛船內氣氛活躍，歡聲笑語。

辛巴建議與飛船指揮中心協商開直播。但那邊考慮再三，為安全謹慎起見，建議還是錄播好。辛巴有點失望，但一想也放下了。「大概擔心出意外。」他心裡嘀咕道：「要是發生意外，好事就變成壞消息。」

演唱會舉辦那天，他們全體參加，既是演員又是工作人員，還是觀眾。他們動用飛船內的聲光設備，用無垠的銀河作背景，製造出遼闊無邊的蒼茫感，蘇菲在這氛圍中，唱出她的心聲。

辛巴，亨利，露西，腳踩磁懸浮滑板，環繞在蘇菲周圍，滑行、飛翔，編織流動的圖案，伴舞、伴唱、和聲。亨利挺直身子，扭動肥大的肚子。辛巴忍住笑，汪汪地和聲。露西滑過來，把亨利托起來，放在肩膀上。

他們跳呀唱呀，玩到忘形，不滿足在飛船內跳躍，又穿上太空服，踩上滑板，滑出飛船，滑過來，衝過去，邊唱邊舞蹈。蘇菲太激動了，做了

創舉，把地球的歌，唱給星星聽，唱給月亮聽，唱給宇宙的生物聽。

待返回飛船內，他們脫下太空服，熱烈擁抱，呼啦歡呼，慶祝演唱會的成功，興奮地說著各自的感受和體驗。蘇菲很心急，擔心錄影是否完美：「不知道效果怎麼樣呢？」

控制中心把錄影傳過來播放。大家在椅子坐不住，是站著看完的。亨利跳舞的姿勢，讓大家笑彎腰。亨利沒想到自己胖成了這樣子。「明天加強運動，到 E 星球時，一定很棒了。」他不好意思地說道。

辛巴和露西更是笑個不停，根據指揮控制中心安排，飛船明天就到達指定軌道了，他們轉乘太空船降落 E 星球。蘇菲安慰亨利，說，能意識到就好。亨利接話嗯嗯了幾聲。

夜晚，大家激動得無法入眠，照舊開「臥談會」，聊了到 E 星後的設想。辛巴躺不住，爬起來整理行李。他細心地檢查一番，爸爸媽媽的拖鞋、小枕頭、爸爸的書、錄影機和晶片等等。

就要和爸爸媽媽團聚了，辛巴有無數稀奇古怪的想法交織在一起。想啊想呀，辛巴腦袋裡裝滿美好的想像，越來越沉，慢慢地，他感受睏意來了，身體被沉沉的腦袋拖入睡眠的深淵。

第二天起來一看，各自早就把行李擺放在床前了。露西笑了一下，讓大家再檢查一遍。大家相視一笑，又確認了一次。他們做這些早就訓練有素了，今天只是不用唱名核對而已。

大家去囚室提出面具人，帶他去餐廳吃早餐。面具人看他們收拾好行李，意識到了什麼，但還是問他們要幹嘛。辛巴笑了一下，說：「旅行結束了。」那面具人哀鳴一聲，就不出聲了，默默吃著手中的餅乾。

隨後，大家押著他上太空船。面具人拼死反抗，拚命掙扎。露西本可一拳擊倒他的，為安全妥當，她抓起手槍，扣動扳機，面具人慘叫一聲倒地。「他可是第一次體驗這槍的威力。」辛巴作鬼臉說道。

大家把行李裝上太空船，穿好太空服，坐上駕駛座，扣好安全帶，等

待起飛的指令。辛巴有點緊張，他希望這最後的旅程能順利，盡快與爸爸媽媽團聚。

「緊張？」

「嗯。」

蘇菲與辛巴透過螢幕，看見各自的表情，互相問答起來。亨利鼓起嘴巴，做一個深呼吸後，默唸道：「不怕不怕，貓有九條命。」他小聲安慰自己。露西讓大家放鬆，說一切都在掌握中。

「大風大浪都經歷過了。」

辛巴用媽媽這句話來鼓勵自己。他心想，睡一覺就到了。那年，他從香港飛往紐西蘭，睡一覺就到了。睡一覺，做個好夢，就能見到爸爸啦。辛巴正想著，通話機裡傳來了指揮中心的指令，太空船要起飛了。

辛巴睜大眼睛，轉動脖子，看著飛船的金屬構件和儀器設施，他突然百感交集，有種難捨之情洶湧。辛巴感覺太空船動了一下，慢慢飛出去，像他踩滑板出行那樣。

飛啊飛呀，辛巴看見前方和左右的星星，忽大忽小，忽左忽右，忽遠忽近，他如穿行在爸爸的萬花筒裡，爸爸不斷搖啊搖呀，世界就不斷變化。辛巴有種眩暈的幸福感。

第 101 章

太空船降落後，朝遠處歡迎的人群滑過去，然後停下。辛巴跳下來，撒開四蹄朝前奔去，連儀態都顧不上了，接近爸爸的時候，他飛躍起來，朝爸爸撲去，想擁抱他。

人們驚呼起來，然後失聲，張口瞪眼，眼看兩個就要相碰，心想肯定會把爸爸撲到在地。爸爸吃了一驚，但早有提防，從前他們玩過這類遊戲。奶奶來紐西蘭探親，辛巴開門見了，想撲上去擁抱奶奶，但立刻被早有防備的老爸制止。

此時，爸爸一見辛巴撲來，立刻張開手，抱住他的肩膀，順勢身子一沉，旋轉起來，把他撲過來的力量甩出去，卸掉衝擊力，旋轉幾圈後，才把這個沉甸甸的傢伙放下。

辛巴把腦袋和身體貼近爸爸的腿，蹭啊擦呀，激動得發出嗚嗚的嗚咽聲，發抖的身體扭得如跳躍的魚那樣有力，突然，他又站起來，用前腿抱著爸爸的身子，用舌頭亂舔爸爸的臉頰。「嘿嘿，老爸年過半百，哪受得起你這麼用力的擁抱啊！」爸爸氣喘吁吁地打趣道。

「不哭不哭，這不團圓了嘛！」

辛巴磨蹭完爸爸，又轉向媽媽撒嬌，鼻尖頂過媽媽的腰部，又換了用屁股去頂。看見奶奶了，他想撲上去，爸爸一把抓住他的脖子，說：「夠啦夠啦，奶奶可受不了你的擁抱。」他又轉頭去找安迪。媽媽笑哈哈說，人家上班去了。

「爺爺呢？」

「在養老院。」

辛巴這才控制住情緒，把尾巴搖得啪啪響，嗚嗚地叫著，把奶奶擠得連連倒退到小琪那裡。辛巴又轉移目標，圍住小琪賣萌討好。大家彎下腰，蹲下來，捧住他的臉，仔細查看，又拍他的身子，看看是否沒事。

辛巴挺直身子，接受撫愛，嘴巴嗚嗚叫。「很好！」爸爸站起來，安慰大家說，辛巴十分健康呢。他與辛巴朝夕相處，對他的狀況十分了解。聽到此話，大家放心了，說回家再聽辛巴說歷險的故事。

辛巴領了媽媽和爸爸去向夥伴們道別。露西正和她爸爸抱頭大哭。辛巴和他們一一話別，說休整好後，再找時間聚會。分手前，大家留下了聯絡方式，興高采烈地跟家人回家了。

一路上，辛巴嗚嗚地叫，太激動了。在車上，他扭動脖子，觀看兩邊的風景和建築，這裡與地球相似呢。他對爸爸說：「能把車窗打開嗎？」小琪聽到他的聲音，嚇了一跳，對奶奶說：「辛巴說話了！」

爸爸問他：「你說話了？」辛巴一驚，哦了一聲，說：「我說話了嗎？」這下把媽媽嚇了一跳：「你這不是在說話了嗎？」辛巴被自己這話嚇了一跳，緩過神後，對爸爸說：「跟蘇菲學的。」奶奶嘟囔說：「狗說話了，不得了啦！」

大家大喜大笑，說這是天大的事。辛巴說：「爸爸，開窗啊。」爸爸連聲說，好好好。辛巴把頭伸出去，風把他的長毛吹得亂飛。他深呼吸，貪婪地吸著帶點甜味的空氣，被嗆了幾下，太舒服了。

辛巴想起什麼，說：「不用戴口罩，呼吸太舒服了。」他簡略地把地球上的情況描述了一下，大家的心情變得沉重起來。「回家後你詳細說。」爸爸憂心忡忡，把著方向盤沉吟道。

到家後，辛巴叫小琪把行李包打開，把拖鞋拿出來，很驕傲地說：「我把你們的鞋子也帶來了！」爸爸聽了，激動得一把摟住他，臉貼緊他的臉；媽媽也過來，跪下來，抱了他的脖子，親他的腦袋。

辛巴不好意思，害羞地把腦袋偏向一邊。媽媽親夠了，怕他累了，催促他去休息。辛巴把小圓枕頭拿出來，對媽媽說：「我每天枕著它睡覺的，有點髒了，但那是地球的味道。」

奶奶聽了，一把一把地抹眼淚，好像從前送他坐車去香港那樣。

夜晚，辛巴前腿抱住小圓枕頭，下巴放在上面，做了好多稀奇古怪的夢，說了不少嗚嗚嗚的夢話，被爸爸叫醒後，他睜開惺忪的睡眼，茫茫然望著旁邊看著他的爸爸。

「沒事，睡吧。」

爸爸摸摸他的腦袋，讓他繼續睡。他睡睡醒醒，夢話連連，在爸爸的喚醒聲中，甦醒過來，又沉沉睡去。他夢見爸爸在他睡得正舒服的時候，拿照相機想給他拍照。他被閃光燈弄醒了，抱怨地嘟囔了幾句。

爸爸好像說：「幾秒鐘就好。」辛巴還是睡眼惺忪，趕快用雙手捂住臉。爸爸笑了，說：「這麼不給我面子啊？」辛巴心裡嘟囔說：「討厭，吵

醒人家了，不給面子，就是不給！」他聽到爸爸忍不住笑了起來。

早上還沒起來，就聽到爸爸在客廳對媽媽說：「妳看妳看，辛巴的樣子多萌啊。」辛巴聽到媽媽大笑起來：「喲，為了不讓人拍照，還用雙手摀住眼睛和嘴巴呢！」

接下來的一段日子裡，辛巴和夥伴們與親人團聚的新聞，成了人類媒體和 E 星王國媒體的頭條，到處流傳著有關他們的傳說。他們的太空演唱會錄影在電視臺播出後，轟動了整個 E 星球。

爸爸打趣說：「我們辛巴是大明星了呢。」辛巴突然想起了什麼，把行李包刨開，把那本《不離不棄》的書叼出來。這些天，他對爸爸媽媽亦步亦趨跟著撒嬌，把想製造驚喜的事忘了。

「我怕你忘了帶了。」

爸爸撫摸著沒拆掉封塑的新書，高興地喊媽媽過來看：「辛巴幹的好事！」他把書捧在手中，激動萬分。他向來視自己的書為寶，這次因為情況不容許，他一本自己的書也沒帶來。

爸爸親了親書，又捧起辛巴的腦袋，親親他的腦袋，連聲說：「I love you！I love you！」辛巴不好意思起來，把臉側向一邊去。他告訴爸爸，他們分享過書裡的內容了。媽媽笑說：「也為奶奶唸唸？」辛巴有點靦腆，說：「我怕唸不好呢。」

媽媽鼓勵他說：「重要的是辛巴唸的。」她摸摸他的腦袋：「要肉腸還是罐頭？」媽媽說要幫他補過生日，大吃一頓。辛巴開心地旋轉了幾圈，舌頭把嘴角舔得吧嗒吧嗒響。

媽媽把肉腸切成碎塊，混上罐頭肉，放在食盆裡，讓辛巴大快朵頤。辛巴風捲殘雲吃掉了，舌頭把食盆舔得吧嗒吧嗒響，轉身又眼巴巴地望著媽媽。「不能吃太撐的。」媽媽摸摸他的腦袋。

爸爸坐在沙發上，笑咪咪地看著他，說：「我們不在你就放開肚皮大吃了吧？」辛巴臉有點燙，沒回答爸爸的話。爸爸這麼一說，那些冒險的

往事，就在他腦子裡上演。

「你口述，我來寫。」

爸爸很認真地向他提議。他高興壞了。要是爸爸把他們的故事寫成書，就會有更多人看到，他就可以把所思所想所見到的，還有鯨魚和海豚的口信，傳達給更多的地球人。

「什麼時候開始？」

辛巴急切地問道。爸爸寬慰他，說，先好好休息，養足精神，就開始工作。辛巴覺得先適應一下環境，然後開始工作，大概會更有幹勁。辛巴控制住傾訴的急迫情緒，努力適應起新生活。

第 102 章

E 星上的日子，有點無聊，但平靜安寧。辛巴看出爸爸有點焦慮，傍晚帶他出散步的時候，眼睛閃過憂鬱和無奈。辛巴能體諒到爸爸的心情。辛巴在出門前，會嘆息一聲，隨後，也聽到爸爸嘆息。雙方不禁看對方一眼。

E 星的環境與地球相似，突然來了那麼多地球人，空間變得狹窄起來。這的根據蜂巢和蟻巢原理構造設計的建築物，有自然採光通風和降溫保溫功效。爸爸還告訴辛巴，這裡的建築物的外牆，其實都是新型的太陽能電池板。

地球人有自治區，獨立的管理機構。E 星人提供幫助，派駐顧問公司。這裡汽車的用量不大，出行靠公車，這些交通工具採用光能和風能蓄能，清潔而高效。

「用風能和光能？」

爸爸撓頭，說試著用「蝴蝶效應」來解釋：「只要有一點點的風，經機械傳動，就能製造出比核能更高效的能量。光能不局限於熱光能，月光，微弱的星光照射到光能電池，也能聚集成核能般的能量。」

「沒汙染，還取之不盡。」

爸爸把新知識傳授給辛巴。他說，要是地球人有這技術，就不會對環境造成破壞了。但他對人類的貪婪充滿了戒心。他開玩笑說：「除非每個人都植入『限欲圈』。」

「限欲圈？」

爸爸解釋說，就是把個體的欲望限制在特定範圍內。他摸摸辛巴的腦袋，說：「E 星人早用上這技術，也對地球人進行過推廣，還給充分的時間思考，讓大家自由討論，自行投票決定是否採用。

「這種晶片與疫苗類似。」

「我們注射過。」

「E 星人正開發基因技術。」

「靠遺傳？」

「嗯。」

「……」

「遲早還得移居去別的星球。」

爸爸站定，望著天邊一抹紅霞，對了空氣說話，語調裡，充滿了憂心忡忡和無可奈何。他知道爸爸想家了。嗯，他也想地球的家。只不過他的家是隨爸爸媽媽走的，爸爸媽媽的家在哪裡，哪就是他的家。

回到家裡，媽媽在做飯，電視放著新聞，是前幾天對辛巴的採訪。辛巴和夥伴們是自治區的明星了。電視還播出一則新聞，面具人的案件，E星警方和法院正著手處理。

爸爸誇他說，辛巴又給人講故事了。辛巴說，講好多遍了，我不想講了，但讓記者吃閉門羹，心裡又過意不去，自己是左右為難的。辛巴一臉無奈地望著爸爸和媽媽。

媽媽笑了說：「這樣吧，你給爸爸詳細口述一次，爸爸寫出來，以後就讓他們看書去。」辛巴點點頭，說，好主意。爸爸說，好啊，現在就動手。

「現在？」

「不想馬上嗎？」

「好啊！」

辛巴激動地轉了幾圈，跳躍著，把小枕頭拖出來，來到書桌前。爸爸打開電腦，鄭重地打下了一行字——「人類消失了」，他說，這個就當是這個系列的叢書名吧。辛巴說這個太好了。「人類消失了，辛巴踏上了奇幻之旅。」辛巴建議加上這句作題記。爸爸聽了，朝他一笑。他說心中早有了故事的走向。他會把他們的每一段歷險故事獨立成篇。

辛巴聽了，十分開心，立刻擺開講故事的架勢，口述他和大猩猩露西，波斯貓亨利，以及金剛鸚鵡蘇菲的冒險之旅。書房裡，滴滴答答的電腦鍵盤聲響著。接下來的日子裡，他們每天一早就起來，配合默契，進展十分順利。辛巴說呀講啊，爸爸呢，一邊記錄，不斷發感慨。

「我算是跟著辛巴去冒險了。」

他們工作到深夜。這時四周萬籟俱靜。這讓辛巴回憶起人類消失的那個早晨。辛巴講累了，打著哈欠，趴著小枕頭歇息。爸爸呢，一邊喝著咖啡茶，抬頭望著窗外的夜空，一邊想著心事。辛巴知道，爸爸在想地球上的事。

「有機會重返地球的。」

「希望吧。」

「E 星人說的。」

「是嗎？」

「他親口說的。」

「一起回去。」

辛巴和爸爸一邊說，一邊打瞌睡，最後，兩個都沉入到夢鄉裡，一起踏上了重返地球的旅程……

第五部
移民新生活

第 103 章

　　這天早上，辛巴醒來，看見太陽光斜斜地穿過百葉窗的縫隙。他走出自己的床，來到房間中央，把頭昂起來，努力朝上伸展脖子，很滿足地哼了一聲，—— 啊 ——，然後把前腿伸展，又把後腿伸展，跑到爸爸的床前一屁股蹲下，咕咚一聲，就把爸爸吵醒了。

　　爸爸把手伸出被子，側頭看了看他。辛巴趕快把腦袋湊過去，把下巴放在床邊，讓爸爸撫摸他的腦袋，他感受爸爸的手指，滑過他的臉頰，額頭，還輕輕拔了拔他的鬍鬚逗他。爸爸打了個哈欠，辛巴也跟著打了個哈欠，又湊過來，伸出他的腳，搭在床邊。爸爸嘟囔道：「好好，我這就起來。」

　　辛巴看爸爸坐起來穿衣服，就趕快讓開，猛一抖身子，啪啪，他聽到擊打空氣的聲音響起，一些毛髮飛騰起來。他回身看了一眼門縫，頭一低，彎下前半身，前腿伸出，尾巴和屁股高高翹起，呀 —— 啊，伸了個懶腰，然後站在門口不動。

　　爸爸喊了聲：「Open！」辛巴沒有動，搖了搖尾巴。爸爸穿好衣褲，看辛巴轉過身來，就摸了摸他的腦袋。辛巴又轉過身去，對著門縫等待。爸爸笑了：「Open！」辛巴這才用鼻尖一撥，把門打開了。

　　爸爸拉開冰箱門，把一袋肉餅拿出來給他，那是媽媽給辛巴做的。在上次漫長的太空之旅中，辛巴吃了太多的餅乾，按他的說法，都吃得想要吐了。到達 E 星後，媽媽改善伙食，頓頓都是媽媽手工做的肉餅，加了新鮮的蔬菜的。每天早上，辛巴總是惦記著冰箱裡的大餐。

　　「太好吃啦！」

　　媽媽早上班去了。爸爸洗臉刷牙後，把媽媽留在飯桌上的三明治放在微波爐裡熱了熱，然後坐在餐桌前，慢慢地吃起來。他看辛巴蹲在跟前，眼巴巴地望著他手中的食物，就說：「你不是剛吃過了嘛？辛巴不出聲，

伸出舌頭，吧嗒吧嗒，一下一下，舔嘴角。

爸爸盯著他看，眼珠一動也不動的，嘴裡嚼食物，腮幫子在蠕動。辛巴被爸爸看得有點不好意思了，就把臉偏開，裝作看旁邊的桌子，最後，他乾脆在地板上趴成了鱷魚樣子，把腦袋偏向了一邊。爸爸突然爆發出一陣大笑：「哈哈哈哈，」然後被嗆了，拚命咳嗽，把辛巴嚇了一跳，趕快站起來。

「辛巴，你好像從來沒吃飽過似的？」

爸爸一邊咳嗽一邊說話，他的眼淚鼻涕都笑出來了。辛巴想笑，可又不敢，只好強忍著。爸爸從面巾紙盒裡抽出一片，一邊擦眼淚鼻涕，一邊把桌上的麵包片撕成小塊給辛巴吃。

辛巴仰著頭，緊盯爸爸的手部動作，準確地叼住爸爸給他的麵包片，吧嗒吧嗒的咬了，感覺太軟了，又吧嗒吧嗒換了適合的牙齒來咬，再一伸一縮腦袋，把麵包片吞下去。

看爸爸把雙手攤給他看，吃完了，辛巴彎下前身，舒服地伸了個懶腰，嘴巴發出滿足的嗚嗚聲。他站起來後，回頭看看爸爸，他正在端起咖啡杯，咕嘟咕嘟喝著咖啡。辛巴走過去，用鼻尖去頂爸爸的手。

「吃飽就要玩？」

「等等嘛。」

辛巴看沒有得到呼應，有點失望，就跑回自己的窩裡趴下，不時發出嗚嗚的嘆息聲。爸爸沒搭理他，徑直開門去取信件了。回來後，他舉了一封信，來到辛巴的窩前：「你猜猜這是什麼？」辛巴瞥了一眼，沒興趣。

「看來你只對吃的玩的有興趣。我沒見過這麼貪吃貪玩的黃金獵犬呢。」

他把信封裡面的信取出來，拿在手上晃動。辛巴還是沒有心動，悵悵地嘆息了一聲。爸爸看了他一眼，然後朗讀起來：「尊敬的辛巴先生，我以皇室的名義邀請您和您的家人……」聽到這裡，辛巴立刻坐起來，用嘴

巴去叼那信紙。

　　爸爸大笑起來，說剛才不是沒興趣的嗎？他趕快把信攤在地板上。辛巴急切地把眼睛湊近閱讀起來。原來是 E 星王子回來了，要請他、波斯貓亨利、金剛鸚鵡蘇菲，還有大猩猩露西一起去皇宮赴宴。

　　接下來的這一整天，辛巴都沉浸在喜悅裡。他撥了電話給露西等夥伴，把好消息告訴他們，一起分享了這份共同的幸福。看辛巴一臉的急切和笑容，爸爸也開心了，調侃他說：「還有一個月的時間呢，你跑來跑去也跑不到時間的前面去啊。」但是辛巴就是無法克制自己，在房間裡不停地跑來跑去。

　　晚上，媽媽回來後，聽說了這個消息，也高興地抱住辛巴，在他額頭上親了無數次，讓辛巴都很不好意思起來。「夠了夠了。」聽聽，爸爸就這吃醋的口氣。辛巴為了照顧爸爸的情緒，就掙扎著把腦袋扭來扭去，躲避媽媽的親吻。

　　當然，奶奶等人聽到消息後，當然也高興得不得了，逢人就說：「不得了不得了，我家辛巴要去參觀皇宮了！」她還叮囑辛巴要帶上相機，把會面的情景都照下來給她也分享一下。看她那麼嘮叨，辛巴就朝爸爸吐舌頭，做了一把鬼臉。但爸爸很嚴肅地瞪了他一眼，他只好裝作認真地聽奶奶在叮囑他該注意各式各樣的禮節。

　　還是媽媽細心，去書架上把他和爸爸的合著書找出來，說可以當作送給王子的禮物。辛巴和爸爸合作的這個《人類消失了》的系列叢書，出版後獲得了不少的讚譽，讓辛巴和蘇菲等夥伴再次成為大眾矚目的焦點，去參加過不少的節目和活動，成為 E 星上知名度最高的四隻動物明星。

　　辛巴蹲在旁邊，看媽媽找出禮品包裝紙，細心地把書包起來。辛巴邊看邊回味那些和爸爸合作的日子。哇。時間過去得真快。辛巴在心裡感慨起來。那些日日夜夜，好像流星一樣，紛紛劃過時間的錶盤，留下了一個個有趣難忘的瞬間。

夜晚，辛巴做了不少好夢，還笑出聲來了。在此期間，爸爸喊過他幾次，每次他在朦朧中醒來，爸爸嘟囔問他：「怎麼回事？」辛巴沒回答，就又昏昏沉沉地睡了過去，在夢中，他一路上與露西他們呼朋喚友地跑向皇宮，自己的家長在後面追趕著他們，生怕他們惹出什麼事情來。

第 104 章

赴宴的這天，辛巴醒得更早。他從窩裡起來，站在臥室中央，咿呀啊啊地打著哈欠，還伸展身體，前腿一下，後腿也一下，他不像平日那樣，擔心吵醒爸爸，而是希望吵醒他。他一番動作後，發現爸爸沒有動靜。

辛巴有點急了，走到床邊，蹲好，一動也不動地盯住爸爸。見沒有動靜，他走前，把下巴抵住床沿，嘶嘶地吸著鼻子。過了一會，爸爸動了一下。辛巴就故意吸鼻子，聲音還很響，他盡量讓爸爸認為他是鼻子敏感，吸入了床單上的灰塵什麼的。

爸爸側過身對著他的時候，辛巴趕快湊上前，把腳也搭到床沿上，眼巴巴的朝爸爸示意。爸爸故意裝作不解他的意思，睡眼朦朧地和他對視了一陣。辛巴感覺到鼻子發癢，就很響亮地打了個噴嚏。

爸爸裝不下去了，突然爆發出哈哈的大笑，坐起身子穿衣服。辛巴臉上立刻堆上笑容，呵呵 —— 呵呵，發出開心的笑聲，扭轉身體，前腿一伸，低頭，彎腰，做了個鞠躬的姿勢，翹起屁股，大尾巴搖來搖去。

「我沒忘記你的好事！」

爸爸笑哈哈地摸了辛巴的腦袋。「要不然要梳妝打扮一下呀？」聽到爸爸這樣調侃的話，辛巴湊上前，用鼻尖挑爸爸的手，示意他「我洗臉了。」聽到這句回答。爸爸笑了：「呀，我家辛巴不是會說話的嗎？」其實他一早就聽見辛巴在窩裡吧嗒吧嗒洗手洗臉了。

辛巴的腦袋貼了爸爸的大腿，一邊磨擦一邊嗚嗚叫。爸爸又笑了，知道辛巴喜歡使用手語呢，因為有種默契嘛，當然，這在他們看來，更有種

懷念的意味，這容易讓他們想起地球的生活。

　　辛巴聽到爸爸嘆息了一聲，然後去洗臉刷牙。

　　此時，媽媽在廚房忙碌著做早餐呢。爸爸梳洗回來，看辛巴蹲在廚房看媽媽做早餐，就調侃說：「還以為辛巴今天不餓呢？」媽媽說：「他今天吃得不多啊。」爸爸盯住辛巴的眼睛說：「這是怎麼回事？哦，我明白了，他是想午宴的時候多吃點人家的吧？」

　　看爸爸把辛巴的心思說破了，辛巴有點沮喪和不好意思，咕咚一聲，就趴倒在地板上。爸爸哈哈大笑起來。媽媽責怪他說：「辛巴別理你爸，爸爸他是大嘴巴。」辛巴把發燙的臉頰貼在地板，涼涼的。

　　吃完早餐，媽媽收拾好餐具，又幫辛巴和爸爸檢查了一遍，把禮物裝進袋子裡，然後自己去浴室梳妝整理了一番，出來後坐在沙發上等待出發的時間。時間，好像過得很慢啊。辛巴不停地在屋裡轉來轉去。他注意到，爸爸不時會看一眼手錶。媽媽呢，不時會起身，漫無目的地收拾東西。

　　辛巴走到電話機旁，用爪子按了按電話鍵盤，又按下免提功能鍵，然後聽見有個男人問：「您好，找哪位？」辛巴汪汪地叫了一陣。對方大概不明白，把電話掛掉了。辛巴有點不解，向爸爸媽媽求助。媽媽一笑，提醒他說：「你這樣叫誰知道你是誰呀？」

　　哦，辛巴立刻明白過來。他又重新按了電話號碼，聽見對方問找誰時，他趕快喊：「我找露西，我找露西！」對方愣了一下，說：「等等，我叫她。」辛巴還聽到對方在嘟囔道：「這聲音好古怪啊。」

　　露西接電話的時候，辛巴哈哈大笑：「沒想到是我吧？」露西也笑了：「我聽爸爸說，好古怪的聲音，就猜到可能是你們中的一個了。」辛巴笑嘻嘻問道：「都準備好了吧？」露西嗯了聲，說在等車過來呢。

　　他們兩個嘰咕嘰咕說了很長時間。辛巴突然聽到媽媽喊：「車來了。」辛巴趕快說，車到了。正想問露西那邊車到了沒有，就聽到那邊傳來露西

爸爸的催促聲：「上車啦，見面再說個夠吧。」兩個趕快把電話掛掉，急衝衝出門去了。

辛巴出來一看，路邊停著一輛裝飾得金碧輝煌的馬車，只不過，那拉車的是機械馬，金屬的外殼在陽光下金光閃閃。辛巴瞇了瞇眼，心裡喔地喊了聲，來到車門前，猛地一躍，跳進車裡。伴隨嗒嗒的蹄聲，他們朝皇宮馳去。一路上，辛巴站在座位上，興奮異常，坐立不安，左顧右盼，讓風把他的鬃毛吹得四散飄飛。

到了皇宮的宮門後，辛巴跳下車，仰頭一看，喔喔，金碧輝煌。爸爸媽媽拿上禮物，跟著前面引路司儀走上了臺階。辛巴跟在後面，邊走邊看，不小心踏空了，驚叫一聲，把媽媽爸爸引得回頭查看。

辛巴趕快示意沒事。這下他不敢怠慢了，跑跳起來，趕到媽媽爸爸的前面去了。爸爸怕他驚擾了別人，趕快低聲呵斥他。辛巴停下後，轉身回望，看見又一輛馬車停在了下面，露西和爸爸正下車呢。他汪地大叫一聲，等意識到什麼後，又趕快收口，拚命地搖著他的大尾巴，向露西打信號旗。露西看見了，也興奮地朝他招手。

一會後，蘇菲和亨利等也陸續到了宴會餐廳。辛巴和夥伴們湊在一起，嘰嘰咕咕地說個沒完，不時因為興奮提高了聲音，又在家長們的提示中，壓低聲音繼續大侃起各自的生活。此時，大人們也在另一端閒聊著，等待著王子的到來。

當鐘樓的鐘敲了十二響後，王子一家人也到了。辛巴有點緊張，發現給他引路的 E 星人都是戴面具的，國王和王子一家人也都戴面具的。在禮賓師的導引下，大家一一握手見面，國王親自向辛巴和夥伴們頒發了「勇氣獎」然後在一幅巨型的 E 星全境地形壁畫前合照。

國王一家人還和朋友們分別單獨合照。辛巴叼上他和爸爸合寫的書，送給了王子和國王。當然，他們之間的對話，翻譯就由蘇菲擔任了。她從媽媽那裡很快就學會了 E 星人的語言。王子還笑咪咪地對辛巴說，他和

爸爸合寫的書，他看完後一定給辛巴補充他在地球的那部分故事，又問辛巴，在 E 星上過得是否習慣等等。

大家落座吃飯的時候，辛巴一看見吃的，開始很注意禮節，小口吃肉，小口喝湯，沒多久，他就忘記了媽媽的話，大吃大喝起來，還弄出吧嗒吧嗒的響聲來。爸爸急了，不時朝他瞪眼。這時候，辛巴哪裡會去注意爸爸的眼色呢，他的心思全在眼前的盤碟上了。

爸爸急得不時拿了刀叉，輕敲桌面，還不時用腳去踢辛巴的腿，可一切全被辛巴忽略掉了。等爸爸把力量用大了，辛巴這才汪的叫了一聲，不解地看了爸爸一眼。大概王子看出問題了，溫和地一笑：「我們吃我們的，他們吃他們的。」

爸爸有點不好意思，媽媽鬆了一口氣。「我宣布，午宴期間，主隨客便。」國王朝大家宣布了這個規定後，辛巴和夥伴們一高興，就得意忘形了，邊吃邊閒聊，高聲喧嘩起來。等大家吃飽後，又隨國王一家四處參觀王宮。

辛巴一邊走一邊聽介紹，原來皇宮有幾千年的歷史了，經歷了好多代王國的更迭，但都是和平進行的，所以皇宮從來沒有遭受過破壞，古老的保存下來了，新的不斷補充，後來的裝修和修繕，都用上了新科技和新發明的材料，使這皇宮具有了歷史感和現代感。

「好像是個展示歷史文化和現代科技的博物館。」

辛巴邊走邊和夥伴們閒聊，他們好像在聽一堂歷史和科技進步的講座。他們和國王一家告別時，老國王還特地把辛巴幾個朋友拉到跟前說話，說知道他們是很勇敢的動物，希望他們在 E 星上也能活出精彩來，有一番作為，說得辛巴他們頻頻點頭。

回到家裡，辛巴一下趴倒在了地板上。爸爸就笑他：「貪嘴吃成這樣！」辛巴沒反駁爸爸，事實就是這樣的嘛，他呼呼地喘氣。晚飯的時候，辛巴想起有個疑問，就小心翼翼地問爸爸媽媽：「E 星國的人怎麼

都戴了面具的？」爸爸媽媽對視了一眼：「原來辛巴想的問題，和我們一樣。」

爸爸猜測說，大概是他們在千百年的進化過程中，因為環境的變遷，讓身體的防疫功能弱化了，所以需要戴上面具來保護自己呼吸系統，免遭外面細菌或病毒的侵害。辛巴說：「露西他們也小聲問起過這個問題呢。」

辛巴自言自語說：「哦，當初亨利到達香港時，也受不了那汙染的大氣，我沒那麼大的反應，可能我是久經考驗的老戰士了。對了，哪天問問露西，她爸爸是科學家嘛。」

第 105 章

一連幾天，辛巴都還沉浸在幸福中，他不但自己回憶午宴的經歷，還打電話給亨利他們，一起分享彼此的感受。「一說到吃的就眼睛發亮。」媽媽在沙發看書的時候，不時偷聽他們的閒聊，還插話調侃辛巴。

「其實，並沒有媽媽做的好吃。」

辛巴很乖巧，結束通話後，會跑到沙發前，安慰媽媽。媽媽聽了，放下手上的書本，抱了辛巴的腦袋親了一下：「喲喲，我家辛巴嘴真甜。」爸爸出來找水喝，聽見辛巴這麼說，不禁大笑起來。

「吃了東家又吃西家的，當然嘴甜了。」

這話把辛巴說得有點尷尬了。媽媽安慰他說：「別理他，爸爸是個壞蛋。」辛巴趕快走到爸爸的那邊，用腦袋去蹭他的大腿。爸爸用手摸了摸辛巴的臉頰，笑嘻嘻地說：「我可沒吃的啊。」辛巴扭動著腦袋，拚命地蹭爸爸的手。

「看看，誰說人家總惦記吃的？」

媽媽批評爸爸總把人家想歪了。看辛巴還在蹭他，爸爸又開口了：「是想出去玩吧？」辛巴一聽，高興地抬頭望著爸爸蹦跳起來。「看來我忘記說了，除了惦記吃的，就是玩了。」爸爸得意地補充道：「我沒說錯吧？」

「沒一句中聽的話。」

辛巴聽到媽媽斥責爸爸，心裡感到解氣極了。爸爸走到窗邊，望了望外面的天，說了句：「好吧，我們去運動一下。」他為辛巴套上項圈時，又說道：「其實呀，我們辛巴是最幸福的黃金獵犬了，有爸爸關心你的精神生活，還有媽媽關心你的物質生活，你說是不是？」爸爸扳了辛巴的腦袋，看了問他。

辛巴惦記著出去，一邊掙扎一邊裂嘴笑，呵呵呵地喘氣。爸爸一放鬆，辛巴一轉身就跑到門口去等了。爸爸穿好風衣，走到門口，把鞋子穿上，一開門，辛巴就衝出去了。爸爸拿了牽繩，在後面對他喊話，他才折回來，讓爸爸給他拴上牽繩。

辛巴急急地走在前面。「這壞習慣還沒改掉啊？」爸爸在後面嘟囔道，又急急趕上來。辛巴走了一段長路後，趕到老地方，爸爸放開他，讓他在一樹叢後面解手。他出來後，走路的速度才慢了下來，一路東張西望，在樹腳和草叢，嗅來嗅去，還打了不少的響鼻和噴嚏。

辛巴走了一段路後，發現爸爸沒跟上，回轉身一看，他正站在遠處，盯住路邊的公車站的廣告看。辛巴趕快折回去看個究竟。原來，是他們那套叢書《人類消失了》的海報。爸爸沉浸在一種情景裡，似乎忘記了身邊的情況，連辛巴折回來也沒看見。

辛巴用鼻尖頂了頂爸爸的手，那鼻尖上的冰涼感讓他驚醒過來，反手摸了摸辛巴的腦袋。辛巴仰頭一臉關切地望著爸爸。爸爸笑了一下，彎腰摟住辛巴，把臉貼近他的臉頰，小聲說：「I love you！」這話讓辛巴心裡暖洋洋的，等爸爸放開他後，又往前跑去。

在玩過之後回來的路上，辛巴似乎比往常沉靜許多；爸爸呢，也顯得若有所思的樣子。兩個一前一後，默默地往自家的方向走去。「習慣這裡的生活了吧？」辛巴覺得爸爸問得奇怪。「你們在哪裡，我的家就在哪裡啊。」辛巴不假思索就回答了爸爸的問題。

「我說的不是這個意思。」

爸爸雖然這麼說，但也沒解釋他到底是什麼意思。辛巴一時也不知道該怎麼問他，就先不說，滿懷心事地跟著爸爸往前走，但忍不住老想，那爸爸是什麼意思呢？想不明白，他想回家再問問媽媽吧。

回到家裡，媽媽在客廳上網呢。爸爸洗手進臥室休息的時候，辛巴走過去，用手按住媽媽的鍵盤。媽媽停下來問他：「怎麼？爸爸欺負我們辛巴啦，這麼不高興的樣子？」辛巴解釋說不是這麼回事，又把事情的來龍去脈說了一遍。

媽媽沒在意，也可能心思還在上網，不假思索地回答：「你爸爸整天就會胡思亂想的，哪像我們這麼好玩，就是吃啊玩呀的，多快樂呀，你別多想了。」辛巴可不這麼想，看媽媽把他的腳移開，想繼續上網，就又用腳按住鍵盤。

幾次後，媽媽換上嚴肅的臉色，又堅決地把他按住鍵盤的腳移開。但是辛巴態度也很堅決，把腦袋湊上去，用下巴壓住鍵盤，還瞪大他的眼珠子，盯住媽媽。媽媽嚴肅的臉只維持了一會，就忍不住爆發出笑聲，無奈地換了話題，伸手去拿了餅乾盒，拿出一塊餅乾，放在手掌心壓碎。

辛巴立刻把下巴挪開，抬頭盯住媽媽的手。媽媽笑著把餅乾給他。辛巴叼住，喀擦喀擦地咬起來。吃完後，媽媽張開手，辛巴好像忘記了剛才的問題了，轉身離開，走到水盆前，吧嗒吧嗒地喝了一通水後，走去臥室睡覺了。

接下來的幾天，辛巴似乎有了心事，走到爸爸跟前的時候，總是默默地看了他，不言語。爸爸開始沒察覺異常，也就沒尋問他，等覺得哪裡不對勁後，就問他：「辛巴有不高興的事？」辛巴搖頭。爸爸嘆息了一聲，說：「是呀，沒什麼不高興的，我們的書那麼暢銷呢，對了，有點錢了，你想用來幹什麼呢？」

辛巴好像被爸爸說中了心事，呵呵地咧嘴一笑，但又收斂起來。是

啊，辛巴是有個想法，但還沒有想透。爸爸摸摸他的腦袋，鼓勵他說：「那就好好想想，有想法，才能有行動嘛。」辛巴到客廳後，他又給露西他們通電話，小聲商量什麼。

有時看爸爸出來，他就不出聲了。爸爸問他，他只是說：「我們還沒有想好呢。」爸爸也沒當是一回事，只用手拍拍他的腰身，說：「嗯，好好想想。」然後又走回房間去忙自己的事了。辛巴呢，又抓緊時間，和自己的夥伴繼續商量事情。

第 106 章

這天，爸爸寫完了一篇文章後，坐在椅子上伸懶腰，突然意識到什麼，很奇怪呢，因為辛巴今天太老實啦，一點也不像平日那樣，早上起來就纏著他要玩耍，他不答應時，還會固執地把腦袋放在他的大腿上，連前腿也要搭上來的。

每當這個時候，爸爸會摸摸他腦袋，有點敷衍他。如果辛巴不滿足，就會用鼻尖頂他的手。爸爸把他撥開。他又把腦袋貼上來，瞪大眼珠望著爸爸。爸爸惱了，會用手把他的腦袋按住不讓他動。幾番之後，辛巴感到不能得逞，才沮喪地走回窩裡趴下，等爸爸寫完再說。

可這幾天呢，辛巴似乎一直就沒動靜呢。此時，爸爸感到好奇，就轉身去看辛巴。他正趴在窩裡，前腿放在睡盆邊沿，下巴抵住腿上，兩眼發直，像在想心事。爸爸喊了他幾聲，他才轉過頭來。爸爸問他有什麼心事。辛巴沒出聲。

爸爸起身，走過去摸摸他的腦袋，然後走到客廳裡，吃媽媽做好的早餐。他發現辛巴沒有跟出來，就喊了幾聲辛巴的名字。過了一會，才見辛巴慢悠悠地走到客廳，咕咚一聲，在爸爸身邊躺下來。

爸爸吃完早餐，若有所思地看了辛巴一會，就喊他把梳子叼過來。開

始辛巴沒聽見，爸爸又拍了拍他的身子，他才起身把梳子叼過來。爸爸一下一下為他梳理毛髮，還問他是不是有什麼心事，說今天他的表現很奇怪，是不是身體不舒服了。

辛巴欲言又止，一臉木然地站那，讓爸爸給他梳毛。之後，爸爸望了望天，起身說：「我們出去運動吧？」辛巴對此不置可否。爸爸沒多說什麼，給他套上了項圈和狗繩，出去快步走起來。不過，爸爸發現，今天辛巴好像沒有從前那樣的興奮。

又路過車站的時候，爸爸對辛巴說：「你看看，我們的書賣得那麼好，還有什麼不高興的呢？」辛巴站著不動，盯住那個海報若有所思地看了很久。爸爸感到奇怪，拉他繼續往前走。辛巴走得慢悠悠的。後來他停下來，說要和爸爸商量一件事。

爸爸笑笑，說：「就等你開口呢。」辛巴這才把他和蘇菲等夥伴商量的事告訴了爸爸。辛巴說，他們到 E 星球已經有些時間了，適應過來後，也想幹點什麼事，要不然生活也太無聊了，總是玩啊吃的睡覺啊。「你們都說了，我好像只會吃和玩呢。」辛巴嘟囔道。

爸爸一臉的驚訝，說：「你還在乎我們的調侃啊？」辛巴有點不好意思，說：「你們說的也是對的。」在他們一起返回的路上，辛巴詳細說了他們的計畫。辛巴說自己和露西等商量過了，想開個工作室，做點力所能及的事。

「從小事做起。」

辛巴說，大事不好說，但小事總是能做的。「我能送快遞，送信；露西能搬些東西；蘇菲能教人唱歌識字表演；亨利呢，嗯，這個我沒想好，但總有適合他的事。或說不定，哪天我們合作演戲呢。反正我們可以各盡其能地做些事的。」

辛巴一改之前的少言，越說越興奮，走著走著，就停在了路邊和爸爸說起他們的想法來。「媽媽會同意嗎？」辛巴突然停下來，急切地問爸爸。

爸爸摸了摸辛巴的腦袋說：「那要看你用什麼理由來說服她了。」

辛巴很肯定地說：「我們想自食其力。」

爸爸聽到這句話，十分高興：「嗯，這個理由十分充分。」還答應給他當說客。辛巴興奮地站了起來，伸出前腿，搭在爸爸的肩膀上，把腦袋湊了上去，冰涼的鼻尖把爸爸嚇了一跳，辛巴好多年都沒這樣對他表示親熱了。

一大一小回到家後，爸爸繼續工作，而辛巴就在家裡走來走去踱步。爸爸休息時，會起身查看他的動靜。「有事？」看到爸爸這麼關切地問他，辛巴走過來，用鼻尖頂頂爸爸的大腿，還搖搖頭。「哦，等媽媽回來。」爸爸明白過來，笑了。

媽媽下班回家後，辛巴跑到門口去迎接。媽媽彎下腰，捧了辛巴的腦袋和他玩了一會，然後起身忙晚飯。辛巴在廚房轉來轉去，最後躺在地板上。爸爸出來看他躺在地板上，就批評他：「人家一不小心就踩到你了，一邊去一邊去。」辛巴十分不情願地起身，挪到客廳與廚房之間的門口躺了，不過，他把腦袋對著客廳。

爸爸哼了聲：「有意見呢？」辛巴動了動腦袋，眼珠轉了轉，沒出聲。媽媽把飯菜端上飯桌後，辛巴也起身了，走到媽媽身邊蹲下，鼻尖頂頂她的手。媽媽便一手握了辛巴的腳掌，一邊吃飯。爸爸不滿了，說：「你這樣人家怎麼吃飯呀？」辛巴有點尷尬。媽媽替他撐腰：「別理他，他就喜歡管教別人。」

辛巴聽了，呵呵地咧嘴一笑，但不敢太放肆。媽媽吃著飯，還問辛巴白天都做了什麼。爸爸笑咪咪地看著他。辛巴不敢說了。媽媽說：「你眼睛別看他，自己說。」辛巴望了望媽媽，吞吞吐吐說了自己的計畫

爸爸剛想開口，媽媽就堵住他說：「多宏偉的想法啊，媽媽堅定地站在你這邊的！」辛巴一聽，激動得站立起來，伸出手摟住媽媽的肩膀，嘴巴湊上來，把媽媽塗了一臉的口水。

「好啦好啦，一得意就忘形了。」

爸爸朝辛巴做鬼臉。媽媽掙脫辛巴的熊抱後，本來想批評爸爸的，沒想到辛巴又站起來，在她耳邊說：「爸爸早同意了。」媽媽偏開臉，擦了擦辛巴的口水：「咦，他沒批評你啊？」

晚上，辛巴很高興地給夥伴們打電話，通報了他的遊說成果。當然，也焦急地等待亨利說服他的爸爸媽媽。「就差他了。」辛巴掛斷電話，屁顛屁顛地向媽媽爸爸說明情況。「要不然要向新聞界發個消息呀？」爸爸笑咪咪地看著辛巴。

辛巴興奮得躍起，爸爸以為他會朝自己奔來，做好了迎接的準備，沒想到這淘氣包跑去他的狗窩裡，把媽媽給他那個枕頭叼出來，纏住爸爸和他玩拋球和拔河遊戲，玩了一陣又激動起來，自己抱了枕頭耍起流氓來了。

對此，媽媽和爸爸都忍俊不住，大笑起來。

第 107 章

辛巴把他們的工作室命名為「星＋球」。爸爸問他：「星」和「球」是什麼意思。辛巴說合起來是「星球」的意思，表示「大」和「遠」的意思，我們不都來自遠方嘛。媽媽聽了，高興地蹲下來，摟住辛巴，摩挲他的腦袋，說：「辛巴有遠大理想。」爸爸沉吟一會，說：「幹嘛要把兩個字拆開來呢？

辛巴一邊在媽媽的摩挲中掙扎，一邊歪了腦袋望著爸爸，解釋說，這樣「多義」些：「球」就是說，我們來自地球：「星」呢，也可解釋為「星星」或「E 星」，這是我們落腳的地方。辛巴最後小聲地補充道：「當然，也可以解釋為 —— 我們都是明星嘛。」

爸爸聽了哈哈大笑：「原來你也有虛榮心的！」媽媽白了爸爸一眼，哼了一聲：「別理他，他嫉妒。」媽媽摟住辛巴，又用力地摩挲起他的身子，

讓辛巴掩藏掉不好意思。

　　爸爸調侃完，又嚴肅起來，一本正經地討要辛巴的計畫書。「我不會寫字，只能口述內容。」辛巴眼巴巴地望著爸爸。媽媽對爸爸的搗蛋看不下去了，嚴厲地命令爸爸進房間去寫作，然後請辛巴來到沙發前，詳細地把計畫給她娓娓道來。

　　接下來，辛巴和夥伴全心投入工作室的籌辦。他們的媽媽和爸爸都給予了各方面的指導和幫助。辛巴的爸爸用毛筆替他們寫中文店名；蘇菲的媽媽寫了藝術體的英文店名。露西爸爸則幫忙把大家的照片印在宣傳單和名片上；亨利的爸爸和媽媽，則幫他們搬運裝修材料和店鋪裡的家具。

　　忙呀忙呀，不久後，地球自治區裡，出現了一家十分獨特的工作室，它的員工都是動物，而且還是明星動物，一經媒體報導，立刻吸引了無數的眼球。開業那天人如潮湧。「人山人海。」蘇菲用了一句中文來形容，還問辛巴對不對。辛巴點頭，還轉身對亨利說：「終於見識到了吧？」

　　本來，工作室的剪綵嘉賓，是由爸爸和媽媽們擔任的，沒想到 E 星王子突然光臨了，一起加入到剪綵嘉賓的行列裡來，這讓現場氣氛更加熱烈。完成剪綵後，王子笑咪咪地把自己的孩子推到辛巴面前，說小王子十分喜歡辛巴和爸爸合寫的《人類消失了》系列叢書和爸爸寫的《不離不棄》，想請辛巴和爸爸簽名。

　　辛巴好激動，跑向媽媽和爸爸，用鼻尖頂他們的手。爸爸很高興地掏出筆，在小王子帶來的書上簽名。辛巴有點為難了，焦急地望著媽媽。媽媽彎下腰，在辛巴耳邊嘀咕了幾聲，辛巴就讓媽媽幫忙，把書攤開地板上。

　　辛巴在這些書面前，輕輕地吸了一口氣，然後小心地用前爪子，依次在那些書上的扉頁上，在爸爸的簽名旁邊，按上了手印。大家看了都拍掌大笑。王子對他們四個朋友說：「以後小王子就等著看你們的開店日記了。」大家又是一陣大笑，然後目送王子上了馬車走遠。

為慶祝工作室開業，他們還為寵物們舉辦了專場表演晚會。辛巴和夥伴來 E 星後，他們組了樂隊，學會了很多樂器。露西學會了彈鋼琴，彈吉他，打鼓；亨利會彈古琴和豎琴了，當然，他彈古琴的時候，會請教辛巴的爸爸，因為古琴來自中國嘛；蘇菲呢，當然是樂隊的主唱了，她還學會了用 E 星語言來唱歌；辛巴呢，樂器沒學會，但學會了用腳敲鼓點，他的和聲水準也不錯。現在，在藍盈盈的星空下，廣場上擠滿了各類寵物，他們都想一睹樂隊的精彩表演。

臺上只擺放了話筒，除此之外，空空如也。大家都踮起腳尖，想從各自的腦袋和肩膀的縫隙裡，看演員們使用的是什麼樂器。可他們什麼也沒看見。大家心裡嘀咕，也許辛巴他們準備倉促，或許會隨身攜帶。可等辛巴他們站在臺上的時候，他們手上身上還是空空如也的。

待上臺後，辛巴轉頭對蘇菲說，哇，第一次見到這麼多同類。蘇菲不由得有點緊張起來。辛巴走前幾步，站了起來，很響亮地衝天上的星星和月亮「汪汪」地大叫一聲，寵物們漸漸靜默下來，等待表演的開始。

辛巴說，今天是原聲表演，不用樂器。一聽這話，寵物群裡響起了質疑聲。露西用手指敲了敲話筒，讓大家安靜下來。蘇菲清了清喉嚨，說表演馬上就開始了，她還用 E 星語言重複了一次，因為她看見寵物群中有 E 星人的寵物。

大家正好奇，露西站在話筒前，抬起她那有力的手臂，一拍胸部，一下，兩下，一下，兩下，咚 —— 咚 —— 咚咚，一聲長一聲短，響起了有節奏的鼓點聲。剛才的喧嘩聲立刻消失了，大家的注意力都集中在舞臺上了。

辛巴跟了露西搖胸的節奏，也用腳踩著舞臺的地板，和露西的鼓點配合在一起。蘇菲開嗓唱起來，亨利發出咕嚕，呼嚕，喵喵的擬聲。辛巴踩腳，咚，咚，咚咚，咚，和露西的鼓點應和著，又不時站起來，扭動身體，走前，退後，用手抱了話筒，嘴巴衝了話筒，汪，汪，嗚嗚，啊啊；

三個夥伴一起給蘇菲和聲。

　　觀眾們開始是驚詫，有十幾秒是處於發呆狀態，後被鼓點敲醒了，並漸漸甦醒過來，扭動身體，舉手拍掌呼叫與辛巴他們應和。一時間，舞臺上歌舞飛揚，咚咚的鼓點，敲得臺下的觀眾心臟猛跳，咚咚，咚咚，觀眾也拍胸，踩地，擬聲，跟了臺上的節奏，喊起來，唱起來，舞動起來了。

　　看到觀眾狂熱起來，辛巴和夥伴們的表演更起勁了，在舞臺上跳啊舞呀，對著月亮，對著星星，對著觀眾，辛巴猛地搖頭，跳動，轉圈，把大尾巴搖得如旗幟；蘇菲唱了一首又一首，用中文，用英文，還用 E 星語演唱，並在她強大的和聲隊員的配合下，唱得蕩氣迴腸，讓觀眾瘋狂痴迷。

　　晚會結束後，觀眾們四散，各自找地方繼續狂歡去了。本來，爸爸媽媽們想散場後把大家接回家的，但辛巴說，他們想今晚回工作室內狂歡，然後自己走路回家。爸爸媽媽們商量後，就各自先回家了。

　　辛巴和夥伴們回到工作室，心情還沒平復下來，在工作室內轉來轉去，摸摸這，看看那，把工作室裡的設施都看了一遍。然後，亨利看到屋角裡有王子送的一瓶好酒，便提議喝一杯慶賀。大家都同意了。露西拿了杯子，倒了四杯，放在茶几上。

　　露西舉起酒杯，說：「乾杯！」可話說完，她就笑了起來，想看他們怎麼個喝法。蘇菲單腿獨立，十分靈敏地用右爪子抓起酒杯喝了起來；辛巴轉動了一下眼珠，淘氣地把舌頭伸進杯子裡，卷起酒來喝，不過，由於杯口有點小，他要努力伸長舌頭；亨利看了他一眼，也照樣喝起來。四個夥伴互相看了一眼，調皮地哈哈地笑起來。

　　他們喝完，露西又給大家倒上，再喝，就這樣，不覺大家都喝多了，開之後慢慢地和地板親近起來，四個夥伴的身體，也彼此親近起來，呀，他們有好久沒這麼擁抱在一起睡覺了呢。

　　第二天，媒體上報導了晚會的消息，說晚會很成功，會場上千百隻寵物一起歌舞，喊聲震天動地的，周圍居民以為晚會出了意外，都紛紛跑出

來看個究竟，後又被維持次序的志工們勸說回去了。

第 108 章

由於 E 星上宣導環保生活，地球人的生活節奏，稍稍變得慢些了，一些老式的生活方式，又重新流行起來。比如，原先用慣了電子郵件的人，現在喜歡上了手寫信，說這帶有體溫和親切感，特別是一些年輕人，還喜歡請人送給收信人。那些喜歡玩新奇手法的，就請辛巴他們代送。

開始為了速度快些，公司派蘇菲帶了信件飛過去，不想人家並不滿意，說這方式太快了，這少了很多故事和浪漫。辛巴拍拍胸脯，說這還不好辦嗎？於是他成了郵遞員。他踩著懸浮滑板工作。這天，辛巴到了公司，和大家打過招呼後，讓露西替他穿好夾克背心，把郵包掛好，踩上滑板就出發了。

辛巴飛過無數房子的屋頂，看見上面用作綠化種下的花花草草，把屋頂裝飾得美麗無比。他沿路飛過一群小孩的頭頂，被他們看見了，就哇哇地喊著向他招手。辛巴高興地汪汪叫和人家呼應。飛呀飛呀，掠過樹梢，他降落在一棟樓房前，開心地吐著舌頭喘氣，然後舉起腳按門鈴。

一個女孩開門被嚇了一跳，猛力把門又關上了。辛巴又按了門鈴。但是人家不開門。辛巴急了，汪汪地喊人家開門。一會，那女孩遲疑地把門開了一條縫，問辛巴想幹嘛。辛巴說他是送信的。那個女孩狐疑地盯住他看。辛巴作了解釋後，那女孩才將信將疑地把門打開，按辛巴的指示，把那封放在郵包裡的玫瑰紅的信找出來看。

看見熟悉的手寫筆跡，那個女孩驚喜地叫了起來，連聲向辛巴道謝。臨走，辛巴徵求意見回饋的時候，那女孩歪了腦袋一想，隨手把大辮子甩到身後，說：「我寧願速度更慢些。」辛巴聽了，心裡有了新想法。

辛巴在接下來送信的路上，一邊飛一邊思考那女孩說的話。回到公司後，辛巴把一路上的所見所聞和夥伴們分享。露西說她今天也很高興，送

了一個大包裹，雖然很重，但因為踩了懸浮滑板，對她來說，小菜一碟。亨利一邊用小舌頭舔溼信封一角，接過蘇菲叮給他的公司標籤，舔溼貼上，用小腳踩實，用手一撥，堆在桌子一邊。

檢討的時候，辛巴說，總結這些天來的情況，他提議，乾脆把快遞業務取消，只經營慢信業務，就是只收送步行送達的郵件，這樣更有經營特色。夥伴們對此紛紛發表意見，吵了一輪後，大家覺得多元經營為好，但可做微調。

辛巴解釋說，以後快遞很多人都能做的，競爭大，我們的送達方式，應該獨特嘛，大包裹重，還是保留滑板快遞送達，其他信件只用慢遞的方式。蘇菲擔憂地說，那你不是要跑斷腿了？辛巴說，我們規定不設送達的時限，依據工作量靈活調整，這樣我就工作運動兩不誤了。

辛巴站起來，讓他大家看他的肚子。「吃得多，動得少了。」露西捏捏他的肚子，說還好，稍稍有一點胖。「媽媽做的肉餅真好吃。」辛巴嘀咕了一句，又刺溜一聲，把要流出嘴巴的口水吸了回去。

下班回家一看，回來的時間有點晚了，媽媽回家做好了飯。她看見辛巴回來，高興地問辛巴：「今天怎麼樣？」辛巴走到媽媽跟前撒嬌，說：「走了一天。」媽媽摸了他的腦袋說：「看我們辛巴多勤奮啊。」爸爸笑了說：「以後就不用吵著要我帶你出去走了。」

辛巴有點失落，和爸爸在一起的時間少了呢。媽媽安慰他說：「有得有失，再說呢，你夜晚回家，還不是和我們一起嘛。」辛巴點點頭，說：「這下知道媽媽工作是很累的了。」媽媽笑了誇他：「看來，我家辛巴長大了，能體會到大人的辛苦了。」

吃飽飯，辛巴有點睏，跟了爸爸進房間，看他打開電腦，就問：「爸爸寫了一天嗎？」爸爸說是的，晚上繼續。辛巴問道：「爸爸今天沒運動嗎？」爸爸嘆息了一聲，說：「唷，看來沒有你這個教練監督，偷懶了。」辛巴說：「那不好。」爸爸說明白：「明天補上。」

辛巴還想說什麼，爸爸摸摸他的腦袋說：「你先睡，忙了一天，很累的。」辛巴哼哼哈哈地應答起來，腦袋一觸到狗窩，他就癱下睡著了，其間不時發出哼哼唧唧的夢話。由於把腦部裡做噩夢的記憶刪除了，現在辛巴不再做噩夢了。

辛巴剛來到 E 星的那段時間，爸爸每晚都沒能睡好，因為他想在辛巴作噩夢的時候及時把他喊醒，所以過於警覺得有點失眠了。他擔心辛巴被噩夢驚擾，又奇怪他怎麼能睡得那麼好。後來他小心地向辛巴探問，辛巴這才啊地喊了一聲，不好意思地解釋，他在飛來 E 星的飛船上，把噩夢記憶刪除掉了，本來想給爸爸一個驚喜的，沒想到初來乍到，新鮮的事物太多了，目不暇給，他竟然把這事忘記了。

爸爸悵悵地舒了一口氣，說，太好啦。現在，辛巴睡覺的時候，爸爸也能睡個安慰覺了，雖然他還是老失眠，但少了那些忐忑不安。反過來說，這也能讓辛巴睡個好覺了。

第 **109** 章

自從有了工作室後，辛巴就忙累起來了，但他很開心，因為一來可以為爸爸和媽媽分憂，二來嘛，可以自食其力，三來，呵呵，可以做自己想做的事，一舉多得。所以辛巴工作起來，身體勞累，心情愉悅，回到家裡，還有了很多的話題可以和爸爸媽媽分享。

這天，辛巴到了工作室，穿好夾克掛好郵包，裝好信件，又喜滋滋地出門了。辛巴不踩懸浮滑板後，有更多的時間走在地球人自治區裡。每一條街道，小巷，他都走得不急不慢的，細心品味，還在選好的地點，尿上一點，作上記號，這樣他下次再來，就不會迷路了。他喜歡這樣走走停停，一嗅到別的寵物留下的味道，他會興奮，嗅探，然後猜測未曾謀面的動物的身高，體長，樣貌等等，太好玩了。

辛巴的腦子十分好用，能把收件人的姓名地址，都記在腦裡。辛巴走

啊走呀，按信封上的地址姓名，送出一封封的信件，看到收件人喜悅的臉色，能給那麼多人帶去快樂，他感到這份工作十分有意義。

當他送掉最後一封信的時候，身上掛著的郵袋空落落了，而他滿滿的心好像也空落下來，有終於做完了工作的輕鬆，也有一點點的失落。不過，他安慰自己，明天還有信件要送呢，永遠都會有那麼多事要做，他會過得很充實的呢。

他走得有點累了，步伐放慢下來，他喘著氣，邊走邊找門牌號碼。這個位址有點難找：「地球村 10001。」辛巴找到了 10001 號，按了門鈴，人家應門出來，詢問後，人家說不對啊，他走錯門了，辛巴就離開了，走了一段路，他停下來，想了想，又返回來，按門鈴，人家還是說不對。

辛巴失望地離開後，走了幾條街，找了一遍，覺得還是沒有錯，又返回按門鈴，人家不肯開門了。辛巴急了，就汪汪地叫。人家出門吼他，說再亂叫，就叫員警了。

辛巴只得離開，可走呀走呀，還是不服氣啊，他覺得自己的記憶力應該沒有問題的。他走了幾條街，心情十分鬱悶。他走到一個車站站牌下的時候，他站住了，望著公車線路牌發呆了一會，突然心裡一亮，明白過來了，他激動地汪地叫了一聲，把等車的人嚇了一跳，等回身看他的時候，辛巴早已高興地跑遠了。

辛巴知道剛才犯錯了，他現在明白地址不是「地球村 10001。」可能是「地球村 1000I」，他把「I」看成了「1」了，於是他趕快跑向「地球村1000I。」跑啊走呀，在那個門牌號碼前，辛巴終於找對了，他心情一下大好起來。

辛巴喘定氣，有點激動地按門鈴，門很快就打開了。是個男性年輕人。他一看辛巴，臉上立刻堆上了不耐煩：「滾！」辛巴聽到這個詞，心情立刻涼了下來，但他沒有忘記自己的任務。他汪地叫了一聲。那年輕人火了，說，再叫，我揍你！

　　辛巴忙改說人話，那年輕人似乎受到了驚嚇，便愣在那裡。辛巴忙說明來意，年輕人回過神來，臉有喜色，激動起來，伸手去取出他的信件，手發抖地拆開信封，掏出信紙看起來。幾秒鐘，他的臉色暗淡下去，換上絕望和憤怒的神色。

　　辛巴小聲嘀咕了一聲，年輕人這才注意到他還在。他朝辛巴吼道：「滾！」辛巴傻眼了，頓了頓，張開的嘴巴沒合上。辛巴遲疑地挪到一邊，但沒離開。年輕人一瞪眼：「快滾！」辛巴張了幾次嘴巴，才小聲說：「你還沒有簽收呢。」

　　那年輕人一聽，激動起來，說：「太過分了，還要我簽收，太過分了！」他一邊罵娘一邊指著辛巴的鼻子怒罵起來。辛巴也不明白他說的是什麼意思。但他堅持說，他只是做好份內事，你們之間有什麼糾紛，你們自己解決好了，簽收完我就走。

　　年輕人看辛巴走，飛起一腳，把他踹得在地上滾了幾滾。辛巴汪汪地慘叫起來。但他爬起身後，還是不願意離開，堅持待在原地。年輕人怒火燒心，走過來又是一頓拳腳，先把辛巴打懵了，驚慌地東躲西藏的，慘叫聲不斷。那年輕人也許找到了出氣的靶子，追著辛巴拳打腳踢起來。

　　辛巴退到一處牆的角落後，年輕人冷笑著走了過來，正要上來給他一頓狠揍。此時，辛巴退無可退了，猛地躍起撲向那年輕人。年輕人沒料到會遇到這樣的反擊，被辛巴大叫一聲撲到在地。辛巴用嘴巴頂住年輕人的臉，張開大嘴，用舌頭牙齒壓住他的臉，雙腿死死地踩住他的胸口，不讓他動彈。

　　其實此時，那年輕人早就嚇傻了，躺在地上無力動彈，拚命躲避辛巴大嘴巴裡的牙齒，被辛巴嘴鼻呼出的熱氣薰得暈乎乎的。辛巴突然嗅到一股尿臊味。他喘著氣跳開後，注意到那個年輕人的褲襠溼了一塊。辛巴也覺得有點過分了，站在那裡不知道該怎麼辦。

　　年輕人躺在地上，辛巴站在旁邊。兩者相持了一會，那個年輕人喃喃

地說：「我簽，我簽。」他伸出軟弱無力的手，朝辛巴招手。辛巴小心地走過去，讓他簽好名，也像回過神來一樣，拔腿就跑遠了。

辛巴跑啊跑呀，一路不停留，直接就跑回了公司裡，把夥伴們嚇了一跳。等他喘了好久氣後，他才講述剛才發生的事。露西過來安慰他，伸手撫摸他：「什麼人都有呢！」辛巴說：「嚇死我了。」亨利說：「是你嚇尿他了！」蘇菲聽了就笑：「你們都把對方嚇死了！」這話把辛巴說得哭笑不得。

夜晚回家後，辛巴又把白天發生的故事和媽媽爸爸說了。媽媽一臉的驚嚇：「你沒把人家傷了吧？」辛巴想了想，小聲地說：「他好像尿溼了褲子。」爸爸一聽，不禁大笑起來，媽媽想制止也制止不了，笑聲充滿了房間。媽媽一想，也不禁受到了感染，也加入了大笑。辛巴開始傻傻地看他們笑了一會，先是狐疑，然後明白過來了，也加入歡笑中。

等爸爸捧了肚子笑不動的時候，他說，他要把這個關於「狗急跳牆」的新故事寫進書裡去，然後就急急地奔進房間去寫日記了。「爸爸又發神經了。」媽媽摟了辛巴，一邊給他梳毛一邊安慰他，說：「社會上什麼人都有，遇上了就遇上了，當作以後的經驗。」

辛巴半懂不懂的，瞇眼享受媽媽的撫愛。不過，想起白天的遭遇，他還是害怕的。夜晚睡覺的時候，他還想著這事件，想著爸爸和媽媽給那年輕人找的理由：「也許他接到的是熱戀的女孩的分手信，也許是不為我們辛巴知道的壞消息。原諒他吧，不要在心裡留下陰影。」

第 110 章

週六早上，爸爸起來的時候，辛巴還趴在窩裡。他看爸爸起床穿衣服，就把腦袋抬了一下，又放回狗窩的邊緣，下巴枕在自己的手上，目光直直地想心事。爸爸走過來，用手摸了摸他的腦袋，辛巴才抬起頭，扭頭望了爸爸一眼，打了個哈欠。

爸爸笑了一下：「Good morning！辛巴累了吧？」辛巴上班的這段時間，早出晚歸是家常便飯，平常他早上起得早，晚上回來吃過晚飯，和爸爸媽媽撒一會嬌後，就睡眼惺忪了，回到窩裡立刻就能睡著，這有生物鐘的原因，也有勞累的原因，當然，早睡也好，能保證他能早起，不會誤了上班這大事。

不過今天是週六，辛巴可以賴一會床。他轉動腦袋，看爸爸做了幾個伸展運動後，他也搖搖晃晃地站起來，走出狗窩，在爸爸身邊，伸前腿，提後腿，伸拉脖子，張嘴朝天嗚啊地長哼一聲，再一低頭彎腰伸前腿，完成了一個大鞠躬，算是把睡意全趕走了。

「今天我們去看奶奶他們吧？」

辛巴聽了很興奮，他好久沒有見到奶奶他們了，平日裡他也想不起來，一整天在外面跑，回家累壞了，還要抓緊時間默記第二天送信的地址和姓名，沒有時間去想別的事。現在爸爸提起，他想正好啊，可以向奶奶講講自己的近況。

辛巴興奮地跳起來，猛跺了幾下腿，外面做早餐的媽媽聽到了，閃進來問發生了什麼事。辛巴跳過去，用腦袋蹭蹭媽媽的大腿，問媽媽是否也去。媽媽說當然啦，吃完早餐就去。

辛巴趕快跑去廁所解放，他站起來，用牙齒咬住馬桶水箱的拉繩，沖了馬桶，然後出來。辛巴現在突然想起，人類從地球消失後最初的那幾天，他上廁所不能沖廁所的窘境，就不禁暗自發笑起來。這一回憶讓辛巴突然又有了一點點的傷感，沒想到來 E 星一住就這麼多時間過去了。

「地球現在是如何的狀況？」

辛巴嘀咕著出來，找媽媽要了自己的那份早餐，三兩口就吃完了。媽媽批評他說：「怎麼像你老爸總是浪費我的辛苦結晶呢？」辛巴張嘴吧嗒吧嗒，又轉動著舌頭，舔著嘴角和鬍鬚上黏著的肉沫殘渣。媽媽盯住他，豎起指頭：「一下，兩下，三下！」這辛巴搞得十分不好意思。爸爸笑了，

說：「要淡定，媽媽的批評無傷大雅。」

辛巴用鼻子一會頂頂媽媽，又過去頂頂爸爸。媽媽笑了，爸爸說：「先一邊去，你搗蛋，我們會吃得更慢。」辛巴聽懂了，轉身就去狗窩裡把他的小圓柱枕頭叼出來，徑直跑到客廳去玩了。

過了一會，他聽到媽媽洗碗的聲音，立刻丟下玩具，跑到廚房來查看，看媽媽收拾好餐具後，他又跟前跟後地看媽媽收拾要帶的物品。看到爸爸拿狗項圈和狗繩的時候，辛巴一副委屈的表情，他都能獨自出外做事了，還用帶這些傢伙嗎？

媽媽解釋說，以防萬一嘛，當然，主要是讓老人們放心而已。「奶奶住的是老人院嘛。」辛巴聽了，也理解了，立刻開心起來，蹲下來，讓爸爸給他套上項圈拴上牽繩，然後奔到門口等候帶路。

爸爸正要考慮坐哪一班公車去，辛巴提議走路去，這樣可欣賞沿途的風景，還可以順帶運動呢。媽媽稱讚他聰明，又問他：「你不累嗎？」辛巴說不累，一轉頭，又噔噔地小跑起來，在前面引路，他跑送信的時間久了，對這些片區的街道都很熟悉了。

媽媽和爸爸跟他小跑了一段路，氣喘吁吁地喊他停下：「一直跑步的話，還怎麼欣賞風景呀？」辛巴馬上停下腳步，是啊，怎麼沒想到這個呢，更沒想到，媽媽和爸爸年紀也不小了呢。辛巴嘿嘿地伸長舌頭喘氣。

他們一起慢走起來。「地球此時應該是春天了。」媽媽看著人行道兩側剛剛吐芽的枝條情不自禁地說道。「我種的那些玫瑰肯定也出芽了。」爸爸跟著說道，他還提到，從前中國的北方人，喜歡用香椿樹綠芽做菜，據說用來炒蛋十分好吃。辛巴想了想，說：「那些菊花大概也正開著呢。」辛巴用舌頭舔了舔嘴角，回味了一下他吃過的那些葉子的味道。

媽媽指著路邊的櫻花樹和柳樹等談論她種這些樹時的情景。移居 E 星後，媽媽利用她學習過的園藝專業知識，不時參加義務植樹活動。辛巴吸了吸鼻子，努力想把花草樹葉的味道吸進肺部裡。他們說笑著走了一條街

道又走過了一條道路，最後來到了老人院。他們去櫃檯登記後，來到了奶奶和爺爺的房間。

奶奶正在看電視，見他們進來，高興地向他們打招呼。辛巴奔過去，用鼻尖和腦袋磨蹭奶奶的身體。奶奶開心地問他：「聽說辛巴工作了？」辛巴趕快驕傲地告訴奶奶他遇見的趣事，把奶奶逗樂得笑個不停。

辛巴偷偷觀察過爺爺，他一本正經地坐在沙發上，眼睛盯住電視，但也留心聽他講故事，表情雖然還是那麼嚴肅，可多了一份慈祥。辛巴講到那個年輕人被嚇尿的故事，他還呵地笑了一聲，又很快就忍住了，但笑容停留在了臉上。

這下辛巴放心了，講完故事，在大人敘家常的時候，他在房間裡轉來轉去，嗅嗅這裡，嗅嗅那裡。這期間，辛巴還為大家表演了跺腳舞，他用前腿跺，也用四隻腿跺，還站起來表演扭腰舞步，走前退後的，讓奶奶笑哈哈地稱讚他，自己也頓覺年輕起來。辛巴注意到，爺爺的身體也跟了節拍微微晃動呢。

離開的時候，爺爺竟然用還能動的左手，朝他擺了擺。辛巴感到十分驚訝，爺爺中風後，身體不便，右手基本廢掉了，只有左手還能用。在回家的路上，他把這個細節告訴給媽媽和爸爸，他們都十分驚訝，說：「是嗎？看來爺爺也是喜歡你的嘛。」

辛巴一路上想了很多，突然有了個好主意，對媽媽和爸爸說，哪天和露西他們一起來表演節目給老人院的人看。「這小傢伙的腦袋真了得。」辛巴更正說：「我可是大傢伙啊。」爸爸和媽媽都大笑起來，還彎腰摸他的腦袋以示贊許。辛巴高興得汪汪地大叫起來，跳起來朝前奔去。

第 111 章

這天，辛巴進了工作室，整理要送的信件。其他夥伴也陸續進來，大家一邊為新的一天做準備工作，一邊隨口閒聊，談及自己週末的趣事或活動。辛巴隨口說他去老人院探望奶奶爺爺了，還提到了表演節目的事。

蘇菲聽後很心動了，說哪天她也去走走。露西拿了一疊毛巾進按摩室前，隨口也問道，她也許能做點什麼。亨利說也算上他一個吧。辛巴說：「你去能幹嘛？」亨利一時語塞，但很不服氣。露西對亨利說：「他逗你玩的，去了就知道能幹什麼了。」亨利這才一撇嘴唇，哼了一聲。

露西把信件裝進辛巴的郵袋後，辛巴就出發了。他休息了一天，再加上心情愉快，要發的信件又不多，所以他的步伐就走得比平日悠閒，換句話說，他有更多的機會看熱鬧。他走走停停，路過十字路口的時候，看見有人因為騎車相撞而爭執起來。

辛巴耳尖，聽到爭吵聲，就停下腳步，站在路邊望過去，看事態如何發展。很多人跑過去，有看熱鬧的，有勸說的。但那兩人各執一詞，高聲為自己辯護，都說自己有理，對方沒理，雙方的情緒越說越激動，最後說不過對方，動手打了起來。

辛巴飛快地跑過馬路，也加入到人群中去勸架，可人群密集，而且不停地移動著，一會東，一會西，再左右搖擺，鬧哄哄的。辛巴跟著人群前進，退後，也左右搖擺。他看不見打架的人，只看見人群裡許多腿不斷地移動。

他也學人那樣高喊：「別打啦！別打啦！」可一點效果也沒有，沒有人聽他的勸說，也許沒有人能聽懂他的話，後來移動的那些腿，有一隻踩中了他的腳，他驚慌地大聲哀鳴了一聲，立刻把人群嚇得四散而逃。

剩下兩個打架的人，還扯住對方的衣領，一個在質問對方：「你找打嗎？」另一個質問對方說：「你知道我的屬害了吧！」兩人也許還沉浸在兩

人對抗的世界裡，沒有注意到身邊情況的變化。辛巴汪汪地大叫起來，還衝上前去，站起來勸架。

那兩個打架的人一見，立刻被辛巴嘴巴的熱氣噴傻掉了，抓住對方領子的手，先是停下了，然後是軟掉，鬆開了，之後兩人哆嗦著鬆開對方，趕快扶起跌在地上的自行車，也逃掉了。一時間，原地就剩下辛巴一個了。

辛巴呆呆地站了幾秒鐘，才放下身段走開，自言自語說：「怎麼回事？都突然跑掉了？」他有點困惑，走回到人行道，他邊走邊想這個問題，還是沒能弄明白。他為那個女孩送信的時候，人家喜滋滋地拿了信件，還關切地問他：「出什麼事了？」辛巴回答人家說：「不知道呢。」那女孩關門的時候還嘟囔道：「好奇怪呢。」

辛巴回到公司後，隨口問：「露西呢？」亨利懶洋洋地擺了擺頭：「在裡面呢。」辛巴進了按摩室，看見客人正在穿衣服，露西在整理按摩床上的被單和枕巾。她送客人出去後，才注意到辛巴的臉色，就問道：「誰惹你不高興了？」辛巴搖搖尾巴。

露西跳上按摩床，躺下，雙手枕頭，兩腳交叉翹起，兩眼盯住天花板，嘴巴喃喃道：「奇怪。」辛巴發了一會呆，突然對露西說：「妳趴好，我幫妳按摩。」露西聽了，沒反應過來，扭頭問他：「你說什麼？」

辛巴說：「我幫妳按摩。」露西咯咯地笑起來，把手抽出來，按在腦袋上：「我沒聽錯吧？」辛巴說：「妳翻過去睡好。」露西猶豫了一下，笑嘻嘻邊轉身趴下，把臉朝下，放在按摩床的那個圓孔裡。

辛巴跳上去，四隻腿落到露西的後背，她厚實的背部肌肉一滑，辛巴差點掉了下去，不過他很快找到了平衡點，然後慢慢找對位置，一下一下地在露西的後背上踩踏起來。熟悉一段後，辛巴可以在上面慢跑了。露西被他弄得咯咯笑，想移動。辛巴就喊：「不准動，不能動！」露西就喊：「沒想到你還有這招呢。」

蘇菲和亨利在外間聽到了，以為發生了什麼事，就一起進來看個究竟。「你們幹嘛？」他們兩個被眼前的情景嚇傻了。辛巴這才跳了下來，呵呵地喘氣。亨利想露一手，也跳上按摩床給露西按摩。他在露西背上學辛巴那樣做，卻惹得露西咯咯地笑個不停：「哎喲，哎喲，受不了啦！癢死了！」

亨利太輕了。露西跳下按摩床後，一本正經地問辛巴：「沒想到你有這招呢，誰教你的？」辛巴搖頭說沒人教過，說是在露西工作的時候，他留意過而已。露西稱讚他說：「手法不錯，不過，跟我正式去找專家學的，還有一段距離，不過已經算很好了。」

辛巴聽了，原先憂鬱的臉換上了喜色。他和大家說起路上發生的事，大家七嘴八舌地議論起來，意見說了很多，但又不敢肯定，純粹是猜測，一時也沒辦法給他找出原因來。人類的事嘛，總還有許多是他們動物所不理解的。

回家的路上，辛巴心事重重的，心想那就回去問問爸爸和媽媽吧。他一路急急地走，到家後猛按門鈴。爸爸給他開了門，注意到他的臉色，就問：「怎麼啦？一臉的困惑呢。」

辛巴連水都來不及喝了，哇啦哇啦就把白天發生的事說了一遍，然後又不斷補充前面遺漏的細節。爸爸想了想，又追問了幾個細節，然後一拍辛巴的背，把他嚇了一跳。爸爸說：「我明白了！」此時，媽媽也回來了，進門放拖鞋的時候，聽見爸爸這麼說，就問：「你明白什麼了？」

爸爸一笑，說：「你開始說人話，人家把你當作人群中的其中一人，在那麼混亂的情況下，自然沒人留意到你，後來，有人踩痛你的腳，你驚叫一聲，狗叫聲自然把人嚇跑了，特別是亞洲人。再後來呢，那兩個打架的人，對別人當然不怕，但卻會被你這個異類嚇壞了。」

辛巴聽爸爸這麼解釋一通，還是似懂非懂：「你們不是說，我是家庭的一分子嗎？」媽媽笑了，說我們辛巴有顆善良純真的心，又安撫他說：

「我們辛巴今天做了一件了不起的事。」爸爸也摸摸他的腦袋說：「對的，辛巴今天扮演了一下員警的角色，或者說，是路邊大媽的角色。」

辛巴聽懂了這個，喜滋滋地跑到客廳裡，把媽媽放在食盆裡的餅乾吃了個乾淨，又咕嘟咕嘟喝了一通水，然後跑回爸爸和媽媽跟前撒嬌，睡眼惺忪後，才搖搖晃晃地回狗窩裡趴下。

後來爸爸注意到，半夜的時候，辛巴說起了夢話：「爸爸媽媽，以後我給你們按摩吧，我的手藝很不錯的，連露西都這麼說的。」他的四隻腿還不時一下一下地踢動。爸爸看到後，對媽媽瞪大眼珠示意，媽媽會心地一笑。

第 112 章

露西告訴辛巴，她接了一單小業務，為一戶人家刷房子，但她從來沒做過，只看爸爸刷過牆。辛巴安慰她說，沒關係，從前我媽媽做清潔的時候，有人請她給地板打蠟，她一口就答應了。其實，她從來就沒做過，她放下電話，立刻就上網找給地板打蠟的影片，邊看邊學，很快就學會了，給人家打蠟的時候，人家都說她很專業呢，沒看出破綻來。

露西聽了，拍掌叫好，也如此這般炮製，上網找資料學習，還拉辛巴監督品質，結果效果出人意料的好，這讓他們兩個得意了好久。這天，露西和蘇菲和亨利道別，提了工具就出門去了。

辛巴隨後也離開了工作室，照例外出送信去了。陽光真好，暖洋洋的。看見那些走在街道上喜悅的人們，辛巴也很開心。當然，他有厚厚的皮毛覆蓋，並不懼怕春寒料峭的天氣。但今天的太陽有點熱了。

他在人行道上走著，看見媽媽指點過的櫻花樹，就走到樹下，歪著身子和後腿，在樹腳留下標記，然後又走啊走呀，走到另一棵柳樹，又在樹腳下留下自己的氣味和標記。他一邊走一邊重複這個動作，開心極了，他心想，我留下了路標，也給了媽媽支持。

辛巴想到這個「支持」就暗自樂了，傻呵呵地咧開嘴巴笑，把舌頭都掛出來了。嗯，走得有點熱了。他按信件的地址一封一封信派送。他走在路上的時候，突然遇見露西從對面而來，兩手空空的，急急地走在路上，臉上滿是沮喪的神情。

露西看見辛巴探詢的眼神，她張開雙手，做了個無奈的動作。辛巴問是怎麼回事。露西解釋說，她去到客戶那裡，才知道人家沒有梯子：「我們也沒有梯子啊！」露西悵悵地嘆息了一聲：「怎麼辦呢？」

辛巴眨眼想了想，說他有辦法，等他送完這最後的一封信。露西一聽轉憂為喜，連聲詢問他有什麼辦法。辛巴笑笑說回家再說。露西心急地跟了他去把最後一封信派完，然後又急急地一起回到了公司。

露西一邊走還一邊說：「要不然要在路上找家商店買梯子。」辛巴說公司裡有現成的了。露西問道：「你什麼時候買的？」辛巴說是我們自己做的呀。這麼一說，把露西搞糊塗了，但辛巴還是賣關子沒解釋。

回到公司後，辛巴用牙齒咬住把手，把牆角的櫃子門拉開：「這不就是嘛！」辛巴把磁力懸浮滑板拖了出來。他跳上去踩好，在公司裡飛來飛去，忽高忽低，前後左右移動：「還要梯子嗎？」辛巴扭動身體，在房間裡繞了露西，蘇菲和亨利飛翔。

露西明白了，開心地笑起來：「鬼靈精，我怎麼沒想到呢？」她拿了一套滑板也用上了，還說：「我這就去趕工。」辛巴急忙轉了個彎，追了上去：「我也去幫忙。」還沒等蘇菲和亨利問明事件的來龍去脈，兩個夥伴便一起飛走了。

來到工地，辛巴和露西開始工作。他們一邊工作一邊說笑閒聊。借助懸浮滑板的幫助，露西可以在任何一處高度停留工作，辛巴則幫忙把油漆罐帶到同樣的高度協助露西。

在為屋頂刷漆的時候，辛巴從滑板下來，咚咚地走在屋頂上，他走到一邊眺望那些蜂窩式建築，又奔到另一邊眺望遠處的山巒。喔，這綠化得

不錯，地球人吸取了部分過去的教訓，注重起環保來了。

露西先把屋頂刷了一遍，聽到辛巴喊了起來，原來，他赤腳走在屋頂上，不久就被燙得難受了。露西讓他踩了滑板懸浮在空中。辛巴只好踩在滑板上，看露西工作。不久，露西也受不了腳下的熱力了。不過，此時工作接近完成了。露西趴在滑板上，垂下手，一刷子一刷子補刷那些被遺漏的地方。

辛巴下來後，對露西說，這房頂怎麼不像其他房頂那樣裝太陽能電池呢，這樣不但可免除刷油漆，還能儲存光能啊。露西解釋說，也許人家是有特殊用途的。現在的人環保的觀念都有的，而且，房子的建造和改建，都要遵守嚴格的環保標準。

他們正收拾工具離開，房主回來了，看看完成的工作，看看他們，一臉的疑惑地：「咦，你們怎麼上去的，你們的梯子呢？」辛巴和露西對視了一眼，嘻嘻地笑了。等他們拿上工具，踩上滑板離開時，房東才恍然大悟：「太酷了！」

辛巴自從走路送信後，就很少踩滑板了，此時兩個夥伴突然興致很高，就在空中你追我趕的，興奮起來，還喊叫起來，把路上的行人都驚動了，抬頭張望指點，議論他們的空中滑板舞蹈。

後來，辛巴攜帶的油漆罐，在他急轉彎的時候掉了下來，砸中了一個看板，這才把他們的遊戲終止掉了。他們降落地面後，小心地處理好才離開。回到公司後，蘇菲和亨利追問起剛才是怎麼回事，辛巴和露西才如此這般的解釋了一遍，惹得他們咯咯地笑。

夜晚回到家裡，爸爸打趣地問辛巴，怎麼走路有點瘸，是不是搞蛋了？辛巴可沒意識到，或者說，他沒在意。媽媽聽見了，趕快把他叫過一邊，讓他躺下，一邊給他按摩，一邊仔細檢視他身體的各部分。

「狗狗的痛感不如人，但很容易受傷，所以給他按摩的時候，也是檢查他身體的好機會，如果按摩到某處，他感覺到痛或身體縮回去，那肯定

是有問題了。」

　　爸爸走過來，看媽媽給辛巴按摩，就嘮嘮叨叨地說了一通話。他對辛巴嘟囔說：「你看你看，我這作老爸的都沒你有福呢。」又追問他今天到底有沒有搗蛋。辛巴在心裡哼了一聲：「亞洲父母總在找孩子的缺點。」不過他沒說出來，只是瞇了眼睛在享受。

　　後來，他發牢騷說，那家人的屋頂太燙了，他還朝媽媽伸出爪子，媽媽檢查他的爪子，又給他抹了點藥膏，等他起身後，走在路上，就有點打滑了。他心想媽媽真好呢。他小心的走回自己的窩裡。

　　臨睡前，他迷迷糊糊地提到，他看到有小孩把路邊的看板砸了。爸爸一邊寫字一邊隨口說，損壞公物是不對的，要賠償給人家。小孩不懂，父母要教育，但是長大了就不用大人教了。辛巴滿意爸爸的說辭，他喃喃說道：「扣我的薪水。」說完，他的腦袋就越發沉重了，順勢就滑入了夢鄉裡。

第 113 章

　　到了週末，辛巴要隨慈善團體去醫院看望病人。前段時間，他們都去考證照了，通過了擔任治療動物的嚴格考試，獲得了相關的資格。這次本來爸爸和媽媽要送他去的，不過辛巴說不用了，他們團隊有很多人在一起呢。爸爸也就不強求了。

　　辛巴來到集合地點後，發現最早到的是蘇菲，這不奇怪，蘇菲總是飛著來去，到哪裡都是第一個。他們兩個正說話的時候，露西也出現在街的另一端。辛巴朝他汪地打了個招呼，就看見露西伸手朝這邊招了招手，加快了腳步。

　　他們三個站在路邊，哇啦哇啦地閒聊，就只等亨利的到來。三個說了好一會，卻突然意識到，亨利還沒出現呢，都有點焦急了。「怎麼辦呢？」

三個對視了一眼，蘇菲一笑，拍翅高飛，朝亨利家的方向飛去。

可沒幾秒鐘，開蘇菲就折返降落在地上。「怎麼回事？」辛巴問她。蘇菲解釋說：「來啦！」露西扭頭看：「來了？」辛巴也沒看見。蘇菲正要做解釋，就看見亨利悄無聲息地閃現在遠處的街角，然後一路小跑過來。

他停下後，氣喘吁吁地說：「抱歉。」他解釋說看錯鐘了。辛巴說都到齊了，我們出發吧。四個夥伴就開心地朝醫院方向趕去。不過，由於行走的方式不同，速度不同，他們想了個方法解決這個問題。

一會露西抱了亨利走，或者亨利騎在露西的肩膀上，而蘇菲呢，一會騎在辛巴的夾克背心上，一會和亨利對調，她站在露西的肩膀上，換了亨利騎在辛巴的背上。他們把這當是一種遊戲。這引得路人嘖嘖稱奇指指點點。

四個夥伴越走越開心，嘻嘻哈哈到了醫院門口，慈善團體的劉老師早等在那裡了。辛巴心急地上前問是否他們遲到了。劉老師笑了安慰他們說，他們也剛剛到呢。於是辛巴他們和慰問團的其他成員，跟醫院的引導員到了住院部的後院。病人們都等在那裡了。

此時陽光很好，辛巴有點緊張，他伸出舌頭呵呵地喘氣，又生怕嚇了別人，就刺溜一聲，收了回去。醫院辦公室主任和劉老師給病人做了簡單的介紹後，表演就開始了。辛巴表演了站立，踩腳舞，還表演了他作為尋物犬的出色的尋物功夫，把藏在某個人衣服裡的小玩具，透過嗅聞找出來。

當然，最讓辛巴高興的，還是表演賽跑，一會是亨利充當騎手，騎在他背上奔跑，一會換上蘇菲大展身手，奔跑的時候，蘇菲用爪子抓牢辛巴的夾克，一會收攏翅膀，一會展開翅膀，十分拉風。

除此外，他們也有慢動作表演，比如亨利站在他的背上，作出很多動作，站立平衡，翻跟斗；蘇菲呢，站在他的到背上，表演唱歌，跳舞，模仿辛巴說夢話，模仿亨利打呼嚕等等。把病人們都逗得笑了起來。

　　輪到露西表演時，對她這個大力士來說，當然少不了表演搬重物，還讓亨利和蘇菲立在他的手掌上，表演節目。她也表演細膩的活，就是在畫板上畫出辛巴等夥伴的漫畫頭像，或者他們表演節目的速寫，讓觀眾掌聲不斷。

　　表演結束後，他們還與病人們互動。有個小孩子伸出手，對辛巴說：「我可以摸你嗎？」辛巴很高興，立刻蹲下來，伸出他的手，讓小孩握住。那小孩有點驚訝地說：「呀，和我的手一樣大呢，還暖呼呼的呢。」

　　辛巴一聽就笑了說：「你要多吃，心情愉快，很快長大的。」那小孩裂開嘴巴笑：「我媽媽也這樣說的。」辛巴湊近他耳邊說：「小時候，我爸爸媽媽也這麼告訴我的。」兩人就嘻嘻地笑了起來。

　　亨利也很乖巧，他跳進老人的懷裡去撒嬌，把老人樂得嘴巴都不能合攏了，一個說貓話，另一個講人話，溝通起來十分愉快。蘇菲呢，正和一個自閉症小孩在進行猜字謎遊戲，沒想到蘇菲還輸掉了，她自罰唱了一首歌。露西此時則悄悄幫忙醫院做了些需要出力的工作。

　　慰問活動結束的時候，大家成了朋友，都有點依依不捨。辛巴安慰新朋友說，他們以後會定期過來玩的。辛巴還跑去那個小孩跟前和他告別。那小孩摸摸辛巴的腦袋說：「你真帥！」又說：「也很好玩！」辛巴笑嘻嘻地用舌頭舔了舔他的臉頰，還伸出他的手，讓小孩握住勾了勾，說：「那下次我們再玩。」

　　出了醫院，劉老師對大家的努力做了肯定和表揚，說今天連自閉症的孩子都說了不少話呢，這很難得啊。辛巴聽了有點不解，說：「他們都很多話啊。」辛巴沒看出那是個自閉症孩子，他們倆互動得很好的。劉老師說，他們對人很少說話，但對動物沒戒心，都喜歡你們，你們的貢獻很大的。

　　辛巴他們聽了很高興，說這樣的貢獻我們可以多做，娛樂別人，也娛樂我們自己，兩者兼顧呢。大家哈哈地大笑起來。回去的路上，他們都跳

起了舞步，說笑聲不停。分手的時候，竟然有點依依不捨呢。

回到家裡，辛巴的心情還沒平復下來。爸爸有點驚訝，問他怎麼這麼早就下班回來了。辛巴說今天慰問活動結束後，他們沒去公司了，都各自回家去了。他向爸爸描述了活動的情景，把爸爸驚訝得張大嘴巴：「你什麼時候考了治療犬的資格的？」辛巴得意地仰頭說：「利用業餘時間去考的呀。」

媽媽推門進來時，聽見辛巴的話，就說：「呀，誰在做偷偷摸摸的事呀？」辛巴看見媽媽，就上前去撒嬌，還向媽媽講起白天的活動來。媽媽樂得抱了他親呀親呀，稱讚他了不起，又問他：「要什麼獎勵？」辛巴調皮地回答說：「人家劉老師說了，做善事不是為了得到表揚。」

爸爸逗他說：「那是為了什麼呀？」辛巴一時語塞，啊啊地沒辦法給個答案。媽媽就給他解圍說：「別搭理他，做善事就是為了好玩。」辛巴聽了，說：「這個這個嘛⋯⋯」爸爸就哈哈大笑起來：「你媽媽說的也對。」

這下可把辛巴說得有點皺眉了，他心想，這說法也行？不過他沒說出來，只是猜想，媽媽今晚會給他做什麼好吃的。

第 114 章

夜晚辛巴睡著做夢的時候，又夢見他們當初去動物特殊技能培訓學校學習的情景。因為他們的公司做得不錯，收入也還可以，辛巴看到媒體上有招募志願治療犬的廣告，便想去嘗試一下，就偷偷去訓練學校報名入讀。

沒想到他這行動被蘇菲他們發現後，也吵了要一起報名，於是他們全都去了。本來還以為，對他這隻經歷豐富的狗狗來說，那些訓練課是小菜一碟的，沒想到進去後，發現那可不是玩的，第一堂課，教官就給他們上了一堂重要的課，講解治療動物的作用。治療動物也叫動物醫生，要情緒

穩定，性格溫順，喜歡和人接觸，能安撫人們緊張或焦慮的情緒。不符合標準的，都要被淘汰的。

辛巴想啊，情緒穩定，這個他平常可以做到，可有時候嘛，比如碰見搗蛋的貓，會有點點衝動，不過，經過與亨利的相處，他對貓界的了解增進了不少。性格溫順，這可不好說，但總體上他是這樣的。

人家說黃金獵犬不適合看家護院，可爸爸就稱讚他這方面做得很出色，房子外一點點動靜，他就會發出警告。當然，這可能因為我是混血的黃金獵犬？辛巴不肯定。至於喜歡與人接觸嘛，這個當然啦，我還喜歡和許多動物接觸呢，連闖進花園的刺蝟我都喜歡逗他們玩呢。

辛巴在課堂上，一邊聽教官說話，一邊私下在胡思亂想。下課鈴響了後，辛巴出來與露西他們交流各自的感受。辛巴說看來有點難，但他喜歡接受挑戰。辛巴上課的時候，露西他們沒課，過來觀摩他們犬隻的訓練課。

開始上的是基礎課，立定，走，坐，臥倒，翻滾，握手等等，辛巴感覺這很容易啊，可教官要求他靜坐很長時間，這下辛巴可受不了啦。他坐久了就想動，黃金獵犬可是精力充沛的犬種嘛，他忍受了好一會，他不時偷瞄一眼教官，心裡默默在說，快快發出起立的口令吧。但教官就是沉默不語。辛巴終於受不了啦，身體晃動起來。

「不許動！」

教官發出嚴厲的口令。辛巴擺正身體，可過了一會，身體又晃動起來。「幾歲了？」教官走過來詢問道。辛巴挺直身體：「十歲了。」教官哦了聲：「這個，這有點大了吧？」辛巴不服氣起來：「這點年紀算什麼呀，科技進步了啊。」教官抹了抹下巴說：「嗯，這倒是。」辛巴說他沒事的，習慣了就好。

轉入「臥倒」的課程，辛巴終於鬆了一口氣，心想這躺下不就是放鬆休息的姿勢嘛。他長長地吐出一口氣，跟隨教官的口令躺成了鱷魚的睡

姿。哇，辛巴覺得好舒服啊。時間一久，他感覺到睡意襲來，他忍不住瞇起眼假寐起來。

突然，他感覺到肚子裡被什麼咬了一下，忍不住猛地抽動身體，扭轉頭去咬那發癢的地方。「不准動！」教官厲聲喝道。辛巴嚇了一跳，要顧及發癢的地方，又要聽教官的教導，有點手忙腳亂的感覺。

「你幹嘛亂動？」教官嚴厲地發問。辛巴說：「有東西咬我了。」教官批評道：「那也不能動！」辛巴想申辯，可教官說：「這是要求！」辛巴只得忍住，那種癢感直透他的骨髓裡，他難受得想發瘋。

「該死的傢伙，等會再教訓你。」

辛巴在心裡默默的唸了咒語，痛罵那咬他的蟲子，是螞蟻嗎？是跳蚤？還是什麼別的傢伙？他越想越生氣，想轉移注意力，可腦子裡就是轉不開去，好像被咬的地方和腦子之間的神經緊繃著，一想就扯動起來，太難受啦。

等教官發出「起立」的口令，辛巴立刻跳起來，在草地上翻滾，腦袋湊在肚皮上，牙齒咬得咯咯響，可就是無法抓到那個搗蛋的壞蛋。蘇菲他們一邊哈哈大笑一邊連忙圍上來幫忙，露西用手指給他把毛翻開來找，蘇菲也用嘴去抓，忙亂了一會，也沒什麼成果，上課鈴又響了，他們趕去上各自的課程。

放學路上，大家分享各自的感受，辛巴苦著臉，說：「還以為是要鑽火圈，跳障礙物呢，那多好玩啊。」露西說那是警犬的訓練課程。不過，他們都覺得這番鍛鍊，雖然辛苦但感覺受益匪淺。

經過一段時間的訓練，辛巴的進步巨大。課程結束後，教官帶領他們進星際機場實習。因為往返的距離遙遠，許多星際旅客都患上了旅途焦慮症，辛巴和同學們一起，在候機廳裡四處走動，讓旅客們撫摸他們的身體，還坐下來與小朋友握手，安撫他們，讓那些臉色繃緊的人，有了笑容，那些萍水相逢的人，因為治療動物的到來而有了話題，彼此交談起來。

　　突然，一個中年婦女，看辛巴走過來，就抱住他不放，還痛哭起來，哭得身體一抖一抖的，她一邊哭一遍數說，她結婚多年的丈夫要與她離婚。辛巴聽著，一動也不動，等她哭夠了，鬆開手，抱住辛巴在額頭上親了一下，說：「你比他還好，讓我抱著哭！」辛巴伸出舌頭，舔了舔她的手。

　　回來教官給辛巴打了很高的分數，還表揚了他。經過一系列課程的訓練，辛巴的耐心比從前更好了，也更能理解爸爸和媽媽了。他們總問他：「辛巴，你最近好像懂事好多了呢！」辛巴對此笑而不答。後來，辛巴和夥伴又參加了其他項目的訓練，比如嗅辨訓練，他看過紐西蘭的電視節目，就有警犬在機場工作的內容，他覺得它們很有成就感。

　　畢業的時候，辛巴他們本來打算讓爸爸和媽媽也來參加結業典禮的，但他們想還是低調點為好。不過辛巴在結業典禮上發言，還是很感慨的，說經過這段時間的學習，才明白，學歷還是很重要的，本來以為動物哪需要什麼學歷呀，現在才明白，有了學歷和證書才能更好地為別人服務同時也可以提升自己。

　　蘇菲咯咯笑了，說：「不想要學歷是理想，要學歷可是現實。」

　　露西說：「學歷像是通過別人關卡的通行證嘛，不要學歷做事，那是我們通往夢鄉的幻想。」

　　現在，辛巴在夢裡聽到這句話的時候，他醒來了，看見陽光透過百葉窗射進屋子。他張大嘴巴，打了個哈欠。他聽到爸爸的打呼正扯得震天響。辛巴笑了，爸爸有失眠的毛病，老抱怨說整夜睡不著。媽媽說他是失眠一段時間後，會突然就睡著了，還打呼嚕。可爸爸渾然不覺，還爭辯說，都失眠了，還怎麼會打呼呢。

第 115 章

　　吃早餐的時候，電視新聞報導說，有人在主街道建築物上塗鴉，市政府嚴厲地譴責，認定為破壞公物。辛巴邊看邊嘟囔：「好看呢。」媽媽聽到了，就驚訝地問他：「這好玩嗎？」辛巴哦了聲，說爸爸說過，那可是藝術嘛。

　　爸爸笑了一下，沒接他的話。媽媽說：「那要看畫在哪裡。」辛巴有點不解：「還有這個說法嗎？」他轉頭看了看爸爸。爸爸邊咬麵包邊朝他使眼色：「嗯，媽媽說是就是的。」辛巴沒太懂，但跟了他點頭稱是：「媽媽總是對的。」媽媽摸了摸他的腦袋：「合夥調侃我？」

　　辛巴作了個委屈的表情，以示他受到了冤枉。媽媽沒繼續發問。辛巴鬆了一口氣，因為爸爸說，媽媽有時會得理不饒人的。他想到這個就暗自發笑了。他咬碎一塊餅乾後，電視新聞又發布了一則警方通緝令，呼籲市民們提高警惕，協助警方緝拿一名重大刑事案犯，還說需要徵募工作犬，協助緝拿案犯。

　　辛巴聽了這個消息就有幹勁了，三口兩口吞下餅乾，用舌頭胡亂舔了舔嘴角，就對爸爸說他要去上班了。他一路小跑趕到公司，看見蘇菲就問道：「看見了沒有？」蘇菲一臉迷茫，不明白他指的是什麼。辛巴喘定氣後，如此這般的複述了新聞報導的內容。

　　亨利有點不解，說這與我們有何相關呢。露西整理床單，說，就聽他說下去吧。辛巴說他要請假。亨利笑了，說：「想偷懶啊？」辛巴辯解說：「不是的不是的。」他說他想去給警方提供協助：「他們需要工作犬。」亨利撇了撇嘴巴說：「對你來說，不就是偷懶嘛。」辛巴哼了聲：「我才不至於這樣呢。」

　　蘇菲沒出聲，去查閱了一下工作記錄簿，說：「要不然我們都去吧？」露西有點驚訝地望著蘇菲。蘇菲一笑，說：「今天只有三封信，業務清淡

啊。」辛巴說收件人在五公里之內的地方，我先送完才去警察局。蘇菲說
這次她代勞即可。辛巴點頭說太好了。

　　蘇菲帶上信件就飛走了，辛巴，露西和亨利則趕往警察局，可人家員
警叔叔對他們的到訪感到十分驚訝，回過神後就笑了，說：「感謝感謝，
辛巴可留下，其他回去。」這下露西和亨利可不幹了，堅決不肯離開，還
說他們和辛巴一樣受過專門訓練的。

　　正爭執不下，蘇菲趕到了，她加入遊說，最後憑她一張伶俐的嘴，竟
然說動了搜索隊的隊長，同意讓他們全都加入搜索隊伍。他們歡呼起來，
亨利騎上辛巴的背上，蘇菲棲在露西的肩膀上，搜索隊的人都驚訝地叫起
來：「你們，你們是雜技團的？」

　　辛巴他們笑了起來，喊了聲「出發」，就隨大隊人馬開往一座山腳
下，然後大家依次散開排成一佇列，像網一樣朝前面的樹林撒開去。辛巴
當然很興奮，他很久沒有在大自然的山林和草地遊蕩了，平日裡，爸爸只
帶他在城市裡的街道或公園裡走動。

　　他常常懷念起在紐西蘭生活的那段時光，爸爸常帶他去郊外公園玩
耍，他喜歡那些綠色的山坡和草地，還有那牧場邊的河岸，走在忽上忽下
的路上，他和爸爸邊走邊欣賞到不同角度的景色。

　　現在，辛巴在跑動的時候，也能看見這裡不同的景色，不過，此番可
不是來欣賞景色的，是帶了任務來的。辛巴邊走邊嗅，在齊腰高的野草
叢中跌跌撞撞的走動，不時聽到有哨子聲響起，不遠處還有對講機的呼
叫聲。

　　走這樣的路，最輕鬆的是蘇菲，她飛起來俯視四周；而亨利身材最
矮，野草樹叢對他來說，有點太高了，不過他身體靈活，在縫隙裡能出入
自如，他搜尋隱祕的角落；辛巴呢，走動得有點艱難，身體常被高高的雜
草和樹叢遮擋或阻擋，行進起來速度有點慢；露西感覺到這環境有點熟
悉，她想可能是體內的基因起的作用，這與她祖先生活的環境相似呢。

他們走走停停，互相幫助，有時辛巴、亨利和露西被障礙物阻擋了不能前進，蘇菲就會飛起來，在空中給他們找出可通行的路經，引導露西肩扛手拉，把亨利或辛巴弄出去。

不過，雖然大家都很努力很認真，但大隊人馬搜尋到天色暗下來，還是沒有發現逃犯留下的蛛絲馬跡，搜索隊的隊長和總部商量了一下，決定收隊下山，明日再作打算。於是一大隊人馬又浩浩蕩蕩下山了。

辛巴他們先返回了公司，想看看白天又來了什麼新業務。四個夥伴進了公司，在燈光下，他們互相檢視了對方，都笑起來。原來，辛巴的鼻尖有一道小傷。露西的手掌也被荊棘劃破了。除了蘇菲，其他三個的身上，都黏上了稀奇古怪的植物葉子。不過，他們對這點小問題都不在意。

亨利跳上桌子，按下電話留言功能鍵，客戶的留言便一條一條地播放出來。露西拿了紙和筆，把資訊記錄下來，又把傳真件也整理好。辛巴正在默記那些收信人的姓名和地址，突然他瞥見窗外有個人影閃過。他的耳朵立刻豎起，身子一挺直，尾巴也豎了起來。

他咬住嘴唇看了一會，的確有個人影又一閃。他汪汪地大吼一聲，就從屋子竄出去，直奔向那個人影。大家聽見他叫喊，也丟下手頭的事跟了奔出去，看見辛巴把一個人壓倒在地上。那人抱了腦袋，大喊：「是我是我呀。」

辛巴見大家都到了，就跳到距離那人幾步遠，對了他不停的嗚嗚發出警告之聲。露西朝那人喊：「你是誰？」那倒地之人爬了起來，把大家嚇了一跳。原來，那是他們在飛船抓獲的蒙面人！辛巴後退了一步，露西也握緊了拳頭。亨利發出了呼呼的警告聲。蘇菲飛起來，在空中喊：「原來你就是逃犯啊，竟然躲到這裡來了！」

那個面具人忙喊：「我不是逃犯，我已經被釋放了。」辛巴喊：「還想狡辯！害大家折騰了一天。」那面具人說：「真的與我無關。」亨利說：「你想找我們報仇嗎？」面具人說：「我不是找你們報仇的，是來感謝你們

的。」亨利冷笑說：「還感謝我們？」面具人見大家不相信他，他伸出雙手，說：「不相信的話，可把我抓起來，再去問員警。」

大家對他的話將信將疑，辛巴朝露西使眼色，蘇菲朝前飛了一下，吸引了面具人的注意力，辛巴和亨利做好進攻的準備，然後露西走上前去，把面具人的雙手反扣在身後，辛巴緊張地看住他，蘇菲回屋叼了根繩子，交給露西把面具人的手拴起來。

大家歡天喜地把面具人扭送警察局。很遺憾的是，員警經過查詢得知，面具人的確是刑滿釋放了，現在是個守法的公民了。辛巴等聽了查詢的結果，立刻目瞪口呆，一時反應不過來，這到底是怎麼回事呢？

面具人看他們呆呆地望著自己，就說：「我替你們解釋吧。」

第 116 章

面具人就是那個被辛巴他們在太空飛船裡擒獲的太空強盜，移交給 E 星警方後，經過偵查結案，由法庭審判判刑後，轉入監獄服刑，因為有立功表現和悔改態度不錯，經過多年服刑減刑後，現已刑滿釋放，回歸社會正常生活。

辛巴對此解釋半信半疑，一個太空強盜，不判死刑，至少也得無期徒刑啊。亨利等也附和辛巴的看法。面具人苦笑一下，說他理解別人怎麼想的，但法庭的判決也是有依據的。他解釋，他不但交代了很多警方沒有掌握的犯罪事實，還交代了其他罪犯的犯罪線索，戴罪立功，更重要的是，他給 E 星有關機構提供了很多他行走太空多年所獲得的寶貴資料。

辛巴盯住他的眼睛問：「難道警方不擔心你又外逃作案嗎？」面具人委屈地說：「怎麼會呢，我早洗心革面了。」辛巴追問說：「你不是說過自己身體內有犯罪基因嗎？想控制都控制不住的？」面具人解釋說：「醫生根據你們的新發現，定點根除掉了我腦部的『犯罪欲細胞』了，我體內沒那種

細胞了，而且我也服用了戒罪藥，縮短了不少刑期。」

「哦，這樣啊！」

大家聽了這番話，鬆了一口氣，陷入一陣沉默，不知道該說什麼好。還是面具人開了話題：「你們做得很不錯啊。」辛巴有點奇怪：「你怎麼知道的？」他心想面具人被關在監獄裡，怎會會知道外面的事呢。

面具人解釋說，他在監獄裡也學習的，也常看書讀報看新聞，裡面也有圖書館什麼的，犯人還可以在裡面接受函授學習，這有助於犯人獲釋後，能盡快地融入社會，盡快過上正常的生活，所以他知道辛巴他們的消息。「你們可是大明星嘛。」面具人最後一句話說得辛巴等笑起來了。

露西問他出來後有什麼打算。面具人說剛出來，還沒什麼太大的想法，先適應觀察一下外面的情況再說。辛巴突然想到一個問題：「那，那你吃飯怎麼辦？」這話把亨利說笑了：「辛巴就知道吃。」

面具人說不用擔心，他在服刑期間，把勞動所得的薪水都存起來了，衣食住行都不成問題的。辛巴哦了聲，問他晚上住哪裡。面具人說他今天下午才出來，一路打聽過來找到他們的，等會他去找個旅店住下。

蘇菲哦了聲，說已經有點晚了呢。辛巴和露西對視一眼，說：「要不然這樣，公司裡有簡易床，有按摩床，還有被褥，你可將就一晚，明天再去找旅館？」面具人有點遲疑地看了亨利一眼：「這樣啊，方便嗎？」

亨利咳嗽了一聲，說：「晚上我們都回家住的。」大家聽了他的話，都點點頭。面具人猶豫了一下，說：「那給你們添麻煩了。」露西於是去按摩室把簡易床拉開，辛巴又用牙齒拉開櫃門，把毛巾被子叼出來。大家忙碌了一會，把面具人安頓下來。

「你先洗個臉？」

面具人對辛巴這句話的回應是嘆息了一聲。辛巴有點好奇，難道連醫生也無法把他這副面具取下來嗎？面具人看出大家的疑惑，就解釋說有難度，他後來也想通了，不取下也好，時刻警醒自己。大家嘆息一聲，說聲

晚安就分手了。

　　走在路上，大家邊走邊議論。亨利說，是不是我們頭腦發熱了，竟然讓他住在公司裡？蘇菲說，沒事吧，他都改過了。辛巴說，公司沒什麼貴重的東西。亨利不同意，說，蘇菲發明的塗料可是無價的啊，還有磁力懸浮滑板。露西安慰他說，沒問題，申請過專利了，再說，他應該吸取教訓了。

　　大家雖然口頭說出了無數種設想和可能，但都沒定案，都是假想遐想，反正有期待，有懷疑，還有疑問和希望等等，只能等明天上班的時候再驗證了。大家突然有點滿懷心事起來。

　　辛巴回到家裡時，已經很晚了。媽媽給他開門後，關切地問他怎麼回事。辛巴走到盛水盆前，吧嗒吧嗒地喝了一通水後，喘定氣後，才蹲下來說事。「爸爸，就是我跟你說過的那個面具人。」

　　爸爸聽了這句話，有點摸不著頭緒，他看了媽媽一眼，媽媽想了想，哦了一聲，想起了什麼：「是不是《人類消失了》系列叢書裡的一個主角？」爸爸轉身朝辛巴投去詢問的眼光。

　　辛巴點點頭，說就是他。爸爸就問：「他怎麼樣了？」辛巴說：「他晚上來找我們了。」媽媽笑了笑，說：「找你們了？他不是被關在監獄裡了嗎？」爸爸想了一下，說：「書裡是這麼寫的。」辛巴就吧嗒吧嗒把故事說了一遍，說他現在已經被釋放了。

　　「是不是不該讓他留宿？」

　　辛巴有點心急地追問爸爸。爸爸和媽媽對視一眼，沒有立刻回答。這讓辛巴有點著急起來。他轉動腦袋，一會看看爸爸，一會看看媽媽。媽媽說：「起碼，你該先給我們通個電話商量一下嘛。」辛巴不知道媽媽什麼意思，轉身去向爸爸求助。

　　爸爸笑了笑，安慰他說其實也沒事，你們都安全回到家了嘛。看辛巴還有點擔心，爸爸就解釋說：「睡上一覺，明天就知道結果。」辛巴這才舒

了一口氣，眼睛朝食盆裡望了一眼。媽媽看見了，就說：「媽媽給你做了好吃的。」

媽媽開了冰箱，給辛巴端出來一盒新鮮的肉食。辛巴的目光跟著媽媽手中的食物移動，口水也滴了下來，一路滴答滴答地跟著媽媽來到食盆前，媽媽把肉餅碾碎，一放在食盆裡，他就搶上去吧嗒吧嗒地吃起來。

爸爸看辛巴吧嗒吧嗒大快朵頤，就說：「今天辛巴給的素材，夠我寫一部偵探小說了。」辛巴顧不上應答，吧嗒吧嗒吃出很大的動靜來。爸爸和媽媽互相做了個鬼臉。

夜晚睡覺的時候，辛巴又做夢了，內容有點紛亂，面具人不時參雜進來，他的臉色和臉形不斷變化，有時笑，有時哭，讓辛巴的夢變形誇張，充滿了無數的變數，辛巴追啊跑呀，當他腳踩的懸浮滑板壞掉後，他又騎著他的圓柱形枕頭飛了起來，四處追逐，興奮又疲憊。

間中，他聽見爸爸喊他名字。他醒來過，又很快沉睡過去。

第 117 章

早上，辛巴去上班的路上，走得有點急，有幾個認出他的路人，熱情地和他打招呼，他也沒時間停下來與他們套近乎，搖搖尾巴，急匆匆就走過去了。他聽見有人在背後說他太高傲了，他也沒停下來解釋。

一路小跑來到了公司，他推開門，沒看見人，他心裡一慌，等看見洗手間的門關著，他剛鬆了一口氣，又提了上來，等他汪汪的叫了幾聲，聽見有人在裡面回應，他才徹底放鬆下來。

辛巴轉回按摩室，環顧四周，驚訝被褥等都被收拾得很整齊。他站著等了一會，見面具人出來，正拿了紙巾擦臉，看見辛巴就說不好意思，他剛剛起來不久，在梳洗中。

辛巴稱讚他疊被子的功夫真棒，他自己可從來不會收拾床褥，有時感

覺睡熱了，還把墊子搞得亂七八糟，爸爸總唸他，但他也不會弄呀，還是得靠媽媽和爸爸幫忙。

面具人不好意思笑了笑，說這些都是他在服刑期間學到的。辛巴哦了聲，又問他睡得怎麼樣。面具人轉身對了牆上的鏡子，小心地清理眼睛四周，說：「一夜沒睡。」辛巴剛驚訝地叫了聲，但立刻就明白了。當年在地球的時候，人類一夜消失後，他面對突如其來的變化，也曾有過徹夜難眠的經歷。

這時，蘇菲，亨利和露西也陸續到了，湊在一起閒聊起來。由於無法看清面具人的真容，他們只能從他的眼睛和說話的語氣來判斷他的情緒變化。辛巴心想，喔，很考驗人呢。不過他不擔心，他自己就總能從爸爸和媽媽說話的語氣和眼睛判斷出他們想法。

辛巴看看時間，起身整理信件，對面具人說，他要去送信呢。面具人說想陪他去，辛巴想了想，說：「你剛出來，留在公司與蘇菲和亨利多聊聊，先間接了解一下地球自治區的情況。」面具人猶豫了一下，說也好的，看著辛巴出門，也目送露西提了油漆桶，踩了懸浮滑板離開了。

辛巴走在街巷的時候，心情舒暢，畢竟沒發生他擔心的事。要是面具人留宿期間，把公司的東西都席捲而去呢？如果面具人這樣做呢？如果面具人那樣做呢？那麼會出現什麼樣的情形呢？辛巴腦子裡，好多假設冒出來，又沉下去，還互相打架。

辛巴低頭走路，不小心撞上路邊的電線桿了，鼻子撞疼了，他汪地叫了一聲，站在路邊嘶嘶地喘氣。有個過路的人，關切地走過來問他撞哪裡了。辛巴伸出舌頭，舔了舔鼻尖。

那人哦了聲，細緻給他檢查了一下，安慰他說，沒外傷呢，還問他要不然要去醫院看看。辛巴一想還有事呢，再說感覺也沒太大問題，就說不用了，道過謝之後，又繼續趕路了。

再次上路後，辛巴突然笑自己太多想法了，不過，他安慰自己說，我

神經本來就敏感嘛，媽媽不是稱讚過我嗎，說我是社區大媽呢。他想到從前媽媽對他的調侃，心裡暗自發笑起來。

嗯，我的警惕性多高啊，我本來就是優秀的獵犬嘛。他想到這個就自豪起來。「我是獵犬，我叫辛巴，我是獵犬，最佳秀的，就叫辛巴！」辛巴一路走一路小聲地唱了起來，走過一條條街巷，送掉郵袋裡裝的信件。

收到情書的女孩向他打趣：「年輕人跟誰說話呢？」辛巴聽見她這麼問，有點不好意思地咧嘴笑了，樂呵呵地汪地叫了聲，就又噔噔跑向下一處地址了。他不時聽到人家問他：「剛吃了糖啊，笑得這麼燦爛？」辛巴愣了一下，開心的回答說：「我們狗狗不能吃糖的，這對身體不好呢。」這話把人家嚇得一愣一愣的。

辛巴送完信件，心情大好，回到公司，看見蘇菲和亨利正和面具人說笑閒聊。蘇菲還教面具人學語言，面具人一字一句地跟著學，亨利在旁糾錯調侃，引發大笑。

辛巴隨後也加入他們的閒聊，還說起路上發生的事。露西進門的時候，從頭到身染了五顏六色。辛巴驚訝地問她：「妳不是幫人刷漆去了嗎？怎麼，別人刷妳漆了？」亨利和蘇菲一看，也忍不住哄笑起來。

露西解釋說，自己把油漆桶放在屋頂簷邊，不知道怎麼搞的，油漆桶滑了下來，扣在自己的腦袋上了，幸虧沒有傷到眼睛。他放下工具，又進了浴室，拿了紙巾擦試身上的油漆。這時，面具人也跟過來，拿了紙巾細心地幫她擦試。「不要擔心，這是環保油漆，不會傷人的。」露西邊擦邊寬慰大家。

忙碌了一陣後，大家終於可以歇息一下了。露西咕嘟嘟喝了很多水後，說大概是自己貪方便，忽略了安全造成的。不過，她會記住這次教訓的。露西說完自己的事，想起該問問面具人來，就問他這一天的感覺怎麼樣。

面具人摸了摸臉上的面具，說：「不好說，但看你們，發生那麼多事，

滿好玩的。」辛巴笑了笑，說：「嗯，在家裡看見聽見的，和在外面親眼看見和聽見的，也許不是一回事呢。」他問面具人有什麼想法。

「可我一時也想不出該做點什麼，因為我對外面還很陌生。」

面具人的語氣裡，充滿了期待也困惑。大家一聽，也撓了腦袋，一時也想不出什麼好主意來幫他。沉默了一回，辛巴想起爸爸的那句話：「這都夠我寫一部偵探小說了。」

辛巴問面具人：「我有個想法，不知道你願意不？」大家一聽來勁了，齊聲問是什麼提議。辛巴說，面具人一時想不出有什麼好做的事，可能是因為還處在適應期，一時也難找到適合的工作，不如，他經歷豐富，和我爸爸合作，根據他的經歷，合寫一本故事書。

面具人一聽，拍了拍大腿說：「太好了！」這樣他可以透過這個方式，釋放內心的壓力，可以贖罪，也是對社會的貢獻，也是的，嗯，他一時說不清楚，反正他感覺現在是件好事。

「不過，你爸爸會同意嗎？」

辛巴眼珠一轉，笑了說，應該沒問題，我回去就向爸爸提建議。

第 118 章

這天週末，辛巴看爸爸在寫東西，就走過去，蹲在跟前。爸爸照例寫寫停停，思維停頓的時候，他會低頭看辛巴一眼，安慰他說：「嗯，一會就好。」用手摸摸辛巴的腦袋，思維活絡起來的時候，又把鍵盤打得啪啪響。

辛巴心急地伸出手，搭在爸爸的大腿上提示他。爸爸思維順暢的時候，會和藹地說：「就一會，嗯，一會就好了。」不過，要是寫得不順暢了，他會有點急躁，說：「別搗亂，說了等一下的嘛。」

通常情況下，辛巴感覺有點委屈，就會把下巴放在爸爸的大腿上，輕輕地嘆氣，搞得爸爸也有點於心不忍，心疼地摸摸他的腦袋。可現在呢，

爸爸毫無反應。辛巴只好躺在書桌下的睡袋上，長嘆一聲。爸爸聽到了，也長嘆一聲，與他呼應，但沒有更進一步的動作。

過了一會，辛巴打起了呼，還說起了夢話。爸爸大概寫完了一個章節，挪動轉椅，抽出空檔來看他，還叫他的名字。辛巴一下就醒了過來，呆呆地望著爸爸。爸爸說，現在才到了運動的時間。

爸爸站起身，穿好外出的衣服，辛巴知道是該他玩的時間了，立刻搖晃著站起身，走到房間中央伸懶腰，打哈欠，然後跟著爸爸去客廳給他拴項圈。其實他很不喜歡項圈的，爸爸說，我們出去的時候，裝裝樣子嘛，免得嚇到某些人。

週末時間，辛巴感到很開心，因為他可以不上班，不去想工作上的事，有更多的時間陪伴爸爸玩。爸爸的工作似乎不分時間，但安排得很有計畫，早上寫作兩個小時，然後和辛巴出去運動，午睡，下午是放鬆時間，隨意，看些新聞報導，夜晚就看看電影，一天就這麼過去了。

辛巴感覺這是很有規律的生活，所以和爸爸一起，他能準確掌握向爸爸撒嬌的時間和分寸，爸爸的工作不是朝九晚五的工作，而是創意性的嘛，不能打斷他的思路，否則他就不能順利做事。

走出家門，辛巴感覺太爽了，可惜媽媽不來，她一回到家裡就宅起來，看那些綜藝之類的節目。不過，辛巴有爸爸一起玩，他已經很高興了。他噔噔地小跑朝前衝，又沿路嗅來嗅去，走過一根根的柱子，走過一片片的圍欄，各類樹木，還有綠化的草地。辛巴十分認真，每過一處地方，都仔細分辨別的狗狗留下的資訊，當然，他也及時留下自己的標記。

當他們走到一處山崗停下，辛巴仰起頭，聽那風聲裡的訊息，風把他脖子上的蜷曲長毛都翻飛起來，耳朵上的長毛也翻飛，高高翹起的尾巴，像向某處打出的信號旗。

爸爸看見了，就讚嘆道：「我家辛巴好像獅子王呢！」辛巴聽見了風中爸爸的喃喃自語，興奮地朝遠處的曠野大聲汪汪地吠叫起來，一會他們就

聽到傳來的迴響了。爸爸站在那裡，遙望頭頂的天空，發出一聲感嘆。

「要不然我可寫一部太空歷險記。」

爸爸雙手叉腰，抬頭仰望天空，突然感嘆起來，那也是一個未知的世界啊，埋藏了很多故事呢，可惜他不能隨意去探索。辛巴提醒他說：「我們的叢書《人類消失了》也有這樣的內容啊。」

爸爸摸摸他的腦袋，有點遺憾地說：「是的，可我希望多寫點，可惜資料有點少，最好是我親身經歷過的。」辛巴覺得時機到了，就說：「太空是個迷人的世界。要不然，你和一個有特殊太空冒險經歷的人合作？」爸爸說他當然想有這個機會，可問題是，到哪裡去找這樣的人呢？當然，辛巴也算有這經歷的，但故事寫完了啊。

辛巴眨眼說，我倒是有個這樣的朋友。爸爸哦了聲，對他的話很感興趣。辛巴對爸爸說：「遠在天邊，近在眼前。」爸爸誤解他的話了，說：「我們合作過了呀，都寫完了啊。」爸爸以為辛巴說的是他自己。辛巴解釋說，他指的是面具人。

爸爸這才明白他的意思，抬頭望了很遠處，又收攏回目光，低頭看住辛巴的眼睛說：「他？」他的目光裡包含了很多的內容。辛巴急忙解釋說：「人家現在可是好人了呢。」爸爸對他的話笑了：「是嗎？嗯，應該是的。」爸爸點點頭。

辛巴心想，哎呀，人類的心思真複雜呢。不過，他沒說出來，爸爸對自己可是真心誠意的，還有媽媽也是呢。他隨爸爸下山的路上，心裡還在嘀嘀咕咕想著爸爸會做出怎麼樣的決定呢。沒想到爸爸半路上突然對他說：「我能先和他談談嗎？」辛巴一聽，立刻介面回答說：「當然可以的。」

爸爸停下腳步，望定他：「你代表他？」辛巴趕快搖頭，說是他猜測的：「人家剛出來，對外面不熟悉，正想找事做嘛。」爸爸笑了笑，說：「你這小傢伙，嘴巴真會替人說話呢。」他想了想，然後和辛巴討論了他所關心的幾個問題。

辛巴感覺回去的路比來時短了很多，他覺得身體的力氣，還有很多很多沒使出來，就故意走得慢悠悠的，還把腰走得一扭一扭的，這把爸爸逗笑了：「怎麼這樣走路呢？」辛巴轉過頭來，笑嘻嘻地回答說：「我高興嘛。」

爸爸說：「回答得牛頭不對馬嘴。」

第 119 章

辛巴不知道爸爸和面具人談話的內容，他也不好問，那是他們兩個的祕密。不過，他知道的是好消息，爸爸和面具人談成了合作意向，由面具人口述，爸爸執筆寫。爸爸說，在未完成之前，他們對寫作的內容保密。

辛巴猜測，大概是爸爸怕他多嘴，讓他轉變心意，才那樣決定的。辛巴翹了翹嘴巴想，自己也經歷過太空之旅嘛。當然，他也認為，面具人肯定要比他所經歷的要豐富得多。他這樣一想，就對他們合著的書多了一份期待。

這天是週末，辛巴沒吵著爸爸帶他玩，他早約了露西、蘇菲和亨利一起去郊遊。他們平日一起工作，週末都是各自回家和父母玩的。前幾天，爸爸在寫作休息的時候，辛巴正呆呆的望著他，想撒嬌，可又怕打擾他，就只好安靜地蹲在身邊。

爸爸發現了，有點內疚，最近他寫得興奮異常，常常午夜之後，鍵盤還在啪啪響。辛巴醒後，睡眼朦朧，趴在窩裡發呆，爸爸也沒察覺留意到這些。他搖晃著站起身，走到書桌下的睡袋，用手搭了搭爸爸的大腿，提醒他該休息了。

爸爸卻是一笑，摸摸他腦袋，讓他繼續睡，說自己很快就上床睡的。第二天爸爸翻閱桌曆的時候，突然對辛巴說，這個週末可是動物權益保護日，提議辛巴和夥伴好好慶祝一下。辛巴嘟囔道：「是不想和我玩吧？」

爸爸驚訝地笑了說：「哪會呢，你可是我的健身教練啊。」爸爸解釋

說：「這可是你們的節日啊。」辛巴轉念一想，也好吧，可能爸爸想加班呢，我就別打擾他了，也可以借機換個玩法，就和夥伴們商量好了出遊的計畫。

出門前，媽媽動手幫辛巴穿上夾克背心，把水壺掛在他的右邊，又把給他做的肉餅，放在左邊的口袋裡。媽媽開門前，發現遺漏了什麼，返身把他的眼鏡給他戴上。辛巴心想，喲，爸爸還說媽媽粗枝大葉呢，人家可細心了。他笑嘻嘻地跟了媽媽到樓下。媽媽說：「你笑什麼呢？」辛巴一聽，趕快把舌頭一縮：「我沒呀。」

辛巴和媽媽告別後，朝他們約好的集合地點跑去。遇見熟人的時候，人家問他：「呀，辛巴很酷啊。」辛巴聽了，就更高興了，想立起來與人打招呼，可身上掛的食物和水壺一滑動，他就趕快放下前腿，應了人家的招呼後，繼續超前跑啊跑呀。

四個夥伴見面後，結伴往東邊的流星湖走去。他們一邊走一邊評論沿途的風景。走啊說呀，經過一個小時，他們來到了流星湖。辛巴站在岸邊，汪汪地朝湖面吠叫。好興奮呢，他這是第一次來流星湖玩。

他們租了一條船，露西不緊不慢地搖了槳，帶大家來到了湖上。辛巴蹲在船頭望著遠處的遊船，他看見一個女孩身上抱了一隻貓，他就不自覺地叫了起來。亨利就笑他還真改不了老毛病呢。

辛巴被說得悻悻的，就停止了叫喊，在船板躺下，望著天空的雲朵。蘇菲安慰他說，別介意亨利的話，這是天性嘛，狗狗都這樣的。露西也笑了跟他說，動物都這樣的嘛，都有本能反應。

辛巴到現在為止，聽到貓的聲音，還會叫的。爸爸媽媽偶爾會批評他，又會安慰他說：「看看，我們辛巴還是沒有喪失警惕，天性如此也。」想到這裡，辛巴撇了撇嘴巴說：「我才不在乎他的話，爸爸媽媽的批評我都不在乎呢。」

中午的時候，大家感覺有點熱了。特別是辛巴和亨利，他們穿的衣服

有點多了，不過，也正好遮擋陽光。露西把一把傘打開，讓亨利和蘇菲躲進去。他呢，用船槳試了試水深，說她想游泳，於是撲通一聲跳進湖裡。

辛巴看露西玩得歡，也有點心動了。不過，他過去有點怕水的，在深圳掉進湖裡時，還手忙腳亂地爬不上岸，被爸爸調侃他不像金毛，一點也不喜歡水，連洗澡都怕。雖然來紐西蘭後，他不再怕水了，但也說不上喜歡。現在，他看見露西在水裡擺動，他突然有了感覺。

辛巴讓蘇菲幫忙，把他的夾克解下，卸下身上掛的東西，渾身輕鬆起來。辛巴走到船邊，沒想到船的重心一偏，搖晃起來，把他嚇了一跳，又退回船中央。船穩定後，他走到船邊，船一搖晃，他再退回去。反覆幾次之後，亨利就笑他了。

辛巴感覺臉部發燙呢，再次走到船邊時，還是搖晃，他一慌，撲通一聲，掉進了水裡，慌亂中他嗆了幾口水，但奇怪的是，他突然找到了感覺，在水裡鎮定下來，一把一把地揮動四肢，在湖裡游起來了。咦，游泳並不是一件難事啊，而且很好玩的呢。辛巴一邊游一邊想，還不時打著響鼻。

蘇菲和露西都為他歡呼，亨利撇了撇嘴巴說：「他得感謝我呢。」蘇菲批評他怪話連篇呢。亨利說：「我用的是激將法嘛。」蘇菲和亨利爭辯起來。辛巴游近船舷，勸說道：「亨利也下來吧，動物天生就會游泳，再說還有我和露西呢。」

亨利聽了，眼露猶豫。不過，亨利看見辛巴似笑非笑的眼神和露西鼓勵的眼神，他咬牙大叫一聲 —— 喵，就跳進湖去，沒想到，他還真的會游泳呢。他揮動四肢刨動，雖然速度有點慢，但感覺真的很爽。

辛巴對蘇菲說，我帶你吧。蘇菲想了想，就飛過去，站在辛巴的背上，搧動翅膀。一會，她又飛起來，站到露西的肩膀瞭望遠處。辛巴讓亨利騎到他的背上，可是亨利爬不上去，怕抓傷了他的皮膚，最後還是靠露西幫忙，把他撈起來，抱他騎到辛巴的背上去。

他們玩呀玩啊，嬉鬧聲引得遠處的人們嘖嘖稱奇。此時，他們突然感覺到肚子餓了，才想到帶來的食物。露西爬上船的時候，辛巴在另一邊用前腿扒住船舷保持平衡，等露西爬上去後，又把辛巴和亨利拉上來。辛巴一上船，就渾身抖動，耳朵甩得啪啪響，水花甩得亂飛。露西把食物袋子打開，分下去，大家就了水壺的水，慢慢地吃了起來，說些笑話，趣事，談論遠處遊客。

露西說爸爸告訴她，這個流星湖是一億年前隕星撞擊形成的。辛巴趴在船舷邊，低頭望著湛藍的湖水，看湖裡游來游去的魚兒，突然發出感嘆：「不知道地球上的鯨魚和海豚朋友現在過得怎麼樣了？」他的這句話，把大家的思緒帶回到了遙遠的地球，他們經歷過的一些，似乎又歷歷在目了。

對呀，他們現在還好嗎？

第 120 章

有一天，辛巴冷不防問道：「他們還好嗎？」此時，爸爸正埋頭工作，對他的問話沒立刻反應過來，等他歇息的時候，突然想起辛巴剛才問過的問題：「你剛才問誰呀？」辛巴有點委屈，覺得爸爸把他忽略了，有點悶悶不樂。

爸爸見沒下文，伸個懶腰後，又繼續工作。再次歇息的時候，發現辛巴趴在窩裡發呆。爸爸想起可能忽略了他，就離開椅子，來到他身邊蹲下，逗他玩：「這麼小氣呀，爸爸在工作嘛。對了，你剛才說誰？」

辛巴見爸爸這樣，心軟了，委屈立刻煙消雲散，他伸出前腿，讓爸爸握住：「我說的是鯨魚和海豚，我的那些地球的朋友。」爸爸這才反應過來，不過，他神情卻複雜起來。他沒說什麼，站起身子，望了窗外的風景，輕輕嘆息了一聲。

辛巴有點後悔不該提這事，惹爸爸傷神了。其實他也知道，爸爸無時無刻不想念地球的一切，那個有過他很多生活痕跡的地方。這些年，爸爸寫的書幾乎都是地球上發生過的故事或者以地球為背景的故事。爸爸說，這是他懷念地球的一種方式，或者說，是他接近地球地球回歸地球的一種方式。

「別人是用腳踩的方式回歸，我是用筆尖回歸和探究地球。」爸爸常常這樣開玩笑對辛巴說。

爸爸看辛巴的眼神沒有變化，就認為他也許不懂這些，其實，辛巴哪會不懂呢，將心比心嘛。這是個誰都懂的道理：「連狗都懂的！」辛巴在心裡猛地肯定這個道理。不過，他不說出來，每當這個時候，他就眼定定地望住爸爸。

他看住爸爸的眼睛，就像看見地球的四季在他眼神裡變化。辛巴此時還想到了地球上的那些牛羊，對了，那些請教過他如何擠掉多餘奶水的乳牛們，那些咩咩叫的羊群，現在都還好嗎？

辛巴突然停住了想像，他知道這樣想下去可麻煩了，自己又不能返回地球去，空想傷神呢。現在爸爸不就這樣嗎？他趕快站起來，從窩裡出來，對爸爸說，他想出去散步。看爸爸猶豫，辛巴說：「我是你的教練呢，你不能缺課呀。」爸爸被他說笑了。

他們出去邊走邊聊。爸爸說：「要是有往來地球的飛船航班就好了。」辛巴知道爸爸指的是民航飛船，因為往來地球和 E 星之間的飛船還是有的，但乘客僅限於科學家，班次也少得可憐，他們只能從科學家撰寫的文章裡，獲得一些有關地球現狀的資訊。

「可爸爸用筆尖旅行往返過很好次了。」

爸爸摸摸辛巴的腦袋，沒說話，繼續往前走，轉換了話題，說到他手頭正在寫的《太空騎劫》一書。爸爸說，聽面具人說故事，感覺有點像西部故事。辛巴對此表示驚訝：「怎麼會呢？」爸爸解釋說，是類似，想像一

下啊，一個人置身於太空，還不如一粒塵埃呢，就像一個人走在廣袤無邊的西部荒野，人如螞蟻一般渺小。

辛巴想起看這些片子的情景。「其實，在太空是坐飛船代步的，而在西部荒野，要麼是騎馬，要麼是走路了。」辛巴很高興找到了差別，然後問爸爸：「面具人很壞嗎？」因為面具人是交由 E 星法院審判的，所以辛巴也不清楚一些細節。不過，還沒寫完之前，爸爸喜歡賣關子，也不告訴他更多的細節。

「過去嘛，絕對是個無惡不作的壞蛋，到目前為止還算個好人。」

爸爸挑選這樣的話來回答辛巴的問話。辛巴覺得好像懂得了，又似懂非懂的。爸爸看他那著急的表情，就安慰他說：「他的過去已經被追究過了，我們還是看未來吧。」辛巴感覺爸爸說話一套一套的，讓他頭大起來，就把後面的話吞了回去。

「爸爸，如果我流落到太空裡，會不會也變成壞蛋？」

辛巴突然提出新問題。爸爸猝不及防被難住了。他沒有立刻回答辛巴，慢慢走了一段路，望了很遠的地方說：「我估計，辛巴的心是善良的，可是，如果連生存都成問題的時候，可能也會做些偷偷摸摸的事。」

辛巴認為這個回答很模糊：「那到底算不算壞蛋？」爸爸摸了摸腦袋說：「挺難回答的問題，大概是這樣吧，你可能是個可以改正錯誤的壞蛋。」

辛巴一邊走一邊揣摩爸爸的這個回答，好複雜，好繞口令呢。他只好停止繼續想下去。快要到家的時候，爸爸突然蹲下來，朝他招手。辛巴跑過去：「爸爸是不是走不動了？」沒想到，爸爸很高興：「哪裡，我想把你背著走回家。」

辛巴被爸爸的這個舉動嚇傻了，他感動又擔心。「這個嘛，你說是——」辛巴困惑地看住爸爸。爸爸還蹲著，繼續朝他招手示意。「快點，爸爸蹲久了會頭暈的。」辛巴只好跑到他的後面，前走後退，找了幾

次角度，才站起來，趴到爸爸的背上去。

這衝力差點把爸爸壓倒在地上，幸好他早有準備，雙手撐地支撐住了。辛巴驚得整個身子趴在爸爸的背上，然後感覺到爸爸身子慢慢站起來了，他前腿扒緊爸爸的肩膀，他感覺到爸爸的手滑到後面去了，托住他的屁股和後腿，然後就這麼朝家裡走去。

辛巴趴在爸爸背上，感覺不舒服，有點緊張，但他很喜歡，又擔心爸爸吃不消，他畢竟這麼重，媽媽給他吃了太多好吃的東西了。辛巴的頭靠在爸爸的耳朵邊，他感覺到爸爸不時把腦袋偏開，他意識到可能是自己的鬍鬚觸到爸爸的臉頰或耳朵讓他發癢了，所以他也努力把腦袋讓開。

過了一會，他感覺到爸爸背上的熱力，感覺到爸爸身上冒出的汗水越來越多。他嗚嗚地低聲叫了一聲。爸爸問他：「沒事吧？」辛巴趕快回答說沒事，他的前腿暗暗用力扒緊爸爸的肩膀，希望能讓爸爸托住自己後腿和屁股的手輕鬆點。

沿街看見這父子倆情形的人，都驚訝地站在街邊，朝他們指指點點，竊竊私語起來。

第 121 章

這天，辛巴送完信回到公司，和蘇菲等聊起一些趣聞軼事，面具人突然闖了進來，哇哇地叫嚷著，看來是為什麼激動呢。辛巴問他出什麼事了，因為他們有一段時間沒見面了。面具人沒坐下，把背包放在辦公桌上，翻出一本書。露西身高眼尖，隨口讀出了書名：《太空騎劫》。

辛巴高興地站起來，趴在桌沿看。亨利一躬身跳了上去看。蘇菲也展翅飛上來。面具人想了想，把書攤放在地板上，這樣大家能很容易看見。蘇菲走過去，用爪子翻開書頁，唸起來。

「在 E 星上回首往事，這是我沒有預想到的……」

大家聽了就笑，說好多事都沒辦法意料到呢。亨利埋怨辛巴有點自私，事先一點都不透露風聲，現在書都出版了。辛巴辯解說：「哪啊，我也不知道呢，爸爸總說，出來就知道啦，都在賣關子。」大家望住面具人的眼睛。面具人說是這樣的，他和辛巴的爸爸有協議，出版前都不能透露相關的內容。大家噢了一聲，表示理解。

露西去商店買了些小吃回來慶祝，大家邊吃邊聊。蘇菲又挑了一些段落章節來唸，特別是有關他們和面具人在飛船上遭遇的情節，一下把大家的思緒帶回到過去了的那時空裡。大家從記憶裡把那段驚心動魄的經歷刨出來，熱烈地討論起來，要是面具人勝利了的話，現在是什麼樣的情形呢？

面具人在書裡，毫不隱瞞地說，他當年的野心很大，就是想縱橫宇宙，獨霸天下，可惜人心向背，冥冥之中，宇宙自有天理，邪的總不能勝正的，否則宇宙的篇章早就不是這麼寫的了。面具人說，經過這麼多年的反思，他現在服氣了。

「我不會反省這些道理，這是辛巴爸爸的結論，我只是口述事實而已。」

亨利聽了這話，接著說，你這麼謙虛啊。辛巴笑了說，我們只要工作，理論就交給理論家們去做吧。大家笑了同意這說法。辛巴又開玩笑說：「對啦，我想起來了，當時在飛船上的時候，我還有過一個主意，我說要是面具人是好人，可以憑藉對太空的了解，開一個太空旅行社，或者協助科學家進行太空研究，那就了不得啦。」

辛巴的話，又把大家的熱情，帶升到另一個熱度，大家哇啦哇啦地說起了各自的建議，一時好不激動。最後辛巴說，這不定這是可行的呢。大家都說應該好好考慮一下這個計畫。面具人說，他會考慮的。等牆上的掛鐘響了，大家才散了回家去。

辛巴回到家裡，看見爸爸臉有喜色，他大致知道什麼原因，可能爸爸

想給他一個驚喜，不曾料想他早知道了。辛巴故意板著臉，裝出一幅神情凝重的樣子。爸爸有點驚訝，開口問他這是怎麼啦。辛巴說自己被人騙了。媽媽更是驚訝不已。

「誰敢騙辛巴呀？」

辛巴看定爸爸的眼睛，說：「爸爸！」媽媽和爸爸頓時愣住了，同時張大嘴巴，卻沒有說出話來。辛巴頓了頓，嚴肅地向媽媽投訴：「爸爸的書出版了，卻藏著掖著，不讓我們看。」爸爸聽了，臉上換上得意洋洋的神情。辛巴朝媽媽喊：「那，那，你看他這副表情！」媽媽就對他說：「好，我們都不理他，讓他自己高興去。」

爸爸著急起來，賠不是，說：「我沒那個意思，我就想給你們一個驚喜嘛。」辛巴和媽媽都哼了一聲，然後媽媽轉身去廚房端飯菜去了。辛巴白了爸爸一眼，跟在媽媽的身後去了客廳。

爸爸趕快跑去書房裡，把他藏起來的書拿出來：「本來打算晚飯時拿給你們看的嘛，」他邊說邊得意地把書拿給媽媽和辛巴看。辛巴又哼了聲，說他早看過了。爸爸一愣，想了想，說：「是不是面具人——」辛巴看他疑惑的神情，突然汪汪地大笑起來。

第 122 章

幾天之後的一個下午，辛巴送完信返回的路上，在公司的附近，偶遇一隻髒兮兮的博美犬，正匆匆從十字路口跑過來，左前腿還一拐一拐，慌裡慌張的。辛巴追上去詢問是否需要幫助。「我和爸爸走散了。」那隻博美犬驚慌地向辛巴解釋道。「又是一個不牽繩的主人！」辛巴十分生氣的譴責道。不料那隻狗卻為自己的主人辯護。

「不怪他，是我太貪玩了。你不也沒牽繩嗎？」

辛巴聽了嘆息說：「哎，狗狗總是維護主人的。」他不想多解釋了，

只問那隻博美犬是否記得家裡的位址。博美犬有點為難了：「我只記得出了家門不遠，有一個公車站。」辛巴心想，這樣的地方，在城市裡都是相似的。他看著那隻狗用舌頭去梳理打結的毛髮，心想還是先把他帶回家去吧。

辛巴帶了他慢慢走回公司，大家圍上來，七嘴八舌地議論開了。博美犬介紹說，他叫安安。辛巴說，動物管理法都頒布了，還不遵守，該罰的。辛巴還和露西等商量，是否去相關機構投訴他的主人。

沒想到，那隻博美犬聽了，懇求他們別去：「我爸爸真的對我很好的，我可不想他受罰。」辛巴看他誠懇的神情，也不忍心堅持了。是呀，從前爸爸也做過類似事，為了讓他玩得高興，會看機會放開牽繩，讓他玩個痛快。他嘛，也曾偷偷溜出家門，去附近的街道流連。

看時間不早了，辛巴說，這個以後再說吧，先回我家吃飯。露西想背那隻狗去，不過安安說，這點小傷對我們狗來說，小意思，我們有病的時候，都不喜歡麻煩別人的。辛巴認同這點，說：「那我們慢慢走回去吧。」

辛巴陪安安慢慢走，一路聊了很多。進了家門，媽媽和爸爸聽了安安的遭遇，一邊批評他爸爸的粗心大意，一邊準備吃的。辛巴一邊吃，一邊焦急地問，怎麼才能找到安安的家人。爸爸安慰他，等等上網發文看看。

飯後，媽媽給安安洗了個澡後幫他吹乾。安安很帥氣，只不過有點老了。「我都十五歲了。」辛巴一聽，說：「比我老多了呢。」媽媽給他梳毛的時候說：「這樣拍照片，你爸爸媽媽才能認出你來嘛。」辛巴一聽，感覺媽媽多細心呀，都想到這點了。

辛巴把照相機叼來給媽媽，給安安照了幾張不同角度的相片，爸爸又把相關的資訊發到網路上去了。辛巴和安安都蹲在身邊等消息。爸爸安慰他們說：「你們先睡覺吧，一有消息就通知你們。」辛巴和安安還真的累了，倒頭就睡著了。

第二天一早，辛巴就起來了，蹲在床頭等爸爸起床。安安也蹲在旁

邊。爸爸坐在床上,打哈欠,伸懶腰,這把辛巴急得汪地叫了,提醒他記得安安的事。爸爸朝他做了個鬼臉,慢騰騰地下床穿衣服。辛巴心急地走到電腦前,伸手按了電源開關。

爸爸嘟囔了一聲:「這麼急啊。」辛巴又汪的叫了聲。爸爸說:「知道了知道了。」他穿好衣服,打開網路,看到他發布的帖子,跟了很多回帖了。他一個一個看,終於看見他要的消息了。「有了!」他喊了聲,然後把電話線插上,撥了個電話號碼,確認對方是安安的爸爸後,對他進行了一頓教育。

辛巴當時急得不行啊,心裡直埋怨爸爸囉嗦,趕快讓人家來接安安不就行了嗎。安安也很激動,身體微微發抖呢,後來還忍不住汪地叫了聲。爸爸可能也意識到自己太囉嗦了,趕快對話筒說道:「如果下次發現你還這樣,我就向市政廳投訴你!」

他放下話筒的時候,辛巴和安安鬆了一口氣,嗚嗚地哼了幾聲,然後望住爸爸的眼睛。爸爸用手背揉了揉眼角,說安安的爸爸等等過來接他。辛巴把這些翻譯給他聽,安安高興得跳了起來,還轉了好幾個圈呢。爸爸打了個哈欠,去洗臉刷牙去了。

媽媽讓他們吃早餐的時候,安安顯得心不在焉,沒什麼胃口,眼角一直朝門口方向瞥去。辛巴對此很理解,安慰他說,你吃飽他就到了。門鈴響的時候,安安飛快地奔到門口,爸爸出現的一剎那,他跳了起來,撲向爸爸,讓爸爸接住,激動地伸長脖子,用舌頭去舔他爸爸的臉頰。

這時,辛巴看見爸爸出現了,又對人家囉嗦了一番,人家臨走前,又警告人家,一定要牽繩,下次再犯,一定檢舉,讓執法機構懲罰他。安安的爸爸連連點頭,說再也不會了,這次已經把他嚇得不得了了。安安和辛巴道別的時候,都汪汪地大叫起來。

辛巴上班到了公司,一邊整理東西,一邊談論安安的事。辛巴說:「要是找不到家人,真的好慘的呢。」露西說:「當然,沒有爸爸媽媽照顧,

生活會很艱難的，年老了就更悲慘。」這話說得大家唏噓不已，這倒真是的，大家都有老的一天嘛。大家一想到這個問題，都有點莫名的悲傷。

辛巴沉默了一陣，說：「對了，要不然，我們開一家寵物養老院，嘻嘻，即使不為別人，也為我們自己嘛。」亨利說：「爸爸媽媽養我們不就行了。」蘇菲說：「除非出現了意外。」露西說：「雖然有動物救助機構，但還是不夠的。很多動物得不到幫助。」可是，要是開動物養老院，要很多錢的，從哪裡來呢？

嗯，錢是個大問題。辛巴想啊想啊，最後高興地說：「我們開一家動物美容院，然後就有錢去開養老院啦。」辛巴如此這般地解釋了一番他的想法。「你想啊，我們是動物，比人更了解動物的需要嘛，一定可以賺到足夠的錢的。」

大家一聽，都高興起來，對呀，這個辦法很不錯的，也算多找些工作嘛。接下來，大家一有時間，就商量起這件事情來。

第123章

辛巴回家找媽媽要錢辦事，因為他賺的錢後都交給媽媽存上了。他不喜歡管錢，只喜歡吃呀玩啊的，只要爸爸帶他出去玩，媽媽給他做好吃的就夠了。媽媽讓他說出錢的用途，說是管帳人的職責。媽媽常開玩笑說，她是辛巴的會計，還常逗他，說沒錢怎麼給你買吃的呢。辛巴聽了就笑。

現在辛巴只得坐下來，和媽媽詳細解釋他們的計畫。媽媽仔細聽了，提出了很多問題，要辛巴一一解答。爸爸走出客廳休息的時候，聽了辛巴的說法，也給了他一些意見，說就是擔心他們累到了。但辛巴跳起來，轉了幾圈，說他們滿滿的活力呢。

「以後媽媽和爸爸老了，也可以來住的，這不就一舉兩得嘛。」

辛巴的話把媽媽和爸爸逗得捧腹大笑，可辛巴一本正經地說：「我們

真這麼想的嘛。」媽媽和爸爸捂住肚子笑了一會，才板起臉，咳嗽了一聲，嚴肅地說：「嗯，我們也是認真地支持辛巴的。」說完，兩個又是大笑，可聲音越來越小，因為他們都笑不動了。

辛巴哼了聲，趴到在地板上，嗚嗚地表示不滿。

爸爸說：「好了，我們是認真的。」

周日，爸爸媽媽帶辛巴去老人院看爺爺奶奶，辛巴高興極了，他和露西他們來過很多次了，進行過好幾場演出了，再次來到，辛巴迫不及待地說了一通他們的計畫，讓奶奶高興了，開玩笑說，要不然奶奶也住過去。

辛巴樂得赫赫地笑呢。奶奶把辛巴拉到身邊，給他擼脖子，辛巴舒服得眼睛都瞇得睜不開了，讓爸爸吃醋了，說：「我沒這麼享受過呢。」這話惹得大家笑起來，說爸爸是個醋罈子。

辛巴瞥了一眼爺爺嚴肅的臉，也可見隱祕的笑容。辛巴說：「我們真傻，早就該做這行了，畢竟我們最懂得動物們的需要嘛，真奇怪，當初怎麼沒想到這個呢？」爸爸拍拍他的腦袋說：「為什麼沒想？還不是心大，貪玩嘛？從事與寵物相關的工作，可得細心和有愛心。」

辛巴想想，爸爸這說法太對啦，他們一定好好努力。

經過一段時間的緊張籌備，辛巴他們的寵物店終於開張了，業務範圍不大，臨時寄放，美容，按摩保健。初開張時，由於媒體的宣傳，加上辛巴他們本來就有的知名度，這讓寵物店生意興隆，顧客盈門，他們忙不過來的時候，小琪或面具人也過來幫忙。

在地球人自治區裡，早有好幾家寵物店了，可都沒有像辛巴他們那樣提供特色服務的，你看啊，露西給客人做按摩保健，洗澡，吹剪；蘇菲呢，一邊給客人梳理毛髮，還可由客人點唱歌曲；亨利和辛巴給客人提供清潔毛髮的服務等等。當然，它們幾個還一起合作，為客人提供各種表演，這樣一來，回頭客越來越多了。

他們賺到的錢呢，媽媽幫辛巴做了安排，一部分維持小店的日常運

轉，一部分拿去做養老院的日常開銷。爸爸擔心這是否能夠維持下去。不過，辛巴很有信心，說他們的「星＋球」也賺錢的。

爸爸問道：「那你忙起來的話，不就耽誤了送信的事嗎？」辛巴寬慰爸爸說：「我送的是慢信，可不是快信啊。」爸爸哦了聲，說：「我老土了。老記著地球上的老套路。」他回憶起了很多年前，地球上那種慢信服務，那讓人感覺浪漫又焦躁的郵遞速度。

從此後，辛巴和夥伴們可忙了，不過，他們都很開心。過了一段時間，辛巴畢竟是貪玩的狗狗嘛，雖然工作時很投入，但也有偷懶鬆懈的時候，在媽媽和爸爸的幫助下，他還是克服了不少問題：「你一鬆懈可得要涉及到很多相關的事的。」媽媽是這麼告誡辛巴的。

對此，辛巴常在心裡慶幸有這麼好的爸爸和媽媽。不過，他有點傷感，由於太忙了，他連撒嬌的時間都少了呢。「不過，看到其他動物在我們面前撒嬌，也是一種補償嘛。」辛巴拿這個理由來安慰自己。

辛巴回家談起這感受的時候，爸爸笑了，說：「我們辛巴長大了，是不是該談婚論嫁了？」哎呀，爸爸真是的，怎麼這麼說話呢。辛巴臉是不紅，但發燙呢，他裝作沒聽見，故意吃餅乾嚼出喀擦喀擦聲來。媽媽在一旁摀嘴巴笑。

「小琪姐姐越來越漂亮了。」

辛巴吃過餅乾，突然轉換了話題，說完低頭喝起水來。

第 124 章

這天，辛巴上班，從信箱裡取出一張明信片，一看，哇，是電影公司來的，邀請辛巴參演電影《辛巴的奇幻之旅》的拍攝。辛巴這才想起，前不久，爸爸告訴他，有電影公司想買他們合著的《人類消失了》叢書的拍攝版權，沒想到，人家還請他來參演電影呢。

辛巴進了辦公室，把消息告訴了其他夥伴，卻沒得到熱烈的反應。辛巴覺得奇怪，就問大家怎麼了。亨利低垂著臉，說：「恭喜你啦。」露西也拍了拍他的身子說：「那就好好準備，這裡就交給我們啦。」辛巴剛想問為什麼，可馬上就明白問題所在了。

辛巴大聲說：「你們放心吧，我們會一起參演的。」然後，他還是照例收拾整理好郵包出去派信了。一路上，他心情很激動，嗯，要做演員了呢，當初看《獅子王》這片子，爸爸和媽媽開玩笑說：「哪天辛巴也演一齣這樣的戲給我們看。」辛巴當時心想，除非老爸爸你開電影公司才有那樣的機會了。

演電影這個念頭一直埋在辛巴的心裡，沒想到今天還真發芽了。不可思議呢。辛巴邊走邊想。不過，就我一個去還真沒意思，這個故事是關於大家的，不是我一個的，一定說服電影公司也邀請露西他們一起參演。

要是電影公司不肯呢？我就不參演！可是這樣一來，我不就失去這樣一個機會了嗎？可要是就我獨自去了，這多不好啊。好頭大呢。辛巴一路設想各種結果，心裡甜蜜而焦躁。

下班回家後，辛巴一進門就嚷道：「有人請我演電影啦。」辛巴看爸爸沒反應，就上前用鼻尖去頂他放在大腿上的手，可爸爸的手靈活地躲開了，這愈讓辛巴心急，跑到廚房告訴媽媽，又用鼻尖去頂她的手。媽媽說：「喂喂喂，我在忙呢。」

辛巴見爸爸和媽媽都不理會他，有點洩氣，咕咚一聲，趴在客廳與廚房交界的地板上，好像一條假寐的鱷魚那樣，不過，他的眼睛可是睜大的轉啊轉地觀察四周的動靜呢。可爸爸媽媽都沒在意他，或者故意不在意他的舉動。辛巴好沮喪呢。

過了一會，媽媽喊吃飯了，辛巴假裝沒聽到。媽媽對爸爸嘀咕說：「奇怪，今天這麼香的肉餅，怎麼沒人喜歡吃呢？」辛巴聽了，立刻站起身子，跑到媽媽跟前蹲下。

　　爸爸和媽媽爆發出大笑來，看辛巴一臉的不滿，就說：「要做明星了，要做獅子王了，還不高興啊？」這話把辛巴逗笑了，原來爸爸和媽媽早知道那個消息了。辛巴抬頭接了媽媽給他餵的肉餅塊，一邊吧嗒吧嗒吃一邊發牢騷說，要是露西他們不能參演，他寧願放棄。

　　「為什麼呀？」

　　「不好玩。」

　　「難道參演是為了好玩？」

　　「不全是，但有這個原因。」

　　「那要是電影公司不同意呢？」

　　「那我不演了。」

　　「那多可惜呀。」

　　「可是友誼更重要啊。」

　　辛巴說，他也知道可惜，可要是只我一個去，他們該多失望啊，那可是我們的故事，以後怎麼能一起去看這個電影呢？多尷尬啊。辛巴一口氣說了好麼多理由，把媽媽和爸爸都說動情了。爸爸摸了摸下巴的鬍渣，連連點頭：「嗯，這個倒是，我怎麼沒想到呢？」他似乎有點自責。

　　辛巴倒是寬慰爸爸，說：「你們是人嘛。」媽媽捧起辛巴的腦袋說：「這不是批評我們人類嘛？」辛巴趕快笑了說：「哪裡，哪敢。」媽媽摟住他，親了又親他的額頭：「我們辛巴這麼嘴甜的啊。」爸爸笑了說：「看來是吃多了你的肉餅啦。」

　　晚上，爸爸聽到辛巴在說夢話：「我要是參演呢？嗯，……如果我不去的話？」翻來覆去就那麼幾句話，把爸爸聽得發笑了，也聽得迷糊起來。「好像催眠曲呢。」爸爸對媽媽做了個鬼臉，然後關了電腦，上床躺下，可腦子還在想著辛巴和他說的這事。他沒告訴辛巴，其實版權的合約，他還沒簽字呢，就想等辛巴回家後，和他商量一下再說。

　　第二天早上，辛巴早早就醒來了，開始是躺在窩裡嘆氣，嗯，故意把

鼻尖頂住被子，弄出很大的呼吸聲，然後是嘆氣聲，再就是讓人感覺他鼻孔進了什麼東西，打出很響的響鼻來。看爸爸還是沒動靜，他待不住了，離開狗窩，走過來，蹲在爸爸的床前，伸出爪子刨爸爸的被子。

爸爸欠起身，把腦袋探起來，看了他一眼，說：「我再睡一下。」辛巴不願意，賴在床頭邊不走。過了一會，爸爸嘆了一口氣說：「放心吧，合約我還沒簽字，我會加上你們一起參演的條款，行了吧？」辛巴一聽，立刻蹦起來，伸懶腰，壓前腿，抻後腿，仰起脖子嗚嗚地歡快地叫喊了幾聲，然後又用爪子刨爸爸的被子。

爸爸被他整得賴床不成，只得爬起來穿衣服，去浴室刷牙洗臉。辛巴也跟了過去，咕咚趴在他身後，眼珠盯了爸爸滴溜溜地轉。這把爸爸逗得發笑，被牙膏泡沫嗆得大聲咳嗽起來。辛巴這才感覺有點內疚，起身走出浴室，返回臥室等待爸爸回來。

爸爸回來後，在椅子坐下，打開電腦，辛巴又不停地用爪子去撓爸爸的大腿，用鼻尖去頂他的手。爸爸笑了說：「知道了知道了，我這不就在忙你的事嘛。」辛巴聽懂了，立刻安靜下來，看爸爸劈啪劈啪地敲鍵盤。

爸爸停下來的時候，辛巴又用鼻尖去頂爸爸了。爸爸解釋說：「你總得給人時間去商量解決問題嘛。」辛巴就眼巴巴地望著爸爸。爸爸又拿起電話與電影公司的人通話，如此這般地說了一通，然後說，他等答覆呢。

辛巴聽了，心情忐忑地等待著。爸爸說，要不然你先去上班？辛巴望了眼掛鐘，搖頭說，有他們在，不急。爸爸無奈地搖搖頭，然後繼續等待人家的回復。時間似乎過得很慢很慢，最後電話鈴終於響了。爸爸和那邊說了一通話後，對辛巴說：「好了，你該去上班了。」辛巴卻賴著不走。

「你不想去告訴他們好消息嗎？」

爸爸笑盈盈地對辛巴說道。辛巴這才反應過來，立刻蹦起來，興高采烈地出門去了，一路小跑快走快跑地奔向公司。一進門，他就喊：「好消息！好消息！」大家停下手中的活，低垂著腦袋問他：「又有什麼好消息啊？」

「我們一起參演電影！」

「一起？」

「對啊，爸爸剛跟電影公司談妥，我們，四個一起參演！」

「太棒了！」

四個夥伴丟下手中的東西，一起歡跳擁抱在一起。

第 **125** 章

從此，辛巴和夥伴們的生活就更忙啦，這麼多事交集在一起，他們的日子開始有些混亂，焦頭爛額的，幸虧還有他們的爸爸媽媽作後盾，辛巴就花了好些時間來與爸爸和媽媽商量討論合理地安排好他的時間。

媽媽買了一塊白色的寫字板，掛在辛巴的狗窩旁，把各個公司的上班時間，比如，星＋球的上班時間，寵物美容院上班時間，寵物養老院的上班時間，電影拍攝時間和地點，全都寫在寫字板上，辛巴一睜眼就能看見，肯定不會搞混了。

當然，爸爸也給他幫助，把時間表輸入電腦，給他列印出一張工作日曆卡，讓他隨身帶在身上，隨時查閱相關的資訊。哇，太棒啦！辛巴覺得爸爸和媽媽又給自己做了一個好的示範，凡事做計畫，按計畫行事，做事的效率和效果更好。

辛巴回去後，把這個方法教給了大家，開始亨利有點不屑，但經過實驗，最後獲得高度認同，大家一改隨心所欲的習慣，做什麼事都顯得一板一眼的，讓旁人看得目瞪口呆的。辛巴則故意反問人家，你們不就這麼辦事的嗎？

記者採訪辛巴的時候，問他怎麼能把這麼多事處理得那麼有條理的。辛巴謙虛地回答說，我有想過，重要的是，我有好爸爸和好媽媽。他衝著錄影機鏡頭作了個鬼臉，他希望爸爸和媽媽能看到聽到自己對他們的感

激。記者笑了對他說：「辛巴先生好會說話呢。」辛巴認真地說：「我說的是真的嘛。」

此時，他們的工作發展都很好，他們度過了艱苦的創業期，幾個公司的運作都走上了正軌，處於發展上升時期，他們也漸漸把公司的管理權，交給了他們帶出來的團隊，他們幾個初創者把心思更多地用在了電影的拍攝上。

特別是辛巴，他對這部反映他們尋親冒險之旅的電影情有獨衷，那趟漫長的旅程，給他的實在太多了，無論是在意志的錘煉上，能力的拓展，智慧的啟發上等等，還有對爸爸和媽媽的感情，換一個角度看地球，或者說懷念地球吧，都有特殊的意義，所以辛巴對這部電影全身心地投入。

有很長一段日子，辛巴早出晚歸，期間還抽空抓緊時間鍛鍊身體。有時回家晚了，但吃過晚飯，休息一會後，就催促爸爸一起運動，要是看爸爸有點懶惰，他就鼓動說，要有好身體才能多做事嘛。要是爸爸還想耍賴，他立刻板起臉孔，用爪子刨他，用鼻尖去頂他的手。

「爸爸，你可說過我是你的健身教練的！」

爸爸被纏了一會後，會開心地說：「好吧，那就聽教練的。」兩個一起出門，沿人行街道快走慢跑，然後才氣喘吁吁地回家來。爸爸洗澡，辛巴喝水，之後睡個好覺。不過，據爸爸說，他睡覺的時候，夢話連連，都是有關那部電影的。

「我跑上來的時候，尾巴要求哦翹起來嗎？」

「我左邊的前腿這樣擺更好些吧？」

早上起床後，爸爸打趣說：「辛巴太勤奮了，連睡覺時都還在想工作的事。」媽媽大笑：「爸爸是個大懶蟲。」辛巴自己不知道他說過夢話，他懷疑爸爸說的是否真的：「我打呼了？」媽媽說：「下次錄音放給你聽聽。」辛巴笑嘻嘻說：「半睡半醒的之間會有好靈感的。」

辛巴吃了媽媽做的早餐，就高興地出門，去完成一天的工作。演出工

作太辛苦了，但辛巴十分認真，有些分鏡頭拍攝了幾十次，反覆重來，比如，拍攝他爬過一個洞的鏡頭，他就用了好幾種爬法，有下巴著地腳著地慢慢爬的，有下巴朝上背著地，用前腿刨洞壁借力爬的，當然還有側爬的，他都願意嘗試好幾種方法。

最後，連攝影師都快被他搞瘋了，但辛巴還是覺得可以做得更好，不斷要求導演重拍。「幸虧是用數位技術拍攝，用膠片的話，估計我們早超支破產了。」回家的路上，辛巴把攝影師的嘀咕學給大家聽，大家都笑壞了，問辛巴是否故意的。辛巴很委屈地說：「我可是認真的啊。」

雖然拍攝工作很辛苦，但辛巴心情愉快，覺得好玩。當然，他還有種特別的感慨，好像又重新體驗了一次多年前的歷險之旅，很獨特的感覺，他一時也說不清楚，回到家裡和爸爸媽媽交流的時候，爸爸說：「那寫日記吧。」辛巴說：「爸爸故意的吧，你明知道我不能寫字的。」

媽媽說：「這不用擔心，你口述，媽媽幫你打字。」辛巴聽了，高興地用鼻尖去頂媽媽，還舔她的手，媽媽抱住他親他的額頭，說：「爸爸以為沒有他就寫不成書，哼，我和辛巴合作一樣可以的。」辛巴急迫地問：「媽媽和我合寫？」媽媽回答說：「怎麼不行，媽媽從前也寫詩的嘛。」辛巴高興地站了起來，摟住媽媽，亂舔她的臉，把媽媽樂壞了。

辛巴有一天總結說，拍電影真的是苦力呢，看電影裡那些明星很酷也很好玩，現在才知道其實是很辛苦的，怕累的話，一點都不好玩。真的是人前人後兩個樣，但那一切的目的就是為了給觀眾看好的作品。爸爸聽了，說：「說得繞口令似的。」媽媽幫腔說：「看看，人家辛巴長見識了，說出來的話就是不一樣。」

辛巴跑過去摟住媽媽說：「媽媽的話有哲理。」爸爸就急了，說：「我的也不差嘛。」媽媽和辛巴聽了都笑起來。辛巴興奮起來，還汪汪地大叫起來，引得周圍的狗狗也汪汪地應和起來。

爸爸趕快用手指按在嘴唇上，表情嚴肅地作了個鬼臉，發出「噓」的警告聲。

第 126 章

每天，辛巴從片場回家，都是一身泥一身汗水的，上床前，還得麻煩媽媽幫他收拾一下。辛巴看媽媽給他忙前忙後的，有點內疚，就悄悄對媽媽說：「等拿到片酬後，我給媽媽發薪水。」媽媽聽了，忍住笑，連連點頭：「還是我們辛巴乖，給媽媽發多少錢呢？」

辛巴仰頭，讓媽媽用蓮蓬頭給他噴水，一邊想著適合的數目。媽媽一邊給他沖洗身上的泡沫，一邊笑咪咪地看著他。辛巴想不出個數目，就說：「全給媽媽處理吧。」媽媽笑了問道：「那你不就沒有了嗎？」辛巴想想說：「那媽媽給我做好吃的就行了。」

媽媽故意說：「我不是一直給你做好吃的了嗎？」辛巴想是呀，就回答說：「那，那給我一天加一個蛋？」媽媽笑咪咪說：「這個沒問題，不過，你都給我的話，爸爸沒有意見嗎？」

辛巴聽了，很輕鬆地說：「爸爸嘛，他的錢不也歸你管嗎？」媽媽一邊給辛巴用毛巾擦身，一邊開心的大笑。「你們兩個在偷偷商量什麼？」爸爸上廁所路過浴室的時候，聽見笑聲，轉過來好奇地問道。

辛巴狡猾地說，是媽媽撓他的胳肢窩了。爸爸站在門口，疑惑地問道：「那，那從前我給你撓的時候，也不見你發笑，只是舒服得瞇眼享受的？」媽媽忍不住大笑說：「你功夫不夠深。」辛巴拚命點頭，汪汪地叫。

爸爸一臉疑惑地離開後，媽媽用手指梳理他的毛髮，又用吹風機吹。辛巴和媽媽邊說邊笑得前仰後翻的，互相做著鬼臉。媽媽吹乾他後，拍拍他的身子說：「快去睡了，否則明天就起不來了。」辛巴聽話地點頭，噔噔跑去他的狗窩。

經過一年時間的忙碌，電影版的《人類消失了》終於上映了。首映儀式上，製片方通知要走紅地毯，辛巴就問媽媽：「我穿夾克還是西裝，要不然要穿皮鞋？」媽媽笑了說：「人類才這麼麻煩的，你這樣去最好，對了，就去你們的美容院做做髮型好了。」

爸爸聽了媽媽的話，沉吟了一下，說：「媽媽不講究打扮是可以理解的，可這是去正式的場合，還是要講究點禮節的嘛。」辛巴連連附和說，他看到人家走紅地毯都很正規的。媽媽盯住辛巴看。辛巴有點發毛呢，不知道她心裡想什麼，就說：「我是說人家那樣啊。」

媽媽眼珠轉動了一下，讓他等等，然後進臥室一會，拿了一條紅黑相間的圍巾，彎腰給辛巴系在脖子上，又起身前後左右看了，問爸爸：「怎麼樣？酷吧？」爸爸摸了下巴看了一會，點點頭說：「嗯，這樣看起來不錯。」

臨出門，爸爸叫住辛巴，從抽屜取出一副墨鏡給他戴上。呀，媽媽一笑，說：「這下模樣更酷了！」辛巴趕快跑去浴室，站立起來，對了鏡子，左看右看，哈哈，太酷了！他高興地汪汪叫起來。媽媽喊他趕快出門，否則就趕不及了。他這才奔了出去。

辛巴到會場和露西等會合，呀，她們也打扮得體有趣呢。輪到他們進場，蘇菲站在露西的肩膀上，不停地搧動美麗的翅膀；亨利騎在辛巴的背上，朝人群揮手；辛巴仰頭挺直腰身，搖動旗幟般的尾巴，笑嘻嘻地和影迷打招呼。

他們走在紅地毯上，一邊走一邊看四周，哇，圍欄外人真多呢，不但有人，還有他們家的寵物呢，要麼趴在主人的肩膀上，要麼被主人抱在臂彎裡，看到辛巴和露西等走過紅地毯，都挺直腰身歡呼起來。

電影的首映相當成功，辛巴他們成為電影明星了，接著，這部電影在各地的電影院放映，不但動物愛好者成了他們的影迷，甚至原先那些不關注這個領域的人，也因為自己的孩子喜歡上了這部電影而受到感染，開始

關注起動物保護這個領域了，讓辛巴他們感到十分欣慰。

　　過了一段日子，辛巴等收到了 E 星國王的通知，要為他們授獎。辛巴和夥伴們趕去王宮後，又和國王一家見面了，還一起在放映室觀看了他們演出的電影，之後，國王給辛巴等頒發了特殊貢獻獎和勇氣獎，表彰他們為改變人們對動物的偏見所做的貢獻。

　　王子發言的時候，特地強調說，這個獎項不僅僅是頒發給 E 星國民的獎項，這是個跨星球的獎項。宴席上，辛巴突然想念起了地球上的鯨魚和海豚朋友，就悄悄地問起有沒有他們的消息。王子遺憾地解釋，他們了解不多呢。看辛巴有點失望，王子安慰他說：「我們的科學研究所最近可能要開展一個與地球相關的研究項目，屆時也許能獲得他們更多的消息。」

　　辛巴有點失望又有所期待。席間，王子的孩子走過來，對辛巴說，他是辛巴的影迷，很喜歡辛巴的表演。辛巴高興地用舌頭去舔他的額頭。小王子說：「哪天我能去和你一起演出嗎？」辛巴高興得眼珠一轉，對爸爸說，說：「爸爸，寫個故事給我們演吧。」爸爸笑了點頭。小王子很高興，在周圍跑來泡去，大聲說：「我要做演員啦！」

　　在回家的路上，辛巴想起了那些留在地球上的動物們，就對爸爸和媽媽說：「以後我們回到地球了，也該給他們頒發勇氣獎。他們多不容易啊。」爸爸拍了拍他的腦袋，沒說話，只是望了遠處的天空，悵悵地嘆息了一聲。

　　辛巴知道，爸爸也是想念地球的，他想念那裡的一花一草一木，雖然不知道真實情況到底變成了怎麼樣，但在他們的想像裡，地球也一直在生長故事的，那裡的一切，雖然條件艱苦惡劣，但動物和植物們，都頑強地生長著。

　　臨睡前，辛巴看爸爸滿懷心事的神情，就小心地提醒爸爸早點睡，他自己也實在是睏了。爸爸突然對他說：「我心裡有新書的內容了。」辛巴沒搭腔，他有點睏。

　　爸爸沒注意到他的反應，又補充說：「書名就叫《重返地球》，你覺得怎麼樣？」辛巴心裡動了一下，他知道爸爸的心思：「我是主角嗎？」他追問了一句，還沒來得及等到爸爸的回答，他就墮入睡夢中去了，朦朧中好像聽見爸爸在說話。

　　爸爸說：「我們都是主角呢。」

（完）

人類消失了：

當美麗的藍星不復存在，被遺留下的「牠們」該怎麼辦？

作　　者：謝宏

發 行 人：黃振庭

出 版 者：崧燁文化事業有限公司

發 行 者：崧燁文化事業有限公司

E-mail：sonbookservice@gmail.com

粉 絲 頁：https://www.facebook.com/
　　　　　sonbookss/

網　　址：https://sonbook.net/

地　　址：台北市中正區重慶南路一段六十一號八
　　　　　樓 815 室

Rm. 815, 8F., No.61, Sec. 1, Chongqing S. Rd.,
Zhongzheng Dist., Taipei City 100, Taiwan

電　　話：(02)2370-3310

傳　　真：(02)2388-1990

印　　刷：京峯數位服務有限公司

律師顧問：廣華律師事務所 張珮琦律師

定　　價：580 元

發行日期：2023 年 11 月第一版

◎本書以 POD 印製

國家圖書館出版品預行編目資料

人類消失了：當美麗的藍星不復
存在，被遺留下的「牠們」該怎麼
辦？/ 謝宏 著 .-- 第一版 .-- 臺
北市：崧燁文化事業有限公司，
2023.11
面；　公分
POD 版
ISBN 978-626-357-713-8(平裝)
857.7　　112015696

電子書購買

臉書

爽讀 APP